Unicorn
独角兽 书系

作者简介

安杰伊·萨普科夫斯基
Andrzej Sapkowski

安杰伊·萨普科夫斯基是享誉世界的《猎魔人》系列和《胡斯战争》三部曲的作者。他于20世纪80年代开启写作生涯，凭借一篇以"利维亚的杰洛特"为主角的短篇小说崭露头角。这一传奇角色后来成为《猎魔人》八卷本的主角。该系列作品现已被翻译成42种语言，并为萨普科夫斯基赢得了世界奇幻文学奖终身成就奖。作为奇幻文学的重要里程碑，《猎魔人》系列作品塑造了全球数代读者的想象力，被改编为广受欢迎的电子游戏和电视剧。2024年，该系列更是被福布斯评为"有史以来最伟大的30套书系"之一。

译者简介

巩宁波，天津外国语大学欧洲语言文化学院波兰语专业负责人。本科毕业于北京外国语大学欧洲语言文化学院波兰语专业，硕士毕业于波兰华沙大学波兰语言文学系，译有《希姆博尔斯卡选读扎记Ⅱ》。

胡斯战争

(卷一)：愚人之塔

［波兰］安杰伊·萨普科夫斯基 著
巩宁波 译

NARRENTURM（THE TOWER OF FOOLS）
Copyright © 2002, by Andrzej Sapkowski
Published in agreement with Andrzej Sapkowski c/o Patricia Pasqualini Literary Agency, through The Grayhawk Agency Ltd.
Simplified Chinese Translation Copyright © 2025 by Chongqing Publishing House Co.,Ltd.
All right reserved.

版贸核渝字（2020）第049号

图书在版编目（CIP）数据

胡斯战争. 卷一, 愚人之塔 /（波）安杰伊·萨普科夫斯基著; 巩宁波译. —重庆: 重庆出版社, 2025.4
ISBN 978-7-229-17910-6

Ⅰ.①胡… Ⅱ.①安… ②巩… Ⅲ.①长篇小说—波兰—现代 Ⅳ.①I513.45

中国国家版本馆CIP数据核字（2023）第161014号

胡斯战争（卷一）：愚人之塔
HUSI ZHANZHENG（JUAN YI）：YU REN ZHI TA
[波兰] 安杰伊·萨普科夫斯基 著
巩宁波 译

责任编辑：魏 雯 许 宁
装帧设计：文 子
封面插图：张 欣
责任校对：刘小燕

重庆出版集团 出版
重庆出版社

重庆市南岸区南滨路162号1幢 邮政编码：400061 http://www.cqph.com
重庆出版社艺术设计有限公司 制版
重庆豪森印务有限公司 印刷
重庆出版集团图书发行有限公司 发行
邮购电话：023-61520678
全国新华书店经销

开本：890mm×1230mm 1/32 印张：20.625 字数：486千
2025年4月第1版 2025年4月第1次印刷
ISBN 978-7-229-17910-6
定价：129.80元

如有印装质量问题，请向本集团图书发行有限公司调换：023-61520678

版权所有 侵权必究

目录

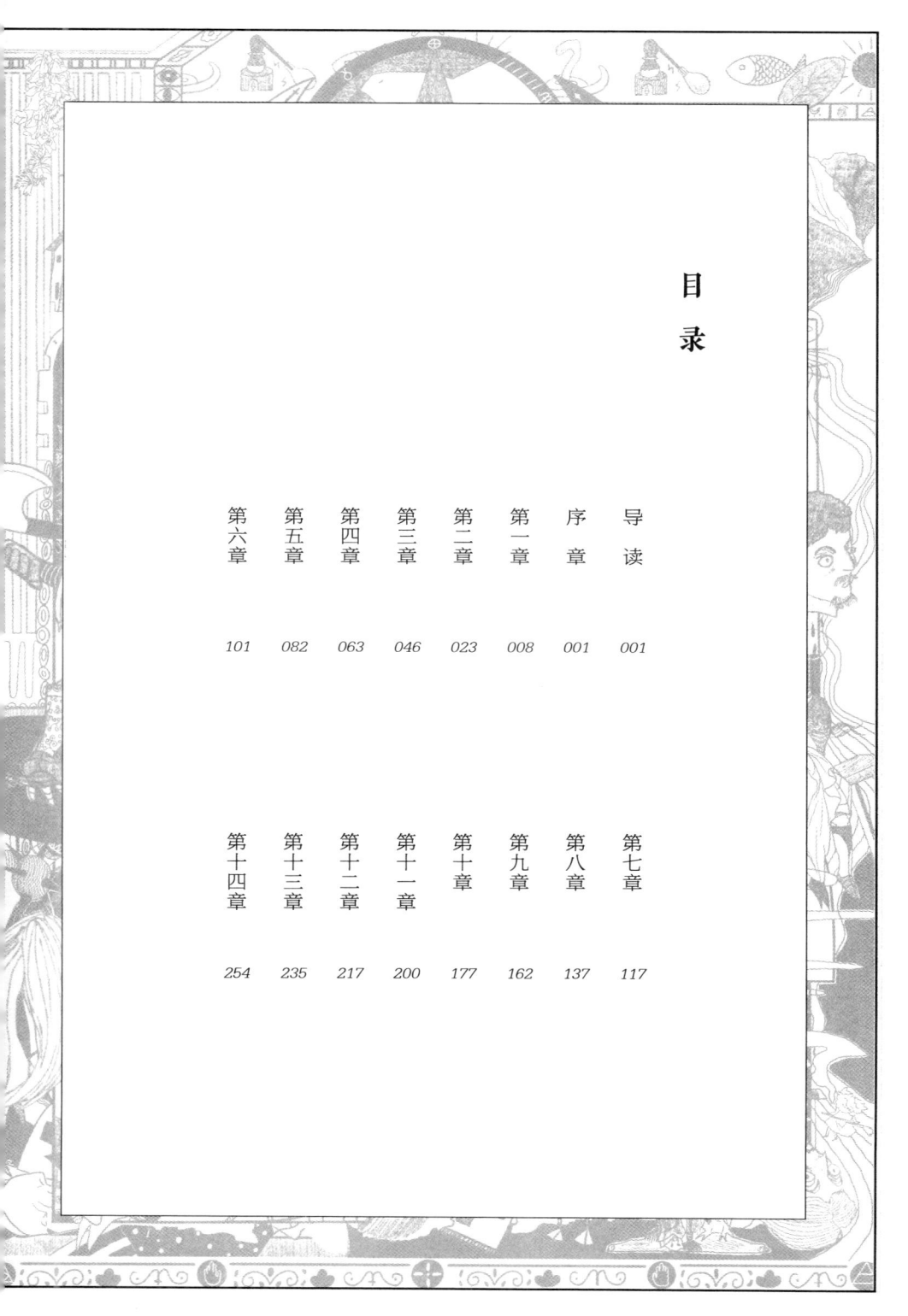

导读	001
序章	001
第一章	008
第二章	023
第三章	046
第四章	063
第五章	082
第六章	101
第七章	117
第八章	137
第九章	162
第十章	177
第十一章	200
第十二章	217
第十三章	235
第十四章	254

上帝之卫》(Boży bojownicy)、《胡斯战争（卷三）：不灭之光》(Lux perpetua)，值得一提的是，《胡斯战争（卷一）：愚人之塔》为萨普科夫斯基第五次斩获波兰幻想文学最高荣誉"扎伊德尔奖"，并令他首次提名代表波兰文学最高荣誉的"尼刻文学奖"。

萨普科夫斯基曾这样阐释自己的创作理念："选取一个有趣的时间段，特别是大动荡时期：战争、宗教冲突、政治压迫、革命等等，把你的主角丢进这个女巫的坩埚，让他在里面寻找出路，让他做出抉择，让他因错误的选择而饱受磨难，让他接受洗礼，让他成熟，让他找到或失去他的真爱、良知、理想和人性。"在《胡斯战争》系列中，萨普科夫斯基对该理念一以贯之，选择了胡斯战争这个完美的"女巫坩埚"。在那个风雨飘摇的时代，战争、革命、宗教迫害、政教矛盾、教会分裂……这些"有趣"的材料应有尽有，无疑可以煎制出令人品味无穷的美妙汤剂。

当然，无法忽视的是，对于大多数国内读者来说，胡斯战争是个陌生的主题，数百年前发生在遥远土地上的那些抗争、牺牲、背叛与屠戮鲜有人知。但或许，这本精彩、厚重的大书会为你打开一扇新的大门，进入一个颠覆想象的中世纪奇幻世界，领略一段波澜壮阔的战争历史。

在进入这个陌生、遥远的奇幻世界之前，我们有必要简单了解一下那连年的战火为何而燃：

14世纪70年代，牛津大学哲学、神学博士约翰·威克里夫不满英国教会极端腐败的行径，开始尖锐而深刻地批判教会与神职人员，由此拉开了欧洲宗教改革的大幕。威克里夫主张政教分离，简化教会礼仪，并将拉丁文版的《圣经》译为了英文，动摇了教会在思想上的垄断地位。彼时的教皇格里高利十一世将威克里夫及其追

目录

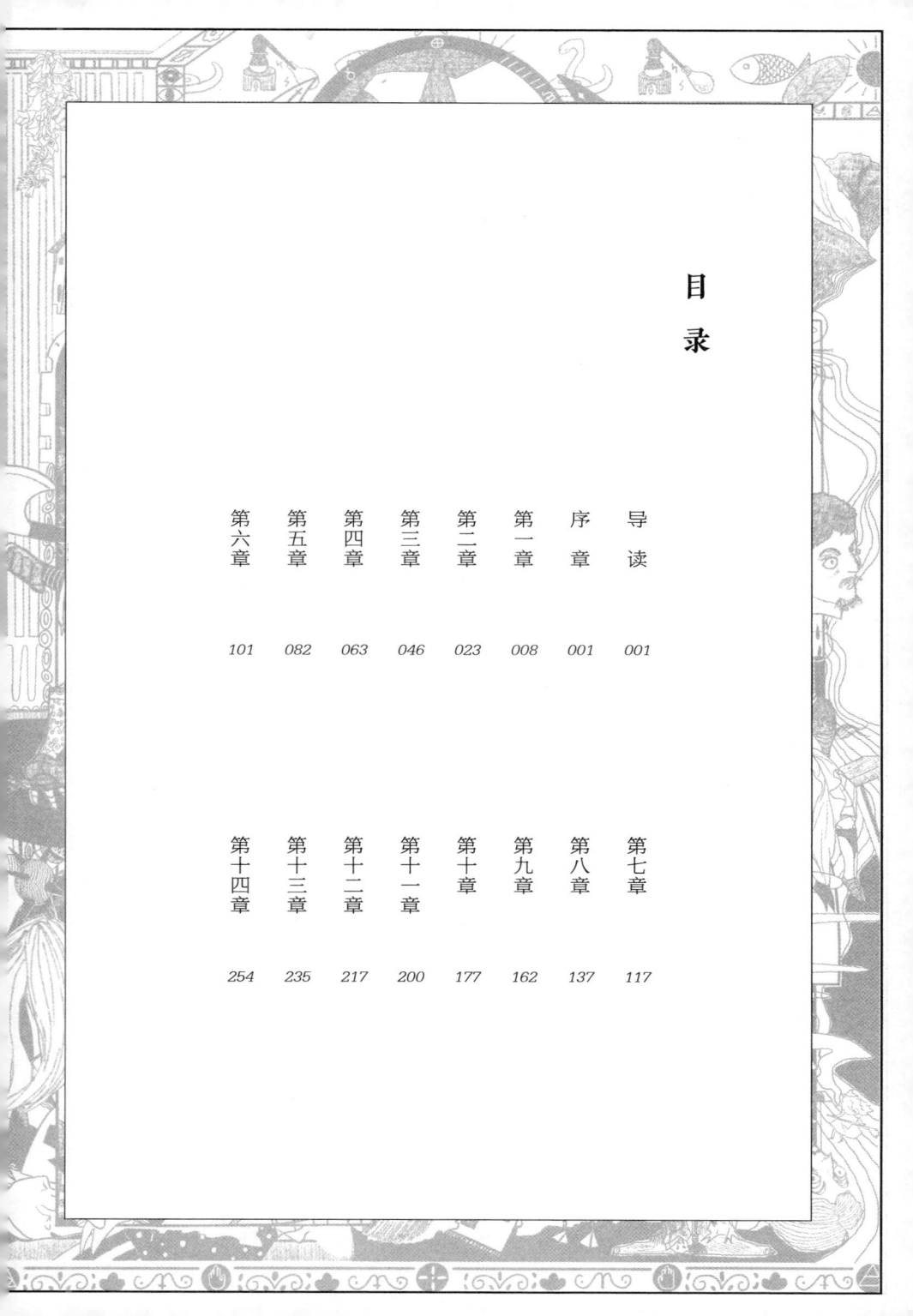

导读	001
序章	001
第一章	008
第二章	023
第三章	046
第四章	063
第五章	082
第六章	101
第七章	117
第八章	137
第九章	162
第十章	177
第十一章	200
第十二章	217
第十三章	235
第十四章	254

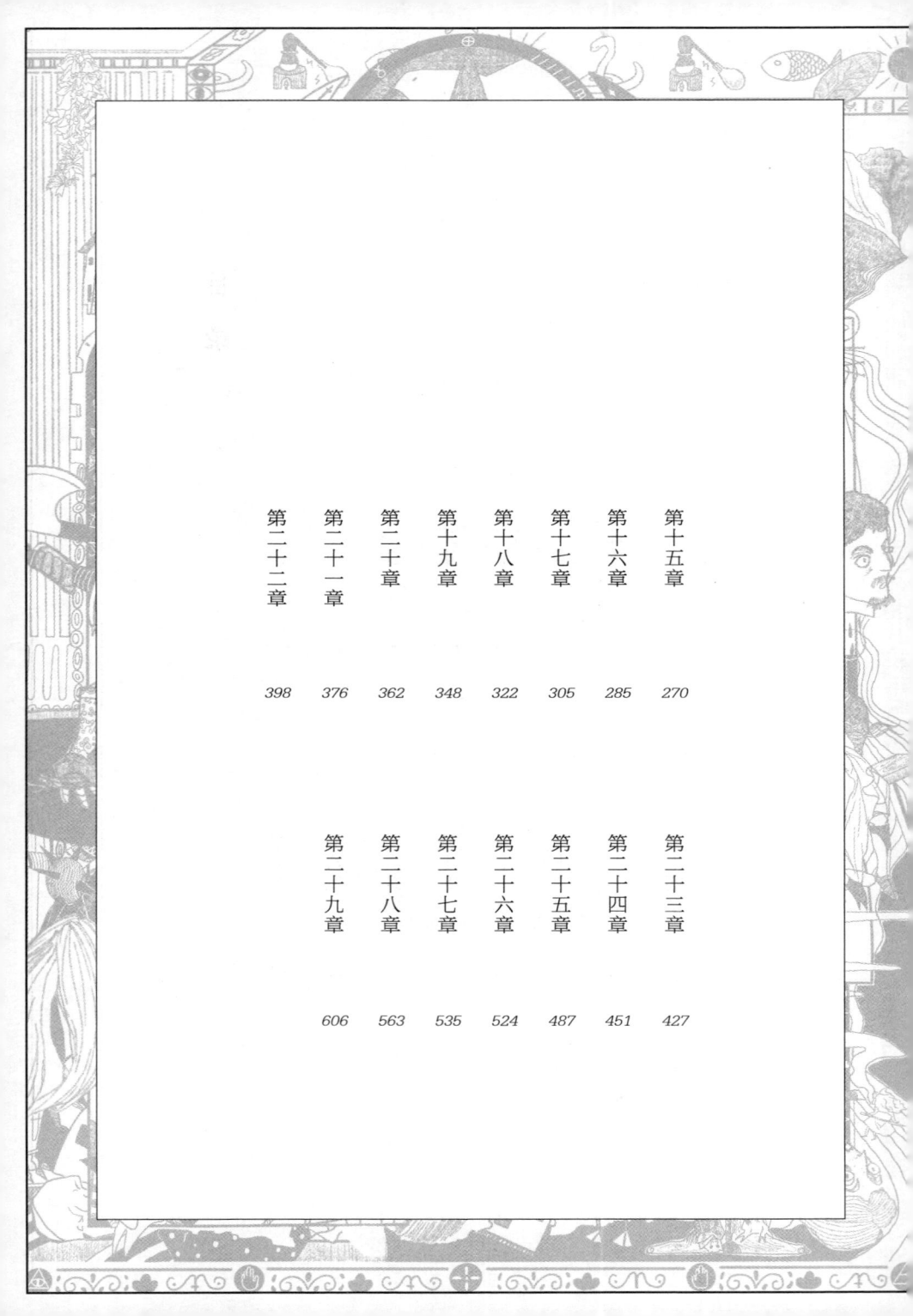

第十五章	270
第十六章	285
第十七章	305
第十八章	322
第十九章	348
第二十章	362
第二十一章	376
第二十二章	398
第二十三章	427
第二十四章	451
第二十五章	487
第二十六章	524
第二十七章	535
第二十八章	563
第二十九章	606

导　读

　　波兰奇幻文学大师安杰伊·萨普科夫斯基1948年生于波兰罗兹市，他在大学时主修经济学，走上文学之路前曾在一家外贸公司担任高级销售代表。萨普科夫斯基从翻译开始步入文坛。为参加波兰奇幻杂志《奇幻》（Fantastyka）举办的征文比赛，萨普科夫斯基创作了他的第一篇短篇小说《逐恶而来》（Wiedźmin），发表后立刻收获了评论家与读者们的极高评价。自此，他基于《逐恶而来》的世界观笔耕不辍，将"白狼"杰洛特的传奇史诗故事完整地呈现在读者面前。萨普科夫斯基凭借《猎魔人》系列获奖无数，但他并未就此止步，上世纪九十年代，他开始创作以十五世纪胡斯战争为背景的《胡斯战争》系列，并于2002年、2004年、2006年分别出版《胡斯战争（卷一）：愚人之塔》（Narrenturm）、《胡斯战争（卷二）：

上帝之卫》（Boży bojownicy）、《胡斯战争（卷三）：不灭之光》（Lux perpetua），值得一提的是，《胡斯战争（卷一）：愚人之塔》为萨普科夫斯基第五次斩获波兰幻想文学最高荣誉"孔伊德尔奖"，并令他首次提名代表波兰文学最高荣誉的"尼刻文学奖"。

萨普科夫斯基曾这样阐释自己的创作理念："选取一个有趣的时间段，特别是大动荡时期：战争、宗教冲突、政治压迫、革命等等，把你的主角丢进这个女巫的坩埚，让他在里面寻找出路，让他做出抉择，让他因错误的选择而饱受磨难，让他接受洗礼，让他成熟，让他找到或失去他的真爱、良知、理想和人性。"在《胡斯战争》系列中，萨普科夫斯基对该理念一以贯之，选择了胡斯战争这个完美的"女巫坩埚"。在那个风雨飘摇的时代，战争、革命、宗教迫害、政教矛盾、教会分裂……这些"有趣"的材料应有尽有，无疑可以煎制出令人品味无穷的美妙汤剂。

当然，无法忽视的是，对于大多数国内读者来说，胡斯战争是个陌生的主题，数百年前发生在遥远土地上的那些抗争、牺牲、背叛与屠戮鲜有人知。但或许，这本精彩、厚重的大书会为你打开一扇新的大门，进入一个颠覆想象的中世纪奇幻世界，领略一段波澜壮阔的战争历史。

在进入这个陌生、遥远的奇幻世界之前，我们有必要简单了解一下那连年的战火为何而燃：

14世纪70年代，牛津大学哲学、神学博士约翰·威克里夫不满英国教会极端腐败的行径，开始尖锐而深刻地批判教会与神职人员，由此拉开了欧洲宗教改革的大幕。威克里夫主张政教分离，简化教会礼仪，并将拉丁文版的《圣经》译为了英文，动摇了教会在思想上的垄断地位。彼时的教皇格里高利十一世将威克里夫及其追随者蔑称为"Lollards",意为"懒惰的乞丐们",然而威克里夫骄傲地接受了这个称号,书中令天主教会恨之入骨的"罗拉德派"就此诞生。威克里夫逝世三十年后,对其思想与理念深恶痛绝的教皇在康斯坦茨会议上颁发谕令,宣布将威克里夫革除教籍,并下令将其尸骨挖出,丢至墓园之外。在教会迫害下,"罗拉德派"虽一度销声匿迹,但威克里夫的思想并没有就此消弭,仍被其追随者们薪火相传。

历史的车轮滚滚向前,到了15世纪初,波希米亚王国民族矛盾、宗教矛盾、阶级矛盾尖锐异常,深受威克里夫思想影响的布拉格查理大学校长扬·胡斯公开揭露教会的腐化堕落和贪赃枉法,要求没收教会财产,提出了诸多改革宗教的措施和反对异族统治的主张。很快,他被罗马教廷斥为异端并被逐出布拉格。1415年,在神圣罗马帝国皇帝西吉斯蒙德与罗马教皇的阴谋策划下,在康斯坦茨宗教会议上,胡斯被冠以异端罪名并被处以火刑。胡斯之死引发了支持胡斯的地方贵族与民众对教廷的激烈抗议,最后教廷对波西米亚发布"禁行圣事"的处罚禁令。1419年,胡斯派的怒火再次被天主教会点燃,引发了"布拉格抛窗事件",自此,长达15年的胡斯战争拉开了帷幕。

《胡斯战争(卷一):愚人之塔》的故事发生在1425年,彼时,塔博尔派(激进派)的伟大领袖——在维特科夫山、库特纳霍拉和德意志布罗德率军击溃十字军部队的扬·杰士卡溘然长逝,神圣罗马帝国皇帝与天主教会蠢蠢欲动,正暗中筹划第三次十字军东征,而胡斯派的内部则矛盾重重,圣杯派(温和派)开始与天主教阵营暗中勾结,胡斯运动的失败已初现端倪。萨普科夫斯基巧妙地将《胡斯战争(卷一):愚人之塔》的故事地点放在了西里西亚。

西里西亚是中欧的历史地域名称，大致在奥得河中上游地区，与波希米亚、摩拉维亚、德意志、波兰接壤，正处在天主教与胡斯派冲突的交界地带，不同族群生活于此，各方势力犬牙交错，变革的山雨欲来之时，形势更是波谲云诡、暗潮汹涌。书中的主人公——别拉瓦的雷恩玛尔——正是被丢入了这样一个"女巫坩埚"中，不停历尽磨难、寻找出路、做出自己的抉择。

　　与"白狼"杰洛特不同，雷恩玛尔并非持剑斩魔、风尘仆仆的猎魔人，而是一名年轻的贵族、医师、巫师，然而，在魔法造诣方面，他还只能算作是个学徒。他英俊、聪明、博学、善良，但也天真、鲁莽，女人是他的致命弱点。相比之下，他的性格与《猎魔人》系列中的游吟诗人丹德里恩更为相似。与此同时，萨普科夫斯基在《胡斯战争（卷一）：愚人之塔》中塑造的其他主要人物同样鲜活丰满，富有独特的个人魅力：武艺高强又充满生存智慧的沙雷令人不禁联想起年轻版的维瑟米尔；来自魂灵世界的巨人参孙强大、睿智而又柔情；美丽的尼柯莱特天真无邪却也勇敢果断、敢爱敢恨。《胡斯战争（卷一）：愚人之塔》讲述了雷恩玛尔狼狈不堪的逃亡之旅，我们的主人公们也在他逃亡的旅程中走到了一起。故事伊始，雷恩玛尔与骑士加尔弗雷德·冯·斯特察年轻貌美的妻子阿黛尔相爱，幽会之际被斯特察兄弟捉奸在床，两方在闹市亡命追逐时，斯特察家族幼子尼古拉意外死亡，血海深仇就此结下。逃亡途中，他邂逅神秘少女尼柯莱特并得知哥哥彼得林的死讯，他一心认定是斯特察人痛下杀手，立誓要他们血债血偿。后来的旅途中，戴罪神父沙雷、巨人参孙与之同行。正是由于他轻率冲动、感情用事的性格，他们三人被迫陷入一个接一个的麻烦之中，卷入危险而致命的漩涡之中。

序　章

公元一四二〇年，尽管曾有许多迹象表明世界末日即将来临，但末日并没有如期而至。

虽然千禧年主义者们精准地预言了世界末日将在一四二〇年二月圣思嘉日过后的礼拜一降临，但他们黑暗的预言并没有成真。礼拜一无事发生，礼拜二如约而至，礼拜三也一如既往。"神的国"没有降临，审判日也没有到来。一千年过去了，撒旦并没有从地狱中解放出来，为祸世间。神的敌人和罪人们没有全都死于剑刃、烈火、饥荒、冰雹，也并没有全都殒命于野兽獠牙、蝎针蛇毒。信徒们徒劳地聚集在他泊山、羔羊山、摩西山和橄榄山上等待以赛亚的降临，徒劳地等待着基督再次降临《以赛亚书》预言中的五座圣城：皮尔兹诺、克拉托维、洛乌尼、斯兰尼以及扎泰茨。然而，世界末日没有降临。世界既没有灭亡，也没有被烈火焚尽。至少，并非整个世界如此。

但这仍然值得为之高兴。

啊哈，这汤的味道真棒。浓郁、辛辣、满口留香。我可很长时间没吃到过这么美味的浓汤了。尊敬的各位先生，感谢你们的款待。年轻的旅店老板娘，同样感谢你的热情招待。你们问我要不要来杯啤酒？为什么不呢，老话说得好，今朝有酒今朝醉，明日愁来明日愁。

我刚说到哪了？啊哈，想起来了！一四二〇年，世界末日没有降临。一年、两年过去了，甚至到了第三年、第四年，世界末日还是没来。世界还是老样子——连年战乱、饿殍遍野、瘟疫肆虐、黑死病横行。人和人之间像野兽一样互相残杀。有人杀害自己的邻居，掠夺他的财产，强占他的妻子。屠杀犹太人的惨剧时不时发生，把异端活活烧死也是常事。当然，也有一些不寻常的事物：墓地里欢跃起舞的骷髅、手握镰刀漫游人世的死神、夜里轻薄熟睡少女的梦淫妖、荒野里趴在独行骑士后背的吸血鬼。不言而喻，撒旦的手伸向了人间。它像咆哮的狮子一样四处游荡，寻觅一个又一个吞噬的目标。

很多大人物在那段时间死去。当然，也有很多小人物在那段时间出生。但史书里可不会记载小人物们的生辰，有可能除了他们的妈妈，没人会记得他们在哪天出生，除非他们中有人生来就长了两个脑袋或者两个宝贝。但说到那些大人物，一笔一画可在书上写得清清楚楚，就像刻在石头上似的。

一四二一年，大斋期中期主日过后的礼拜一，皮亚斯特家族出身的公爵、弗沃茨瓦韦克主教扬·克罗皮德沃去世，享年六十岁。

不时也会出现令人忍俊不禁的对白与情节，同样也会有真正的、触及内心的爱情、友情与温情。

在本书中，安杰伊·萨普科夫斯基一如既往地钟爱设谜，隐晦的预言、离奇的命案、神秘的骑士、暗中策划的阴谋，一切被藏于云山雾绕之中，又慢慢经他人的只言片语，让读者自行解谜，旧的谜团刚被解开，新的谜团仍不断产生，读之令人畅快淋漓、欲罢不能。

话不多说，听，教堂的钟声已经敲响，让我们跟随雷恩玛尔的足迹，一同踏上前所未有的中世纪奇幻之旅。

—— **巩宁波**

与史诗奇幻《猎魔人》系列有所不同，《胡斯战争（卷一）：愚人之塔》更应被定义为历史奇幻。《猎魔人》系列依托的是萨普科夫斯基构建的奇幻世界，战争、纷争、冲突、人名、地域都源于作者的想象，而《胡斯战争（卷一）：愚人之塔》中的世界则基于真实历史改编而来，譬如金庸的《射雕三部曲》以宋末元初时期为历史背景，历史事件、著名人物、名川大河皆有史可查，《胡斯战争（卷一）：愚人之塔》中的山川河流、地名人名同样如此。萨普科夫斯基在历史之中加入了奇幻元素，除了教会、贵族、骑士、市民、农民外，读者们还会遇到巫师、恶魔、精灵、矮人、狼人以及各种古老的非人种族。这些怪力乱神的精灵志怪，有些来自大家未曾听说过的中东欧民间传说，有些则是大家所熟悉的传统形象，而这些传统的志怪中有些也被萨普科夫斯基天马行空的想象力赋予了新的形象，譬如三人在深林中遇到的怪癖狼人。

与此同时，《胡斯战争（卷一）：愚人之塔》中描绘的中世纪世界要比读者们想象中的更为真实与黑暗，也许从书名之中，这种黑暗、沉重、压抑的基调已能窥见一二。"愚人之塔"译自德语词汇"Narrenturm"，指中世纪用来隔离患有罕见病和精神病的人的高塔。在萨普科夫斯基的笔下，昏暗的教堂、阴冷潮湿的地牢、肮脏不堪的城镇街道、蓬头垢面的孩童、弥漫恶臭的商道、废弃荒芜的城堡等都很难让人联想到浪漫的、充满英雄主义色彩的骑士时代。在这秩序崩坏、混沌将至的"大动荡"时期，处处充满虚伪、仇恨、背叛、残忍、暴力，战争双方的行为并无二致，正如安杰伊·萨普科夫斯基在序言中所说，自己要秉持公正、不偏不倚地讲述那段历史，谁对谁错、是非曲直都交由读者决断。当然，书中世界也并非一味黑暗，萨普科夫斯基一如既往地将严肃与怪诞巧妙结合，时他在死前还为奥波莱城贡献了六百格里夫纳。坊间传言，这笔钱一部分被他花在了奥波莱城著名的"红发昆妲"妓院里。那所妓院就位于方济各会修道院的后面，主教在里面享受着各种服务直到咽气。临死前，他已没办法亲力亲为，所作所为更像是个窥淫狂。

一四二二年的夏天——我记不清具体哪天了——阿金库尔战役的胜利者、英格兰国王亨利五世在樊尚去世。仅仅过了两个月，法国国王、疯疯癫癫长达五年的查理六世也撒手人寰。疯王之子王太子查理渴望继承王位，但英格兰人并不承认他的权力。王太子的母亲——王后伊莎贝拉很早之前就不再靠近丈夫的床榻，甚至在丈夫神志清醒时也是如此。她宣称王太子查理是私生子，而私生子是无法继承王位的，于是法国王权旁落于英格兰人之手，当时仅九个月大的亨利五世之子小亨利成为了法国真正的统治者。法国交由他的叔父贝德福德公爵约翰·兰开斯特摄政。约翰与勃艮第派贵族一同掌控巴黎在内的法国北部，而南部则由王太子和阿尔马尼亚派贵族掌控。南北交界地带，成群的野狗在堆积成山的尸体旁吠叫不止。

一四二三年，阿维尼翁敌对教皇、被革除教籍的分裂派——鲁纳的佩德罗在离瓦伦西亚不远的佩尼伊斯科拉城堡去世。生前，他与两次大公会议的决议背道而驰，自封本笃十三世。

还有一些大人物也在那时死去，如施蒂里亚、卡林西亚、克拉伊纳、伊斯特利亚、迪利亚斯特诸地公爵恩斯特·哈布斯堡，皮亚斯特家族出身同时也是其支系普热梅斯家族创立者的扬·拉齐布日公爵，卢布尼公爵小瓦茨瓦夫，津比采公爵亨利克和他的兄弟扬。格沃古夫公爵亨利克·伦波尔杜斯因流放而死。格涅兹诺大主教米科瓦伊·特隆巴——一位正直而无私的智者——也离开了人世。上卢萨蒂亚领主亨利克·兰波多斯同样与世长辞。条顿骑士团总团长迈克尔·库切梅斯特在马尔堡去世。我还要提到一个人,那就是比托姆附近的磨坊主雅各布·彭查克,他的绰号叫"大鱼"。哈哈,不得不说,与前面列举的那些大人物相比,他的知名度不值一提,但他却有着超越旁人的优势——他和我可是老相识,过去还常在一块喝酒。

与此同时,文化领域也发生了一些大事。圣伯尔纳丁·栖亚娜、圣若望甘迪和卡皮斯特阿诺在各处布道,尚·吉赫松与帕维瓦·沃德科维奇在革新教育,学者克里斯蒂娜·德·皮桑和托马斯·肯皮斯笔耕不辍。布热佐瓦的劳伦斯在编纂他那包罗万象的史书。安德烈·鲁布列夫在描画圣像,托马索·马萨乔、罗伯特·坎平在精研画技。国王约翰·巴瓦尔斯基的宫廷画师扬·范艾克为根特教区圣巴夫大教堂创作了《哥特祭坛画》,画中的多翼祭坛精美无比,装饰在约杜克·维吉德教堂之中。建筑大师菲利波·布鲁内莱斯基在佛罗伦萨完成了圣母百花大教堂穹顶的修建。而我们西里西亚也毫不逊色——弗兰肯施泰因的彼得在尼萨城修建了雄伟壮观的圣雅各大教堂。它离米利奇城并不远,还没看过的人可以趁此机会一睹其风采。

一四二二年的忏悔节,波兰国王瓦迪斯瓦夫·雅盖沃在利达城举办了隆重的婚礼,与年仅十七、比他年轻五十多岁的花季少女哈尔沙尼的索菲亚喜结连理。传闻,索菲亚美丽动人,但私下却不怎么检点,以后肯定会惹出不少乱子。新婚伊始,雅盖沃便将取悦娇妻的责任抛之脑后,刚入夏就率军出征条顿骑士团。条顿骑士团的新任总团长鲁斯多夫的保罗刚上任不久就碰上了来势汹汹的波兰大军。人们可能没听说过雅盖沃在索菲亚的闺床上表现如何,但他在战场上的表现可谓是老当益壮,给了条顿骑士团沉重一击。

与此同时，波希米亚王国也发生了许多重大的事件。那里发生了巨大的动荡，战争无休无止，到处尸山血海、白骨露野。恕我无法展开详说……先生们，原谅我这个糟老头子，害怕是人之常情，太多人因为嘴不把关而丢掉了小命。毕竟，先生们，我看到了你们衣服上波兰贵族的"纳文奇"纹章和"哈勃旦克"纹章，还有你们，尊敬的各位捷克人，我也看到了你们多布拉沃达领主们的雄鸡纹章和斯特拉科尼采骑士贵族们的箭矢纹章……还有这位一脸严肃的先生，从纹章上的野牛头不难看出，您是塞特里奇家族的人。但那位骑士先生，我一时想不起来您纹章上那倾斜的棋盘和狮鹫兽图案属于哪个家族。更何况，这位方济各会的弟兄，我可不敢保证，你不会拿着我的话向宗教审判所告密。而多明我会的弟兄们，想都不用想，你们一定会告发我。各位来自不同的国家，秉持不同的立场，想必一定能理解我的苦衷，理解我为什么不敢多说波希米亚的那些事。我可没把握确定你们之中有谁支持阿尔布雷希特，有谁支持波兰国王和他的继承人；有谁支持赫拉德茨的迈因哈德与罗森伯格的乌尔里希，有谁支持皮尔克施泰因的海恩斯·普塔切克、桑帕赫的扬·科尔达；有谁支持梅尔施泰因的斯贝德科三世，有谁又是奥莱希尼察主教的拥护者。我不想平白无故挨顿毒打，但我心里明白，这顿打十有八九逃不掉。因为每到最后，我总免不了受一番皮肉之苦。你们问我为什么？那还用说？！当然是因为，如果我说那时候勇猛的捷克胡斯派打败了德意志人，连续三次粉碎了教皇的十字军东征，你们当中一些人肯定会给我一顿毒打。但如果我说异端是借助撒旦的力量才在维特科夫山、维谢赫拉德、扎泰茨和德意志布罗德取得了胜利，那另外一些人肯定会把我吊起来狠抽。所以，我更愿意保持沉默，但如果各位非要我讲的话，我一定会秉持公正、不偏不倚地讲述那段历史。

各位一定要听？那我长话短说：一四二〇年的秋天，波兰国王雅盖沃拒绝了胡斯派献上的波希米亚王冠。雅盖沃有意支持一直想成为国王的立陶宛大公维陶塔斯戴上王冠。但是，为了不惹恼教皇和神圣罗马帝国皇帝西吉斯蒙德，他们把维陶塔斯的外甥——西吉斯蒙德·高里布特派去了波希米亚。高里布特率领五千波兰骑士在一四二二年的圣斯塔尼斯劳斯日抵达了布拉格。然而，在第二年的主显节时，这位王子就回了立陶宛老家。因为卢森堡的西吉斯蒙德和奥托·科隆纳——也就是当时的教皇马丁五世，绝不容忍波希米亚王权旁落。后来，在一四二四年圣母访亲日前夜，高里布特又回到了布拉格。不过，他这次的回归既违背了雅盖沃与维陶塔斯的意愿，也不是教皇与神圣罗马帝国皇帝所希望看到的。换句话说，他的身份是个流亡者、被驱逐者。这次，追随他重返布拉格的部下不像上次多达数千，仅有数百而已。

在布拉格内部，派系与派系之间的斗争异常激烈。热利夫的扬在一四二二年大斋期第二个礼拜日过后的礼拜一被处以极刑，而到了五月，他便成为了所有教堂沉痛哀悼的殉道者。与此同时，布拉格的圣杯派开始大肆袭击塔博尔派，不料却碰到了硬茬子——伟大的战士扬·杰士卡。一四二四年六月七日，在博欣卡河畔的马勒绍夫，杰士卡把那些布拉格人狠狠教训了一番。此战过后，布拉格多了无数的孤儿寡母。

谁知道呢，或许正是无数孤儿的眼泪才使得扬·杰士卡没过多久便死在了摩拉维亚边境的普日比斯拉夫。他被葬在了赫拉德茨-克拉洛韦。追随他的人为他的离开而号泣。在他们心中，特鲁克诺夫的扬·杰士卡——后来的圣杯的扬·杰士卡，是他们伟大的父亲。所以他们把自己称为"孤儿军"……

那些事还没过去多久，大家一定都还记得。然而现在，那段时间却让人感觉像是……久远的历史。

尊敬的各位先生，你们知不知道，为什么会有这种恍如隔世的感觉？因为在那段极短的时间里，发生了无数的事情。

尽管世界末日没有降临，但有些预言在那时已然应验——战争无休无止、基督教世界生灵涂炭、无数人曝尸荒野。似乎，毁灭旧秩序、建立新秩序正是上帝本人的期望。似乎，世界末日正在步步逼近。似乎，长着十个角的恶魔很快会从深渊走出。似乎，恐怖的四骑士很快会从天而降于浓烟滚滚、血流成河的战场。似乎，羊角号随时会被吹响，封印随时会被揭下。似乎，"茵陈星"很快就会从天而降，落在三分之一的江河和众水的泉源上。似乎，很快会出现一个疯子，当他在灰烬上看到另一人的足印时，他会流着眼泪亲吻那个足印。

先生们，恕我直言，那段时间危险又邪恶，有时甚至会把你们吓得屁滚尿流。

先生们，如果你们感兴趣，那我就来好好讲讲。这场把我们困在旅店的大雨还要下很久，雨停之前，权当打发时间。

如果你们愿意听，那我就来讲讲那时的故事。讲讲那时人类的故事，还有非人种族的故事。讲讲他们和它们如何在那个风云变幻的时代中挣扎，与命运和自己斗争。

故事要从一场愉悦、美妙、温柔、缠绵的云雨之欢讲起。但是，各位亲爱的先生，不要被它蒙骗。

不要被它蒙骗。

Chapter 1
第一章

在本章中，读者将会认识我们的主人公——别拉瓦的雷恩玛尔，别名雷恩万。他高超的性爱技巧、卓越的骑术以及通晓《旧约》等优点将在本章中一一呈现。

雷雨初停，透过狭小房间的窗户，能看见阴霾未散的天空下矗立着三座高塔。距离最近的高塔属于市政厅。稍远处圣约翰教堂细长红顶的尖塔正闪烁着雨后太阳的光芒。最远处则是位于教堂后方的公爵城堡圆塔。教堂钟声方歇，惊起的雨燕绕着教堂尖塔不停盘旋。雨后的空气中回荡着钟声的余音。

不久前，圣母玛利亚与圣体大教堂高塔的钟声也一同响起，然而，通过这狭小房间的窗户，是不可能望得到那些高塔的。它只不过是奥古斯丁医院和修道院之中一栋木建筑的阁楼小间而已。

现在是午祷时间,僧侣们开始了祷告仪式。与此同时,别拉瓦的雷恩玛尔——朋友们亲切地称他为雷恩万——吻了一下阿黛尔·冯·斯特察香汗淋漓的锁骨,慢慢从她的怀抱中抽身,躺在温热的床单上急促喘息。

房间外的修道院街人声鼎沸,货车的吱吱悠悠、空桶碰撞的闷响还有瓶瓶罐罐富有节奏的叮叮当当夹杂其中。礼拜三是奥莱希尼察的市集日,像往常一样,商人和顾客们蜂拥而至。

> 万福玛利亚
>
> 尔胎之果并为赞美
>
> 天主圣母玛利亚,为我等罪人
>
> 今祈天主,及我等死后
>
> 万福玛利亚
>
> 恩泽我等
>
> 佑我等一生
>
> 及我等死后,拥我入怀……

雷恩万慵懒地怀抱着阿黛尔,听到僧侣们咏唱的圣歌,不由思绪纷飞:"转眼就到了圣歌时间,多希望幸福的时光变成永恒,但它们总会像美梦一样稍纵即逝……"

"雷恩万……我的爱人……我的可人儿……"阿黛尔忽然打断了他的遐想。这位美丽动人的姑娘来自遥远的勃艮第,是骑士加尔弗雷德·冯·斯特察的妻子。她同样感受到了时间的飞逝,但显然不想把时间浪费在哲学思考上。

她赤身裸体，一丝不挂。

"每个国家都有自己的风俗。"雷恩万浮想联翩，"了解世界、了解各国的人民是多么令人着迷的事情啊。比方说，在脱不脱衣服这点上，西里西亚女人和德意志女人非常保守，波兰女人和捷克女人会自己把衣服撩起，袒露丰满的双乳，但她们不会脱到一丝不挂。而勃艮第的女人则会毫不犹豫地脱光，干柴烈火时，她们那滚烫的血液可容不得身上有一件衣裳。啊，了解世界是如此有趣。勃艮第的风光一定秀美非常。群山高耸……山坡险峻……河谷幽深……"

"啊，啊啊，我的爱人。"阿黛尔猛然将她的"勃艮第风光"塞到雷恩万的手上，不停呻吟。

顺便一提，雷恩万此时二十三岁，他了解的世界可算不上多。他只了解过几个捷克女人、几个西里西亚女人、几个德意志女人、一个波兰女人和一个吉普赛女人。无论是数量还是质量，他的性爱经验都谈不上多了不起，甚至可以说是相当匮乏，但这仍不妨碍他志得意满，以此为傲。雷恩万，就像每一个血气方刚、荷尔蒙过盛的小伙子一样，自诩风流才子、性爱大师，自认为女人在自己面前一览无遗、毫无秘密。事实却是，在性爱技巧方面，与阿黛尔的十一次幽会教给他的东西可要比他在布拉格三年时间学到的还要多。但这年轻人从未意识到这点，还坚信是自己天赋异禀。

看呐
仆人的眼睛怎样望主人的手
使女的眼睛怎样望主母的手
我们的眼睛也照样望向耶和华
我们的主

直到他怜悯我们

阿黛尔双手缠绕雷恩万的后颈,将他拥入怀中。雷恩万知晓她心中所求,欲火再次熊熊燃起,开始不遗余力地满足她,不停在她耳边轻语爱的誓言。他感到无比幸福。

这令雷恩万迷醉的幸福可要间接归功于圣人们。

西里西亚骑士加尔弗雷德·冯·斯特察忽然对自己所犯的罪过心生悔恨,尽管罪名只有自己清楚,但他还是决意去往圣雅各之墓朝圣忏悔。然而,行到中途他改变了主意,发现去往德孔波斯特拉的路途实在太过遥远,觉得将目的地改成圣吉勒也足以表明其忏悔的诚心。但是,他也没坚持走到圣吉勒。骑士的朝圣之旅走到第戎时便因一场邂逅宣告结束。他邂逅的对象正是博瓦桑的阿黛尔,这位十六岁少女的美貌很快便将加尔弗雷德迷得神魂颠倒。阿黛尔父母双亡,两个哥哥一无是处,只会惹是生非。他们想都没想就把妹妹许配给了这位西里西亚骑士。虽然他们都搞不清楚西里西亚具体在哪,但这并不妨碍加尔弗雷德成为他们眼中理想的妹夫,因为他并没有过多地在嫁妆上讨价还价。于是,这位美丽的勃艮第少女就被送去了加尔弗雷德的属地——津比采城附近的村庄海因斯多夫。而在津比采时,阿黛尔与雷恩玛尔坠入了爱河。

"啊啊啊!"阿黛尔双腿缠绕雷恩万的后背,发出呻吟,"啊啊!啊啊!"

如果不是因为第三位圣人圣乔治,那些春宵一刻便不会发生,他们也就止步于眉目传情而已。一四二二年九月的圣乔治日,加尔弗雷德宣誓加入了勃兰登堡选帝侯与迈森总督召集的十字军队伍。这支军队为镇压胡斯派而设,征途中没有取得任何振奋人心的胜利。他们进入波希米亚又迅速撤了出来，和胡斯派都没照面。尽管一场仗没打，伤亡却在所难免，不幸坠马摔断了腿的加尔弗雷德就是其中之一。他在家书中写道自己正在普莱森兰某地养伤。与此同时，守了活寡的阿黛尔与丈夫家人一同待在别鲁图夫，可以随意与雷恩万在奥莱希尼察奥古斯丁修道院那间不起眼的小阁楼里幽会。雷恩万的实验室就在离阁楼不远的医院内。

圣体教堂的僧侣们已经开始咏唱三首圣歌中的第二首。"得抓紧时间了。"雷恩万心想，"到《垂怜经》时，阿黛尔便一刻也不能再多停留，必须离开这儿。千万不能让人看到她。"

> 赞美我主
> 没有把我们当野食交给他们吞噬
> 我们好像雀鸟
> 从捕鸟人的罗网里逃脱……

雷恩万吻了吻阿黛尔圆润的臀部，僧侣们咏唱的声音令他更为兴奋，他深深吸了口气，进入了她芬芳馥郁的花园。不，这不只是花园，这是凤仙，是甘松，是藏红花，是芳香迷人的芦苇花与肉桂，是没药，是芦荟，是世上所有流着香脂的花与树。阿黛尔全身紧绷，伸直了胳膊，把手指嵌到他的头发中，迎合他的动作，臀部轻轻晃动。

"啊，啊啊啊……我的爱人……我的法师……我的可人儿……我的巫师……"

> 倚靠耶和华之人

犹如锡安山

永不动摇……

"已经第三首了。"雷恩万心想,"幸福的时光飞逝得如此之快……"

"翻身。"他换成跪姿,温柔低语,"翻身换个姿势吧,亲爱的书拉密①。"

阿黛尔翻了个身,跪在床上,身体前倾,双手紧抓床头的椴木木板,露出自己美丽迷人的背部。"阿佛洛狄忒②。"他在凑近时不由想到。上古的联想与充满情欲的春光令他感到自己犹如手提利矛刺向恶龙的圣乔治。跪在阿黛尔身后的雷恩万犹如身处黎巴嫩王座之后的所罗门王,他用双手紧紧握住了她的恩戈地葡萄园。

"亲爱的,我要将你比作……"他俯身紧贴她大卫塔般优美的脖颈,耳语道,"将你比作一匹拉着法老战车的马儿。"

阿黛尔从紧咬的牙关中发出一声呻吟。雷恩万的双手缓缓滑到她湿漉漉的腰间,攀上了这棵美丽的棕榈,紧抓树枝去摘取树上孕育的果实。阿黛尔向后甩了甩头,仿佛一匹将要扬蹄腾跃的奔马。

恶人的杖

不常落在义人的分上

免得义人伸手作恶……

阿黛尔的双乳在雷恩万的抚弄下宛若两只跃动的双胞胎小羊。

---

① 书拉密,《圣经·雅歌》中赞美的新娘。
② 希腊神话中代表爱情、美丽与性爱的女神。

他的另一只手抚上她幽秘茂盛的石榴林。

"你的……乳房……"他用拉丁语哼吟情话，"就像……百合花丛中的……两只小鹿……你的肚脐……就像圆形的酒杯……杯中酒香醇厚……你的小腹……盛开着小麦与百合……"

"啊……啊啊啊啊……啊啊……"不懂拉丁语的阿黛尔用呻吟回应他的情话。

> 但愿荣耀归于父、子、圣灵
> 起初这样，现在这样，以后也这样
> 永无穷尽！阿门
> 阿门！

伴着僧侣们的咏唱声，雷恩万亲吻着阿黛尔的脖颈，全神贯注，如痴如狂，仿若一只年轻的雄鹿，飞跃奔跑在香脂四溢的群山之中。

"砰"的一声，房门铰链如流星一般划出窗外，斯特察家族兄弟几人破门而入。见到这群不速之客，阿黛尔不禁发出一声骇人的尖叫。

雷恩万滚下床去，慌忙抓起自己的衣服。他差点就穿好了衣服，当然这是因为斯特察兄弟进门直接冲向了他们的嫂子，才让雷恩万有了可乘之机。

"你个婊子！"莫洛德·冯·斯特察怒吼一声，将一丝不挂的阿黛尔从床单中拽出。

"淫妇！"莫洛德的三哥维迪奇骂道。与此同时，斯特察家族次子沃尔佛怒不可遏，一言不发。他重重扇了阿黛尔一个耳光，阿黛尔发出一声凄厉的尖叫。沃尔佛反手又给了她一个耳光。

"你怎么敢打她！"雷恩万大喊一声。他两腿发软，裤子只提到一半，心中的恐惧和惊慌令他的声音抖得厉害，"听到没，放开她！"

他的喊声达到了目的，却也产生了意外的效果。沃尔佛和维迪奇马上把他们不贞的大嫂扔到一旁，猛地扑向雷恩万。拳打脚踢如骤雨般袭来，雷恩万蜷成一团，他并不是在防卫，而是固执地拽着自己的裤子，好像这条裤子于他而言是附了魔的甲胄。他眼角的余光扫到维迪奇拔出了匕首。阿黛尔看到这幕，发出一声刺耳的尖叫。

"收起来，"沃尔佛厉声喝止，"这里不是动手的地方！"

雷恩万挣扎起身，两手支撑，跪在地上。维迪奇怒目切齿，脸色煞白，跃向雷恩万落下一记重拳，又把他扔到了地板上。阿黛尔又发出一声刺耳的尖叫，但那声音戛然而止。她被莫洛德拽着头发，打了一记耳光。

"你们这群混蛋，怎么敢……"雷恩万痛苦呻吟，"……打她！"

"杂种！"维迪奇骂道，"有你好受的！"

他再次袭向雷恩万。一拳，两拳……第三拳还未落下，沃尔佛制止了他。

"这里不是动手的地方。"沃尔佛脸色阴沉地说道。那阴沉之中透着残忍与恶毒，"把他带到院子里，我们把他带到别鲁图夫去。那个婊子也别落下。"

"我是无辜的！"阿黛尔大喊，"他对我施了魔法！是他蛊惑我！他是个法师！是个巫师！恶……"

莫洛德的又一记耳光打断了她的申辩。"闭上你的嘴，贱货！"他咆哮道，"待会儿有的是机会让你喊。"

"你们怎么敢打她！"雷恩万大喊。

"你也是。"沃尔佛说道，"有的是机会让你喊，狗杂种。麻利点，跟他出去。"

阁楼的楼梯又陡又窄，斯特察兄弟把雷恩万推了下去。雷恩万一路翻滚，撞在了楼梯平台的木栏杆上，几截栏杆登时粉碎。没等起身，他的身子又被抓起，径直摔落到院子的沙地上。沙地肮脏不堪，到处是冒着热气的马粪堆。

"瞧瞧，瞧瞧。"院子里一个牵着几匹马的小伙子嘲笑道。他是斯特察家尚未成年的小儿子尼古拉。"摔在我们面前的这是哪位？莫非是别拉瓦的雷恩玛尔？"

"博学多识的别拉瓦。"詹奇·冯·诺贝多夫发出嗤笑。詹奇绰号"雕鸮"，是斯特察家族的亲戚与朋友。"狂妄自大的别拉瓦！"

"狗屎诗人别拉瓦！"斯特察家族的另一个朋友迪特·哈特补充道，"阿伯拉德①在世！"

"为了向他证明我们同样博学多识，"沃尔佛一边下楼一边说道，"阿伯拉德的下场就是他的未来。怎么样，别拉瓦？想不想尝尝做只阉鸡的滋味？"

"去你妈的，斯特察。"

"什么？什么？"沃尔佛脸变得更为苍白，"小公鸡还敢张开自己的尖嘴？还敢打鸣？詹奇，给我鞭子！"

---

①阿伯拉德，12世纪法国著名神学家和经院哲学家，阿伯拉德与海洛薇兹的爱情故事广为流传。因与17岁的侄女海洛薇兹相爱，被海洛薇兹叔父设计陷害被处以宫刑。

"你敢动他试试！"阿黛尔声嘶力竭的喊声突然传来。她刚被挟持下楼，虽然衣衫不整，但总算不再赤身裸体，"你若敢动他，我就把你的龌龊事全抖出去！你背着你的兄弟对我污言秽语、动手动脚！你曾经勾引我和你上床！你威胁我，如果我不听你的话，你一定会报复！所以你现在才……才……"

她寻不到一个恰当的形容词，方才的气势瞬间土崩瓦解。沃尔佛只是冷笑。

"够了！"他讥笑道，"谁会相信一个法国荡妇的胡言乱语。雕鸮，鞭子！"

突然，一群身着修道士袍衣的僧侣拥入了院子。

"这里发生了什么事？"德高望重的伊拉姆斯·斯坦科尔院长大声问道。他年事已高，身形瘦削，面色萎黄，"信徒们，如此喧哗所为何事？"

"滚开！"沃尔佛挥舞着鞭子大吼道，"滚远点，秃瓢们，滚去念你们的经！黑袍鬼们，骑士的事没你们说话的分！"

"仁慈的主，"院长布满褐斑的双手合十，"宽恕他们，他们并不知自己所行之事。以圣父、圣子之名……"

"莫洛德，维迪奇！"沃尔佛咆哮道，"把那荡妇带到这儿！詹奇，迪特，把她的姘头捆起来！"

"也许我们可以，"斯特察家族的另一位朋友——方才一直沉默不语的斯蒂芬·罗迪奇喊道，"让他尝一下被马拖行的滋味？"

"当然。但先得让他挨顿鞭子！"

沃尔佛抬手扬鞭，鞭还未落，手腕便被英诺森弟兄紧紧抓住。英诺森弟兄魁梧健硕，即便躬身行礼，也丝毫掩饰不住他的身形。沃尔佛的手如同被铁钳夹住一般动弹不得。

沃尔佛破口大骂，猛然抽手，用力去推英诺森弟兄。但他感到这一推就如同推在了奥莱希尼察的城堡高塔上。英诺森弟兄岿然不动，反手将沃尔佛推出。沃尔佛一个趔趄，向后跌出半个庭院，摔倒在一堆粪肥之中。

一时间鸦雀无声。随即，斯特察众人齐齐冲向人高马大的僧侣。雕鸮一马当先，脸上吃了一拳，飞落到沙地上。莫洛德耳朵挨了一拳，踉踉跄跄地跌到一旁，目光呆滞。其余众人如群蚁般蜂拥而上，黑色袍衣的魁梧身形刹那间淹没在骤雨般的拳打脚踢之下。英诺森弟兄奋起反击，拳脚之间尽显凶悍狂横，再也不顾圣奥古斯丁信徒的谦卑之律。

此情此景彻底点燃了年迈院长的怒火。他的脸涨得通红，像雄狮一般怒吼着加入混战，手里挥动着红木十字架左右乱打。

"冷静！"他边打边喊，"冷静！要与邻为善！爱人如己！你们这些婊子养的！"

迪特·哈特一记重拳捶在他身上，院长仰面朝天摔倒在地，脚上便鞋飞起，在空中画出了一道优美的弧线。众僧侣大声疾呼，几人克制不住，也加入混战之中。一时间，整个庭院人仰马翻、乱作一团。

方才被英诺森弟兄推飞的沃尔佛拔出佩剑，挥摇舞动，眼见一场血雨腥风在所难免。恰在此时，雷恩万终于站了起来。他抓起地上掉落的鞭子，用握柄狠砸了一下沃尔佛的后脑勺。沃尔佛捂住脑袋，转身怒视，只听"啪"的一声，一记响鞭直落到他脸上。沃尔佛应声而倒，雷恩万立刻向马奔去。

"阿黛尔！快来我这！"

阿黛尔一动不动，神色漠然。雷恩万跃上马鞍。胯下烈马桀骜难驯，扬蹄嘶鸣。

"阿黛尔！"

莫洛德、维迪奇、迪特与雕鸮四人立即向他奔袭而来。雷恩万勒马掉头，口中发出响亮的哨音，奋力扬鞭策马，径直冲向大门。

"跟上他！"沃尔佛咆哮道，"上马！追上他！"

起初，雷恩万打算经圣玛利亚门出城，接着逃入斯帕立森林。不料通往圣玛利亚门的牛街道路被货车挤得水泄不通，加之胯下奔马认生，陌生骑手的鞭策与喊声让它更为躁烈，未等雷恩万回过神，烈马已载着他往市场方向疾驰而去，一路上马蹄急飞，泥水四溅，路边行人避之不及。他不必回头就知道追兵紧随其后。他听到身后马蹄铮铮，群马嘶鸣，斯特察一伙狂吼怒骂，街道上被冲撞的人群发出愤怒的呼喊。

雷恩万脚踢马肚，驭马狂奔，迎面将一个提着篮子的面包师撞倒在地，面包、点心如下冰雹般落入泥水，旋即被斯特察一伙的马蹄踩得稀烂。雷恩万头也不回，相比身后，前方一辆拉着柴草的二轮板车更令他担忧。板车几乎占据整条小道，车上的干柴高高垒起，车子一旁的狭窄通道中，一群赤裸上身的顽童正蹲在地上，全神贯注地拨弄一坨马粪。

"看你往哪跑，别拉瓦！"沃尔佛同样看到了前路不通，大声吼道。

此时雷恩万的马迅如疾风，已然无法勒停。情急之下，他紧紧抓住马鬃，闭上了眼睛。正因如此，他没有看到半裸的顽童们像老鼠一样飞快地四散逃开。他没顾上睁眼回头，因而也错过了精彩的一幕：穿着羊皮外套、拉着柴车的农夫吓得目瞪口呆，急忙掉转车头。斯特察一伙来不及反应，径直冲向了柴车一侧。詹奇从马鞍上腾空飞起，摔落到柴车上，扫掉了半车柴草。

雷恩万飞速穿过市政厅与市长府邸所在的圣约翰街，冲入了奥莱希尼察市场。熙熙攘攘的市场被雷恩万人马一冲，顿时像是马蜂炸了窝。雷恩万远远望见南面临街上方奥拉瓦门的方塔，便打定主意，策马向南，在人群、牲畜、货车和小摊之间横冲直撞，所到之处鸡飞狗跳、一片狼藉。人们大声叫喊咒骂，受惊的牲畜禽鸟不停惊叫尖鸣，货摊货架被撞翻掀飞，锅碗瓢盆、木桶、锄头、绑腿、捕鱼笼、羊皮、毡帽、木勺、牛油蜡烛、草鞋还有黏土烧制的公鸡哨子——各种各样的商品像下冰雹一样散落一地。食物也没能幸免于难，地上到处是鸡蛋、奶酪、面包、豌豆、小米、萝卜、芜菁、洋葱，甚至还有活蹦乱跳的小龙虾。空中飞扬着各种禽鸟的羽毛，穷追不舍的斯特察一伙让混乱不堪的场面雪上加霜。

突然，雷恩万的马被眼前飞过的一只大鹅惊到，昂首扬蹄，猛然冲向一个卖鱼的小摊。鱼篓被踏得四分五裂，盛鱼的木桶也被撞飞出去。暴怒的鱼贩提起抄网用力一挥，没有打中雷恩万，不料却打在了马屁股上。受到惊吓的马匹一声嘶鸣，冲向一旁，撞翻了售卖缎带棉线的小摊。刹那间，五颜六色的线带从天而降，全都缠在了闪着银光、散发腥臭的鱼身上。惊马在鱼海中扬蹄乱踏，雷恩万竟没有摔落下来。他用余光瞥到，卖缎带的女摊贩正举着一柄巨大的斧头向他奔来，天知道做棉线生意的平时用斧头做什么。他迅速控制住马，啐出几根黏到嘴上的鹅毛，冲着莱尼察街的方向疾驰而去。他知道，到了那儿，就离奥拉瓦门不远了。

"我要撕碎你的蛋，别拉瓦！"身后的沃尔佛吼叫道，"我要把它们撕碎！塞到你的喉咙里！"

"吃屁去吧！"

只剩四人仍追在他身后。罗迪奇被暴怒的商人们拽下了马，团团围住。

雷恩万犹如离弦之箭，冲入一条满是肉摊的巷道。大大小小的摊位上悬挂着血淋淋的牲畜尸体，浓重的血腥气扑面而来。见人马来势汹汹，屠户们慌忙跳开，路中肩扛一条硕大牛腿的屠户来不及跳躲，被快马带翻，连人带腿滚落到维迪奇马蹄下。维迪奇的马大受惊吓，昂首扬蹄，紧随其后的沃尔佛来不及勒马闪避，直直撞了上去。维迪奇从马鞍上腾空飞起，径直飞向旁边的肉摊，脸朝下埋入一堆动物的内脏中。紧接着，沃尔佛也从马上摔落下来，重重压在了他身上。一波未平一波又起，沃尔佛的一只脚仍卡在马镫上，还未来得及挣脱，惊慌失控的马已经拖着他连连撞毁沿途肉摊，浑身上下顿时沾满了污泥和血水。

雷恩万风驰电掣，眼看就要撞上前方不远的一块木制招牌。招牌上，一颗喜气洋洋的猪头正咧嘴大笑。千钧一发之际，雷恩万迅速低头，转危为安。紧随其后的迪特·哈特躲闪不及，只听"砰"的一声，他的额头撞上了木制招牌。迪特从马鞍上飞起，重重摔落到一堆屠宰下水上，将正在围食内脏杂碎的几只野猫吓得跳起，仓皇逃离。雷恩万回头一瞥，只有尼古拉还在追他。

雷恩万快马加鞭，冲出巷道，进入了一个小广场，广场内有几个皮匠正在忙碌着。前路赫然立着一个木架，架子上新剥的兽皮仍然渗着血水。雷恩万已来不及躲闪，眼见就要撞上木架，他横下一心，策马跃起。奔马高高跃过木架，雷恩万竟没有跌落马下，简直不可思议。

尼古拉可就没那么好运了。他的马见到陡然出现的木架，又惊又怯，四蹄急停，但地上满是污水、碎肉和脂肪，异常湿滑。顷刻间，马以极快的速度滑向木架，生生撞散了兽皮架子。尼古拉被甩飞出去，身子向前飞过马头。极为不幸的事情发生了，他的肚子恰巧落到了皮匠们用来支撑架子的剥皮镰刀上。

刚开始，尼古拉完全没意识到发生了什么。他从地上站起，抓住马的缰绳。受惊的马喷着鼻息，不停往后退缩。突然，他感到两腿发软，整个人跪了下去。他仍没明白发生了什么，马仍不受控制，喷着鼻息往后退缩。最为年轻的斯特察人就这样被自己的马在泥地上拖了一会儿。终于，他放开了缰绳，想要重新站起。他意识到了什么，看了眼自己的肚子，发出了一声哀嚎。

他跪倒在迅速蔓延的血泊之中。

迪特·哈特赶了上来，他不再追赶，翻身下马。紧接着，沃尔佛、维迪奇也赶了上来，纷纷下马。

尼古拉重重地坐倒在地。他又看向自己的肚子，发出一声凄厉的哀嚎，接着开始撕心裂肺地号泣。他的视线逐渐模糊，鲜血从腹部不停涌出，融入清晨宰杀的猪牛血水中。

"尼古拉！！！"

尼古拉咳出的鲜血堵住了喉咙，发出窒息的呻吟。终于，斯特察家族年纪最轻的小儿子停止了呼吸。

"别拉瓦的雷恩玛尔，你必死无疑！"沃尔佛冲着城门大声嘶吼。他的脸因愤怒变得愈加苍白，"我会抓住你，将你碎尸万段！我还要将你恶毒的家族斩尽杀绝！一个不留！听到没？"

雷恩万没有听到。伴着马蹄踏过木桥的声响，他已经离开了奥莱希尼察，冲着南方的弗罗茨瓦夫大路奔去。

Chapter 2
第二章

在本章中,读者将通过他人的一系列对话更加了解雷恩万。这些人有些对他心存善意,有些则恰恰相反。与此同时,雷恩万本人正在奥莱希尼察附近的森林中艰苦跋涉。作者对此过程惜字如金,读者须得自己想象。

"坐,先生们。"奥莱希尼察市长巴特沃梅伊·萨赫茨说道,"有什么好酒招待各位?事先说好,我可没有什么拿得出手的上好葡萄酒。但说到麦芽酒,嚯嚯,今天刚到一批西维德尼察出产的麦芽酒,酿制的酒窖在地下深处,温度极低,那儿出产的头酿定是不可错过的美酒。"

"就喝麦芽酒,巴特沃梅伊先生。"当地富商扬·霍弗瑞特说道,"麦芽酒才是我们该喝的酒,那些贵族老爷的肠胃才适合用葡萄酒来腌泡……无意冒犯,尊敬的神父……"

"无妨。"圣约翰福音教堂雅各·冯·加尔神父笑道,"我已非贵族,而是教区神父。所谓教区神父,顾名思义,永远与教区民众同在,所以我不该瞧不起麦芽酒。况且已经主持过晚祷,我也可以饮用一些。"

宽敞的议事厅内,四壁雪白,天花板低悬,众人围坐到桌前。市长坐在他的老位置,背对壁炉,加尔神父坐在一旁,面朝窗户。霍弗瑞特坐在神父对面,旁边坐着卢卡斯·弗雷德曼,这位成功而富有的金匠身着时髦的紧身短款棉衣,卷曲的头发上戴着一顶天鹅绒贝雷帽,完全一副贵族打扮。市长清了清嗓子,不等仆人端来麦芽酒,便开始发言。

"瞧瞧发生了什么事儿?"他一边说,一边把手放在隆起的肚子上,"瞧瞧高贵的骑士们在我们城镇的所作所为!奥古斯丁修道院的斗殴,大街上的骑马追逐,市场上引发的骚乱,几名平民因此受伤,还有一个孩子伤势严重。财物损毁,货物浪费,遭受巨大财产损失的商人们为索要赔偿纠缠了我几个小时。坦白说,我该把那些人连同他们的诉状一同打包送到斯特察领主面前!"

"最好不要。"霍弗瑞特劝告道,"尽管我同样认为骑士们最近做的事情不守规矩,但大家都不要忘了这件事的前因与后果。悲惨的后果令人心痛,年轻的尼古拉·斯特察英年早逝,而前因则源于放荡与荒淫。斯特察家族是在捍卫他们兄长的名誉,追捕诱奸他们嫂子、玷污家族名声的奸夫。当然,不得不提,他们冲动之下做得有些过火……"

在雅各神父一个意味深长的眼神下,商人马上停止了发言。当神父面露意欲发言的神色时,即便是市长本人也会马上沉默不语。

雅各·加尔不仅是城镇教堂的教区神父，还是奥莱希尼察公爵康拉德的助理、弗罗茨瓦夫大教堂分会教士。

"通奸是罪孽。"神父坐直了身体，声音抑扬顿挫，"通奸亦是罪行。罪孽自有主来降罚，罪行自有律法惩戒。没什么能为滥用私刑和肆意杀戮正名。"

"没错，没错。"市长连连赞同，旋即沉默不语，所有注意力放到了刚端来的麦芽酒上。

"我们对尼古拉·斯特察的悲剧深感悲痛。"加尔神父继续说道，"但他的死出于意外。倘若当时沃尔佛一行抓住了别拉瓦的雷恩玛尔，那我们此时应该正在行使司法权审判一桩谋杀案。况且目前还难说，我们能否避免未来此种情况的出现。我提醒各位，虔诚的斯坦科尔院长年事已高，被斯特察一行重伤，正奄奄一息地躺在奥古斯丁修道院。如果他熬不过去，坦白说，斯特察家族将会有大麻烦。"

"然而，说到通奸罪，尊贵的先生们，请注意到一点，这根本不属于我们司法权的管辖范畴。"金匠卢卡斯·弗雷德曼开口说道。他并未抬头，视线放在满手的戒指上，每根手指的指甲都修剪得十分齐整，"尽管这龌龊事发生在奥莱希尼察，但我们无权处置当事人。受了奇耻大辱的加尔弗雷德·斯特察是津比采公爵的属臣，奸夫别拉瓦的雷恩玛尔年纪轻轻，情况也差不多……"

"龌龊事是在我们这儿做的，罪也是在我们这儿犯的。"霍弗瑞特斩钉截铁地说道，"而且，如果斯特察夫人在修道院宣扬的事情属实，是医生用了巫术蛊惑人心，诱使她在毫无意识的情况下犯下了罪行，那事情可就严重了。"

"所有人都是这么说的。"市长的脸埋在杯子里，含糊不清地说道。

"当然,"金匠面无表情地接话,"当沃尔佛·斯特察那样的人把刀架到他们脖子上时,他们当然那么说。雅各神父所言极是,淫乱是大罪,必须得调查审判。我们不希望看到家族仇杀、街头闹事。我们也绝不允许暴怒的贵族对教士拳脚相向,在城镇里舞刀弄枪,在广场上伤害平民。西维德尼察城就曾发生过这样的事,潘奈维兹家族的一员爬上塔楼袭击了一名铸甲师,匕首架在他脖子上发出赤裸裸的威胁。一切都是注定的,骑士们恣意妄为的时代已经不复存在。这件事必须交由公爵定夺。"

"况且,"市长点头称是,"别拉瓦的雷恩玛尔是贵族,阿黛尔·斯特察也是贵族。我们无法对他施以鞭刑,也不能把她当作普通妓女放逐出城。这事必须交由公爵定夺。"

"这事应从长计议。"神父眼睛盯着天花板,说道,"康拉德公爵将启程前往弗罗茨瓦夫,行前势必有诸多事务要处理。坊间流言可能已经传到他耳中,然而现在还未到坐实流言之时。我们大可搁置此事,等到他返城再报。到那时,诸多问题或许已然迎刃而解。"

"我与神父想法一致。"巴特沃梅伊市长再次点头。

"我也是。"金匠说道。

扬·霍弗瑞特正了正头上的貂皮卡尔帕克帽,吹出了一团杯子里的泡沫。

"我赞同各位刚才所讲,待公爵回城后再告知。但我们必须马上将在实验室里的发现呈报宗教审判所。别摇头,巴特沃梅伊先生。也别皱眉头,尊敬的卢卡斯先生。还有您,敬爱的神父,不要叹气,也别再数天花板上的苍蝇。无论是对我,对各位,还是对宗教审判所而言,这事都刻不容缓。打开实验室时有很多人在场,肯定已经有人走漏了风声。当宗教审判官出现在奥莱希尼察时,我们将会被率先责问,为何迟迟不报。"

"届时我会解释。"加尔神父将目光从天花板上移开,"我会亲自解释。这是我的教区,告知主教、呈报宗教审判所是我的义务。我同样有权裁定当前事态是否有必要烦扰教廷和宗教审判所。"

"难道阿黛尔·斯特察叫嚷的巫术算不上严重事态吗?那实验室呢?研究炼金术的蒸馏器?地板上的五芒星图?曼德拉草?头骨和手骨?水晶和镜子?标本罐里的青蛙和蜥蜴?不同口径的瓶子到处都是,鬼才知道里面装的是什么污秽和毒液!难道这些还不够严重?"

"不够。"加尔神父回应道,"审判官们认真严谨。他们感兴趣的是有关信仰的调查,而非青蛙、迷信、天方夜谭。我无意为此烦扰他们。"

"那书呢?在我们手里的这些书呢?"

"首先应当彻底研读这些书。"加尔神父沉着地答道,"不必太过紧迫。宗教审判所既未严禁阅读,也未禁止藏书。"

"不久前在弗罗茨瓦夫,"霍弗瑞特面色阴沉下来,"两个人被处以火刑。有传言是因为他们私藏禁书。"

"并非由于藏书。"神父冷冷地否决道,"他们被处以火刑,是由于蔑视审判庭,傲慢地坚持书中宣扬的内容。那些书中不乏威克里夫[①]与胡斯[②]的书籍、罗拉德派的册本、布拉格流传的文章还有许

[①]威克里夫(Jan Wiklif),即John Wycliffe,英格兰人,欧洲宗教改革的先驱,曾于公开场合批评罗马教会所定的各项规条极不合基督教宗旨,也是首位将《圣经》翻译成英文的人。罗拉德派由他创立。

[②]胡斯(Jan Hus),即扬·胡斯,捷克基督教思想家、哲学家、改革家,曾任布拉格查理大学校长。胡斯是宗教改革的先驱,思想上深受威克里夫的影响,认为一切应该以《圣经》为唯一的依归,否定教宗的权威性,更反对赎罪券,主张饼酒兼领。

多胡斯党的宣言与册子。然而，从别拉瓦的实验室查抄的这批书中并无此类，尽是些医学典籍。事实上，这些书几乎都是奥古斯丁修道院缮写室的藏书。"

"我重申，"扬·霍弗瑞特起身，走向摊在桌上的书籍，"我重申，我并非执意搅扰主教抑或宗教审判所，我并非执意揭发他人抑或希望看到他人在火刑柱上嗞嗞作响。但这事马虎不得，同时也是为了确保我们不会因为这些书而被控告。来看看除了盖伦、普林尼、斯特拉波的书外还有什么书？萨拉迪努斯·阿斯库洛的《芬芳植物纲要》，斯克里波努斯·拉各斯的《药物成分》，巴托罗梅·安格里克的《论万物之序》，大阿尔伯特·万知的《植物中的蔬菜》……万知，啊哈，这名字用作巫师的绰号再合适不过。各位，再看看这儿！沙普尔·本·萨尔……阿布·巴克·穆罕默德·本·扎卡里贾·拉齐……异教徒！萨拉森人！"

"这些萨拉森人的书籍是基督教大学使用的教材。"卢卡斯·弗雷德曼打量着自己的戒指，不露声色地说道，"尽是医学著作。而你刚才所提的大阿尔伯特，是雷根斯堡主教，一位学识渊博的神学家。"

"真的？好吧……看看还有什么……快看！《病因与疗法》，宾根的希尔德加德所写。希尔德加德一定是女巫！"

"并非如此。"加尔神父笑道，"宾根的希尔德加德，'灵视'之人，被称为'莱茵河的女先知'。她逝世后被封为圣人。"

"哈，既然各位确信……这又是什么？约翰·杰拉德，《植物通史》，这是什么语言，希伯来语？但这肯定又是哪位圣人。《草药集》，'托马斯·德·波希米亚……'"

"你刚才说什么？"加尔神父抬头说道，"托马斯·德·波希米亚？"

"没错,书上写着。"

"给我看看。嗯……有趣,实在有趣……果然是个一脉相承、薪火相传的家族。"

"什么家族?"

"近在眼前的家族。"卢卡斯·弗雷德曼似乎仍然只对自己的戒指感兴趣。"不安本分、让我们焦头烂额的雷恩玛尔,他的曾祖父便是这位托马斯。"

"托马斯·德·波希米亚……"市长皱起眉头,"又被称为医生·托马斯。我听说过他。他是某位公爵的亲信……但我想不起是哪位……"

"弗罗茨瓦夫的亨利克六世公爵。"弗雷德曼不紧不慢地说道,"准确来说,托马斯是公爵的挚友。据说是位杰出的学者、卓越的医生,曾在帕多瓦、萨莱诺和蒙彼利埃学习……"

"也有传闻,"霍弗瑞特方才一直点头附和,突然像是想起了什么,忙不迭地插话道,"他是巫师,也是异端。"

"霍弗瑞特先生,"市长面露不悦,"你就像蚂蟥一样紧紧揪住巫术不放。先不谈这个。"

"托马斯·德·波希米亚是高级教士,"神父语气不怒自威,"他曾是弗罗茨瓦夫的咏礼司铎,后来跻身成为教区副主教、撒勒法领衔主教。他本人也与教皇本笃十二世相识。"

"关于那位教皇,坊间也有传言,"霍弗瑞特不依不饶,"他在位时,高等教士之间巫术盛行,斯文克菲尔德审判官……"

"够了,"神父打断他的话头,"我们有更要紧的事。"

"没错,"金匠附和道,"亨利克公爵膝下无子,仅有三个女儿。托马斯神父与他的小女儿玛格丽特藏有一段风流韵事。"

"公爵容许他这么做？他们的友情深厚到如此地步？"

"那时公爵已经离世。"金匠接着说道，"公爵夫人安娜要么毫不知情，要么是自己选择视而不见。当时托马斯神父还未晋升主教，但他与西里西亚诸多名门望族关系匪浅，格沃古夫忠诚的亨利克家族、切申与弗里斯塔克的卡齐米日家族、西维德尼察-亚沃尔斯基的小波尔克家族、比托姆-科伊尔斯基的瓦迪斯瓦夫家族以及布热格的路德维克家族皆将其视为座上贵宾。大家试想这么一个人，他既拜见过阿维尼翁的圣父，又有着神乎其技的医术，可以娴熟地摘除尿结石，病人的宝贝不仅完好无损，甚至，他还可以让那玩意焕发新生。尽管听上去不可思议，但这绝非虚言。有个传闻流传已久，如果不是托马斯神父，如今西里西亚的皮亚斯特血脉可能已然消失。他妙手回春，医好无数男患、女患。当然还有夫妻，我想各位明白我在说什么。"

"恐怕我没有听懂。"市长说道。

"他医好了不少有难言之隐的夫妻，现在明白了？"

"我懂了。"霍弗瑞特点头道，"换言之，他也一定按医人的法子和公爵千金交欢。自然而然也就有了孩子。"

"当然，"神父接话，"事情后来用当时常见的方式解决了。玛格丽特被关进了嘉勒修女会，孩子则被送到了奥莱希尼察康拉德公爵的身边。康拉德公爵对那个孩子视如己出。之后，无论是在西里西亚、布拉格还是阿维尼翁，托马斯·德·波希米亚声誉名望与日俱增，因此这孩子自幼便注定成为神甫。而身居何位，则要看他天资如何。若天资愚钝，便去做乡村神甫；天资中庸，便去掌管某处西多会修道院；天资聪慧，便掌管某处大教堂分会。"

"那他怎么样？"

"非但聪明过人，而且勇猛果敢，长相同他父亲一般英俊。他伴在年纪尚轻的康拉德三世左右，一同与大波兰人战斗。他奋勇杀敌，立下赫赫战功，被册封骑士，赏赐封地。于是，世间再无迪莫神父，别拉瓦的迪莫·波希米亚骑士就此诞生。很快，迪莫骑士寻了一门好亲事，与海登雷希·诺提斯的小女儿结为夫妻。"

"诺提斯会将女儿许配给神父的私生子？"

"当时，私生子的父亲已经成为弗罗茨瓦夫副主教、撒勒法主教，与圣父相识，为瓦茨瓦夫四世进言献策，与西里西亚所有的公爵私交甚笃。老海登雷希想必巴不得与他结为亲家。"

"这倒极有可能。"

"老海登雷希的女儿为迪莫骑士生了两个儿子——亨利克与托马斯。亨利克传承了祖父衣钵，成为神父，求学布拉格，后来成为弗罗茨瓦夫神学院院长，前段时间刚刚与世长辞。托马斯则娶了普罗霍维采的米莎之女柏古诗卡，也有两个儿子——彼得与雷恩玛尔。"

扬·霍弗瑞特抿了口酒，问道："这个风流成性、专门勾搭别人老婆的雷恩玛尔……和奥古斯丁修道院又是什么关系？他是修士、庶务修士还是修院学生？"

"别拉瓦的雷恩玛尔，"神父笑着说道，"是一名医生，曾在布拉格的查理大学学习。大学之前，他在弗罗茨瓦夫教会学校学习，后又受到西维德尼察的药剂师们和布热格圣灵医院的僧侣们教导，掌握了草药医术的奥秘。因为奥古斯丁修道院的僧侣擅长使用草药医病救人，于是被授业僧侣还有亨利克叔父派到这儿。这年轻人施展所长，在医院与麻风病院尽心尽力、救死扶伤。后来，方才也已提及，在其叔父的主持与资助下，赴布拉格深造医学。想必他一定潜心向学，埋头苦读，短短两年便成为学士。他离开布拉格就在……"

"就在'抛窗事件'①发生后不久。"市长毫不避讳地说了出来，"显而易见，他与胡斯异端之间没有联系。"

"他们之间确实没什么瓜葛。"金匠弗雷德曼平静地肯定道，"我向我儿子了解过，他那时也在布拉格学习。"

"也可以说是一件大幸事。"萨赫茨市长接着说道，"雷恩万回到的是西里西亚，是我们奥莱希尼察，而不是到津比采投奔他的骑士兄长。这小伙子善良又聪明，尽管年纪不大，却对草药疗法造诣匪浅。他治好了我妻子身上突然出现的痈疮，医好了我女儿常年的咳病。他为我流脓的眼睛开了一剂煎药，很快便药到病除……"

市长不再说话，清了清喉咙，然后把双手揣进镶有毛皮的袖口中。扬·霍弗瑞特看向他，眼神锐利。

"原来如此，"他终于出声，"现在，这位雷恩万是什么人我再清楚不过了。就算祖父是可鄙的私生子，但也是皮亚斯特血脉，既是主教之子，又是公爵宠儿。本人又是弗罗茨瓦夫神学院院长的爱侄、富绅儿子们的同窗好友。这还不够的话，那在此之上，他还是一个尽心敬业的医生，有着神乎其技的医术，让地方权贵感激不已。那敬爱的雅各神父，出于好奇问问，他又治好了您什么病？"

"病症并非今日议题。"神父冷冷答道，"你只需要知道他医过我即可。"

"失去这样一个人实在可惜。"市长补充道，"让这样一个小伙子死于家族仇杀实在可惜，他也不过是被一双美丽的眼睛迷昏了脑

---

①即布拉格抛窗事件，发生于布拉格。扬·胡斯被处以火刑后，部分激进的胡斯信徒走上街头游行示威，狂怒的激进分子冲进新市政厅，将市长及市议员共7人自窗户抛向手持长矛的抗议者，此次事件引发了胡斯战争。

袋……既然他有如此医术，就该让他去治病救人……"

"就算是用画在地板上的五芒星？"霍弗瑞特发出一声冷哼。

"如果能够医好病，那有何不可？"神父严肃说道，"这种能力是天赋，是主的恩赐。主自有神意，岂容我等质疑！"

"阿门。"市长急忙结束这个话题。

"简而言之，"霍弗瑞特仍然不依不饶，"雷恩万这样的人不应有罪？是这个意思吗？哼？"

"无罪之人，便先掷出石头①，"雅各神父的神色变得高深莫测，"主会审判我们所有人。"

议事厅顿时鸦雀无声，静得可以听清飞蛾双翅扑打窗户的声音。圣约翰街上传来一名城镇卫兵嘹亮而悠长的喊叫声。

"总而言之，我们的结论是，"市长坐直身子，好让顶着桌子的肚子舒服些，"斯特察兄弟是城镇骚乱的罪魁祸首，他们要为财产损失和人身伤害负全部责任。如果敬爱的斯坦科尔院长重伤不治，斯特察兄弟罪责难逃。至于尼古拉·斯特察……那是个不幸的意外。等公爵回城，我们如此上报，各位同意？"

"赞成。"

"没有异议。"

"同意。"

"如果雷恩万在某地现身，"片刻沉默后，加尔神父说道，"我提议将他悄悄抓住，关到我们的市政厅监狱。这也是为了他的安全着想。等此事风声过去，再将他放出来。"

"宜早不宜迟，"卢卡斯·弗雷德曼接着说道，他的视线仍未离

---

① 出自《圣经新约》-《约翰福音》第8章3—11节，讲述耶稣不定行淫妇人之罪的故事，此处指世人皆有罪。

开满手的戒指,"要赶在塔默·斯特察知道这件事之前。"

霍弗瑞特离开市政厅,径直走向黑漆漆的圣约翰街。他突然瞥见,在月光照耀的塔墙上,一个黑影在移动。那团影子朦朦胧胧,正位于城镇号手房间的窗户与刚刚议事的房间窗户之间。他避开仆人提着的灯具所发出的炫目光线,想要看清楚到底是什么。"活见鬼,"他的手画出一个十字,"墙上是什么鬼东西在动?雕鸮?猫头鹰?蝙蝠?还是……"

霍弗瑞特打了个哆嗦,又抬手画了个十字。他裹紧外套,把皮帽使劲往下拉,把耳朵捂得严严实实,快步往家赶去。

因此,他没有看到,一只巨大的旋壁雀展开双翼,从护墙飞下,犹如夜间妖灵一般,无声无息从城镇上空掠过。

莱德纳领主阿佩奇科·斯特察对斯特恩多夫城堡并无好感。原因很简单,这座城堡的主人便是家族首领塔默·斯特察。这位一家之主暴戾恣睢、刚愎自用,家族暴君的名号流传甚广。

房间密不透风,光线昏暗,塔默·斯特察害怕感染风寒,不允许任何人打开窗户,百叶窗也要关得严严实实的,否则光线会晃到这个残废的双眼。

阿佩奇科风尘仆仆,腹中饥饿。但他无暇填饱肚子,更别说把自己收拾干净。老斯特察厌恶等待,也没有款待宾客的习惯,尤其是家族来客。

阿佩奇科一刻不停地向老斯特察汇报奥莱希尼察发生的事情,仆人连口水都没有端上,他只得靠吞咽口水来湿润喉咙。他不情不愿,但别无选择。无论瘫痪与否,无论残疾与否,塔默都是斯特察家族说一不二的家主，决不容忍有人挑衅自己的权威。

老斯特察以熟悉的姿势瘫坐在一张椅子上，整个身子呈现诡异的扭曲状。"老不死的畸形，"阿佩奇科心里暗暗骂道，"该死的老王八蛋。"

造成斯特察家主如此现况的原因众说纷纭、莫衷一是。然而有一点是肯定的——塔默在一阵狂怒之后便中风瘫痪。有人传言，老斯特察是因为听到弗罗茨瓦夫公爵康拉德被选定为主教的消息后大发雷霆，自己的宿敌将要成为西里西亚最有权势的人物。却也有人言之凿凿，老斯特察不幸因怒身瘫要归咎于他的岳母——博格尔的安娜，这粗心的妇人竟然烧焦了他最心爱的一道菜——荞麦粒配猪油渣。虽然没人知道真相如何，但是结果显而易见，无须赘言。中风之后，老斯特察仅能笨拙地移动左手左脚。他的右眼睑永远垂着，偶尔抬起的左眼不停渗出湿黏的泪液，歪斜扭曲的嘴巴挂在骇人的老脸上，嘴角不停淌出口水。那场意外也几乎让他彻底丧失语言能力，变得口齿不清、结结巴巴，于是便得了绰号"巴尔布鲁"。

然而，语言能力的丧失并没有让整个家族如愿以偿，老斯特察并未变得与世隔绝。斯特恩多夫的领主仍然将整个家族牢牢攥在手中，有话便说，有令便施。他总是安排一人伴其左右，充当翻译，那人既能听懂他结结巴巴的呓语，又可以将那些或含糊或刺耳的"咯咯吃吃"声转译成别人能听懂的话语。通常，翻译角色都是由孩童来担当，要么是他的孙辈，要么是他的曾孙辈。

此时的翻译是奥卡·冯·巴鲁特，这个十岁的小姑娘坐在老斯特察的腿上，正在用五颜六色的碎布条装扮一个玩偶。

"于是，"阿佩奇科结束陈述，清了清喉咙，继续说道，"沃尔佛派密使托我向您禀告，他很快会把事情处理妥当。他会在弗罗茨瓦夫大路上抓住雷恩玛尔·别拉瓦,让他血债血偿。但是现在沃尔佛束手束脚,奥莱希尼察公爵带着家眷随从出游,走的也是那条路,还有一些身份显赫的高级教士,所以……不便追捕。但是沃尔佛以家族荣誉起誓,一定会抓住该死的雷恩玛尔。"

巴尔布鲁的眼皮抽动了一下,嘴角淌下口水。

"巴巴巴尔-巴尔-巴尔-巴布鲁鲁-巴布鲁哈-尔尔哈-布尔尔-阿阿阿-尔尔!"房间里回响着他的声音,"巴巴……哈尔尔哈-鲁尔尔赫-布鲁赫!咕咯咕-咕噜……"

"沃尔佛是个他妈的白痴,"奥卡话声响亮、富有节奏,"信任他还不如去信任一堆臭屎。他唯一能够抓住的东西就是他自己的鸡儿。"

"父亲……"

"巴巴巴……巴尔赫!巴赫尔鲁-波赫尔-尔尔尔赫赫!"

"闭嘴,"奥卡头也没抬,专心致志地摆弄娃娃,"听好我的命令。"

阿佩奇科耐心听完一长串的咯咯吱吱,等待着奥卡的翻译。

"阿佩奇,第一件事,"塔默·斯特察的命令经由小女孩之口发出,"去查明在别鲁图夫到底是哪个婆子负责看管勃艮第女人。她要么没有发觉勃艮第女人去奥莱希尼察的真正目的,要么就是和婊子站一边的。把那婆子裤子脱下,朝她光屁股上抽三十五记响鞭。就在我的眼前抽,这样至少我还可以有点消遣。"

阿佩奇科连连点头。巴尔布鲁一阵咳嗽喘息,口水弄得满身都是。接着,他的表情愈加狰狞,继续咯咯咕咕地发号施令。

"那个勃艮第女人,"奥卡边用一把小梳子梳着玩偶娃娃的头发,边转述道,"我已经得到消息,她藏在利戈塔的西多会修女院中。我命你把她带回来，就算把修道院夷为平地也无妨。然后把那个婊子关在与我们关系不错的修道院，比如……"

塔默话音戛然而止，充血的眼睛直直盯着阿佩奇科。阿佩奇科很快意识到，老斯特察已经注意到了他尴尬的神色，真相再也瞒不住了。

"勃艮第女人已经从利戈塔逃走，"他结结巴巴地坦白道，"她偷偷逃了……没人知道逃去了哪里。他们……我们……忙着追捕奸夫，让她溜了。"

"我很好奇，"经过一段悠长又凝重的沉默，奥卡继续译道，"为什么我听到这些丝毫不感到惊讶。既然事已如此，那就这样吧。我不会在一个婊子身上浪费时间。让加尔弗雷德回来之后自己亲手处理吧，我不在乎他的烂事。毕竟，这种烂事在我们家族并不新鲜，我肯定也没逃过，不然怎么会生出这么多蠢货。"

巴尔布鲁发出一阵急促的咳喘，奥卡并没有转译，所以他并未讲话，仅仅是在单纯地咳嗽。老斯特察终于缓了过来，脸色铁沉，将手杖往地板上一敲，接着发出刺耳的咕噜咯吱声。奥卡把辫尾发梢含在嘴里，仔细倾听。

"但是，尼古拉是家族未来的希望，"她扬声道，"是我的血脉，名副其实的斯特察血脉，而不是鬼知道什么出身的狗杂种。所以，他流出的鲜血必须让凶手连本带利地偿还。"

塔默又一次抬起手杖重击地板，这一击震得他的手麻软无力，颤抖得更为厉害，手杖瞬间脱手掉在了地上。这位斯特恩多夫的领主不停咳嗽喷嚏，口水鼻涕四处飞溅。他身边站着的妇人擦掉他下巴上的口水，捡起手杖塞回到他手中。这妇人正是巴尔布鲁的女儿、奥卡的母亲——赫萝薇塔·冯·巴鲁特。

"赫尔尔尔戈！戈尔赫……巴巴……巴赫尔尔……巴赫尔尔鲁戈……"

"别拉瓦的雷恩玛尔必须为尼古拉的死付出代价。"奥卡平静地转述道，"上帝和所有的圣人皆将见证，他会付出代价。我要将他关到地牢，关进笼子，关在一个箱子中。箱子要小到让他无法动弹，连抓挠都做不到，箱子上给他留两个孔，一个进食，另一个正对着屁股。我要这样把他关个半年，再接着折磨他。我要找个拷问者来对付他，一定要是马格德堡人，他们老练又狠毒，不像我们不成样子的西里西亚拷问者，不知轻重，一天就把人弄死。不，不仅如此，我要找个技艺精湛的酷刑大师，让他用整整一周的时间不遗余力地拷打杀死尼古拉的罪人。如果雷恩玛尔还没断气，那就两周。"

阿佩奇科咽了口口水。

"但要想实现这些，前提是抓住奸夫。他不是傻子，抓他需要的是聪明智慧。傻子既不会从布拉格顺利毕业，也不会在奥莱希尼察的僧侣们那儿吃得开，更不会有胆识去勾引加尔弗雷德的法国老婆。对付这样一个狡猾的人，像个蠢货一样去弗罗茨瓦夫大路上追赶远远不够，若抓不住他，丢的是我们家族的脸面。"

阿佩奇科点头称是。奥卡看着他，撺了撺自己又小又塌的鼻子。

"雷恩玛尔，"她接着说道，"有个兄弟住在亨利克夫附近，他很有可能赶去那里藏身，也可能已经到了。另一个别拉瓦人，死前是弗罗茨瓦夫神学院的院长，所以也不排除这无赖想要投靠另一个无赖的可能。我说的是他无比敬爱的康拉德主教，那个老不死的酒鬼、小偷！"

老斯特察一阵暴怒过后，下巴上又沾满了口水鼻涕，赫萝薇塔再次上前为他擦拭。

"除此之外，这浪荡子在布热格圣灵医院还有熟人。弗罗茨瓦夫可能只是个幌子，他也有可能直接去了布热格。反正骗过沃尔佛那样的蠢货又不是件难事。最为关键的是，阿佩奇，竖起耳朵听好了，这浪荡子无疑想要效仿罗英·格林和兰斯洛特……他会奔向他的情儿。没错，我们最有可能抓住这只发情公狗的地方，就是利戈塔。"

"利戈塔？"阿佩奇科心生疑惑，斗胆问道，"她都已经……"

"逃了。我知道。但他不知道。"

"这老不死的灵魂比他的身体更为扭曲，"阿佩奇科暗暗心想，"但他狡猾得像只狐狸，在他面前什么都瞒不住。"

"要抓住他，我的儿侄们都他妈派不上什么用场。所以，我命你快马加鞭赶到涅莫德林，然后再去津比采。等到了那儿……仔细听好，阿佩奇。找到'祈怜者'昆兹·奥洛克，再找到沃尔特·德·巴贝、科贝格洛瓦的希贝克、高戈维采的斯托克。告诉他们，活捉别拉瓦的雷恩玛尔，塔默·斯特察会付给他们一千莱茵金币，记住，是一千。"

每听到一个名字，阿佩奇科都会吃惊地咽下口水。这些都是穷凶极恶的亡命之徒，恶名响彻整个西里西亚。他们既无荣耀，也无信仰，为了三个斯克里币①就可以杀掉自己的祖母，更何况是一千莱茵金币的天文数字。"这可都是我的金币，"阿佩奇科心中升起一股怒火，心中盘算，"这老不死的残废蹬腿之后，这可都是属于我的遗产。"

"阿佩奇，听明白了？"

"是的，父亲。"

"那就滚，滚出去。赶紧上路，把我吩咐的事情做好。"

---

①中世纪流通的德国货币，面值极小，在中世纪波兰也同样可以使用。

"小气的老王八蛋！"阿佩奇科心中暗骂，"我先去厨房吃饱喝足再说。"

"阿佩奇。"

阿佩奇科回过身来，他没有看向巴尔布鲁那张诡异、涨红的脸，他不止一次感到，那张脸在斯特恩多夫显得突兀、多余、格格不入。阿佩奇科注视着奥卡栗褐色的大眼睛，然后看向站在老斯特察身后的赫萝薇塔。

"在，父亲还有什么事要吩咐？"

"别让我们失望。"

"也许，"他闪过一个念头，"那根本不是他？也许他已经死了？也许他的大脑也已瘫痪，坐在上面的只是一个活死人？也许……是她们？是眼前的母女二人掌控着斯特恩多夫？"

他很快将这个荒谬离奇的想法抛之脑后。

"不会的，父亲。"

阿佩奇科压根没想过马上去执行老斯特察的命令。他憋着一肚子闷火，一路小声咒骂，快步走到城堡的厨房。一进厨房，他便大声喝令仆人把所有的珍馐美酒都端上来。不一会儿，他面前就堆满了好酒好菜。主菜有鹿腿肉、肥得流油的猪排、一大条血肠、一大块布拉格熏火腿，还有几个配上鸡汤的白菜卷。主食则是一整个硕大的面包，犹如萨拉森人的圆盾那般大小。配酒更是上佳的匈牙利与摩拉维亚葡萄酒，这些酒巴尔布鲁舍不得给别人喝，只肯自己享用。任由那个老残废在楼上的房间发号施令，房间之外，自有旁人说了算。眼下，阿佩奇科·斯特察便是房间外的头儿。

他一进厨房便趾高气昂，耀武扬威。狗吃了他一脚，嗷嗷叫着跑掉。猫灵巧地闪过他扔出的大木勺，飞快逃离是非之地。一口铁制大锅被重重摔在地上，"咣啷"的一声巨响让厨房女仆们胆战心惊。反应最慢的女仆躲闪不及，后脖被砸中，还被他骂作"蠢笨的贱货"。他对在场的男仆更不客气，从人身到他们的父母都骂了个遍，几个倒霉蛋还亲身体验了他那铁块般硬的拳头。一个仆人被喝令了两遍才去取老残废酒窖里的珍藏，他踹出一脚，仆人顿时站立不能，四脚着地。

不久之后，阿佩奇科——不，阿佩奇科老爷瘫坐在椅子上，开始大快朵颐。他把吃剩的骨头丢到身后的地面，啐口唾沫，打个饱嗝，恶狠狠地瞪着身材臃肿的女管家，就等着她露出破绽，给他一个发作的借口。

"老不死的王八蛋仅仅是我的叔父，却让我叫他'父亲'。我必须得忍耐。等他一命呜呼，我便是斯特察家族最年长的继承人，将会统领整个家族。自然，他的遗产会被瓜分，但我会拿最大的一份。所有人心知肚明，没什么可以妨碍我，没什么可以阻止我……"

"不……雷恩玛尔与加尔弗雷德老婆的麻烦事可能成为我的绊脚石。"阿佩奇科一边低声咒骂，一边心中暗暗揣度，"家族私战①会让我违背《领地和平法令》②。老残废让我雇佣一帮亡命之徒去追捕那浪荡子，把他囚禁起来折磨虐待，但他可是诺提斯血脉、皮亚斯

---

①私战，即世仇或宿怨，中世纪背景下带有"血亲复仇"含义，是一种私人的复仇行为，最直接的解释为血债血偿。
②《领地和平法令》（Landfryd），意为领地和平或领邦和平，在中世纪时期，领地和平泛指领主和臣民通过契约或者誓约等方式，在一定期限内让渡自己领地上的某些法律和武力特权给君主，来保障自己领地的治安或者纠纷的成功调解；这是对贵族和自由民包括私战在内的私人暴力行为的一种法律限制，以及构建国家治安秩序的法律基础。

特血脉以及津比采领主属臣的亲戚。还有弗罗茨瓦夫的康拉德主教，他和老残废一直不对付，巴不得找到机会给斯特察家族好看。"

"不妥，不妥，不妥。"

"这件事情的罪魁祸首，"阿佩奇科剔着牙，心里突然有了主意，"就是别拉瓦的雷恩玛尔，他要为此付出代价。但事情不能做得太过声张，惊动整个西里西亚，要悄悄地趁黑给他肋部来一刀。如果巴尔布鲁猜得没错，就趁他偷偷在利戈塔他情儿的窗台下现身时，一刀结果了他。尸体就沉到西多会修女院的鲤鱼塘中。'扑通'一声，神不知鬼不觉，鱼儿可不会走漏风声。"

"但是，巴尔布鲁的指令又不能完全不听。这老不死的生性多疑，惯用的伎俩就是给好几个人下同样的命令，来确认命令有没有好好执行。"

"到底该他妈的怎么办？"

"砰"的一声，阿佩奇科恶狠狠地将一柄小刀插到桌板上，一口气将杯子里的酒喝光。他抬起头，目光撞上了女管家的视线。

"看什么看？"他咆哮道。

"老爷最近藏了一批上等意大利葡萄酒，"女管家冷静地说道，"要我给您来一些吗？"

"快，"阿佩奇科不由笑出了声，女管家的讨好令他十分受用，"快上酒，我要尝尝意大利的佳酿。还有，我命你派个人去瞭望塔，给我带个跑腿的人回来。人要骑术不错、脑子机灵点的，能把送消息这种事办妥当的。"

"遵命，大人。"

伴着蹄铁踏击桥面的声音，一名信使正驰离斯特恩多夫城堡。

他回过头来，挥手作别堤岸上的女人。女人头戴雪白方巾，也正向远去的男人告别。突然，在月光照耀的瞭望塔高墙上，信使瞥见一团模模糊糊正在移动的黑影。"见鬼，"他心里不禁打鼓，"什么东西在那儿爬来爬去？雕鸮？猫头鹰？蝙蝠？还是……"

信使念了一段护身咒语，向护城河吐了口口水，接着快马加鞭向远处奔去。他要传达的消息十万火急，派他送信的主子又残酷无情，他可耽搁不起。

他没有见到，在他身后，一只巨大的旋壁雀展开双翼，宛如夜间妖灵一般，悄无声息地从森林上空掠过，向西方的维达瓦山谷飞去。

众所周知，森神堡城堡由圣殿骑士团所建，他们将城堡选址于此绝非一时兴起。此处山峰高耸，锯齿状的绝壁险峻峭拔。在久远到无法追溯的时代，异教徒们群聚山顶祭祀众神。这里曾伫立着一座神庙，传说，里面其实是生活在这片土地上的远古部落特博维安人与博安人举行人祭仪式的祭坛。沧海桑田，神庙只剩断壁残垣，布满青苔的石头、圆柱被丛生的野草覆盖，但异教徒的祭祀仪式并未消弭，安息日之火仍在山顶熊熊燃烧。即便是一一八九年，弗罗茨瓦夫主教推行严苛的刑罚，严禁森神堡的"魔鬼与诅咒盛宴"，此后近百年，无数胆敢违令的异教徒被囚入地牢，祭祀仍然屡禁不止。

与此同时，圣殿骑士团来到此处。他们裹着头巾，脸庞像晒过的公牛皮一般闪着坚毅的铜褐色。在他们的监督下，一座座西里西亚城堡拔地而起，雉堞俨然、雄伟壮观，如同小号的叙利亚圣殿要塞。圣殿骑士团向来偏爱将据点建在古代的圣地与正在消失的祭坛上，他们看中森神堡也就不足为怪了。

后来，圣殿骑士团噩梦降临。争论公平与否已无意义，人们心知肚明，他们走向了灭亡。他们的城堡被医院骑士团接管，迅速涌现的修道院与人丁兴旺的新贵旧爵很快将其瓜分干净。其中的一些城堡，尽管地下沉睡着力量，却以不可思议的速度变为废墟。人们将这些废墟视为不祥之地，心中畏惧，不敢踏足。

这不无理由。

无论多少渴求土地的萨拉森人、图林根人、莱茵人与法兰克尼亚人定居于此，森神堡山峰与城堡永远被一条无人带所环绕，只有偷猎者或者逃亡者才敢踏足那片荒原。也正是由于他们，人们才第一次听说城堡里有着离奇怪鸟、幽灵骑士，不时会传出野性残暴的嘶吼与歌声，城堡窗户会看到闪烁的烛光，诡异的管风琴声隐隐约约，似乎是从地下传来。

有人并不相信这些传说。有人痴迷于寻找传言中圣殿骑士团放在森神堡地库中的宝藏。还有人，怀着不安的灵魂与旺盛的好奇心，定要自己耳闻目睹、一探究竟。

他们无人归来。

是夜，若有偷猎、流亡抑或好奇之人在森神堡附近徘徊，望见城堡与山峰的异象，此地传说无疑会更为离奇。遥远的天际线上，一场风暴骤然浮现，黑云之中电光闪耀，但是太过遥远，雷声轰鸣都无法听到。风暴由远及近，闪烁的夜空下，一座城堡的巨大轮廓随着耀目的电光忽隐忽现。突然之间，城堡窗户诡异地亮起。

这座看似废墟、毫无生气的城堡内部，伫立着一座宏伟的殿堂。枝状烛台与火炬的光亮突显出空空墙壁上的几幅壁画。画上描绘的都是骑士与圣人：跪在圣杯前的帕西瓦尔、手持西奈山十诫法板的摩西、亚布拉卡战役中英勇奋战的罗兰、弗里西亚殉道于异教徒之剑的圣波尼法爵、出征圣地耶路撒冷的布永的戈弗雷,以及第二次跌倒在十字架下的耶稣。画中人的眼睛凝视着殿堂中央的巨大圆桌。众多骑士围坐在桌旁,他们身穿铠甲,披着斗篷,面容遮掩在兜帽之中。

一阵狂风袭来,一只巨大的旋壁雀自洞开的窗户飞入殿中。

它在殿堂之中盘旋一圈,幽灵般的影子掠过一幅幅壁画,接着蓬起自己的羽毛,在一把座椅上落定。它张开鸟喙,尖啸一声,啸声未落,已化为身披斗篷的骑士。他坐在桌前,头戴兜帽,与其他骑士无异。

"吾等齐聚于此,"旋壁雀沉吟道,"主,吾等以主之名聚于此。降临于吾等,与吾等同在。"

"吾等齐聚于此,"众骑士齐声高吟,"吾等齐聚于此!吾等齐聚于此!"

回音在城堡之中回荡,犹如闷雷轰鸣,又如遥远战场上攻城槌撞击城门的巨响。慢慢地,回音消失在幽暗的长廊中。

"赞美我主,"在一切归于寂静之后,旋壁雀扬声道,"审判之日即将到来,我主之敌皆将归于尘土。他们将被痛苦与灾祸吞噬!我等为此而来!"

"吾等齐聚于此!"

"诸位弟兄,"旋壁雀抬起头,燃烧的烛火映射在他的双眼之中,"天命赐予我等良机,让我等可以再次斩杀我主之敌,再次屠戮信仰之敌。我等再次扬剑之日即将到来!诸位弟兄,记住一个名字:别拉瓦的雷恩玛尔。别拉瓦的雷恩玛尔,别名雷恩万。听好……"

戴着兜帽的一众骑士侧身倾听。壁画中跌倒在十字架下的耶稣,正凝视着众人,双目之中蕴含无尽的人类苦难。

Chapter 3
第三章

在本章中，人们谈论的事物之间似乎有着微妙的联系，如猎鹰狩猎、皮亚斯特王朝、卷心菜豌豆汤以及捷克异端。人们还围绕誓言展开论战，争论誓言信守与否应不应因时而动、因人而定。

奥莱希尼察河蜿蜒曲折，淌过一片稀疏的白桦林与青草地，将丛生赤杨的广袤沼泽一分为二。一行队伍在河岸丘地上停留许久，远处波洛乌村的茅草屋顶与升起的炊烟尽收眼底。但这队伍并非为了休整而驻足，恰恰相反，是为了快些满足公爵的爱好，好让他精疲力竭、打道回府。

这一行人便是奥莱希尼察公爵康拉德五世的出游围猎队伍。这位醉心狩猎的皮亚斯特人亦是切布尼察、米利奇、希齐纳瓦、沃武夫、斯莫戈热沃诸地领主，甚至是属于其弟康拉德七世的领地科伊勒城，他也拥有共同管辖权。

队伍行近时，沼泽之中惊起无数飞鸟，有野鸭、巡凫、矶雁、针尾鸭、苍鹭……见到此景，康拉德·坎特纳公爵立刻命令队伍停下，唤人放出自己心爱的猎鹰。此时，政事繁务、文书教事乃至整个世界都可置之不理，他宠爱的"灰箭"用利爪撕扯着野鸭的羽毛，"银影"正在高空与苍鹭缠斗。

公爵在草地与沼泽上策马驰骋，大女儿阿格涅丝卡、总管卢迪格·霍格维茨与几名争宠的近侍紧随其后。

队伍的其他人在林边等待，或许是由于无人能预见公爵何时倦怠，所以他们都未下马。公爵的一位外国客人悄悄打着哈欠，随行神父口中喃喃自语，似在祈祷。财务官嘟嘟囔囔，似在数钱。游吟诗人写写画画，似在谱曲。阿格涅丝卡的侍女们聚在一起叽叽喳喳，或许是在搬弄其他侍女的是非。年轻的骑士们百无聊赖，便骑马溜圈，四下探索附近灌丛。

"野牛！"

亨利克·克劳普斯急忙勒马掉头，他心中疑惑，于是竖起耳朵，努力分辨哪个灌丛传来低声唤他外号的声音。

"野牛！"

"谁在那儿？出来！"

灌丛沙沙作响。

"圣雅德维嘉呐……"克劳普斯惊讶地张大了嘴巴，"雷恩万？是你吗？"

"不，是你的圣雅德维嘉。"雷恩万应道，语气酸得如同五月的醋栗，"野牛，我需要帮助……那是不是康拉德公爵的队伍？"

还没等克劳普斯回过神来，另外两名奥莱希尼察骑士也凑了过来。

"雷恩万！"维希尼亚的雅克萨抱怨道，"天啊，瞧你现在什么样子！"

"我倒好奇，"雷恩万愤愤不平，心中暗想，"换成你，骑的马刚出贝斯特拉村就蹬了腿，不得不整夜在希维日纳河沿岸的沼泽与荒原中跋涉，天亮前才把身上满是泥巴又湿漉漉的破布换成从农舍篱笆上偷来的罩衫，你这个干干净净的公子哥又会是什么狼狈样。"

另一名奥莱希尼察骑士本诺·厄柏巴赫打量着他，眼神中流露出难过之情，想必也在考虑相同的事情。

"与其杵在那儿，"他语气平淡，对另外两人说道，"还不如给他找些衣服换上。别拉瓦，扔掉身上那些烂布。你们俩，快把鞍囊中的衣物拿出来。"

"雷恩万，"克劳普斯仍不敢相信眼前所见，"真的是你？"

雷恩万没有回答，换上了其中一人扔来的衬衣与坎肩。他现在的心情很坏，差点就要哭出来。

"我需要帮助……"他再次求助，"十万火急。"

"我们见到你这个样子就明白了，"厄柏巴赫点头同意，"而且一致认为，确实是火烧眉毛的事儿。跟上，我们得带你去见霍格维茨和公爵。"

"他知道了吗？"

"现在没人不知道。你的事闹得沸沸扬扬的。"

康拉德·坎特纳生有一张鹅蛋形的长脸，后移的发际线让他的额头变得十分显眼，同时也让他的脸看上去拉得更长。他有着黑色的络腮胡与一双锐利的眼睛。他的相貌并不会让人立刻联想到皮亚斯特人，但他的女儿却能让人一眼看出这位小姐的出身非同凡响。她生有一双明亮的眼睛，亚麻色头发，小小的鼻子上翘着，正是典型的皮亚斯特人长相。雷恩万心中揣度，看相貌，阿格涅丝卡大约十五岁年纪，想必已经订立婚约。然而，他想不起任何有关这位千金小姐婚事的传闻。

"起来。"

他站起身。

"你心里清楚，"公爵说道，那双令人生畏的眼睛盯着他，"我并不赞许你的所作所为。坦白说，雷恩玛尔，我认为你的行为无耻下流，理应受到谴责与唾骂。你应该深感懊悔，苦修赎罪。我对随行神父的话深信不疑，他说地狱之中有一方特殊的飞地，恶魔会在那里竭力折磨罪人犯罪的工具。所以他特意劝我持身自重，不要着了那些年轻姑娘的道。"

卢迪格·霍格维茨总管冷哼一声。雷恩万沉默不语。

"怎么修复和加尔弗雷德·斯特察的关系是你们两人之间的事。"康拉德公爵继续说道，"况且你们同属津比采公爵的属臣，而非在我管辖之内，我出手干涉并不妥当。我理应撇清关系，把你交给他。"

雷恩万吞了口口水。

"但是，"沉默一会儿后，公爵继续说道，"第一，我不是个不念旧情的人。第二，在坦能堡会战中，你父亲曾和我的兄弟并肩作战，最后战死沙场。念及他的情面，我不会让你死于愚蠢的家族私斗。是时候让这样的私斗消失，让所有欧洲人以兄弟相称了。鉴于此，我准许你一路随队回弗罗茨瓦夫。但是，别在我眼前晃，看到你并不会令我感到愉快。"

"公爵大人……"

"我说了，别在我面前晃。"

狩猎看上去已经结束。侍从将猎鹰罩起，猎获的野鸭与苍鹭不再挣扎，挂到了马车栏杆上。公爵心满意足，侍从们也同样愉快。这场乏味的狩猎原本极有可能更为冗长，人们都在传言是因为雷恩万，公爵才决定终止狩猎，动身回城。流言在队伍中发酵，几个充满谢意的眼神向他投来，令他不由得心中打鼓，担心流言不止于此。他愈发感到窘迫，耳朵不禁发烫，好像所有人在盯着他似的。

"所有人都知道了……"本诺·厄柏巴赫骑马与他并排同行，压低声音悄悄说道。

"没错，所有人，"奥莱希尼察骑士脸色难过地肯定道，"但好在，并不是所有的事。"

"呃？"

"你在装傻吗，别拉瓦？"厄柏巴赫仍旧压着嗓子问道，"如果康拉德知道有人死在了奥莱希尼察，他一定会把你赶走，也可能会给你戴上镣铐直接押送到津比采公爵面前。别瞪着我，我没骗你。尼古拉·斯特察死了。你让加尔弗雷德蒙羞的事情暂且不谈，斯特察家族绝不会放过害死他们兄弟的人。"

"我发誓，"雷恩万一阵深呼吸后说道，"我没有动尼古拉一根指头。"

"更糟的是，你心爱的阿黛尔指控你使用了巫术。"厄柏巴赫显然没有被雷恩万的誓言打动，"她扬言说是你用巫术蛊惑了她。"

"就算她真这么说，那也一定是被逼无奈。"过了一会，雷恩万回应道,"她在他们手里,随时可能有生命危险……"

"并非如此。"厄柏巴赫否定道,"她在奥古斯丁修道院当众指控你使用巫术后,就逃到了利戈塔,现在躲在西多会修女院。"

雷恩万松了一口气。

"我不信那些指控。"他重申道,"她爱我,我也爱她。"

"英雄难过美人关。"

"你根本不知道她有多美。"

"也许她的确很美,"厄柏巴赫盯着他的眼睛说道,"但当他们搜查你的实验室时,一切都会变得丑陋无比。"

"呃,我怕的就是这个。"

"你确实该怕。在我看来,宗教审判所还没追来捉你的唯一理由,就是他们还没来得及把实验室里发现的所有恶行编录完。康拉德也许可以从斯特察家族手里保下你,但恐怕,他对宗教审判所也无能无力。等到有关巫术的消息传到他耳里,他就会亲手把你交出去。雷恩万,别和我们一起去弗罗茨瓦夫。听我一句劝,在我们回城前溜走,找个地方躲起来。"

雷恩万没有回话。

"顺便问一句,你真的精通魔法?"厄柏巴赫装作毫不在意的样子问道,"呃……那个……我最近遇上了一个姑娘……你明白我的意思……怎么说呢……炼金药也许能派上用场……"

雷恩万没有回话。这时,有人在队首大声吆喝。

"怎么了?"

"哥几个,前面应该是到了'大鹅旅店'。""野牛"克劳普斯猜测道,说罢便驱马快行。

"谢天谢地,见鬼的围猎等得我快饿死了。"维希尼亚的雅克萨小声道。

雷恩万依旧一言不发。然而，从他肚中一直传出的咕咕声已然说明一切。

"大鹅旅店"地方敞亮，停靠着不少马匹、马车，旅店外诸多随从与卫兵打扮的人忙忙碌碌，一派热闹嘈杂的景象，不难猜到此处颇有名气，来往客人极多。康拉德公爵结驷连骑、颇具声势的队伍进入院子时，旅店老板像是早已收到了消息，候在门口。见到公爵，他像投石车投出的石球一样冲出，吓得鸡鸭四散，泥水四溅。到了公爵面前，他匆忙站定，鞠躬行礼。

"欢迎，欢迎，今天可真是贵客临门。"他气喘吁吁地说道，"您的到来让小店蓬荜生辉……"

"今天客人不少，"侍从们小心翼翼搀扶公爵下马，"想必里面拥挤不堪。都是些什么人在用餐？店内可还能容下我们这些人？"

"绝对可以，绝对可以。"旅馆老板努力平缓呼吸，急忙保证道，"现在屋内地方宽敞……望见您的队伍，小的马上赶走了那些乡下骑士、游吟诗人和自由农……客堂里有地方，侧房也空着，只不过……"

"只不过什么？"卢迪格·霍格维茨总管皱起眉头。

"客堂里还有几位客人。他们都是神甫，身份尊贵的……上帝使者。所以，小的不敢……"

"很好，你不敢。"康拉德打断道，"你却有胆子怠慢我，怠慢整个西里西亚的领主。罢了，我们也是客人！况且我是皮亚斯特人，又不是什么萨拉森苏丹，和其他客人一起用餐也没什么。带路吧，先生们。"

旅店客堂中飘着似有似无的烟气，卷心菜汤的香气四处弥漫。客堂的确不挤，事实上，里面仅有一张桌上坐了客人。那是三位已剃度①的男客，一人身穿多明我会修士袍衣，另外两人都是旅行修士打扮，然而衣服用料十分讲究，质地细腻精美，绝非普通修士穿着。

见到公爵走入，修士们从长凳上站起。衣着最为华美的修士鞠躬致礼，并未流露出谄媚之意。

"尊敬的康拉德公爵，"显然有人早已告知他来客的身份，"见到您，我们感到荣幸之至。容我介绍，我是波兹南教区司法助理神父马切伊·科士柏，受安杰伊·瓦斯卡主教之托，赶赴弗罗茨瓦夫拜见您的胞弟——敬爱的康拉德主教。与我同行二人，这位是多明我会修士扬·杰奈利，这位是麦尔丘·巴福斯修士——莱布斯主教的助理神父，打算自格涅兹诺前往弗罗茨瓦夫。"

扬·杰奈利与麦尔丘·巴福斯鞠躬致礼，康拉德公爵微微点头。

"各位神父，"公爵说道，"如若有意，共饮一杯如何？我同样要去弗罗茨瓦夫，各位也可同行。我来介绍一下我的女儿……来，阿格涅丝卡……向上帝的仆人们行礼。"

阿格涅丝卡屈膝行礼，接着低下头去，作势亲吻马切伊神父的手。但他阻止了她，在她亚麻色的刘海处迅速地画了个十字。来自波希米亚的多明我会修士双手合十，俯下身子，吟咏了一句短小的祷词，为这位千金小姐祈福。

"还有这位，"公爵继续说道，"是卢迪格·霍格维茨总管。这些是我的骑士与客人……"

---

①Tonsura：或译作剃发礼，一种宗教仪式，修剪在头皮上的部分或全部头发，以表示献身于信仰。这个仪式盛行于天主教中，特别是在中世纪修道院中的修士。

雷恩万感到有人在拽他的衣袖。他回过头,看到克劳普斯比了个手势,示意他悄悄出去。他跟在克劳普斯身后走到院子,公爵光临引起的轰动仍未平息,厄柏巴赫正在喧闹的院中等候着他。

"我打听过了,"他说道,"沃尔佛·斯特察一伙六人昨天就在这儿。我问过那些大波兰人,他们说斯特察家族的人拦住了他们,不过没胆子对那些僧侣动手。沃尔佛看起来正在搜查赶往弗罗茨瓦夫的人。换作是我的话,我肯定马上开溜。"

"康拉德公爵,"雷恩万喃喃道,"会保护我……"

厄柏巴赫耸了耸肩。

"你的小命你自己决定。沃尔佛可正在到处扬言抓到你后要怎么把你碎尸万段。换作是我……"

"第一,我深爱阿黛尔!我不会弃她不顾!"雷恩万大吼道,"第二……你觉得我能逃到哪里呢?波兰,还是萨莫吉希亚?"

"这主意不错。我是说,萨莫吉希亚。"

"滚开!"雷恩万一脚踹飞一只围在他腿边乱窜的母鸡,"好吧,我会好好考虑,定个计划。但我要先吃些东西。我快饿死了,卷心菜汤的香味实在让人撑不住。"

他们回来得正是时候,再迟一步,小伙子们可要饿肚子了。旅店伙计将几锅卡莎饭①、卷心菜豌豆汤与几大碗带肉猪骨呈到桌上,由坐在上位的公爵与千金小姐优先享用。三位修士紧挨着坐在公爵身边,看样子他们胃口极大,须待他们吃饱喝足,锅碗才会往桌尾传去。更糟的是,前面还有看上去胃口也相当不错的总管卢迪格·霍格维茨与公爵的外国客人。那位黑发骑士身材魁梧,肩膀比总管

---

①卡莎饭(Kasza),是一种用水或牛奶烹煮的谷物,可能会加一些配料,呈糊状。

还要宽阔壮实。他皮肤黝黑，仿佛刚从圣地归来，被那里的阳光反复灼烧过。照此情形，等餐碗递到次等低阶的年轻人面前时，几乎就要所剩无几。幸运的是，没过一会儿，旅店老板为公爵端来了一个大盘子，盘上盛有数只阉鸡。阉鸡色泽诱人，香气扑鼻，卷心菜汤和肥腻猪肉再入不了贵人法眼，几乎原封不动地递到了桌尾。

阿格涅丝卡用她细小的牙齿轻咬一个鸡腿，小心翼翼地护着她修短的裙袖，这种款式现在颇受贵族小姐们青睐。

男人们正高谈阔论，只听多明我会修士扬·杰奈利痛声疾呼："我是，不，该说我曾是布拉格老城圣克莱蒙修道院院长、查理大学的教授。但如今，如各位所见，我漂泊无依，感恩于他人的慷慨。贼人掠夺了我的修道院。至于学校，相信各位不难猜到，我绝不与那些恶贼、叛教者同流合污，普日布拉姆的扬、普拉哈季采的克里斯蒂安、斯提拜尔的雅库贝克，愿上帝惩罚他们……"

"我们之中，"公爵看向雷恩万，打断道，"刚巧有一名来自布拉格查理大学的学生。"

"那我建议您盯紧他。"奈杰利手里的勺子滞在空中，眼睛闪闪发亮，"我并非含沙射影，但异端就像煤烟、像焦油、像大便！走近一点必定沾一身腥。"

雷恩万赶紧低下头去，他又一次感到气血上涌、脸红耳烫。

"哪里的话，"公爵大笑，"我们的学者怎么可能是异端？他出身贵族家庭，正在查理大学学习，未来要成为优秀的神父与医生。我说的没错吧，雷恩玛尔？"

"公爵大人，请恕罪，"雷恩万紧张地咽了口口水，"我已经不在布拉格学习。在兄长的提议下，一四一九年我离开了查理大学，就在'抛窗事件'发生后不久……我想各位知道是什么时候。目前我正考虑去克拉科夫继续学业……或者去莱比锡，布拉格的学者们几乎都逃到了那儿……我不会回波希米亚，那儿动荡不安的局势不知道要持续多久。"

"动荡不安！"奈杰利修士陡然提高声调，数条卷心菜从他嘴里喷出，落在他的肩衣上，"精准的形容！生活在和平之地的各位根本无法想象异端在波希米亚何等猖獗，多少暴行在那块多灾多难的土地上肆虐！威克里夫派、瓦勒度派还有其他的异端邪教，这些撒旦的走狗们四处煽动，愚昧的暴民们盲听盲从，将怒火倾泻到信仰与教堂之上！在波希米亚，上帝的信仰土崩瓦解，圣殿焚烧殆尽。上帝的仆人们惨遭屠戮！"

麦尔丘·巴福斯舔着手指说道："我们也听说了那些恐怖的消息。人们不想相信……"

"人们必须相信！"扬·杰奈利将声调再次抬高，大喊道，"没有一句话夸大其词！"

他杯中的啤酒飞洒出来，阿格涅丝卡下意识地往后一缩，将鸡腿当作盾牌挡在面前。

"想听详细的吗？乐意效劳！捷克布罗德城和波穆克城内，无数修士惨遭杀害。兹布拉斯拉夫城、维谢赫拉德城和慕尼黑城堡镇的西多会修士、皮塞克城的多明我会修士、克拉德鲁贝城与波斯托洛普蒂城的本笃会修士、亚罗米日城的祭司，甚至高切舒夫城无辜的普利孟特瑞会修士同样在劫难逃。科林城、米莱夫斯克城与金冠城内的修道院被洗劫一空，付之一炬，无数祭坛与圣像被毁损亵渎……看看那只狂怒的疯狗、撒旦的走狗杰士卡又做了什么？他让霍穆托夫和普拉哈季采血流成河，在别伦城活活烧死四十名神父，放火焚毁萨扎瓦城与维莱莫夫城的修道院……种种亵渎不敬的行径令土耳其人都要望而却步,残忍蛮横的暴行即便萨拉森人都要心惊胆寒!主啊!还要多久您才可以宽恕我们的罪,让我们不再生灵涂炭?"

众人陷入沉默,只有奥莱希尼察随行神父念念有词,低声祈祷。突然,一个深沉而洪亮的话声打破了沉寂,开口的正是那位身材魁梧、面膛黝黑的骑士。

"不必如此。"

"什么?"扬·杰奈利抬起头,质问道,"我恐怕没听明白你的话什么意思。"

"如果扬·胡斯没有在康斯坦茨被活活烧死,这一切本可以轻松避免。"

"你一定也加入过为异端辩护的抗议队伍,你瞒不了我。"扬·奈杰利眯着眼睛说道,"你们那些人还是和以前一样愚蠢。异端就像野草一样疯狂蔓延,《圣经》启示我等,野草就要用烈火焚尽。数位教皇曾下达敕令……"

"敕令是该在教会会议上拿来争论的事,"骑士打断道,"在小酒馆谈论这些听起来实在滑稽可笑。无论你们说什么,在康斯坦茨时,我的所作所为问心无愧。西吉斯蒙德皇帝信誓旦旦地承诺保证胡斯的安全。但他违背了誓言,践踏了国王与骑士的荣耀。我不能,也不愿坐视不理。"

"无论是向谁许下誓言,无论是仆人还是国王,骑士首先要对上帝忠诚。"扬·奈杰利怒吼,"对异端信守承诺能被称作神圣的使命?能被称作荣耀?在我看来,那是十恶不赦的罪行!"

"如果我向人许下骑士的誓言,那一定会是在上帝的见证之下。所以,即使是土耳其人,我也会恪守誓言。"

"人可以对土耳其人信守誓言,但对异端,绝无可能!"

"所言极是,"马切伊·科士柏神情严肃地说道,"摩尔人与土耳其人因为愚昧与野蛮而成为异教徒。他们可以皈依上帝,获得救赎。而异端信徒背离了原本的信仰与教义,对它们口出恶言、亵渎践踏。所以,他们对上帝来说更是阴险歹毒百倍的小人。对付他们可以用尽一切办法。任何头脑清醒的人,灭杀恶狼、疯狗时不会顾及骑士的荣耀和誓言!"

"既然先生毫不掩饰自己的立场,那我更不会有所保留。"扬·奈杰利脸色阴沉,继续说道,"我再次申明:胡斯是异端,必须处以火刑。神圣罗马帝国皇帝、匈牙利与波希米亚国王西吉斯蒙德只不过是没对异端履行承诺而已,他的行为是正义的。"

"所以现在波希米亚人民才如此爱戴他。"面膛黝黑的骑士讥讽道,"因为人民的'爱戴',他不得不把波希米亚王冠夹在胳肢窝里,从维谢赫拉德逃跑。现在他只能在布达统治波希米亚,波希米亚人民可不会让他短时间内回到布拉格城堡。"

"你胆敢嘲笑西吉斯蒙德国王,你可是为他效命的骑士。"麦尔丘·巴福斯斥责道。

"正因如此,我才更要说。"

"或许是因为其他的原因呢?"扬·奈杰利咬牙切齿,用恶毒的语气说道,"骑士先生在坦能堡会战中加入波兰国王雅盖沃的阵营,与医院骑士团为敌。而雅盖沃,那位新皈依的国王,却公然支持捷克异端,听信分裂派与威克里夫派的异端邪说。雅盖沃的侄子,背道者高里布特,占领布拉格,放任波兰骑士屠杀天主教信徒、洗劫修道院。虽然雅盖沃装作他毫不知情,他却一直按兵不动!如果他和西吉斯蒙德皇帝结盟,召集一支十字军,胡斯党将顷刻覆灭!为何雅盖沃没这样做?!"

"所言极是。"黑脸骑士露出意味深长的笑容,"为什么呢?我也深感好奇。"

康拉德公爵大声清了清喉咙。麦尔丘·巴福斯装作只对卷心菜豌豆汤感兴趣。马切伊·科士柏抿了抿嘴唇,一脸严肃地点了点头。

"事实上,"黑脸骑士开口道,"神圣罗马帝国皇帝不止一次表示过他并非波兰王国的朋友。我可以保证,每一个大波兰人都会热情高涨地加入守护信仰的战斗,但这需要西吉斯蒙德皇帝做出承诺,如果我们南下出征,条顿骑士团和勃兰登堡人绝不会乘虚而入。既然他正和那些人密谋分裂波兰,那他又怎么会给出这样的承诺呢?您说对不对,康拉德公爵?"

"我们为什么在谈论这些?"康拉德公爵露出尴尬的笑容,"在我看来,我们大可不必谈论政治。政治可不是美食的良伴。瞧瞧,这些美味佳肴都要冷掉了。"

"我们应该谈论这些事。"扬·奈杰利坚持道。让年轻骑士们高兴的是,大人物们忙着唇枪舌剑,两大盆几乎一动未动的菜肴眼看要传到面前。然而,他们高兴为时过早,大人物们很快证明了他们可以吃饭谈话两不耽误。

"警惕起来,各位。"扬·奈杰利一边吞食卷心菜,一边继续说道,"威克里夫瘟疫不仅仅关乎波希米亚一国的命运。我了解那些异端,他们会像对摩拉维亚与奥地利那样,早晚会来这里。先生们,他们早晚会来到在座所有人的面前。"

"哼。"公爵噘了噘嘴,冷哼了一声。他不停用勺子在碗里戳来戳去,寻找藏在菜汤中所剩无几的肉条,"我才不信。"

"我更不信。"马切伊·科士柏附和道。他说话时喷出的鼻息将酒杯中的啤酒泡沫高高吹起,"他们离波兹南可远着呢。"

"他们离鲁布斯卡和菲尔斯滕瓦尔德也远着呢。"麦尔丘·巴福斯嘴里塞得满满当当,"管他的,我不怕他们。"

"非但如此,捷克人去别人家做客前自己就会先迎来客人。"公爵冷笑道,"尤其是现在,扬·杰士卡已经不在了。客人们可能随时会到,捷克人可以翘首以待了。"

"您是指十字军东征?"马切伊问道,"公爵大人,您知道些什么消息?"

"不,我并无消息,这只是我简简单单的猜测罢了。"虽然这么说,公爵的脸上却明显流露出恰恰相反的表情,"老板!上酒!"

雷恩万悄悄溜到院子,经过猪舍,走向菜园后的灌丛。他透了口气,回屋之前,他特意走出院门,长久地注视着消失在蓝紫色薄雾中的大路。没有望见向他奔来的斯特察兄弟,他松了口气。

"阿黛尔,"他突然想到,"阿黛尔在利戈塔的西多会修女院并不安全。我应该……"

"我应该去救她。但是我害怕,害怕斯特察家族会用他们扬言的手段让我生不如死。"

回到院里,他惊讶地发现康拉德公爵与卢迪格·霍格维茨总管经过猪舍,向他走来。他不由感到惊讶,王公贵族和总管大人竟会走过猪舍来找自己。

"竖起耳朵听好,别拉瓦。"公爵开口说道。这时一名侍女匆忙提来一桶水,让公爵洗手。"听清楚我要说的话。别跟我去弗罗茨瓦夫。"

"公爵大人……"

"在我允许你说话前，闭上嘴。傻孩子，这样做是为你好，我很清楚，在你开口申辩前，我的主教弟弟就会把你投入塔牢。他对通奸者一向铁面无私，一定是因为……呵呵……他不喜欢竞争。我借你这匹马，骑着它去小奥莱希尼察，那里是医院骑士团的大本营。告诉团长迪特玛尔·阿尔泽，是我派你去忏悔苦修的。安安静静待在那儿等我的消息，明白了吗？这一小袋钱当作你的旅费。我知道并不多。本来可以给你更多的，但我的财务官劝阻了我。这家旅店过度开支了我的出行资金。"

"万分感谢您的慷慨。只是……"雷恩万喃喃说道。尽管，钱袋的重量并配不上感谢的分量。

"别怕斯特察家族。"公爵打断他的话，"在医院骑士团那儿他们找不到你，而且你也不会一个人上路。恰巧我的客人也顺路往摩拉维亚方向走。你一定已经在桌上见过他了。他同意让你同行。说实话，他答应得并不爽快，但我还是说服了他。想知道我怎么办到的么？"

雷恩万点点头。

"我告诉他，你的父亲是我兄弟的战友，在坦能堡一役中战死，他当时也参加了那场战斗。只不过对他而言，那应该称作'格伦瓦尔德战役'①，因为他在敌方阵营。"

"就这样，保重。振作，小伙子，振作起来。我已经仁至义尽。马也有了，钱也齐了，路途安全也有了保障。"

"怎么保障？"雷恩万鼓起勇气嘟囔道，"公爵大人……沃尔佛·斯特察一伙有六个人，而我……只有一位骑士？就算他身边跟

---

①格伦瓦尔德战役，德国文献中称为"坦能堡会战"，是1410年7月15日，在条顿战争（1409—1411）期间，波兰-立陶宛联军歼灭条顿骑士团的决战。

着一名骑士学徒，但真正的骑士也仅仅只有他一人！"

卢迪格·霍格维茨总管冷哼一声。康拉德公爵一脸高傲地噘了噘嘴。

"别拉瓦你个呆子。亏你是学识渊博的学士，却认不出那位鼎鼎大名的人物。对他来说，六个人根本不值一提。"

见到雷恩万仍然疑惑不解，公爵扬声说道：

"他可是加尔布夫的黑扎维沙①。"

---

①Zawisza Czarny z Garbowa（1370—1428），中世纪的波兰骑士与贵族，家族纹章为苏利马。在世时，黑扎维沙被视为骑士美德的表率，更因赢得多次马上比武而闻名，曾在1500名骑士中夺冠、打败西欧最强骑士，更在面对条顿骑士团的战斗中亲手杀死了条顿骑士团中的头号骑士巨人阿诺德·冯·巴顿。

Chapter 4
第四章

在本章中，雷恩万与加尔布夫的黑扎维沙在布热格大路上谈天说地。之后雷恩万治好了黑扎维沙的胀气，为表谢意，黑扎维沙讲了一些不为人知的历史，向他传授了一些宝贵的经验。

黑扎维沙微微勒马，有意落于雷恩万身后，接着他从马鞍上抬起屁股，放了一个悠长的响屁。他重重叹了口气，两手撑着鞍桥，再次释放体内的浊气。

"是那些卷心菜的缘故。"他再次策马赶上雷恩万，解释道，"到了我这个年纪，就不该吃那么多卷心菜。哎呀！不得不服老啊！想我年轻的时候，不消一时三刻就能吃掉半锅卷心菜，吃完啥事没有。不管它怎么料理，就算是撒上葛缕子籽，一天两顿都不在话下。而现在，只要吃一点，肚子里就会翻江倒海。小子，你也注意到了，这胀气让我苦不堪言。狗娘养的，真是岁月不饶人。"

黑扎维沙胯下黑马突然犹如战场冲锋一般扬蹄疾驰。那是一匹雄健有力的成年公马，周身覆盖黑色马衣，马衣上绘有黑羽双鹰的骑士纹章。雷恩万诧异自己先前怎么没有立刻认出这赫赫有名的"苏利马"纹章，毕竟在波兰纹章学中，这样的图案并不多见。

"为什么这么安静？"黑扎维沙突然问道，"我们一直骑马赶路，一路上你加起来没说过十个字，还都是问你话的时候你才说的。你是在怨恨我？因为格伦瓦尔德的事？小子，实话说，我可以轻易向你保证，我不是杀掉你父亲的凶手，我甚至还可以告诉你，克拉科夫的旗帜在波兰-立陶宛联军的中央队列，而康拉德七世的旗帜在条顿骑士团左翼，我和你父亲压根没在战场照过面。但我不会这么做，因为那有可能是谎言。兵荒马乱中有很多人死在我的剑下。那是战争，没什么好解释的。"

"我的父亲，"雷恩万清了清喉咙，说道，"盾上有……"

"我才不会记得纹章。"黑扎维沙毫不客气地打断道，"在战场上，纹章对我来说毫无意义。重要的是马头所对的方向。如果他的马头与我相对而立，就算他盾牌上站着圣母本人，我也会拔剑杀之。血肉横飞、尘血相融时，活下来的人才有资格傲视败者的纹章。我再说一遍，格伦瓦尔德是战场，战场上不是你死便是我活。就此打住，不要对我怀恨在心。"

"我没有。"

黑扎维沙微微勒马，抬起屁股，放出一个响屁。受惊的寒鸦从路边的柳丛飞起。黑扎维沙的随从队伍由一名灰白头发的骑士学徒与四名持有武器的随从组成。他们跟在身后,谨慎地保持着一段距离。无论是骑士学徒还是随从,他们的衣着装束华贵整洁,胯下坐骑都是雄健骏美的良驹,无愧于克鲁什维察与斯皮什两地总督的家臣身份。然而,他们看上去并不像富裕领主家气派端庄的家臣,更像是一群冷酷无情的杀手,他们手里的兵器绝不是阅兵场上的装饰品。

"如果你没有怨气,"黑扎维沙接着说道,"那为什么这么安静?"

"因为我觉得,"雷恩万鼓起勇气说道,"相较而言,您可能更瞧不上我。原因我也心知肚明。"

黑扎维沙转过头,盯着他看了很久。

终于,他开口说道:"被冤枉的人会委屈地到处伸冤。小子,知道么,和别人老婆上床这事伤风败俗,那是无耻下流的勾当,活该受到惩罚。实话说,在我眼里,你并不比偷钱包的小偷和偷鸡的小贼好到哪儿去。非但如此,我认为,偷鸡的小贼也不过是抓住机会苟且偷生的可怜人罢了。"

雷恩万一言不发。

"几个世纪前,波兰流传着一种习俗。"黑扎维沙继续说道,"对付勾引别人老婆的奸夫,要带到桥上,然后把他的宝贝拴在上面,再在他旁边放把小刀。想要解脱?那就来一刀,一了百了。"

雷恩万仍旧一言不发。

"遗憾的是,现在这习俗失传了。我的夫人芭芭拉远在克拉科夫,她并不是个水性杨花的女人,但每当我想到,一个像你这样长相俊俏的公子哥,有可能在她寂寞的时候乘虚而入……你能指望我说什么好话?"

骑士肚里的卷心菜再次打破了一番话后长时间的沉默。

"唉呵。"黑扎维沙发出一声如释重负般的呼声，接着抬头看向天空，"但是，小子，你要知道，主曾经说过'无罪的人投出第一块石头'，所以我不会给你定罪。这个话题就到此为止。"

"爱情是伟大的，它有很多名字。"雷恩万有些不快地说道，"听过那么多歌谣与浪漫故事，没有人会对特里斯坦和伊索尔德的爱情横加指责，没有人会对兰斯洛特和桂妮薇的爱情吹毛求疵，也没有人对游吟诗人贵勒与玛格丽塔夫人的爱情嗤之以鼻。我和阿黛尔的爱情炙热、真诚、伟大，丝毫不逊色于他们。然而，似乎所有人都要跟我过不去……"

黑扎维沙装出一副感兴趣的样子，揶揄道："如果你的爱情那么伟大，那为什么没和你的心上人待在一起？为什么这位情圣像个躲躲藏藏的小偷？如果我没记错，为了和伊索尔德在一起，特里斯坦乔装成了衣衫褴褛的乞丐，为了拯救心爱的桂妮薇，兰斯洛特曾单枪匹马和所有圆桌骑士战斗。"

"事情没那么简单。"雷恩万面红耳赤，"如果我被抓住杀死，她该怎么办？如果她被杀死，我又怎么活？我不害怕，我会找到解决的办法。即使要像特里斯坦那样乔装打扮，我也会去做。爱情会战胜一切。"

黑扎维沙抬起屁股放了个屁。很难分辨，这仅仅是一个简简单单的屁，还是对雷恩万一番话的评论。

"这番争论的好处在于，就是我们开始谈话了。"他开口说道，"两个人一言不发地骑马赶路实在无聊。西里西亚小子，我们继续谈点什么，随便什么话题都行。"

过了一会，雷恩万鼓起勇气问道："您为什么要走这条路？从克拉科夫途经拉齐布日到摩拉维亚不是更快一些?为什么要绕路走奥帕瓦?"

"也许花费的时间是更少一些,但我忍受不了拉齐米日的领主。"黑扎维沙同意道,"不久前去世的扬公爵就是个婊子养的,暗地里派杀手刺杀切申公爵诺莎克的儿子。我和诺莎克是老相识,和他的儿子普热姆科更是挚友。先前我不会去拉齐米日,现在仍然不会。听说,扬的儿子米科瓦伊秉性手段同他父亲如出一辙。还有,我选择绕远路是因为有事与康拉德公爵相商,向他转告雅盖沃要对他传达的一番话。更重要的是,下西里西亚的路上经常充满……惊喜。我明白这想法有些夸张。"

"啊!这就是您骑着战马、身穿铠甲的原因!您在期待着来场战斗,对不对?"雷恩万恍然大悟,马上猜道。

"你猜的没错。"黑扎维沙淡定承认道,"听说你们西里西亚到处是强盗骑士①。"

"他们不在这里出没。这条路很安全,所以一路才这么多商旅。"

他们实在不能抱怨路上缺乏旅伴。没人从后面赶超他们,他们也没超过什么人。但在相反的方向,从布热格到奥莱希尼察的商旅络绎不绝。与他们擦肩而过的已有:几个坐在马车上的商人,他们的车上满载货物,一路留下了深深的车辙;十几个长相凶神恶煞、全副武装的商队护卫;一队提着木桶步行赶路的炼油匠,还未靠近就已经闻到了他们身上的刺鼻味道;一小队骑马的条顿骑士;一名

---

①Raubritter,强盗骑士,是中世纪欧洲一些从事盗匪活动的骑士。他们战时是雇佣兵,平日则以强取过高额路费作生计,也以决斗制度为名抢夺对方财产作战利品。

面容英俊的医院骑士，他的身旁陪着一个旅人；几个赶着黄牛的农民；五个看上去像是朝圣者的人，尽管他们礼貌地询问去琴斯托霍瓦该怎么走，但雷恩万一直没停止过对他们的怀疑。还有几个坐在马车上的游吟诗人，他们兴高采烈，醉醺醺地唱着歌谣。而现在，一名骑士、一位女士以及为数不多的几个随从正迎面走来。骑士穿着巴伐利亚盔甲，盾牌上张牙舞爪的叉尾狮证明他是昂鲁家族的一员。他一眼就认出了黑扎维沙的"苏利马"纹章，骄傲地躬身致意。显然，在他心中，昂鲁家族的地位并不低于"苏利马"纹章的持有者。骑士的女伴身着淡紫色长裙，优雅地侧骑在一匹深褐色的母马背上。奇怪的是，她既没戴帽子，也没戴任何发饰，任由金色的头发随风飘扬。擦肩而过时，她抬起头，面露笑意，向盯着她的雷恩万抛出一个风情万种的眼神。那眼神的勾引之意如此露骨，不由让年轻人打了个激灵。

"天呐，你小子早晚死于非命。"过了一会，黑扎维沙说道。

紧接着又传来一声震耳的屁响。

"为了证明我既没有对您怀恨在心，也没把那些奚落放在心上，我会治好您的胀气。"雷恩万说道。

"有趣，你要怎么治？"

"等会就知道了。我们需要一个牧羊人。"

牧羊人很快就出现了。但是，当见到一群人从大路上掉转马头向他奔来时，牧羊人大惊失色，拔腿就跑，钻入灌丛，一溜烟就不见了，只留下了一只咩咩叫的绵羊。

"我们真该设个陷阱。"黑扎维沙踩着马镫站起观察接着说道，"那边的路崎岖不平，没办法抓他。看他逃跑的速度，估计这会已经过了奥得河。"

"还有尼萨河。"骑士学徒沃依切赫显示出他熟知地理、博闻多识。

雷恩万没有理会他们的调侃。他翻身下马，径直向牧羊人的帐篷走去。过了一会，他从帐篷中拿着一大捧药草走出。

"我需要的并不是牧羊人，"他解释道，"而是这些药草，还需要少量的沸水。能不能帮忙找个锅？"

"我们这里应有尽有。"沃依切赫说道。

"如果你要烧水，那我们就停下来休息。"黑扎维沙望向天空，"天马上就要黑了，看来我们要休息挺长一段时间。"

黑扎维沙舒服地倚靠在羊皮坐垫的马鞍上，看着他刚刚喝光的杯子，咂了咂嘴。

"说实话，这玩意尝起来像是太阳晒过的护城河河水，还有一股公猫的臭味。"他描述道，"但它很有效。感谢你，雷恩玛尔。看来，大学除了教会年轻人酗酒、嫖娼和下流话之外没其他用处这话是假的。"

"我只不过是略懂一点关于草药的知识。"雷恩万谦逊地回应道，"黑扎维沙先生，真正对您有所帮助的，是您卸下了盔甲，用舒服的姿势躺着……"

"不必谦虚。"骑士打断道，"我了解自己的极限，知道自己可以穿着盔甲在马鞍上忍耐多久。其实，我经常在夜里提灯赶路，那样会更快地结束旅程，而且黑暗之中也会经常有机会遇到不速之客，那会给我找点不错的乐子。不过，既然你都说了这片是安全的，那为什么还要星夜兼程、劳神费力呢？让我们在篝火旁坐到天亮，讲点故事……这也算得上是不错的消遣。即使不如杀掉几个强盗骑士来得过瘾,但也还算不错。"

点亮黑夜的篝火熊熊燃烧,发出噼里啪啦的爆响。沃依切赫和其他随从用细杆串上香肠与大块的熏肉,放在火上炙烤。油脂嗞嗞冒出,滴落到燃烧的木头上,升起一股股轻烟,散发出诱人的香味。随从们与黑扎维沙保持着合适的距离。他们一言不发,但雷恩万看到了他们充满谢意的眼神。显然,他们并不像主人一样喜欢星夜兼程。

森林上方的夜空繁星闪烁。这是个清冷的夜晚。

"好吧……"黑扎维沙双手揉着肚子,说道,"你的药让我舒服了不少。说真的,那些神奇的药草是什么?是曼德拉草的一种?为什么你要在牧羊人的帐篷里找这种草?"

"圣约翰节过后,"雷恩万兴致勃勃地解释道,"牧羊人们会采集只有他们才知道的各种药草,然后放到帐篷里等到水分散去。然后,他们会把这些药草做成煎药……"

"再喂给他们的羊群。"黑扎维沙平静地打断道,"你的意思是,我和一只胃胀的母羊差不多。罢了,只要管用……"

"黑扎维沙先生,请不要取笑。平民的智慧是惊人的,没有任何伟大的药剂师和炼金术士会瞧不起这种智慧。医学从普通大众那里受益良多,尤其是牧羊人,他们对药草和药草的药用价值有着渊博的知识。"

"真的?"

"真的。"雷恩万点点头,坐得离篝火更近了一些,"黑扎维沙先生,您绝对想象不到,从牧羊人帐篷里取出的一捧干草蕴藏着多少能量。从它们身上提取的药剂能够创造奇迹,但很少有医生懂得如何运用。看看,这些母菊、睡莲好像就是些一文不值的干草,但用它们来煮煎剂时，会产生意想不到的效果。还有这些蝶须、红菜、欧白芷、荞菜和雏菊，知道它们疗效的医生寥寥无几。五月的圣雅各日，牧羊人会把一种叫做'雅各煎剂'的药剂泼洒在羊身上，用来保护它们免受野狼的侵袭。也许你们不信，但野狼真的不会去碰洒过煎剂的羊。这儿还有圣文德林的蓝莓、圣林哈特的香草，不说也知道，那两位圣人都是牧羊人的守护者。牧民在给羊群喂药时还要呼唤两位圣人的名字。"

"你刚在锅边叽里咕噜的那堆话可不是在呼唤圣人。"

"不是。"雷恩万清了清喉咙，承认道，"我刚说了，那是平民的智慧……"

"那智慧散发着火刑的焦臭味。"黑扎维沙说道。他的语气变得极为严肃。"换作是我，我会非常小心自己医治的是什么人，又是在和谁交谈。雷恩玛尔，我会非常谨慎。"

"我会的。"

"但是，"沃依切赫开口道，"我觉得如果魔法存在的话，掌握它们总比不掌握好。我觉得……"

黑扎维沙瞪了他一眼，他马上闭了嘴，把身子埋得比他正在清理和涂油的马具还低。雷恩万等了很长一段时间才再次开口。

"黑扎维沙先生。"

"嗯？"

"在旅店，在和多明我会僧侣的辩论中，您没有掩饰……该怎么说呢……支持捷克胡斯党的立场。至少，相比反对，您更倾向于支持他们。"

"那又如何，我这样想就要把我打成异端？"

"在别人看来是的。"过了一会，雷恩万说道，"但更让我感兴趣的是……"

"是什么?"

"一四二二年的德意志布罗德①战役,您被俘虏时到底发生了什么事?外面流传着各种谣言……"

"比如?"

"胡斯党之所以能抓住您,是因为您不屑逃跑,但身为使节又无法战斗。"

"他们这么说?"

"没错。还有人说……西吉斯蒙德皇帝对您见死不救,可耻地自己溜了。"

黑扎维沙沉默了一阵。

"你想了解真相?"终于,他开口说道。

雷恩万犹豫道:"如果不会让您感到不便……"

"怎么会呢?交谈会让时间愉快地流逝。何乐而不为?"

嘴上这么说,但这位来自加尔布夫的骑士把玩着手里的杯子,又一次陷入了长时间的沉默。雷恩万不确定黑扎维沙是不是在等他发问,但他并不急于发问。终于,黑扎维沙开口了。

"这事要从头讲起。"黑扎维沙说道,"一开始,雅盖沃——抱歉,我应当说波兰国王瓦迪斯瓦夫二世——派我带着机密任务去找匈牙利国王……商讨他与欧菲米娅的婚姻。欧菲米娅是西吉斯蒙德国王的嫂子,波希米亚前任国王的遗孀。当然,这桩婚事没什么结果,因为瓦迪斯瓦夫国王最后选择了索菲亚,但那时谁也料想不到。瓦迪斯瓦夫命令我去和西吉斯蒙德做一些必要的安排,主要是

---

① Německý Brod,捷克城镇。一九四五年改名为哈夫利奇库夫布罗德(Havlíčkův Brod)。

商议嫁妆事宜。然后我就出发了。不过目的地并非是普雷斯堡或者布达，而是摩拉维亚。西吉斯蒙德想要一劳永逸地夺回布拉格，根除胡斯党，正率领十字军从摩拉维亚向波希米亚进军。"

"当我在圣马丁日抵达那里时，尽管西吉斯蒙德的军力有所削弱，但战果相当令人满意。康图尔·兰波德率领的大多数卢萨蒂亚军对赫鲁迪姆附近的土地蹂躏一番后，心满意足地回家了。西里西亚军，包括我们不久前招待过我们的康拉德公爵，同样回了家。结果，追随西吉斯蒙德军走到布拉格的仅剩下阿尔布雷希特的奥地利骑士和奥洛穆茨主教的摩拉维亚军队。即便如此，单单西吉斯蒙德的匈牙利骑兵部队也有一万多人……"

黑扎维沙盯着燃烧的篝火，沉默了一会。

"无论愿不愿意，"他接着说道，"为了协商雅盖沃的婚事，我都得加入十字军。因此我目睹了无数恐怖的事情，包括攻陷波利奇卡以及紧随其后的屠杀。"

骑士学徒和随从们一动不动地坐着，或许已经睡着了。黑扎维沙的话音小声又单调，对于已经听过或者亲身经历过这些事情的人来说，他的话也许会让人昏昏欲睡。

"攻下波利奇卡后，西吉斯蒙德继续向库特纳霍拉进军。杰士卡挡住了他的路，击退了数次匈牙利骑兵的冲锋。但当库特纳霍拉被叛军攻占的消息传出后，他撤退了。西吉斯蒙德大军进入了库特纳霍拉，他们为取得的胜利陶醉不已……他们打败了杰士卡！杰士卡从他们面前逃走了！紧接着，西吉斯蒙德犯下了一个无法原谅的错误，虽然我和皮波曾去劝过他……"

"您是说皮波·斯潘诺？那位有名的佛罗伦萨雇佣兵？"

"对，小子，但别打断我的话。他不顾我和皮波的提议，武断地认为捷克人早已慌忙逃走，于是以搜刮过冬物资的名义，放任匈牙利人去搜刮整个地区。于是，马扎尔人分散开来，到处掠夺，袭击农妇，烧毁村庄，杀掉任何他们认为是异端或是支持异端的人。换句话说，就是杀掉他们碰到的所有人。

"夜晚火光冲天，白天浓烟弥漫。而在库特纳霍拉城内，西吉斯蒙德皇帝整日举行宴会、审判异端。后来，在主显节的清晨，一个消息传来，杰士卡正在逼近。杰士卡并没有逃跑，只不过是暂时撤退。他再次集结了队伍，等来了援军，正率领塔博尔军和布拉格军主力向库特纳霍拉进军。'他到了坎克，他到了奈博维迪！'英勇的十字军听到这些又做了什么？眼看已经来不及集结分散在该地区的大军，他们马上就跑了。他们留下了大量的武器和军需，烧毁了自己身后的城镇。皮波·斯潘诺很快就将人心惶惶的局面控制住，将杰士卡军阻挡在库特纳霍拉与德意志布罗德之间。

"那天天寒地冻，天空灰蒙蒙的，又湿又冷。然后，从远处……小子，虽然我见过不少场面，但那天的事情我永远不会忘记。塔博尔派和布拉格人在朝我们行进。他们扛着旗帜和圣体匣，排着庄严而整齐的队列，高昂的战歌像雷声一样。他们开动远近闻名的胡斯战车，车上的火绳枪、火炮和小隼炮都向我们瞄准……

"自以为是的德意志人、阿尔布雷希特率领的骑兵、马扎尔人、摩拉维亚和卢萨蒂亚贵族、斯潘诺的雇佣兵，所有人疯了似的逃命。是的，年轻人，你没听错，胡斯军还没有进入射程，西吉斯蒙德的大军便已溃不成军，向德意志布罗德方向仓皇逃窜。身为战士，他们被一群穿着草鞋的农民吓得惊慌失措，尖叫逃命。就在不久前，他们还将那些人的生命玩弄于股掌之中。他们扔掉了那些在整个可耻的十字军东征期间主要用来对付手无寸铁的平民的武器。

小子，他们逃跑的样子让我目瞪口呆，就像是偷李子时被果农捉了现行的小贼。就像他们在害怕……真理，害怕胡斯军旗帜上'真理获胜'的口号。

"大多数匈牙利人和身穿盔甲的领主们成功逃到了萨扎瓦河的左岸。接着，冰面突然裂开了。小子，我真诚地建议你，如果要在冬天作战，千万别穿着盔甲渡河。"

雷恩万心中暗暗发誓绝不会那样做。黑扎维沙喘了口粗气，清了下喉咙。

"就像我说的，"他继续道，"骑士们尽管丢尽了脸面，好歹活了下来。但那些步兵遭受了胡斯军的猛烈攻击，从哈布拉村一直到德意志布罗德的郊外，一路都被鲜血染红。"

"您呢？您怎么……"

"我没有和国王的骑士们一同逃跑。皮波和哈尔德格的扬逃跑时，我也没逃。但我必须向他们致以敬意，毕竟他们已全力战斗，坚守到最后才逃。和你听说的故事恰恰相反，我也参加了战斗，而且是相当惨烈的战斗。不管是不是使节，我都要战斗。我并不是孤军奋战，与我并肩作战的还有些波兰人和摩拉维亚领主。他们不愿逃跑，更何况是要从冰面逃跑。至于那场战斗的结果，我只能和你说，不止一位捷克人母亲会因为我而哭泣。但是寡不敌众……"

那些随从并没有睡着。一人猛然跳起，就像是被毒蛇咬到一般，另一人用窒息的声音大喊，第三人拔出一柄闪烁银光的短剑，沃依切赫则一把抓起了十字弓。黑扎维沙严厉的声音和权威的手势让他们冷静了下来。

黑暗中浮现出了某种东西。

起初，在摇曳的火光下，他们以为那是一个比忽明忽暗的夜色更为漆黑的黑暗漩涡。当更旺盛的火焰将周围照得更加明亮时，尽管同样漆黑，但那团黑暗却化为了一个轮廓。紧接着，那轮廓越来越清晰，变成了一个矮小、壮实、圆鼓鼓的生物，但它既不是羽毛蓬起的小鸟，也不是竖起皮毛的野兽。那生物缩着脑袋，一对硕大的尖耳像猫耳般一动不动地朝上竖立。

沃依切赫一直盯着那生物，缓缓放下手里的十字弓。一名随从口中念念有词，祈祷圣人保佑，也被黑扎维沙的手势打断。他的动作并不激烈，但是充满了力量与权威。

"欢迎你，陌生来客。"来自加尔布夫的骑士说道。他的语气平静到令人惊讶，"别害怕，来我们的篝火旁随便坐。"

那生物动了动脑袋，从它映着红色火焰的大眼睛中，雷恩万看到了一闪而逝的光芒。

"别害怕，随便坐。"黑扎维沙的语气友好又强硬，"我们没有恶意。"

"我不怕。"那生物嘶哑的声音令所有人大吃一惊。接着，它伸出了一只爪子。如果不是害怕得不能动弹，雷恩万一定会往后跳开。忽然，他吃惊地意识到那爪子是在指黑扎维沙盾牌上的纹章。随后，让他更为震惊的是，它的爪子又指向了盛着草药的大锅。

"苏利马和草药医生，正义与知识的化身。"它用嘶哑的声音说道，"那还有什么好害怕的？我不怕。我的名字是汉斯·梅因·伊戈尔。"

"欢迎，汉斯·梅因·伊戈尔。你饿不饿？渴不渴？"

"不。我只是来坐坐。我听到了你们的谈话，所以来听一下。"

"请随便坐。"

它靠近篝火，毛发蓬起，整个身体像球一样。它不再移动。

"啊呀，我刚才讲到哪了？"黑扎维沙的沉着冷静着实令人震惊。

"您刚……"雷恩万咽了口口水，接着说道，"您刚说到了寡不敌众。"

"正是。"汉斯·梅因·伊戈尔用嘶哑的声音说道。

"哎呀，没错，寡不敌众。"骑士漫不经心地说道，"胡斯军打败了我们。说实话，幸运的是攻击我们的骑兵，塔博尔派的连枷军可没听过什么叫'仁慈'和'赎金'。他们好不容易把我从马鞍上拽下来时，我身旁的一名骑士大声喊出了我的名号。在格伦瓦尔德时，我曾和杰士卡以及约翰·索科尔并肩作战。"

听到这些大人物的名字时，雷恩万轻轻吸了口凉气。黑扎维沙沉默了很长时间。

"后来的事情，想必你们一定知道。"终于，他开口说道，"接下来的事情和流言所说的差不多。"

雷恩万和汉斯·梅因·伊戈尔沉默地点了点头。又过了很长时间，骑士才再次开口。

"现在觉得，上了年纪的我肯定受到了诅咒。"他说道，"付完赎金后，我返回了克拉科夫。我向瓦迪斯瓦夫国王禀告了一切，包括在德意志布罗德战役中亲眼目睹的那些，还有城镇陷落后的几天内发生的事情。我单纯只是讲述，没有提出任何建议，也没有掺杂任何自己的判断和想法。从头到尾，那精明的老立陶宛人就一直在听，不露任何声色。小子，从此以后，无论教皇是否在为岌岌可危的信仰哭泣，无论西吉斯蒙德如何愤怒和威胁，你可能永远无法确定，那个精明的老立陶宛人会不会派波兰和立陶宛骑士去和捷克人战斗。这是我的错，这都是因为我的叙述。听完那些话，能得出的唯一正确结论便是波兰和立陶宛骑士要用于和条顿骑士团作战，把他们派到波希米亚愚蠢至极，毫无意义。雅盖沃听完我的叙述，将永远不会率军加入镇压胡斯党的十字军。这就是为什么在他们把我革除教籍之前，我要赶去匈牙利和土耳其人战斗。"

"您在开玩笑，先生。"雷恩万说道，"革除教籍？像您这么有名的骑士……这一定是在说笑。"

"的确是个玩笑。但难保他们不会那么做。"黑扎维沙点头道。

他们沉默了一阵。汉斯·梅因·伊戈尔的呼吸声非常浅。几匹马在黑暗中焦躁不安地喷着鼻息。

"这会不会意味着骑士时代和骑士精神的终结？"雷恩万鼓起勇气问道，"团结一致、斗志昂扬的步兵，不仅有和全副武装的骑兵一战之力，甚至可以打败他们？苏格兰人在班诺克本的胜利，佛兰芒人在克特雷特的胜利，瑞士人在森帕赫和莫加藤的胜利，英格兰人在阿金库尔的胜利，捷克人在维特科夫山、维谢赫拉德、桑多梅日、德意志布罗德……这会不会是……一个时代的终结？也许骑士时代会就此终结？"

"没有骑士和骑士精神的战争，最终会演变为纯粹的屠杀。"片刻之后，黑扎维沙回答道，"我不想参加那样的战争。但骑士时代的终结也不会那么快就到来，我想我活不到那时候。坦白说，我也不想活到那时候。"

又是一段长时间的沉默。篝火已经熄灭，木头闪烁着绯红色的光芒，时不时迸发出一束蓝色火焰，抑或是一团火花。一个随从打了个喷嚏。黑扎维沙用手抹了抹额头。如同一团黑暗的汉斯·梅因·伊戈尔动了动耳朵。火光又一次映射到它的眼睛里，雷恩万意识到它在看着他。

"爱情有很多名字。"汉斯·梅因·伊戈尔突然说道,"年轻的草药医生,爱情会左右你的命运。当你甚至都不知道那是爱情时,它会拯救你的性命。女神有很多名字,而且有更多的面孔。"

雷恩万愣住了。黑扎维沙第一个反应过来。

"精彩,精彩。这是个预言。"他说道,"和所有预言一样晦涩难懂,符合一切,同时又什么都不符合。无意冒犯,汉斯先生。你有什么要对我说的吗?"

汉斯·梅因·伊戈尔动了动脑袋和耳朵。

"一条大河旁的山上有座城池。"终于,它用难以分辨的沙哑声说道,"山下河流环绕。它被称为'鸽子城'。那是不祥之地。苏利马,别去那里。对你来说,'鸽子城'是不祥之地。不要去,往回走吧。"

黑扎维沙一言不发,陷入了沉思。他沉默了很长时间,雷恩万猜测他会对陌生夜行生物的话置之不理。他错了。

"我是持剑之人。"黑扎维沙打断沉默,"四十年前,当我第一次拿起剑的时候,我就已经知道了自己的命运。但我不会回头。我从不会背对战场、坟墓、王室背叛、卑鄙、灵魂的虚无与污浊。汉斯·梅因·伊戈尔先生,我不会从我选择的道路上回头。"

汉斯·梅因·伊戈尔一个字也没说,但它的大眼睛在闪闪发光。

"不管怎么说,我更愿意你像对雷恩万那样,预言我的爱情,而不是死亡。"黑扎维沙擦了擦额头。

"我也更愿意那样做。"汉斯·梅因·伊戈尔说道,"再见。"

它的毛发竖得更为厉害,身体开始剧烈膨胀。然后,它消失了,消散在了它出现的那片黑暗之中。

几匹马不停地喷出鼻息,在黑暗中跺蹄。随从们发出鼾声。天色越来越亮,树梢上的群星不再璀璨。

"不可思议,真是不可思议。"终于,雷恩万开口道。

骑士伸伸脖子,提了提神。

"什么?什么不可思议?"

"那位……汉斯·梅因·伊戈尔。您知道吗,黑扎维沙先生……好吧,我必须承认……我对您充满钦佩之情。"

"为什么?"

"当它从黑暗中出现时,您毫不畏惧,甚至声音都没有一丝颤抖。您与它交谈的时候,我对您更加钦佩……它可是……夜行生物,陌生的非人种族。"

黑扎维沙盯着他看了很久。

"我认识一些人,"他终于说道,语气非常沉重,"对我来说,他们更加陌生。"

黎明雾气蒙蒙,到处又湿又潮,蛛网上挂着几滴露珠。森林一片寂静,但又如同一头沉睡的巨兽般令人感到恐惧。几匹马对蔓延而来的薄雾感到不安,不停喷出鼻息,甩着鬃毛。

森林外的岔路口上立着一个石制的悔罪十字架①。西里西亚这样的十字架数不胜数,它记载着过去的罪行,以及迟到太久的忏悔。

"我们该分别了。"

骑士看着他,但是忍住了说话的冲动。

---

① Krzyż pokutny,"调解十字架"由杀人凶手用石头制作而成,安置在发生谋杀或事故的地方,表示与受害者家属的和解,主要分布于中世纪的中欧与西欧。

"我们该分别了。"年轻人重复道,"和您一样,逃离战场也不是我的风格。和您一样,我厌恶卑鄙而污浊的灵魂。我要回阿黛尔身边,因为……汉斯说了什么并不重要……我会永远陪在她的身边。我不会像个懦夫、像个小毛贼一样逃走。我要面对自己必须要面对的,就像您在德意志布罗德的战场上一样。再见,尊敬的黑扎维沙先生。"

"再见,别拉瓦的雷恩玛尔。保重。"

"您也保重。或许以后我们还会再见。"

黑扎维沙盯着他看了很长时间。

"我对此深表怀疑。"终于,他开口说道。

Chapter 5
第五章

在本章中，雷恩万九死一生，仿佛一头密林之中逃避追猎的野狼。绝境之中，雷恩万邂逅了金发的尼柯莱特，而后乘舟脱险，顺流而下。

森林外的岔路口上，静静竖立着一个石制的悔罪十字架。西里西亚这样的十字架数不胜数，它记载着过去的罪行，以及迟到太久的忏悔。

十字架的两臂末端是三叶草的形状，加宽的底座上雕刻着一柄斧头。这便是悔罪者送自己邻居上路的家伙。

雷恩万仔细观察着十字架，不禁咒骂一声。

毫无疑问，这正是三个小时前他与黑扎维沙作别时竖在一旁的十字架。

要怪这晨雾，仿佛烟云一样，从黎明时就弥漫在旷野与森林之间。要怪这毛毛细雨，微小的水珠不断蒙住他的眼睛，雨停之后，雾气却愈加浓重。要怪雷恩万他自己，拖着疲倦与困乏的身子，脑海里满是阿黛尔还有他的营救计划，断无可能专心寻路。除此之外，还有什么要为他的迷路负责呢？也许该怪罪生活在西里西亚森林中不计其数的迷途女妖、歧路灵、林中灵、绿甲妖虫、地精、小恶魔、鬼火以及狡诈恶毒的独眼厄婆？也许该怪罪昨夜相识的汉斯·梅因·伊戈尔那些不怎么亲切友善、又爱好让人迷路的亲属与朋友？

雷恩万心知肚明，揪出罪魁祸首毫无意义。他要做的，是冷静分析、当机立断。他翻身下马，倚靠着悔罪十字架，陷入了苦思冥想。

经过三小时的马程，他本应还有半程就到了别鲁图夫，但他整个早上都在原地打转，所以此时距离布热格城应该不到一英里远。

"也许，"他思绪万千，"这是命运的暗示？它在指引我去布热格，去圣灵医院寻求帮助？还是我应该坚持先前的打算，别再浪费时间，迅速向别鲁图夫方向出发，赶赴利戈塔救出阿黛尔？"

"我要避开城镇。"一番挣扎后他的心绪逐渐清明。他和布热格僧侣们的亲密关系人尽皆知，斯特察家族想必早已知晓。其次，布热格正处于去往医院骑士团大本营的必经之路上。尽管康拉德公爵想要将他幽禁在那里是出于一番好心，但他实在不甘与医院骑士们共处数年，苦修忏悔。况且，公爵的随从中也极有可能有人已被收买，走漏了风声，也许斯特察兄弟早已埋伏在布热格城外。

"所以，"他打定主意，"我要去阿黛尔身边，我要去救她，就像特里斯坦奔向伊索尔德、兰斯洛特解救桂妮薇。也许，旁人看来，这愚蠢又冒险，简直像疯子一样，把自己往狮口中送。但是，第一，追杀我的人也许根本料想不到我敢如此以身犯险。其次，阿黛尔情势危急，一定对我心心念念，我不能让她等太久。"

　　念及此处，他心中愁绪舒展，天空竟也犹如被梅林的魔杖点中，阴霾的天空逐渐明朗。尽管湿漉漉的薄雾仍未消尽，但阳光乍现，山林间点点闪烁，笼罩着万物的灰色开始褪去，显现出各色光彩。一直沉默的鸟儿起先羞怯地啾啾低语，继而欢声啼鸣。蛛网上的水珠闪着银色的光芒，笼罩在薄雾中的道路让人感到仿佛置身童话世界。

　　雷恩万不由懊恼，自己先前太过自信，竟没想起破解迷途困境的方法。他抬脚拨开十字架底座上丛生的杂草，一直缓缓翻找到路边。没过一会，他便寻到了要找的东西——大戟草、羽状叶子的葛缕子以及掩映在粉红色花丛中的疗齿草。他将草叶摘去，草茎放在一起，心中回想片刻，逐渐回忆起草茎的编织手法、结扣打法、对应的手指还有咒语的念法。

一，二，三

大戟草，葛缕子，疗齿草

种子盈盈

道路弯弯

绕于指间

正途显现

　　很快，路口的一条岔路渐渐变得明朗又清晰。有趣的是，如果没有护符的帮助，雷恩万也许永远也猜不到这才是他要找的路。但他明白，护符可不会骗人。

沿路骑行不久，雷恩万耳边传来阵阵狗吠与鹅群洪亮又吵闹的嘎嘎声。旋即便闻到一股诱人的烟熏香气。这香气来自烟熏房，想必房中一定正在熏烤着上佳的美味，也许是火腿，也许是熏肉，甚至可能是熏鹅。雷恩万被这馋人的香气勾得失了魂，回过神来才发现自己已然穿过一堵篱笆墙，进了一家路边旅店的院子。

一条狗出于看家护院的责任感，朝他大声吠叫，一只大鹅伸直了脖子，嘶嘶叫着扑向他身下的马。弥漫的肉香混合着烘焙面包的幽香，这浓郁的香气甚至盖过成群鸭鹅围绕的污水坑散发的恶臭。

雷恩万翻身下马，把马拴到木桩上。近处，一个马夫正忙于梳洗数匹骏马，竟没注意到陌生人的到来。雷恩万不及多想，注意力便被一根门廊柱上悬着的护符吸引。三条树枝缠结成三角状，镶嵌在枯萎的三叶草与沼泽金盏花编织而成的花环之中，悬挂着环形护符的短绳由许多五颜六色的细线杂乱地编织而成。雷恩万琢磨良久，并没有感到十分吃惊。魔法无处不在，人们在使用这些魔法护符时，可能丝毫不懂这些护符的含义和作用。现在就是个活生生的例子，本用于辟邪的护符，因为粗糙的编织技法，可能让他的护符失了效。

"原来这就是为什么我来到了这儿，"他想到，"也罢，既来之，则安之……"

他弯腰避开低矮的门楣，进入旅馆。

数扇小窗上糊着鱼泡制成的窗纸，几乎无法透过阳光。屋内十分昏暗，唯一的光线是壁炉中燃烧的火光。跃动火苗上悬着的一口大锅时不时沸出泡沫,伴随着嘶嘶的声响,升腾起一片气雾,让本就昏暗的屋子更为朦胧。客人为数不多,只有角落的一张桌子旁围坐着四个男人。他们也许都是些农民,屋内昏暗迷蒙,实在难以看清。

雷恩万刚一落座,一个穿着围裙的乡下姑娘马上为他端来一个碗。他本打算只买个面包然后启程上路,但碗中的煎薯饼覆盖着一层融化的猪油,散发出无与伦比的诱人香气,他经不住美食诱惑,掏出一枚钱币放在桌上。

姑娘微微弯腰,递给他一把勺子。她的身上散发出一丝若有若无的草药气味。

"你的处境十分危险。"她小声说道,"不要慌张,安静坐好。他们已经看到你了。只要你一起身,他们马上就会向你扑来。坐好了,别乱动。"

她走向炉火,开始搅动沸腾的大锅。锅里的汤水咕嘟咕嘟冒着水泡,炙热的水汽不断升腾。雷恩万心中惴惴不安,他坐着一动不动,眼睛盯着碗中薯饼的油渣。他的双眼已经习惯了屋内的黑暗,所以他已经看出,角落桌上的四人身穿甲胄,携带着不少武器,决计不会是普普通通的农民。而且这会儿四人正紧紧盯着他。

他暗暗痛骂自己愚蠢至极。

乡下姑娘回到了他桌边。

"我们这样的人在这个世界上已经所剩无几,所以我会帮你逃脱。"她装作在擦桌子,悄悄说道。

她停下手中的动作时,雷恩万看到她小拇指上戴着一朵沼泽金盏花,和门廊柱护符的那些沼泽金盏花相像。花茎弯成指环的形状,金色的花朵如同戒指上的宝石。雷恩万轻叹一声,下意识地摸了摸自己别在衣服纽扣上的护符。姑娘的眼睛在昏暗之中闪闪发亮,她向他点了点头。

"你一进门我就看到了,"她悄悄说道,"而且我也知道他们要抓的人就是你。我会帮你的。我们这样的人已经所剩无几,如果还不互相帮助,我们将彻底消失。继续吃,别引起他们的注意。"

他吃得非常缓慢,背后四人的目光让他如芒刺背。姑娘手中颠动的煎锅当当作响,接着,不知她向旁屋的一人喊了些什么,完事后,她往炉火中添了木柴,然后拿着一把扫帚回到桌边。

她一边佯装扫地,一边悄悄说道:"我已经让人把你的马牵到了猪舍后面的打谷场。时机到了,你就从身后那扇门逃走。经过门槛时一定要当心后面的稻草。"

她仍没停下扫地的动作,趁没人注意,捡起地上一根长长的稻草梗,悄无声息又麻利迅速地将草梗打了三个结。

"别担心我。"她小声打消他的顾虑,"没人会注意到我。"

"婕尔达!"旅店老板大声吼道,"快把面包端出去!麻利点,懒婆子!"

乡下姑娘默默离开。她其貌不扬,有些驼背,穿着普普通通,没人会特别注意她。然而雷恩万无法忽视,她在分别之时看向他的眼神如同烧红的烙铁一般炙热。

坐在角落的四人起身向他走来。他们的手按在长剑、弯刀与匕首的握柄上,靴子上的马刺与身上的锁甲叮当作响。雷恩万又一次暗暗痛骂自己的愚蠢大意。

"这不是别拉瓦的雷恩玛尔先生吗。瞧瞧,小伙子们,经验丰富的猎人们就是这么干活的。好好追踪自己的礼物,仔细搜索深山密林,再加上一点小小的运气,绝对不会一无所获。而今天,幸运女神在对我们微笑。"

他们之中两人分站在雷恩万两侧,一人在左,一人在右,另一人站在他身后。方才说话之人身穿厚重钉甲,留着八字胡,站在他面前。话音刚落,这人也不客气,坐了下来。

"你不会不识好歹,想找点麻烦、闹点乱子吧?嗯,别拉瓦?"

雷恩万没有回答。他手里的勺子悬停在嘴巴和碗边之间的位置,一动不动,像是根本不知道该拿这勺子怎么办才好。

"你不会的,"身穿钉甲的八字胡自说自话道,"你心里明白,如果你那么做了,就是个十足的蠢蛋。嘿,我们跟你无怨无仇,这只是一份普普通通的工作而已。但是,我们更乐意让自己的工作简单点。如果你不老实,那我们就让你老实。到时候把你的手腕放在这张桌子边上,咔嚓一折,连绑你的功夫都省了。你说了什么吗?还是我听错了?"

"我什么也没说。"雷恩万艰难地张开麻木的嘴巴说道。

"很好。快点吃完。到斯特恩多夫城堡还有一段路,不吃你得空着肚子上路。"

"况且到了斯特恩多夫他们也不会马上让你填饱肚子。"站在右侧的人拉长了调子慢悠悠地说道。他身穿锁甲,前臂上装有臂甲。

"就算他们给吃的,那也绝不会合你的胃口。"站在身后的人冷冷说道。

"如果你们放了我……我会付给你们……"雷恩万勉强说道,"我会付给你们更多钱。"

"你这是在侮辱专业人士。"八字胡说道,"我是昆兹·奥洛克,外号'祈怜者',你可以雇佣我,但是不能收买我。快点,快吃掉你的薯饼,麻利点!"

雷恩万不敢不从，原本香气诱人的薯饼已经失去了味道。昆兹·奥洛克把一直拿在手里的钉头锤插到腰带上，拉了拉手套。

"你不该睡了别人的老婆。"他开口说道。

"就在不久之前，"他继续自说自话，并不期待雷恩万会回应什么，"我听到一个醉醺醺的神父在念一封信，我猜一定是念给希伯来人听的。他念道：'恶因必有恶果，恶果必有恶报。'简单说来就是如果你要做一件事，那你就一定要知道你的行为会导致的后果，做好承受它们的准备。你得学会坦然接受恶果。喔，举个例子，瞧瞧你右边这位高戈维采的斯托克先生。他的癖好和你差不多，就在不久前他和几个朋友对奥波莱城的一位女士做了点坏事。如果他被抓住，一定会被人用钳子扯成碎片，扔到车轮下碾成泥。但你瞧瞧，斯托克先生是怎样坦然地接受命运的，瞧瞧他红光满面的样子。你可得好好学学。"

"好好学学我。起来吧，该上路了。"斯托克说道。他的声音沙哑难听，眼睛红肿，脸上布满疙瘩。

就在此时，只听"轰"的一声，壁炉突然炸开，刹那间火焰四射、火星飞舞，浓重的烟尘弥漫到整间屋子。大锅被炸到空中，"咣啷"一声砸到地上，喷洒出沸腾的汤水。雷恩万见机奋力将桌子推向跳起来的昆兹·奥洛克，向后踢倒长凳的同时，将大碗一甩，不偏不倚砸到了斯托克坑坑洼洼的脸上。他大步迈开，向通往打谷场的那扇门奔去。一人从后抓住了他的衣领，他扭转身体，用手肘猛力一击，正打在那人面门上。那人痛得哇哇大叫，松开了手，雷恩万冲向门口。他记得乡下姑娘的提醒，灵巧地绕过了门槛后地上那根打结的稻草。

紧追其后的昆兹·奥洛克全然不知门后还有施了咒的稻草，刚一跨过门槛，脚下就如踢到一块石头一般，整个身体飞扑出去，头朝前方，笔直滑向一堆猪粪。接着斯托克如出一辙，不一会儿，第三个人也直直飞向正在破口大骂的斯托克身上。此时雷恩万已经飞身上马，策马疾驰，穿过花园、菜园与醋栗树篱。风在他的耳边呼呼作响，身后传来高声咒骂与猪群的尖叫。

雷恩万逃至一处柳林时，追击者的马蹄声与喊叫声已从身后传来。前方是柳林环绕的一方几近干涸的鱼塘。他没有绕路而行，而是策马疾驰，沿着一条狭长的堤道飞渡鱼塘。每当马蹄陷入湿软的堤土，他的心脏几乎就要停止跳动。尽管一路险象环生，但他终于成功渡过了鱼塘。

追击众人见势同样冲上堤道，但是他们就没有这番好运了。打头的骏马还未奔至半程便失蹄滑倒，连声嘶鸣，马腹没入烂泥之中。紧随其后的第二匹马昂首扬蹄，畏缩不前，焦躁不安地踩踏着松软湿滑的堤土，后蹄一空，直接坐入湿黏的污泥中。追击的骑手怒不可遏，大声啸喝，连声咒骂。雷恩万马上意识到机不可失，足踢马腹，飞驰穿过一片沼泽，奔向远处连绵的山丘。山丘上林木葱郁，他在心中暗暗祈祷山后会是茂密幽深的森林。

尽管明白自己是在冒险，他还是驾驭不停喘着粗气的灰马奋力冲上陡峭的山坡。行至坡顶，来不及喘息片刻，便立刻往林木稀疏的山背冲下去。偏在此时，一人一马出乎意料地挡住了前路。

胯下灰马受了惊吓，昂首扬蹄，发出尖锐的嘶鸣。雷恩万左摇右晃，终究没有跌下马来。

"骑术不错。"那人，确切地说是那位女骑手开口说道。眼前之人确实是一位年轻姑娘。

她身形高挑，男装打扮，穿着紧身的天鹅绒外套，雪白的衬衫衣领半遮着白皙秀颀的脖颈。她的头上戴着一顶黑貂皮做的卡尔帕克帽，帽上饰有一束苍鹭羽毛与一枚金色饰针。饰针的中央镶嵌着一枚晶莹剔透的蓝宝石，其价值可能抵得上一匹上等的骏马。一条浓密的金色马尾辫从卡尔帕克帽柔顺地垂到肩下。

"谁在追你？"她一边娴熟地驾驭着身下不安躁动的骏马，一边大声问道，"你是逃犯？快说！"

"我没犯罪……"

"那为什么这样？"

"因为爱情。"

"哈！我早猜到了。看到那一排黑压压的树没有？斯托布瓦河就在那边。快马加鞭赶过去，藏到西岸的沼泽地里。我会把他们引开。把你的斗篷给我。"

"小姐，你在说什么……你怎么能……"

"我说把斗篷给我！你骑术不错，但我的骑术更加精湛。哇，这是多棒的冒险故事！哈，我可有故事炫耀了！伊丽莎白和安卡一定会羡慕死！"

"小姐……"雷恩万喃喃道，"我不能这么做……他们追上你了怎么办？"

"他们？追上我？"她眯起犹如绿松石一般湛蓝的眼睛，不屑道，"异想天开！"

此时，她身下的马甩了甩头，踏了几个碎步。它的脖颈匀称而优雅，流露出矫健的美感。雷恩万不得不承认这个奇特的少女所言非虚。这匹名贵的骏马一定比她帽子上的蓝宝石还要值钱得多。

"难以置信，"他脱下斗篷，扔给了少女。"但是万分感谢。我会报恩……"

追击者的喊叫声从山脚传来，不停回荡。

"别浪费时间！"她戴上兜帽，厉声说道。"快走！去斯托布瓦河岸！"

"小姐……告诉我……你的名字……"

"为爱所困的奥卡辛，叫我尼柯莱特[①]吧。再见！"

少女旋即策马飞奔，犹如狂风迅雷一般冲下山坡，在扬起的飞尘云烟中，她故意现身，引起追击者的注意，而后风驰电掣般穿过沼泽。见到如此神速，雷恩万立刻不再良心有愧。他明白过来，金发少女并没有冒险。昆兹·奥洛克和其他人的马匹已经精疲力竭，况且都驮着两百磅重的彪形大汉，绝无可能追上一匹只驮着妙龄少女与轻便马鞍的纯种灰马。少女的身形转眼间已经消失在山丘后，但众人仍然穷追不舍地沿途追去。

"万一他们紧咬不放，她和那匹马耗光了力气怎么办？"他不由担心，但很快便宽慰自己："她的侍从一定在不远处。那样的穿着打扮，坐骑又是一匹矫健神骏的良驹，她一定是位贵族小姐，这样的小姐绝不会独自出行。"想到此处，他快马加鞭，朝着河岸奔去。

"尼柯莱特一定不是她的真名。"疾驰之下，凉风扑面，他的思绪还离不开金发少女，"她一定是为了取笑我才这么说，我的确算得上是可怜的奥卡辛。"

斯托布瓦河畔的湿地丛生着茂密的赤杨，雷恩万终于停下喘了口气，他甚至觉得有些自豪与神气，觉得自己就像是真正的罗兰与

[①]奥卡辛、尼柯莱特出自13世纪法国虚构爱情故事《奥卡辛与尼柯莱特》。

奥格,凭借着机智与勇气甩掉了追击的敌人①。然而一个一点也不符合骑士身份的岔子陡然出现,他的自豪神气立即烟消云散,他心生懊恼,这种岔子绝不会发生在罗兰、奥格这般卓越的骑士身上。

不像那些史诗传奇中扬名的神驹,他的马瘸了。

刚一察觉身下灰马不和谐的蹄声与异动,雷恩万立刻翻身下马。他检查一番马蹄与马腿,什么都没发现。他只得牵着一瘸一拐的马徒步前行。"真不错,"他不禁心中自嘲,"从礼拜三到礼拜五,短短几天,一匹马累死,一匹马瘸了。这结果真完美。"

屋漏偏逢连夜雨,就在此时,河对岸突然回响起呼啸声、嘶鸣声还有昆兹·奥洛克熟悉的咒骂声。雷恩万拽着马藏入一片更为茂密的灌丛,掩住马鼻让它不再嘶鸣。叫喊与咒骂越来越远,渐渐消失。

"他们抓住了那个少女,"他的心沉了下去,充满担忧与懊悔,"他们已经抓住了她。"

"不,他们没有抓到她。"理智让他平静下来,"他们最多是追上了她的护卫队,然后马上意识到自己追错了人。而少女尼柯莱特,在众多骑士与随从的围绕下,一定会骄傲地奚落他们。"

"他们一定悻悻而回,像是追踪猎物的猎人,在附近徘徊,寻找我的踪迹。"

他在灌木丛中待了一整宿,牙齿不停打颤,双手不停驱赶蚊虫。他没有合眼,不,也许有那么一小会儿他合上了眼睛。他一定是睡着了,陷入了梦境,不然怎么会见到了旅店中那个戴着沼泽金

---

① 出自法兰西十一世纪武功歌《罗兰之歌》,罗兰侯爵为查理大帝手下十二圣骑士之一,奥格为丹麦传奇骑士。

盏花指环的朴素姑娘？若不是梦中幻影，难道她来过身边？

"我们已经寥寥无几，"她开口说道，"别让他们抓到你，别让他们找到你的踪迹。什么不会留下痕迹？天上的飞鸟，水中的游鱼。"

"天上的飞鸟，水中的游鱼。"

他想问清楚她是谁，怎么知道护符，怎么做到没用火药就让壁炉爆炸的。他想问的事情很多很多。

然而还未张口，他已经醒了过来。

他在拂晓之前动身启程，顺着河流的流向，在一片林木高耸的密林中穿行了一个小时左右，接着一条宽阔的河流豁然出现在眼前。整个西里西亚只有一条河流如此宽阔壮丽。

奥得河。

奥得河的河面上一艘小货船逆流而上，犹如鹅鹩一般优雅而轻快地沿着河中浅滩的边缘行驶。雷恩万看得痴了。

"你们不是狡诈奸猾吗？"他盯着鼓动的风帆、船头破水泛起的泡沫，心中有了主意，"你们不是经验丰富的猎人吗？你们不是喜欢搜遍森林找寻我的足迹吗？走着瞧！看我如何金蝉脱壳，你们休想再找到我的踪迹！"

"天上的飞鸟，水中的游鱼……"

他牵马走向一条通往奥得河边的路。为了确认安全，他没有贸然上路，而是驻足在柳林中透过柳条仔细观察。很快，他发现自己所料不错，这条路通向一个码头。

他远远便听到码头上人们操着大嗓门在恼火地争辩，无法分清那到底是在争吵还是激烈地讨价还价。但是不难听出他们所说的语言。他们说的正是波兰语。

还未等他走出柳林，仅从山腰上望见码头，雷恩万就知晓了那吵吵嚷嚷的声音还有系在木桩上的那些小型帆船与货船的正主了。他们是波兰水民①，奥得河畔以水为生的筏夫与渔民，相比于行业协会，他们经营的方式更趋向于宗族关系。他们讲着统一的语言，有着强烈的民族认同感。他们控制着西里西亚一大片广阔的渔场，在运输木材和小件货物上更是有着不可忽视的影响力，甚至可以与汉萨同盟②一争高低。汉萨同盟在奥得河的运输航线最远只到弗罗茨瓦夫，而他们甚至可以把货物运到拉齐布日。他们沿河而下，法兰克福③、鲁布斯卡与科斯琴地区④都在他们的业务范围内，甚至，他们会通过一些见不得光的手段绕过法兰克福地区严苛的仓储法，将货物继续运往瓦尔塔河流域。

一阵风吹过，鱼的腥气、淤泥的腐臭与焦油的臭味从码头飘来。

雷恩万费力地牵着一瘸一拐的马走下湿滑的山坡，走过许多棚屋、茅舍与晾晒的渔网，向着码头方向走去。码头的栈桥上几个筏夫不停卸货装货，他们光溜溜的脚底板踩出时而沉闷时而清脆的声响。几人正将货物从一艘船上卸下，转而搬到另一艘船上。还有几人从码头船只上卸下鞣制皮革和不知道里面装着什么东西的小号木桶，在一个大胡子商人的监工下把货物都搬到马车上。此时一头公

---

① Wasserpolen，普鲁士人下西里西亚以波兰语为民族语言的居民称呼，他们多从事渔业与木筏运输业。
② 汉萨同盟是德意志北部城市之间形成的商业、政治联盟，实力雄厚。
③ 指奥得河畔城市法兰克福，并非美茵河畔法兰克福。
④ 历史地理概念，均处于奥得河两岸波兰与德国之间。

牛被人驱赶着登上一艘平底船，低沉地"哞哞"一声，四蹄乱踩，整个栈桥都为之摇动。筏夫们嘴里吐出不堪入耳的咒骂声。

当满载皮革与木桶的几架马车慢慢驶远，码头很快平静下来，没过多久，不安的公牛开始奋力用角冲撞窄小的围栏，吵吵嚷嚷的谩骂声再次响起。激烈的争吵仿佛已经成为波兰水民的传统，雷恩万熟知波兰语，所以不难听出，那些都只不过是毫无意义的斗嘴罢了。

"请问，各位之中有人要驾往弗罗茨瓦夫方向去吗？"

波兰水民闻声停止了斗嘴，带着不那么友善的眼神打量着雷恩万。其中一人朝水里啐了口唾沫。

"这位体面的小少爷，"他嘟囔道，"就算有人去又怎样？"

"我的马瘸了，但我还得赶去弗罗茨瓦夫。"

那人傲慢地仰起了头，大声清了清嗓子，又朝河里啐了口唾沫。

"到底有人去吗？"雷恩万没有放弃。

"我的船可不载德意志人。"

"我不是德意志人。我是西里西亚人。"

"没骗人？"

"当然。"

"那你来说：扁豆，研磨，圆环，磨坊①。"

"扁豆，研磨，圆环，磨坊。换你了，你来说：断腿的桌子②。"

---

①Soczewica, koło, miele, młyn，这四个词为1312年波兰骑士 Władysław Łokietek 在镇压叛乱后检查克拉科夫居民身份的词语，对于外国人而言，四个词极难发音。

②Stół z powyłamywanymi nogami，波兰绕口令，其中"断腿的"（powyłamywany）一词读起来十分拗口。

"灌……灌……嘴……嘴……的桌子。算了，上船吧。"

不等雷恩万高兴片刻，船夫一盆冷水毫不客气地浇了下来。

"慢着！别急着上船！第一，我的船最远只到奥拉瓦。第二，你要交五枚斯克里币，带马上船还要另外支付五枚。"

"如果你钱不够，"这时另一个水民见他翻找钱袋时面露难色的样子，脸上堆满狡黠的微笑插话道，"我可以买下你的马。我出五个……不，六个斯克里币。算上去值十二个格罗申①，足够你支付旅费了。你看这样马也不是你的了，你也不用再多花钱。纯赚的生意。"

"这匹马可至少值五格里夫纳②。"雷恩万不满道。

"这匹马值个屁钱。"波兰人直截了当地说道，"你能骑着它去你急着要去的地方？干脆点，卖还是不卖？"

"鞍具和马具也值些钱，再加三个斯克里我就卖。"

"只给一个。"

"两个。"

"成交。"

灰马和钱币就此易主。雷恩万轻轻拍了拍它的脖颈，抚摸它柔顺的鬃毛，他不由抽了抽发酸的鼻子，感觉像是作别一位共患难的同伴与朋友。接着，他抓住一条绳子跳上船去。船夫解开木桩上系着的绳索。船只晃晃悠悠，缓缓并入河流。公牛烦躁地吼着，船上到处散发着难闻的鱼腥味。码头的栈道上几个水民聚在一起打量着灰马的腿，再次爆发出毫无意义的争吵声。

---

①波兰货币单位，面值较小。
②中古时代斯拉夫文化区的重量单位，亦作为货币使用，1格里夫纳约为48格罗申。

船只朝着奥拉瓦的方向顺流而下。奥得河灰浊的河水不停拍打着小船的两侧，泛起团团泡沫。

"小少爷。"

"嗯？"雷恩万被从睡梦中叫醒，揉了揉眼睛，"怎么了，船家？"

"奥拉瓦马上就要到了。"

斯托布瓦河汇入奥得河的河口距离奥拉瓦市不足五英里的距离。船只顺流而下，不消十个小时便可到达。当然，这须得要船家不作停歇，不再多接运输生意。

这艘船显然生意兴隆，一路靠岸无数次，让十个小时的船程堪堪变成了一天半，雷恩万在船上整整度过了两个夜晚。他倒没什么怨言，一来路上相对安全，二来这趟旅程也足够舒适，吃得饱，睡得香，整个人神清气爽。甚至，还与船家相谈甚欢。

尽管船家既没有向雷恩万吐露姓名，也没有询问他的名字，但本质上这是个友善豁达、容易相处的人。他质朴但不愚蠢，有些沉默寡言，至少不会整天把不干不净的话挂在嘴边。货船在沙洲和浅滩之间迂回行进，不时停靠在左岸码头，不时停靠在右岸码头。四名船员忙得热火朝天，船家大吼着催促他们手脚更麻利一些。每当这时船家妻子结实有力的双手便接过丈夫掌舵的职责。她看上去要比自己的丈夫年轻许多，裙子卷起，健壮的大腿清晰可见，转舵改向时，她的衬衣紧紧贴上隆起的胸脯，令人不禁联想到维纳斯美妙的双乳。为了不辜负船家的善意，雷恩万尽力克制自己，刻意将目光移开。

这段时间的旅程充满新奇，让雷恩万了解了不少波兰水民的水上生活。货船随波逐流，不时在沿岸码头停停靠靠，以水为生的波兰人们集体捕鱼，依靠河流四处贸易。他们运输的货物形形色色，包罗万象。雷恩万见到了以前从未见过的大家伙——一条足有五腕尺、重达一百二十磅的巨型鲇鱼；吃到了以前从未吃过的食物——用木炭熏烤的巨型鲇鱼鱼排。他从水民的口中知道了如何躲避水灵、水鬼与水妖，如何区分围网捕鱼与撒网捕鱼、鱼梁与水坝、淡水鱼与咸水鱼。他们用极为肮脏粗俗的语言宣泄着对德意志领主的不满，高昂的关税、通行费与说不清名目的种种税费让他们恨之入骨。

旅程第二天恰好是礼拜日，波兰水民和当地的渔民在这天都不会工作。他们对着雕工拙劣的圣母像与圣彼得像虔诚祈祷一番，接着举行宴会，吃饱喝足之后便组织形似地区议会一般的集会，然后继续喝酒打架。

就这样，尽管耗时不短，但这段旅程丝毫不会让人感到煎熬与漫长。如今已是清晨时分，转过下一个河弯便到了奥拉瓦城镇。船家妻子掌舵转向，她丰满的胸脯紧紧贴着衬衣。

"年轻人，"船家说道，"我要花一天……最多两天时间打理奥拉瓦城里的生意。你要是能等，那我就顺便把你带去弗罗茨瓦夫，不会多收你任何费用。"

"谢谢。"雷恩万与船家紧紧握手，他知道，在这个水民眼里他已是朋友。"谢谢，这段时间我思考了很多事情。现在对我来说，奥拉瓦是比弗罗茨瓦夫更合适的目的地。"

"依你。左岸还是右岸，我可以把船停在你方便的地方。"

"我想去斯切林大路。"

"那就是左岸。如果我猜得没错，你是想避开城镇？"

"是的。"雷恩万承认道,心中诧异于船家敏锐的洞察力,"如果停左岸不会让你们不便的话,十分感谢。"

"怎么会。玛瑞霞,向左岸转舵,朝'画眉水坝'方向走。"

货船驶过"画眉水坝"后,一处宽广开阔的弓形湖出现在眼前,湖面到处是盛开着黄色花朵的萍蓬草,宛如覆盖了一张点缀着灿烂星光的绿毯。湖面上笼罩着一层雾气。虽然相隔甚远,此起彼伏的鸡鸣狗吠与教堂钟声已从奥拉瓦近郊传入耳中。

在船家示意下,雷恩万跳上一条摇摇晃晃的码头栈道。货船与一个木桩擦身而过,船头荡开水面的浮萍,慢悠悠地驶离岸边。

"一直沿着堤道走!"船家喊道,"背向太阳一直走到奥拉瓦大桥,然后朝森林方向走。过了一条小溪就到了斯切林大路。千万别走错了!"

"谢了!一路平安!"

船只很快消失在愈来愈浓的雾气之中。雷恩万将行李小袋的系绳搭在一边肩膀上。

"西里西亚小少爷!"河上传来呐喊声。

"哎?"

"断腿的桌子!"

Chapter 6
第六章

在本章中，雷恩万先是挨了一顿毒打，而后在四人一狗的陪伴下启程前往斯切林。他们用一场论战来消磨旅途的沉闷，辩题正是传言中如同野草一般肆意蔓延的异端。

雷恩万循着清脆的水声走到林边，一条蜿蜒曲折的溪流在阳光照耀下欢快流淌，两岸丛生茂密的蓼草。沿着溪流向前没走多远，一条通往森林深处的林荫小路被水流拦腰截断，横跨两岸的一座小桥又将绝路联通起来。搭建小桥的厚实木板通体发黑，布满苔藓，看上去年头着实不小。此时桥上正停着一辆旅行马车，拉车的是一匹瘦骨嶙峋的棕马。车体倾斜得十分厉害，打眼瞧去，原因显而易见。

"车轮子出了问题,对不对?"雷恩万走上前去,询问道。

"比你想的还要糟糕,我们的车轴坏了。"一个年轻女人答话道。她一头红发,身材稍显丰满,但也堪称漂亮。她说话时一手去抹汗涔涔的额头,不料抹了一头的油污。

"啊,那只有铁匠才能让车子再动起来了。"

"啊哎,啊哎!"另一位手里抓着一顶狐皮帽子的旅人大声说道。这是个蓄着长须的犹太人,穿着虽然十分朴素,但整洁干净,至少谈不上是破衣褴褛。"以撒先神!不幸降临到我们头上!我们该怎么办?"

"你们是要去往斯切林?"雷恩万看到车辕所指的方向,猜测道。

"没错,这位少爷。"

"我来帮你们,修好车后你们捎我一程,我也要去斯切林。我也碰到了些麻烦……"

"这不难猜到。"犹太人的胡须随着他嘴巴的开合而摆动,两眼之中闪烁着狡黠的光芒,"这位年轻少爷,一眼看得出你出身贵族。你的马去哪了?算了,算了,看得出来,一定是遇到了难事。鄙人希拉姆·本·艾利泽,布热格犹太教会堂的拉比。正在去往斯切林的途中……"

"鄙人多萝塔·法贝。正在去往遥远世界的途中。你呢,这位年轻少爷?"红发女人语气欢快,故意模仿犹太人说话的调子插话道。

"我是……"雷恩万片刻迟疑后坚定地说道,"别拉瓦的雷恩玛尔。听好,我的计划是这样的:我们先想办法把马车弄下桥,解开套具,我骑马带着车轴快马加鞭赶到奥拉瓦城郊找个铁匠修理。必要的话，我会把人带回来。行动吧。"

现实远没有想象中的那么简单。

多萝塔·法贝能帮上的忙微乎其微，老态龙钟的拉比不帮倒忙就不错了。尽管瘦骨如柴的老马奋力蹬着蚀朽的桥板，马项圈被挣得快要崩开，车厢也才稍稍移动了不到两米。雷恩万一人又抬不起车子。最后，他们只得气喘吁吁地坐在坏掉的车轴旁，看着一小群白杨鱼和七鳃鳗在清澈见底的溪流中游来游去。

"你说你要去遥远的世界，为什么这么说？"雷恩万向多萝塔问道。

"我要找份工作。"她用手背擦了下鼻子，漫不经心地答道，"现在来说，既然犹太老先生愿意慷慨地让我搭车，我就跟着他去斯切林，之后去哪，谁知道呢，也许会一个人前往弗罗茨瓦夫。我从事的这个行当，哪里都找得到工作，但是我还是想找最好的……"

"你从事的……行当？"雷恩万突然领悟。"你……你是说……你是一个……"

"没错。我是……你要说的……嗯……妓女。不久前刚刚离开布热格'花冠'妓院。"

"我理解你。"雷恩万郑重地点了点头。"但是，拉比，你们一起旅行？你让……呃……妓女搭你的便车？"

"我不该载她吗？"拉比睁大了眼睛。"载就载了，不载她的话我于心不忍。"

重重的脚步声咚咚作响，爬满苔藓的木板随声震颤。

"碰到麻烦了？"迎面走来三个男人，其中一人问道。"要帮把手吗？"

"那再好不过了。"尽管三人贼眉鼠眼、凶神恶煞的模样让雷恩万心生厌恶,但他仍然答应了下来。几双有力的大手很快便将马车推下了桥。

"各位!"三人中身材最高一人开口说道。他满脸胡子,手握一根结实的棍子晃来晃去。"活儿已经干完了,该算账了。犹太人,解开那匹马的套具,把你外套脱了,交出钱袋。这位少爷,把你的上衣和靴子脱了。而你,可人儿,把衣服给我脱光,拿你自个儿当报酬。快脱!"

另外两人发出一阵哄笑,露出一排烂牙。雷恩万俯身拾起刚才用来撬动马车的木棍。

"瞧瞧这位勇敢的公子哥。"满脸胡须的汉子手里的棍子指着他说道,"看来人生还没有教会他,如果有人让他交出靴子,他就该照做。光着脚好歹还能走路,断了腿可就没法子了。哥几个!让他长长记性!"

三人灵巧地躲过雷恩万手中乱舞的棍子,一人从后突袭,一记踢腿,正直踢到他膝后腘窝处,雷恩万当即伏地。多萝塔见状冲来,从后跃起,缠在突袭之人的后背上,两手乱舞,向那人眼睛戳去。那人口中怒喝不止,身子跌跌撞撞,急忙用手护住眼睛。雷恩万身子蜷缩,护住身体,拳打脚踢如骤雨般袭来。千钧一发之际,雷恩万用余光瞥到,试图拉架的犹太拉比挨了重重一拳,紧接着,他看到了恶魔。

三个地痞开始撕心裂肺地哀嚎。

当然,袭向地痞们的怪物并非是真正的恶魔。那是一只巨大的獒犬,毛发漆黑锃亮,脖子上戴着尖刺项圈。獒犬犹如一道黑色闪电一般冲至三人面前,攻袭的姿态宛如一头凶蛮的恶狼。它不停跃起,用力撕咬他们的小腿、大腿与裆部。三人倒地后,它转而袭向他们的胳膊和面部。三人凄厉的哀嚎与惨叫令人不禁毛骨悚然。

远处响起一声音调不停变换的尖锐口哨声。黑犬立马跃离三人，两耳竖起，蹲坐下来，一动不动，仿若一尊煤灰捏成的雕塑。

一人一马出现在桥上。马上骑手身着紧身瓦姆斯①上衣，披着银色搭扣系起的短灰色斗篷，头戴一顶夏普仑帽②，帽上长尾直直垂过肩膀。

"太阳升到那棵云杉上方时，"骑着黑色骏马的陌生人挺直身子洪声说道，"我就会命令'魔王'去追你们。渣滓们，留给你们的时间不多，'魔王'的动作又十分迅捷，所以我建议你们快跑，最好不要停下歇息。"

话音未落，地痞们马上起身，一瘸一拐逃入林子，奔逃途中一边不停呻吟，一边惊恐地回瞥。"魔王"就像明白怎么会让他们更为恐惧一样，眼睛并没有望向他们，而是盯着太阳和云杉树梢。

陌生人策马缓缓前行，来到三人跟前，自上而下打量着他们。雷恩万正从地上起身，抹掉鼻血，按揉着自己生疼的肋骨。陌生人像是对他格外感兴趣，仔细打量的目光让雷恩万感到一些不自在。

"不错，不错，"陌生人终于开口说道，"童话里的经典场景，一条狗，一座桥，一个车轮还有一场麻烦，救助的时机恰恰完美。简直像是你们召唤我来的，对吧？你们难道不害怕我会拿出魔鬼契约让你们签署？"

"不，"拉比说道，"那样可就不像童话了。"

---

①中世纪男士常穿的一种又紧又短的上衫款式。
②Chaperon，法语，中世纪男性头饰，最先流行于法国，是一种裹头头巾的样式，头巾上会垂下一根长长的装饰性尾巴，被称为 liripipe。

陌生人讪笑一声。

"我是厄本·豪恩。"陌生人说道，他的视线仍在雷恩万身上，"我和我的'魔王'帮助的是什么人？"

"来自布热格的拉比——希拉姆·本·艾利泽。"

"多萝塔·法贝。"

"马车夫兰斯洛特。"即便此人施以援手，雷恩万也无法信任他。

厄本·豪恩又发出一声讪笑，耸了耸肩膀。

"我猜你们要赶往斯切林。来的路上我碰到一个旅人，他的目的地和你们相同。与其守着个破车轮等到日落，我建议你们恳求他载你们一程，那样更安全。"

尽管拉比向他的马车投去长久的、不舍的目光，最后还是点头同意了厄本·豪恩的建议。

"是时候再见了。"陌生人看向云杉树梢，"还有事情要了结。"

"我以为，"雷恩万提起勇气说道，"那些话只是吓唬他们的……"

陌生人直直地盯着他的眼睛，他的眼神中渗透着冰冷的寒意。

"不错，我是在吓他们。"他承认道，"但是，即使是吓唬人的话，我也从不食言。"

厄本·豪恩口中的旅人是一位剃度过的富态神父。他穿着一件臭鼬皮饰边的斗篷，驾着一辆不小的马车。

神父勒住马，在车夫座上听着三人你一言我一语地描述处境，察看一番车轴坏掉的马车，接着细细打量面前面露恳求姿态的三人，终于明白过来他们想要求他做什么。

"你们想要我载你们一程？"他带着难以置信的口吻问道，"想要搭我的马车去斯切林?"

三人恳求的神态变得更为迫切。

"我,菲利普·格兰齐谢克,来自奥拉瓦圣母玛利亚教堂的教区神父,身为虔诚的基督徒、恭敬的天主教徒,要邀请犹太人、妓女和流浪汉上自己的马车?"

雷恩万、多萝塔和拉比艾利泽面面相觑,神色窘迫。

"算了,上车吧。"神父终于勉强同意,"如果不载你们,我看上去像个不折不扣的混蛋。"

不过一个钟头,"魔王"的身影出现在神父的马车前,身上晶莹剔透的露水闪烁着光芒。很快,厄本·豪恩骑着他的黑马出现在路上。

"我和你们一道去斯切林,"他说道,"当然,如果大家对此没什么意见的话。"

无人反对。

没人追问三个地痞命运如何。"魔王"睿智的眼睛没有透露任何信息。

或许恰恰相反,它的眼睛已经透露出了一切。

他们沿着斯切林大路与奥拉瓦河谷,时而穿梭于密林之中,时而穿过广袤的湿地与原野。黑犬"魔王"像个步兵一样奔跑在前,巡视着大路,偶尔消失在密林、灌木与野草丛中。它无视野外的松鸡与野兔,既不追赶,也不吠叫,显然那样的行为对高傲的它来说是自降身份。厄本·豪恩无须呼唤、无须呵斥他的黑犬,他的眼中流露着寒意,骑着黑马与马车并排行进。

多萝塔·法贝驾驶着神父的马车。这个来自布热格的红发妓女恳求神父准许她来驾车，当作载她一程的回报。她的驾车技术出人意料地娴熟，于是坐她旁边马车座上的神父菲利普可以不必担心马车，腾出功夫打盹或闲聊。

雷恩万与拉比艾利泽坐在车上装满燕麦的麻袋上，有时打盹，有时交谈。

拉比瘦骨嶙峋的老马系在车梯上，慢慢悠悠地跟在后面。

于是他们一路打盹，闲聊，歇息，而后继续交谈、打盹。菲利普神父从木箱中翻出一瓦罐伏特加供大家饮用，而后拉比艾利泽又从大衣中拿出另外一瓦罐酒水。

他们很快了解到，神父与犹太拉比前往斯切林的目的几乎一致，他们要前去晋见正在巡访斯切林教区的弗罗茨瓦夫大教堂咏礼司铎。不同之处在于，神父菲利普受到了咏礼司铎的召唤，拉比则希望自己得到会面的机会。神父菲利普认为拉比希望成真的可能性微乎其微。

"敬爱的神父，"他说道，"有很多事情要忙。大量的案子要等着他审理，还有数不清的会面。因为我们要面临一段十分难熬的日子，哎，万分煎熬。"

"说得好像日子以前好过一样。"拽着缰绳的多萝塔·法贝说道。

"我说的煎熬日子是对教会，还有对真正的信仰而言。"菲利普神父抬高了调子，"异端的野草正在疯长。现在即便碰到一个以上帝之名问候的人，你也分辨不出他是不是异端邪徒。拉比，你说什么？"

"爱汝邻。"希拉姆·本·艾利泽喃喃道，像是还没睡醒的呓语，"先知以赛亚会以任何想要示人的面貌出现。"

"呵,"神父菲利普不屑地摆了摆手,"真是个犹太哲学家。但我要说的是,警觉起来,去工作,去祈祷。因为异端的野草正在疯长。"

"神父,你已经说过一遍了。"厄本·豪恩在马车旁缓缓骑行。

"我说的是事实。"神父说道,他睡意全无,提起精神,"无论说多少遍,事实就是事实。异端的野草正在疯长,叛教的邪火势要燎原。虚假的先知像雨后春笋一样到处涌现,时刻准备用他们捏造的教义扭曲神法。诚然,正如使徒保罗写给以摩太中的信中所述:'他们不再听从教义的时刻终会来临,他们臣服于自身的欲望,篡改教义律法。他们不再听从真理,转而听信无稽之谈。'他们还会宣扬基督仁爱,他们的所作所为皆是以真理之名。"

"世界上发生的一切事情,都打着为真理而战的旗号。"厄本·豪恩貌似漫不经心地说道,"虽然涉及的真理形形色色,但真正的真理也因此受益。"

"你这话听起来像是异端。"神父眉头锁起,神色不快道,"要我说,谈到真理,我更赞同约翰·尼德大师在《福米卡琉斯》一书中的观点。他在书里把异端比作印度群岛上生活的蚂蚁。它们费时费力地从沙土中挑出金粒,运回蚁穴,但是那些金粒对它们来讲毫无用处,既不能吃,又不能据为己有。异端邪徒和那些蚂蚁没什么两样,费尽心思地翻找圣经中真理的金粒,却完全不懂该怎么对待寻找的真理。"

"漂亮的一番话,"驾车的多萝塔·法贝叹了口气,"我是说那些蚂蚁的比喻。啊,说真的,每当我听到这样一番充满智慧的话语,我的肚子就会饿得咕咕叫。"

神父既没有理会她,更没有理会她的肚子。

"那些纯净派①,"他开始喋喋不休,"不如直接说那些阿尔比派教徒②,像白眼狼一样咬伤张开怀抱再次接纳他们的教会。那些瓦勒度派③和罗拉德派④教徒,肆意嘲辱教会和圣父,胆敢将礼拜仪式唤作狗吠。那些令人不齿的背叛者跟保禄派⑤教众一个德行。神格唯一派⑥更是胆大包天,竟敢否定伟大的'圣三一'神论。方济各会教众就是一群穿着破烂麻衣为祸四方的强盗。还有普里斯利派、佩特罗布鲁斯派、阿诺德派、斯派罗派、飞鸟派、祷告派、使徒兄弟会、波斯尼亚派、自由灵兄弟会,叛教者简直多如牛毛。保禄派和穷人会信徒否认基督的神性,拒绝圣礼,心甘情愿去做魔鬼忠实的奴仆。而路西法派,光看名字就知道,那些人崇拜的是何等邪祟。更别提我们的信仰、教会与教皇之敌,那些可恶的胡斯党……"

"有趣的是,"厄本·豪恩笑着打断道,"神父刚才提及的所有教派都自称正统,都将其他教派看作信仰之敌。他们提到教皇时,

---

①纯净派,又译作清洁派或纯洁派,亦音译作卡特里派或卡沙尔派,常泛指受摩尼教影响而相信善恶二元论和坚持禁欲的各教派,中世纪流传于欧洲地中海沿岸各国的基督教异端教派之一,也是一种宗教政治运动。

②阿尔比派,中世纪异端宗派阿尔比派继承了鲍格米勒派二元论的神学思想,同时结合了基督教元素,强调简朴、严格的宗教生活。

③瓦勒度派,12世纪起源于法国的一种寻求以贫穷、单纯的生活方式师法基督之传福音运动,以上帝的圣言为信仰和生活的唯一准则,被当时罗马教会视为异端。

④罗拉德派:中世纪基督教派别,威克里夫派中的激进派。

⑤保禄派:保罗派是亚美尼亚人康斯坦丁·西尔瓦努斯在东罗马帝国创立的一支反抗封建剥削和封建压迫的基督教异端教派。

⑥神格唯一派,即神格唯一论的拥簇者。神格唯一论是古代基督教在神性问题上的一种学说,强调上帝的独一性而否认圣子具有独立的位格,后被定为异端。

通情达理地承认教皇从一堆教派中选出唯一的真理派的难处。但提到教会时,马上就会异口同声地要求彻头彻尾的改革。敬爱的神父,你不好奇这是为什么吗?"

"我没太明白你这话的意思,"菲利普神父说道,"但如果你是指异端邪派正在教会内部肆虐,我十分赞同。那些背离信仰的罪人们在傲慢地亵渎真理!比如那些鞭笞派①,早在1349年,教皇克雷芒六世便已将其认定为异端,将他们逐出教会,责令受罚,但这有用吗?"

"一点儿用没有,他们继续在德国巡游。"豪恩说道,"无数少女上身裸露,也加入了鞭笞身体的队伍。鞭笞让她们感到愉悦。说真的,其中不乏绝色,我在班贝格、戈斯拉尔和菲尔斯滕瓦尔德遇到过他们的队伍。喔!那些美妙的酥胸,上下跃动的乳头!上任教廷也对鞭笞派明令禁止,但同样收效甚微。一旦暴发瘟疫或灾难,自我鞭笞的队伍便会再次壮大。他们那些人一定很享受挨鞭子的感觉。"

"一位学识渊博的布拉格学者曾证明,那是一种疾病。"半梦半醒的雷恩万加入了讨论,"在众目睽睽之下挨鞭子会让有些女人感受到无与伦比的快感。所以鞭笞派里才有那么多女人。"

"现在这境况还去引用布拉格学者们的观点着实可谓不合时宜。"菲利普神父挖苦道,"不过他们说的还是有点道理。多明我会坚称女人们贪得无厌地放纵肉欲是催生世上诸恶的温床。"

"那就别靠近女人,"多萝塔·法贝出人意料地说道,"那样您可就不会沾上罪恶了。"

菲利普眼睛紧紧盯着她,开口道:"在伊甸园中,毒蛇选中了

---

① 鞭笞派,中世纪宗教派别,包括为了惩戒和修行而进行公开的鞭笞。

夏娃，而非亚当，它一定十分清楚自己的选择。同样，多明我会也无比清楚他们的主张。我无意诋毁女性，只想说明性欲与滥交是当今诸多异端邪说的核心，他们的主张很可能只是因为他们是群性变态。教会明令禁止？去他的规矩！教会严令谦恭？呸，瞧好我们的光屁股吧！教会呼吁节制而有礼？呸，让我们像三月发情的猫儿一样做爱吧！波希米亚的塔博尔派和亚当派大庭广众之下成群结队一丝不挂地逛来逛去，他们群交滥交，像狗一样沉溺在邪恶的欲望中。还有科隆的共眠派，只管放纵肉欲，性别与血缘的限制在他们眼中根本无足轻重。"

"有趣，有趣。"厄本·豪恩说罢陷入沉思之中。

雷恩万满脸涨得通红，多萝塔则不屑地哼了一声，很明显，这种事情对她来说并不陌生。

马车驶过一个深坑时，剧烈的颠簸颠醒了熟睡的拉比，此时正要展开另一番长篇大论的菲利普神父差点咬掉舌头。多萝塔朝马喊了声口令，扬起缰绳轻打几下。菲利普神父正了正身子。

"还有一些人，"他继续道，"极度虔诚，却像鞭笞派一样认同自身有罪，离邪教异端仅有一步之遥。我说的正是西维德尼察和尼萨的贝居安修会。"

尽管对贝居安修会的观点有所不同，雷恩万还是点了点头。厄本·豪恩并未赞同。

"贝居安修会的修士又被誉为'甘于贫苦'的人，"他静静说道，"他们的品行可称得上是许多神父与僧侣的模范。他们对社会做出了巨大贡献。别的不提，一三六〇年正是由于贝居安修会修士们在医院中的不懈努力，瘟疫才得到控制，他们挽救了数千平民的性命。他们也得到了丰厚的回报——数不清的异端指控。"

"他们之中确实有不少虔诚尽责的人，"神父赞同道，"但也不乏罪人与恶徒。不少贝居安修会活动的场所，包括你方才提到的医院，都是他们亵渎神明、宣扬异端邪说的老巢，也是他们纵欲乱为的淫窝。"

"随你怎么想。"

"随我？"菲利普神父不禁感到恼火，"我就是个普普通通的教区神父，这与我有什么关系？贝居安修会在维也纳会议上被教皇克莱蒙德定罪的日期比我的出生都早了快一百年。一三三二年，宗教审判所揭露他们诸如挖坟掘尸、侮辱尸体的恐怖恶行时，我甚至都还没出生。一三七二年，我还没出生时，新的教皇敕令颁布，西维德尼察举行宗教审判，无数证据证实了贝居安修会的异端行径，证实了他们与异端自由灵兄弟会、塔博尔派和穷人会同流合污。公爵遗孀阿格涅丝卡下令关闭西维德尼察所有的贝居安修会修道院，他们……"

"他们在整个西里西亚四处逃亡。"厄本·豪恩道，"当然你一定想说'这与我有什么关系，我就是个普普通通的奥拉瓦神父，事情发生时我还没出生呢。'听着，这些事情发生时我也没有出生，但这并不能阻止我找寻真相。大多数贝居安修会修士被捕后都被严刑拷打至死，侥幸活下来会被绑在火刑柱上活活烧死。当然，按照惯例，相当一部分人也会选择揭发他人苟活于世。他们昧着良心，把自己的同僚、挚友甚至血亲送上刑场。不久之后，一些叛徒披上多明我会的袍衣，俨然一副满腔热情投身于和异端斗争的做派。"

"你认为那不对吗？"神父紧紧盯着他，眼神变得冷酷而锐利，开口问道。

"揭发他人?"

"不,是投身于和异端的斗争之中。你认为那是不对的?"

豪恩突然转身,他的脸色沉了下来。

"神父,我奉劝你别像刚才那样给我下套。"他咬牙切齿地说道,"用这些话里有话的伎俩让我上套对你又有什么好处?看看周围,我们现在可不是在多明我会的修道院里,而是在柏莱明大森林里。如果我感到危险,我会直接捶烂你的脑袋,把你丢到灌木丛里。到了斯切林,我就说你在路上突发恶疾而死。"

神父脸色煞白。

"对我们所有人来说,值得庆幸的是,"豪恩冷静地说道,"事情远不会走到那种地步,因为我既不是贝居安修会的一员,也不属于自由灵兄弟会。但是,神父,别企图再使用任何宗教审判所的伎俩,你意下如何?"

菲利普神父没有出声,连连点头。

当一行人驻足休息时,雷恩万实在忍不住自己的好奇心。他将厄本·豪恩拉到一旁,问他为什么有如此剧烈的反应。豪恩起先不想说什么,只嘟囔咒骂了几句,表达对有些宗教审判官的不满。看到雷恩万依然渴望执切的眼神,他坐到一棵横倒的断树上,唤来他的黑狗。

"兰斯洛特,我才不关心他们口中的异端。"他小声说道,"只有傻子才注意不到有些事情应该改变,或说应该得到改革,我可不认为我是个傻子。我能够理解为何教会听到诸如世上没有上帝、'十诫'毫无价值、应该崇拜路西法这样的'教义'时怒不可遏。但那又如何?难道最令教会愤怒的是离经叛道?是不敬上帝?是否定圣礼？都不是。最令教会愤怒的是人们在呼吁甘于贫苦、呼吁谦卑、呼吁奉献、呼吁侍奉上帝与平民。每当有人要求他们放弃权力与金钱时，他们便怒火中烧。于是他们便用那些无比残忍的手段对付异端。该死，圣方济各没被活活烧死简直是奇迹！但恐怕不知道多少籍籍无名的'方济各'被没长眼的那些人扔进了火堆。"

雷恩万点点头。

"这才是我感到生气的原因。"豪恩说道。

雷恩万又点了点头。厄本·豪恩仔细打量着他。

"我说的有些多了。"他打了个哈欠，"这番话十分危险。不止一人因为管不住嘴巴而丢了性命……但我信任你，兰斯洛特。虽然你一定不知道我为什么会这么信任你。"

"我知道。"雷恩万勉强挤出一丝微笑，"如果你怀疑我会出卖你的话，你就会捶烂我的脑袋，然后到了斯切林就说我突然路上死于恶疾。"

厄本·豪恩笑了起来，那笑容透着说不出的邪恶。

"豪恩？"

"什么事，兰斯洛特？"

"不难猜到你一定游历四方、见多识广。你是否恰巧知道布热格近郊的土地属于哪位贵族领主？"

"你的好奇心从何而来？现在这世道怀有好奇心可不是件好事。"厄本·豪恩眯起眼睛。

"正因好奇，才发此问。"

"除了好奇难道还会有其他理由吗？"豪恩抬起嘴角扬起微笑，然而双眼怀疑之光并未消失，"算了，我会尽力满足你的好奇心。

你说的是布热格近郊？康拉德斯瓦尔多属于霍格维茨家族，扬科维采是比绍夫斯海姆家族的领地，黑姆斯多夫是加尔家族的领地……至于舍瑙，据我所知，属于侍酒官①贝托尔德·德·阿波尔达……"

"他们之中有人有女儿吗？一个一头金发的年轻姑娘……"

"我的知识并没有涉猎那么广。"豪恩打断道，"我也不会去涉猎这些。兰斯洛特，我建议你也不要。贵族能够容忍一些普普通通的好奇，但他们十分厌恶有人表现得过分关注自己的女儿们。还有妻子们……"

"我明白了。"

"很好。"

---

①中世纪宫廷官职名称，该官职负责餐桌上为国王服务并主管皇家酒窖。

Chapter 7
第七章

在本章中，雷恩万一行在圣母升天节前一天抵达了斯切林城，恰巧目睹了一场火刑。之后，各怀心思的众人聆听弗罗茨瓦夫大教堂咏礼司铎教诲。

行至维翁祖夫附近的霍克里希特村庄时，先前冷冷清清的路上多了些许人气。除了农民的二轮推车与商队的四轮马车外，还有一些骑兵与步兵，雷恩万悄悄戴上了兜帽。经过霍克里希特村，道路两侧生长着一片如画般美丽的桦木林，路上再次变得空空荡荡，雷恩万暗暗松了口气。显然，这口气松得有些为时过早。

魔王再次展现出它惊人的智慧。此前，它从未对路过的士兵龇牙咧嘴，而此时，它敏锐地察觉到了敌意，发出了一声短促尖锐的吠叫，提醒众人提防突然从两侧桦木林中冲出的一伙骑兵。一名向他们靠近的骑士随从见到魔王，立刻掏出弩箭，黑犬见势怒吼一声，凶狠的哮声不由令人心惊胆寒。

"嘿，你们几个！不要动！"其中一名骑士喊道。他是个年轻人，脸上布满雀斑，看上去活像个鹌鹑蛋。"待在那儿！没听到我说的吗！别动！"

年轻骑士旁边的随从拉紧弩弦，迅速装上一支弩箭。厄本·豪恩策马小步上前。

"诺德克，你敢朝这条狗放箭试试。睁大眼睛看看，再仔细想想你认不认识它。"

"见鬼！"一阵风起，雀斑骑士伸手遮眼，挡住被风卷起迎面吹来的树叶。"豪恩？真的是你？"

"如假包换。让你的人把弩放下。"

"当然，当然。但你得管住那条狗。我们正在搜捕犯人。所以豪恩，我不得不问清楚，和你同行的都是些什么人？"

"还是先说清楚，"厄本·豪恩冷冰冰地说道，"你们追捕的到底是什么人？打个比方，如果你们是在找偷牛贼，那完全没有搜查我们的必要。首先，我们连头牛都没有。其次……"

"不错，不错。"雀斑骑士目光已然扫过神父和拉比，轻蔑地挥了挥手，"直说吧，这些人你都认识？"

"没错。够了？"

"够了。"

"请见谅，敬爱的神父。"另一位全副武装、头戴轻甲盔的骑士对菲利普神父欠身致意，"我们并非有意惊扰，我们正奉斯切林总督——雷登伯格领主之命搜查一起命案的凶手。这位是库纳德·

冯·诺德克,我是厄斯塔希·冯·洛州。"

"命案?"神父问道,"上帝保佑,有人遇害了?"

"没错。案发地离这不远。死者是卡琴领主阿尔布雷希特·巴特男爵。"

众人沉默不语,终于,厄本·豪恩的声音打破了沉寂。他的语气已然改变。

"什么?怎么回事?"

"这件事说来十分离奇。"厄斯塔希带着迟疑的眼神打量了一眼豪恩,慢慢开口说道,"首先,案发时间是正午。其次,案发地发生过战斗。凶手只有一个人,骑着马,剑术高超,一剑刺入了巴特男爵的眉心,又稳又准。"

"案发地在哪里?"

"离斯切林城四百米远。在巴特男爵从近郊返城的路上。"

"他自己一个人?身边没有随从?"

"他一向如此,平时与人为善,没有死敌。"

"愿他安息。"菲利普神父喃喃道,"主啊,光明……"

"没有死敌。"豪恩打断了神父的祷词,沉吟了一遍厄斯塔希的话,"那有嫌疑人吗?"

库纳德靠近马车,饶有兴致地打量着多萝塔耸起的胸脯。妓女多萝塔回以一个风情万种的微笑。厄斯塔希同样咧着嘴笑着靠前。雷恩万暗自庆幸没人注意到自己。

"有几个嫌疑人。"库纳德移开目光,"有伙可疑的人正在这片游荡,有人见到了昆兹·奥洛克、沃尔特·德·巴贝和高戈维采的斯托克。还有流言说有个年轻人和一位骑士的妻子不清不楚,骑士不惜一切代价都要抓住他。"

"不排除正是那登徒子恰巧碰到了巴特男爵，怕泄露行踪便杀人灭口。"厄斯塔希补充道。

"若是如此，"豪恩小指掏着耳朵，开口说道，"那你们很容易就能逮住那位所谓的'登徒子'。他至少得身高七尺，肩宽四尺，这样的人可没法藏身到普普通通的农民之中。"

"没错。"库纳德一脸沮丧地同意道，"巴特男爵可不是手无缚鸡之力的人，能够杀他的人绝非等闲之辈……但他也有可能被施了咒语或巫术。传言那登徒子是个巫师。"

"圣母玛利亚保佑！"多萝塔失色尖叫，菲利普神父慌忙在胸前画了个十字。

"不管怎样，真相总会大白。"库纳德道，"我们抓到他时，一切自然清楚，没错，我们会抓到他……毕竟认出他也不会太难。根据我们得到的消息，那人长相英俊，骑着一匹灰马。如果你们碰到他……"

"我们一定毫不犹豫地上报。"豪恩面无表情地承诺道，"长相英俊的年轻人骑着一匹灰马，不难认出，也极难认错。再见诸位。"

"各位先生，"菲利普神父问道，"或许你们知道弗罗茨瓦夫咏礼司铎是不是还在斯切林城？"

"没错，他正在多明我会修道院审理判决各种事务。"

"是否是敬爱的利希滕贝格司铎？"

"不是。"厄斯塔希否定道，"他的名字是奥托·白斯。"

"奥托·白斯，施洗约翰修道院院长。"待骑士们启程上路，多萝塔鞭马前行时，神父口中喃喃自语，"他为人十分严厉苛刻。唉，拉比，你没有机会聆听教诲了。"

"不，拉比，你会得到接见的。我向你保证。"雷恩万笑容满面地说道。

众人齐齐看向他，雷恩万不发一言，只回以意味深长的笑容。接着，他按捺不住喜悦之情，跳下马车与车同行。马车逐渐与他拉开了一些距离，豪恩骑马来到他身旁。

"瞧瞧，别拉瓦的雷恩玛尔，"他压低声音说道，"你的恶名传扬得有多快。昆兹、沃尔特这样拿人钱财替人消灾的恶徒逍遥在外，一旦他们杀了人，嫌疑马上落到你头上。见识到命运有多讽刺了吗？"

"我观察到两件事，"雷恩万小声回应，"第一，你知道我是谁，而且很可能从一开始就知道。"

"也许如此。第二呢？"

"第二，你认识被杀的阿尔布雷希特·巴特。我敢肯定，你马上要赶往卡琴。或许你的目的地一直是卡琴。"

"精彩，精彩，"片刻之后豪恩说道，"真是个聪明又自负的年轻人。我甚至知道你的自信从何而来。想必是身居高位的人里面有自己的熟人吧？弗罗茨瓦夫的司铎？现在觉得安心又安全？别得意，这一切只是你的错觉。"

"我明白。"雷恩万点头道，"我牢牢记得你的那番让人曝尸荒野的话。"

"很好，你还没忘。"

道路延伸至一座山丘，山顶立着一个绞刑架，三具悬挂的尸体干瘪得犹如鱼干。越过山丘，斯切林城色彩斑斓的城郊、年代久远的城堡城墙、古老的圣戈德哈圆形大厅与数座近代的教堂尖塔浮现在众人面前。

"嘿，"多萝塔嚷道，"那边怎么那么热闹。今天是赶上什么节日了吗？"

众人望去，城墙外聚集着一大群人，还有一列队伍正从城门走出，加入摩肩接踵的人群。

"看上去像是在游行。"多萝塔猜道。

"也许不只如此，"菲利普神父说道，"今天是八月十四日，圣母升天节前夕。多萝塔小姐，出发，出发，我们凑近点看看。"

多萝塔策马启程，豪恩将他的黑犬唤至身前，给它戴上绳套，显然他明白，在这样拥挤不堪的人群中，再聪明的狗恐怕也会慌不择路。

从城门走出的队伍慢慢行进，雷恩万一行人身处高处，远远望去，不难认出其中有几个身着法衣的神甫，几个身着黑白修士袍衣的多明我会修士，几个身着深灰色修士服的方济各会修士。另外，还有几个身着皮草大衣的市民，他们长长的大衣快要拖到地上；还有几名骑马的骑士，他们穿着绘有纹章的盔甲。骑士们的身后跟着十几名戟兵，他们身着黄色束腰外衣，头戴壶状帽盔。

"那些是主教麾下的士兵。"厄本·豪恩压低声音告诉众人，"那边那个身材高大，衣服上绘有棋盘纹章的骑士正是斯切林总督——雷登伯格的亨利克。"

三个人被主教的士兵紧抓双臂，押送前行。三人之中有两个男人，一个女人。女人穿着白色亚麻罩衫，其中一个男人戴着一顶颜色鲜艳的尖顶帽。

多萝塔抖了抖手中的缰绳，策马前行，马车前的人群不情不愿地让到两旁。自从下了山坡，失去了高处的视野之后，他们就什么都望不到了。越往前走，人群越密集，马车再也无法穿行。他们干脆站起身来，好瞧见前面发生了什么。

站起来后，雷恩万终于可以望见三人的脑袋和肩膀，他们被紧紧绑在高过头顶的火刑柱上。虽然视野受限，但他心里清楚，火刑柱下一定堆满了干柴。

他听到一个声音。那声音昂扬而有力，却被周围人群嘈杂的嚷叫吞没，变得模糊不清。雷恩万很难听清楚具体的内容。

"危害社会秩序的犯罪行为……胡斯党的罪恶……异端的信仰……亵渎神明……罪行……审讯证实……"

"看上去我们很快就要亲眼见识到路上说过的火刑了。"脚踩马镫直直站着的厄本·豪恩开口道。

"没错。"雷恩万吞了口口水，向一旁的市民开口问道："嘿，大家伙！他们要处刑的是些什么人？"

"流浪汉。"一个穿着破破烂烂，看起来像是乞丐的人转头说道，"他们抓了一些流浪汉。他们好像说那些人是胡斯党……"

"什么胡斯党，那些人是马夫。"另一个人纠正道。这人同样衣衫褴褛，操着如出一辙的波兰口音，"他们拿圣餐喂马，犯了亵渎上帝的罪过，这才要被烧死。"

"哼，两个白痴！他们一无所知！"马车另一侧一名衣着光鲜的朝圣者讥讽道。

"你知道？"

"当然……耶稣保佑！"朝圣者注意到了菲利普神父的圆顶发型，"胡斯党之所以被称为胡斯党，是因为他们的先知胡斯，而不是因为什么野马家马。胡斯党声称根本不存在炼狱，举行圣餐仪式时，谁都可以喝酒吃饼……"

"别对我们说教，这些我们都知道。"厄本·豪恩打断道，"我的同伴问的是为什么那三人要被烧死?"

"那我就不知道了。我可不是当地人。"

"那个戴着帽子的男人是个捷克人。"一名当地人开口说道,从布满泥点的衣服不难猜出他是个泥瓦匠,"他是个不折不扣的胡斯党。他从塔博尔一路乔装打扮来到这里,煽动人们发起暴动,烧毁教堂。他的同胞们认出了他,那些人也是1419年之后从布拉格逃出来的。另一个男人名字叫安东尼·诺凯,是当地教区学校的老师,是那个捷克胡斯党的共犯。他为他提供藏匿之处还四处分发胡斯党刊物。"

"那个女人呢?"

"她是伊丽莎白·艾丽希霍娃。她犯的就是另外的事儿了。她和情人一起毒杀了自己的丈夫。情人扔下她跑了,不然的话现在绑在上面的就是四个人。"

"是狐狸早晚会露出尾巴。"一个头戴毡帽的瘦子插话道,"死的是艾丽希霍娃的第二任丈夫。很可能第一任丈夫也是被这个恶婆娘给毒死的。"

"有人说是,也有人说不是。"一个身着羊皮外套的胖子出声道,"有人说她第一任丈夫是喝酒喝死的。他是个鞋匠。"

"甭管是不是鞋匠,一定是这恶婆娘毒死了他。"瘦子斩钉截铁地说道,"她还肯定跟巫术脱不了关系,不然为什么要宗教审判所出面……"

"要真是她干的,那这女人罪有应得。"

"一定是她,活该!"

"安静!"菲利普神父伸着脖子喊道,"神父们在宣读判决,我什么都听不到了。"

"既然一切都已盖棺定论，何必费劲去听。"厄本·豪恩冷笑道，"绑在柱子上的是臭名昭著的异端，而痛恨杀戮的教会正将惩罚他们的权力交予世俗……"

"我说了安静些！"菲利普神父厉声道。

"教会畏惧鲜血，而非渴求鲜血。"一个被风声撕得零零碎碎的声音挤过人群的碎语传到耳中，"就让世俗之手公正无私地惩治这些罪人们，给予他们永恒的安息……"

人群爆发出一阵剧烈的骚动，火刑柱旁一定有事发生。雷恩万般脚打望，但为时已晚。行刑人此时站在女人身后，似乎正在调整绑在她脖颈上的绳子。女人的脑袋瘫软无力地耷拉在肩膀上，犹如一枝折掉的花儿。

"她被勒死了。"神父发出一声轻轻的叹息，仿佛之前从未见过这种事情一般，"脖子断了，那个老师也是。他们在审讯的时候一定流露出了懊悔之意。"

"还一定拖了别人下水。"厄本·豪恩补充道，"这种事司空见惯。"

人群叫嚷起哄的声音愈来愈大，尽情宣泄着他们对毒妇与教师死法的不满之意。点燃的柴堆不断迸射出火星，一眨眼的工夫，冲天而起的火舌便将柴木吞噬，一并湮没了火刑柱上的三名死囚。烈火张牙舞爪、咆哮肆虐，炽热的气浪逼得人们向后退去，人群变得更为拥挤不堪。

"蠢货们！"泥瓦匠吼道，"这活太糙了！他们竟然用的是干柴！这跟用干草有什么不一样！"

"没错，一帮蠢蛋。"戴着毡帽的瘦子附和道，"那胡斯党连声儿都没出！这些人根本不知道怎么烧人。在我老家法兰克尼亚，富尔达修道院的院长才是真正的行家！他亲自监督手下怎么堆柴，按他的堆法那些人先是双腿被烧焦，接着膝盖，接着再往上，从外到里，烧到骨头，还有……"

"小偷！"人群中的一个女人高声尖叫，"有小偷！抓小偷啊！"

人群之中有婴儿啼哭声，有长笛悠悠声，有讥笑咒骂声。

烈焰熊熊，热浪裹着不祥的、令人窒息的恶臭扑向众人。雷恩万用衣袖掩住鼻子。多萝塔感到自己喘不过气，菲利普神父咳嗽不止，厄本·豪恩朝地上啐了口唾沫，神色出奇的可怕。希拉姆拉比的反应最让众人吃惊。这犹太人从马车上探出身去，仿佛要把身体掏空似的剧烈呕吐，周围的人急忙四散躲离。

"请原谅……"拉比在痉挛之际努力挤出几句含糊不清的话，"我这绝不是在表明政治立场，就只是单纯的呕吐。"

城堡内室中，咏礼司铎奥托·白斯舒舒服服地坐着，正了正头上的无边帽，打量着手上高脚杯中摇晃的红葡萄酒。

"请务必确保，"他的嗓音刺耳难听，"火刑场打扫得彻彻底底，不管多小的尸骸，都要收集起来扬到河里。如今正有一股邪风兴起，异端们热衷搜集这些烧焦的骨头，把它们当成圣物供奉起来。尊敬的各位议员，请一定记牢我的话。弟兄们，好好看着他们，别出差错。"

在场的斯切林市议员们低头不语，多明我会与方济各会修士们同样低着头，露出他们削发后的光头。他们一清二楚，比起命令，这位司铎大人偏爱用请求的方式吩咐事情。他们同样明白，两者除了形式之外毫无区别。

"我拜托所有的传道修士，请继续遵照康斯坦茨会议教皇诏书之令,监视一切有可能是胡斯党活动的苗头,无论这苗头看上去有多微不足道,都请一律上报。我同样要仰仗世俗权力的帮助,尊敬的亨利克总督,请施以援手。"

亨利克·雷登伯格微微低头,而后马上正身挺立。他的身材十分魁梧高大,常服上绘有棋盘图案的纹章。这位斯切林总督毫不掩饰自己的倨傲,压根没打算佯作屈卑顺从之态。不言而喻,虽然他必须得容忍教会巡访,但内心早已不耐烦,巴不得白斯快些滚出他的领地。

奥托·白斯对此心知肚明。

"亨利克总督,"他接着说道,"阿尔布雷希特·巴特男爵在卡琴遇害一案现在的调查力度还远远不够,请务必多派些力量。教会迫不及待地想把真凶缉拿归案。虽然巴特男爵有些观点过于激进、饱受争议,但他生前是个高尚的人,一直向亨利克夫和克热舒夫的西多会修道院慷慨捐赠。我们要求杀害他的凶手得到应有的惩罚。当然,一定得是真凶。教会绝不容许捉个替罪羊敷衍了事。因为我们无法相信,巴特男爵是死于今天烧死的那几个异端之手。"

"那几个胡斯党也许还有共犯……"雷登伯格清了清喉咙,开口道。

"不排除这种可能。"白斯的视线转向总督,"我们不会排除任何可能性。亨利克总督,请抓紧时间派更多人去调查此事。如有必要,你可以要求西维德尼察总督阿尔布雷希特·冯·科迪兹领主派兵协助。只要是为了缉凶,你可以向任何人要求帮助。"

亨利克·雷登伯格僵硬地躬身致意,白斯漫不经心地低头回礼。

"谢谢,高尚的骑士。"他的嗓音像是一扇锈迹斑斑的墓地大门开关时的吱呀作响,"我就不再耽误大家的时间了。尊敬的议员们,可敬的修士们,同样感谢诸位。我猜诸位一定公务繁忙,忙去吧。"

总督、市议员们拖着尖头鞋,修士们拖着便鞋退了出去。

"另外,各位助祭、神学院学生们,请谨记你们的职责。去吧。"片刻之后白斯说道,"助理神父和告解神父留下。还有……"

奥托·白斯抬起头,向雷恩万投去锐利的目光。

"还有你也留下,小伙子。我要和你好好谈谈。但在此之前,我要先接见诉愿人。请让来自奥拉瓦的教区神父进来。"

菲利普神父走进房间,他的脸色一会煞白,一会涨红,见到咏礼司铎立刻跪拜下去。白斯没有让他起身。

"菲利普神父,"他用刺耳的嗓音说道,"你的过错在于对上层缺乏尊重与信任。保持个性、有自己的想法是件好事,有时候这比愚昧呆板的盲从更值得称道。但是,在某些事情上,上层就是绝对的正确,不容置疑。有人狂妄地认为他们可以根据自己那些不切实际的幻想去阐释教皇的敕令。他们错了,大错特错!记住,罗马即是真理。"

"所以,菲利普神父,若教会上层告诉了你应该布道的内容,你要做的就是服从。上层有更深远的考虑,更宏伟的目标。与之相比,你自己的想法,甚至你的整个教区都不值一提。似乎你有话要说,说吧。"

"在我的教区,四分之三的教众都是些文盲、傻子。"菲利普神父喃喃道,"可以说,他们的脑子都不太灵光。但是还有剩下的四分之一。向他们布道时,我没办法按教廷说的去做。我可以宣扬胡斯党都是堕落者、异端、杀人犯,宣扬杰士卡和康拉德是魔鬼的化身、十恶不赦的罪人,他们亵渎神明、破坏神像,将要面对的是永恒的诅咒和无尽的痛苦。但我没办法宣称他们生食婴儿、彼此之间共享妻子。还有……"

"你还没明白?"白斯厉声打断,"神父,你还没明白我说的话?罗马即是真理!于你,弗罗茨瓦夫便是罗马。教会上层要你怎样布道,你就要怎样布道,去宣扬他们相互鸡奸、共享妻子,宣扬他们生食婴儿、活烹僧侣,宣扬他们会残忍地扯断天主教神父们的舌头。你要告诫教众,当胡斯党吃掉从高脚杯中领受的圣餐时,他们的嘴里会生出头发,他们的屁股会长出狗尾巴。我这并非是在危言耸听,先前我曾在主教的书房中见到过相关的文件。"

"而且,"他看着面前战战兢兢的菲利普神父,眼神中带有一丝怜悯,"你怎么知道他们有没有长狗尾巴呢?你去过布拉格?去过塔博尔?去过赫拉德茨-克拉洛韦?还是你领受过胡斯党的圣餐?"

"绝没有!"神父差点晕死过去,"无稽之谈!"

"很好。回到弗罗茨瓦夫,我会告诉教会我已经对你做出严厉的训诫,之后你不会再惹出更多的麻烦。至于现在,为了让你不虚此行,去向我的告解神父忏悔吧,他会告诉你如何赎罪。费利安神父!"

"在,您有何吩咐?"白斯的助理神父应声道。

"带他到圣高戈教堂的主祭坛前,令他一整夜俯伏于地。剩下的赎罪之法由你自行决定。"

"愿上帝保佑……"

"阿门。愿你身体安康,神父。"

奥托·白斯叹了口气,把空杯伸向身旁的一名神学院学生。学生立即为他斟上红葡萄酒。

"今天没有其他诉愿人了。跟我来,雷恩玛尔。"

"敬爱的神父……在此之前……我还有个请求……"

"说吧。"

"有位来自布热格的拉比一路上与我同行……"

奥托·白斯扬手示意,片刻之后一名神学院学生将希拉姆·本·艾利泽领入房间。犹太拉比深深地鞠了一躬,狐皮帽子都扫到了地面。白斯仔细打量着他。

"布热格犹太拉比找我所为何事?"

"可敬的神父大人问我所为何事?"希拉姆神父浓密的眉毛抬起,"我也问自己,什么事会让一个犹太人来拜见咏礼司铎大人?既然问了自己,那我便自己回答,为了真相——福音的真相。"

"福音的真相?"

"别无他因。"

"继续说,希拉姆拉比。别等我再问。"

"神父大人命我详说,我怎敢不从?我要讲的是,一群又一群暴徒游荡在布热格城、奥拉瓦城、格罗德库夫城甚至是它们附近的村子里,叫嚣着要给杀死耶稣们的凶手一些厉害尝尝,他们洗劫我们的家园、凌辱我们的妻女。为了正名自己的恶行,暴徒们搬出了高级教士布道的原话来宣称袭击、抢劫和强奸都是出自上帝与主教们的旨意。"

"说下去,希拉姆拉比,我想你一定认为我是个很有耐心的人。"

"还能说什么呢?敬爱的神父大人,我,来自布热格犹太区的拉比希拉姆·本·艾利泽,恳求您明察福音的真相。如果您一定要教训杀死耶稣的凶手,不要留情,尽管下手!但是,请认准真正的凶手。罗马人才是将耶稣钉死在十字架上的凶手!"

奥托·白斯沉默了许久，眼睛紧紧盯着拉比。

"没错，"他终于开口说道，"但是，希拉姆拉比，你知不知道刚才这番话足以让你入狱？教会一向宽容大度，但如果有人诬蔑教会，世人便会对他们残酷无情。别说了，希拉姆拉比，什么都别说。听我讲。"

犹太拉比鞠了一躬。坐在椅子上的咏礼司铎纹丝未动。

"教皇马丁五世，追随几位开明前辈的步伐，特地声明虽然样貌并不相似，但犹太人同样是造物主仿照自己创造的生命。他们中的一部分，尽管是极少数，也将获得救赎。一切迫害、歧视、欺骗、压迫以及包括强制洗礼在内的不公正对待都是不正确的。拉比朋友，对所有神甫来说，教皇的意愿便是命令。难道说，对此你有所怀疑？"

"我怎么会怀疑？也许他已经是连续第十位说这话的教皇了……可现实是……"

"如果你不怀疑，"白斯装作没有听懂话外之意，打断了拉比，"那你一定明白指控神甫煽动袭击犹太人是不可饶恕的诬蔑。"

犹太拉比沉默着再次鞠躬。

"当然，"奥托·白斯微微眯起眼睛，"世俗大众对教皇的旨意知之甚少，甚至可以说一窍不通。他们也看不明白《圣经》。因为他们就是些文盲和白痴。"

希拉姆拉比一动不动。

"与此同时，拉比，你们犹太人总是源源不断地向这群乌合之众提供施暴的借口。你们向井里投毒引发瘟疫，把天真无辜的基督教小姑娘折磨到死，偷窃、亵渎作为圣餐的面包，还拿小孩子的鲜血来做无酵饼。你们经营卑鄙肮脏的高利贷，对那些借了钱又支付不起高昂利息的人，你们会活生生剜下他们几大块肉。我相信，背地里你们干过不少让人不齿的勾当。"

空气中弥漫着紧张的气氛，终于，犹太拉比开口道："敬爱的神父，请告诉我，究竟要如何做，才能避免此类事情？避免您口中所讲的井中投毒、折磨女孩、以血做饼、亵渎圣餐？我问的是，究竟需要什么？"

奥托·白斯沉默良久。

"不日，"他终于开口说道，"教会将向所有人一次性地征收一笔特殊的税金。这笔钱将用于资助出征胡斯党的十字军。每个犹太人到时须上缴一个金币。但，布热格社区必须要再多缴至少……一千金币。也就是两百五十格里夫纳。"

拉比点头同意，并没有讨价还价的打算。

"这笔钱将会造福世人，"白斯继续说道，"而且，筹集这笔钱更是师出有名。捷克胡斯党让我们所有人都身处危险之中。当然，主要是正义的天主教人士，但你们犹太人也断然没有拥护胡斯党的理由。恰恰相反，你们该对他们恨之入骨。想想1422年布拉格老城广场的那场血腥屠杀，想想之后在霍穆托夫、库特纳霍拉与皮塞克三城发生的犹太大屠杀。希拉姆，这也将会是你们复仇的良机。"

"主说，伸冤在我。"希拉姆片刻以后回应道，"主还说，不要以恶报恶。我们的主，一向擅长慷慨地宽恕。"

"此外，"拉比见到一言不发的咏礼司铎已经手扶额头，小声说道，"胡斯党残害犹太人的时间仅有六年。六年如何能跟千年相提并论？"

白斯抬起头，他的眼神冰冷刺骨。

"拉比朋友，不要不识好歹。"他咬牙切齿道，"安静退下吧。"

待犹太拉比关上房门后，他开口道："现在，雷恩玛尔，终于到你了。我们好好谈谈。不必担心助理神父与神学院学生。他们可以信任，你就权当他们不在此处。"

雷恩万清了清嗓子，但白斯没给他说话的机会。

"四天前圣劳伦斯日当天康拉德公爵抵达弗罗茨瓦夫，他身边的随从中可有不少爱嚼舌头的人。公爵自己也并不是个守口如瓶的人。所以，不仅仅是我，现在几乎整个弗罗茨瓦夫城都知道了你与加尔弗雷德·冯·斯特察之妻阿黛尔的情事。"

雷恩万又清了清嗓子，然后把头低了下去，他实在无法直视白斯锐利的目光。白斯双手合十，作祈祷状。

"雷恩玛尔，雷恩玛尔，你怎么敢？你怎么敢如此践踏上帝与人世之法？"他的语气中流露出略显夸张的失望之意，"常言道：婚姻，人人都当尊重，床榻不可污秽。苟合行淫之人主必降于审判。但是，蒙羞的丈夫们通常都会认为主的审判太过迟缓，他们更愿意用更狠毒的方式为主代劳。"

雷恩万清喉咙的声音更大了一些，头也埋得更深了。

"啊哈，"奥托·白斯猜道，"已经有人在追你了？"

"是的。"

"那些人紧紧跟在你身后？"

"没错。"

"蠢材！"片刻沉默后白斯大声斥道，"你该被关进愚人之塔！你和塔里关着的那群蠢货疯子没什么区别！"

雷恩万抽了抽鼻子，挤出一副自认为是悔恨的苦相。咏礼司铎点了点头，重重叹了口气，两手十指交叉。

"你是不是无法控制自己？是不是对她日思夜想？"他一副通晓

此事的口吻。

"没错，我控制不了。"雷恩万的脸唰的一下变得通红，"我做梦都在想她。"

"我明白，我明白。"奥托·白斯抿了抿嘴唇，眼睛突然张大，"我明白陌生女人的嘴唇如同蜂蜜般甜美，嘴巴如同油脂般绵软。但是，正如圣经所言：她会如苦似茵陈，利如双刃。时刻小心，我的孩子，这样你才不会飞蛾扑火，你才不会随她赴死、坠入地狱。好好记住箴言：你所行的道要离她远，不可就近她的房门。"

"不可就近她的房门。"白斯又说了一遍箴言，先前略带轻松的语气突然变得异常严肃："听好，雷恩玛尔。好好记住圣经的话，也好好记住我的话。把它们刻到脑子里。好好听从我的建议：和她保持距离。年轻人，不要做你计划的事情，也不要做我能够从你眼中读到的事情。和她远远保持距离。"

"是，敬爱的神父。"

"流言蜚语会随着时间淡去。斯特察家族忌惮和平协议与教廷的压力，会按约定俗成的规矩得到二十格里夫纳作为补偿。此外，你须得支付给奥莱希尼察市议会十格里夫纳作罚金。这代价比买一匹纯种宝马的价格要高些，你可以在你哥哥的帮助下筹集到这笔钱，如果还不够，我来补足。毕竟，你的叔叔，亨利克院长，既是我的挚友，也是我的老师。"

"请允许我感谢……"

"但是，"咏礼司铎厉声打断，"如果他们抓到了你，把你活活打死，我就无能为力了。听懂了么，精虫上脑的蠢货？你必须永远忘记加尔弗雷德的妻子，不要心存任何私会、传信的想法。你得消失，离开这个国家。我建议你去匈牙利。不要磨蹭，立即动身。听明白了吗？"

"我想先去巴比诺夫村……去我哥哥那儿……"

"我决不允许你去那儿。"白斯打断道，"追你的那些人一定早已料到。就像你会来找我也在他们意料之中。记住：逃跑时要像野狼一般，万不可循着以前走过的老路。"

"但我哥哥……彼得林……如果我真的要离开……"

"我会派身边信任的人告诉彼得林所有的事情。但我禁止你去那儿。明白了吗，疯小子？不要走你的敌人知道的路，也不要出现在他们觉得你会出现的任何地方。无论出现何种情况，绝不要去巴比诺夫。更不要去津比采。"

雷恩万吃惊不已，而奥托·白斯不禁咒骂。

"你先前并不知道。"他慢吞吞地说道，"你并不知道她在津比采。我真是老糊涂了，还亲自把这件事说了出去。事已至此，管她是在津比采、罗马、君士坦丁堡还是在埃及，她在哪儿已经无关紧要，孩子，重要的是，你要远离她。"

"我会的。"

"你一定不懂我有多想去相信你。雷恩玛尔，仔细听好。我会马上令我的助理神父为你写一封信。别担心，信上的内容只有收信人才能看懂。拿着信，要像一头被追猎的野狼一样逃到斯切戈姆的加尔默罗山修道院。千万别走熟识的老路。把我的信交给那儿的院长，到时他会给你引见一人。当你们两人独处一室时，你就跟他说：一四一八年七月十八日。然后他会问：何地？你就回答：弗罗茨瓦夫，新城。记住了吗？重复一遍。"

"一四一八年七月十八日。弗罗茨瓦夫，新城。这些是什么意思？我不懂。"

白斯没有理会他的问题，平静说道："如果情况真的变得十分危险，我也救不了你。我能够保护你的唯一方式就是给你剃度，关到一所西多会修道院里好掩人耳目。但我想你一定不愿如此。无论如何，我没法把你送到匈牙利，但是那人可以。他会护你周全。他生性多疑，举止粗俗，但你得好好受着，因为很多时候没他不行。所以牢牢记住：斯切戈姆城外的加尔默罗山圣母万福会修道院，就在通往西维德尼察门的路上。记住了吗？"

　　"记住了，敬爱的神父。"

　　"事不宜迟，你要马上动身。已经太多人看到你在斯切林了。拿到信后立即出发。"

　　雷恩万叹了口气，他心中还热切地期望与厄本·豪恩寻处酒馆豪饮畅谈。他对豪恩油然生起一股尊敬与崇拜之情，在他眼里，带着黑犬的豪恩就像狮子骑士伊万一般勇敢无畏。他急不可耐地打算向豪恩寻求骑士式的帮助——去解救一位饱受压迫的姑娘。他还想向多萝塔·法贝告别。但，没人可以怠慢咏礼司铎奥托·白斯的建议与命令。

　　"奥托神父……"

　　"嗯？"

　　"加尔默罗会修道院里的究竟是什么人？"

　　奥托·白斯沉默不语。

　　"对那人来说，凡事皆有可能。"终于，白斯开口道。

Chapter 8
第八章

在本章中,雷恩万的心境遭遇一番大起大落。

雷恩万感到说不出的快活。他满心欢喜,顿觉身边万事万物美色撩人,令他迷醉不已。上奥拉瓦河蜿蜒曲折,隐入青山绿黛之中,河谷的景色更是秀美非常。他的坐骑是咏礼司铎奥托·白斯赠与他的一匹小马驹。小马通体棕红,矮小却壮实,奔跑在沿河小路上,身形轻巧而灵动。画眉在树丛间不停歌唱,草地上的云雀似要比个高下,啾啾啼鸣更为动听。不时有群蜂、甲虫与马蝇嗡嗡合奏。自山丘而来的和风中裹携着令人迷醉的芬芳,时而是茉莉花香,时而是稠李花香。时而,也会闻到粪便的恶臭,显然附近一定有村庄。

雷恩万感到说不出的快活。当然，这一切事出有因。

尽管做了一番尝试，他还是没能与不久前同行的旅伴们道别。他心里有些遗憾，而厄本·豪恩的神秘消失更是令他沮丧不已。不过激励他下定决心的正是脑海中对豪恩的回忆。

除了棕红小马，奥托·白斯还额外给了他一个钱袋用作路上的盘缠。钱袋沉甸甸的，要比一礼拜前从康拉德·坎特纳公爵手里收到的钱袋重很多。掂量着手里的钱袋，他估摸里面少说得有三十布拉格格罗申。雷恩万再次确信神职阶层的财力优于骑士阶层。

恰恰是这个钱袋改变了他的命运。

为了找到厄本·豪恩，他遍寻斯切林城的小酒馆，碰巧在一间酒馆中遇到了奥托·白斯的事务总管——费利安神父。彼时神父正大快朵颐，狼吞虎咽地吃着锅中的煎香肠，时而仰头痛饮当地烈酒，把满嘴油脂冲到肚中。雷恩万很快有了主意。神父盯着钱袋抿了抿嘴，他便心领神会将钱袋拱手奉上。他自己还没来得及数数里面到底有多少钱。自然而然，他得到了想要的消息。非但如此，费利安神父还打算额外透露给他几个告解时听来的秘密。雷恩万托辞婉拒，毕竟忏悔人的名字他听都没听过，那他们的罪行与秘密更是完全提不起他的兴趣。

清晨时分他动身离开斯切林城，饶是身上盘缠几乎一点不剩，但他感到说不出的快活。

然而他奔赴的方向却与奥托·白斯所指示的方向大相径庭。他没有往西边的西维德尼察与斯切戈姆方向走，而是不顾司铎叮嘱，沿奥拉瓦河南下向亨利克夫与津比采方向奔去。

他一边挺直腰板，一边细细嗅着和风中令人愉悦的芬芳。阳光和煦，鸟儿啼鸣。啊，世界多么美好。他的内心洋溢着喜悦，快要抑制不住想要呐喊的冲动。

费利安神父向他透露，加尔弗雷德之妻——美丽动人的阿黛尔虽然此前被她的小叔子们围困在利戈塔的西多会修道院中，但她后来不仅成功脱困，还甩掉了追兵。她逃到了津比采，寻求那儿贫穷女修会的庇护。但是，此事被津比采扬公爵知晓后，他严令修女们交出自己属臣的妻子。直到外面的风言风语烟消云散，他都会把阿黛尔幽禁在自己的城堡里。"但是，"说到此处，费利安神父打了个满是酒气的饱嗝，"虽然她的罪行理应受到惩罚，但她现在很安全，斯特察家族无法伤她分毫。扬公爵，"说到此处，费利安神父擤了擤鼻子，"三令五申地警告阿佩奇·斯特察，甚至在接见他时指着他的鼻子让他们家族安分一些。呐，斯特察兄弟现在根本没机会对自己的嫂子动手。"

雷恩万策马穿过一片簇拥着黄色毛蕊花与紫色鲁冰花的草地。他想要放声大笑，想要放肆呐喊。他心爱的阿黛尔已经逃脱了斯特察家族的魔爪。他们还以为在利戈塔抓住他心爱的女人犹如瓮中捉鳖，但她把那群笨蛋耍得团团转，夜深人静时，骑一匹灰色骏马悄然逃离，马尾辫随风扬起……

"等等，"他猛然惊醒，"阿黛尔不绑马尾。"

"我要控制自己。"他一边策马疾驰，一边冷静思索，"尼柯莱特对我来说谁都不是。没错，她是救了我的命，帮我摆脱了缠在后面的尾巴。她于我有恩，他日有缘我一定好好报答。但我爱的是阿黛尔，她是我的唯一，是我日思夜想的心上人。我才没有被尼柯莱特迷住，才没有着迷于她那金色马尾，那双卡尔帕克帽下的蔚蓝眼睛，那鲜艳诱人如樱桃般的嘴唇，还有那两条紧致有形、夹在灰马两侧的大腿……

"我爱的是阿黛尔。爱的是只离我三英里远的阿黛尔。如果我再快些脚步,午钟还未敲响时我就可以抵达津比采的城门。

"冷静,冷静。别胡思乱想。一定要保持清醒。当务之急我得顺路先去找一下哥哥。如果我在津比采成功把阿黛尔从公爵手中救出,我们俩要么逃往波希米亚,要么逃亡匈牙利。也许我一辈子也见不到彼得林了。我一定要向他解释清楚一切,同他好好道别。我希望得到哥哥的祝福。

"奥托神父不许我去找他,命令我要像逃跑的野狼一样避开熟悉的老路,他警告说追我的人也许就埋伏在彼得林的住处附近……"

然而雷恩万早有应对之法。

一条小溪隐藏在茂密的苇丛与赤杨林中,极难被人发现。雷恩万向溪流上游走去。他知道一条密径。这条密径并非通往彼得林居住的巴比诺夫村,而是通往他工作的波沃约维村。

一段时间后,也正是这条小溪最先让雷恩万知道了波沃约维村已在前方不远处。起初,小溪开始散发出一股淡淡的臭味,接着,这股味道越来越浓,最后变成了刺鼻的恶臭。与此同时,溪水颜色变成了暗红色。雷恩万走出树林,一眼便见到了一切变化的原因——不远处竖立着几个巨大的木架,架上悬挂着已经染好的布料,布料色彩以红色居多,但同样也有天蓝、深蓝与绿色。

雷恩万很熟悉这些颜色,不仅仅是由于其家族纹章便是这个色调,更是因为这些色彩与彼得林息息相关。当初哥哥在研究布料染色时,他也做了一点小小的贡献。鲜艳如血的暗红色提取自胭脂虫、朱草与茜草的混合液。蓝色则提取自蓝莓果浆与菘蓝的混合液。菘蓝在西里西亚十分罕见,哥哥所用原料正是雷恩万自己培育的菘蓝。菘蓝、红花与藏红花染料融合便生出华丽而鲜艳的绿色。

一股恶臭之风迎面吹来，他的眼睛很快被泪水迷住，鼻毛像是被烧焦了一般蜷曲起来。染料的原料、白铝粉、碱液、硫酸、草碱、白泥、木灰、牛脂还有最后一道漂白工序所需的变质乳清已然臭不可闻，但这些与波沃约维染坊必不可少的一种用料相比简直不值一提。这用料便是搁置了一段时间的人尿。尿液要在大罐子中封存两周左右，之后会在缩绒房缩绒织物时大量使用。于是，波沃约维染坊附近浓浓的臊臭味经年不散，若赶上风起不止的天气，这股臭味甚至可以弥漫到亨利克夫城的西多会修道院。

雷恩万骑马沿着臭不可闻的暗红色小溪继续前行。不一会儿，耳边便听到接连不断的咔哒咔哒声，这动静是缩绒房里水力驱动的轮轴所发，与此同时，棘轮转动的咯吱咯吱声，齿轮咬合的吱悠吱悠一同自远处传来。紧接着，伴着地面微微一颤，"砰"的一声闷响传来，这声音仿佛一道闷雷，无疑是缩绒槌捶击布料的声响。彼得林的缩绒房设备先进，除几个老式的缩绒槌外，他还购买安装了水力驱动的缩绒槌。水力驱动的缩绒槌工作效率更高更快，缩绒的布料也更为平整紧密，当然，工作时发出的声响也更为洪亮。

循声而去，路过许多晾晒织物的木架与一排染池后，一栋栋房子、棚屋与缩绒房的檐篷映入眼帘。同往常一样，二十辆大小不一、样式各异的马车停在房前。雷恩万知道，这其中一批是供货商的马车，因为彼得林要从波兰进口大量的草碱，另一批则属于将织物运来缩绒的织工。彼得林的波沃约维染坊名声在外，慕名而来的织工染匠不仅来自周边的涅姆察城、津比采城、斯切林城、格罗德库夫城，甚至来自遥远的弗兰肯施泰因城。一群监工的纺织师傅围在缩绒房附近，他们的叫嚷声甚至盖过了缩绒机械的噪声。同往常一样，他们正与缩绒工们吵得面红耳赤，对于缩绒时布料的铺放与翻转，双方总是各持己见。雷恩万注意到他们之中有几人是身穿白色袍衣、披着黑色肩衣的僧侣，这也并不是什么新鲜事，出产大量布料的亨利克夫城西多会修道院同样是彼得林的老主顾之一。

一切都同往常一样，而唯一不同的是彼得林居然不在。他的哥哥平常都骑着马，气宇轩昂地来回巡视波沃约维村，一眼就能看到。

更为诡异的是，到处都看不到尼可德莫·维布鲁根那又高又瘦的身影。那个来自根特的佛兰芒人是位真正的缩绒、染色工艺大师。

正在此时，雷恩万脑海中回响起奥托·白斯的告诫，他不动声息地骑马跟在其他商人的马车队伍后面，向彼得林宅邸走去。他暗暗将兜帽拉下，遮掩住面孔，弯低身子，尽量不去引起别人的注意。

往常总是吵吵闹闹、人来人往的宅子此刻却是空空荡荡，没什么人气。没人理会他的大喊大叫，也没人理会他砰砰砸门的声响。长长的门厅空无一人，连个仆人的影子都见不到。他走入主厅之中。

尼可德莫·维布鲁根师傅坐在壁炉前的地面上，他留有一头像是农民般的灰白短发，但是着装如同一位尊贵的绅士。火焰在炉膛中跃动不止，只见维布鲁根师傅撕碎几张纸，扔往炉膛。他已经快烧完了，膝盖上仅留几张薄纸，而炉膛中，一叠厚厚的纸被火苗吞噬，飞快地烧焦、卷曲。

"维布鲁根师傅！"

"天呐……"佛兰芒人抬起头，不忘将另一张纸送入火中，"天呐，雷恩玛尔少爷……何其不幸，少爷……可怕的厄运……"

"师傅,你在说什么厄运?我哥哥去哪里了?你在烧什么?"

"彼得老爷让我烧掉这些。他拿出一个箱子,像是有事要发生似的告诉我说:'尼可德莫,如果出事了,马上烧掉这些。染坊还要正常运转。'彼得老爷就是这么对我说的。没想到老爷一语成谶……"

"维布鲁根师傅……"雷恩万有种十分不祥的预感,一股寒意从头发直直刺入脊背,"维布鲁根师傅,告诉我!这些文件到底是什么?一语成谶是什么意思?"

维布鲁根垂下头,将最后一张纸扔入炉膛。雷恩万冲上前去,忍着灼烧的痛楚从火焰中夺回那张纸,奋力甩灭火苗。然而纸张已被烧毁大半。

"快告诉我!"

"他被杀了。"尼可德莫·维布鲁根无力地说道。一行眼泪沿着他面颊的灰白短须簌簌淌下,"善良的彼得老爷死了。他被人杀害了。雷恩玛尔少爷……老天呐……这何其不幸……何其不幸……"

门砰的一声关上了。维布鲁根环顾四周,才发现早已无人听他后面的话语。

彼得林惨白的脸上布满清晰可见的粗大毛孔,仿佛一块干酪。尽管擦洗过,但他嘴角处凝固的血痕依旧清晰可见。

别拉瓦家族的长子静静躺在乡村礼堂中央,尸身周围布置着十二支点燃的蜡烛。他的双眼上覆有两枚匈牙利金币,脑袋下枕着云杉枝。云杉的气味与烧融的蜡油气味合二为一,使得整个乡村礼堂充斥着令人反感、恶心的死亡气息。

他的尸身上盖着一块红布。"这布是他自己的染坊生产的。"雷恩万怔怔想到，眼泪夺眶而出。

"怎么会……"他竭尽力气从喉咙中挤出一句断断续续的话语，"怎么……会……这样？"

彼得林的妻子格丽尔达·德尔向他看来。她的脸庞已经哭得红肿。彼得林的两个孩子小托马斯和茜比拉紧抓着她的裙摆，不停抽泣。格丽尔达的目光中没有一丝友善，充满了恶狠狠的怨毒。彼得林的岳父老德尔和他满脸横肉的小舅子同样向他投来敌意的目光。

没人理会他的问题，但雷恩万没有放弃。

"到底发生什么事了？有没有人能告诉我？"

"有人杀了他。"彼得林的邻居——刚特·冯·比绍夫海姆小声说道。

"上帝会惩罚那些杀害他的罪人。"说话者是翁沃尼采村的神父，雷恩万记不起他的名字。

"他被人用剑刺死了，"佃农马塔斯·维特用嘶哑的嗓音说道，"晌午的时候，他的马跑回来了，人却不在。"

"正午时分，"记不起名字的神父说罢作祈祷状，"主啊，请保佑我们不要在正午受到恶魔的袭击……"

"他的马自己跑了回来，"神父的祈祷令维特有些分了神，"马鞍和鞍褥上都是血。我们到处找，结果在巴比诺夫村子前面的树林里发现了他……他就躺在林中小路的路边上。我想彼得老爷一定在从波沃约维村回来的路上。地上到处都是马蹄印，很明显是一伙人袭击了他……"

"到底是谁？"

"没人知道，"马塔斯·维特耸肩道，"肯定是伙强盗……"

"强盗？强盗会把马放跑？绝无可能。"

"谁能下定论呢？"刚特耸肩道，"德尔先生还有我的手下正在搜查整片林子，说不定他们能抓到什么人。我们也已经派人给总督送了信。他的人也很快会过来，查清楚谁有杀害彼得先生的理由，而谁又是最大的获益者。"

老瓦波特用恶狠狠的口吻说道："也许凶手是放贷的，因为有笔利息没有收到而怀恨在心？也许凶手是个同行，想要做掉有力的竞争对手？也许凶手是个顾客，因为亏了几块钱就心生歹意？瞧瞧，这就是放弃长子继承权，整天和平头百姓打交道的后果。非要煞有介事当个商人。判断一个人什么德行看看他交往的人什么德行就够了。呸！闺女，我让你嫁的是骑士，而现在，看看你成了什么人的寡妇……"

骂声戛然而止，雷恩万知道，老瓦波特一定是看到了他的表情。绝望与愤怒在他心中猛烈翻涌。他竭力控制住自己，但他的双手在不停颤抖，同样颤抖的还有他的声音。

"有没有人在附近见过四个骑马的人？"他艰难地问道，"四个人都持有武器，一个很高，留着八字胡，穿着钉甲……一个很矮，脸上都是疙瘩……"

"昨天在翁沃尼采村的教堂附近有人看到了那些人。"神父突然开口道，"当时正好敲响祈祷的钟声……喔，他们看起来像是些武艺高强的剑士。四个人，简直是天启四骑士……"

"我早就知道！"格丽尔达盯着雷恩万声嘶力竭地嚷道。她的嗓子已经哭哑，目光怨毒。"你个混蛋！看到你第一眼我就知道了！一切都是因为你！都是因为你的丑事！你的罪行！"

"别拉瓦家的小儿子。"老瓦波特冷笑道，"也是个贵族，却整天琢磨水蛭和灌肠剂。"

"成事不足败事有余的混蛋！"格丽尔达的叫嚷声越来越大，"杀害孩子们父亲的凶手一定是追着你过来的！你就是个灾星！你只会让你哥哥感到耻辱和失望！你还想要什么？闻着遗产的味儿就来了？滚！滚出我的房子！"

雷恩万竭尽全力让双手不再颤抖，但声音像是丢掉了似的，一句话也说不出来。他已经被激动与狂怒淹没，一股想要呐喊的冲动在横冲直撞。他想要呵斥德尔一家人，若不是彼得林开染坊赚的钱，他们凭什么优哉游哉地做着阔老爷阔太太。但他抑制住了这股冲动。彼得林已经死了。他静静躺在乡村礼堂的棺材里，眼蒙金币，头枕云杉，身盖红布，四周是冒着青烟的蜡烛。彼得林已经死了。在他尸身旁，任何的谩骂与争吵都让他感到反感，感到无力。而且，他也害怕，怕自己一开口便会崩溃。

他没说一句话，沉默地走出了礼堂。

整个巴比诺夫村弥漫着哀伤与悲恸的气息。到处安安静静，空空荡荡。下人们担心悲痛难过的哀悼者们借机发泄，故意躲得远远的。连一声狗叫都听不到。一条狗都没看到。除了……

他揉了揉仍旧满是泪水的眼睛。坐在马厩与浴室中间的黑色獒犬并不是幻影，它没有任何要消失的迹象。

雷恩万快步走过后院，穿过马车房走入一栋建筑。这建筑既有牛棚，又有猪舍。他沿着饲料槽往前一直走到马厩。在以往饲养彼得林坐骑的隔间角落，一个人正屈膝跪在堆起的稻草上，手拿一把小刀不停刺挖泥地。这人正是厄本·豪恩。

"你要找的东西不在这儿。"雷恩万说道，他惊异于自己的冷静。令人意外的是，豪恩看上去一点不惊讶。他凝视着雷恩万的眼睛，保持着先前的跪姿。

"你要找的东西藏在别处。不过现在再也找不到了。它早已被烧了。"

"真的？"

"真的。"雷恩万从他的口袋里拿出一张烧焦的纸，随手将它扔到了地上。豪恩仍然没有站起来。

"谁杀了彼得林？"雷恩万向前一步，"是不是斯特察家族雇的昆兹·奥洛克一伙干的？卡琴的巴特男爵也是他们杀的？豪恩，你又和这一切有什么关系？为什么我哥哥刚死不过半天工夫你就出现在了巴比诺夫村？你怎么知道他藏东西的地方？你为什么要找在波沃约维村被烧毁的那些文件？那些文件又到底有什么秘密？"

"雷恩玛尔，快从这里逃走。"厄本·豪恩一字一句严肃说道，"如果你还想活命，赶快从这里逃走。连你哥哥的葬礼也别参加。"

"回答我的问题。先从最重要的开始：你和这起凶杀案有什么关系？你和昆兹·奥洛克又有什么联系？休想撒谎！"

"我既不会撒谎，也不会回答这些问题。"豪恩应道。他仍然紧紧盯着雷恩万的眼睛，"其实这都是为了你好。也许你会感到奇怪，但事实就是如此。"

"我会逼你回答。"雷恩万逼近一步，掏出一把匕首，"迫不得已的情况下，我会逼你回答一切。"

唯一能辨出豪恩在吹口哨的迹象便是他噘起的嘴唇，因为哪怕最细微的哨声都无法听到。然而听不到的也只是雷恩万而已，片刻后，一个黑影闪电般向他胸口袭来，硬生生将他撞倒在地，压在身下。动弹不得之际，他睁开眼睛，黑犬"魔王"令人胆颤的森牙利齿近在咫尺。它的涎水滴落到他的脸上，恶臭的气味让他抑制不住想要呕吐的冲动。黑犬不停发出凶狠残暴的低吼，恐惧感令他感到瘫软无力。随即，厄本·豪恩出现在他的视野里，将那张烧焦的纸收入外衣之中。

"小子，你什么都逼不了我。"豪恩正了正头上的帽子，说道，"好好听我接下来要告诉你的事，这一切都是为了你好。魔王，别动。"

黑色獒犬一动不动，但看得出来，它有股按捺不住的冲动。它的嘴巴简直就要贴到脸上，雷恩万不由得紧闭双眼。

"雷恩玛尔，出于好心，我建议你赶紧逃离这儿。"豪恩道，"听从咏礼司铎白斯的建议。我敢拿我的人头打赌，他一定给了你一些脱困的计策。小子，千万别小看白斯那样的人给出的忠告与建议。魔王，别动。"

"你哥哥的事情我感到非常难过。你根本无法想象的难过。别了。多加小心。"

雷恩万睁开紧闭的双眼，马厩中，黑犬和豪恩已经不见踪影。

雷恩万蹲在他哥哥的坟墓上，蜷缩成一团瑟瑟发抖。他将盐和榛树灰混到一起，撒在身下，口中哆哆嗦嗦地重复着一个咒语。每多念一次，对咒语效果的信任感便减少一分。

盐落，盐落，

无惧恐怖的暗夜

无惧疫病灾祸，无惧夜间来客

无惧邪灵恶魔

盐落，盐落……

无数怪物在黑暗之中窃窃私语，蠢蠢欲动。

尽管知道多耽搁一分，便多一分危险，雷恩万仍一直等到他哥哥下葬。不顾嫂子和德尔家族的强烈反对，他坚持为哥哥守完灵，参加葬礼与葬礼弥撒。他目送彼得林葬入古老的翁沃尼采小教堂后的墓地，格丽尔达捂面啜泣，教区神父和人数不多的送葬队伍沉默不语。紧接着他离开了，抑或说——假装离开。

黄昏降临，雷恩万匆匆返回墓地。他把魔法道具一一摆放到新挖的墓土上，出乎意料的是，收集这些道具并没有遇到太多周折。翁沃尼采墓地最古老的部分毗邻山涧，河流终日冲刷使得那里的地面有些塌陷，所以进入古墓并不是件难事。在古墓之中雷恩万甚至找到了一个棺材钉与一截指骨。

指骨没有起效，墓地附近采摘的乌头、鼠尾草和雏菊没有起效，就连吟唱墓土上弯弯曲曲的棺材钉所刻出的象形文字咒语也没有任何效果。彼得林的灵魂并没有像魔法书中所记载的那样，以灵体的状态钻出坟墓，与生者交谈抑或有所暗示。

"如果我的书都在身边，"雷恩万心中懊恼，一次又一次的失败令他愤恨，令他沮丧。"如果我手边有《所罗门的小钥匙》或《死灵书》……威尼斯水晶……曼德拉草……如果我手边有蒸馏器可以提炼药剂……如果……"

事与愿违。他的魔法书、水晶、曼德拉草与蒸馏器在遥远的奥莱希尼察城奥古斯丁修道院里。当然，更有可能是在宗教审判所的手中。

一场暴风雨从遥远的天际线外疾速袭近。顷刻间，天空电光闪烁，炸雷轰鸣。突然，狂风骤然止息，空气中弥漫着骇人的死亡气息。此时再过片刻即是午夜。

变化开始了。

一道闪电照亮教堂。雷恩万惊恐地看到整个钟塔上爬满了像是蜘蛛的生物。他面前的几个石头十字架轰然倒下，远处一方坟墓陡然凸起。棺材木板的破裂声从黑暗之中传来，回荡在山涧之上。而后，一声嗥叫传出。

他撒盐的手无法控制，猛烈颤抖，哆哆嗦嗦的嘴唇几乎念不出任何咒语。

最大的动静来自山涧之中那片丛生赤杨的古老墓地。雷恩万看不清那里到底发生了什么，借着每道闪电的光亮，仅能看到黑暗中有无数模模糊糊的影子与轮廓。骇人的声音令人毛骨悚然，似是古墓中一群人拖着沉重的步伐徘徊、嘶吼、恸哭、私语、诅咒。

"盐落，盐落……"

周围传来一个女人断断续续的狞笑声。伴着诡异癫狂的笑声，一个低沉的男声吟咏起弥撒仪式的祷文。鼓声响起。

一副骷髅从黑暗之中走出。它徘徊片刻，坐到了一方坟墓上。它伸出白骨森森的双手，托住沉下的头骨。没过一会儿，一只浑身乱蓬蓬毛发的大脚怪物坐到了骷髅旁边，一边没完没了地抓挠自己的大脚，一边不停发出咕噜声与呻吟声。陷入沉思的骷髅并没有理会它。

一只长着蜘蛛腿的毒蝇伞从一旁爬过，另一只怪物紧随其后。那怪物看上去形似鹈鹕，但它身上没有羽毛，而是长满硬鳞，长喙生满尖牙利齿。

一只巨大的青蛙跳入一旁的墓穴中。

那里还有东西。它隐藏在黑暗之中，雷电的闪光都无法令它完全显形。但雷恩万感觉得到，那东西一直凝视着他。借着闪电仔细观察，依稀可以看到它那如同腐木一般的双眼与长长的利齿。

"盐落。"他将最后一把盐撒到身前，"盐落……"

突然，黑暗中一团缓缓移动的白影引起了他的注意。他紧紧盯着，等待着接下来的电闪雷鸣。一道闪电劈开，天空骤亮，他惊愕地看到一个穿着白衫的女孩正向挎着的篮子里采拾枝繁叶茂的荨麻。女孩也看到了他。片刻迟疑后，她放下了篮子。无论是忧心忡忡的骷髅，还是不停抓挠脚趾的毛怪都丝毫没有引起她的注意。

"出于消遣？"她开口问道，"还是责任？"

"呃……责任……"他明白她在问什么，便壮起胆子答道，"我的哥哥……我哥哥被杀了。他埋在这儿……"

"这样啊。"她将额头前的几缕头发拂到耳边，"如你所见，我在采荨麻。"

"是要给被诅咒变成天鹅的哥哥们缝衬衫吧？①"他猜道，说罢叹了口气。

她沉默了许久。

"你真奇怪，"终于，她开口说道，"采荨麻当然是要做衣服，但不是为了我的哥哥们。我又没有哥哥。就算我有，我也永远不会让他们穿这样的衬衫。"

瞧见他的表情，她不由发出咯咯笑声。

"艾丽莎，你有什么必要和他聊这些？"黑暗之中长着利齿的那东西说道，"多此一举。黎明前的大雨马上要来，他的那些盐会被冲得一干二净。到时他的脑袋会被生生咬下来。"

"不该这样。"忧心忡忡的骷髅头都没抬，说道，"不该这样。"

"当然不该这样。"被叫做艾丽莎的女孩点头称是，"他是个托

---

①该故事情节出自安徒生童话故事《野天鹅》。

莱多。我们中的一员。我们这样的人已经所剩无几。"

"他想和一具尸体交谈。"不知道从哪儿冒出来的一个龅牙矮人出声道。他胖得像个南瓜,过短的破旧背心藏不住光溜溜的肚皮。

"他想和一具尸体交谈。"他重复道,"那是他埋在这里的哥哥。他想要很多答案。但是什么也没有得到。"

"我们该帮帮他。"艾丽莎道。

"没错。"骷髅道。

"当然。"青蛙道。

电闪雷鸣,狂风骤起,赤杨林簌簌作响,无数落叶被风卷起,盘旋不止。艾丽莎没有丝毫迟疑,跨过盐粒撒成的圆圈,朝雷恩万胸口用力推了一把。他仰面跌向墓穴,后脑勺重重撞到了一个十字架上。他眼冒金星,眼前一切黑了下去,随即炸雷声起,他看到数次转瞬即逝的闪电亮光。他身下的土地开始摇晃旋转。在彼得林的坟墓周围,舞动的身影组成了两个模糊的圆圈,正在朝相反的方向旋转。

"巴贝罗,赫卡忒,霍尔达![1]"

"伟大的母神![2]"

"赞美母神之名!"

大地开始猛烈晃动,向下倾斜。雷恩万奋力伸手抓地,不让自己落入深渊。他的双脚乱蹬,却什么也踩不到。但他却没有掉落下去。他的耳边回响着声音与歌声,眼前充斥着幻影。

---

[1] Barbelo,Hekate,Holda皆为古代神话中的女神之名。

[2] Magna Mater,拉丁语,意为"伟大的母亲",指弗里吉亚所信仰的地母神库柏勒。

> 来，来，来，
> 别让我死去，别让我死去！
> 美丽的希尔卡！美丽的希尔卡！长长的辫子！
> 跃动吧！跃动吧！跃动吧！①

"吾等齐聚于此，"跪在圣杯前的帕西瓦尔扬声道。"吾等齐聚于此，"手持西奈山十诫法板的摩西扬声道，"吾等齐聚于此，"被沉重的十字架压倒在地的耶稣扬声道。"吾等齐聚于此，"圆桌前的骑士们异口同声道。"吾等齐聚于此！吾等齐聚于此！主，吾等以主之名聚于此！"

回音在城堡之中回荡，犹如阿雷轰鸣，又如遥远战场上攻城槌撞击城门的巨响。慢慢地，回音消失在幽暗的长廊中。

"流浪者即将来临。"狐脸小姑娘说道。她眼下有重重的黑眼圈，头上戴着马鞭草与三叶草编成的花环。"有人离开，有人到来。快逃！不洁的河流，恶龙……勿问姓名，那是秘密。食物出自食者，甜蜜出自强者。而谁又是罪魁祸首？坦白真相之人。"

"他们会聚集起来，陷入地牢之中，又困于监狱之中，多年后将受到惩罚。当心旋壁雀，当心蝙蝠，当心在午间肆虐的恶魔，当心行走在黑暗中的东西。""爱情，"汉斯·梅因·伊戈尔说道，"爱情会拯救你的性命。""你后悔吗？"身上散发着菖蒲与薄荷香气的女孩问道。她的身子赤条条的，却让人感到圣洁无瑕，不容亵渎。黑暗之中，她若隐若现，几乎无法看清，但又触手可及，雷恩万可以真切地感受到她的温度。

太阳、蛇与鱼的图案连成三角护符。愚人之塔被一道闪电劈

---

①原文为拉丁语，引自德国作曲家卡尔·奥尔夫歌曲 Veni, veni, venias。

中，轰然倒塌。一个可怜的身影从塔上跌落，跌向毁灭，落入深渊。"我就是那个傻瓜，"一个念头在他心中一闪而过，"我就是那个傻瓜，那个疯子，是那个跌入深渊的可怜人。"

一个浑身是火的人发出凄厉的哀嚎，跑过一片薄雪覆盖的雪地。他的身后，熊熊的烈焰正在吞噬一座教堂。

雷恩万甩了甩头，驱散眼前的幻象。旋即，又一道闪电劈裂夜空，他看到了彼得林。

彼得林的幽灵纹丝不动，如同一尊雕塑。突然，幽灵的身上闪出奇异的光芒。雷恩万仔细看去，那光芒透过幽灵胸脯、脖颈与小腹的无数伤口射出，仿佛是阳光穿过棚屋墙壁的窟窿。

"天呐，彼得林……"他哽咽道，"他们怎么这么残忍……我发誓，一定要他们血债血偿！我会为你报仇……亲爱的哥哥，我会为你报仇……我发誓……"

幽灵做了个强有力的手势。那是明确的反对。没错，这一定是彼得林的亡魂。除了他们的父亲，没人会在表达反对或禁止时使用这样的手势。小时候每每因为恶作剧和异想天开的鬼主意遭到父亲斥责时，也总是会见到这熟悉的手势。

"彼得林……亲爱的哥哥……"

又是同样的手势，这次更为激烈、有力、坚决，没有任何商量的余地。幽灵的手指向南方。

"快逃，"幽灵用艾丽莎的声音说道，"快逃，小家伙。越远越好。在被愚人之塔的地牢困住之前，快逃，穿过森林。快逃，翻过群山，越过丘陵。"

大地猛烈旋转。一切归于黑暗之中。

拂晓时分，雨水将他打醒。他仰面躺在哥哥的坟墓上，神色呆滞，一动不动，无数雨滴击打在他的脸上，汇成细流。

"年轻人，"施洗约翰修道院院长奥托·白斯说道，"请允许我简要概括你说的这些。我简直不敢相信我的耳朵。弗罗茨瓦夫主教康拉德居然对他的死对头斯特察家族睁一只眼闭一只眼。斯特察家族卷入家族私斗和谋杀案几乎是铁证如山的情况下，康拉德主教的决定是置之不理。我说的没错吧？"

"的确如此。"弗罗茨瓦夫主教助理吉伯特·班奇答道。这个年轻的神学院学生生有一张英俊的脸庞，一双温柔的眼睛，皮肤细腻无瑕。"这件事已经铁板钉钉，对斯特察家族不会采取任何措施。别说审讯，甚至都不会发声敲打敲打他们。主教做决定时副主教提尔曼也在场。还有一位在场的骑士被委托调查此事。他今天早上才骑马赶到弗罗茨瓦夫。"

"早上才到弗罗茨瓦夫的那个骑士。"奥托·白斯沉吟道，他一直凝视着墙壁上的圣巴尔多禄茂殉道图，除了一个架子上摆放的十字苦像与数个烛台外，这幅画便是房间墙壁上唯一的装饰。

吉伯特·班奇吞了口口水。谈话的氛围一直令他感到非常不自在，之前如此，现在如此，而接下来也没有任何会轻松的迹象。

"说详细些。"奥托·白斯手指一直敲着桌子，眼睛仍然一动不动地审视着画作上被亚美尼亚人酷刑折磨的圣人。"说详细些。孩子，那个骑士到底是什么人？他叫什么？来自哪个家族？纹章什么样子？"

吉伯特清了清嗓子，答道："没人提及他的姓名与出身……他全身穿着黑色的衣服，身上没有任何纹章。但我以前曾在主教身旁见到过他。"

"那他长什么模样?非要我问一句你才答一句?"

"是个又高又瘦的中年人……留着垂到肩膀的黑发。鼻子很长,几乎和鸟喙差不多……他的眼神几乎像鸟一样……锐利……总之,很难称得上英俊……却充满了男人味……"

吉伯特的话音戛然而止。白斯没有回头,甚至都没有停下敲击桌面的手指。他知道这年轻人不可告人的性癖,正因如此,吉伯特才不得不做他的线人。

"接着说。"

"那位神秘的骑士向主教报告了卡琴的巴特男爵与别拉瓦的彼得被杀案件的调查情况。顺便提一句,他在主教面前没有一点谦卑之态,讲话十分自如放松。他的调查结果滑稽到让副主教大人没忍住笑出了声……"

奥托·白斯抬起眉毛,未发一言。

"他说真凶一定是犹太人,因为两处案发地附近都能闻到犹太人的臭味……众所周知,为了消除那股臭味,犹太人喝了耶稣的血。这时候副主教提尔曼大人已经憋不住笑弯了腰,而那骑士没做任何理会,继续说道:'所以,这两起谋杀是仪式性的。真凶也应该藏在当地的犹太社区,尤其是布热格犹太社区,因为有人在斯切林城附近见到过布热格的犹太拉比,与其同行的还有别拉瓦家族年轻的雷恩玛尔……'而那雷恩玛尔,如您所知……"

"我知道。继续。"

"听完,副主教提尔曼大人称这简直是一派胡言,两人明明都是被剑刺死的。此外,巴特男爵人高马大,身材魁梧,剑术高超。世上没有任何拉比能够击败巴特男爵,管他是布热格人还是哪儿人。说完，副主教又笑弯了腰。"

"那骑士作何反应？"

"他说若不是犹太人杀了巴特与彼得，那一定是魔鬼干的。本质上两者也没区别。"

"那康拉德主教又是什么反应？"

"敬爱的康拉德主教，"吉伯特清了清喉咙，"瞥了一眼放声大笑的提尔曼副主教，面露不悦，接着马上开始讲话，语气极为严肃正式，还命我将他的话记录下来……"

"他令人不再调查此事。"白斯用极为缓慢的速度一字一句道。

"不错，您就像在当时的现场一般。提尔曼副主教坐直身子，没说一句话，但是脸上带着难以置信的表情。康拉德主教注意到了，面带愠色地说道，真理在他这边，历史会证明一切，这一切都是'为了上帝更大的荣耀'。"

"他这样说？"

"一字不差。所以，敬爱的神父，别为此事去找主教。我敢保证，什么都改变不了。此外……"

"此外什么？"

"神秘骑士告诉主教，如果主教日后要在这两起案子上调集人手或重启调查，他要求主教一定要告知于他。"

"他要求……"奥托·白斯又道一遍，"主教作何反应？"

"他点了点头。"

"他点了点头。"奥托·白斯玩味着这句话，同时也点了点头。"有意思，康拉德——奥莱希尼察城的皮亚斯特人——点了点头。"

"没错，敬爱的神父。"

奥托·白斯又将视线放回画上。看着亚美尼亚人手持巨钳一条条剥下圣巴尔多禄茂皮肤的场景，他暗自思忖："若雅各·德·佛拉金所著《黄金传说》①中的内容是真实的，那圣人殉道处理应充溢着芬芳馥郁的玫瑰香气。无稽之谈。酷刑折磨一定会散发出恶臭，行刑地无一不是臭气熏天，哪怕是各各他山②也不例外。我敢以性命打赌，那儿也绝不会长有玫瑰。但那里肯定到处是犹太人的臭味。"

"好好收着，孩子。"

同以前一样，吉伯特起先伸手去拿钱袋，接着猛地将手缩回，仿佛白斯手中的是一只毒蝎。

"敬爱的神父……"他低声喃喃道，"我做这些……并不是为了钱……而是为了……"

"拿着，孩子，拿着。"白斯面露轻蔑笑容，打断了他的话。"我曾在其他场合告诉过你，线人一定要收取报酬。有一类线人为了理想、出于胁迫、出于愤怒与仇恨而免费出卖消息，这样的线人最该被鄙视。我还曾告诉过你这样一句话：'比起背叛本身，犹大更应该因为如此廉价地背叛而受到鄙视。'"

下午天朗气清，阳光和煦，经过前几日的阴雨天，这样的天气格外令人心旷神怡。玛利亚·玛达莱娜教堂的尖塔与市民房屋的屋顶在阳光照耀下熠熠生辉。吉伯特·班奇伸了个懒腰。咏礼司铎白斯的房间背阴，四墙透着冷冰冰的寒气，一直让他不由打颤。

---

① 《黄金传说》，拉丁语 *Legenda aurea*，原名为《圣人传说》，是意大利雅各·德·佛拉金所著的基督教圣人传记集。逐章介绍含耶稣、圣母玛利亚、大天使米迦勒等100名以上圣人的生涯。

② 各各他山是罗马统治以色列时期耶路撒冷城郊之山，据《圣经·新约全书》中的四福音书记载，耶稣基督曾被钉在各各他山的十字架上。

除了弗罗茨瓦夫城座堂岛上的居所，奥托·白斯在离城镇广场不远处的鞋匠街还有一处用以秘密会客的房子。吉伯特·班奇从白斯的隐秘居所走出，决定好好享受一下这美好的下午。他并不想马上赶回座堂岛，主教在晚祷之前不太可能会需要他，而且出了鞋匠街再走一小段路，走过活禽市场便有家熟识的地下酒馆。他可以在那儿花掉一些刚刚到手的钱。吉伯特·班奇坚信花掉了钱便洗刷了罪。

咬着从刚刚路过的小摊上买的脆饼干，吉伯特为抄近路，拐入了一条狭窄的小巷。巷子静悄悄的，一个人也没有，他的突然出现惊得巷子中老鼠四下逃窜。

听到背后羽毛摩挲与双翼拍打的声响，他回头一看，只见在砖垒窗户的横梁上有只巨大的旋壁雀。他丢掉手里的饼干，匆忙向后退了几步。

旋壁雀张着锋利的双爪从墙上振翅飞落。它的身形变得模糊，接着形态开始变化。吉伯特想要喊叫，但收紧的喉咙发不出一点声音。

方才的旋壁雀竟然化身成了他见过的那个骑士，身形高瘦，黑衣黑发，眼神如飞鸟一般凌厉。

吉伯特再次张嘴欲喊，与之前一样，除了一声细不可闻的沙哑呻吟，他什么声音都发不出。骑士几步走到他身前，面露微笑，俏皮地眨了眨一只眼睛，旋即嘟起嘴唇，送给吉伯特一个妖娆的飞吻。吉伯特还未回过神来，只见一道剑光闪过，自己的肚子已被刺穿，拔剑时鲜血四溅。眨眼间，第二剑已从腰腹刺入，生生刺断了他数根肋骨。第三剑势大力沉，他几乎被这一剑钉到墙上。

吉伯特还未来得及发出一声惨叫，旋壁雀骑士跃步向前，挥剑斜斩，划开了他的喉咙。

几个乞丐发现了这具蜷缩在黑色血泊中的尸体。未等城镇守卫来到,活禽市场的商贩客旅已将小巷围得水泄不通。

一种骇人的、窒息的、令人战栗的恐怖氛围笼罩着小巷。

气氛是如此的恐怖压抑,以至于一直等到守卫抵达,人群中也没人敢偷拿尸体被剑刃斩开的嘴巴里露出的钱袋。

"在至高之处荣耀归于上帝,"圣坛前,奥托·白斯低头吟咏着祷词,互握的双手慢慢放低,"在大地之上平安归于主爱之人……"

助祭们分立两旁,低声与他一同咏唱。奥托·白斯继续主持着弥撒仪式,像往常一样按部就班,一成不变,但他的心思不在此处。

> 赞美你,称颂你,
> 朝拜你,显扬你……

"吉伯特·班奇光天化日之下在弗罗茨瓦夫城中心被人杀了。对彼得林被杀案置之不理的康拉德主教极有可能也会对自己助理的离奇死亡置之不理。我不知道这里到底发生了什么。但我得保住性命。无论何种情况,都不能露出任何破绽让自己死于非命。"

歌声渐渐高昂,缓缓扬升至弗罗茨瓦夫大教堂的穹顶。

> 除免世罪的天主羔羊,
> 求你垂怜我们;
> 除免世罪的天主羔羊,
> 求你赐予我们平安……

奥托·白斯跪倒在圣坛前。

"我希望，"他在心中祈祷，一手画了个十字，"我希望雷恩万已经成功……他现在已经没有了危险。我真诚地希望……"

求你垂怜我们……

弥撒还未结束。

四名骑手快马加鞭，飞快地冲过一个岔路口。路口旁，一个石制的悔罪十字架静默竖立。西里西亚这样的十字架数不胜数，它记载着过去的罪行，以及迟到太久的忏悔。狂风骤雨中，扬起的马蹄踏得泥水四溅。奥洛克抬起手上湿透了的手套抹去脸上的雨水，口中咒骂不停。斯托克则用更粗鄙的言语附和着骂声，雨水一股一股从他的兜帽流下。沃尔特与希贝克已经没有了咒骂的心情。他们一心只想快马加鞭，找一家温暖的小酒馆祛祛寒，再痛快地喝一大杯麦芽酒。

马蹄激起的泥水四处飞溅，溅到一个早已布满泥水的身影上。那身影严严实实地裹在斗篷衣中，蜷成一团倚靠在十字架下。骑马四人无人留意到他。

雷恩万也没有抬头。

Chapter 9
第九章

在本章中，沙雷首次登场。

斯切戈姆城加尔默罗会修道院的院长瘦骨嶙峋，活像一副骷髅。他面露病态，皮肤干瘪，脸上乱糟糟的胡楂未曾好好修剪，再加上突兀的长鼻子，整个人看上去像一只被拔了毛的苍鹭。他抬起头，眼睛眯成一条缝，打量了一番雷恩万，然后又将奥托·白斯的信件凑到鼻子跟前继续看完。他骨瘦如柴的双手肤色铁青，止不住地颤抖，疼痛让他口角变得歪歪斜斜。院长的年纪绝对称不上年迈，但雷恩万一眼看出，他得了一种顽疾。这恶毒的疾病像麻风一般将病人吞噬殆尽，但与之不同的是，它的侵蚀从内至外，无迹可寻。一切药物都对此病无能为力，唯有最强大的魔法才能够将其治愈。然而，即便有人知道如何用魔法治愈此病，他们也不会以身犯险。时代如此，治愈后的病人也许转身就会出卖使用魔法的医者。

院长含糊不清的话音打断了雷恩万的思绪。

"年轻人，"他扬起奥托·白斯的信件，"明知道我不在时，副院长有权决定任何事务的情况下，你整整等了四天？仅仅为了这件事你一直等到我回来？"

雷恩万点头不语。将信函亲自交到院长手里这点聪明人一眼便知，无需多言。在斯切戈姆城附近村子里度过的几天同样无需多言，那些日子像梦一样一闪而逝，他也搞不清楚自己究竟等待了几天。经历巴比诺夫村的惨剧后，雷恩万一直半梦半醒，整个人浑浑噩噩、意志消沉。

"你一直等我回来，好把信亲自交到我手里。"院长点明了这显而易见的事实，接着说道，"年轻人，你知道吗，你这样做非常明智。"

雷恩万仍然沉默不语。院长再次将信凑到鼻子跟前，继续读信。

"很好，很好，"他抬起头，眯起眼睛，拖长了声音慢慢说道，"我就知道，该来的总会来的，总有一天咏礼司铎大人会提醒我还债的时候到了。而且要连本带利地还，不得不提，这利息可是教会明令禁止的高利。《路加福音》教诲：要不带任何期待地借出钱财。年轻人，你真的毫无保留地相信教会令我们相信的那些东西吗？"

"是的，尊敬的神父。"

"这是多么值得赞扬的品德，尤其是在这个世道，尤其是在这种地方。你知道你身处何处吗？你知道这儿除了修道院之外还是什么地方吗？"

雷恩万没有回答。

"要么你是真的不知道，"院长见雷恩万沉默不语，猜测道，"要么你很聪明，故意装作不知道。这里还是劣迹神父之家，你也许并不熟悉或者装作不熟悉这名字，那我来直接告诉你：这是所监狱。"

院长双手互握，沉默不语，仔细端详着他的神情。雷恩万其实早已猜出实情，但他并不想破坏这番谈话给院长带来的兴致，便继续佯装不知。

"你可知道，"过了不久，院长继续问道，"尊敬的咏礼司铎大人在信中要我做什么？"

"尊敬的神父，我不知道。"

"你的无知会让你得到一些宽恕。但是我是知道的，所以没什么能让我得到宽恕。与此同时，如果我拒绝这个请求，我的错事也将会得到宽恕。你怎样想？我的逻辑是不是和亚里士多德不相上下？"

雷恩万没有答话，院长也不再言语。沉默良久后，他用蜡烛将信纸点燃，手腕翻转，火焰迅速燃起，接着他将烧着的信纸扔到了地板上。雷恩万静静看着信纸卷起，烧焦，化为灰烬，心想："我那些愚蠢的、徒劳的希望正化为灰烬。也许，这也不是件坏事。"

院长站起身来。

"去管家那儿，"他开口说道，"他会给你些吃的和喝的，然后你马上动身，赶去我们的教堂。在那里你会见到你要见的人。我会下达命令让你们可以毫无阻碍地离开修道院。咏礼司铎白斯大人在信中特意强调你们两人将踏上漫长的旅途。我想说的是，万幸你们去的地方十分遥远。旅程太短、归期太近都会是巨大的错误。"

"谢谢，尊敬的神父……"

"不用谢我。但是，如果你们之中有人想要临行前得到我的祝福，赶紧打消这种念头。"

加尔默罗会修道院的伙食确实如同监狱伙食一般差。但雷恩万仍然悲痛欲绝、麻木冷漠，对此并不在意。此外，他太过饥渴，也断然不会瞧不上咸鲱鱼、没有一点油脂的卡莎饭以及除了颜色外和清水并无二致的啤酒。也许是因为今天是个斋戒日？他并不确定。

老管事看着雷恩万狼吞虎咽的样子，露出满意的神色。雷恩万刚刚吃掉一条鲱鱼，笑眯眯的老管事直接从木桶里抓出第二条，摆在他面前。雷恩万打定主意和老管事套套近乎，好好利用这份善意。

"你们修道院真是一座名副其实的堡垒，"他嘴里塞得满满的，"当然这也不足为奇，因为我知道它是干吗的。但是我却没有见到一个全副武装的守卫。难道以前从来没有服刑的僧侣逃跑过吗？"

"哦哟，孩子。"老管事像是听到了一番幼稚的言语，摇摇头道，"逃？为什么要逃？别忘了在这儿服刑的都是些什么人？他们早晚有一天会刑满释放。这里没一个人是无辜的，只有服刑才能抹除罪行，回归到正常的生活。逃跑？那到死为止都会是逃犯。"

"我明白了。"

"很好，其实他们不让我说这些。再来点卡莎？"

"好啊。我很好奇，这些罪人是犯了什么罪行被关进来的？"

"他们不让我说。"

"我又没有问具体的案例，就问问大概的原因。"

老管事清了清嗓子，提心吊胆地环视四周，他深知在劣迹神父之家这种地方，即便是厨房，也有可能隔墙有耳。

"噢。"他把抓过鲱鱼后油腻腻的双手往衣服上一擦，压低声音说道，"孩子，他们因为不同的原因被抓来服刑，原因有很多很多。他们主要是些有罪的神父和僧侣，对他们而言，背负的誓言太过沉重。想象一下有多少誓言：顺从，谦卑，贫穷，禁欲，节制……还有贞洁，还有……"

"女人？"雷恩万猜道。

"如果只有这个原因就好了……"老管事抬起眼睛，叹了口气，"唉，唉……无穷的罪行，无穷的……无可否认……我们还有更重要的事情……更为重要的……但他们不让我说。吃饱了吗，孩子？"

"饱了。非常感谢。很好吃。"

"想吃的时候随时来。"

教堂的内部十分昏暗。蜡烛微弱的烛光与透过狭小窗户射入的光线仅能照亮主祭坛，圣体盒、十字苦像与描绘《哀歌》的三联画沐浴着稀少的光亮。圣坛侧壁的木制长凳、教堂正厅与唱诗班席位都笼罩在朦朦胧胧的昏暗中。"也许这是有意为之，"一个想法在雷恩万脑海中挥之不去，"这样在祈祷时，罪人们就无法看到彼此的面孔，无法猜测其他人的罪行，同样无法比较自己与他人的罪行。"

"我在这里。"

一个浑厚响亮的声音从隐藏在唱诗班席位之间的凹室传来，听上去不由令人感到威严而庄重。但这也极有可能是从拱顶传出，回荡于石墙之间的回音。雷恩万走近细听。

在散发着淡淡熏香和清漆气味的忏悔室上方悬着一幅画，画上圣母玛利亚坐在圣安妮的一条腿上，另一条腿上坐着耶稣。雷恩万之所以能够看清这幅画，是因为画旁悬着一盏油灯，但这突出的光亮让周围显得异常昏暗，所以雷恩万仅能看到一个男人的身影坐在忏悔室中。

"我是不是该感谢你给了我重获自由的机会？"男人说道。他的话音不断激起回声："虽然在我看来，我是不是更应该感谢某位弗罗茨瓦夫的咏礼司铎？更应该感谢能够让我重获自由的良机……不管怎么说，感谢你。好了，对暗号吧，这样我才能百分百确定你是我在等的人，这一切不是一场美梦。"

"一四一八年七月十八日。"

"何地？"

"弗罗茨瓦夫，新城……"

"不错，"过了一会儿，男人肯定道，"正是弗罗茨瓦夫。除了那儿，还能是哪儿呢？很好。现在，靠近些，摆出规定的姿势。"

"你说什么？"

"跪下。"

"我哥哥被人杀害，"雷恩万并未移步向前，出声说道，"我也随时有生命危险。我现在被人追杀，不得不逃往远方。但在此之前，我还有一些事情要弄明白，还有一些账要找人好好算算。奥托神父向我保证你能够帮到我。不管你是谁，能帮我的只有你。但是我绝没有跪在你面前的想法……我该怎么称呼你？神父？弟兄？"

"随你喜欢。如果你愿意，叫我叔叔也行。我一点都不在乎。"

"我没心情开玩笑。我说了我哥哥被人杀了。院长说我们可以离开这儿。我们启程上路吧，离开这个令人悲伤的地方。路上我会告诉你需要做什么事情。除此之外，我不会多说。"

"我要你跪下。"男人说话隆隆作响的回音愈来愈大。

"我已经说了：我不想向你忏悔。"

"不管你是谁,"男人说道,"你只有两条路可以选。一条就是跪在我面前。第二条,就是马上离开修道院,当然,我不会跟着。小子,我不是你花钱雇来报仇的打手,又没人会付我钱。好好听清楚,需要什么消息,需要多少消息,由我说了算。说白了,这就是互相信任的问题。既然你不信任我,那我又怎么会信任你?"

"别忘了你能离开这所监狱全倚仗我,"雷恩万怒气冲冲地回吼道,"还有奥托神父。给我好好记住,不要目中无人。面临选择的人不是我,而是你。要么跟我离开,要么就牢底坐穿,烂在这儿。选择……"

男人使劲敲了敲忏悔室的木板,打断了他的陈词。

"听好,艰难的选择对我来说不算什么,我平生面临过很多次。不要太自以为是,觉得这样就能威胁到我。今天早上我还不知道你的存在,那么今天晚上,如果有必要,我也可以当一切没发生。我再说一遍,这是最后一次:要么表达对我的信任,好好跪下忏悔,要么就自己离开。抓紧时间做决定,因为很快就到《午时经》时间了。这里可是一丝不苟地遵循着礼拜时间。"

雷恩万攥紧了拳头,竭力压制着一股势不可挡的冲动,他恨不得马上转身离开,走向有阳光的地方,呼吸新鲜的空气,欣赏葱翠的草地树林。最终理性战胜了冲动,他放下了骄傲。

他跪倒在光滑的木板上,嘴里艰难地挤出一句话:"我甚至都不清楚你到底是不是神父。"

"是不是又有什么关系。"男人的语气听上去像是嘲弄,"我在意的是忏悔。你也别指望从我这儿得到赦罪。"

"我还不知道怎么称呼你。"

"我有很多名字。"话音从格栅后面传来,低沉却清晰,"世人也知道我所有的化名。既然我有机会重回世间……我该再起个名字……希尔绍的维利巴德？或者，嗯……艾希的柏诺斯？泰涅克的保罗？海姆斯凯克的科尼勒斯？或者……或者……沙雷大师？小子，你觉得'沙雷大师'这名字怎么样？好吧，看你表情就明白了。那简单点，直接叫沙雷，这名字不错吧？"

"不错。沙雷，那我们说正事吧。"

斯切戈姆修道院沉重的大门砰的一声在他们身后关闭，两人走过倚靠在大门的几个老乞丐，走了一小段距离，刚一进入路旁白杨林的树影下，沙雷就令雷恩万大吃一惊。

这位不久前才重获自由的囚徒，方才还是沉默不语，一派深沉稳重的模样，浑身上下充满了神秘感，此时此刻却忽然放声大笑，手舞足蹈，欢呼雀跃，整个人扑倒在野草丛中，像匹小马驹一样打滚玩耍，一会儿纵情大吼，一会儿肆意狂笑。终于，在目瞪口呆的雷恩万眼前，他的这位前任告解神父一个鲤鱼打挺，一跃而起，站定之后，手肘一弯，朝着大门比了个极具侮辱性的手势。与此同时，他的口中喋喋不休，倾吐着下流肮脏的辱骂与阴狠恶毒的诅咒。有些针对的是院长本人，有些针对的是斯切戈姆修道院，有些针对的是加尔默罗会，还有一些则没有指名道姓。

"我没想到，"雷恩万安抚着被骂声惊吓到的棕马，"里面的日子竟然如此艰难。"

"不议论人，就不至于被人议论。"沙雷扫了扫衣服，"这是第一点。第二，暂时不要对我有所评论。第三，我们快些赶去城里。"

"去城里？为什么？我还想……"

"想都别想。"

雷恩万耸耸肩，策马上路。他假装扭过头去，但还是忍不住偷偷观察大步流星跟在身旁的男人。

沙雷并不是十分高大，甚至还要比雷恩万矮一点，但他宽阔的肩膀、魁梧的身材令这微小的差距极难分辨。他孔武有力，卷起的衬衫袖子中露出两条强壮而结实的小臂。离开修道院时，沙雷拒绝继续身着修士服，他得到的替换衣物看上去有些古怪。

他的脸庞线条硬朗，但谈不上粗犷，脸上表情极为丰富，不停变换。硬挺的鹰钩鼻上，印刻着曾经断裂过的旧伤，下颌上的美人沟与一道虽已愈合但仍清晰可见的伤疤相连。他的眼睛呈碧绿色，奇异非常。当你凝视它们时，你的手会不由自主地确认自己的钱袋是不是还在，手上的戒指是不是还戴在手指上。你的思绪会焦躁不安地飞到家中的妻子女儿身上，对她们恪守妇道、忠贞不渝的信任已然动摇。这就是你凝视沙雷那双碧绿眼睛的感觉。相比俊美的太阳神阿波罗，他的脸更易让人想到偷盗之神赫尔墨斯。

穿过郊区园林一片开阔的平地便是圣尼古拉小教堂与医院。雷恩万知道这所医院的经营者是医院骑士团，斯切戈姆城内也有骑士团的营地。想起坎特纳公爵让他去小奥莱希尼察城的建议，他开始变得紧张不安。既然这条路与医院骑士团有关，那便称不上是野狼逃跑时会选择的路，奥托·白斯想必也绝不会赞同他走这条路。此时沙雷首次展示出他惊人的洞察力，或许，说不准他真的会读心术。

"没必要担心，"他兴高采烈地说道，"斯切戈姆城有两千多人口，我们会像暴风雪里的一个屁一样消失得无影无踪。况且，我承诺过会保护你。"

"我一直很好奇，"雷恩万费了一番功夫冷静下来，说道，"这样的'承诺'于你而言有多重要。"

沙雷咧开嘴，对着迎面走来的一群采麻女露出一口大白牙。年轻姑娘们的衬衫领口敞开，汗涔涔的肌肤黏着尘土，别有一番风情。采麻女足有十几人，沙雷正对着她们挨个咧嘴，雷恩万不再对答案抱有幻想。

"这问题很有哲学意味。"令人意外的是他得到了回应。沙雷的视线从最后一个采麻女圆翘颤动的屁股上移回，继续说道："我可不习惯清清醒醒地回答这种深奥的问题。但我保证，太阳下山前我就会给你答案。"

"不知道我能不能等到那时候，也许还没等天黑，我就被好奇之火烧死了。"

沙雷没应声，而是加快了步伐，雷恩万不得不策马小跑才能赶得上他的速度。他们很快抵达西维德尼察门。穿过城门，路过蹲坐在阴影中的一群脏兮兮的朝圣者与浑身流脓生疮的乞丐，斯切戈姆城狭窄、拥挤、肮脏、泥泞的街道便呈现在眼前。

沙雷似乎很清楚自己的目的地在什么位置，他大步流星，丝毫没有迟疑。他们经过一条到处是织布机嘈杂声响的小道，想必它一定是叫织工街或纺织街。不一会儿，他们来到一处上方耸立着教堂尖塔的小广场。从广场上依然冒着热气的粪便与臭味不难猜到，这里方才有人赶着牲畜经过。

"瞧瞧，"沙雷停下脚步，说道，"教堂、酒馆与妓院，在它们中间一堆大便。听听，多棒的人生寓言。"

"我以为，"雷恩万冷脸说道，"你清醒的时候不会哲学思考。"

"经过长时间的禁欲生活，"沙雷迈着坚定的步子带着雷恩万进入一条小巷，径直向一个摆满小号酒桶与大号酒杯的柜台走去，

"只有好酒的香味才能够让我兴奋起来。嘿,伙计!来杯斯切戈姆白啤!要地道的!小子,付钱吧,我口袋里可是一分钱没有。"

雷恩万哼了一声,还是往柜台上扔了几枚赫勒币。

"你什么时候才告诉我为什么来这里?"

"早晚的事。但要等我至少喝够三杯。"

"然后?"雷恩万皱眉道,"要等你逛完刚提到的妓院?"

"小子,这个可不能省。"沙雷举起酒杯,"这个可不能省。"

"再然后呢?为了庆祝你重获自由放纵个三天三夜?"

沙雷没有回话,因为他正咕咚咕咚喝着酒。但在送酒入喉前,他俏皮地眨了眨眼睛,这已经代表了一切。

"这完完全全是个错误,"雷恩万盯着一口接一口不停喝酒的沙雷,厉声道,"也许该怪奥托神父,也许就该怪我自己,因为我听了他的话和你扯上了关系。"

沙雷毫不理会,仍在喝酒。

"好在,"雷恩万继续说道,"这一切很好解决。"

沙雷移开嘴边的酒杯,长舒一口气,舔了舔上唇的酒沫。

"你憋着话,"他猜道,"讲出来吧。"

雷恩万冷冰冰地说道:"我们俩不是一类人。"

沙雷点头要了第二杯啤酒,之后好一会儿他的注意力全在第二杯酒上。

"没错,我们确实有些不同之处。"一大口酒下肚,他承认道,"比方说,我可不会去操别人的老婆。如果再仔细找找,一定还能发现几处不同。这再正常不过了。虽然我们都是上帝照着自己的样子创造出来的,但好在造物主还兼顾了个性的差异。赞美上帝,这样做太明智了。"

雷恩万摆了摆手，怒火越烧越旺。

"我们两人就此别过，"他脱口而出，"从此我们各走各的路。因为我实在看不出你怎么能帮到我。恐怕你什么忙也帮不上。"

沙雷看向他。

"能帮上什么忙？"他开口道，"弄清楚这个还不简单。你大喊一声：'沙雷，帮我！'你要的帮助立时送到。"

雷恩万耸了耸肩，调头打算离开。未曾注意，他的马撞到了一人，那人猛地打向他身下棕马，受到惊吓的马嘶鸣扬蹄，将他重重摔在地上。

"白痴，怎么看路的？知道这是哪儿吗，还骑着这匹畜生乱走。这儿可是城市，不是你们脏兮兮的乡下！"

满口恶语、动手伤人的是个年轻人，与之同行的还有两人，衣着同样华丽讲究，价值不菲。三人不仅年龄相仿，穿着打扮也几乎一模一样：烫卷的头发上戴着花哨的菲斯帽①，棉絮里子的外套针脚十分细密，以致两条袖子看上去像是毛毛虫。他们还穿着风靡巴黎的"米帕提"②男士紧身裤，两条裤腿色彩迥异。此外，三人皆手持圆头手杖。

"我的天呐，"公子哥挥着手杖道，"哪里来的西里西亚乡巴佬，简直就是个未开化的蛮子！就没人教教他们规矩吗？"

"看来我们有必要承担起这份责任。让他们见识一下欧洲风范。"另一个公子哥儿操着相同的法国口音说道。

---

①一种直身圆筒形（也有削去尖顶的圆锥形）、通常带有吊穗作为装饰的毯帽。
②原文为"Mi-parti"，法语，此处音译为"米帕提"，意为"对半分"，中世纪的一种服装款式，指衣服或裤子沿中线垂直分割，两边颜色不同，如左边蓝色，右边红色。

"正是如此,"第三个穿着红蓝"米帕提"裤子的公子哥附和道,"我们先让这个乡巴佬尝尝厉害。来来来,先生们,用手杖!狠狠地打!"

"慢着!"酒摊老板大喊道,"客人们,别在这儿动手!否则我要把守卫喊来了!"

"闭上臭嘴,西里西亚土鳖,不然连你都打。"

未等雷恩万站起身来,三杖已重重落下,一杖落至肩膀,一杖击打后背,另一杖则响亮地打在了他的屁股上。他意识到决不能坐以待毙。

"帮我!"他大喊道,"沙雷,帮我!"

方才一直像个局外人一样看热闹的沙雷放下杯子,从容不迫地走了过来。

"闹够了吧。"

公子哥们闻声看去,接着不约而同地放声大笑起来。确实,连雷恩万都不得不承认,太过短小紧绷且颜色杂乱的衣服让沙雷看上去十分滑稽。

"瞧瞧,"最先生事的公子哥讥笑道,"世上还有比这更滑稽好笑的人吗!"

"这一定是当地卖艺的小丑。"另一个公子哥笑道,"瞧瞧他那好笑的衣服就知道了。"

"人之美不在衣装。"沙雷冷冷回道,"先生们,离开这儿。有多快走多快。"

"你说什么?"

"各位先生,"沙雷道,"请你们快些移步离开。再说明白点,请各位走远一些。不必非得走到巴黎,城市另一头就够了。"

"你,你说什么?"

"先生们,"沙雷慢条斯理,像同孩童说话般耐心地一字一句道,"请你们自行离开,去忙你们平常爱做的事情,比如说鸡奸。否则,就不要怪我不客气了。"

一个公子哥挥杖袭来,沙雷灵巧地闪身一躲,两手顺势抓住手杖,用力一扭,只见那公子哥身子腾空摔了个跟头,重重摔落在一地泥泞中。沙雷手挥夺来之杖,一杖击中第二个公子哥的脑门,公子哥一个飞身,跌落到酒摊柜台,旋即,只见他动作快如闪电,再出一杖,不偏不倚敲中另一公子哥的手腕。几乎同一时间,满身泥泞的公子哥站起身来,气势汹汹大声吼叫着扑向沙雷。电光石火之间,没人看得清沙雷的动作,公子哥儿又吃一记重击,身体一滞,"咔"的一声,手杖竟硬生生断为两半。旋即沙雷一肘击其腰腹,待其倒地,又若无其事地朝他耳朵踢了一脚。公子哥就此倒地不起,像只蛆虫一样蜷缩蠕动。

其余两人面面相觑,不约而同地掏出了匕首。沙雷伸出一根手指,朝他们摇了摇。

"我可不建议这样,"他说道,"刀剑无眼,可是会伤人的!"

两人显然没有听从他的劝诫。

雷恩万以为他观察得已经足够仔细,但他一定还是漏掉了什么,因为接下来发生的事情实在不可思议。只见两人乱舞着手中匕首,一同冲向沙雷,沙雷稳如泰山,几乎纹丝未动,刀至身前时,他身形微动,动作快到极难察觉。眨眼间,只见其中一人跪倒在地,脑袋几乎要贴到地上,气喘吁吁,一颗接一颗地向泥地吐出牙齿。另一人则坐在地上,如同嗷嗷待哺的婴儿般嘴巴大张,不断发出尖锐凄厉的哀嚎。他的匕首还在自己手上,而同伴的匕首已经深深插入他的大腿,仅留镀金把柄露在外面。

沙雷抬头看看天空,接着两手摊开,做了个似乎在说"我说什么来着"的手势。他脱下自己那身并不合身的衣服,走到一直吐牙的公子哥身前。他灵活地用手肘架起公子哥,然后抓住一只袖子,朝公子哥踢了几脚,将他从外套中抖落出去。接着沙雷自己换上了那件衣服。

"人之美不在衣装,"他惬意地伸了个懒腰,说道,"重要的是尊严。然而只有穿着精美,人才会感到真正的尊严。"

说罢,他弯下腰,扯下公子哥腰带上系着的钱袋。

"斯切戈姆城真是座富裕的城市,"他说道,"简直遍地财宝。瞧瞧,街上到处都是钱。"

"如果是我……"酒摊老板哆哆嗦嗦地说道,"先生,如果是我,就会赶紧溜掉。这些人都是些富商,是刚瑟林·狼山领主大人的贵客。虽然挑事的是他们……但你们最好赶快逃跑,因为……"

"这是狼山领主的地盘,"正从第三个公子哥身上扯下钱袋的沙雷接话道,"好伙计,谢谢你的啤酒。雷恩玛尔,我们要上路了。"

他们启程了。腿上插着匕首的公子哥用绝望的、经久不息的、婴儿般的哀嚎声为他们送别。

"啊啊!啊啊!啊啊!啊啊!"

Chapter 10
第十章

在本章中，二人结伴同行，旅途中发生的一系列事件让雷恩万与读者有机会更加了解沙雷。章末，他们遇到三个神秘怪诞、世所不容的女巫。

沙雷懒洋洋地坐在一个长满苔藓的树桩上，盯着刚从钱袋倒进帽子里的钱币，脸上难掩失望之情。

"看他们的衣服和举止，"他抱怨道，"还以为是几个有钱的暴发户。结果呢，小子，你自己瞧瞧，钱袋里才这么几个子儿。什么玩意！两个埃居①，几个破破烂烂的巴黎索尔多②，十四个格罗

---

①埃居（Écu），埃居币，法语，法国古货币的一种。
②索尔多（Soldo），索尔多币，12至18世纪流通的一种银币，起源于意大利。

申①、几个半格罗申②、马格德堡芬尼③、普鲁士斯克里④、先令⑤、代纳尔⑥还有薄得跟纸一样的赫勒⑦。还有几个子儿我压根认不出来是什么钱，我敢肯定都是假的。相比之下，银线缝制、镶着珍珠的钱袋倒更值钱些。但钱袋又不能当钱用，现在要我去哪儿卖掉它们？这点钱还不够我买匹老马。狗日的，我必须得搞匹马。该死，那几个公子哥身上的衣服也比钱袋里的这几个子儿值钱，当时就该把他们扒个精光。"

"到时，"雷恩万苦笑道，"狼山领主派来追捕我们的人可不会仅仅十二个，少说得有一百人。搜捕的道路也不会只有一条，所有的路他们都不会放过。"

"但他只派了十二个，所以别唠叨了。"

事实上，两人从亚沃尔门离开斯切戈姆城还没过半小时，一队十二人组成的骑兵队便从此门冲出，循着大路疾驰飞奔。从他们制服的配色不难分辨，这些人正是斯切戈姆城堡领主与这座城市真正的统治者——大贵族狼山·刚瑟林的士兵。而沙雷也显示出自己的狡猾过人，出城不久便让雷恩万改道钻入树林，藏身于茂密的灌丛中。此刻他们正在等待，好确认那队追兵不会去而复返。

雷恩万叹了口气，坐到了沙雷身边。

他开口说道："今天一早，追杀我的还只有斯特察兄弟和他们

---

①格罗申（Grosz），波兰货币。
②半格罗申（Półgrosz），波兰古货币的一种，面值为格罗申的一半。
③芬尼（Fenig），德国古币的一种。
④斯克里（Skojec），德国古币。
⑤先令（Szeląg），德国古币。
⑥代纳尔（Denar），均为波希米亚王国货币。
⑦赫勒（Halerz），均为波希米亚王国货币。

雇佣的那几个亡命之徒，才过了多长时间，狼山领主和一队全副武装的骑兵也跟在我屁股后面穷追不舍，这就是我们两个认识的结果。接下来会怎样，我想都不敢想。"

"是你要我帮忙的。"沙雷耸肩道，"我承诺过会护你周全。但你非要不信。亲眼所见之后相信了没？还是说你还想再吃点苦头？"

"如果守卫或者那帮人的同伙到早一点，可就不是吃点苦头那么简单了。"雷恩万撇嘴道，"现在我早已被吊死。而你，我的守护者，就挂在旁边的绞刑架上。"

沙雷没有答话，只是再次耸耸肩膀，摊开双手。雷恩万不由自主地露出微笑。他仍然无法信任这个陌生的囚犯，也仍然无法理解奥托·白斯对他的信任从何而来。他离阿黛尔越来越远，越来越看不到靠近的机会。斯切戈姆城也成为他不能出现的地方之一。但不得不承认，沙雷的身手令他感到一丝振奋。雷恩万仿佛已经看到这样一个场景：沃尔佛·斯特察跪在地上，一颗一颗吐出牙齿。在奥莱希尼察揪着阿黛尔头发的莫洛德瘫坐在地上，张着大嘴，像个婴儿一样哀嚎。

"你在哪儿学的武艺？修道院？"

"没错，修道院。"沙雷淡淡地确认道，"相信我，小子，修道院里到处是老师，几乎每个人都能教你点东西。只要你有颗求教的心。"

"加尔默罗会修道院的劣迹神父之家也这样？"

"从学习的角度来看，那儿能学到更多本事。我们有大把的时间不知道怎么打发。如果巴纳布弟兄不是你的菜的话，那时间就更多了。虽然他白白胖胖，脸蛋俊得跟个小姑娘似的，但他毕竟不是个真正的姑娘,这还挺让我们一些人感到可惜的。"

"拜托,别和我讲细节。我们现在该怎么办?"

"效仿《埃蒙四子传》①,"沙雷站起来伸了个懒腰,"我们俩一起骑着你的'英豪'往南走,去西维德尼察。要避开大路,走荒郊野岭。"

"为什么?"

"就算有这三个钱袋,我们的盘缠还是不够。到了西维德尼察,我有办法搞到钱。"

"我问的是为什么要避开大路!"

"你去斯切戈姆城时走的是西维德尼察大路。我们极有可能面对面撞上追杀你的那些人。"

"我甩掉了他们。我很确定……"

"他们早算准了你的心理。"沙雷打断道,"从你的描述来看,追踪你的人十分专业。这样的高手可不容易甩掉。上路吧,雷恩万。天黑之前我们离斯切戈姆城和狼山领主越远越好。"

"这点我们倒是可以达成一致。"

夜幕渐渐降临,两人在林间一路穿行,来到一个小村庄附近。缕缕炊烟从村舍的茅草屋顶升起,融入黄昏时分草地上升腾的雾气里。起初,两人打算在附近的干草仓中过夜,身子埋进干草堆里也可以暖活地凑合一夜,但几条狗嗅出了他们的味道,凶猛的吠叫声令他们不得不放弃了原有的计划。此时,天已经完全黑了下去,两

---

① *Synowie Aymona*,围绕中世纪欧洲民间故事,讲述埃蒙公爵四个儿子的冒险历程,旅程中,四个儿子同骑一匹名为"英豪"的马,这匹神奇的马可以根据骑手数量改变体形。

人在黑暗中几乎是摸索前行，无意间在森林边缘发现了一处荒废的牧羊人小屋。

林中一直传出细细碎碎的沙沙声、利爪抓挠树干声、吱吱的尖叫声与令人胆寒的咆哮声，黑暗中时不时浮现出闪着精光的兽眼。极有可能是貂或獾闹出的动静，但为了以防万一，雷恩万将天黑前采摘的景天草和从翁沃尼采墓地采集的附子草投到篝火中，低声吟唱一段咒语。他心里既拿不准是不是该用这咒语，也暗暗打鼓方才念的咒语有没有记错。

沙雷饶有兴致地看着。

"雷恩玛尔，继续讲讲你的计划。"他出声道。

在加尔默罗会修道院"忏悔"时，雷恩万已经告诉过沙雷他面临的所有困难，同时还大体阐述了自己的打算。那时沙雷未置一词，以致此时他对计划细节兴致勃勃的样子让人感到更加意外。

"我可不想我们美好的初识被隐瞒和谎言玷污。"他用一根小棍戳着篝火，说道，"所以，雷恩玛尔，坦率直白地说，你的计划就是一坨狗屎。"

"你说什么？"

"一坨狗屎。"沙雷拖长语调又说了一遍，"这就是我对你刚才说的计划的评价。作为一个受过教育、脑袋灵光的年轻人，你居然意识不到。你也别指望让我参与你的狗屎计划。"

"我和奥托神父把你从监狱里捞出来，可绝不是出于爱你。"尽管已然怒火中烧，雷恩万还是刻意压低声音，"我们救你的目的只有一个，那就是要你帮我。作为一个脑袋灵光的囚犯，在修道院的时候你居然意识不到。而现在却告诉我你不参与。那我坦率直白地告诉你：回你的牢里去吧。"

"至少在明面上，我还一直在加尔默罗会修道院里。但你可能明白不了这话什么意思。"

"我明白。"雷恩万立即回想起在修道院里老管事的那番话，"而且我也很清楚，对你来说刑满释放至关重要，只有这样你才能够重拾特权。但你也别忘了，你的把柄在奥托神父手上。只要他对外宣布你已从加尔默罗会修道院逃走，那你的余生都摆脱不了逃犯的身份，更没有可能重回以前的修会与修道院。既然说到这儿，我很好奇，你究竟出身于哪家修道院，能否告诉我？"

"不能。雷恩玛尔，不得不说，你的悟性不错。没错，修道院释放我是暗地里的交易，明面上我还在狱里服刑。多亏奥托神父，我才能够在外服刑，我要感谢他，因为我是个热爱自由的人。可是司铎大人又怎么会无缘无故夺走他送我的东西呢？毕竟，我在做的正是他交代的事情。"

雷恩万张嘴欲言，沙雷立马毫不客气地打断了他。

"你的爱情故事可歌可叹，但是打动不了我。小子，你说的话我全然不信。奥托神父派你放了我，绝不会是为了让我帮你救个女人，更何况还要介入家族私斗。我很了解他，他是个聪明人。他派你来找我，无非是想让我救你，而不是把我们两个人的脑袋都交待到断头台上。所以，我会依他的期望行事，帮你逃脱追杀后把你安全送到匈牙利。"

"没有救出阿黛尔、没有为我哥哥报仇前我决不会离开西里西亚。我不否认你的帮助于我而言至关重要。但如果你不帮我，即使前方是刀山火海，我也不会放弃。你自由了，匈牙利、鲁塞尼亚、巴勒斯坦，你可以去任何你想去的地方。去享受你所热爱的自由吧。"

"多谢提议，"沙雷冷冷地说道，"但我不会采纳。"

"哦？为什么？"

"你自己绝不可能成事。你若丢了命，咏礼司铎一定会要了我的脑袋。"

"啊哈。既然你这么珍惜这颗脑袋，那你就别无选择了。"

沙雷沉默了很长时间。现在雷恩万对他有了一点了解，内心并不期望谈话就此结束。

"对于你哥哥的事，我的态度不会改变。"沉默许久后，沙雷终于说道，"只不过，这是因为你无法确定真凶。别插话！家族私斗事关重大，而你的手里既没有证据，也没有目击证人，一切都只是推测和猜想。我说了，别打断我的话！听好，我们要做的就是离开这儿，耐心等待，暗地里收集情报与证据，还要筹集一笔资金。等一切就绪，我们来大闹一场。我会帮你。如果你好好听我的，我保证，你一定会品尝到复仇的滋味。"

"但是……"

"我还没说完。至于你心心念念的阿黛尔，虽然营救计划还是一坨狗屎，但我认为，在津比采逗留几天也不会太耽误我们的行程。而且到了津比采后，很多事情自然而然就清楚了。"

"你在暗示什么？阿黛尔爱我！"

"有人否认？"

"沙雷？"

"有话就说。"

"为什么奥托神父和你都坚持要我去匈牙利？"

"因为离这儿很远。"

"那为什么不是波希米亚呢?那儿也很远。而且我对布拉格很熟悉,我有不少朋友在那儿……"

"你平常不去教堂听布道?现在不只是布拉格,整个波希米亚都是一口大锅,里面满是沸腾的焦油,靠近的人免不了被灼伤。何况不久后这热油也许会变得更不安分。胡斯党胆大妄为,已经触及了底线,无论是教皇、西吉斯蒙德皇帝、萨克森选帝侯还是迈森与图林根的领主们都不会容忍如此猖狂的异端。胡斯党就是整个欧洲的眼中钉、肉中刺。瞧着吧,欧洲马上就会召集十字军,出征波希米亚。"

"他们早已集结了十字军。"雷恩万不悦道,"整个欧洲出征波希米亚,却大败而归。不久之前有亲眼见证过那场战斗的人告诉了我整个经过。"

"那人可信吗?"

"绝对可信。"

"那又如何?一场大败足以让欧洲吸取教训。它会积蓄更强大的力量。我再说一次,天主教世界绝不会容忍胡斯党。一切只是时间问题。"

"目前为止他们已经忍了七年。因为他们不得不忍。"

"阿尔比派存在了一百年,现在他们又在哪里?雷恩玛尔,一切只是时间问题。波希米亚早晚生灵涂炭、血流成河,他们会把所有人屠戮殆尽,留给上帝自己辨别虔诚和无辜的人。这就是为什么我们要去匈牙利,而非波希米亚。到了匈牙利,我们只需要担心土耳其人。相比之下,我更愿意面对他们。若要论屠杀的残忍程度,他们可远不及十字军。"

或许是因为咒语生效，或许只是野兽对他们失去了兴趣，周围静了下来。为了以防万一，雷恩万把剩余的药草扔入火堆。

"我们明天能到西维德尼察吗？"他问道。

"当然。"

在荒郊野岭中赶路有很多缺点，比如，走出密林回到路上时，极难辨清脚下的路通往哪里。

沙雷小声咒骂着，弯下腰去，仔细观察沙土上的车辙。雷恩万放开缰绳，由着棕马啃食路边野草，自己仰头看向太阳。

"那边是东方，"他小心翼翼地说道，"所以我们该走那个方向。"

"别自作聪明。"沙雷打断道，"我正在观察这些车辙，辨别它们行进的方向。我敢肯定，我们要走……那个方向。"

雷恩万叹了口气，因为沙雷所指的正是他方才指的方向。他牵上马，跟在步伐轻快的沙雷身后。没过多久，一个岔路口出现在他们眼前，四条看上去完全一样的岔路通往四个不同的方向。沙雷满腹牢骚，再次弯下腰去，仔细观察蹄印车辙。雷恩万叹了口气，开始寻找周围的药草。在他看来，要想找到正确的路，就不得不借助有魔力的护符。

路旁的灌丛突然沙沙作响，受惊的马喷出一声响亮的鼻息，吓得雷恩万跳了起来。

一个老乞丐提着裤子从灌丛中走了出来。在这片地区，像他这样无家可归的乞丐数以百计，他们沿着道路四处流浪，挨家挨户乞讨为生。修女院外的救济品、酒馆与农家的残羹剩饭都是他们赖以生存的食粮。

"赞美耶稣！"

"永远赞美我主，阿门。"

眼前的乞丐和普通乞丐的样子没什么不同。肩上搭着一个几乎垂到地上的长布袋，脖子上挂着一个锡壶，破旧的粗布长衣上打满了五颜六色的补丁，磨损的树皮拖鞋与弯曲的拐棍不知道陪他走过了多少路。兔皮和猫皮缝制的破帽子下面是红通通的鼻子和乱糟糟的胡子。

"愿圣瓦茨瓦夫与圣文森特予以援手。愿圣佩萝尼拉与圣雅德维嘉守护……"

"这些路都通往哪儿？"沙雷打断了他冗长的祷词，问道，"老头，去西维德尼察该走哪条路？"

"呃？你说什么？"老乞丐把一只手放到耳边。

"这些路都通往哪儿？！！"

"啊……路……啊哈……我知道了！那条路到奥沙纳，那条路到希维博济采，那条……该死……我忘了它到哪儿……"

"没关系。"沙雷摆摆手说道，"现在我都弄明白了。如果希维博济采在那边，那斯切戈姆大路上的斯坦诺维采城就在它的反方向。所以我们可以走那条路，经过亚沃尔山到西维德尼察。别了，老头。"

"愿圣瓦茨瓦夫……"

"如果有人打听我们，你就说从没见过。听明白了吗？"这次雷恩万打断了老乞丐冗长的祷词。

"那我又有什么好处？"

"老头，"沙雷翻了翻钱袋，"拿着，这个子儿能帮你牢牢记住。"

"哇！感谢你们！愿圣……"

"也愿圣人们保佑你。"

还未走远几步，沙雷回头看了看老乞丐，说道："瞧，雷恩玛尔，瞧他把那子儿凑到鼻子前闻来闻去的高兴劲儿。这个样子才是对恩人真正的回报。"

雷恩万一心观察林中突然飞起的鸟群，没有接话。

"记住，"走在马旁的沙雷摆出一副严肃的表情，接着说道，"路过乞丐时永远记得保持警惕，永远不要背对他们。保不齐什么时候他们会用手里的家伙给你后脑勺来一下。听到我的话了吗，雷恩玛尔？"

"没有。我在看那些鸟。"

"什么鸟？噢，狗娘养的！快进树林！快进树林！"

沙雷用力拍了一掌马屁股，自己则如离弦之箭一般冲向树林，即使是疾驰的惊马，也是进入林中后才追上他的脚步。进入树林，雷恩万翻身下马，将棕马牵入树丛，随即与正在灌丛中观察大路的沙雷会合。片刻过后，无事发生，鸟群停止了尖叫，周围变得平静如常，雷恩万正打算揶揄沙雷胆小如鼠，远处传来了异响。

岔路口处，马蹄四踏，马首嘶鸣，四人骑着高头大马，将老乞丐团团围住。

"那些人不是斯切戈姆的骑兵，"沙雷低声道，"所以他们一定就是……雷恩玛尔？"

"没错，是他们。"雷恩万黯然肯定道。

昆兹·奥洛克伏低身子，大声向老乞丐盘问着，斯托克把马头直冲老乞丐。老乞丐摇着头，双手合握，显然是在乞求圣人保佑。

"昆兹·奥洛克，"令雷恩万诧异的是，沙雷居然识得这些人，"或者该称他'祈怜者'，虽然是一名出身贵族家庭的骑士，却是一个不折不扣的恶棍。科贝格洛瓦的希贝克，高戈维采的斯托克，两人也是穷凶极恶之徒。戴着貂皮帽的想必就是沃尔特·德·巴贝，他曾因洗劫拉齐布日城多明我会修女院在奥齐采村的农庄而被主教逐出教会。雷恩玛尔，你可从来没提过追在你后面的人名号都这么响。"

老乞丐跪倒在地，仍保持着祈祷的手势，大声呼喊，捶打胸口。奥洛克依旧坐在马上，扬起手，一鞭抽向老乞丐后背。余下三人也欲扬鞭，结果空间太小，互相之间碍手碍脚，腾不开身，胯下马匹左踩右踏，摇晃不定。只见斯托克与沃尔特翻身下马，挥拳打向老乞丐，待他倒地不起，仍未罢休，一脚一脚向老乞丐踢去。老乞丐惨叫不止，撕心裂肺地哭嚎求饶。

雷恩万失声咒骂，一拳捶向地面。沙雷瞥了他一眼。

"不要，雷恩玛尔，"他冷冷说道，"不要轻举妄动。那些可不是我们在斯切戈姆城碰到的公子哥。我们要面对的是四个诡计多端、全副武装、杀人不眨眼的恶棍。一对一的情况下我都不一定能战胜昆兹·奥洛克。扔掉那些愚蠢的想法和希望。我们就在这里老老实实待着。"

"眼睁睁看着他们杀害一个无辜的人？"

"没错，"沙雷没再看他，仍然目不转睛地观察着岔路口的情况，"如果有得选，我更珍惜自己的性命。除了欠上帝灵魂之外，我还欠好几个人钱。这时候不顾性命、鲁莽轻率地冲上去就是在剥夺他们拿回欠款的机会，这可不道德。况且，我们没必要再谈了。结束了，他们已经腻了。"

临走之前，斯托克与沃尔特又向老乞丐踹了几脚，吐了口唾沫，然后翻身上马。不一会儿，四人大呼小叫，快马加鞭，向着亚沃尔山与西维德尼察方向扬长而去，所过之处，尘土飞扬。

"他没有出卖我们。"雷恩万松口气道，"他们那样对他拳打脚踢，他也没有出卖我们。给他的那枚钱币救了我们，慷慨和怜悯救了……"

"如果奥洛克给他的是一枚斯克里币而不是一顿痛打，他会想都不想地指向这儿。"沙雷冷冷地打断道，"上路吧。倒霉的是，我们还是得从林子里走。我可记得不久前有人还大言不惭地说已经甩掉了后面的尾巴。"

"我们不该补偿他一下吗？"雷恩万没有理会沙雷的冷嘲热讽，眼睛盯着趴在路边沟里找帽子的老乞丐，"我们不该再给他点钱吗？沙雷，你从公子哥那儿抢了一些钱，再发发善心吧。"

"不行。"沙雷碧绿色的眼睛里满是嘲弄之意，"正因为我善心大发，才不能多给他。我之前给他的是假币。如果他只花一枚，被捉住最多挨顿打。但如果再多花几枚，那就会被吊死。所以，我这正是在大发善心，让他免于枉死。雷恩玛尔，往林子里走，别在这儿浪费时间了。"

天空忽然下起了短促的雨，雨水拍在脸上，隐隐能感觉到一丝暖意。雨停后，雾气愈来愈浓，犹如一张巨大的纱网笼罩着湿漉漉的森林。林中飞鸟不再啼鸣。周围一片死寂。

"一路上你一言不发，似乎是在表明你的态度。"走在马旁的沙雷终于忍不住开口说道，"应该是不满。为什么呢？让我来猜猜……因为老乞丐？"

"没错。说好听些，你这是道德败坏，说难听些，简直卑鄙无耻。"

"哈!睡了别人老婆的人在这儿满口仁义道德。"

"这两件事根本不能混为一谈。"

"也就只有你这样认为。况且,我做这些你眼里的卑鄙事也是为了保护你。"

"我不太明白你话里的意思。"

"时机到了,我自会向你解释。"沙雷停下了脚步,"而且我建议现在还是把精力放在更重要的事上。我完全搞不清楚我们在哪儿,这讨厌的大雾让我迷失了方向。"

雷恩万看看周围,接着仰头看向天空。不久之前,透过浓雾,还能够勉强看到如同苍白圆盘的太阳,而现在,一切都被浓雾湮没。森林上空浓雾低垂,甚至都无法看到高处的树冠,而地面也盖着一层又重又厚的雾气,蕨草与灌丛一眼望去仿佛是从一片牛奶的汪洋中陡然冒出。

"与其在那儿担心老乞丐是死是活,揪着道德问题不放,"沙雷说道,"还不如使用你的天赋找路。"

"你刚才说什么?"

"别装蒜。你很清楚我在说什么。"

雷恩万当然清楚,他也觉得要想解决目前的困境必须借助护符的力量,但他故意磨磨蹭蹭,没有下马。他还在生气,而且想让沙雷有所察觉。胯下棕马喷出鼻息,甩了甩头,抬起前蹄踏了几下,踏击的声音回响在迷雾笼罩的森林中。

"有烟味。"沙雷突然说道,"附近有人生火。要么是樵夫,要么是烧炭工。我们可以向他们问路。留着你的护符等时机更合适的时候再用吧,喔,还有你的示威。"

沙雷大步流星地走在前面，雷恩万差点跟不上。他的马一直不听指挥，时不时左右乱晃，焦躁不安地喷出鼻息。覆盖着厚厚一层腐烂树叶的地面突然开始斜向低处，两人反应过来时，已然身处幽深的林谷之中。谷壁上的树木歪歪斜斜，覆满地衣苔藓，盘曲交错的根系裸露在泥土外，犹如怪物的触手。雷恩万感到后背一阵寒意，不禁打了个哆嗦。

他听到前方迷雾中传来沙雷的骂声。此刻，沙雷的面前，林谷一分为二。

"那边。"终于，他自信道，说罢，继续赶路。

深谷不断一分为二，他们仿佛置身迷宫之中。雷恩万感觉，那烟火的气味似是同一时间来自四面八方。沙雷则不管不顾，自信满满地向前赶路，他的步伐越来越轻快，甚至开始吹起了口哨。突然之间，他停了下来。

当骨头"嘎吱嘎吱"的碎裂声从马蹄下传出时，雷恩万明白了沙雷瞬间站定的原因。

棕马扬首嘶鸣，雷恩万翻身下马，把缰绳牢牢抓在手里。正当马儿不断喷着鼻息，惊慌不安地看着他时，雷恩万后退一步，重重踩到了一堆白骨上，一只脚卡在了一块不完整的人类胸骨上，心中凛然一惊，慌忙抬腿甩掉骨头。恶心与恐惧令他忍不住颤抖。

"黑死病。"此刻站在他身边的沙雷说道，"一三八〇年的那场瘟疫。很多村子都遭到了灭顶之灾，人们逃到了森林里，但还是没逃过瘟疫。他们的尸体被埋到了和这儿差不多的深谷里。后来野兽将他们刨了出来，撕烂咬碎，骨头扔得到处都是……"

"我们往回走……"雷恩万清清嗓子说道，"我们赶快往回走。我不喜欢这地方，也不喜欢这儿的浓雾和烟味。"

"你怎么胆小得跟个小姑娘似的。"沙雷嘲笑道,"那些死人……"

话音未落,一阵由远及近的啸叫与狞笑声突然传来,吓得两人弯腰躲避。深谷上方,一颗白森森的骷髅头拖着火花与烟雾尾巴呼啸而过。还未等他们冷静下来,瞬间飞过第二颗骷髅头,那笑声说不出的诡异恐怖。

"我们赶快往回走。"沙雷目瞪口呆道,"我不喜欢这地方。"

雷恩万十分肯定他们折回时走的是来时原路,但没过多久一堵陡峭的谷壁便横在眼前。此路不通,沙雷一言不发,转身走入另一条深谷。但没走几步,前路又被布满乱根的谷壁堵死。

"见鬼,我搞不懂……"沙雷喘着粗气道。

"恐怕……"雷恩万喃喃道。

"我们别无选择了,我们得往回走,穿过那片埋骨地。"又一次无功而返后,沙雷怒道,"快点,雷恩玛尔,打起精神。"

"等等,还有个办法……"雷恩万弯下腰,四处搜寻药草。

"现在?"沙雷急忙制止道,"现在才用这法子?没时间了!"

又一颗骷髅头犹如彗星一般拖着烟雾尾巴从森林上空呼啸而过,雷恩万立刻同意了沙雷的计划。他们从成堆的白骨上走过,不安的棕马畏缩不前,不停喷出鼻息,一直想要挣脱缰绳,雷恩万几乎费尽全力才勉强拉着它继续前行。烟雾的气味越来越浓,已然能够闻出其中掺杂着药草味。其中还混杂着一种说不出来的气味,那气味令人作呕、心生畏惧。

接着,他们看到了火堆。

一根巨大的树干倒在地上,下面是被大风连根拔起时留下的深坑。深坑不远处，燃烧的火堆正冒着滚滚黑烟。火堆上方，一口熏黑的大锅不停向外冒出一团一团的蒸汽。大锅一旁，一堆骷髅头像小塔一般高高垒起，一只黑猫懒洋洋地躺在骨堆最高处。

雷恩万与沙雷顿时愣在原地，呆若木鸡，就连棕马也不再闹出任何声响。

火堆旁坐着三个女人。

烟雾与水汽的遮掩使得其中两人朦朦胧胧看不清楚。坐在右边的女人看上去年纪很大。尽管浓密乌黑的头发中掺杂着不多的银丝，但那张风吹日晒、饱经沧桑的黝黑脸庞让人实在摸不透她的实际年龄——这女人也许四十多岁，也许早已八十多岁。她坐着的姿势很不雅观，身体一直摇摇晃晃，脑袋极不自然地摇来摇去。

"欢迎！欢迎！葛莱密斯领主！[①]"她的声音嘶哑难听，说罢大声打了一个长长的嗝。

"雅格娜，别说胡话。"坐在中间的女人说道，"该死，你又喝醉了。"

一阵小风吹散了些许烟雾与水汽，两人的模样也变得清晰起来。

坐在中间的女人身材高大，体格十分健壮，黑帽下一头火红的波浪卷发垂至双肩。她的眼睛十分明亮，唇形优美，突出的颧骨上染着浓重的红晕。脖子上围着一条暗绿色羊毛围巾，腿上的长筒袜也是同样的材质。她的坐姿十分随便，两腿分开，裙子高高撩起，不仅小腿和长筒袜裸露在外，就连平常遮得严严实实的私密处也都一览无余。

[①] Thanie Glamis，出自莎士比亚名著《麦克白》，在勃南森林中，麦克白遇到三个女巫，第一个女巫称其为葛莱密斯领主。

坐在她右边的是个小女孩。她的眼睛闪闪发亮，眼下有重重的黑眼圈，金色头发上戴着马鞭草与三叶草编成的花环。她有一张瘦削的狐脸，但看上去气色很差。

"嘿，快看。"红发女人挠着露在绿色长袜外的大腿说道，"正愁没东西放锅里，嘿，吃的自己就送上门来了。"

叫做雅格娜的黑脸女人打了个嗝。躺在骨堆上的黑猫叫了一声。头戴花环的小女孩眼睛中仿佛有邪火在燃烧。

"冒昧打扰，十分抱歉。"沙雷躬身道。他面色煞白，竭力压制内心的恐惧，"高贵的女士们，我们深感抱歉。我们无意打扰你们，也不想惹任何麻烦。我们不经意间误入此地，这就马上离开。如果亲爱的女士们允许……"

红发女人从骨堆中捡起一个骷髅头，高高举起，大声吟唱了一段咒语。雷恩万听到咒语中似乎有迦勒底语和阿拉姆语语汇。只见，那骷髅头颌骨突然不停咬合，发出咯咯的狞笑，蹿至森林上空，呼啸而去。

"吃的还能说话。"红发女巫道，"我们开饭前还能和食物聊会天呢。"

沙雷暗骂一声。红发女巫紧紧盯着他，故意伸出舌头舔了舔。空气如同凝固住了一般。"没时间了！"雷恩万心中暗道，然后深深吸了口气。

他摸了摸自己的天灵盖，抬起弯曲的右腿置于左腿前，与左腿交叉成十字形，左手抓住靴子鞋尖。虽然以前只做过两次，但他的动作出乎意料的流畅。接着，他集中注意力，念出咒语。

沙雷禁不住骂出了声。雅格娜打了个嗝。红发女巫的眼睛突然睁大。

雷恩万仍然保持着刚才的姿势，身子慢慢地升起，悬在空中。虽只有三四指的高度，腾空时间也极短，但已然足够表明身份。

红发女巫拿起一个泥罐，仰头大口喝酒，一口过后似乎还不过瘾，又喝了一大口。雅格娜在一旁贪婪地伸着双手。红发女巫喝完，没有把罐子递给小女孩，而是把它放到了雅格娜鸟爪似的手指够不到的地方。自始至终，她的视线一直没有离开雷恩万，瞳孔如同两个黑漆漆的圆点。

"真稀奇，真稀奇。"她开口说道，"谁又能想到呢？在我这个普通女巫面前，居然站着巫师，真正的巫师，托莱多。荣幸之至。来，走近些。别害怕！不会真的把要吃掉你们的玩笑话当真了吧？"

"没有，怎么会呢。"沙雷急切地说道，由于语气太过急切，反而坐实了他在说谎。红发女巫咯咯笑了起来。

"两位巫师来我这简陋的地方找什么呢？"她问道，"你们想要什么？也许……"

她的话音戛然而止，继续咯咯大笑。

"也许两位巫师只是单纯迷了路？碍于男人的脸面，所以不愿使用魔法？又因为放不下这脸面，让你们不愿在女人面前承认迷了路？"

沙雷渐渐恢复了胆量。

"您真是一位智慧与美貌并存的女士。"他彬彬有礼地躬身道。

"听听，姐妹们，"女巫露齿笑道，"多有礼貌的男人，多动听的赞美。他可真会取悦女人，简直就像游吟诗人和主教一样。真是可惜，很少有……没错，经常会有女人和姑娘冒险来到森林深处，因为我名声远扬，很少有人像我一样能够熟练、安全、没有痛苦地取掉胎儿。但是男人……很少来这儿……很少很少……真可惜……

真可惜……"

雅格娜喉咙里发出咯咯的笑声，小姑娘擤了擤鼻涕。雷恩万也恢复了镇定。他从锅里冒出的水汽中闻到了某些特别的气味，于是仔细看了看锅旁的药草。那些药草一束束摆在地上，有些已经干枯，有些则像刚采摘不久。

"您的谦逊可与智慧美貌相提并论。"雷恩万站直身子，故意略带强势的口吻说道，"因为我很肯定，来这儿的客人不在少数，他们的目的可不仅仅是为了求医。我看到这儿有白鲜和曼陀罗、海葱和豚草，这些都被称为'预言之草'。看，天仙子与铁筷子，这两种药草可以产生预言幻象。如果我没猜错，不少客人来这里恐怕是为了占卜未来吧？"

雅格娜打了个嗝。小女孩向他投来锐利的目光。红发女巫露出意味深长的笑容。

"你猜的没错，真是位草药大师。"她开口说道，"很多人想要占卜与预言。风云变幻的时代将要来临，他们都想知道，这个时代会带来什么。你也想要知道自己未来的命运，我猜的没错吧？"

红发女巫把药草扔入锅中，搅了几下。出人意料的是，预言灵媒竟是长着狐狸脸的小女孩。喝下煎药不久，她的双眼变得迷离，两颊干瘪的皮肤迅速收紧，下唇外翻，露出一排牙齿。

"金色面纱之柱。"突然之间，她含糊不清地开口道，"诞于杰纳扎诺城，终于罗马。六年后。一头母狼将会入主空位。大斋期的礼拜日。六年后。"

周围安静下来，燃烧木柴噼里啪啦的爆响与黑猫咕噜咕噜的喉音清晰可闻。小女孩沉默了如此之久，使得雷恩万忍不住怀疑预言是否已然结束。

"两天之内,"小女孩伸出一只不停颤抖的手指向他,继续预言道,"两天之内,他会成为一位有名的诗人。他的名字将家喻户晓。"

沙雷憋住不笑,身子微微颤抖,红发女巫狠狠瞪了一眼,他马上老实下来。

"流浪者即将来临。"她急促地喘了几口粗气,"流浪者即将来临。流浪者来自光明的一方。交换即将发生。我们这边会有人离去,流浪者将会到来。流浪者会说:我即是我①。勿问姓名,那是秘密。答案在谜语之中:食物出自食者,甜蜜出自强者。"

"死狮子,蜜蜂和蜂蜜……"雷恩万暗暗思考,"这是参孙给非利士人的谜语。参孙和蜂蜜……这是什么意思?这些到底代表什么?流浪者又是谁?"

"你的哥哥呼唤:快逃,穿过森林。快逃,翻过群山,越过丘陵。"灵媒小女孩的话音很轻,但雷恩万仿佛被一道电流击中。

他屏气凝神,倾耳细听。

"先知说:他们会聚集起来,陷入地牢之中,又因于监狱之中。护符……老鼠……护符和老鼠。阴与阳,生命之树②与神的显现③。太阳、蛇与鱼。他们将打开地狱之门,一道闪电劈下,愚人之塔土崩瓦解。愚人之塔化为尘土,愚人将埋于废墟之下。"

"愚人之塔……"雷恩万在脑海中反复回想,"天呐!是那

---

①Ego sum qui sum,拉丁语,出自《圣经》中的《出埃及记》,深层含义为"本源的真我"与"你现在看到的我"同时存在。

②Keber,指卡巴拉生命之树,是一种在犹太教中使用的神秘符号,属于犹太教哲学传统思想"卡巴拉"的一部分。

③Malkut,原意为卡巴拉王国,也被称为"神的显现",是卡巴拉生命之树的第十个质点。

座塔!"

"吾等齐聚于此!吾等齐聚于此!吾等齐聚于此!"突然,灵媒身体紧绷,惊声尖叫。"吾等齐聚于此!当心白日飞来的箭矢!当心黑夜带来的恐惧!当心黑暗中行走的东西!当心午间肆虐的恶魔!当心呼喊'吾等齐聚于此'的东西!当心旋壁雀!警惕夜间的飞鸟!警惕无声的蝙蝠!"

趁红发女巫不注意,雅格娜悄无声息地抓起酒罐,仰头"咕咚咕咚"喝了几大口。她喝得太急,呛到了自己,咳嗽一阵后打了个响亮的酒嗝。

"还要小心勃南森林①……"她尖声嚷道。

红发女巫抬肘捅了捅她的腰肋,让她安静了下来。

"人们会被烧死。"灵媒面露痛苦之色,哀叹道,"他们在烈火中绝望地奔逃。名字相像而导致的无妄之灾。"

雷恩万朝她探过身去。

"谁杀了……"他悄悄问道,"谁是杀了我哥哥的真凶?"

红发女巫一脸怒色地发出嘘声,晃了晃手中的长柄木勺警告他不要说话。雷恩万意识到自己犯了忌讳,贸然出声极有可能不可逆地打断灵媒预言。但他心急如焚,已顾不得许多,又问了一遍刚才的问题。很快,他得到了答复。

"真凶是编织谎言之人。"灵媒小女孩的声音变得极为低沉嘶哑,"编织谎言之人抑或传播真理之人。谎言还是真理,取决于判断之人持有的信念。点燃,烧焦,燃为灰烬。燃为灰烬的人没有被烧死,因为他早已不在人世。烈火焚身时已不在人世。骸骨不久就会被掘出。三年之内,骸骨会从坟墓掘出。骸骨挖出焚烧成灰……

---

①Las Birnamski,勃南森林,出自莎士比亚名著《麦克白》。

骨灰撒入河中，顺流入海……从埃文河流入塞文河，从塞文河流入近海，从近海流入大洋……快逃，快逃，保住性命。我们这些人已经所剩无几。"

"逃跑的路上我需要一匹马。我想要……"沙雷突然莽撞地打断道。

雷恩万的手势让沙雷把话硬生生憋了回去。女孩看向他，双眼空洞无神。他心中打鼓女孩会不会回答。很快，他听到了答复。

"栗色……"她含糊不清地低语道，"将有一匹栗色的马。"

"我还想……"雷恩万把刚到嘴边的话又咽了回去，因为他看到，一切已经结束。女孩闭上了双眼，脑袋软绵绵地垂了下去。红发女巫扶住她，轻轻地将她放平。

"我不会阻拦你们。"片刻之后，她说道，"穿过深谷时，遇到岔路就只选左边的路。你们会进入一片山毛榉林，然后会看到一片空地，上面立着一个石制十字架。朝十字架反方向一直走，你们会见到另一片林中空地，它会引领你们找到西维德尼察大路。"

"谢谢你，姐妹。"

"多保重。我们已经所剩无几。"

Chapter 11
第十一章

在本章中，那些晦涩难懂的预言开始以令人费解的方式逐一成真。沙雷与旧友重逢，显露出之前从未表露过的才能。

穿过山毛榉林，在林中小径与一片空地的交会处，一个石制十字架沉默地竖立在等身高的野草丛中。西里西亚这样的十字架数不胜数，它记载着过去的罪行，以及迟到太久的忏悔。十字架不远处，古代村落的废墟只剩些野草丛生的小丘与坑洞，虽然年代已极为久远，但仍清晰可见。然而，从十字架上的侵蚀与损毁程度来看，它记载的罪行发生在很久以前，甚至早于人们来此定居的时代。

"这十字架不知道经历了几代人。"沙雷评论道。此刻，他与雷恩万同骑一马，坐在后面。"这是代代相传的结果。雕刻这样一个十字架要耗费很长时间，所以最早把它竖这儿的一定是罪人的儿子，那小子肯定也好奇自己死了的老爹杀了什么人以致晚年懊悔不已。雷恩玛尔，我说的对不对？你觉得呢？"

"我没什么想法。"

"你还在生我的气？"

"没有。"

"哈。那我们继续走。我们的新朋友没有撒谎。虽然不知道这十字架在这儿几百年了，但是朝它反方向走，一定能找到西维德尼察大路。"

雷恩万勒住马。尽管他依旧一言不发，但沙雷毫不在意。

"别拉瓦的雷恩玛尔，不得不承认，你真是让我大开眼界。我是说在女巫们那儿的时候。说实话，随便什么老巫婆和民间庸医都可以拿出一把药草扔到火里，装模作样地念上一段咒语，有的甚至也能做出护符。但你的浮空术没真本事可做不出来。老实交代吧，在布拉格的时候，你学习的地方到底是哪儿？是查理大学还是捷克巫师们那儿？"

"前者并不能排除后者。"雷恩万微笑道。

"我懂了。你是说那儿上课的时候所有人都飘在天上？"

未等雷恩万答话，坐在马屁股上的沙雷扭扭身子，找了个更舒服的姿势。

"让我忍不住惊讶的是，你逃跑的方式怎么这么普通。被人追得在林子里东躲西藏的样子，比起巫师，更像是只野兔子。如果巫师们碰上不得不逃跑的情况，他们一定会跑得超凡脱俗。比如说美狄亚①，从柯林斯逃跑的时候乘坐的可是几条龙拉着的战车。亚特兰特②骑的是骏鹰③。莫甘娜④释放了幻象来迷惑追踪的敌人。薇薇安……我想不起来薇薇安做了什么了。"

雷恩万一言不发，毕竟他也想不起来薇薇安做了什么。

"你不必回答。"沙雷继续说道，语气中嘲弄之意更盛，"我都懂。你现在学艺不精，懂得太少，刚刚接触神秘的奥术，只是个巫师学徒而已。虽然现在还是只刚刚破壳的魔法小鸟，但早晚会成为像梅林、阿尔伯里奇、莫吉斯一般的雄鹰。到时候……"

话音戛然而止。在前方路上，沙雷看到了雷恩万正盯着的东西。

"我们的女巫朋友真的没骗人。"他轻声道，"别动。"

林中空地上，一匹马正低头嚼着野草。马身匀称健壮，配着一副好鞍，周身呈栗色，马尾与长鬃颜色更深一些。

"别动。"沙雷蹑手蹑脚地下马，"这可是不可多得的好机会。"

"那匹马是别人的财产。"雷恩万笃定地说道，"它有主。"

"没错。只要你别吓跑了它，那它的主人就是我。所以别出声。"

见到缓缓摸近的沙雷，栗马抬起头，甩了甩长鬃，长哼一声，却没做出任何反抗，任由他抓住了缰绳。沙雷轻轻抚摸马首。

---

①Medea，希腊神话中的著名女巫。

②Atlantes，意大利浪漫史诗《热恋的罗兰》与《疯狂的罗兰》中登场的一名老巫师。

③Hippogriff，也称鹰马，是西方的神话生物。常有人把骏鹰和狮鹫混淆，其实骏鹰是狮鹫和母马杂交的后代。

④Morgana，Morgan Le Fay别名，即摩根勒菲，是亚瑟王传奇中登场的邪恶女巫。

"这是别人的财产。"雷恩万说道,"不是你的,沙雷,你要把它还给它的主人。"

"大伙儿,大伙儿……嘿,来瞧瞧……这是哪家的马?马主人在哪儿?"沙雷小声哼哼道,"瞧见没,雷恩玛尔?没人吱声。谁捡到就算谁的。"

"沙雷……"

"好好好,不要激动,别累着你那柔弱的良心。我们会把马还给它真正的主人。只要我们碰到那位失主。诸神保佑,千万别让我们遇上。"

很明显诸神要么没有收到他的祈愿,要么干脆没有理会,因为空地上突然跑来一群人,气喘吁吁地指着那匹马。

"这是你们的马吗?"沙雷露出和善的笑容,"你们是在找它吗?那你们可走大运了。当时它正往北边狂奔,我费了九牛二虎之力才让它停下。"

来客中一个身形高大的大胡子满脸狐疑地打量着他。从他脏兮兮的衣服和乱糟糟的面容不难判断,他和其他人一样都是农民。此外,和其他人一样,他手里拿着根结实的棍子。

"干得不错。"他一边说着,一遍猛拽沙雷手中的缰绳,"现在,继续走你们的路去。"

其余人走了过来,将他团团围住。他们的身上散发着呛人的、令人窒息的农活臭味。他们并非自由农,而是无地佃农、劳工和牧羊人这样的乡下贫农。沙雷很快明白,和这样一群人为了报酬而发生争执毫无意义。他一言不发地挤出人群,雷恩万紧随其后。

"嘿。"一个矮壮的、散发着难闻味道的牧羊人突然抓住了沙雷的衣袖,"甘拉特老兄!就这样把他们放走?不先问问他们是什么人？万一他们是那些通缉犯呢？万一他们就是斯切戈姆领主要找的那两个人呢？抓住他们可有笔赏金，万一就是他们呢？"

农民们开始嘀嘀咕咕。甘拉特走到两人跟前，把手里的梣木棍子撑在地上，一脸阴郁。

"也许是他们……"他咕哝道，语气十分不善，"也许不是他们……"

"不是我们，不是我们。"沙雷满面堆笑，"你们还不知道吗？那两个人已经被抓了，赏金早被人领走了。"

"我觉得你在骗人。"

"放开我的袖子，老兄。"

"不放又怎么样？"

沙雷与他对视一眼，旋即大力一推，牧羊人一个趔趄，未等他站稳，沙雷转身一脚，直直向他腿窝踢去。牧羊人双膝一软，跪到地上，沙雷重拳凌空落下，将他的鼻子生生打断。牧羊人双手捂脸，鲜血不断从指缝涌出，打着鲜艳补丁的罩衫正面被染得一片血红。

没等农民们从震惊中回过神来，沙雷一把抓过甘拉特手中的棍子，一棍击中他太阳穴处。甘拉特两眼一翻，晕倒过去，被身后一个农民扶住。沙雷立马挺身冲去，犹如陀螺一般闪转腾挪，手中棍子击左袭右，令人眼花缭乱。

"快跑，雷恩玛尔！"他大喊道，"快骑马跑！"

雷恩万猛踢马腹，撞开数人，但仍无法逃脱。农民们犹如恶狗一般从两旁猛扑向他，无数双大手紧紧拉扯着马具。他发疯似的挥拳乱打，还是被众人从马鞍上拽了下去。即使他拼了命地挥拳踢脚，也决然挡不住农民们骤雨般的拳打脚踢。他听到沙雷的怒吼，还有桦木棍子砸到脑袋上的闷响。

雷恩万被农民们压倒在地,呼吸困难,动弹不得。他已被逼入绝境。与之搏命的敌人已不是一伙暴民,而是一只长着无数头颅的恐怖怪物,它生有一百条腿,一百个拳头,黏腻而肮脏,充斥着粪便、尿液与腐坏牛奶的恶臭。

世界仿佛只剩下暴民的呐喊与耳中血液流淌的声音。突然,他听到了雷鸣般的战吼与群马的嘶鸣,伴着马蹄踏地的闷响,大地微微颤抖。马鞭鸣鸣作响,周围回荡着痛苦的惨叫,压在身上的怪物土崩瓦解。方才施暴的那些农民现在正亲身体会着暴力的滋味。骑手们绕着空地横冲直撞,将农民们撞倒在地,扬起手中的鞭子用力抽打。就算是侥幸逃进林中的农民,也没能逃得了一顿无情的鞭打。

不久之后,林中空地稍稍安静了一些。骑兵们一边安抚着嘶鸣的战马,一边清理着战场,确认是否有漏网之鱼。这是一伙让人望而生畏的骑兵,不仅仅是因为他们的装备与衣着,更因为他们脸上流露出的暴戾与凶狠。

雷恩万从地上站起,一匹身上带有圆斑的灰色母马就在他眼前。马上坐着一位亚麻色头发的矮胖女人,她身着男士紧身短衣,头戴一顶食蜂鸟羽毛装饰的贝雷帽,身旁两侧各伴有一名骑士。她的眼睛是淡褐色的,目光锐利而狡黠。

沙雷看上去没受什么大伤,他站到一旁,将剩下的一截棍子随手一扔。

"我的天呐,我简直不敢相信自己的眼睛。"他说道,"但这确实不是奇迹,也不是幻觉。这不正是尊贵的杰诗卡·贝卢特本人吗。老话说得好:世界很小……"

灰色母马甩了甩头，马嚼子上的铃铛叮当作响。女人没有作声，轻轻拍了拍它的脖子，锐利的目光上下打量着沙雷。

"你变样了，沙雷。"终于，她开口说道，"你头发变得有些灰了。好久不见。我们先离开这儿吧。"

"你变样了，沙雷。"

他们来到一家旅店，走入后方一间宽敞的房间。房间墙体雪白，摆有一张桌子，几人围坐下来。透过一扇窗户可以看到一个果园，几株歪歪扭扭的梨树，黑醋栗灌丛与嗡嗡作响的蜂箱。透过另一扇窗户则可以看到一个挤满了马匹的围场，有人正把那些马赶到一起。数以百计的马匹中，大多是重骑兵所骑的西里西亚战马，此外还有西班牙纯血马、大波兰冲锋马、矮脚马与瘦弱老马。在沸沸扬扬的马蹄声与嘶鸣声中，可以听到马倌、马童还有那些凶神恶煞的卫队士兵的吆喝与咒骂声。

"你变样了。"淡褐色眼睛的女人又说道，"与上次见你时相比，你白头发多了不少。"

"那能怎么办呢？"沙雷笑着答道，"岁月不饶人。但岁月只会增添您的美丽与魅力，杰诗卡·贝卢特夫人。"

"别拍我马屁。也别再叫我'夫人'，听上去感觉像个老贵妇似的。我也不再姓贝卢特。老贝卢特死了之后，我就改回了婚前姓氏。叫我维星的杰诗卡。"

"没错，没错，我想起来了。"沙雷点头道，"老贝卢特确已离世，愿他安息。杰诗卡，多少年了？"

"诸圣婴孩殉道庆日①那天刚好满两年。"

"没错,没错。而我这两年却……"

"我知道。"她打断道,锐利的目光瞥向雷恩万,"还没有介绍一下你的伙伴。"

"我是……"雷恩万迟疑片刻,暗想在杰诗卡面前使用兰斯洛特的化名愚蠢又冒险,于是打定主意,坦白道:"我是别拉瓦的雷恩玛尔。"

杰诗卡沉默不语,但视线不曾离开。

"确实,这世界真小。"终于,她缓缓说道,"小伙子们,要不要吃点面包汤②?这里的面包汤非常不错。每次来我都会点。你们想不想尝尝?"

"当然,当然。"沙雷眼睛发亮,"感谢你,杰诗卡。"

维星的杰诗卡双手仅拍了一下,伙计们马上鱼贯而入,忙前忙后。看他们手脚轻快麻利,对这位贩马商人没有丝毫怠慢,雷恩万心中猜想,她一定是这儿的常客,一定不止一次赶着马群在这家小旅店消费与交易。不出片刻,饭菜已上齐,两人立马狼吞虎咽地吃起来。杰诗卡看着他们,十分贴心地沉默不语,不时小啜杯中啤酒。

雷恩万长舒一口气,他已经很久很久没有吃过一顿热乎饭了。沙雷则一直盯着杰诗卡手中的啤酒,那意思不言而喻。很快,一大杯冒着泡沫的啤酒端到了他的面前。

---

①Młodzianek,即 Rzeź Niewiniątek,每年的12月28日,纪念圣经新约中三位东方贤士朝拜耶稣圣婴后,真正的"犹太人的王"大希律王为了除去新生的"犹太人君王",曾下令罗马军队屠杀伯利恒及其周围境内两岁以下的婴儿。

②Biermuszka,传统民间菜肴,主要由面包、鸡蛋、孜然烹制而成的一道浓汤,营养丰富,价格便宜。

"沙雷,你这是要去哪儿?"终于,杰诗卡开口问道,"为什么在林子里和那群农民打起来了?"

"我们正赶往巴尔多城朝圣,"沙雷煞有其事地谎称道,"祈求圣母玛利亚让这个世界变得更加美好,无缘无故就被那伙人袭击了。这个世界真是充满了恶意,路上和林子里撞上无赖要比遇上修女的概率大得多。那帮暴民无缘无故就来打我们,一定是受到了恶念的驱使。但我们原谅了那帮人……"

"我雇了一些农民帮我找一匹走丢的马。"杰诗卡打断了口若悬河的沙雷,"我不否认他们都是些让人恶心的莽汉,但之后他们跟我说了通缉和赏金的事情……"

"一群目光短浅的榆木脑袋。"沙雷叹了口气,"谁能猜透他们的心思……"

"你不是在牢里忏悔服刑吗?"

"没错。"

"那?"

"没什么好说的。"沙雷面色不改,"无聊至极。日复一日,每天都一个样。夜祷,晨曦祷,午前祷,午时祷,午后祷,接着薄暮祷,晚祷,睡前祷,然后又是夜祷,晨曦祷,午前祷①……"

"别再揣着明白装糊涂!"杰诗卡再次打断道,"你很清楚我在问什么。别绕弯子了,告诉我,你从牢里逃出来了?有人在追你?他们悬赏的人是你?"

"冤枉!"沙雷摆出一副被那番话伤透了的表情,"我早被放出来了。没人追着我不放,我是自由之身。"

"那我怎么会一点都不记得。"她冷笑道,"罢了,既然你这么

---

①时辰礼仪,通称日课,是天主教会的一个公众祈祷的功课模式。

说，那我相信你。既然如此……那结论就很简单了。"

埋头大吃的沙雷停手抬眉，佯作好奇。坐在长凳上的雷恩万神色慌张地挪了挪身子。

"结论很简单，"杰诗卡仔细打量着他说道，"这位年轻的雷恩玛尔先生就是追捕的目标。小伙子，没想到你身边有沙雷在，这才让我没有马上猜出。天呐，你们两个凑到了一起，简直是绝配……"

突然间，她猛地起身，冲到窗边。

"嘿，你！"她大喊道，"没错，就是你！该死的混账东西！狗杂种！再打那匹马一下，我就让它拖着你绕着围场跑几圈！"

"见谅。"她回到桌前，胳膊抱在胸前，"所有的事我都得自己盯着。一不留神，那群废物准干不出什么好事。我刚才说到哪了？啊哈，对了。你们俩凑到一起简直绝配。"

"所以，你都听说了？"雷恩万问道。

"不然呢，事情闹得沸沸扬扬，外面流言满天飞。'祈怜者'和沃尔特一伙在各条大路上寻找你们的踪迹，沃尔佛·冯·斯特察带着五个人在西里西亚到处打听，威胁……即便如此，你们也没必要担心。我这儿很安全。我才不关心什么风流韵事、家族仇怨，反正斯特察人和我又没有血缘关系。而你不同，别拉瓦的雷恩玛尔。听到这件事你可能会感到惊讶，没错，我们是亲戚。别张着嘴。我出身自雷希瓦尔德地区的维星家族，而维星家族因为塞德里奇家族的姻亲关系和诺提斯家族有了血缘联系。你的祖母正是诺提斯人。"

"没错……"雷恩万从震惊中回过神来，"夫人，没想到您对家族关系如此了解……"

"我只是略知一二。"她打断道，"我很了解你的哥哥彼得。他曾是我丈夫的挚友。在小岩城时他经常去我们那儿做客，很喜欢骑我们养的马。"

"夫人,您说'曾是',那您已经知道……"雷恩万黯然道。

"是的。"

维星的杰诗卡打破了长久的沉默。

"他的死让我感到十分难过。"沉郁的脸色印证了她的真诚,"你的哥哥生前是我的旧识,我很喜欢他的为人。他的睿智与涵养令人钦佩,从不因为贵族身份趾高气扬。我已逝的丈夫贝卢特从他身上学到了很多。因为彼得林,他不再自视甚高,开始脚踏实地经营马匹生意。"

"这是怎么回事?"

"我的丈夫贝卢特出身自小波兰的贵族家庭,虽然是骑士,但是穷得叮当响。'胸前贵族徽,徽下破烂裤'说的就是我丈夫这样的骑士。直到遇到了彼得林,同样是出身贵族又一贫如洗,却不顾其他骑士们的指指点点,经营染坊,发展家业。很快,他成了一个真正的贵族,有权有势,昔日看不起他的老爷们也不得不弯腰赔笑,盼着能从他手里多借点钱……"

"彼得林向外借钱?"雷恩万眼睛一亮。

"我知道你在怀疑什么。"杰诗卡盯着他说道。她的眼神十分锐利,像是看透了雷恩万。"但这很蹊跷。你哥哥只会借钱给自己认识和信任的人。高利贷会让教会感到不满,彼得林要求的利息不高,还不足犹太人的一半,但也难保有人不会揭发告密。至于你的那些怀疑……嗯,确实有不少人因为还不起或不想还而心生歹意,但借你哥哥钱的人绝对不会如此。恐怕你找错了方向。"

"既然如此,已经没有了新的疑点。"雷恩万咬牙切齿道,"我知道是谁杀了彼得林,也知道他们为什么要杀了他。已经没什么好怀疑的了。"

"那你属于少数派。"杰诗卡冷冷说道,"多数人并不这么认为。"

空气再次凝固,打破沉默的仍然是维星的杰诗卡。

"外面谣言漫天飞,没弄清楚之前就迫不及待地寻仇实在愚蠢至极。"她开口道,"恐怕你们并不是去巴尔多朝圣,而是另有计划。"

雷恩万佯装自己完全被天花板上的一个泥点吸引住了。沙雷的表情无辜得像个刚出生的小宝宝。

杰诗卡淡褐色的眼睛紧紧盯着他们。

"但是彼得林的死还有很多疑点。"过了一会,她压低了声音,继续说道,"而且这些疑点十分古怪。据说,一场神秘的瘟疫正在西里西亚肆虐,商人乃至骑士都无法幸免于难。人们死因蹊跷……"

"卡琴的巴特男爵……"雷恩万喃喃道。

"没错,巴特男爵。"她点头道,"在他之前还有海森斯坦的钱柏。更之前还有两个来自奥特穆胡夫城的武器商,我忘了他们叫什么名字。还有皮革商托马斯·杰罗德、涅莫德林商会的法比安·普费弗科恩。最近的一名死者是西维德尼察的布商尼古拉·纽马克特,死了还不到一周时间。这场恐怖的瘟疫……"

"让我来猜一下,"沙雷出声道,"他们没人是死于天花,或是衰老。"

"你猜的没错。"

"让我再来猜一下:你的护卫队人数要比以往多不少,里面还有些全副武装的暴徒,这并非无缘无故。你方才说你要去哪来着?"

"我没说过。我之所以提这些是为了让你们了解事态有多严重。

这样你们才会明白西里西亚发生的事情不会是斯特察家族干的。也不会是昆兹·奥洛克。因为这些事情开始的时间要比这位别拉瓦的年轻人被捉奸在床的时间早很多。你们最好牢牢记住这点。我没什么好说的了。"

"既然已经说了这么多，不妨继续说下去。"沙雷盯着她说道，"是谁在杀害西里西亚商人？"

"如果我们知道的话，早就没人再遇害了。"杰诗卡眼神中透着狠辣，"但是，别担心，我们早晚会揪出凶手。你们不要牵扯进来。"

"厄本·豪恩这个名字您有印象吗？"雷恩万插话道。

"没有。"

雷恩万听出她在说谎。沙雷眼神示意他不要继续追问。

"不要牵扯进来，这件事极其危险。"杰诗卡继续道，"而且你们要小心的事情可不少。坊间传言，斯特察家族铁了心要抓住你，昆兹·奥洛克一伙像饿狼一样追在你身后，刚瑟林·冯·狼山领主发布了悬赏……被谁抓住都免不了一死，所以我建议你们绕开大路。另外，相比你们口中的巴尔多城，我建议最好选个更远的城镇，比如普雷斯堡，埃斯泰尔戈姆，甚至是布达。"

沙雷毕恭毕敬地鞠躬致谢。

"很棒的建议，非常感谢。"他说道，"但是匈牙利很远，唔……我只能走着……没有马……"

"别低声下气地求人，沙雷。这可不像你……混账！"

她再次猛然站起，冲到窗边，放声怒骂一个对马动粗的人。

"我们去外面吧。"她整了整头发和衣服，"如果没我亲自看着，那群狗娘养的能把我的马打残。"

"真是好马。"刚出门沙雷就说道,"卖了的话肯定能赚不少钱。"

"不出意外的话确实如此。"杰诗卡面露喜色地盯着自己的马群,"西班牙纯血马和大波兰冲锋马现在很抢手。一提到马,骑士们就忘记了自己的囊中羞涩。毕竟所有人都想要在远征途中拥有一匹让自己和随从引以为傲的好马。"

"什么远征?"

杰诗卡清了清喉咙,环顾四周。

"为了让世界变得更加美好。"她苦着脸道。

"啊哈,捷克人。"沙雷猜道。

"我们最好不要大声谈论此事。"她的表情变得更加苦涩,"弗罗茨瓦夫主教下令严惩本地异端,我路过的很多城镇都有吊着死人的绞刑架和火刑后的灰烬。"

"我们又不是异端,为什么要担心?"

"阉马的地方要小心保护自己的蛋。"杰诗卡答道。

沙雷没有接话。他正聚精会神地看着几名士兵从一间棚屋中拉出一辆盖着黑色苫布的马车。他们为两匹马套上了拉车的挽具。接着,在一名肥胖军士的催促下,士兵们抬出一个上着铁锁的大箱子,小心翼翼放到苫布底下。最后,旅店中走出一个高大的男人,他戴着一顶海狸皮的尖顶毡帽,身穿海狸皮衣领的斗篷。

"那是谁?"沙雷好奇道,"宗教审判官?"

"猜得差不多。"杰诗卡低声道,"他是收税官,来收税的。"

"什么税?"

"一笔特殊的税,只收一次。用于和异端的战争。"

"捷克异端?"

"除了他们还有别人?"杰诗卡一脸苦涩地说道,"法兰克福的领主们也赞成收税。凡是资产超过两千金币的都须缴纳一枚金币,少于两千——半枚金币。骑士家族出身的乡绅要缴纳三枚金币,骑士五枚,男爵十枚……有年俸的高级神甫按照每一百金币缴纳五枚金币的比例缴税,没有年俸的普通神父——两枚格罗申……"

沙雷咧嘴大笑,露出一口洁白的牙齿。

"那神父们无一例外肯定会谎报自己的年俸,弗罗茨瓦夫主教也会带头这么干。但光抬一个箱子就需要四个壮汉,我刚才数了数,护卫队一共才八个人。我挺奇怪为什么这么重要的运输任务才这么点护卫。"

"护卫队的人数会在运输途中有所变化。"杰诗卡解释道,"他们每经过一处骑士领地,当地领主必须派人加入护卫队。所以这时候才这么点人。"

"明白了。杰诗卡,我们该说再见了。谢谢你做的这一切。"

"待会再谢也不迟。我马上让人牵匹小马过来,这样一来,你既不用跑着上路,被人追时也有机会逃脱。但是千万别以为这是慷慨解囊。日后有机会你得一分不少地把钱给我。四十枚莱茵金币。别摆这表情,这可是友情价!你应该心怀谢意。"

"当然。"沙雷微笑道,"杰诗卡,感激不尽。一直以来承蒙关照。为了不让你觉得我只会索取,不知回报,拿着,这是给你的礼物。"

"几个钱袋。"杰诗卡的语气波澜不惊,"镶着银线和珍珠,虽然是假货,但看上去还挺精致。为什么是三个?"

"因为我很大方。礼物可不止这些。"沙雷四处张望,压低声音说道,"杰诗卡,你要知道,雷恩玛尔这年轻人有一些特殊的……

嘿……能力。了不起的……或者说……神乎其神的魔法能力。"

"嗯?"

"他太夸张了。我是医生,不是巫师……"雷恩万不满道。

"没错。"沙雷打岔道,"也许你需要点什么炼金药……比方说媚药……催情药……或者是壮阳药……"

"壮阳药……唔……也许能帮忙……"杰诗卡沉思道。

"你看我说什么来着。"

"配马种。"杰诗卡接着说完,"房事我自己可以搞定,用不着魔法。"

"请给我纸和笔。"沉默片刻后,雷恩万出声道,"我把药剂配方写下来。"

牵来的马正是他们在林中空地遇到的栗色马驹。此前,雷恩万一直对林中女巫们的预言将信将疑,现在已陷入沉思之中。沙雷迫不及待地跃上马鞍,骑着小马在围场兜起圈子。他很快展现出自己的另一项非凡才能——他抓着缰绳的手沉稳有力,两膝牢牢夹紧马腹,栗马在他的驾驭下,昂首阔步,笔直前行,即便是最伟大的马术大师见到他优雅的骑行姿势也挑不出任何毛病。围场的马童和护卫队士兵们情不自禁地鼓掌喝彩,甚至一向镇定的杰诗卡也忍不住啧啧称道。

"我还从来不知道他的骑术如此高超。"她小声嘀咕道,"不过,他让人惊讶的地方还多着呢。"

"确实如此。"

"你要多加小心。"她转身说道,"外面到处在抓胡斯异端。人们会一直盯着陌生人和外国人,只要发现可疑的地方马上揭发。如果他们不这么做,自己也会被怀疑成胡斯异端。你不但是陌生人、外国人,名字和家族在西里西亚的名气也越来越大,听过别拉瓦这个姓氏的人越来越多。得想个别的化名。就叫……哼嗯……名字还是不变,这样你不容易搞混……就叫……雷恩玛尔·冯·阿格诺①。"

"可是,那是个著名诗人的名字……"雷恩万哭笑不得。

"别挑三拣四。这种世道谁还会记得诗人的名字。"

围场中,沙雷疾驰飞骋,忽而勒马急停,扬起尘土砂砾无数。结束表演后,他骑马朝两人走来,路上做出各式优美的花式骑术,引得众人又是一片喝彩。

"真是匹好马。"他拍着小马脖子说道,"再次感谢,杰诗卡。再见。"

"一路顺风。愿上帝保佑。"

"再见。"

"保重。日后再见。"

---

①Reinmar von Hagenau,12世纪晚期德国著名诗人的名字。

Chapter 12
第十二章

在本章中，雷恩万与沙雷两人在圣吉尔斯日的前一天在本笃会修道院享用午餐。那天是礼拜五，正值斋戒日。餐后两人举行驱魔仪式，结果实在令人意想不到。

所谓"未见其面，先闻其声"，沉闷又富有节奏的钟声早已告知两人，深林之中藏有一座修道院。未等钟声停止，四面环墙、红瓦屋顶的修道院已可以远远望见。院前数个池塘倒映着绿树红瓦，平如明镜的水面偶尔会被大鱼游动激起的涟漪打乱。芦苇丛中不时传出蛙鸣鸭叫与水鸟振翅溅起水花的声响。

两马沿着一条加固的堤道向一条绿荫小路走去。

沙雷脚踩马镫，直起身子，手指修道院说道："瞧那座修道院，我倒好奇它属于哪家修会。有诗云：

贝安居会喜隐于谷，本笃修会乐依高山，

方济各会钟爱小镇，多明我会不离城市。

这里的人却对沼泽、池塘、堤坝情有独钟。我猜他们爱的一定不是池塘和堤坝，而是鲤鱼。雷恩玛尔，你觉得呢？"

"我没什么想法。"

"你喜不喜欢吃鲤鱼？丁鲷呢？今天是礼拜五，僧侣们都敲过了午时钟，说不准我们能在那混顿午饭？"

"我不这么觉得。"

"为什么呢？有什么不对的？"

雷恩万没有回答。他正看着远处一个修士骑马从半开半闭的修道院大门慢慢走出。那人身着黑衣，无疑是本笃会修士。一出大门，黑衣修士脚踢马肚，策马疾驰，但结果显然不尽人意。那匹花斑小马看上去桀骜难驯，他的骑术全然无法驾驭。更糟的是，他还穿着无法踩牢马镫的便鞋。还未跑出百米，花斑小马扬蹄一跃，黑衣修士脚底一滑，摔落下去，光着小腿一路滚到几株柳树底下。小马扬蹄嘶鸣，似是颇为得意，而后向着两人迎面小跑而来。擦身而过之际，沙雷一把抓住了它的缰绳。

"瞧瞧，这什么乱七八糟的！"他说道，"拿了根绳子当缰绳，一条毯子当马鞍，几块破布当肚带。也不知道《圣本笃会规》有没有禁止骑马这条规定，如果没有，那也应该禁止这样骑马。"

"看样子他像是着急赶路。"

"这可不是借口。"

一如刚才的修道院，两人对黑衣修士同样"未见其面，先闻其声",因为他正双手抱膝,坐在牛蒡丛中号啕大哭。他的头埋得很低,哭声之悲可谓闻者伤心、听者落泪。

"弟兄,看这儿,看这儿。"坐在马鞍上的沙雷说道,"别哭了,你什么都没丢。那匹马没跑掉,被我们抓住了。弟兄,在我看来,你日后时间多的是,还来得及好好学学骑马。"

沙雷说的没错,那修士还只是个十来岁的少年。他啜泣不止,手、嘴唇和整张脸都在不停颤抖。

"德奥达图斯……弟兄……"他哽咽道,"德奥达图斯弟兄……会被我……害死……"

"啊?"

"被我……害死……全是我的错……全是我的错……"

"你急着找医生救治病人?"雷恩万马上猜道。

"德奥达图斯弟兄……会被我……"少年抽抽噎噎。

"说清楚点,弟兄!"

"德奥达图斯弟兄被恶灵附身了!"少年抬起红肿的眼睛,哭嚷道,"院长让我骑马……赶去西维德尼察城的多明我会修道院……找位驱魔师!"

"修道院中没有更好的骑手了吗?"

"没了……而且我年纪最小……唉,太倒霉了!"

"我倒觉得你走大运了。"沙雷摆出一脸认真的表情说道,"小子,快从那堆杂草里把你鞋子找回来,抓紧时间跑回去,告诉你们院长一个天大的好消息——主的恩泽马上降临你们修道院。你在堤道上遇到了一位经验丰富的驱魔师——贝尼努斯大师!他一定是受到了天使的指引才来到此处。"

"好心的先生,你是贝尼努斯大师?你是位……"

"我说了,跑起来,越快越好。告诉他我来了。"

"沙雷,告诉我我听错了。告诉我你刚才的话只是一时口误,你刚才说的完全不是我认为的意思。"

"你指什么?指的是我要为德奥达图斯弟兄驱魔这件事?但我的确要为他驱魔。当然,小子,你得来帮忙。"

"别,千万不要。别拖我下水。我的麻烦事已经够多了,可不想再添新的。"

"我也不想,但我迫切需要钱和午餐。而且午餐最好马上就能吃到。"

"这绝对是所有愚蠢的主意里最蠢的一个。"雷恩万望着阳光照耀下的修道院,断言道,"你知道你在干什么吗?你知道扮成神父要冒多大风险吗?何况还要装成不知从哪冒出来的驱魔大师贝尼努斯!"

"扮成?我本来就是神父。还是个驱魔师。这就是信不信的问题而已,反正我是相信我能办成这事。"

"我觉得你在拿我寻开心。"

"完全没有。做好完成任务的心理准备吧。"

"我绝不会掺和这种事情。"

"为什么不?你不是说自己是医生吗,那治病救人就是你的本分。"

"他没救了。"雷恩万指着医务室方向说道。不久前,他们刚从那个房间走出,里面躺着"恶灵附身"的德奥达图斯弟兄。"他现在整个人昏迷不醒。你没听到那些修士怎么说的吗?为了把他弄醒,他们试着用烧热的小刀戳他的脚后跟,结果一点用没有。这很像某种绝症的症状。失去了动物本能①,大脑也没有任何反应。我

---

①Spiritus animalis,拉丁语,动物本能,意指与心智相关的,或有活力的,为动物与人类基本的生命力量与精神力量。这个概念最早由古罗马医学家、哲学家克劳狄乌斯·盖伦提出。

在阿维森纳所著的《医典》中读到过这种症状，拉泽斯和阿威罗伊的书里也有记载……所以我知道，他没救了，只能等……"

"没错，是只能等。"沙雷打岔道，"但我们为什么要干巴巴等着？何况还能在不造成任何伤害的情况下赚点小钱。"

"不造成任何伤害？那道德呢？"

"我从来不空着肚子谈论道德。"沙雷耸耸肩，"吃饱喝足后我再和你谈谈我的道德准则，它们的简单朴素一定会让你大吃一惊。"

"但我们可能会招来祸事。"

"雷恩万，拜托，往好的方面想想。"沙雷突然转身道。

"想了，结果就是我觉得我们会吃不了兜着走。"

"随你怎么想。但现在求你闭上嘴，他们来了。"

如沙雷所言，院长正向他们走来，身后跟着几个修士。他个子不高，脸颊鼓起，整个人胖乎乎的。然而，这副和蔼可亲的外形与他狰狞的嘴角与机灵的眼睛形成了鲜明对比。他的视线飞快地从沙雷身上跳到雷恩万身上，之后又回到沙雷身上。

"怎么样？"他把双手放入肩衣，开口说道，"德奥达图斯弟兄到底怎么回事？"

"失去了动物本能。"沙雷骄傲地噘嘴道，"这是某种不治之症的症状，阿维森纳的典籍中有过记载。敬爱的神父，您要知道，虽然希望渺茫，但是我会采取行动。"

"什么行动？"

"将恶灵从他的身体里驱赶出去。"

"你这么肯定他是被附身了？"院长偏头问道。

"我敢肯定不是痴疾。"沙雷的声音十分冷静，"痴疾的症状完全不同。"

"可是无论如何,你们不是神父。"院长的声音中的怀疑并未彻底消弭。

"我们是。"沙雷眼睛都没眨一下,"这点我们刚跟看护病人的弟兄解释过。我们穿着世俗服装是为了掩饰身份,好迷惑恶魔,出其不意。"

院长凌厉的目光紧紧盯着沙雷。"啊,完了,完了。"雷恩万暗想,"他又不是傻子。这次真没法收场了。"

"那你待会准备怎么驱魔?"院长试探性的目光紧紧盯着沙雷,"照着阿维森纳的法子?还是圣依西多禄[①]在他那本著名的书里提到的法子?那本书叫……欸,我记不清了……但身为驱魔师的你一定知道……"

"《词源》。"沙雷的眼睛眨都不眨,"我会用到里面一些知识,都是些基础知识。也许还会用到同样是圣依西多禄所著的《物性论》、海斯特巴赫的凯撒[②]所著的《奇迹对白》以及拉巴努斯·莫鲁斯[③]所著的《宇宙》。"

院长的目光缓和了些许,但看上去疑心仍未彻底消除。

"你的博学毋庸置疑。"院长嘴角露出一丝讥笑,"那现在呢?你们是不是要索要伙食酒水?把驱魔的钱提前付清?"

"不要用'付清'这个字眼。"沙雷腰板挺直,正气凛然道,

---

①圣依西多禄(Święty Izydor z Sewilli),西班牙6世纪末7世纪初的教会圣人,神学家。著有20卷的百科全书《词源》,历史学著作《哥德族历史》,自然科学著作《天文学》,《自然地理》等许多作品。

②海斯特巴赫的凯撒(Cezar z Heisterbach),12世纪神学家,著作 *Dialogus miraculorum*(拉丁语,译为《奇迹对白》)为对话体圣徒传记。

③拉巴努斯·莫鲁斯(Raban Maur),9世纪本笃会神学家,著作 *DeUniverso*(拉丁语,译为《宇宙》)。

"也不要用'钱'这个字眼,我既不经商又不放贷。我愿称它为施舍,或一份慷慨的赠礼,不必提钱,工作完成后再给不迟。说到饭食酒水,敬爱的神父,无论如何我也得提醒您《福音书》中的一句话:只有祈祷与斋戒才能驱逐罪恶的灵魂。"

院长脸上的阴霾一扫而空,眼中的敌意也彻底不复存在。

"两位确实都是虔诚正直的基督徒。"他说道,"《福音书》中的教诲固然很好,但我又怎么好意思让人饿着肚子干活?今天是礼拜五,我邀请两位参加斋戒日午餐会。有酱汁海狸尾……"

"敬爱的院长,您请前面带路。"说罢,沙雷大声吞了口口水。

雷恩万擦擦嘴,打了个嗝。海狸尾巴用浓稠的辣根汁炖熟煮烂,再配上卡莎饭,竟是一道不可多得的美味。在此之前,雷恩万只听说过有这样一道特色菜。因为一些说不清道不明的原因,海狸被当成了和鱼差不多的东西,所以听说有些修道院在斋戒期间会享用这道菜品。即便如此,这道佳肴仍然十分罕见,一来并非每个修道院附近都能找到海狸窝,二来附近有窝的修道院也并非都有捕猎特权。然而一想到马上要执行的任务,享用美食的兴致不由大打折扣。他拿着一片面包一丝不苟地擦着饭碗,心中暗想:"反正吃进去的东西他们又不能让我吐出来。"

虽然是道美味佳肴,但毕竟是斋食,饭量对沙雷来说实在少得可怜。他一眨眼工夫就吃干抹净,随即摆出一副博学的面孔,开始滔滔不绝地卖弄学问。

"很多权威人士都对恶魔附身发表过自己的观点。"他说道,"他们中最伟大的那些想必在座各位一定不陌生,他们既是神父,又是教会的医生。巴希尔、圣依西多禄、纳齐安的格列高利、耶路撒冷的西里尔、圣耶福列木……各位一定也非常熟悉特土良、俄利根与拉克坦提乌斯的著作。没错吧?"

餐室中在座的一些本笃会修士热情地点头称是,其余人则默默地低下头去。

"但他们书里的知识太过基础。"沙雷接着解释道,"强大的驱魔师绝对不会读这么几本书就心满意足。"

修士们埋头吃饭的同时不忘点头称是。沙雷坐直身子,清了清嗓子。

"我读过米海尔·普塞洛斯的《恶魔论》。"他的语气中带有些许自豪,"对教皇利奥三世所著的《传统的天主教驱魔仪式》熟记于心。读过'智慧之王'阿方索十世从阿拉伯文译来的著作《皮卡崔斯》①。读过《驱魔论》与《恶魔之祸》。还读过《以诺书》,不过这没什么好夸的,大家都读过。但我的助手——勇敢的雷恩玛尔大师,明知接触带有异教徒魔法的书籍有多危险,仍义无反顾地深入研究萨拉森人的作品,如今已经造诣匪浅。"

雷恩万的脸羞得通红。院长以为这是谦逊的表现,向他露出和善的微笑。

"两位果然是博学多识、经验丰富的驱魔大师!"他开口说道,"我很好奇,大师名下的驱魔记录有多少?"

"实际上,我名下的驱魔记录并不是十分出彩。"沙雷垂下目光,谦虚道,"我曾在一场驱魔仪式中同时驱除掉九只恶魔,那是数目最多的一次。"

"确实不算太多。我听说多明我会驱魔师……"院长担心道。

---

① 《皮卡崔斯》(*Picatrix*),一本魔法和占星书籍的拉丁语名称,原著的阿拉伯语标题意为"智者的目标",后被译为拉丁语,Pocatrix 的译名指代此书的作者名。

"我也听说过，但从没亲眼见过。"沙雷打断道，"此外，我口中的恶魔是高阶恶魔，众所周知，每一个高阶恶魔至少有三十只低阶的恶魔仆从。自尊心强大的驱魔师从不去数自己驱除了多少低阶恶魔，因为恶魔头目一旦被驱除，它的仆从也会四散而逃。若我也按照多明我会的方法来算，自己的记录与他们相比，想必是有过之而无不及。"

"所言极是。"院长赞同道，但他的语气略带迟疑。

"不巧的是，我也没法给你们恶魔誓言书。"沙雷冷冷道，语气中还带有些不情不愿。"请记住这点，以免事后出现不必要的麻烦。"

"嗯？"

"图尔的马丁，"沙雷眼睛眨都不眨，"每驱除一只恶魔，就令它在一张誓言书上签下自己的恶魔之名，发誓以后绝不会再次附身此人。后来，很多大名鼎鼎的圣人与主教也开始这么做。但我从来不会要这种誓言书。"

"也许这样更好！"院长说罢，抬手画了个十字，其余众人同样如此。"圣母保佑！恶魔之手签署的羊皮纸？那种东西罪大恶极！令人憎恶！我们可不想要……"

"不要就好。"沙雷打断道，"先干活再庆祝。病人现在是否已经挪到小教堂？"

"是的。"

"大师，我还有一事不明。"一个盯着沙雷看了很久的年轻修士忽然开口道，"德奥达图斯弟兄像块木头一样躺在那儿，仅有呼吸，手指都无法动弹，然而几乎所有您刚刚引述的书籍中都曾记载：着魔的人通常会极不寻常地四肢抽动，恶魔会通过他的口不停疯言疯语或是大喊大叫。难道这不矛盾吗？"

"包括恶灵附身在内的所有病祸，都是上帝之敌撒旦的作品。"沙雷俯视年轻修士，说道，"所有的病祸都由马哈兹尔、亚兹拉尔、阿撒兹勒和萨麦尔这四名堕天使引起。着魔的人如果没有剧烈抽动、大喊大叫，而是像死了似的一动不动，那表明附身的恶魔是堕天使萨麦尔的仆从。"

"主啊！"院长手画十字。

"不必担心，我知道怎么处理这种恶魔。"沙雷一副胸有成竹的样子，"它们随风飞行，趁人呼吸时无声无息地潜入身体，附身上去，这个过程叫做'入气'。我会让恶魔通过相同的路径离开附身之人的身体，这个过程叫做'吐气'。"

"但是神圣的修道院里怎么会有恶魔？"年轻修士仍不肯罢休，"这里可有塔钟、弥撒和祷告书。它又是怎样附身到僧侣身上的？"

沙雷面色一沉，扬声道："教皇格里高利一世曾有教诲，一名修女在贪吃修道院菜园中的生菜叶时，无视餐前祈祷与画十的礼仪，结果被恶魔乘机附身。德奥达图斯弟兄未曾犯过类似的错误？"

本笃会众人低头不语，院长清了清喉咙。

"这倒不假，德奥达图斯弟兄有时候太过世俗，一点也不注重礼仪。"他咕哝道。

"那恶魔上他的身还不是轻而易举。"沙雷斩钉截铁道，"带我去小教堂吧，各位。"

"大师，你需要哪些东西？"院长问道，"圣水？十字架？圣像？"

"只需要圣水和一部《圣经》。"

冷飕飕的小教堂中十分昏暗，点燃的蜡烛散发着昏黄的烛光，阳光从彩色玻璃窗斜射进来，被剥夺了光亮，赋予了色彩，变成了几条暗淡的彩色光柱。德奥达图斯弟兄静静躺在烛光围绕的灵柩台上，身子底下铺着一块亚麻布。看上去，他和一小时前沙雷和雷恩万在医务室初次见到时一模一样。他的脸呈淡黄色，像是戴了一具蜡膜面具，脸颊和嘴巴往里凹陷，双眼紧闭，呼吸极轻极浅，几乎难以察觉。他的双手交叉放在胸前，手上放血的伤口十分显眼，手里被人塞了一本《玫瑰经》和一条紫色圣带。

离灵柩台几步远的地方，一个身形巨大的男人倚靠墙壁坐在地上。他已领受过削发礼，眼神空洞而茫然，脸上的表情如同一个反应迟钝的孩童。那巨人右手两指含在嘴里，左手紧紧将一个小小的泥罐抱在怀中。每隔几秒，他都会使劲吸吸鼻涕，移开那个脏兮兮、黏腻腻的小罐，露出脏兮兮、黏腻腻的紧身短衣，往肚子上擦擦两个手指，然后伸到罐子里，蘸上点蜂蜜直接塞入嘴中。这套动作周而复始，循环不止。

"他是个被人遗弃的孤儿。"注意到沙雷恶心的表情，院长已经猜到他要问的问题。"我们为他取名'参孙'，他巨大的身体和无与伦比的力量叫这个名字再合适不过了。他是修道院里的侍者，有点残疾……但是他很喜欢德奥达图斯弟兄，总像只小狗一样跟在他后面到处乱跑……寸步不离……所以我们觉得……"

"好吧，好吧。"沙雷插话道，"就让他坐那儿吧，只要不吵就行。我们开始吧，雷恩玛尔大师……"

雷恩万模仿沙雷的样子，往脖子上搭了条圣带，双手互握，低下头去。他不清楚沙雷到底是不是在装模作样，但自己的祈祷却是真的发自本心，虔诚而真挚。他心里实在害怕极了。然而，沙雷看上去胸有成竹、十分权威。

"祈祷！"他指示本笃会众人，"吟咏《神圣的主》。"

他站在灵柩台旁，手画十字，接着在德奥达图斯弟兄身体上方画了个十字。他抬手示意雷恩万往德奥达图斯弟兄身上挥洒圣水。而那恶灵附身的可怜人，不出所料，一动未动。

"神圣的主，全能的父……"修士们的祈祷声回荡于星状穹顶之上，"永恒的上帝……"

沙雷大声清了清喉咙。

"在至高者的面前献上我们的祈祷，使主的怜悯迅速降临……"他扬声吟咏祷词，洪亮的声音回荡在小教堂之中，"击败恶龙、古蛇，即魔鬼、撒旦，再次将其困在深渊，使其不再引诱世人。从今以后，委身于您的护送与保护，我们神圣的传道人以耶稣基督、上帝与主的名义，击退恶魔的侵袭。"

"主啊，倾听我的祷告。"接到沙雷的暗示，雷恩万和声道。

"听到我悲痛的哭声。"

"阿门。"

"哦，光荣的天使长圣米迦勒，天军的王子，在战斗中保卫我们。撒旦！在主的十字架面前，速速逃离！逃离！逃离！"

"阿门！"

躺在灵柩台上的德奥达图斯弟兄没有任何要苏醒的迹象。沙雷偷偷抓起圣带擦拭自己的额头。

"这只是开胃菜而已。"沙雷压根没低头看本笃会众人充满疑惑的表情，"现在我们知道了一件事，那就是我们面对的恶魔可不是老弱病残，不然早就已经逃跑了，我们的火力得更猛一些。"

院长眨了眨眼，焦躁地来回踱步。坐在地上的巨人参孙用力吸了吸鼻涕，挠挠自己的胯部，接着傻笑，放了个响屁。他把装着蜂蜜的罐子从肚子上拿开，然后眼睛朝下细瞅，确认罐底还剩多少蜂蜜。

沙雷用自认为充满智慧的眼神扫过众人。

"《圣经》告诉我们，撒旦生性狂傲。"他说道，"不可一世的狂傲令路西法反叛上帝，最后落得被打入无尽地狱的下场。恶魔们傲慢的秉性没有改变！所以驱魔师的首要任务便是践踏恶魔的尊严，挫败它们的傲气。简单来说就是要用尽浑身解数来冒犯、羞辱、诅咒、谩骂它们。没了傲气，到时它们自会夹着尾巴灰溜溜地逃走。"

本笃会修士们杵在原地，一声不吭，似乎十分肯定沙雷的话还没讲完。他们的猜想是正确的。

"所以我们要来辱骂藏在德奥达图斯弟兄身体里的魔鬼。"沙雷继续道，"如果你们之中有人反感脏话，那就赶紧离开。雷恩玛尔大师，靠近点，吟咏《马太福音》。弟兄们，开始祈祷吧。"

"耶稣斥责恶魔，于是它离开了他的身体。"雷恩万引述道，"'那可怜的男孩马上恢复了健康。之后信徒们来到耶稣身边，问道：为什么我们无法将它驱逐？耶稣对众人说：因为你们的信仰不够坚定。'"

小教堂中回响起《马太福音》的吟咏声与本笃会修士们叽里咕噜的祈祷声。沙雷正了正肩上的圣带，俯身查看僵尸般一动不动的德奥达图斯弟兄，上手摊开了他的胳膊。

"邪恶的魔鬼！"一瞬间，他洪亮的吼叫声令雷恩万顿了一下，毫无防备的院长受到惊吓，下意识地退了一大步。"邪祟的力量！我命令你马上离开这身体！你这只肮脏下流的死肥猪！禽兽中的禽兽！来自深渊的渣滓！来自地狱的畜生！离开基督信徒的身体！我要将你这头没脑子的牲口驱逐到地狱中的猪圈，让你溺死在屎尿之中！"

"圣母玛利亚，祈求……"院长低声祈祷。

"从魔鬼的圈套中逃脱……"众人吟诵祷词。

"你不过是只任人宰割的老鳄鱼！"沙雷脸涨得通红，用力嘶吼道，"没几天活头的蛇怪！全身是屎的山魁！笨到被自己蛛网缠死的狼蛛！肮脏的骆驼！你不过是地狱底部最不起眼的可怜小虫！坐在粪里的屎壳郎！叫你真名时给我竖起耳朵听好：你这只虱子缠身的脏猪，无可救药的蠢货！"

即便雷恩万毫不吝惜地挥洒着圣水，水滴汇到一起，从德奥达图斯弟兄僵硬的身体上缓缓流下，但这老人仍没有任何反应，哪怕最细微的抽动都没有。沙雷下巴上的肌肉在剧烈抽搐。"高潮要来了。"雷恩万心中猜想。如他所料。

"从这身体里滚出去！"沙雷怒吼道，"你这供人玩弄屁眼的娈童！"

一个年轻的本笃会修士捂着耳朵，嘴里不停念叨着上帝之名，慌慌张张逃了出去。其余人的脸色要么白得吓人，要么面红耳赤。

坐在地上的巨人嘴里咕咕哝哝，发出无人能懂的呻吟声。他试着把整只手塞进罐子里，但那手有两个小罐那般大，几番尝试，只好作罢。接着，他举高罐子，头往后仰，嘴巴张大。奈何罐中蜂蜜太少，竟一滴也没落下来。

"大师，德奥达图斯弟兄怎么样了？"院长鼓起勇气，哆哆嗦嗦道，"恶灵离开了吗？"

沙雷俯身查看，耳朵快要贴到病人苍白的嘴唇。

"我们已经伤到了它,但还只是触及皮毛。"他说道,"要想彻底驱除,一定得拿恶臭给它狠狠一击。这恶魔对臭味极为敏感。快,弟兄们,快去拿一桶大粪、一个煎锅和一盏油灯过来。我们得在着魔的人鼻子底下煎大粪。掺点其他有臭味的东西效果更好,硫黄、石灰、阿魏……最好再来条发臭的鱼。"

几个修士跑去准备他要的东西。靠墙坐着的巨人伸出一根手指,抠了抠鼻子,然后定眼瞧了瞧,将它往裤腿上抹了几下。接着,他用同一根手指继续吃小罐中的蜂蜜。雷恩万感觉自己胃里的辣根汁如同海浪一般翻涌闹腾,进肚不久的海狸尾巴正在这股浪潮的推动下涌入喉咙。

"雷恩玛尔大师,别停下。"沙雷严厉的声音让他回过神来,"请吟咏《马可福音》。弟兄们,祈祷也别停。"

"耶稣见到众人跑来……"雷恩万顺从地引述道,"他严斥恶灵:又聋又哑的灵魂,我命令你,离开他的身体,永不再附身于他。"

"又聋又哑的灵魂!我命令你!离开他的身体!"沙雷俯身到德奥达图斯弟兄面前,用命令与威胁的口吻复述道,"愿主的力量将你与你的仆从驱逐!"

吃蜂蜜的巨人忽然一声咳嗽,喷出黏腻腻的口水与鼻涕。沙雷一把抹去额头上的汗。

"这次碰上了硬茬,看来有必要使用更强力的手段。"沙雷避开院长怀疑的目光。

一时间,小教堂变得静悄悄的,甚至能听到撞到窗台蛛网上的一只苍蝇发出的嗡嗡振翅声。

"恶魔!我诅咒你!"沙雷略带沙哑的声音响彻教堂,"离开他的身体!你这不洁的河流!恶龙!谎言之灵!"

一如之前,这些话并没有任何效果。本笃会众人神色各异。沙雷深深吸了口气。

"我诅咒你被石头活活砸死!被乱脚踩死,吊在树上!被钉子钉穿脑袋!诅咒你头和手脚都被砍掉!屁股上的尾巴也被拔掉!"

"完了,完了,这事没法收场了。"雷恩万心想。

"邪恶的灵魂!"沙雷忽然张开双臂,"我以阿哈龙、艾依、霍姆斯、阿萨纳多斯、伊基罗斯、爱可德斯、阿马纳赫、波非与普尔之名诅咒你!我以什米尔与什穆尔之名诅咒你!我以无比强大而又无比可怕的塞马佛之名诅咒你!"

塞马佛之名也没比普尔、什穆尔之名更起作用。这点无法掩饰。沙雷也看在眼里。

"约伯萨、霍普萨、阿菲娅、阿尔玛!"他疯狂高喊,"麦拉赫、白罗特、诺特、百利柏,以你们之名!以你们之名!诅咒!诅咒!囉!囉!囉!"

"他疯了。"雷恩万心想,"不出片刻,他们就会冲过来打我们。他们又没有蠢到连胡编乱造的名字都分辨不出。我们马上就会挨顿痛扁。"

满头大汗、声音沙哑的沙雷捕捉到雷恩万的目光,眼睛一眨,偷偷做出求助的手势。雷恩万仰头看向穹顶,心中暗想:"随便想起点什么都要比'囉!囉!囉!'有用。"于是,他开始在脑海中努力回忆读过的古书以及过去与巫师朋友们的对话。

"神啊,赐我力量!"他挥舞着双臂大吼道,"令他们顺从!萨拉亚!萨拉亚!白化,赤化,黑化!"[1]

---

[1] 原文为拉丁语"Hax,pax,max!Abeor super aberer!Aie Saraye!Aie Saraye!Albedo,rubedo,nigredo!",其中"白化、赤化、黑化"为炼金术语。

沙雷喘着粗气，两眼放光地看着他，摆手让他继续。雷恩万深吸一口气。

"肿胀、发红、发热、疼痛！在他的身体之中！约伯萨、霍普萨！爱拉赫、马拉赫、莫拉赫！以你们之名！①"

"他们马上就要揍我们了。"他在脑海中疯狂回想，"随时就会动手。没其他办法了。我要用记得的阿拉伯语最后一搏。保佑我，阿威罗伊②。拯救我，阿维森纳③。"

"Kullu-al-szaitanu-al-radżim！"他喊道，"Fa-anasahum Tarisz！Qasura al-Zoba！ Al. -Ahmar，Baraqan al—Abayad！ Al-szaitan！Khar-al-Sus！ Al ouar！ Mochefi al relil！ El feurdż！ El feurdż！"

他隐约记得最后一个单词在阿拉伯语中的意思是"屁"，和驱魔完全扯不上关系。他明白自己做的事情蠢到无可救药。就在此时，变化发生了。

他仿佛觉得世界在一瞬间完全静止，一切都被冻结在同一时空。接着，在绝对的寂静之中，在身着黑衣的本笃会众人之中，有什么东西猛地抽动了一下。变化发生了。响动打破了死一般的沉寂。

靠墙坐着的巨人忽然一脸厌恶地扔掉了那个黏腻腻、脏兮兮的蜜罐。罐子砸到地面，没有碎掉，一边滚动一边发出沉闷闷的声

---

①原文为拉丁语"Tumor，rubor，calor，dolor！Per ipsum，et cum ipso，et in ipso！Jobsa，hopsa et vos omnes！Et cum spiritu tuo！Melach，Malach，Molach！"，其中约伯萨、霍普萨、爱拉赫、马拉赫、莫拉赫为编造的名字。

②阿威罗伊（Averroes），即伊本·鲁世德，著名的安达卢斯哲学家和博学家，研究古希腊哲学、伊斯兰哲学、伊斯兰教法学、医学、心理学、政治学、音乐、地理、数学、天文和物理学。欧洲人尊称其为"阿威罗伊"。

③阿维森纳（Avicenno），即伊本·西那，中世纪波斯哲学家、医学家、自然科学家、文学家。欧洲人尊称其为"阿维森纳"。

响。这声音在寂静之中格外刺耳。

他把蘸满蜂蜜的手指放到眼前，看了一会儿，月光照耀下的胖脸上表情迅速变化，先是难以置信，而后惊恐不安。雷恩万喘着粗气紧紧盯着他。他感觉到了沙雷急切的目光，却一句话也说不出来。"结束了。"他心中默念，"结束了。"

巨人一直盯着自己的手指，发出痛苦的呻吟。

此时，躺在灵柩台上的德奥达图斯弟兄突然发出哼声，接着，他开始咳嗽、喘息，两腿猛地踢了一下。不一会儿，他开始出声咒骂。

"主啊……"院长跪地喃喃祈祷。其余众人也跟着跪了下去。沙雷张大了嘴巴，忽然意识到了什么，很快又将它闭上。雷恩万手抵太阳穴，搞不清自己是该祈祷还是该逃跑。

"见鬼……"德奥达图斯弟兄坐起身来，抱怨道，"我嗓子太干了……啊？我是不是睡过头错过了晚餐？弟兄们，你们怎么回事，我只是想打个盹。我不是要你们在晚祷之前把我叫醒吗……"

"奇迹！"跪着的一名修士大喊。

"神的国度将要降临！"另一名全身伏在地上的修士大喊，"神的国度将要降临！"

"哈利路亚！"

坐在灵柩台上的德奥达图斯弟兄一脸疑惑地来回移动视线，从跪在地上的众人看向脖子上搭着圣带的沙雷，从雷恩万看向仍在打量自己双手和肚子的参孙，从祈祷的院长看向几个提着一桶大粪和一个铜锅刚跑进小教堂的修士。

"有没有人能跟我说说，这儿到底他妈的发生了什么事？"这位不久之前被恶魔附身的修士问道。

Chapter 13
第十三章

在本章中，离开本笃会修道院后，沙雷向雷恩万传授自己的生存哲学。它可以简单归纳为一句话：脱掉裤子时，只要一个不留神，屁股马上就会被敌人袭击。没过多久，人生就分毫不差地验证了这个结论。千钧一发之际，有人救了沙雷。与其说救人者各位读者已经知道是谁，不如说读者自认为已经知道。

尽管本笃会修道院中的驱魔仪式阴差阳错之下取得了成功，然而雷恩万对沙雷的讨厌还是为此加深了一层。这份讨厌从第一天见他时起便与日俱增，老乞丐事件后变得更甚。此刻，他心底已然明白沙雷的帮助对他来说至关重要，没他，自己一个人单枪匹马营救出阿黛尔的希望微乎其微。明白是明白，但那份厌恶在心中挥之不去,像裂开的指甲、豁了的牙齿一般令人心烦。沙雷的言行只会令它越来越难以忍受。

于是,在他们离开修道院、很快就要抵达西维德尼察城时,一场激烈的争吵爆发了。矛盾的是,他一边数落沙雷搞的驱魔闹剧,一边嘴也没停下,和沙雷一同享用着因为这场闹剧而收到的馈赠——离别之际,修士们为表谢意,送了他们一个鼓鼓囊囊的包裹,里面装着一条黑麦面包、十二个苹果、十二个煮熟的鸡蛋、一圈杜松熏肠以及一根油腻腻的波兰黑香肠。

森林边缘处,一条小河被损毁的河堰堵住,河水泛滥到了河岸上。两人坐在干燥的小坡上,一边享用食物,一边看着太阳从松树树梢慢慢沉落。争吵也在同时进行。雷恩万理直气壮地颂扬道德准则,指责沙雷的流氓行径。沙雷立马还以颜色。

"我可不接受一个喜欢上别人老婆的人指指点点,教别人道德。"他吐出一块不小心吃进嘴里的鸡蛋壳,讥讽道。

"我说过多少次了,这不一样!"雷恩万又气又恼,"两者哪有可比之处!?"

"当然有,雷恩玛尔,当然有。"

"洗耳恭听。"

沙雷把面包棍抵在肚子上,切下一大块。

"我们两人的不同之处在于经验和人生智慧。"他的嘴里塞得满满当当。"所以,你只会跟个孩子似的顺从本能,受欲望驱使来满足性欲,而我一贯深思熟虑、计划周全。当然,两者本质上没什么不同,都是为了自己。我们都确信自己想要什么,安宁、快乐,如果其他东西不能让我得到安宁与快乐,那就有多远滚多远。别插嘴。对你来说,阿黛尔的魅力就像是小孩子眼里的焦糖面包。为了尝尝它，你不顾一切，只考虑你自己的快乐。别，别拿爱情说事。爱情也是一种快乐，而且是我所见过的最自私的那种。"

"我才不听你的鬼话。"

"简而言之，"沙雷不为所动，继续道，"我们的生存信条在本质上没什么不一样，都基于同一个原则：所行之事都要对自己有用。我的安宁、快乐、舒适和幸福才是首要的，其他都见鬼去。我们的不同之处……"

"哦？现在我们又不一样了？"

"在于有没有长远的眼光。虽然常常有人勾引，但我决不会去上别人的老婆，因为长远来看，这会给我带来数不清的麻烦，对我一点好处也没有。我不给老乞丐那样的穷人施舍，并非出于吝啬，只是因为一时慷慨解决不了任何问题，只会让人白白损失一笔钱，在笨蛋白痴那里赢得好名声。笨蛋傻子到处都是，我能骗就骗，本笃会那群蠢人也不会放过。明白了吗？"

雷恩万咬了一口苹果，说道："我算是明白你为什么被关在牢里了。"

"你还是什么都没明白。但是有的是时间让你好好学，到匈牙利可是一段漫长的旅程。"

"我能安然无恙到那儿？"

"这话什么意思？"

"因为我越听你的话越觉得自己像个傻子，随时都可能成为你一己私利的牺牲品。"

"瞧瞧，你长进了不少。"沙雷欣慰道，"说话开始有理有据了。不谈这毫无根据的讽刺，你已经开始领会一条最基础的人生准则：信任要有所保留。它告诉我们，周围的世界充满无休止的欺骗，绝不会放过任何能对我们造成侮辱、痛苦与伤害的机会。就等着你脱下裤子后,给你光溜溜的屁股蛋上来一脚。"

雷恩万哼了一声。

"由此我们可以得出两个结论。"沙雷不为所动,继续说道,"第一,永远不要信任他人,也永远不要相信他人的动机。第二,如果你对别人造成了痛苦和伤害,不要内疚。你只是事先防范,先下手为强……"

"安静!"

"为什么要我安静?我说的可都是肺腑之言,而且我支持言论自由。自由……"

"安静,该死的。有动静。有人在悄悄靠近……"

"说不准是狼人!"沙雷咯咯地笑道,"在附近徘徊的恐怖狼人!"

离别之际,修士们曾善意提醒他们路上一定要多加小心。据说,不知何时开始,尤其在满月的夜晚,会有一只危险的狼人在这片地区出没。这善意的提醒令沙雷忍俊不禁,路上好几次笑出了声,笑话那群修士疑神疑鬼。雷恩万也不太相信狼人的存在,但他没和沙雷一起笑。

"有脚步声。"他竖起耳朵,"有人在靠近,我很确定。"

灌丛中的松鸡刺耳的尖叫声、两马喷出的鼻息声、树枝"咔咔"的断裂声先后传至耳边。沙雷抬手遮挡刺眼的夕阳。

"见鬼,你瞧瞧谁来了。"他小声说道。

"好像是……那人好像是……"雷恩万结结巴巴地说道。

"本笃会修道院里的那巨人。"沙雷证实了他的猜测,"吃蜂蜜的贝奥武夫①。还取了个圣经里的名字。叫什么来着？歌利亚？"

"参孙。"

"没错，参孙。别管他。"

"他来这儿做什么？"

"别管他。也许他只是碰巧经过。"

然而参孙看上去似乎没有要走的打算。恰恰相反，这里貌似就是他的目的地，他在离两人不足三步远的地方找了个树桩坐了下来，胖乎乎的脸蛋直冲着两人。但他的脸要比先前干净了许多，鼻子下面风干结痂的鼻涕也消失了。此外，他身上的长罩衫也是换过的，整洁如新。饶是如此，他的身上仍散发出一股淡淡的蜂蜜香气。

"但是，出于礼貌……"雷恩万清了清喉咙。

"我就知道。"沙雷叹一口气，打断了他的话，"我就知道你要这么说。嘿，那边那位！参孙！非利士人的征服者！饿不饿呐？"

未等任何回应，沙雷已经朝参孙扔去一块黑香肠，就像是在投喂猫狗一般。"吃的！明白吗？吃的，这儿，这儿，吃的！好吃！吃一点？"

"谢谢。容我拒绝。我不饿。"巨人回答道。令人意外的是，他的吐字清晰又准确，说话也极有条理。

"真是怪事。"沙雷凑到雷恩万耳边小声嘟囔道，"他怎么来这儿的？跟着我们？但他不是应该跟在德奥达图斯弟兄屁股后面吗……我们离修道院至少有一英里，所以他一定是在我们刚离开时

---

①Beowulf，贝奥武夫，基特人的英雄，出自于同名的古英语叙事长诗《贝奥武夫》，其名字一般被解读为"战狼（Battle-Wolf）"或者是"蜜蜂猎狼（Bee-Wolf，指吃蜂蜜的狼）"。

就已经出发,要追上我们还得走得飞快。那他的目的是什么呢?"

"问问他。"

"我会问,但现在还不是时候。以防万一,我们之间说话时暂时用拉丁语吧。"

"好吧。①"

夕阳愈沉愈低,夜幕渐渐笼罩森林。天边一群灰鹤,自东向西,唳嘹高飞,岸边水洼传出此起彼伏的蛙鸣。森林边缘的一处小坡如同大学礼堂一般,回响着拉丁语。

雷恩万已经不知道是第几次——但用拉丁语还是第一次——讲述自己最近的曲折经历,感叹自己的命途多舛。沙雷只是听着,或说假装在听。参孙茫然地盯着不知道什么地方,从他胖乎乎的脸上仍然瞧不出有什么值得特别注意的情绪。

雷恩万讲述的故事只是个引子,不过是为了顺理成章地再次尝试拽上沙雷对付斯特察家族。自然而然,不过是白费心机。即便雷恩万许以重金利诱,沙雷仍不为所动。当然,鬼知道雷恩万怎么才能搞到这笔钱。遭拒之后,两人的争吵重新爆发,而且变得极具学术色彩,两位辩手开始不遗余力地引经据典——从《塔西佗》到《传道书》。

"凡事皆空②,雷恩玛尔!你不要心里急躁恼怒,因为恼怒存在愚昧人的怀中③。记着:死掉的狮子还不如一条活着的狗。④"

---

①原文从此处开始对话为拉丁语。
②原文为"Vanitas vanitatum",拉丁语,出自《传道书》。
③出自《传道书》。
④原文为"Melior est canis vivus leone mortuo",拉丁语,出自《传道书》。

"你想说什么?"

"如果你还不放弃那些愚蠢的复仇计划,你会丢掉小命,它们对你来说意味着必死无疑。而我,就算侥幸活下来,也会被扔进监狱。而且这次也不会是像度假胜地般的加尔默罗会修道院,而是地牢。又或许,他们会自认为仁慈地让我在修道院长期禁闭。雷恩玛尔,你知道关禁闭是什么样子吗?无异于活埋。他们会把你关进地牢的一间小牢房,那里又窄又矮,人只能坐着,随着粪便越来越多,你不得不整天弯腰站着,这样头才不会撞到房顶。如果你认为我会为了你那件扑朔迷离的事情甘冒这样的风险,那你一定是疯了。"

"什么让你觉得扑朔迷离?"雷恩万恼火道,"我哥哥的死?"

"与他死亡有关的一切。"

雷恩万撇了撇嘴,扭过头去。他看了一会坐在树桩上的巨人参孙。"他看起来有点不一样。"他心想,"面相仍然呆头呆脑,但又有什么东西变了。到底是什么呢?"

"彼得林的死没什么扑朔迷离的地方。"他继续说道,"'祈怜者'杀了他。昆兹·奥洛克一伙收钱办事。所以斯特察家族要血债血……"

"你没听到你亲戚杰诗卡的话?"沙雷打断道。

"听了。但我觉得那些话无关紧要。"

沙雷从鞍囊里取出一个酒坛,拔掉塞子,果酒的香气扑面而来。这酒坛并非修士们的临别赠礼,雷恩万不知道沙雷是在何时用了何种手段将其收入囊中。但恐怕,他用的是最坏的方式。

"不听杰诗卡的话绝对大错特错。"沙雷说罢,喝了一大口酒,把坛子递给雷恩万,"她一向清楚自己在说什么。小子,你哥哥死亡背后的原因仍然不清不楚。至少没有清楚到要马上报仇的程度。

你没有任何证据表明幕后黑手是斯特察家族。甚至，你没有任何证据表明是昆兹·奥洛克一伙动的手。非但如此，整件事情甚至都找不到合理的动机。"

"你在……"雷恩万呛了口酒，"你在说什么？有人在巴比诺夫村附近见到了奥洛克一伙。"

"不足以作为证据。"

"他们有杀人动机。"

"什么动机？雷恩玛尔，我仔仔细细听了你的叙述。斯特察家族雇了奥洛克一伙是要活捉你，布热格附近的旅店里发生的事情无疑证实了这点。昆兹·奥洛克、斯托克和沃尔特都非常专业，只会做雇主付钱让他们做的事。他们的目标是你，不是你哥哥。他们为什么会把尸体扔在路边？路边上的尸体会给专业人士造成很多麻烦与风险，比方说被人追捕、落入法网、仇人寻仇……不，雷恩玛尔。这完全不符合逻辑。"

"那你觉得，是谁杀了彼得林？到底是谁？杀了他又有什么好处？"

"很好，你问到了关键的问题——他的死会让谁从中获益。你得告诉我更多你哥哥的事情。当然，是在去匈牙利的路上。我们的旅程还很长，要路过西维德尼察、弗兰肯施泰因、尼萨和奥帕瓦这几个城市。"

"你忘了津比采城。"

"确实。但你没忘。恐怕你也不会忘。我很好奇他什么时候会注意到。"

"谁？注意到什么？"

"本笃会修道院的参孙·食蜜者。他坐的树桩上有个马蜂窝。"

巨人猛一下站起身来，意识到自己上当后，又坐了回去。

"弟兄，我猜得没错，你懂拉丁语。"沙雷咧嘴笑道。

令雷恩万大吃一惊的是，巨人竟回以微笑。

"我的不对。"他的拉丁语极为纯正、标准，即便是西塞罗也挑不出任何瑕疵。"但这又并非罪行。如果这都算罪行的话，那谁人无罪？"

"我可不认为，在别人以为你听不懂的前提下偷听别人的谈话是一种美德。"沙雷撇嘴道。

"你说的有理。"参孙微微低头致歉，"我承认是我的过错。为了不让自己罪加一等，我想事先提醒一下，换成法语也只会徒劳无益。我也会讲法语。"

"哦？"沙雷的声音中透着一股寒气。"当真？①"

"毋庸置疑。②"

一时间，三人沉默不语。终于，沙雷大声清嗓的声音打破了沉寂。

"我毫不怀疑你的英语也讲得十分流利。"他试探道。

"当然。听好，让我们开门见山，语言游戏就玩到这里。③"他脱口而出，"即便我在这儿把所有的人类与天使语言统统讲一遍，也不过是对牛弹琴。时不我待，与其在这儿炫耀口才，不如我们直接来谈正事。我跟着你们并非是为了消遣，而是确有急事。"

"真的？什么急事？"

---

① Est-ce vrai，法语。
② 原文为法语："On dit, et il est vérité."
③ 原文为英语古语："Ywis. Herkneth, to speken short and plain. That ye han said is right enough."

"仔细看看我的长相,然后扪心自问:你们想变成我这个样子吗?"

"不想。"沙雷的回答直接而干脆,"朋友,你怪错了人。你长成这样要怨就怨你的父母。再不济就去怨造物主,他也有份。"

"我变成这样都是因为你们。"参孙毫不理会沙雷的嘲弄,"还有你们那愚蠢的驱魔仪式。你们给我惹了大乱子。你们是时候正视事实了,好好想想怎么弥补过错,用什么办法才能让一切重回正轨。"

"朋友,我不明白你在说什么。"沙雷道,"你是会说很多语言,但你刚才说的那番话我一句也听不懂。我敢拿自己身上最贵重的东西——我的老鸡巴——发誓。"

"牙尖嘴利。"巨人评价道,"却也愚不可及。你们真的不明白那些见鬼的咒语造成了什么后果?"

"我……"雷恩万吞吞吐吐道,"我明白……驱魔的时候……发生了什么。"

"很好,很好,受过大学教育的年轻人就是不一样。听你的谈吐和用词,应该是在布拉格上的大学。没错,没错,年轻人。那些咒语可能会产生副作用。"

"我们的驱魔仪式……"雷恩万低声道,"我感觉到了。我在一瞬间感觉到了一股能量涌了过来。是不是有可能……"

"正是如此。"

"别跟个孩子一样单纯,雷恩玛尔。"沙雷十分冷静地说道,"别被他牵着鼻子走。他在演戏。他想假装成被我们从另一个世界召唤而来、附身到傻子参孙·食蜜者身上的恶魔。说不准还打算装成被我们的咒语从宝石中解放的石精、从水壶中释放的精灵。陌生人,你还有要补充的吗?你到底是谁?从阿瓦隆归来的亚瑟王?圣骑士奥吉尔?永恒流浪的犹太人?[①]"

"为什么不继续说了?"参孙胳膊抱在胸前,"以你的聪明才智,我是什么人,你一定早有想法。"

"当然。"沙雷说道,"我知道你是什么人。但是,弟兄,是你走到了我们的地盘,哪有不主动自报家门的道理。别等我逼你。"

"沙雷,他说的也许是真的。"雷恩万认真道,"他是被我们的驱魔仪式召唤来的。为什么你感觉不到?为什么……"

"因为,我不像你那么容易上当。"沙雷打断道,"而且,他是什么人、在本笃会修道院做什么、为什么找上我们,我对这些一清二楚。"

"那请问,我到底是什么人呢?"参孙脸上的笑容已不带一丝憨笨神态,"快说来听听。我要好奇死了。"

"参孙·食蜜者,你是个逃犯。从谈吐来看,应该是个逃亡的神父。为了躲避追捕,你装疯卖傻,藏到了修道院中。无意冒犯,但不得不说你的长相为你扮成白痴提供了极大便利。你很聪明,所以马上看穿了我们……或者说看穿了我。你把我们的谈话都听了进去。你打算逃到匈牙利,但也明白自己一个人很难办到。我们两个见多识广,简直是天上掉下来的馅饼。你想加入我们。我没猜错吧?"

"错了,大错特错。除了这一点,几乎没有一处猜对:我的确一眼就看穿了你。"

"啊哈。"沙雷也站了起来,"我错了,你说的是实话。那就证

[①] 一个神话里长生不老的人,流浪的犹太人这个传说在13世纪开始在欧洲传播。

明给我看。证明自己是超自然的存在、另一个世界的居民。给我们看看你的能耐。来,让大地摇晃,让炸雷轰鸣,让闪电撕裂夜空,让太阳在夜晚再次升起,让水洼里的青蛙别再烦人地'呱呱'叫,一齐歌唱优美的《上帝颂歌》。"

"我办不到。即使我说我可以,你会信我?"

"不会。"沙雷坦白道,"我向来不会轻信别人。《圣经》教诲:不要相信所有的灵魂,许多虚假的先知已经现世。换句话说,骗子到处都是。"

"我不喜欢被人叫做骗子。"参孙语气平和地说道。

"哦,是吗?"沙雷垂下双手,身体微微前倾,"那我叫了你要怎样?顺便一提,我可不喜欢别人在我眼皮子底下骗人。如果有人这么做了,我会忍不住打断他的鼻子。"

"劝你不要。"

尽管沙雷比参孙矮了至少一头,但雷恩万对马上要发生的事情坚信不疑。他仿佛已经看到了即将上演的画面:沙雷一记踢腿正中腿窝,参孙跌倒瞬间被从天而落的重拳击中鼻梁,一声骨头断裂的脆响过后,巨人的衣服被喷涌而出的鲜血浸透。然而,接下来的一幕几乎令他惊掉下巴。

若将迅疾如风的沙雷比作眼镜蛇,那身形高大的参孙无疑是条巨蟒。巨大的身躯完全没有拖慢他的速度,一招一式都出奇迅捷、干净利落。电光火石之间,只见他一脚对上沙雷踢击,小臂横前,挡掉势大力沉的重拳,而后跳至一旁。沙雷同样跳开,神情凝重。雷恩万也不知道从哪冒出的勇气,冲到了两人中间。

"别打了!"他撑开双手,"别打了!先生们!你们就不觉得害臊吗!文明一些!"

"你的招式……"沙雷直起身子,"你的招式像是多明我会修士。这更验证了我的猜测。我不喜欢骗子。"

"他也许说的是真话,沙雷。"雷恩万说道。

"真话?"

"真话。之前曾发生过这样的事。他们是与我们平行的存在,无法用肉眼看到……魂灵的世界……可以与之交流……还曾有过造访这个世界的先例……"

"你在胡说八道些什么?"

"我没在胡说。布拉格的课上有教过!《光辉之书》中有记载,拉比努斯·莫鲁斯的《宇宙》里也有写。邓斯·司各脱证明了魂灵世界的存在。他的学说认为,高等物质能够以灵体状态存在。实体存在的人类肉体只不过是种不完美的形态……"

"别说了,雷恩玛尔。"沙雷不耐烦地挥手打岔,"收一收自己的热情。你的听众之一——本人要溜了。睡觉前,我要去灌丛里痛痛快快地拉泡屎。顺便一提,拉泡屎都要比在这儿浪费时间更有意义。"

"邓斯·司各脱、拉比努斯·莫鲁斯、摩西·莱昂这些卡巴拉主义者若是听到他的这番话简直能被气活。"过了一会,参孙不满道,"如果这些伟人都无法令他信服的话,那我又有多少机会?"

"微乎其微。"雷恩万说道,"因为你同样没有打消掉我的疑心。你是谁?来自什么地方?"

"你不会理解我是谁。"巨人冷静地回答道,"也不会理解我来自什么地方。我也不明白自己是怎么到的这里。如诗人言:我说不清我是怎样走进了这座森林。"

> 我说不清我是怎样走近了这座森林的，
> 因为我在离弃真理之路的时刻，
> 充满了强烈的睡意。

"作为另一个世界的来客，你竟然如此熟悉人类语言和但丁的诗歌。"雷恩万讶异道。

"我是……"参孙沉默片刻后说道，"我是一个流浪者，雷恩玛尔。流浪者们知道很多事情。这智慧来源于走过的路和去过的地方。我只能告诉你这么多。但我会告诉你谁是杀害你哥哥的真凶。"

"什么？你知道什么？快说！"

"不是现在，还需要一样东西。我听了你的故事，心里已经有了怀疑。"

"天呐，快说！"

"你哥哥死亡的秘密就藏在你从火里拿出的那张纸上。努力回想一下上面有什么——句子，单词，字母，随便什么都行。破译了那张纸，我就可以指认出凶手。"

"为什么要帮我？你想得到什么？"

"你要帮我改变沙雷的想法。"

"为什么？"

"为了让一切恢复原状，为了让我回到自己的身体和原本的世界，应该丝毫不差地还原整个驱魔仪式。全部的过程……"

忽然，灌丛中传来一声凄厉的狼嗥。紧接着，沙雷发出一声令人毛骨悚然的尖叫。

两人拔腿狂奔，尽管身形肥硕，参孙的速度却丝毫不落下风。他们一路循着尖叫声与折断的树枝，冲入黑漆漆的灌丛。接着，他们看到了匪夷所思的一幕。

沙雷在同一头怪物殊死搏斗。

那头巨大的类人怪物全身覆满黑色毛发，两只毛茸茸的爪子从沙雷腋下穿过，紧扣着他的脖颈——无疑，这怪物此前定是从背后偷袭。巨力压迫下，沙雷的下巴紧紧抵着胸口，已然无法出声尖叫，只能呼哧呼哧喘着粗气。他奋力挣扎，竭力不让自己的脑袋被一口尖牙、淌着口水的狼嘴咬到。任何还击的尝试都收效甚微——在怪物双肩下握颈式的紧锁之下，他的一只胳膊无法动弹，另一只也受到极大限制。饶是如此，沙雷此刻正如同伶鼬一般蜷缩身体，挥肘击向那张狼一样的脸孔。此外，他还不停地尝试抬腿后踢，但是掉到膝盖下面的裤子让他怎么也使不上劲。

雷恩万被吓得两腿发软，像根木头似的愣在原地。参孙却不假思索地冲了过去。

参孙的动作兼具蟒之速、虎之势，三步已至一人一怪身边。他奋力一拳，打到狼脸之上，未等愣住的怪物回过神来，两手抓住它毛茸茸的尖耳，用力拽起，怪物吃痛，放开了沙雷。紧接着，参孙将它甩了一圈，抬脚一记重踢。怪物径直飞向一棵松树，只听"咚"的一声闷响，狼头重重撞到了树干上，刹那间，无数针叶震落下来，如细雨般落得满地都是。遭受如此重击，人类的头骨早该如鸡蛋一般撞得粉碎，但狼人却马上站起身来，长嗥一声，扑向参孙。它并没有如同料想的一般使用尖牙利齿的下巴，反而施展出一套疾风骤雨般的拳脚功夫。而参孙以不可思议的敏捷身法，见招拆招，一一化解。

雷恩万正要扶起沙雷时，听他咕哝道："他的招式……他的招式……像是多明我会修士。"

化解无数拳脚之后，参孙抓住瞬息之间出现的空当，开始猛烈反击。只见参孙冲拳刺出，鼻子被打中的怪物吃痛哀嚎，紧接着，怪物的膝盖又吃一脚，蹒跚晃动之际，势大力沉的重击直捶胸口，怪物再次冲着那棵松树飞了出去。又是一声闷响，怪物的头骨竟然还是没有受到一点伤害。它怒吼一声，像一头狂怒的公牛，低头猛冲，试图借助冲击之力将参孙撞倒。参孙不闪不避，正面接下这气势汹汹的蛮力一撞居然纹丝未动，反而伸出双臂，缠住狼人。一时间，两人如同忒修斯与米诺陶洛斯般角力，双脚嵌进地里，低吼着奋力互推。僵持一阵后，力量更胜一筹的参孙将狼人猛地向后推出，攻城槌般的拳头于电光火石之间补上一记冲拳。一如方才，它的头撞到同一棵松树上时发出了同样的闷响。但这次，参孙没再给它喘息的机会。他跃步上前，干净利落地打了几拳后，怪物四脚伏地，留一个光溜溜、红通通的屁股正对着他。参孙的鞋子沉重又结实，这屁股对他来说简直是完美的目标。精准的一脚踢出，狼人厉声尖叫，吃痛飞起，脑袋再次撞到那棵倒霉的松树上。参孙由着它起身，待它刚露屁股的一瞬，又踢一脚。这一脚，更为精准，也更具力道。狼人滚下山坡，"噗通"一声掉入河里。没过一会儿，它狼狈不堪地从河里爬出，蹚过水洼，跌跌撞撞穿过赤杨灌丛，遁入森林深处。不久后，远处传出一声狼嗥，少了几分残暴与野性，多了几分凄惨与悲凉。

沙雷站起身，脸色煞白，双手不停发抖，小腿也在哆哆嗦嗦地打颤。但很快，他恢复了过来，一边小声咒骂，一边按揉后颈。

参孙走到他身前。

"没受伤吧？"他问道。

"婊子养的趁人不备搞背后偷袭。"沙雷搜肠刮肚找寻借口，

"它从后面摸上来……我的肋骨受了点伤……但这点小伤不在话下。如果不是因为这条裤子,我早就搞定……"

他对上了两人意味深长的目光。

"我脖子差点断了……总算是死里逃生。"他坦白道,"朋友,多谢。你救了我的命。说实话,差一点我就交待在这里了。"

"相比小命,你更该担心你的屁股。"参孙打岔道,"那头怪物在附近十分有名。它原本的人身就是性变态,变成狼人后,变态的性癖更是变本加厉。它总是潜伏在某处,等有人脱掉裤子露出私处,迅速从后面偷袭,把人锁住……然后……你懂的。"

沙雷打了个十分明显的冷战。显然,他明白参孙在说些什么。没过一会,他露出笑容,向巨人伸出一只右手。

满月之夜,月光清辉动人心魄,山谷中潺潺流水宛如炼金术士坩埚中的水银。篝火的火焰不时升腾跃动,伴着干燥的木头和多脂的树枝"噼里啪啦"的爆裂声,火星四溅,一闪而逝。

雷恩万告诉沙雷把新朋友送回另一个世界的方法时,沙雷既没有出言戏谑,也没说一句反对的话。听的时候他数次叹气,努力不泼冷水,明眼人一眼就能看出他对这计划不抱期望。但他终归没有拒绝。与之相反,雷恩万热情高涨,信心十足。

依照神秘巨人的请求,他们还原了整场驱魔仪式,期待交换再次发生,参孙回到他的世界,修道院的白痴回到自己硕大的身体里。他们尽力不漏过任何细节,包括沙雷脱口而出的咒骂和毫无意义的名字。雷恩万甚至绞尽脑汁回忆起那些阿拉伯语,又仿着当时情形大喊了一遍。实际上,该说"伪阿拉伯语"更为合适,因为那些句子都是雷恩万情急之下拼凑而来。

没有任何变化。

没有任何能量的震颤与流动。除了林中鸟儿的鸣啼与受惊马儿的鼻息，驱魔师们的大喊大叫没有造成任何变化。即使接受了无形世界、平行存在以及宇宙的那些假设，交换也没有再次出现。巨人仍是参孙。奇怪的是，此时最该沮丧的人却似乎是三人中最淡定的。

"这证明了一个理论：施咒时，咒语的词义和念咒的声音无足轻重。"他开口道，"精神倾向、决心与意志力才是至关重要的因素。我想……"

他的声音戛然而止，仿佛在期待有人提问或是评论。他的期待落空了。

"除了和你们待在一起，我没有其他选择。"他继续道，"我必须和你们同行，希望有一天你们其中之一——或是你们两人——可以送我回去。"

雷恩万惴惴不安地看向沙雷，后者一声不吭。他沉默了很长时间，不停调整雷恩万贴在他后颈上的膏药。膏药是用车前草做的，对脖子上的抓伤和咬伤有不错的疗效。

"好吧，我欠你的。"终于，他开口道，"朋友，虽然你还没有完全打消我的怀疑，但如果你想跟我们一起旅行，我也不会继续纠结你到底是不是逃犯。我管你是什么身份，至少你证明了路上有你利大于弊。"

参孙没有说话，点了点头。

"那就让我们愉快地同行吧。"沙雷继续道，"在此之前，我要提醒你不要在别人面前炫耀自己另一个世界的出身。原谅我的直白，实际上，别人在场时，你最好保持沉默，因为你谈吐和长相的极大落差一定会令人起疑。"

参孙再次点头。

"我再说一遍,我并不是很关心你到底是谁,所以我也并不要求你跪下告解。但我总得知道怎么叫你。"

"勿问姓名,那是秘密。"雷恩万想起了三个林中女巫以及她们的预言,小声说道。

"没错。"巨人微笑道,"我这名字很不错……满是奇妙的巧合,得到它也绝非偶然。《士师记》中的参孙蒙赐神力……我要保留这不错的名字。至于姓氏,我要感谢你非凡的想象力和创造力……虽然说实话,一想到蜂蜜我就有恶心的感觉……总会让我想起在教堂中醒来的时候,手里抱着个黏腻腻的罐子……就像一场噩梦……但我会接受这个姓氏。请叫我参孙·食蜜者。"

Chapter 14
第十四章

　　本章与前章故事发生在同一夜，但地点不同。本章故事发生的大城市在距三人东北方向约八英里处。作者强烈建议读者看一眼西里西亚地图，马上就能明白说的是哪个城市。

　　教堂钟塔的群鸦被飞落的一只旋壁雀惊扰，凄声厉叫着振翅飞起，仿佛火里冒出的黑烟般在空中盘旋一会，纷纷落至民房屋顶。群鸦数目众多，将它们驱离钟塔绝非易事。况且，群鸦也绝不会忌惮一只不起眼的旋壁雀。然而，动物本能令群鸦瞬间意识到，它并非一只普通的旋壁雀。

　　弗罗茨瓦夫狂风呼啸，黑漆漆的乌云从斯莱扎山方向压来。奥得河灰浊的水面掀起层层波纹，麦芽岛的柳枝剧烈摆动，古河道中的苇丛宛如汹涌的浪潮般起伏不定。旋壁雀伸展双翼，冲着盘旋在屋顶上空的乌鸦发出一声威慑的啸叫，而后飞上天空，围绕钟塔盘旋一周，最后落到一个窗台的檐口。它从窗格钻入漆黑的钟塔，绕着木楼梯如闪电般回旋下落。落至教堂中殿的地板上后，它拍打双翼与蓬乱的羽毛，很快化为一个身着黑衣的黑发男人。

看门人老头拖着踢踢沓沓的脚步，嘴里咕咕哝哝，从祭坛方向走来。旋壁雀高傲地挺直身子。看门人看了他一眼，本就没有血色的皮肤变得更为惨白，他画了个十字，低头快步向祭衣间退去。然而，他拖沓的脚步声早已惊动了旋壁雀要见的人。教堂拱廊下，无声无息地浮现出一个人影。他身形高大，短山羊胡，全身包裹在绣有一个红色十字架与一颗星星的斗篷之中。弗罗茨瓦夫圣马提亚大教堂属于医院骑士团，他们的医院就在教堂旁边。

"吾等齐聚于此。"旋壁雀低声致意。

"吾等齐聚于此。"医院骑士双手互握，低声道，"以主的名义。"

"以主的名义，弟兄。"旋壁雀的脑袋与肩膀像鸟一样颤动，"事情进展如何？"

"我们没有丝毫懈怠。"医院骑士小声道，"来的人络绎不绝。事无巨细，我们都一一记了下来。"

"宗教审判所那边呢？"

"没有任何怀疑。他们分别在四所教堂新设了四个告密点，圣道博、圣文生、圣拉撒路与沙滩上的圣母玛利亚大教堂。他们不会注意到我们的告密点还在运作。时间和之前一样，礼拜二、礼拜四、礼拜日，从……"

"我很清楚时间。"旋壁雀毫不客气地打断道，"所以我才挑现在过来。带我去忏悔室。我要坐下听听人们的苦恼。"

没过多久,第一位来客已在格栅前跪倒。

"……提图斯弟兄对他上面的人一点都不尊重……他谁也不看在眼里……有一次,他居然指责院长做弥撒时醉醺醺的,院长当时也就只喝了一点点而已,一瓶酒对海量的院长来说怎么能算多呢。提图斯弟兄就没有这份尊重……后来院长就让盯紧他,让人秘密搜查了他的小房间……床底下搜出了些藏起来的书本和小册子。难以置信……威克里夫的《三人对话录》……胡斯的《论教会》……罗拉德派和瓦勒度派的小册子……彼得·奥利维的《后启示录》……奥利维是该死的异端,贝居安修会的使徒,读他书的人一定暗地里也是贝居安修会的人。上面的人命令我们告发贝居安修会人士,所以我才……请上帝宽恕……"

"我要举报游吟诗人沃德奈的加斯顿,他不知道用了什么花言巧语得到了格沃古夫公爵的宠爱,但他其实就是个骗子、小白脸、异端、无神论者。他净写些不入流的打油诗迎合乡巴佬们的低级趣味,天知道为什么人们会觉得他的诗比我这个本地人写得好。我认为,应该流放这外地人,让他滚回普罗旺斯老家,我们根本不需要外国的风俗文化!"

"……隐藏自己哥哥在波希米亚的事实。他当然不敢说,因为他哥一四一九年之前在布拉格圣斯德旺教堂做过助祭,现在也还是神父,但却是在塔博尔城,在普洛科普那儿。他蓄着胡子,在外面布道时连十字褡都不穿,大逆不道地领受两种圣餐。那我要问了,虔诚的天主教信徒会隐瞒他有个这样的哥哥吗?容我再问,虔诚的天主教信徒应该有这样的哥哥吗?"

"……他说教区神父休想从他这儿收到什一税,他还诅咒放荡的天主教信徒都得天花,鼓吹胡斯党来得越早越好。我发誓他就是这么说的。而且,他还是个偷了我一只羊的贼……他说他没偷,那本来就是他的羊,但是我认得那只羊就是我的,它的耳朵上有个黑点……"

"尊敬的神父,我想要控告玛格达……那不知羞耻的荡妇是我的妯娌……晚上和小叔子亲热的时候,她叫床的声音从来不知道轻一点,和叫春的猫似的大声呻吟。如果只有晚上这样也就算了,白天她觉得没人看着时也这么干……她扔掉锄头,弯下腰,扒着篱笆墙,小叔子就去她后面,把她裙子撩到背上,跟头公羊似的……呸,下流……我男人的眼睛闪着亮光,这可没逃过我的眼睛,还舔了下嘴唇……然后我就跟她说,婊子,要点脸,为什么要勾引别人的老公?她就说:喂饱了你老公,他就不会到处乱看,也不会竖起耳朵听别人在干草堆里办事。她还说她可不打算亲热的时候小声一点,叫床会让她快乐。一位神父在教堂布道时说这样的快乐是一种罪,她听到了,就说那神父一定不是傻瓜就是疯子,快乐不可能是罪,本来就是上帝创造出来的这些玩意。我和邻居说了她的那番话,她就和我说,能说出这种话的人绝对是异端,我应该告发那婊子。所以我……"

"……他说教堂祭坛上放的绝对不是耶稣的圣体,因为就算耶稣有整个教堂那么大，他的身体也不够那么多弥撒仪式来分，神父们早就自己偷偷吃掉了。这些都是他大不敬的原话，如果我说的是谎话，愿遭天打雷劈。如果他被绑柱子上烧死了，我希望能把他河边的那两块地赏给我……我听别人说告发会得到奖赏……"

"……老贝卢特的遗孀杰诗卡，丈夫死后就改名'维星的杰诗卡'，还继承了他养马贩马的生意。一个结过婚的女人成天抛头露面做生意真的合适吗？还和我们这些虔诚的天主教信徒抢生意……为什么只有她生意做得红火？其他人怎么就赔钱？因为她把马卖给了胡斯党！异端邪徒！"

"……皇室在大力推行锡耶纳会议通过的贸易禁令，严禁任何人与胡斯党做生意，否则罚没财产、大刑伺候。就连波兰的异教徒国王雅盖沃，也在严惩胡斯党的间谍，还有那些卖给他们铅铁、武器、食盐和其他物资的人。违反禁令就会身败名裂，丢掉财产和特权，流放国外。而我们西里西亚什么样子？贪得无厌的商人们漠视贸易禁令。他们说利润才是一切，只要能赚钱，就算是撒旦本人也可以谈谈生意。想要他们的名单吗？尼萨的托马斯·杰罗德、西维德尼察的尼古拉·纽马克特、拉齐布日的哈努希·罗斯特。说到那罗斯特，我还想补充一点，七月二十一日晚上，他还在弗罗茨瓦夫城晶盐广场的'毛拉'酒馆诋毁神父们骄奢淫逸，当时有很多人在场。对了，差点忘了，和捷克人做买卖的还有个叫法比安·普费弗科恩的，涅莫德林城的人……听说他已经死了？"

"……他们说出了一个名字：厄本·豪恩。他们认识他，他是个唯恐天下不乱的阴谋家，很有可能是叛教者、异端邪徒。极可能是瓦勒度信徒！贝居安信徒！他母亲就是贝居安信徒，忍受不了酷刑拷打认了罪，在西维德尼察城被烧死了。她的夫姓是罗斯，全名玛格丽塔·罗斯。豪恩不过是化名。我亲眼见到他出现在斯切林城，诋毁教皇，煽动平民造反。我还看到，咏礼司铎奥托·白斯的远亲——别拉瓦的雷恩玛尔和他在一起。两人可真算是狼狈为奸，都是叛教者和异端邪徒……"

最后一名来访者离开圣马提亚大教堂时已是傍晚。旋壁雀走出忏悔室，舒展了一下身体，给了山羊胡骑士一张写满了字的纸。

"多贝尼克院长身体还没好转？"他问道。

"没有，一直卧病在床。"医院骑士确认道，"所以实际上的审判官是格里高利·海茵彻。他也是个多明我会修士。"

医院骑士嘴巴微微一瘪，仿佛吃了什么难吃的东西似的。这细微的神色变化没有逃过旋壁雀的眼睛，骑士自己也意识到了。

"那海茵彻是个认死理的年轻人。"他的语气略带迟疑，"做事一板一眼，凡事都讲证据，极少动刑。人到了他手里大多会被洗刷嫌疑、无罪释放。他太过心慈手软。"

"我看到圣道博大教堂后面还留有火刑后的灰烬。"

"三个礼拜才烧死两个异端。"骑士耸肩道，"施文克菲尔德兄弟做审判官的时候，这人数早翻了十倍。不过，第三把火随时都有可能放。教会抓了个巫师。那巫师很可能把灵魂出卖给了魔鬼。在我们说话的当口，他正被用刑审问。"

"在多明我会修道院？"

"在市政厅。"

"海茵彻也在?"

"稀奇的是,他居然在。"骑士讪笑道。

"那巫师是什么人?"

"扎哈里·沃格特,一个药剂师。"

"弟兄,你说是在市政厅?"

"是的。"

弗罗茨瓦夫教区的宗座特派审判官①格里高利·海茵彻看上去的确相当年轻。旋壁雀猜测此人绝不会超过三十岁。当旋壁雀走入市政厅地下室时,这位审判官正埋头大吃。他的衣袖高高卷起,狼吞虎咽地吃着锅里的猪油渣拌卡莎饭。在火把与蜡烛的光亮下,眼前一幕充满了画作一般的美感——肋状的拱顶、粗糙的墙壁、橡木桌子、十字苦像、挂满蜡油的烛台、白色修衣上的污渍、彩釉的陶罐、女侍的裙子与围裙——只消再多一点光亮,便是一幅完美的《弥撒圣歌集》插画。

然而,这如画般的美感很快就被痛苦的惨叫破坏。每隔一会儿,地下室的更深处便会传出凄厉的哀嚎。通向声音源头的通道中,红色的火光忽明忽暗,宛如通向地狱的大门。

旋壁雀在台阶旁驻足等待。审判官没有理会,继续吃饭。直至吃得锅底锃亮,糊在锅壁上的饭粒也被用勺刮擦干净,他才抬起头来。他有双敏锐的眼睛,连成"一"字的浓眉为其平添几分严肃,也令他看上去比实际年龄更老成些。

"你是康拉德主教的人,对不对?"他认出了旋壁雀,"葛伦诺

---

① Inquisitor a Sede Apostolica specialiter deputatus,拉丁语,全称"宗座特派异端审判官"。Sede Apostolica,意为宗座,指代教皇的教务职权。

特……"

"比尔卡特·冯·葛伦诺特。"旋壁雀提醒道。

"对,比尔卡特·冯·葛伦诺特,主教的亲信与谋士。请坐。"格里高利·海茵彻抬手示意女侍清理桌子。

地下室深处传出声嘶力竭的哀嚎与惨叫。旋壁雀坐到桌前。海茵彻擦了擦吃到下巴上的猪油。

"我听说主教已经离开了弗罗茨瓦夫?他是去旅行?"

"如您所说。"旋壁雀答道。

"难道不是去尼萨拜访阿格涅丝卡·萨尔茨韦德尔女士?"

阿格涅丝卡是主教新交往的情人,这秘密藏得极深,没几个人知道。然而,旋壁雀听到海茵彻提及她名字时,眼睛眨都不眨,表情没有丝毫变化。他开口道:"主教大人通常不会告诉我这种事情。我也不会去问。在主教大人那伸着鼻子乱闻的人,鼻子随时可能被割掉。我可不想丢掉自己的鼻子。"

"对此我毫不怀疑。但我关心的并非是那些情事,而是主教大人的身体。康拉德主教毕竟已经不是年富力强的年轻人,应当避免过度的兴奋刺激……况且,他从乌丽卡·冯·莱茵那儿回来还不到一个礼拜。更不用提本笃会的修女们……骑士先生,不必惊讶,收集情报本就是审判官的职责。"

一阵惨叫从地下传来,突然戛然而止,变为粗重的喘息。

"收集情报本就是审判官的职责。"海茵彻继续道,"所以我很清楚,康拉德主教去西里西亚各处并非仅仅为了造访那些有夫之妇、年轻寡妇和修女们。康达主教准备再次出征布劳莫夫。他正努力劝说奥帕瓦的普热梅克公爵与阿尔布雷希特·冯·科迪兹总督与之合作。还希望得到克沃兹科总督——恰斯托洛维采的布塔领主兵力支援。"

旋壁雀沉默不语,既没承认,也没否认。

"康拉德主教似乎并不在乎西吉斯蒙德皇帝和帝国王公们与之截然不同的战略决策。"海茵彻继续道,"为避免再次出现之前十字军东征时所犯的错误,他们慎之又慎,决定组建同盟、筹集军资、联合摩拉维亚的领主们。在此之前一定避免军事冲突。"

"康拉德主教没必要看帝国王公们的脸色,在西里西亚,即使不是更高一级,他和那些人的地位至少也是平起平坐。"旋壁雀不再沉默,开口说道,"与此同时,英明神武的西吉斯蒙德皇帝似乎很是忙碌……作为基督教的堡垒,他正在多瑙河畔和土耳其人不痛不痒地打打闹闹。也许他正在努力忘记那些惨痛的往事,比如三年前在德意志布罗德被胡斯党打得溃不成军、落荒而逃。他不着急再次出征波希米亚,恰恰说明他一定还对那些事历历在目。于是,让异端闻风丧胆的义务便落到了康拉德主教的肩上。想必您也知道一个道理:汝欲和平,必先备战。"

"我还知道一个道理:无耐心者不智。"海茵彻毫不躲闪地对上旋壁雀的目光,"算了,这话题到此为止。我有一些事情要和主教商议。其实是有几个问题要问。但他不在弗罗茨瓦夫……太不凑巧。葛伦诺特先生,我应该指望不上你来回答那些问题,对不对?"

"要看是什么问题。"

审判官沉默了一会,似乎是在等待被酷刑拷打的人再次惨叫。

"事关近来在西里西亚发生的一连串疑点重重的谋杀案……"惨叫停止后,他开口道,"阿尔布雷希特·巴特男爵在斯切林城附近被杀害。别拉瓦的彼得先生在亨利克夫附近遇害。海森斯坦的钱柏先生在索布特卡城被刺死。商人尼古拉·纽马克特在西维德尼察大路上遇袭身亡。商人法比安·普费弗科恩遇害的地方离涅莫德林神学院仅有几步远。这些都是近来在西里西亚境内发生的谋杀案,每一桩都离奇古怪、扑朔迷离。主教不可能没有听说过。你也是。"

"我们的确有所耳闻。"旋壁雀漠然承认道,"但并没有特别放在心上。什么时候谋杀成大事了?人们从没停止过互相杀戮。人与人之间的关系从来不是相亲相爱,而是互相憎恶,随时准备送仇敌去另一个世界。每个人都有仇敌,杀人动机从来不缺。"

"你像是会读心术般说出了我的心声。"海茵彻同样冷漠道,"这一连串扑朔迷离的谋杀案似乎也不例外,不缺动机,不缺仇敌,遇害者身上要么有邻里纠纷,要么有婚姻背叛,要么背负着家族世仇。嫌疑轻而易举地落到这些人头上,真相似乎触手可及。但等真正走近,更为细致地调查它们时,又会马上如堕雾中。这才是这些谋杀案引起轩然大波的原因。"

"仅仅如此?"

"不止。还有凶手骇人听闻的作案手法。死者都是突然遇袭,犹如青天飞霹雳。而且是千真万确的青天,因为每桩案子发生的时间都在午时。"

"有趣。"

"的确有趣。"

"有趣的并非是案子,而是您居然没有想到《诗篇》①中的咏词。那句'白日飞来的箭矢'没让您联想到什么?那'闪电一样的箭矢,划破青天,带来死亡'呢?'午间肆虐的恶魔'还是让您也

---

①Psalm,也称《圣咏》,是古代以色列人对上帝真正敬拜者所记录的一辑受感示的诗歌集,包括150首可用音乐伴唱的神圣诗歌,供人在耶路撒冷的圣殿中对主作公开崇拜时唱咏之用。

什么都没想到？当真奇怪。"

"所以，真凶是只恶魔。"海茵彻互握的双手贴近嘴唇，却也没能完全遮住嘴角的讥笑。"一只恶魔在西里西亚四处游荡，伺机杀人。恶魔与死亡之箭。啧啧。难以置信。"

"不信魔鬼存在者即为最邪恶的异端。①"旋壁雀马上说道，"这条铁律，由我一介凡人来提醒身为宗座特派宗教审判官的您真的合适吗？"

"这极为不合适，葛伦诺特先生。"海茵彻的眼神犀利，带着威胁的口吻冷冷道，"不必再提醒我任何事，只需要好好回答我的问题。"

地下传来的痛苦惨叫宛如咆哮而来的凛冽寒风，令他话中寒意更盛。然而旋壁雀面不改色。

"我无意向您提供帮助。"他冷冷道，"我已经说过，那些凶杀案我早已耳闻，但那些遇害者我一个不认识。我从没听说过他们，他们的死对我来说仅仅是没什么大不了的新闻而已。我不认为这些事值得去打扰尊敬的主教，因为他的回答一定和我一样。而且还会问出一个我不敢问的问题。"

"哦？尽管问。你不会有任何危险。"

"主教会问：提到的那几个人值得引起宗教审判所的注意？"

"主教会得到这样的答案：宗教审判所怀疑那几个人是异端，是胡斯党的支持者，一直与胡斯党暗中勾结。"

"啊哈，那他们就是恶人。既然如此，他们被杀了，宗教审判所没理由还要为他们哀悼。据我了解，主教一定会说，有人代劳此

---

① Haeresis est maxima, opera daemonum non credere，拉丁语，欧洲中世纪宗教审判所信条之一。

事，宗教审判所一定非常开心。"

"宗教审判所不喜欢别人代劳。我会这么告诉主教。"

"主教会这样回应：若是如此，宗教审判所行事的速度与效率该当更快。"

地下室回响起声嘶力竭的惨叫，这一次，更为凄厉，更为痛苦，时间也更为持久。旋壁雀窄如鸟喙的嘴巴一个抽动，挤出一个极不自然的笑容。

"喔，烧红的烙铁。"他的头冲着通道歪了歪，说道，"按流程来说，此前一定是吊刑和手脚钉刑，没说错吧？"

"那是个顽固不化的异教徒……"海茵彻不悦道，"我们还是不要偏离正题。请回去转告尊敬的康拉德主教：看着有胡斯党嫌疑的人一个一个被杀，宗教审判所正越来越不满。无论是有叛教、暗中交易还是协助胡斯党的嫌疑，宗教审判所还未来得及审讯，那些人就被一一抹杀，就像是有人在故意掩盖痕迹。无论掩盖胡斯党痕迹的人是谁，都将难逃异端指控。"

"我会一字不差地转告主教。"旋壁雀露出不以为然的微笑，"但恐怕他不会畏惧。像所有皮亚斯特人一样，他可不是会惧怕威胁的人。"

地下室中再次回荡的惨叫令人不得不信，上一声撕心裂肺的惨叫之后，遭受酷刑折磨的那人还能嚎出更为尖厉与凄惨的叫声。

"如果现在还不招认，那他们永远都不会认罪。"旋壁雀说道。

"似乎你有经验？"

"别误会，只是读过一些拷问者的笔记。"旋壁雀狞笑道，"伯纳德·桂、尼古拉·艾莫瑞，还有西里西亚有名的拷问者奥波莱的贝莱瑞恩、扬·施文克菲尔德。尤其是后一位的笔记，诚挚地推荐您好好读读。"

"为何？"

"不为其他，若是一个恶人、一个异端或是他们的走狗离奇死亡，扬·施文克菲尔德弟兄一定会高兴得手舞足蹈。扬弟兄一定会在心里默默感谢背后那神秘之手的主人，为他诚心祈福。原因很简单，少一个异端，扬弟兄就可以腾出功夫来对付其他异端。他坚定地认为，异端就该活得惶惶不可终日，朝不保夕。"

"有趣，我会考虑找来读一下。"

"您坚信，巫师和异端属于同一个庞大的邪恶教派——一个人数众多、规模巨大、组织严密、目标明确的秘密组织。在这场严峻激烈的战争中，他们一直在执行撒旦本人推翻上帝、掌管世界的宏大计划。这种观点也得到了很多教皇和教会圣师的认可。既然如此，那您为什么不想看到……在这场战争中……他们的对手……也建立自己的……秘密组织？为什么您如此激烈地抗拒这个想法？"

"因为，"宗教审判官冷静回答道，"没有任何一位教皇和教会圣师会同意这种想法。有我们宗教审判所在，上帝不需要任何秘密组织。而且，我见过太多自称是上帝使者的疯子，扬言自己是以上帝的名义执行神圣的使命。"

"我可真羡慕您，年纪轻轻就见多识广。"

"所以，"海茵彻没有理睬旋壁雀的嘲弄，"如果那'飞箭'、那自称恶魔和上帝使者的人落到我的手里，等待他的绝不会是以身殉道，那样反而合了他的心意。我要把他关进愚人之塔，那里才是白痴和疯子该待的地方。"

惨叫声已经沉寂了很长时间，通往地下室更深处的楼梯传来窸窸窣窣的脚步声。

很快,一个干瘦的多明我会修士走入房间。他走到桌前,深鞠一躬,露出满是褐黄斑点的秃头。

"阿努尔弟兄,如何?"海茵彻十分不耐烦地问道,"他认罪了?"

"是的。"

"很好,我正好开始不耐烦了。"

修士抬起眼睛。他的眼神中既没有任何厌烦,也没有一丝疲惫。显然,地下室深处的工作令他乐在其中、不知疲倦,甚至很乐意重来一遍。旋壁雀冲他露出微笑,他并未回以微笑。

"然后呢?"海茵彻催促道。

"我记录了所有证词。他交代了一切。先交代了自己使用咒术和巫术召唤出一只恶魔,后来交代与恶魔签署了契约,还有契约的详细内容。他描述了安息日和黑弥撒期间看到的人……但是,不管我们怎么逼他,他都没有交代那些魔法书和契约书藏在哪里。但是我们逼他说出了那些护符都是为谁做的,特别是那些致命的护符。他还招认,曾经借助魔鬼的力量,使用乌陵和土明①,诱奸了一个处女……"

"你说这些有什么用!"海茵彻怒吼道,"我要的是什么魔鬼、处女?我要的是他和捷克人的联系!胡斯党间谍和探子的名字!武器和宣传书刊的藏匿地点!新招募的成员和支持者的名字!"

"这些他一件也没有招认。"阿努尔哆哆嗦嗦地说道。

"那明天你就重新审他!"海茵彻站了起来,"葛伦诺特先生……"

---

① Urim i thurim,原意分别为"光明"和"完全",引申意义为"启示和真理",是古代希伯来人在遇到问题或难处时,用以显明上帝旨意的一种预言媒介。

"请允许我再占用您一点时间。"旋壁雀的目光快速掠过干瘦的修士。

海茵彻不耐烦地挥了挥手,示意阿努尔退下。

旋壁雀等阿努尔走出房间,说道:"考虑到那些谋杀案仍然没有任何头绪,为表明我的诚意,我建议您……"

"拜托,不要告诉我真凶是使用乌陵和土明的犹太人。"海茵彻没有抬头,手指一直敲击桌面。

"我建议您抓捕……并彻底审讯……两个人。"

"名字。"

"厄本·豪恩。别拉瓦的雷恩玛尔。"

"遇害者的亲兄弟?"海茵彻皱了皱眉,但也只是一瞬而已,"哈,不必开口,不必开口,葛伦诺特先生。看来你又打算指出我对《圣经》典故知之甚少,这次是'该隐和亚伯'①的故事。所以那两人……你敢向我保证?"

"我保证。"

他们对视片刻。

"我会尽最大的努力,在你动手前把他们找到。"海茵彻心中暗想。

"我也会尽最大的努力,让你只能找到他们的尸体。"旋壁雀心中暗想。

"再见,葛伦诺特先生。愿上帝与你同在。"

"阿门,敬爱的神父。"

---

① Kain i Abel,神话中,该隐与亚伯是亚当和夏娃所生下的两个儿子。该隐是神话史上第一个谋杀他人的人类,亚伯是第一个死去的人类。

药剂师扎哈里·沃格特一直在痛苦地呻吟。他被扔到了市政厅地下室一间单人牢房的角落。湿冷墙壁上滴下的水滴汇到一起，最终都流到这低洼的一角。潮湿的稻草已经腐烂。药剂师没办法换个地方，事实上，哪怕仅仅是换个姿势他都无能为力。他的手肘青肿，双肩脱臼，小腿骨折，指骨粉碎，两肋处与脚底上溃烂的烙伤不时传来钻心的剧痛。所以，他只能神志不清地躺在那儿，痛苦地呻吟，呢喃，眨动血肉模糊的眼睑。

从布满霉菌的墙壁中，抑或说从砖块之间的裂隙中，钻出了一只旋壁雀。很快，它化为一个身着黑衣的黑发男人。抑或说，一个身着黑衣的人形生物。因为药剂师心知肚明，那并非人类。

"哦，天呐……"他在稻草上不停扭动，含混不清地咕哝道，"哦，黑暗王子……敬爱的主人……您来了！您没有丢弃身处险境的忠实奴仆……"

"不得不让你失望了，我不是恶魔。"黑发人到药剂师身前。"也不是恶魔的使者。恶魔很少关心人类的命运。"

药剂师张开嘴巴，像是要尖叫，却只发出几声嘶哑的"呃呃"声。黑发人一只手抓住了他的脑袋。

"告诉我那些契约书和魔法书藏在哪儿。"他说道，"抱歉，我一定要知道。对现在的你来说，它们已经失去了价值，但是对我大有用处。顺便一提，我会让你彻底解脱，不必面对接下来的酷刑和烈火。不用谢。"

"如果不是恶魔……"药剂师的眼睛不受控制般惊恐地睁大，"那你来自……它的敌人？上帝……"

"又要让你失望了。"旋壁雀微笑道，"那位更不关心人类的命运。"

Chapter 15
第十五章

在本章中，事实证明，虽然"赚钱的艺术"和"艺术的生意"两者概念不一定是矛盾的。然而，即使是划时代的发明，在文化领域也不容易找到赞助者。

与西里西亚所有的大型城镇一样，西维德尼察城规定，任何向街道扔垃圾破坏市容整洁的人都将会面临严惩。然而看起来，与其说这条禁令执行得不是非常严格，毋宁说是形同虚设。清晨一场短促的大雨过后，狭窄的城镇街道被积水淹没，在牛蹄马蹄的搅拌之下，很快成为混杂着粪便、泥巴与稻草的沼泽。浮于水面的垃圾堆中，装点着各式各样的动物腐尸，宛如汪洋大海中一座座迷人的岛屿。数只鹅在泥泞淤积处大摇大摆，数只鸭子在雨水深积处悠然戏水。木板铺就的小道上,赶路的行人颤颤巍巍,一个不小心便脚下踩空,落到泥水里。尽管随意放养家畜同样面临缴纳罚金的风险,街道两头却跑来几头尖叫不止的猪。它们像是有股无处发泄的怨气,和没头苍蝇似的在行人与马匹之间横冲直撞。

他们走过织工街与满是"叮叮当当"捶击声的制桶街,最后经高街来到城镇集市。雷恩万不禁想去附近有名的"金色麟虫"药剂商店看看,店里的药剂师克里斯托·艾申罗尔是他的老熟人,曾教过他炼金术基础与白魔法。不过他还是放弃了这想法,过去三周的教训让他记住了不少秘密行动的准则。而且,沙雷也在不停催促他走快些。稀奇的是,路过数家酒馆时,沙雷也丝毫没有放慢脚步。要知道,西维德尼察城的"三月啤酒"可是驰名世界。他们快速穿过市政厅对面拱廊下繁忙的蔬菜集市,挤过被马车塞得水泄不通的克拉舍维采街。

雷恩万与参孙跟在沙雷身后,走入一条低矮的石头拱廊,拱廊的通道光线很暗,尽头是一扇大门,门内散发着浓重的尿臊味。门后是一处窄小的院子,里面堆满了各种各样的垃圾与废料。此外,院中猫的数量极多,比之埃及猫女神巴斯特的神殿也毫不逊色。

院子的尽头是一个马蹄状的回廊,通往入口的陡峭楼梯旁立着一尊木制雕像,像上油彩与镀金痕迹隐隐约约,仿佛已过了百年之久。

"这是哪位圣人?"

"路加,画家们的守护神。"沙雷说罢,抬腿迈上木头阶梯。

"我们为什么要来找画家?"

"拿些装备。"

"浪费时间!"心系爱人的雷恩万不耐烦地说道,"我们在浪费时间！什么装备？我不明白……"

"我们得给你找点新的裹脚布。"沙雷打岔道，"相信我，你可太需要它们了。扔掉那些旧的，我们也好呼吸呼吸新鲜空气。"

趴在台阶上的几只猫不情不愿地起身让路。沙雷敲敲结实的房门，开门的是一个瘦骨嶙峋的矮小老头，他一头乱蓬蓬的头发，青紫色酒糟鼻，身上的罩衫布满了五颜六色的斑点。

"尤图斯·斯科特大师不在。"他眯着眼睛说道，"等会再来吧……天呐！我不敢相信我的眼睛！尊敬的……"

"沙雷。"沙雷立即抢话道，"别让我站在门外，昂格大师。"

"没错，没错……快请进……"

屋子内部弥漫着浓重的颜料、亚麻油和树脂的味道。几个年轻人正围绕着两台奇怪的机器忙忙碌碌。他们身上的围裙油腻肮脏，满是黑色的油墨。机器上装着类似印刷机器的轮轴装置。紧接着，在雷恩万的眼皮底下，他们从木滚筒下抽出一张纸，上面清晰地印有圣母玛利亚怀抱婴儿的画像。原来，那的确是两台印刷机。

"有意思。"雷恩万说道。

"呃？"昂格大师移开打量参孙的视线，"您说什么，年轻的先生？"

"我说这很有意思。"

"给你看看更有意思的。"沙雷拿起一张从另一台机器里抽出的纸，上面印有一些整齐排列的长方形图案。那是些十分流行的法式图案皮克牌卡片。

"我们可以在四天内做出一副全套三十六张卡片的皮克牌。"昂格大师十分骄傲地说道。

"在莱比锡，两天就能做一副。"沙雷说道。

"那都是些粗制滥造的垃圾！"昂格大师抬高了声调，"印刷母版都是雕工不入流的大师做的，上色与切割技术更是拙劣粗糙！看看我们的，线条多么清晰，上完色后绝对是杰作。城堡和宫殿里玩的都是我们的牌，呐，还有教堂和神学院，而那些莱比锡皮克牌只能卖给酒馆和妓院……"

"行了，行了。一副牌卖多少钱？"

"九十个格罗申。运输的钱要另算。"

"西蒙，带我们去里屋。我在那儿等斯科特大师。"

第二个房间要安静许多。三个画家坐在画架前忘我工作，甚至在他们经过时头也没回。

第一个画家的画板上仅有潦草的素描线条，很难想象出他要画什么。第二个画家的进度要领先许多，可以清楚看到莎乐美手持放着约翰头颅的盘子。莎乐美身上飘逸的长袍完全透明，而且画家费了不少心血来保证所有细节都能一览无余。参孙轻哼了一声，雷恩万吸了口凉气。看到第三个画板，他吸气的声音更大了些。

描绘圣巴斯弟盎的第三幅画已经基本完工。然而，这幅画中的圣巴斯弟盎与他常见的殉道形象有很大不同。他仍然站在木桩旁，纵使身上插满了箭矢，脸上仍挂着欣喜若狂的笑容。但相同之处仅此而已，因为画中的圣巴斯弟盎居然一丝不挂。那硕大粗壮的阳具如此显眼，令所有看到的男士深感惭愧。

"这是切布尼察城西多会修女院的特殊订单。"西蒙·昂格解释道，"先生们，继续走，我带你们去里屋。"

附近的铜匠街不停传来"叮叮当当"的敲击声。

"他们的订单可真不少。"一直在一张纸上写着什么的沙雷向声音传来的方向歪了歪头，"看来铜器加工那行现在很赚钱。我们行情怎么样,亲爱的西蒙?"

"根本没法挣钱。"昂格一脸沮丧地回答道,"订单倒是一直不断,但是没办法把货物运出去又有什么用?每走几百米就会有人把你扣下,盘问你从哪里来,到哪里去,为什么要去那里,然后来回翻找货箱和鞍囊……"

"谁?宗教审判所的人?还是科迪兹的人?"

"两边的人都有。宗教审判所的神父们就住在离这儿不远的多明我会修道院。科迪兹总督简直像被魔鬼附了身。一切都是因为他们刚抓到几个带着异端书籍和宣言的波希米亚间谍。那些人被市政厅里的拷问官们拿烙铁一烫,就交代出了一大串同党和支持者名单。有我们这儿的,还有亚沃尔城、杰尔若纽夫城、科莱奇库夫城、维瑞城……仅在我们西维德尼察城,就有八个人在下城门前被当众烧死。但真正的麻烦是从一个礼拜前开始的,确切地说是八月二十四号的中午,有人在弗罗茨瓦夫大路上杀了富商尼古拉·纽马克特。古怪,那件案子真的古怪……"

"古怪?"这番话很快引起了雷恩万的兴趣,"为什么这么说?"

"因为没人能想到谁会杀害纽马克特先生,还有为什么要杀了他。有人说凶手是海恩·冯·齐奈和布克·罗基格那样的强盗骑士。也有人说凶手是昆兹·奥洛克,那也是个杀人不眨眼的暴徒。传言他正满西里西亚抓一个年轻公子哥,也有人说是个逃犯,听说是因为那年轻人使用巫术强奸了别人的老婆。还有人说是奥洛克要抓的公子哥杀了纽马克特先生。也有人说凶手是胡斯党,因为纽克马特先生不支持他们所以招来了杀身之祸。没人知道真相到底如何,但是科迪兹总督十分愤怒。他发誓若是抓到凶手,一定活活剥了他的皮。就这样,总有人在路上一直搜查盘问,要么是宗教审判所的人，要么是总督的人，根本送不出去任何货物。"

忽然，早就拿着炭笔一直在卡片胡写乱画的雷恩万猛地抬起头，抬肘碰了碰参孙·食蜜者。

"Publicus super omnes①。"他亮出卡片，小声说道，"Annis de sanctimonia。Positione hominis。Voluntas vitae②。"

"什么？"

"Voluntas vitae。也许是potestas vitae③？我在努力回忆彼得林那张烧焦的纸上写的什么内容。记得吗？就是我从波沃约维村的炉火里救出的那张。你说过它很重要，我应该努力回忆起上面写的内容。所以，我正在这么做。"

"啊哈，没错。哼嗯……potestas vitae？很可惜，我联想不到任何东西。"

"尤图斯大师怎么还不来。"昂格自言自语道。

门像被施了咒语般突然打开，门口站着一位年长的绅士，他身上的黑色毛皮外套很是宽松，袖口更是出奇的宽大，看上去不像是位艺术家，更像是位市长。

"嘿，尤图斯。"

"我的老天！保罗？是你？你自由了？"

"如你所见。不过我现在叫沙雷。"

"沙雷，哼嗯……那……你的……同伴呢？"

"和我一样。"

尤图斯大师轻轻摸了摸一只不知道从哪跑来一直蹭他小腿的

---

① 拉丁语，意为"公众至上"。
② 拉丁语，意为"圣洁岁月。人的位置。生命意志"。
③ 拉丁语，意为"生命力量"。

猫,接着坐到桌前,两手十指交叉,放到肚子上。他仔细打量了一番雷恩万,然后视线久久地停留在参孙·食蜜者身上。

"如果你是来拿钱的,我不得不提醒你……"终于,他一脸沮丧地说道。

"生意很不景气。"沙雷毫不客气地打断道,"我知道,我已经听说了。这是我等你等得不耐烦时列的一份清单。上面的东西我明天就要。"

那只猫跳到了尤图斯的膝盖上,画家一边抚摸它,一边陷入沉思。那份清单他读了很久。终于,他抬起了头。

"后天。明天是礼拜日。"

"没错,我都忘了。"沙雷点头道,"那多待一天也无妨。不知道什么时候我才会再回西维德尼察,不去酒馆尝尝今年份的'三月啤酒'简直是一种罪过。但是,尤图斯大师,礼拜一就礼拜一,晚一天也不行,明白了吗?"

尤图斯大师点了点头。

过了一会,沙雷继续说道:"我不会问你我的账户情况,因为我还没打算解散或者退出这家公司。但你得让我放心,让我知道你有在用心经营,没有忽视别人的好点子或是能让公司赚大钱的好想法。你明白我的意思吧?"

"我明白。"尤图斯·斯科特从口袋里掏出一把大钥匙,"马上我要向你证明我一直把你的想法和建议放在心上。西蒙大师,从箱子里取来那些《圣经》系列的木版画样品。"

昂格很快照做。

"请看。"尤图斯将几张纸铺在桌上,"这些都出自我的手笔,没有交给学徒。有些已经可以印刷,有些还需要再打磨一下。我相信你的这个想法，我们的《圣经》系列一定会畅销。来，来，请好好欣赏，先生们。"

所有人凑到桌前，俯身看画。

"这是……"雷恩万面红耳赤，指着其中一张纸说道。纸上是一对正在交合的赤裸男女。"这是什么……"

"亚当与夏娃。这还不明显吗？夏娃倚靠着的是知善恶树。"

"啊哈。"

"请看这儿。"尤图斯满脸自豪地展示着自己的作品，"这张是摩西与夏甲，这张是参孙与达里拉，这张是暗嫩与他玛。我的技艺很出色吧？这张……"

"天啊……这扭成一团的是？"

"雅各、利亚与拉结。"

"那这……"雷恩万吞吞吐吐，感到两颊像火烧一样滚烫，"这是……这……"

"大卫与约拿单。①"尤图斯·斯科特毫不顾忌地解释道，"但那张我还需要改动一下，重新……"

"重画成大卫与巴特舍巴。"沙雷冷冷道，"见鬼，也就只剩巴兰和他那头驴子你不敢画了。尤图斯，控制一下自己的想象力。盐撒多了会坏了一锅汤，想象力过了度也是如此，会妨碍到我们赚钱。"

"不过，也只是一定程度上而已。"看到有些失落的艺术家，他安慰道，"不错，不错，总体不错。总体而言，超出了我的预期。"

与每一位渴求赞美的艺术家一样，尤图斯·斯科特顿时眉开眼笑。

---

①David i Jonatan，与画作中的其他圣人有所不同，此处两位圣人皆为男性。

"所以,沙雷,你也看到了,我没有偷懒,对公司十分上心。另外,我还要告诉你一个好消息,我接触了一些非常有前途的人,他们在未来可能会给我们公司带来巨大的利益。特别要说的是,在'公牛和羔羊'酒馆,我认识了一个非同一般的年轻人,一位天才发明家……喔,何必说这么多,你马上就能见到他了。我已经邀请了他,他很快就到。我保证你见到他以后……"

"不见。"沙雷打断道,"我可不想那年轻人在这儿见到我和我的同伴。"

"明白了,你又惹麻烦了。"沉默一会儿后,尤图斯说道。

"可以这么说。"

"法律层面的还是政治层面的?"

"那要看你从哪个角度看了。"

"哎,好吧。"尤图斯叹了口气,"世道如此。我明白你不想在这儿被别人看到,但这次会面你大可放心。我说的那年轻人是个德国人,来自美因茨城,是爱尔福特大学的一位学者,只是路过西维德尼察。这儿他谁也不认识,也不会再见别人,因为他马上就要启程离开。沙雷,和他见一面,见识一下他的发明,绝对会让你有所收获。在我看来,他可是个出类拔萃、富有远见卓识、前途远大的青年才俊。耳听为虚,眼见为实,你大可自己判断。"

附近教堂与西维德尼察城另外四所教堂的钟塔一同鸣响起洪亮而悠扬的钟声,提醒人们已到了诵读《三钟经》[1]的时辰。钟声结束了这忙碌的一天——即便是铜匠街上吵吵闹闹的作坊,此刻也终

---

[1] Angelus,拉丁语,原意为天使,为记述圣母领报及基督降生的天主教经文,由于诵念《三钟经》是在早上六时、中午十二时及下午六时,教堂会鸣钟以提醒信友祈祷,故得其名为"三钟经"。

于安静了下来。

画家和学徒们也早已离开尤图斯·斯科特大师的工作室，返回家中。所以，当那位富有远见卓识、值得一交的客人到来时，在印刷室中迎接他的只有尤图斯、昂格、沙雷、雷恩万与参孙·食蜜者。

来客确实是个年轻人，和雷恩万一个年纪。他很快认出后者的学者身份——对雷恩万问候时，他的鞠躬少了几分一本正经，而笑容多了几分亲切诚挚。

他的肩上搭着一个巨大的旅行袋，脚穿长筒马革靴，头戴一顶柔软的天鹅绒贝雷帽，短披风下的皮坎肩被许多铜扣收得很紧。整个人看上去更像一位流浪中的游吟诗人，而非学者。唯一能透露他身份的物件是一柄宽刃纽伦堡匕首，这种武器风靡欧洲学界，极受学生与老师的喜爱。

未等尤图斯介绍，来客主动开口道："我是爱尔福特大学的学者，全名约翰内斯·根斯弗莱施·拉登·古登堡。我知道它有些过长，所以我一般将它简化为古登堡，叫我约翰内斯·古登堡就好。"

"欢迎。"沙雷开口道，"我不是个喜欢绕来绕去浪费时间的人，让我们直切正题。古登堡先生，你的发明有什么用处？"

"它可以用来印刷。说得再具体些，可以用来印刷文本。"

沙雷漫不经心地从搁在长凳上的木版画中挑出一张，摊在桌上。画中，"圣三一"标志下印有这样一行文字：BENEDICITE POPULI DEO NOSTRO。

"我明白……"古登堡的脸微微泛红，"先生，我明白您的意思。但是各位请别忘了，为了把这行文本印到木版画上，就算文本更短些，一个木雕师也得至少花费两天功夫才能刻出母板。哪怕弄错了一个字母,就会前功尽弃,从头重来。各位再想想,如果要印出《诗篇》中第六十五首圣咏呢?他得雕刻多长时间?若是整部《诗篇》,甚至是整部《圣经》呢……"

"一辈子搭进去也刻不完。"沙雷打断道,"如果我猜得没错,你的发明消除了木版印刷的缺点?"

"很大程度上。"

"有意思。"

"请容许我向您展示。"

"请。"

古登堡打开袋子,将所有东西倒到桌上,开始一边展示,一边向众人讲解他在做什么。

"我制作了上面刻着不同字母的金属块。"他一边展示一边说道,"如各位所见,这些金属块上的字母都是凸出的,我把它们称作母字模。把母字模按压到软铜上,我就得到了……"

"母模。"沙雷猜到,"很明显,凸面和凹面就像爸爸与妈妈。接着说,古登堡先生。"

"我可以运用铸模技艺在凹模中铸造出方块字母模,想要多少都可以。"学者继续讲解道,"请看,就是这样的。我把这些完美契合的字母模……按正确的顺序……放到这个框架……这个框架是展示用的,所以很小,但是正常的框架和书页的尺寸一样。看,我把诗句设成这个长度……插入楔子,设置好相等的边距……用铁夹夹紧框架,这样它就不会散架……刷上油墨,你们的就可以……昂格先生,能帮个忙吗?把它压实,放张纸在上面……昂格大师,滚筒……请看,完成了。"

纸的正中心处,两行诗句字迹工整、清晰易辨:

IUBILATE DEO OMNIS TERRA
PSALMUM DICITE NOMINI EUIS

"《诗篇》第六十五首圣咏。"尤图斯·斯科特连连鼓掌。"多么清楚！"

"古登堡先生，真是令人印象深刻。"沙雷坦诚道，"可惜美中不足的是，你犯了个小小的错误，应该是'dicite nomini eius'，而不是'euis'，不然给人的印象会更为深刻。"

"哈哈！"古登堡开心得像个恶作剧成功的学生，"我故意的！我故意制造了排版错误，好向各位展示改掉错误有多容易。拿出这个放错位置的字母模……放到正确的位置上……昂格大师，滚筒……请看，改好的文本。"

"精彩！"参孙·食蜜者出声道，"真是精彩！真是令人大开眼界！"

不仅古登堡，尤图斯和昂格同样张大了嘴巴。显而易见，他们所受的震惊程度不亚于那只猫、院中雕像或是画中长着硕大阳具的圣巴斯弟盎开口说话。

"外表有时具有迷惑性。"沙雷清清嗓子，解释道，"你们不是第一批被他长相迷惑的人。"

"肯定也不会是最后一批。"雷恩万补充道。

"抱歉。"巨人摊开手道，"我没忍住……毕竟，我亲眼见证了一项将会改变时代的发明。"

"哈！"尽管赞美出自头顶在天花板上、一副痴呆面孔的巨人，但和每一位渴求赞美的艺术家一样，古登堡顿时笑容满面。"没错！正是如此！先生们，想象一下，几十本充满知识的书籍，有朝一日，不管现在听上去多么荒谬，可以印出成千上万本！再不用费时费力地誊抄！印刷出来的人类智慧触手可及！没错，没错！而如果你们资助我的发明，尊敬的先生们，我保证，你们繁荣的西维德尼察城会作为启蒙火炬点燃之处而被人们永恒铭记。启蒙之光将从此处照亮整个世界！"

"确实如此。"过了一会儿，参孙用温和冷静的语气说道，"我灵魂的双眼已经见到了那一幕。每一张纸上覆满密密麻麻的字母，每一本书中包含上百页这样的纸张，有朝一日，无论现在听起来多么荒谬，会有成千上万本这样的书被印刷出来。每一本书都会被一次又一次地重复印刷，轻而易举就可得到。到处是谎言、废话、诋毁、讽刺、谴责、邪恶的宣传、煽动民众的谣言。所有的卑下成为高尚，所有的自私成为公正，所有的谎言成为真理，所有的污秽成为美德，所有的粗制滥造成为价值不菲，所有的极端憎恶成为进步革命，所有的廉价思想成为可贵智慧。所有的愚昧都变得冠冕堂皇。一切都是因为它们被印刷了出来。它们印在纸上，所以它们具有效力，具有约束力。古登堡先生，历史在你的面前，开启容易，推动也容易，但是停下呢？"

"没必要担心。"沙雷看似认真地插话道，"参孙，作为比你更为现实的现实主义者，我不认为这项发明会普及到那种程度。即便将来一切按照你所预言的轨迹发展，历史的齿轮也可以被轻而易举地停下。他们会不费吹灰之力地编出一本禁书目录。"

不久前还兴高采烈的古登堡神色暗淡了下来，失落的样子令雷恩万不由为他感到难过。

"所以你们并不看好我的发明？"过了一会儿，他黯然说道，"你们像是宗教审判官一样孜孜不倦地挖掘它的黑暗面，又完全像审判官一样对它的光明面视而不见。没错，它还有无比神圣又光明的一面，那就是可以印刷并且广泛传播《圣经》。对此你们又如何回应？"

沙雷嘴角露出嘲弄的笑容，回答道："我们会像宗教审判官、教皇、教廷的神父们做出一样的回应。古登堡先生，你难道想象不出教廷的神父们会怎么说吗？阅读《圣经》是神甫的特权，因为只有他们才能理解。世俗的蠢货们离远一点。"

"你在嘲笑我。"

雷恩万有同样的想法。因为沙雷继续往下讲时，甚至都不打算掩饰嘴角的讥笑和嘲弄的语调。

"世俗的人，即便是那些脑子不大灵光的，布道、《圣经》选读、诵读《福音书》、听故事、看道德剧就够了。那些精神最为贫乏的人，可以通过观看耶稣诞生剧、奇迹剧、耶稣受难图、耶稣受难像，还有唱圣歌和盯着教堂的雕塑和壁画来熟悉《圣经》。而你却打算印刷《圣经》，还要给那些傻瓜读？而且，还可能要把它从拉丁文完全翻译成他们能看懂的文字？好让每个人都能阅读，都能按自己的理解阐释？你希望发生这样的事情？"

"我根本无需去希望。"古登堡平静地回答道，"因为事情已经发生了。离这儿很近，就在波希米亚。无论历史以后如何前进，没什么能够改变事实和它所带来的影响。无论我们愿意与否，我们都在面对变革。"

屋内鸦雀无声。雷恩万仿佛感到一阵冷风，从窗外，从不远处宗教审判官下榻的多明我会修道院的方向吹了进来。

"胡斯在康斯坦茨被烧死时，"昂格鼓起勇气打破了长久的沉默，"人们说，从浓烟与灰烬中飞出了一只白鸽。他们说那是个征兆，预示着新的先知的降临……"

"因为这就是我们生活的时代。"尤图斯·斯科特突然爆发，"不过是写了几篇文章，把它们钉到操他妈的教堂大门上就会被烧死。走开，鲁特，从桌子上下去，你这只厚脸皮的猫。"

又是一阵漫长的沉默，只能听到名叫鲁特的猫心满意足的咕噜声。

沙雷打破了沉默。

"去他妈的教条、教义和变革。"他说道，"我只知道，有个想法令我感到十分愉快。如果你用你的发明印出了大量的书，会不会人们知道有东西可读以后，马上就开始去学习读书？毕竟，不只需求创造供给，反之，供给也创造需求。当然，前提是书一定要便宜，即便比不上一副牌，也至少得比一坛伏特加便宜，毕竟，这是个选择题。你知道吗，古登堡先生？忽略它的缺点，经过深思熟虑，我得出了结论，你的发明可能会让这个时代发生天翻地覆的变化。"

"沙雷，你完完全全说出了我想说的话。"参孙·食蜜者说道。

"那您愿意赞助……"学者脸上的阴霾再次一扫而空。

"不，我不愿意。"沙雷打断了他的话，"划时代是划时代，但是，古登堡先生，我在这里做的是生意。"

Chapter 16
第十六章

  在本章中，雷恩万如同帕西瓦尔般高尚，但也同他一般愚蠢。他不假思索，向身处危难之人施以援手。结果，所有人不得不狼狈逃跑。

  "Basilicus super omnes①。"雷恩万说道，"Annus cyclicus②。Voluptas③？没错，一定是 voluptas。Voluptas papillae。De sanctimonia et ……Expeditione hominis④。参孙！"

  "什么？"

---

①拉丁语，意为"宗座圣殿至上"。
②拉丁语，意为"周期年"。
③拉丁语，意为"快乐"。
④拉丁语，意为"味蕾的快乐。人类远征之神圣"。

"Expeditione hominis。或者是 positione hominis。那张纸上的内容。想到什么了吗？"

"Voluptas papillae……哦，雷恩玛尔，雷恩玛尔。"

"我在问你有没有想到什么！"

"很可惜，没有。不过我会好好想想的。"

雷恩万没再说话。参孙·食蜜者虽然做了保证，但似乎，他在马背上打盹的时间要远远多于思考的时间。他胯下的灰马高大强壮，正是西维德尼察城木雕大师尤图斯·斯科特按沙雷的清单提供的。

雷恩万叹了口气。集齐沙雷需要的装备所花的时间比计划稍微长了一些。他们在西维德尼察城待了整整四天，而非计划中的三天。沙雷和参孙不但没有怨言，反倒十分高兴，他们借这时间逛遍了城里几家有名的酒馆，好好品尝了一番当年份的"三月啤酒"。然而雷恩万不能抛头露面，只能无聊地待在工作室里，陪在身边的也只有同样无聊的西蒙·昂格。烦闷、愤怒、焦急、思念，这些情绪像凶猛的暴风雨般，搅得他一刻不得安宁。他疯狂地计算着与阿黛尔分离的日子，居然已有二十八天！已快满整整一月！他想象不出心爱的阿黛尔怎样才能忍受这煎熬的日子！

第五天的清晨，他的等待终于结束。与艺术家们作别后，一行三人经下城门出城，加入到一条长长的旅人队伍中。在这条弥漫着浓重臭味的队伍里，有人骑马，有人徒步，有人背着沉重的行李，有人赶着牛群羊群，有人拉着二轮货车，有人推着独轮推车，还有不少交通工具形态各异，千奇百怪。

除了清单上的装备外，尤图斯·斯科特大师还自作主张地为他们准备了许多不同的衣物，虽然五花八门，甚至可以用乱七八糟来形容，但三人终于有机会换了套衣服。沙雷换上了一件缝有锁甲的武装衣，胸口处还留有护胸甲斑驳的锈迹，整个人看上去严肃而稳重，甚至有些久经沙场的气质。神奇的是，身着武衣的沙雷如同变了个人似的，扔掉了滑稽的衣服，顺带也扔掉了自己那滑稽的举止和俏皮话。此刻，他笔直地骑在俊美的栗色小马上，一手握拳抵在胯处，神色冷峻地打量着路过的商人们。

虽然从尤图斯大师给的包裹中不容易找到合身的衣服，但参孙·食蜜者也换了身打扮。他脱下长罩衫，换上了一件宽松的无袖罩衫和一件连有兜帽的披肩。这身普普通通的打扮已尽了最大努力让参孙在人群里不那么显眼。现在，在其他旅人眼中，看到的是骑士身边陪同着一个学生和一个仆人。至少，雷恩万心中希望如此。同时，他还期望着，若是奥洛克一伙已经知道沙雷的存在，那他们正在打听的是两个人的行踪，而非三人。

雷恩万本人也扔掉了身上有些破烂和酸臭的衣服，挑了一条紧身裤和一件正面有软垫的紧身上衣，形象变得轻快利落了不少。最后，他戴上一顶学者们——比方说认识不久的古登堡——经常戴的那种贝雷帽完成了自己的装扮。有趣的是，他们正好在聊古登堡，但奇怪的是，他的印刷发明却完全不是聊天的主题。这条沿皮瓦瓦河谷通往杰尔若纽夫城的路是尼萨-德累斯顿商道的重要路段，因而人马车牛络绎不绝。沙雷敏感的鼻子也正为此饱受折磨。

"古登堡先生那样的发明家们也许有天会发明出一项十分实用的发明。"沙雷一边驱赶面前的苍蝇，一边发着牢骚，"比方说另一种运输方式。一种不必依赖牛马，可以自行前进的永动机。啊，说真的，我梦想有样东西，自行前进的同时还不污染环境。雷恩玛尔，你觉得呢？参孙，作为来自另一个世界的哲学家，你又有什么想法?"

"能够自行前进而又不会制造臭味的运输工具……"参孙陷入沉思,"自行移动,但是不会让道路变得恶心难闻或是毒害环境……真是个棘手的悖论。经验告诉我,发明家们会解决这个难题,但也只会解决一部分。"

正当沙雷打算开口追问话中之意时,却被从后而来的一人一马惊扰打断。那骑手身上的衣服破破烂烂,胯下是一匹瘦骨嶙峋的老马,慌慌张张往队首方向冲去。沙雷控住受惊的栗马,朝那人的背影比出拳头,骂出一连串脏话。参孙踩着马镫直起身子,朝骑手疾驰而来的方向张望。雷恩万很快领悟过来他在找什么。

"犯了罪的人总是会疑神疑鬼。"他猜道,"有人吓跑了那个逃犯,吓跑他的人……"

"……正在仔细检查每一个旅行者。"参孙接话道,"五个……不,是六个带着武器的人。有几个人的外衣上有纹章,一只伸展双翼的黑鸟……"

"我认识那个纹章……"

"我也认识!"沙雷紧抓缰绳,厉声说道,"快往队首方向跑!"

队首不远处,道路两旁是一片茂密的山毛榉林。他们骑马钻入幽暗的密林,藏身到灌木丛中。不久后,他们看到,六个骑马的人从后经过。他们分成两队,从道路两侧同时搜查。每个旅人的面孔都逃不过细致的察看,运货马车和盖着苫布的板车也免不了被仔细搜查。六人正是斯蒂芬·罗迪奇、迪特·哈特、"雕鸮"詹奇·冯·诺贝多夫以及斯特察家族的维迪奇、莫洛德、沃尔佛。

"瞧瞧,瞧瞧,雷恩玛尔。"沙雷故意拖长了调子,"你自认聪明,以为全世界都是蠢蛋。很遗憾,大错特错。全世界都看穿了你，还有你那天真的计划。全世界都知道你要去津比采找你心心念念的爱人。如果你现在才怀疑动摇，开始思考去津比采的意义，我劝你别费那劲。我来直接告诉你，没有意义。没有任何意义。你的计划太……等等，让我找个合适的词……嗯……"

"沙雷……"

"有了！可笑！"

接下来的争吵简短、激烈，同时也毫无意义。雷恩万对沙雷讲的道理充耳不闻，自己的相思之苦也完全打动不了沙雷。参孙则一言不发。

满脑子心上人的雷恩万理所当然地坚持继续前往津比采。他的计划是尾随斯特察一伙，到了杰尔若纽夫附近或者就在津比采城内，趁他们休息时攻其不备，一举拿下。沙雷坚决反对这计划，他认为，斯特察人如此声张造势，只可能意味着一件事情。

"他们在有意把你往杰尔若纽夫和弗兰肯施泰因方向逼。"沙雷斩钉截铁道，"奥洛克一伙就在那里守株待兔。小子，相信我，这是抓逃亡者标准的一套手段。"

"那你有什么主意？"

沙雷伸手指向东方，说道："你们看，那边云雾缭绕的是斯莱扎山。那个方向连绵不绝的群山是猫头鹰山脉，那里有座大山叫做大猫头鹰山。大猫头鹰山上有两条山道，分别是瓦里木山道和尤高夫山道。我们取道那边，很快就能到达波希米亚的布劳莫夫城。"

"你说过波希米亚很危险。"

"现在最大的危险是你。"沙雷冷冷道，"还有跟在你屁股后面的追兵。我恨不得现在就动身去波希米亚。从布劳莫夫城去克沃兹科城，再从克沃兹科城转道去匈牙利。但我猜，你不会放弃去津比采的计划。"

"你猜得没错。"

"那我们就不得不放弃会让我们平安无恙的山道了。"

"那路线也只是相对安全，难保平安无恙。"参孙出乎意料地插话道。

"确实，那片地区不是最安全的。"沙雷冷静地同意道，"这样的话，我们还是往弗兰肯施泰因方向走。但是不走大路，而是沿着山脚下森林边缘迂回。我们会绕些远路，也会走些崎岖的山路，但除此之外，还有什么别的选择呢？"

"走大路！"雷恩万恶狠狠道，"跟着斯特察兄弟！追上他们……"

"我刚说的话你一个字没听进去？"沙雷厉声打断道，"相信我，你绝对不会想掉进他们的陷阱里。"

于是三人启程上路，先是穿过一片长满山毛榉与橡树的森林，接着沿数条林中小道跋涉，终于走上一条群山之中蜿蜒曲折的山路。途中，沙雷和参孙小声闲聊。雷恩万沉默不语，沙雷最后那番话一直在他脑海中挥之不去。

沙雷再次证明，就算真的不会读心，那他也能根据迹象做出准确无误的猜测。再见斯特察兄弟立即点燃了雷恩万心中的复仇烈焰，他恨不得马上追上他们，等到日落月升，待他们鼾声四起时，偷偷摸上去，一刀抹掉他们脖子。然而，阻止他的不仅仅是理智，还有令人瘫软无力的恐惧。他好几次从同一个噩梦中惊醒，醒来时浑身都是冷汗。梦里，他被抓住了，然后被带到斯特恩多夫城堡地牢中的酷刑室，摆在面前的一件件恐怖刑具令这场梦无比惊悚，也无比真实。每次想起那些刑具，他便感觉身体一阵冷一阵热。路旁只要有黑影闪动，他就会寒毛直竖，心跳加速，直至看清是杜松灌丛而非斯特察兄弟后，他才会稍稍安下心来。

当沙雷和参孙改变了话题，开始了一场历史和文学领域的辩论时，情况变得更糟了。

"鲁西永领主的妻子和游吟诗人桂勒·德·卡贝斯塔尼有染后，"他意味深长地看了雷恩万一眼，"他便杀了那诗人，把他的内脏都挖出来，命令厨子煎了他的心脏，让他不忠的夫人吃下。不久，她也跳塔自尽。"

"那只是个传说。"参孙·食蜜者说道，他渊博的学识与笨头笨脑的长相形成了极大的反差，"游吟诗人们口中的故事未必总是真的，他们那些与有夫之妇你情我爱的诗歌更多的是表达希望和梦想，而非描述事实。比方说马卡布鲁，尽管他在诗中强烈暗示，但阿基坦的埃莉诺和他一定扯不上任何关系。在我看来，文塔多恩的贝尔纳特和蒙彼利埃的阿莱丝夫人的故事也有夸大其词的嫌疑。"

"也许是有游吟诗人在胡编乱造。"沙雷同意道，"谎言不过让他们被赶出了王宫，但若诗里有一丝事实，再碰到一位残暴嗜血的国王，那他们的下场可是会悲惨无比。比如圣吉勒的领主，游吟诗人皮尔·维达尔写了一首和他妻子有关的充满暗示的短调，他就命人把诗人的舌头割了。"

"传说而已。"

"被扔下卡尔卡松城墙的游吟诗人吉罗·德·科尔贝的故事也是传说？因为和美貌人妇有染而被毒死的高勒姆·德·庞斯也是传说？参孙，并不是每个戴了绿帽的男人都是像蒙特费拉特侯爵那样的小丑，能窝囊到在花园里发现妻子睡在游吟诗人瓦凯拉斯的兰博怀里后，还贴心地给他们俩盖上一件外套，好让他们别冻僵了。"

"那是他的妹妹，而非妻子。不过其他情节倒是属实。"

"丹尼尔·卡雷特上了福克斯公爵的妻子后又是什么下场？他雇人宰了那游吟诗人，用他的头骨做了个酒杯，现在还一直用它喝酒。"

"确有此事。"参孙点头道，"不过他并非公爵，而是伯爵。而且他也没有杀了那诗人，而是把他关了起来。他没做酒杯，而是做了一个小钱袋，用来装戒指和零钱。"

"小钱……"雷恩万的喉咙像是卡着一块石头，"小钱袋？"

"对，小钱袋。"

"雷恩玛尔，你的脸怎么这么白？"沙雷装作关心道，"你不舒服？你不是天天说伟大的爱情需要牺牲吗？一个满脑子爱情的年轻人说过：为了你，我宁愿放弃权力，放弃财富，放弃健康，放弃生命……小钱包？小钱包屁都不算。"

当一声钟鸣从附近鲁托米亚村的小教堂传来时，骑马走在前面的雷恩万停了下来，抬起手。

"听到了吗？"

他们正位于一个岔路口，旁边立着一个歪斜的十字架和一尊雕像。雕像常年被雨水侵蚀，已经像是雪人一般难以辨认。

"是那些放纵派游吟诗人的歌声。"沙雷坚定地说道。

雷恩万摇了摇头。那自山谷传出、渐渐消失在森林深处的声音不像任何有名气的放纵派诗歌。而且，他们不久前才刚骑马超过一群游吟诗人，声音中依稀可辨的嗓音不属于他们中任何一人。那声音更像是……

他一只手摸了摸腰间的短刀——这也是尤图斯大师提供的装备,然后伏低身子,策马疾驰,冲向声音传来的方向。

"你要去哪?"沙雷在后面大吼道,"站住!见鬼,你给我站住!蠢货,你会让我们惹上麻烦!"

雷恩万没有理会他的喊叫,冲入了山谷之中。谷外的一片空地上,一场激烈的战斗正在进行。空地上停着一辆由两匹马拉着的马车,货厢上盖有黑色的苫布。车旁,十多个步兵正像猎狗一般疯狂围攻两名骑士。他们身着布面甲、锁甲,头戴帽盔,手里都拿着长兵器。骑士们也在疯狂防卫,犹如两头陷入绝境的野猪。

一名骑士骑在马上,从头到脚覆盖着厚重的板甲。长戟与阔剑的利刃从他的胸甲和腿甲上弹开,没有造成任何裂隙。见奈何不了骑士,围攻者们便将怒气发泄到他的马上。他们没有打算直接砍杀——毕竟那匹马绝对能卖个好价钱——而是用长戟柄横拍马身,试图激怒它甩下骑士。他们如愿以偿,那匹马陷入了狂怒,不断昂首嘶鸣,紧紧咬着泛起泡沫的马嚼子。然而,很明显它曾接受过这类战斗的特殊训练,不停扬蹄乱踢,保护自己和背上的骑士。骑士在马鞍上忽上忽下,摇摇欲坠。

另一名骑士早已落马,正背靠马车奋力抵御众人围攻。他也全身板甲,但头盔已被击落,露出一头沾满鲜血的金色长发。同样是金色的八字胡下闪着他咬紧的牙齿。骑士不停挥舞一把双手大剑,将围攻者挡在剑风之外。那柄大剑又长又重,在他的手里却如轻巧的木剑一般。它不只是看上去危险而已,地上已有三人负伤倒地,痛苦哀嚎,试图爬离战场。此时,其他围攻者十分谨慎,一直保持在安全距离戳刺骑士。然而,即使那些攻击没被大剑挡开,也会被板甲弹开，造不成任何伤害。

看到眼前一幕，想必所有人都会与雷恩万产生同样的想法：两名身处险境的骑士正遭受一群强盗的围攻。抑或是，两头雄狮正被一群鬣狗围攻。他全然不顾沙雷的高声疾呼与咒骂，大吼一声，拔刀出鞘，脚踢马肚，冲去解围。

不论鲁莽与否，他的驰援可谓相当及时。马上的骑士已然从马背上重重摔落，落地之声有如从教堂尖塔扔下个铜锅。金发骑士被数根长戟困在车旁，不停向围攻者挥舞着大剑，除了诅咒谩骂遥作支援外，实在无法抽身营救。

千钧一发之际，雷恩万冲入了战场。他驭马冲散围困落马骑士的众人，短刀挥起，砍中了一个灰胡子男人的帽盔。帽盔被打落的灰胡子勃然大怒，转过身，露出一脸凶相，由于距离太近，无法直刺，便大力一挥手中长戟，将雷恩万扫落下马。灰胡子向前一跃，掐住他的脖子，将他紧紧压在身下。下个瞬间，凶神恶煞的灰胡子却直接飞了出去。救人者正是参孙！巨人见雷恩万情势危急，箭步向前，攻城槌般的拳头冲着灰胡子脑袋一侧捶去，灰胡子便整个人飞出数米，倒地不起。其余众人见状，立即冲向参孙，将他团团围住。巨人从地上抓起灰胡子的长戟，回身一扫，戟首扫中一人帽盔，"哐当"一声，戟刃飞出，那人重重倒地。断柄在参孙手中有如芦苇般轻巧，舞动的棍风却如刀锋般凌厉，围攻者皆不敢向前。雷恩万和骑士终于站起身来。骑士落马时已经丢了头盔，颈甲上面露出一张塌鼻子、绿眼睛、年轻而红润的面孔。

"给我等着，你们这些臭猪！吃屎去吧！"他的嗓音又尖又高，听上去有些滑稽。

金发骑士的境况已然岌岌可危，他手中的双手大剑已被打落，只能背靠马车做困兽之斗。正当此时，沙雷的驰援可谓是及时甘雨。他驾驭栗马，如离弦之箭般冲向围攻众人。疾驰之际，只见他灵巧地向一侧俯低身子，从地上捡起一柄弃剑。他撞倒数人，左劈右砍，一招一式尽显高超剑技。金发骑士也没有浪费时间找寻自己的武器，挥舞着拳头冲向了战场。

出人意料的救援似乎让胜利的天平正缓缓向骑士一方倾斜。突然之间，隆隆铁蹄声由远及近，四名骑着高头大马的重甲骑士冲入了战场。即使雷恩万对他们的身份有过一瞬间的猜疑，听到围攻者们如同凯旋般的呐喊声，他的猜疑也立刻烟消云散。方才惊慌失措的围攻者们见到援军到来，士气大振，再次展开凶猛的攻势。

"活捉他们！"重甲骑士的领队喊道。他全身披着重甲，头盔上绘有三条银鱼的盾形纹章。"活捉那几个强盗！"

首当其冲者是沙雷。面对战斧的横劈，他敏捷地下马躲过，但很快被一拥而上的步兵们击倒在地。参孙挥舞断戟，冲来营救。面对手持战斧袭来的重骑兵，参孙毫不畏惧，侧身一闪，出棍横扫，打中了骑士战马保护马首的铁面甲。"咔嚓"一声，戟柄再次折断，战马嘶鸣一声，跪倒在地，金发骑士将马上敌人拽下马鞍。两人开始徒手厮杀，像两头棕熊般缠斗到一起。

此时，雷恩万和年轻骑士正绝望地面对另一名重甲骑士。为壮胆气，他们呐喊咒骂，呼唤圣人之名。然而，无可否认的是他们已身陷绝境。没有任何迹象表明，盛怒之下袭击者们还会记得活捉他们的命令，即便他们记得，雷恩万也仿佛已经看到了自己吊死在绞索上的样子。

但是这天，幸运女神向他们露出了微笑。

铁蹄铮铮，战吼高亢，另外一股力量也加入到战斗之中。来者是三名同样身披重甲的骑士,头上都戴着犬面式头盔。他们是哪边的援军毋庸置疑。他们手舞大剑,接连不断地向戴着帽盔的步兵劈砍,沙地顿时被鲜血染红。银鱼纹章的骑士挡开横空劈来的一剑,身形摇晃,险些跌下马去。另一名骑士急忙一手支盾将他护住,一手扶稳银鱼骑士身子。随即,两人紧拽缰绳,快马加鞭,飞快逃离。第三名骑士刚想逃离,被一剑劈中头盔,跌落下马,旋即殒命于马蹄之下。还活着的步兵见情势不对,马上扔掉武器,落荒而逃。

与此同时,金发男人铁拳挥出,将他的对手打翻在地。那人刚要站起,肩膀又吃了一脚,重重摔倒在地。金发骑士环顾四周,找寻称手兵器。

"接着!雷巴巴!"一名重甲骑士喊道。

金发男人抓住向他扔来的一柄单手战锤,锤向敌人头盔。电光石火间,第二锤、第三锤也接连落下。对手不再挣扎,脑袋无力地耷拉到肩膀上,鲜血不断从面甲、颈甲和凹陷的胸甲汨汨涌出。金发男人跨到他身上,鼓足力气,又抡一锤。

"老天,我可太喜欢这活了……"他气喘吁吁地说道。

塌鼻子的年轻人呼哧呼哧喘着粗气,往地上啐了口血。接着他挺直腰板,血迹斑斑的脸上露出微笑,向雷恩万伸出一只手。

"年轻的骑士先生,谢谢你的帮助。以圣人之名起誓,我会铭记在心!我是库诺·冯·维特拉姆。"

金发男人向沙雷伸出右手,说道:"先生,我如果忘了你的恩情,那便让魔鬼在地狱里活剥了我的皮。我是帕西科·帕克西瓦维兹·雷巴巴。"

"集合!"一名重骑士命令道。他已脱下头盔,露出一张黑黝黝的面庞，两颊布满未刮净的胡楂。"雷巴巴，维特拉姆，上马！妈的，快一点！"

"急什么，他们都跑了！"雷巴巴弯了下腰，用力擤了擤鼻子。

"他们马上就会回来。"另一名重骑士指着地上一块银鱼纹章盾牌说道，"你们两个都疯了？非要在这儿袭击旅人？"

正在轻抚栗马马首的沙雷给了雷恩万一个意味深长的眼神。

"非要在塞德利茨的领地？他们不会放过……"骑士接着说道。

"他们来了！所有人快上马！"第三名骑士喊道。

道路和树林响起铁蹄声、呐喊声和嘶鸣声。林中，一队戟兵穿过灌丛和树桩，向空地跑步逼近。路上，十几个骑马的重骑兵和弩手正飞驰而来。

"快逃！"雷巴巴大喊道，"想活命的话就快逃！"

他们快马加鞭，飞快逃离。身后是震天动地的呐喊与弩箭破空的锐鸣。

追兵没追太久。步兵被甩掉后，骑兵也放慢了速度，显然是对己方的人数优势没有信心。弩手向着逃窜的身影一轮齐射过后，便停了下来，不再深追。

以防万一，他们又跑出一千多米，随后钻入山林，沿山间小路在枫树林中奔逃，时不时回望身后。确定无人追击后，他们在一个村子最外围的一个农舍停下休整。不等强盗骑士们动手打劫自己的农舍和小院，农舍主人主动拿出了一盆饺子和一桶酪乳。强盗骑士们倚着篱笆墙席地而坐。他们一声不吭填着肚子。最为年长的一位早已介绍过自己是诺克·冯·维拉赫，已经盯着沙雷打量了很长时间。

"两位的勇敢正直令人钦佩。"终于,他舔舔胡子上的酪乳,开口道,"沙雷先生和阿格诺先生。顺便问一句,你是那位著名诗人的后代?"

"不是。"

"啊哈。说到哪了?啊对了,你们真是勇敢无畏。还有你那仆人,虽然看起来像个白痴,却出人意料地勇猛善战。危急关头你们救了我的人,但也惹上了麻烦。你们和塞德利茨家族结了梁子,他们一定会报复。"

"没错。"另一名骑士附和道。他一头长发,八字胡,早已介绍过自己是沃尔丹·冯·奥辛。"塞德利茨家族就是群婊子养的。狼山家族和库奇巴赫家族也一样。都是些可恶的混蛋、记仇的狗杂种……喂,维特拉姆,喂,雷巴巴,看你们干的好事!该死的!"

"行动前你们需要先思考。"维拉赫教导道,"动动脑子!"

"我们就是这么做的啊。"维特拉姆嘟囔道,"我们看到一辆马车经过。然后我们就想,要不要动手?想好了就行动了……以圣人名义起誓!你们心里不也清楚是怎么回事吗!"

"我们明白。但你们也得考虑周全。"维拉赫说道。

"还要留心护卫队!"奥辛补充道。

"当时没有护卫队。只有一个马车夫,几个随从和一个骑马的人,那人穿着海狸皮外套,肯定是个商人。他们见到我们就跑了。那我们就想啊,来好运了。结果不知道从哪儿冒出来十五个拿着长戟的王八蛋……"

"所以我说了,你们要考虑周全。"

"什么世道!"雷巴巴恼怒道,"一辆他妈的破马车,苫布底下的货值不了几个子儿,结果他们玩命的样子跟马车里装着圣杯似的!"

"以前可很少这样。"第三个骑士点头道。他的名字是塔西罗·冯·莱斯科夫,黑脸膛,一头黑发,留着最近骑士们喜欢剪的发型,看年纪比维特拉姆和雷巴巴大不了多少。"以前,只要喊一声:'别动,把东西交出来!'他们就乖乖把东西交了。现在他们却像威尼斯佣兵一样跟你玩命。世道越来越差!这样要我们怎么讨生活?"

"讨不下去了,我们强盗骑士们的生活变得越来越艰难。唉……"维拉赫感叹道。

"唉……"强盗骑士们一同唉声叹气,"唉……"

"粪堆旁有头猪,"维特拉姆伸手指向粪堆方向,"我们要不要把它宰了带走?"

"不,浪费时间。"维拉赫权衡片刻之后,做出了决定。

他站了起来。

"沙雷先生,把你们三人留这儿就是让你们送死。塞德利茨家族睚眦必报,一定早已派出人手到各条大路搜捕你们。所以,请随我们同去克洛莫林,那里是我们的据点,有我们不少随从和伙伴。到了那儿,没人能冒犯和伤害你们。"

"让他们试试!"雷巴巴恶狠狠道,"和我们一起走吧,沙雷先生。我得告诉你,我觉得我们俩很对脾气。"

"以圣人名义起誓!我和年轻的雷恩玛尔先生也挺合得来。"维特拉姆拍了拍雷恩万的背,"那,沙雷先生,要不要和我们一起去克洛莫林?"

"我们去。"

"既然如此,"维拉赫伸了个懒腰,说道,"上路吧,朋友们。"

队伍集结时,沙雷故意留在后面,悄悄把雷恩万和参孙叫到身边。

他轻拍着栗马脖子，小声说道："他们口中的克洛莫林在银山和斯托舍维采附近，就在'波希米亚之路'上。所谓的'波希米亚之路'，就是从弗罗茨瓦夫大路到弗兰肯施泰因，再经银山山道进入波希米亚的一条路线。所以，和他们同行正好顺路。而且也安全得多。那我们就跟他们一起走。记住，要对他们做的事情睁一只眼闭一只眼。乞丐可没有选择的分。还有，参孙，我建议你谨慎一些，别乱说话。"

"为了大家好，我会保持沉默，装作傻子。"

"很好。雷恩玛尔，靠近点。我有话和你说。"

雷恩万骑马向沙雷走近了些，心里已然猜到接下来要听到什么。果不其然。

"给我仔细听好，你这个不可救药的蠢货。单单是你的存在就已经对我构成致命的威胁。我不会任由你用愚蠢的行为继续扩大威胁。你想当英雄，结果跑去帮强盗们和骑士战斗，这事我不想多说，到此为止。我也不会拿这件事取笑你，上帝保佑，希望这件事能让你长点教训。但是，我警告你：如果再发生类似的事情，你是死是活，我决不插手。记着，笨驴，把这句话记在脑子里：没人会在你危难时伸出援手，只有白痴才会救援别人。如果有人喊救命，你该立马转身，有多远跑多远。听着，以后你只要向乞丐、受欺负的姑娘、被虐待的孩子和被痛打的狗看一眼，我们马上分道扬镳。逞英雄前先掂量掂量自己几斤几两。"

"沙雷……"

"闭嘴。好好反省。我没开玩笑。"

一行人马在一片林中草地穿行，那里恣意生长的野草已然没过马镫。西方的天空上缀满如羽毛般柔软的碎云,在绯红色的霞光映射下,如同一团团燃烧的火焰。连绵的群山与黑压压的森林渐渐变得昏暗。

诺克·冯·维拉赫与沃尔丹·冯·奥辛骑马走在最前方,他们神情严肃,机敏警觉,口中吟唱着一首圣歌,时不时抬头看向天空。他们的歌声纵然轻柔,但听上去严肃而凝重。

歌唱救世主的荣耀,

歌唱他的肉体;

与无价的鲜血,

我们的不朽之王在棚屋中,

注定为了救赎世界,

从圣洁的子宫中诞生。

再往后面一点,在刚好不会被队首歌声干扰的位置,塔西罗·冯·莱斯科夫和沙雷骑在马上,唱着一首愉快而浪漫的民谣。

所有的花朵在草丛盛开,

仿佛在对着耀眼的太阳微笑,

五月的清晨,

小鸟在歌唱,

歌唱它们最动听的歌曲,

还有什么能比这更令人快乐?

参孙和雷恩万跟在两人后面。参孙沉醉在歌声中,在马鞍上轻轻摇晃，嘴边轻轻哼唱。显然，他听得懂抒情歌中的每个词语，若不是为了伪装，他一定很乐意与他们一同歌唱。雷恩万满脑子都是阿黛尔，但他的思绪实在难以集中，因为队尾的雷巴巴与维特拉姆正扯着嗓子，高声吼唱粗俗的祝酒歌。他们一首接一首，仿佛脑子里的歌儿取之不尽。

随风飘来烟火与干草的味道。

> 他将他的肉体变成面包，
> 他将他的血液变成了酒，
> 其中的变化，
> 唯有虔诚的心，
> 坚定的信仰，
> 才能领悟。

庄重的曲调与虔诚的圣歌没能蒙骗过任何人，骑士们的名声明显领先它们一步。看到他们的队伍，捡柴的老妪们惊恐地逃跑，年轻姑娘们像被吓到的小鹿一般飞快逃离。林中空地的樵夫们惊慌失措，四散奔逃。牧羊人们连滚带爬，躲藏到自己的羊群身下。一个炼油匠扔下自己的板车，转头就跑。三个旅行中的方济各会修士把长罩衫撩到腰上，撒腿跑开。即使是瓦尔特充满诗韵的歌节，也无法令他们心情得到一丝平复。

> 所以快点，让我们看看真理在哪里！
> 让我们在阳光最明媚的时候，
> 去参加五月的婚礼。

> 让我们看看他和美丽的新娘，
>
> 看看新娘与春天哪个更美，
>
> 让我看看我的手里，
>
> 有没有更为美好的礼物。

参孙小声跟着哼唱："阿黛尔，我心爱的阿黛尔。"雷恩万思绪纷飞，"当我们结束分离，当我们真正在一起，一切就会像瓦尔特的歌中所唱的一样，明媚的五月将会来到。"或像是那位诗人另一首诗歌……

> 万物复苏
>
> 在春天的世界
>
> 春天的主宰
>
> 命令我们要快乐……

"雷恩玛尔，你刚才说了什么话吗？"

"没有，参孙。我没说话。"

"哈，但你刚才在奇怪地咕哝着什么。"

"啊，春天，春天……我亲爱的阿黛尔可比春天还要美。哦，阿黛尔，阿黛尔，我的爱人，你在哪里？什么时候我才能再与你相见？什么时候我才能亲吻你的双唇与双乳……"

"快些，快些！我要去津比采！"

"我也好奇，"他突然想到，"金发的尼柯莱特在哪里？她在做些什么？"

> 永恒的圣父
> 和使我们自由的圣子
> 以及圣灵
> 在每一个永恒
> 赐予救赎、恩泽、祝福……

小路拐弯处看不到的地方,走在队尾的雷巴巴和维特拉姆在大声吼唱,吓跑了林中的小动物。

> 狗日的制革匠,
> 做了些他妈的皮革。
> 婊子养的鞋匠们,
> 来用它们做鞋子!

Chapter 17
第十七章

在本章中，在克洛莫林强盗骑士据点，雷恩万结识了一些人。他享用美食与美酒，缝合受伤的耳朵，还参加了一场"天使军"的会议。章末，一群不速之客进入据点。

从战略与防御的角度来看，克洛莫林强盗骑士们的据点可谓易守难攻，因为它所在的位置正是雅科夫河一条宽阔支流的河心岛。隐藏在柳丛间的一座大桥是上岛的唯一途径，铁拒马和五花八门的障碍物很容易就可以将其封死。即使暮色沉沉，但远处的带刺铁丝网和尖木桩这类防御工事仍然清晰可见。据点的入口处，桥身之上还额外拦有一条粗重的铁链。诺克·冯·维拉赫还没吹响号角，仆从们便已取下铁链。不言而喻，高过赤杨林的瞭望塔早已发现了他们。

他们骑马来到岛上，沿途路过了许多草皮覆盖的棚屋与小屋。岛上最主要的一栋建筑像是堡垒一般，仔细观察，原来是个磨坊，旁边还凿有从雅科夫河支流引水的水渠。此时水闸已开，磨坊正在运作。水轮发出隆隆的轰鸣，水从高处倾泻而下，激起一团团白色泡沫。磨坊和茅草屋后可以望见无数火光，音乐声、叫喊声夹杂无数嘈杂喧闹的声音从火光处传来。

"听上去他们在狂欢。"塔西罗·冯·莱斯科夫猜道。

一个衣冠不整的妓女咯咯笑着从茅草屋中跑出，后面追着一个肥胖的伯纳德会僧侣①。他们跑进了一个畜棚，很快，笑声与叫声从里面传出。

"啧啧，这熟悉的味道。"沙雷咕哝道。

他们路过一个藏在灌丛深处的茅厕，虽然看不到，但浓重的臊臭味还是暴露了它的存在。很快，一行人来到一处被火光照得通明的广场，那里热闹非凡，到处都是人，音乐声和喧闹声不绝于耳。注意到他们后，几个随从和仆人很快赶来协助骑士们下马，牵走他们的坐骑。沙雷冲参孙眨了眨眼，巨人叹了口气，牵着同伴们的马匹随仆从们一同离开。

维拉赫把头盔递给了一个骑士学徒，但大剑仍随身携带。

"来了很多人。"他说道。

"是的，很多。"骑士学徒肯定道，"他们说还会有更多的人过来。"

"快走吧，快走吧，我饿坏了！"雷巴巴搓着双手催促道。

"对！赶紧走吧！我渴死了！"维特拉姆附和道。

他们先是路过一个锻造室，里面"叮叮当当"的打铁声不绝于

---

①Bernardyn，方济各会在波兰的修会派别之一。

耳,灼热的气浪与燃煤的气味不断喷涌而出,几个黑黝黝的蹄铁匠在不停忙碌。紧接着,他们路过一个已改作屠宰场的畜棚。通过宽敞的棚门,他们可以看到剥了皮的几头猪和一头膘肥体壮的公牛,它们被四蹄捆绑,倒吊在空中。那头牛看上去刚宰不久,屠夫们正将掏出的新鲜内脏放入一个大木桶中。畜棚前燃烧的篝火上,数头乳猪和羊羔在烤肉叉上滋滋冒油,数口黑底大锅冒着滚滚热气,散发出诱人的香味。篝火旁挤满了人,有些坐在长凳上,有些坐在桌子旁,有些则干脆坐在地上。一群狗在丢弃的骨头旁不停打转,争抢夺食。小酒馆灯火通明,不断有人从里面推出酒桶,而只要一有酒桶推出,顿时就会被一群人团团围住。

广场四面都是建筑,无数火炬摇曳的火光将其照得灯火通明。形形色色的人云集于此,有农民、仆从、妓女、商人、伯纳德会和方济各会修士、犹太人、杂耍艺人、吉普赛人,还有许多身着甲胄、剑不离身的骑士和随从。

从骑士们身上的装备可以判断出他们的地位与财富状况。大多数骑士穿着全套板甲,甚至,有几人正在骄傲地吹嘘自己身上的铠甲出自纽伦堡、奥格斯堡和因斯布鲁克制甲大师的手笔。但也有一些骑士境况不佳,只能在锁甲衣外穿一到两件板甲套件,或是胸甲,或是颈甲,或是上臂护甲,或是腿甲。

在一个谷仓的台阶上,一群游吟诗人正在用小提琴、号角、长笛、排箫、古斯莱琴演奏欢快热闹的音乐。还有一些游吟诗人脚踩旋律手舞足蹈,缝在衣服上的铃铛和摇鼓不断发出"丁丁零零"的脆响。不远处的木台上,几名骑士也在跳舞,但他们的舞技实在拙劣,"咚咚"的踩踏声几乎盖过音乐,扬起的尘土让周围的人们猛打喷嚏。妓女和吉普赛女人的笑声和尖叫比游吟诗人的排箫声还要刺耳。

广场中央，分列四角的火炬划定出一块宽敞的正方形场地，场内的土地已被压实，十分平整。此处的娱乐更男人，也更血性，身穿铠甲的骑士们正在互相切磋武艺。刀剑碰撞的"叮当"声，战斧和流星锤砸中盾牌的"咚咚"声，伴着粗鲁的谩骂与围观者们的呐喊，不由令人热血沸腾。场中两名骑士激战正酣，其中一人盾上刻有葛劳比茨家族的金色鲤鱼纹章。两人都没戴头盔，使得这场战斗看上去更为凶险。金鲤骑士挥砍数剑，他的对手不躲不闪，手持圆盾一一挡下，伺机将其剑刃卡在破刃剑的锯齿之中。

雷恩万驻足观看，但很快就被沙雷拽着胳膊肘拉走。沙雷一个劲催他跟上走在前面的强盗骑士们，显然，比起对战，这群人对食物和美酒更感兴趣。没过一会儿，他们便置身于宴会和狂欢的中心。雷巴巴和维特拉姆扯着大嗓门和朋友们打招呼，一群人相互握手、拍背。很快，包括沙雷和雷恩万在内的每个人紧挨着坐到桌旁，大嚼起猪肉和羊排，互相为健康、快乐和好运干杯。看上去口渴难耐的雷巴巴嫌弃酒杯小得可怜，干脆直接抱起装着蜂蜜酒的小酒桶，仰头痛饮，金黄色的酒液顺着他的胡子流到了胸甲上。

"为了健康，干杯！"

"为了荣耀，干杯！"

"为了美好的未来，干杯！"

除了比武场中的葛劳比茨骑士外，还有一些强盗骑士同样不认为盗匪生涯会让他们的家族蒙羞，他们毫不掩饰自己的家族纹章。雷恩万不远处，一名身形瘦长的骑士正津津有味地吸吮骨头，其束腰外衣上银底红条的纹章无疑属于考特维茨家族。在他近处的一名卷发骑士佩有玫瑰纹章，无疑出身自波拉家族。还有一位虎背熊腰的壮汉，其甲衣上绘有一只金色山猫。雷恩万想不起这纹章的出处，但很快有人点醒了他。

"这位是波利沃伊·德·罗素先生。"维拉赫介绍道,"这两位是沙雷先生与阿格诺先生。"

"欢迎。"波利沃伊·德·罗素拿出嘴里的猪排,油脂滴落到了金色的山猫上,"阿格诺……唔……是那位著名诗人的后代?"

"不是。"

"啊哈。来喝酒吧。为健康干杯!"

"干杯!"

"这位是温彻尔·德·哈萨先生。"维拉赫继续介绍向他们走来的骑士,"这位是布克·冯·罗基格先生。"

雷恩万好奇地打量着来人。布克·冯·罗基格身穿板甲,铠甲边缘处皆以黄铜锁边。在西里西亚,他的名头几乎无人不知。去年五旬节期间,他犯下了一桩轰动一时的劫案,格沃古夫神学院的院长在出行时被其洗劫一空。此时,这位臭名昭著的强盗骑士正紧锁眉头,眯着眼睛盯着沙雷。

"我们是不是认识?是不是曾在哪里见过?"

"也许吧。可能以前在教堂碰到过?"沙雷的语气随意自然。

"祝健康!干杯!"

"祝好运!干杯!"

"……会议。"布克·冯·罗基格在同维拉赫交谈,"等洛葛特·冯·巴恩海姆和艾克哈德·冯·苏尔茨两人到了,我们会举行一场会议。"

"艾克哈德·冯·苏尔茨……"维拉赫瘪嘴道,"十处敲锣九处有他,什么事都要插一手。这场会议的议题呢?"

"一场远征。"坐在近处的一名骑士出声道。他手持一把从腰间拔出的匕首,优雅地把肉切成小块送入口中。他一头浅灰色长发,脸和双手十分整洁。即使脸上有数道扎眼的疤痕，但整个人仍散发着高贵的气质。

"似乎，有人在筹备一场远征。"他说道。

"马克瓦特先生，远征的敌人是谁？"

灰发骑士还未来得及回答，比武场那边突然爆发出一阵骚动。有人咒骂，有人大喊，被人踢了一脚的狗发出一声短促的呜咽。有人在高声呼唤，似乎是在找理发医生①或是犹太人。

"听到了吗？"灰发骑士的头冲着发生骚动的方向歪了歪，嘴角露出讥笑，"可真是时候。那边发生什么事了？嗯？雅谢克先生？"

"奥托·葛劳比茨砍伤了约翰·申菲尔德。"一个骑士回答道。他气喘吁吁，嘴上留着稀疏的八字胡。"我们需要一个医生。但那个混蛋犹太人早溜了，到处都找不到他。"

"是谁昨天威胁那犹太人按基督教礼仪吃饭的？是谁强迫他吃猪肉的？我当时有没有提醒你？有没有让你放过那可怜人？"

"尊敬的施托尔贝格先生，一如往常，您又是对的。"小胡子骑士不情愿地承认道，"但现在我们该怎么办呢？申菲尔德的血止不住地流，那理发医生跑没了影，就剩一套工具……"

"给我那些工具。"雷恩万不假思索，大声说道，"把伤者抬到这儿。还有光亮，我需要光亮！"

"砰"的一声，身穿铠甲的伤者被抬放到桌上，正是比武场中没戴头盔对战的二人之一。他的轻率鲁莽导致了严重的后果，面颊被劈出一道触目惊心、深可见骨的伤口，一只耳朵耷拉着，几乎被完全割掉。鲜血随着他的咒骂和挣扎喷涌而出。一时间，木桌上蔓

---

①Cyrulik，即"理发师兼外科医生"。中世纪时期，理发外科医生是最常见的欧洲医生之一，手术很少由医生进行，而是由理发师进行。

延出一片血泊，肉排上溅满了血点，面包被血液浸透，变成了血红色的软糕。

有人拿来了理发医生的工具，借着嘶嘶作响的火把光亮，雷恩万开始埋头处理伤口。他找到了一个盛有匈牙利皇后水的长颈细口瓶，将里面的液体倒在伤口上。顿时，受伤的男人像扔上岸的鱼一般剧烈抽动，眼看就要从桌上滚落下去，几人不得不将他死死按住。雷恩万娴熟地穿针引线，开始缝合伤口，尽量让针脚细密匀实。受伤男人再次破口大骂时，灰发骑士施托尔贝格果断拿起一大块肉堵住了他的嘴巴。雷恩万微微点头，致以谢意，在围观众人赞赏的目光中继续手术。他甩甩头，赶走被火光吸引来的无数飞蛾，聚精会神地将快要脱离脑袋的耳朵尽量复原到原来的位置。

"我需要干净的亚麻布。"没过多久，他开口道。有人抓住一个围观的妓女，开始撕扯她的衬衣，几个响亮的耳光过后，尖叫挣扎的妓女老实下来，不再出声。

雷恩万用很多撕成长条的亚麻布将受伤男人的脑袋包扎严实。令人惊讶的是，伤者不但没有晕过去，反而坐了起来，他叽里咕噜说了一串话，而后发出一声痛苦的呻吟，感激地握住了雷恩万的手。紧接着，其他人开始向他送来拥抱，对他的医术赞不绝口。雷恩万笑容满面，心中十分自豪。虽然他自觉耳朵的伤口处理得不尽完美，但他打眼看去，周围很多人脸上伤口缝合的旧痕更为糟糕。满头绷带的伤者含糊不清地说着什么，但是没人在听他说话。

"怎么样？他是不是挺有一套？"沙雷站在雷恩万身边，接受围观者们的称赞与祝贺。"是不是个优秀的医生？"

"的确。"说话者竟是这场骚动的始作俑者——金鲤骑士葛劳比茨。他看不出有丝毫愧疚，将一大杯蜂蜜酒递到雷恩万手上。"医术高超又沉着冷静,这可不是那群庸医能比得了的。申菲尔德运气不错!"

"砍他的人是你,他才能有这运气。"布克·冯·罗基格冷酷地说道,"换作是我,缝都不用缝。"

随着一队人马的到来,人们的注意力很快转移。强盗骑士们窃窃私语,兴奋不已,足以证明来者名头不小。雷恩万一边擦拭双手,一边仔细观察。

这队人马有十几名身穿铠甲的骑士,领头的是三名骑手。中间的骑手是个身材臃肿的秃头,身着黑色瓷釉板甲。他的右侧是个脸色阴沉的骑士,额头上斜着一道醒目的疤痕。他左侧的人说不准是神父还是僧侣,腰间别着一把短剑,锁甲衣套在袍衣外,肩胛处穿有铁制颈甲。

"巴恩海姆和苏尔茨到了。"施托尔贝格的马克瓦特扬声道,"骑士们,去酒馆!开会!把那些在草堆里和妓女打滚的人叫过来!把睡着的人喊醒!开会!"

几乎所有往酒馆方向走的骑士都在路上准备酒肉,场面顿时有些混乱。他们气势汹汹地大声喊叫,命令仆从们赶紧把酒桶搬来。跑来的一群仆从中就有参孙·食蜜者的身影。雷恩万不愿同伴像其他仆从一样任由强盗骑士们推搡和打骂,于是偷偷唤他,让他待在自己身边。

"你们两个混在人群里,听听看他们说什么。"沙雷说道,"我们最好知道这伙人打算做什么。"

"那你呢?"

"我暂时有其他计划。"沙雷捕捉到在附近闲逛的一个吉普赛女人热情似火的眼神。虽然有点矮胖,但她也算有几分姿色,手上戴着数枚金灿灿的戒指，正在摆弄自己波浪似的乌黑卷发。两人四目相对，吉普赛女人向他抛来媚眼。

雷恩万想要说些什么，但话到嘴边又咽了回去。

小酒馆内人头攒动。并不宽敞的空间内弥漫着烟味和男人们长久不脱铠甲而散发的臭味。骑士和骑士学徒们模仿亚瑟王的圆桌会议围坐到长凳上，然而座位远远不够，许多人不得不一直站着。为避免引人注目，雷恩万与参孙站到了人群最后面。

施托尔贝格的马克瓦特宣布会议开始，对一些颇有地位的骑士表示过欢迎后，肥胖秃顶、身穿黑色瓷釉板甲的洛葛特·冯·巴恩海姆开始发言。

"铿锵"一声，他将入鞘的大剑放到自己面前，开口说道："我们面临的问题，是弗罗茨瓦夫的康拉德主教正在召集士兵加入他的麾下。他正在集结军队，准备再次出征那些异端。换句话说，将会有一支新的十字军。科迪兹总督派亲信告诉我，无论是谁，都可应征入伍。十字军战士的所有罪行都会被宽恕，无论得到了什么东西，都可收归己有。康拉德的神父们还说了很多，我没记住，不过，我半路带上的海森特神父会和大家解释清楚。"

那名穿着锁甲衣的神父站起身，把自己的武器扔到桌上。那是柄沉重的宽刃短剑。

他像布道一般扬手高呼道："上帝保佑！弟兄们！信仰已经泯灭！在波希米亚，异端的瘟疫获得了新的力量，胡斯党这头恶龙正在抬起它那令人憎恶的头颅！高贵的骑士们，难道你们就眼睁睁看着十字军的大旗交到比你们低等的平民阶级手上？胡斯党恣意妄为，我们的圣母每日以泪洗面，难道你们就无动于衷？高贵的骑士们！不要忘记圣伯纳德的箴言：为基督杀死一个敌人便是为基督赢得了他！"

"说重点。"布克·冯·罗基格一脸阴沉道，"神父，长话短说。"

"上帝憎恶胡斯党！"海森特神父两手握拳，猛捶一下桌子，"如果我们用剑将他们斩尽杀绝，阻止他们将更多的灵魂引诱到谬误与污秽的陷阱中，上帝会感到无比愉悦！罪恶的代价是死亡！所以，让我们为捷克异端们带去死亡吧！用烈火与毁灭净化异端的瘟疫吧！骑士弟兄们，我以尊敬的康拉德主教的名义，告诉你们，请求你们，在你们的铠甲上纹上十字架，加入神圣的'天使军'！无论是在现世还是'最后的审判'[①]，你们的罪行与错误都将被宽恕，所有人掠夺到的东西都可占为己有。"

小酒馆突然安静了下来。只能听到零星的打嗝声和有人肚子里隆隆的声响。施托尔贝格眼睛扫过沉默的众人，挠挠头，清了清嗓子。

"各位骑士们，你们怎么说？"他开口道，"要不要加入'天使军'？"

"我们早该想到的。"波利沃伊·德·罗素是第一个发言的骑士。"最近红衣主教布兰达正在弗罗茨瓦夫做客，他身边的随从队可是一头肥羊，我还盘算过要不要在克拉科夫路上把他劫了，但他的护卫队实在强大。这样看来，红衣主教布兰达是来征召十字军的。胡斯党已经把教皇惹恼了！"

"波希米亚的情势不乐观也确实不假。"卢布尼亚的雅谢克·克洛梅，也就是那位稀疏的小胡子骑士开口道，"卡尔施泰因城堡和热布拉克城堡已被包围，随时都可能被攻陷。如果我们不及时对捷

[①] Sąd Boży，最后的审判，又称大审判或末日审判，是一种宗教思想，在世界末日之时神会出现，将死者复生并对他们进行裁决，分为永生者和打入地狱者。

克人出手，那他们很快也会对我们动手。我们应该好好考虑这点。"

额头上一道斜疤的骑士艾克哈德·冯·苏尔茨发出一声咒骂，接着一手用力拍打剑柄。

"我们义不容辞！"他慷慨激昂地说道，"海森特神父说的没错：为异端们带去死亡！让他们感受烈火与毁灭！正直的人们，让那群捷克人尝尝厉害！如果我们因此发财，那更是理所应当，罪恶应被惩处，而美德也应得奖励。"

"没错，十字军东征是一场大战。大战之际更容易发财。"沃尔丹·冯·奥辛开口道。

"也更容易伤到脑袋，甚至是被砍掉脑袋。"卷发的波拉骑士提醒道。

"你胆子变小了，波拉热伊·波拉·雅各布夫斯基先生。"差点砍掉别人耳朵的奥托·葛劳比茨大声道，"有什么好怕的？脑袋掉了碗大个疤！我们在这儿以抢劫为生不也是提着脑袋的生意？憋在这儿怎么发财？靠生意人的小钱袋？但到了波希米亚，上了战场，如果运气够好，活捉到一个骑士，你就可以索要一笔一万两千格罗申的赎金。如果把人杀了，抢了他的马匹和铠甲，那至少也值二十格里夫纳。如果我们攻下一座城……"

"哈！"雷巴巴兴奋不已，"那儿的城市有的是钱，城堡里到处都是财宝。就比如他们一直挂在嘴边的卡尔施泰因城堡，我们会把它攻下，然后洗劫一空……"

"哼，异想天开。"骑士考特维茨对雷巴巴的想法嗤之以鼻，"卡尔施泰因城堡不在胡斯党手里，而是在天主教手里。那座要塞现在处于胡斯党的包围之中，十字军东征就是为了支援他们！雷巴巴，你这头笨驴，对政治一窍不通。"

帕西科·雷巴巴脸涨得通红，胡子都快要竖起来了。

"考特维茨，你说谁是笨驴！"他从腰间拔出一柄战锤，大吼道，"去他娘的政治，我擅长的是把人脑壳敲碎！"

"冷静！冷静！"波利沃伊·德·罗素将手持短剑作势要跨过桌子的考特维茨拉回座位，"你们俩都给我冷静下来！跟个孩子似的！脑子里就知道喝酒和闹事！"

"雨果·冯·考特维茨先生说的没错。"洛葛特·冯·巴恩海姆接话道，"雷巴巴，你根本不懂得政治的奥秘。我们在谈论十字军东征，那你知道它到底是什么吗？想想布永的戈弗雷、'狮心王'理查一世、耶路撒冷。现在明白了？"

强盗骑士们点点头，但雷恩万敢拿身家性命打赌并非所有人都明白了。

布克·冯·罗基格仰头将酒一饮而尽，然后把大酒杯重重放到桌上。"去他的耶路撒冷、'狮心王'、布永、政治和宗教。"他冷冷说道，"不管是谁，只要碰到了，我们都抢。谁下地狱，谁上天堂，关我鸟事。听说奥斯特洛的芬多、多考·布哈瓦这些波兰人就这么干，已经在波希米亚大赚了一笔。难道我们'天使军'还不如他们？"

"当然是我们更强！"雷巴巴大喊道，"布克说得好！"

"为了耶稣！"

"出征波希米亚！"

人群爆发出一阵骚动。参孙悄悄弯腰，凑到雷恩万耳边。

"简直和一〇九五年的克莱芒会议[①]一模一样。"他耳语道。

[①] 克莱芒会议是1095年天主教会在法国克莱芒举办的一场宗教会议。教皇乌尔巴诺二世于1095年11月27日进行了演讲，号召基督教徒前去征讨东方的异教徒，夺回圣地，从而引发了第一次十字军东征。

然而令参孙意外的是，狂热的氛围只持续了极短的时间，如同一团微弱的火苗，很快就被质疑者们的咒骂和凶狠的眼神扑灭了。

"奥斯特洛和布哈瓦那些人之所以发了一笔，是因为他们总站在胜利的一方。"此前默不作声的维拉赫开口道，"优势的一方，而非挨打的一方。而目前为止，十字军从波希米亚带回来更多的是伤残，而非财富。"

"没错。"过了一会儿，施托尔贝格的马克瓦特附和道。"我们曾听参加过一四二〇年布拉格战役的十字军士兵描述亨利克·伊森伯格率领迈森骑士们攻打维特科夫山的那场战斗。他们还说了自己怎样丢盔弃甲，狼狈地逃离那片尸山血海。"

"他们还说胡斯党的神父们和士兵们并肩作战，他们的嘶吼像恶狼一样，令人心惊胆寒。"温彻尔·德·哈萨点着头接话道，"甚至就连农妇们都上场作战，个个像疯了似的挥舞连枷……而那些落入胡斯党手里的……"

"一派胡言！"海森特神父不屑地摆手道，"当时维特科夫山有杰士卡坐镇。他把自己的灵魂出卖给了魔鬼，才获得了邪恶的力量。而现在，杰士卡已经死了。一年前，他就被扔到了地狱的油锅里。"

"万圣节那天杰士卡不在维谢赫拉德，"塔西罗·冯·莱斯科夫出声道，"而且我们还有四倍的兵力优势，结果仍然被胡斯党打得溃不成军。当时的场景，时至今日仍让人羞愧不已。我们被打得毫无招架之力，胡斯党提着屠刀穷追不舍，我们仓皇失措，四处逃窜，能跑多远跑多远，直到战马再也跑不动……五百名战士血肉横飞，横尸战场。他们中不乏赫赫有名的贵族领主：波希米亚和摩拉维亚的普鲁洛瓦的亨利克领主、斯登博克的雅罗斯瓦夫领主……波兰'战斧'家族的安杰伊·巴里斯基领主。卢萨蒂亚的拉瑟鲁领主。我们西里西亚的亨利克·狼山领主……"

"舍伦多夫的斯托什领主和保罗·舍米尔领主。"施托尔贝格轻声接话,"塔西罗先生,我之前都不知道维谢赫拉德战役时你也在场。"

"我在。我那时和傻子一样与奥莱希尼察的坎特纳和格沃古夫的伦波尔德率领的西里西亚军队一同作战。诸位,没错,杰士卡是去地狱了,但在波希米亚还有不比他差的将领。万圣节那天,我们在维谢赫拉德城堡下见识过了海尼克·克鲁希纳·利希滕堡、海尼克·多尔什塔因、维多利安·波迪布拉德、扬·维兹达和洛哈奇·都拜这些人所赐。记住这些名字。如果加入东征波希米亚的十字军,那你们早晚会与他们交手。"

"去他的,有什么好怕的!"雨果·冯·考特维茨打破了凝重的沉默,"他们能赢是因为你们不会打仗。一四二一年的佩特罗维采之战,在恰斯托洛维采的布塔领主率领下,我也和胡斯党交过手。我们把他们打得屁滚尿流!然后我们尽情地杀人放火,抢了不少好东西。看!我身上的巴伐利亚铠甲,从那时起一直穿到现在……"

"够了。"施托尔贝格打断道,"该做决定了。我们去不去波希米亚?"

"我去!"艾克哈德·冯·苏尔茨自豪地大声宣布道,"我们必须彻底铲除异端。在一切被吞噬之前,我们要将其焚尽!"

"我也去。"温彻尔·德·哈萨说道,"我打算结婚,得去抢些钱回来。"

"以圣人的名义起誓!抢钱这事怎么能少了我!"维特拉姆跳了起来。

"战利品是一回事，"沃尔丹·冯·奥辛略显迟疑，"但是我听到加入十字军的人罪恶都将得到宽恕。作恶多端的人……哦，为什么不去！"

"我不打算去。"波利沃伊·德·罗素说道，"我不想去国外找麻烦。"

"我也不去。"维拉赫语气平静，"因为苏尔茨去的话，也就意味着，这事不靠谱。"

又是一阵喧哗，酒馆中骂声不断。几个人硬是把剑已拔出一半的苏尔茨摁回座位。

"我个人更倾向去普鲁士。"喧哗平息后，雅谢克·克洛梅说道，"和波兰人一起对抗条顿骑士团。或者反过来，站到条顿骑士团一边。要看哪一方给的价钱更高。"

随后一段时间，强盗骑士们有的议论纷纷，有的互相吵嚷，直至卷发的波拉骑士做出手势让同伴们安静。

"我不会加入这场远征。"众人安静下来后，他宣布道，"我不会戴上主教和教士们的狗圈，也不打算像条狗一样听令咬人。这场十字军东征有什么意义？要打的是什么人？捷克人又不是萨拉森人。他们可是扛着圣体匣上战场的基督徒。如果他们仅仅是看不惯罗马教廷呢？看不惯康拉德主教和其他教士呢？对此我丝毫不感到奇怪。因为我也看不惯他们。"

"雅各布夫斯基，你在胡说些什么！"艾克哈德·冯·苏尔茨吼道，"捷克人是异教徒！他们信仰异端！烧毁教堂！崇拜魔鬼！"

"他们光着身子到处跑！"

"他们还想把自己的妻子变为公共财产！他们想……"海森特神父尖叫道。

"我会让你们知道捷克人想要什么。"波拉声如惊雷,"我相信,你们一定会好好考虑要站在哪一边。"

在他示意之后,一个看上去年纪不轻的游吟诗人走出人群。他戴着红色的尖角兜帽,紧身上衣的衣边经过精心剪裁,呈锯齿状。他从上衣中拿出一卷羊皮纸。

"敬告所有虔诚的基督信徒,"他大声读道,"波希米亚王国在上帝的帮助下将永远存在,无论发生何种情况,都将坚持下文所书内容。第一,波希米亚王国境内,可以自由而安全地宣扬上帝的教诲,神父布道不受任何制约……"

"那是什么?"苏尔茨叫道,"游吟诗人,那东西哪来的?"

"让他继续。"维拉赫皱眉道,"从哪弄来的不重要。继续,伙计。"

"第二,耶稣的血与肉以酒和饼的形式分给所有虔诚的信徒……"

"第三,剥夺并废除神职人员对金钱等其他物质财富的世俗权力,为获救赎,他们应恪守《圣经》戒律,按照基督及其使徒们的生活方式生活。"

"第四,所有神职人员犯下有违神圣法律的死罪及其他罪行都将严惩不贷……"

"那是异端文章!"海森特神父大喊道,"仅仅是听它的内容就会背负罪恶!你们难道不怕神罚吗?"

"闭嘴,神父!"

"安静!让他念下去!"

"罪行如下:买卖圣职;宣扬异端;以洗礼、坚振礼、弥撒、斋戒、忏悔、敲钟、为逝者祷告为获取利益的手段;通过买卖圣餐、圣油、圣水、赎罪券牟取利益……"

"怎么？难道不正该如此吗？"波拉两手叉腰道。

"还有：通奸、私生子女、鸡奸等令教会不齿的行为；愠怒、争论、打斗、诽谤、拷打等堕落行为以及霸占平民财产，巧立名目加收捐税。神圣教会中的每一位神职人员，应对以上罪行摒弃、杜绝、憎恶、谴责……"

念到此处，酒馆内开始爆发骚动，很快便乱作一团。雷恩万注意到，游吟诗人趁乱带着羊皮纸悄悄溜了出去。强盗骑士们大吵大闹，谩骂不止，互相推搡，怒目而视，不安分的剑刃在剑鞘中丁零作响。

参孙轻轻推了推雷恩万。

"我觉得你该看一眼窗外。"他低声道，"而且要快。"

雷恩万看了眼窗外，接着整个人愣在了原地。

三人正骑马进入克洛莫林据点的广场。

来人正是斯特察家族的维迪奇、莫洛德和沃尔佛三兄弟。

Chapter 18
第十八章

在本章中,骑士的传统已受到新式武器的严重冲击。雷恩万为自己的莽撞付出了代价,并且被迫在全世界面前承认自己的愚蠢。

雷恩万有理由为自己感到羞耻与愤怒,因为惊慌不费吹灰之力便将他完全击垮。看到斯特察兄弟进入克洛莫林,他的大脑一片空白,只有惊惧与惶恐。意识到自己的懦弱,他内心的羞耻感变得愈加强烈。相比沉着冷静、随机应变,他的反应如同一只被追猎的受惊小兽。他从房间窗户跳了出去,冲入棚屋和房舍之间,向着河边柳林的方向拼命狂奔。在他心中,或许林中灌丛可以提供一个漆黑、安全的藏身之处。

运气和早已困扰斯蒂芬·罗迪奇多天的感冒让他逃过一劫。

斯特察一伙早已设好陷阱。三兄弟进入克洛莫林时，其余三人已然在早些时候悄无声息地潜入此处，在雷恩万最有可能的逃跑路线上设伏。若不是罗迪奇响亮的喷嚏声吓得马匹踢到他身前的棚屋，雷恩万已然自投罗网。听到前方异常的响动，即使惊慌失措，两腿发软，他还是及时停下脚步，贴着一堵栅栏狼狈不堪地往回爬，最后藏到了一堆木柴后面。他瑟瑟发抖，柴堆像被强风吹拂般簌簌作响。

"嘘！嘘，那位先生！"

在他身旁的栅栏后，站着一个六岁左右的小男孩。他戴着一顶毡帽，身上松垮垮的衬衣漫过膝盖，只露出脏兮兮的小腿，腰间系着一根细绳权作腰带。

"嘘！去干酪房……去干酪房……在那边！"

他看向男孩指着的方向。不远处有一栋方形的木建筑，再仔细看，那是一栋离地约五米的尖瓦屋顶木房，底下由四根坚固的柱子支撑。这被称为干酪房的小屋更容易让人联想到大号鸽子房，也更像一个完全找不到出路的陷阱。

"快去干酪房……"小男孩催促道，"你可以藏到那里……"

"那个小房子？"

"对。我们总藏在那里。"

雷恩万根本来不及多想，马蹄声与响亮的喷嚏声愈来愈近，罗迪奇正在靠近他的藏身之处！幸运的是，罗迪奇骑马径直走进了一间鹅棚，被惊扰的大鹅开始发出刺耳的尖鸣。雷恩万瞬间反应过来，此时不跑更待何时。他弓着身子，沿着栅栏向干酪房冲去。紧接着，他愣住了，干酪房下居然没有梯子，橡木圆柱光滑无比，根本没办法攀爬上去。

正当他暗骂自己愚蠢至极，打算继续逃跑时，一个微小的嘘声传来，紧接着，一条打结的绳子像蛇一般从上方一个漆黑的孔洞缓缓降下。雷恩万手脚并用，很快攀着绳子爬到上面。干酪房内一片漆黑，闷热难耐，弥漫着酸腐的干酪味道。放下绳子帮他爬到里面的人是那个头戴红色兜帽的游吟诗人。也正是他，不久前在酒馆大声宣读胡斯党的宣言。

"嘘，安静点。"他将一个手指放到唇边，压低声音道。

"这里是不是……"

"安全？不用担心，我们总藏在这里。"

雷恩万正欲追问为什么他们总是会藏在别人一般不会发现的地方，但时间已然不够。罗迪奇此时正骑马经过干酪房，他咳嗽一声，往远处走去，看都没看一眼圆柱上的房子。

"你是别拉瓦的雷恩玛尔。"游吟诗人在黑暗中说道，"在巴比诺夫村遇害的彼得林的弟弟。"

"没错。"过了一会，雷恩万承认道，"你躲在这儿是因为害怕宗教审判所。"

"没错。"过了一会，游吟诗人承认道，"我在酒馆里读的……文章……"

"我知道那些是什么。但是刚来的那些人不是宗教审判所的人。"

"谁知道呢。"

"也对。看上去有人在保护你，但你还是躲起来了。"

"你不是也一样？"

为风干乳酪，干酪房的四壁上开有许多孔洞，而透过它们，几乎可以俯瞰整个据点。雷恩万把一只眼睛贴到一个正对酒馆与广场的小洞。下面发生的事情尽收眼底。虽说离得太远，听不到任何东西，但想要猜出也不是什么难事。

战争会议还在进行，只有为数不多的强盗骑士离开了酒馆。所以，在广场上欢迎斯特察兄弟的主要是几条狗，此外就是一些骑士学徒和几名强盗骑士，其中就有库诺·维特拉姆和满头绷带的约翰·申菲尔德。其实，"欢迎"一词未免夸大，因为几乎所有的强盗骑士头也没抬。维特拉姆和身旁两人的注意力全在一块羊骨架上，他们正忙不迭地把没吃干净的烤肉从肋骨上扯下来塞进嘴里。申菲尔德为了解渴，把一根中空的稻草秆插到绷带缝隙，满足地吸吮着马姆齐甜酒。铁匠和商人们早已入睡，妓女、僧侣、游吟诗人和吉普赛女人小心翼翼地躲了起来，仆人们装出一副忙碌的样子。于是，沃尔佛·斯特察不得不重复了一遍刚才的问题。

"我在问你们有没有看到过一个符合描述的年轻人？"他坐在高高的马鞍上，大声喝问，"他来没来这里？还是说现在还在？有没有人回答我的问题？呃？你们他妈的都聋了？"

维特拉姆把一块羊骨头吐到了沃尔佛的马蹄下。另一名骑士把手指往衣服上抹了抹，瞥了沃尔佛一眼，手向腰间长剑摸去。申菲尔德头都没抬，仍在大口吸吮甜酒。

此时，罗迪奇赶了过来，没过一会儿，迪特·哈特也来到广场。在沃尔佛与莫洛德疑问的目光下，两人摇了摇头。维迪奇咒骂一声。

"有谁看到过我说的人了吗？"沃尔佛又问一遍，"也许你看到过？没有？那你？对，就是你，大家伙，我在和你说话！你看到过？"

"没有。"站在酒馆旁的参孙·食蜜者否认道,"我没有见过。"

"不管是谁,只要见过他,跟我说他在哪里,就会得到一枚金币。"沃尔佛身体倚靠到鞍桥上,"怎么样?为避免你们觉得我是在撒谎,看,这是金币。只要指出我在找的人,向我确认他在这里,或者曾经来过,这枚金币就是你的了!怎么样?谁想要这枚金币?是你?还是你?"

有个仆人疑神疑鬼地看看周围,犹犹豫豫地走上前去。

"大人,我看见……"他刚开口,申菲尔德便重重踹了他屁股一脚。仆人趴到地上,接着猛地跳起,一瘸一拐慌忙逃走。

申菲尔德两手叉腰,看了眼沃尔佛,然后透过绷带叽里咕噜说了一堆含混不清的话。

"呃?"坐在马鞍上的沃尔佛俯下身子,"他刚才说什么?"

"我不确定。"参孙平静回答道,"但我觉得他在骂该死的犹大。"

"我也这么认为。"维特拉姆肯定道,"以圣人的名义起誓!我们克洛莫林不喜欢犹大。"

沃尔佛的脸色一阵红一阵白,攥紧了马鞭的握柄。维迪奇骑马移了几步,腾出空间。莫洛德把手摸向剑柄。

"斯特察家族的先生们,我不建议你们动手。"站在酒馆门口的维拉赫出声道。他的一侧站着塔西罗·冯·莱斯科夫,另一侧站着沃尔丹·冯·奥辛,背后是雷巴巴和波利沃伊·德·罗素。"以上帝之名起誓,如果你们动了手,那就别想出去了。"

"他们杀了我哥哥。"雷恩万的眼睛仍然紧贴小洞,呼吸声变得急促起来,"是他们……斯特察人……下的杀手。上帝保佑,让他们吵起来……强盗骑士把他们大卸八块……报了彼得林的仇。"

"我不会指望。"

他转过身，游吟诗人的眼睛在黑暗中闪闪发亮。"他在暗示什么？"雷恩万心想："我不该指望什么，争斗还是复仇？还是两者都有？"

"我不想打架。"沃尔佛口气软了下来，"我也不是故意来找麻烦的。瞧瞧我问得多有礼貌。我在找的人杀了我的兄弟，还欺辱了我嫂子。我有权讨个公道……"

"哦，斯特察的先生们，"一阵笑声过后，施托尔贝格的马克瓦特点头道，"来克洛莫林倒苦水可不是个好选择。我建议你们去别处讨公道，比方说，去法院。"

维拉赫差点笑出声，波利沃伊·德·罗素捧腹大笑。沃尔佛知道自己被耍了之后，脸色变得煞白，莫洛德和维迪奇在一旁咬牙切齿。沃尔佛数次张嘴闭嘴，还没来得及说出什么，绰号"雕鸮"的詹奇骑马冲进了广场。

"那群混蛋。"雷恩万咬着牙道，"为什么他们没有受到惩罚？为什么上帝不会派下一位鞭笞他们的天使？"

"谁知道呢？"在弥漫着干酪味道的黑暗中，游吟诗人叹息道，"谁知道呢？"

"雕鸮"脸色通红，怒气冲冲地跑到沃尔佛身旁，快速地说了些什么，然后伸手指向磨坊和大桥的方向。无须多言，斯特察兄弟脚踢马肚，朝反方向策马疾驰。他们快速穿过一片棚屋，头也不回地向一处河流浅滩奔去。"雕鸮"、哈特、不时打喷嚏的罗迪奇紧随其后。

"跑得倒挺快！"雷巴巴朝他们背影吐了口口水。

"就是群闻到了猫味的老鼠！"沃尔丹·冯·奥辛大笑道。

"不是猫，是只老虎。"施托尔贝格意味深长地纠正道。他站得更近，听到了"雕鸮"对沃尔佛说了什么。

"我还不打算出去。"黑暗中的游吟诗人说道。

马上要抓住绳子往下爬的雷恩万停下了动作。

"我没危险了。"他肯定地说道，"但你小心些。很多人因为你读的那些东西被烧死了。"

游吟诗人靠近了些，月光倾泻而下，透过屋顶的裂缝，照亮了他的脸庞。"有些事情值得为之冒生命危险。雷恩万先生，你很清楚这点。"

"什么意思？"

"你心里一清二楚。"

"我认识你，"雷恩万呼吸一滞，"我见过你……"

"没错，我们在波沃约维村你哥哥的家中见过。但最好还是别谈这些。现在的世道多嘴多舌可是会让人丢命的恶习。有个人曾说过，不止一人因为管不住嘴巴而丢了性命。"

"厄本·豪恩说的。"雷恩万惊异于自己反应之快。

"嘘，不要乱提那个名字。"游吟诗人轻声道。

斯特察一伙的确已从克洛莫林逃走，他们六神无主的样子不禁令人感到奇怪，仿佛身后有魔鬼穷追不舍。那一幕让雷恩万心情大好。但当看到他们在逃离什么人时，一切疑问烟消云散。

一队骑士与骑马的弩手在队首一人的带领下进入克洛莫林。那人四方下巴，双肩极为宽阔，身穿一套米兰制甲大师打造的铠甲，华丽的镀金流纹在火光下熠熠生辉。他身下坐骑是一匹高大强壮的黑马，马身同样覆盖着甲衣，马面与脖颈均装有面甲与颈甲。

雷恩万混入从酒馆蜂拥而出的强盗骑士们之中。除了参孙外没人注意到他。沙雷仍然不知所终。强盗骑士们像一窝蜂一样小声议论。

两名骑士分列队首骑士两侧，一人颇为年轻，长相如同姑娘般俊美，另一人黝黑皮肤，身形瘦长，颧骨突出。两人同样身穿铠甲，坐骑亦是全身披甲。

"海恩·冯·齐奈。"奥托·葛劳比茨的语气中充满羡慕之情，"看到他身上的米兰铠甲没？该死，至少得值个四十格里夫纳。"

"左边的年轻人是弗瑞奇·冯·诺提斯。"温彻尔·德·哈萨喘着粗气道。"右边是维泰洛佐·盖塔尼，那意大利人……"

雷恩万吃惊不已。周围的感叹、喘息与小声咒骂声不绝于耳，足以证明，西里西亚最有名气、最令人恐惧的强盗骑士之一现身于此，深感震惊的不止他一人。尼摩萨特城堡的主人——臭名昭著的海恩·冯·齐奈，他的名字不仅会令商人与平民闻风丧胆，也会令强盗同行们心生嫉妒。

与此同时，海恩·冯·齐奈在高等骑士们前方停下。他翻身下马，向强盗骑士们走来，每走一步，马刺与铠甲叮当作响。

"施托尔贝格先生。"他的声音低沉有力，"巴恩海姆先生。"

"齐奈先生。"

海恩·冯·齐奈回头看了一眼，仿佛在确认他的骑士是否手握武器，弩手是否准备就绪。确认后，他右手扶胯，左手搭到剑柄，两腿分开，抬高脑袋。

"我会长话短说，因为我可没时间啰嗦。"他大声道，"有人袭击并且抢劫了几个'金丘'金矿的瓦隆①矿工。我警告过，'金丘'的瓦隆人在我的庇护之下。所以仔细听好：如果你们这群无赖之中有人参与了那场抢劫，最好自己老实招了，如果被我事后抓住，不管是不是骑士，我会活活剥了他的皮。"

施托尔贝格的马克瓦特脸上像是笼罩了一层乌云。克洛莫林的强盗骑士们的议论声更为嘈杂。弗瑞奇·冯·诺提斯与维泰洛佐·盖塔尼一动不动，像是两尊铁像。队伍中的弩手们拉紧弩弦，蓄势待发。

"这场袭击最大的嫌疑人，"他继续说道，"是昆兹·奥洛克和高戈维采的斯托克。所以，你们给我仔细听好：如果你们把那群杂种小偷藏在了克洛莫林，那别怪我不客气。"

"众所周知，"齐奈没有理睬强盗骑士们越来越大的议论声，继续说道，"奥洛克和斯托克那群杂种在为斯特察家族办事。沃尔佛和莫洛德兄弟也一样是混账杂种。我以前和那群人打过交道，但他们现在过界了。如果瓦隆人的事真是他们干的，我会扯出斯特察人的肠子。妄图藏匿他们的人也是一样的下场。"

"还有一件事，虽然是最后一件，但也同样十分重要。所以，都给我竖起耳朵听好。最近一段时间，不断有商人成为邪恶阴谋的受害者，被发现时早成了一具冰冷僵硬的尸体。这件事很是诡异，我也不想牵扯进去，但我要警告你们：福格家族的奥格斯堡商会向我支付了保护金。若是福格家族有商人遭遇不测，事后又被查出是你们的人干的，我会将他碎尸万段。听懂了吗？听懂了吗，小崽子们？"

强盗骑士们嘈杂的议论声愈加愤怒，海恩·冯·齐奈突然拔剑

---

①Wallon，即瓦隆尼亚人，瓦隆尼亚是比利时南部的一个历史与文化地区。

挥舞，剑刃破空之声咻咻作响。

"如果有人反对我刚才的话，或是觉得我在说谎，又或是对我心怀不满，那就上前！"他吼道，"用剑说话。快点！我在等着！狗日的，复活节后我还没杀过人！"

"海恩先生，你的行为并不得体。"施托尔贝格的马克瓦特冷静地说道。

"尊敬的施托尔贝格先生，尊敬的巴恩海姆先生，以及在场的高等骑士们，我的这些话不是对你们说的。但是我清楚自己的权利。我可以对在场任何人发起挑战。"

"我只是说这并不得体而已。所有人都知道你，也知道你的剑。"

"那又如何？"齐奈冷哼一声，"难道我该像'湖中的兰斯洛特'一样穿身娘们儿衣服，好让别人认不出来？我说了我很清楚自己的权利，他们也很清楚他们的权利。但是我看到的只是一群两腿发抖的白痴。"

强盗骑士们越来越按捺不住。雷恩万看到愤怒的考特维茨脸上已没有一丝血色，温彻尔·德·哈萨似要把牙齿磨出火星。奥托·葛劳比茨握紧剑柄，作势上前，卢布尼亚的雅谢克抓住了他的肩膀。

"不要去，没人能在他的剑下活命。"他低声道。

海恩·冯·齐奈再次挥剑，接着在场中来回踱步，马刺不断铮铮作响。

"你们这堆狗屎，没人敢上前？"他大喊道，"知道在我眼里你们是什么吗？一群懦夫、软蛋！没人挑战我？没人敢叫我骗子？一个人也没有？那你们所有人，一个都逃不过，全是群娘们儿。你们有辱骑士身份！"

强盗骑士们愤怒的喧闹声愈来愈大，然而齐奈置若罔闻。

"在你们里面我只看到了一个男人，瞧，波利沃伊·德·罗素。"他持剑指向罗素，"说实话，我弄不明白他为什么跟一群懦夫混在一起。一定是把自己也当成了杂狗，呸，丢人！"

罗素挺直腰板，两臂抱在胸前，毫无怯意地迎上他的目光。但他没有拔剑上前，只是面无表情地站在原地。罗素的冷静惹得齐奈勃然大怒。他脸色涨红，双臂张开。

"一群懦夫！"他怒吼道，"一群混蛋！我在向你们发出挑战。都是废物！谁来迎战？不管是马战还是步战，就在此地，速速上前！不管是长剑还是战斧，武器任由你选！雨果·冯·考特维茨，你来？那边的罗基格，你来？雷巴巴你这杂狗，敢不敢来？"

雷巴巴胡子下露出紧咬的牙齿，抓着剑柄站起身来。沃尔丹·冯·奥辛抓住他的肩膀，用力将他摁回到座位上。

"别犯蠢，你不想活了？没人能赢他。"他小声道。

海恩·冯·齐奈仿佛听到了这番话似的放声大笑。

"没人敢上前？没人有胆子？和我想的一样！一群懦夫！胆小鬼！狗杂种！"

"你个狗娘养的！"艾克哈德·冯·苏尔茨猛地冲上前去，大吼道，"贱嘴！杂碎！畜生！来广场上！"

"我就站在广场上呢。"海恩·冯·齐奈冷静应道，"我们用什么武器？"

"这个！"苏尔茨举起一杆火枪，"齐奈，你自命不凡，不过是因为自己是高超的剑士、卓越的斧手。但是新的时代来临了！我们用新式武器！机会平等！火枪对射！一决生死！"

在震耳的喧哗声中，海恩·冯·齐奈走向自己的战马。一会儿过后，他手持一杆长枪回到原地。然而苏尔茨手中只是普通的直杆火枪，而齐奈的武器却是一杆精心制作的火绳枪，弧度优美的曲杆嵌于橡木枪托之中。

"那就用火器。"他大声道，"划出界线。"

很快，克洛莫林广场上出现了一条火炬通道。通道中，相隔十步、立在地上的两根长矛划定出射击位置。齐奈与苏尔茨相对而立，一只胳膊下夹着火枪，另一只手上捏着缓缓燃烧的火绳。强盗骑士们站在通道两边，不在弹道之内。

"准备武器！"作为发令员的维拉赫举起狼牙棒，"瞄准！"

决斗双方身体前倾，装上火绳。

"开火！"

枪响之后，什么都没有发生。场中一片寂静，"嘶嘶"燃烧的火绳不断溅射出点点火星，药锅中散发出燃过火药的气味。似乎有必要中断决斗，以便双方重新填装火药与弹丸。维拉赫正准备举棒示意的刹那，夜空忽地一闪，一声巨大的枪响传出，一团刺鼻的烟云升起，苏尔茨的火枪掉到了地上。距离最近的人甚至听到了那发弹丸的破空之声，它并未击中目标，而是往茅厕方向飞去。几乎在同一瞬间，齐奈的火枪再次迸发出火焰与烟云。这次它没有偏离，而是击中了苏尔茨的下巴，将他一整颗脑袋都打飞了出去。鲜血如同喷泉般从这位"天使军"拥护者的脖子喷涌而出。他的头颅"砰"的一声撞到畜棚墙壁，掉落到地上，一路滚动，最后停在一堆杂草之中。头颅上的那双眼睛仍然大睁着，空洞的瞳孔里映出几条凑上前去的狗影。

"见鬼，那玩意可真缝不回去了。"寂静之中，雷巴巴出声道。

雷恩万低估了参孙·食蜜者。

马厩之中，感觉到背后的目光时，他还没来得及给马装上马鞍。他双手抓着马鞍转过身去，愣在了原地。他咒骂一声，接着将鞍具放到马背上。

"别怪我。"他没再回头，佯装忙着安装马具，腾不出一点功夫，"我一定要跟上他们。我想避免告别。确切地说，是避免告别时会发生的争论，那毫无意义，就是在浪费时间，只会产生一些不必要的口角。我想这样也许更好……"

参孙倚在门梁上，胳膊抱在胸前，一言不发，但他的表情已然说明一切。

"我一定要跟上他们。"片刻迟疑后，雷恩万坚定道，"我没别的选择。理解一下我吧。这对我来说是绝无仅有的机会。这是天意……"

"海恩·冯·齐奈也让我联想到了很多东西。"参孙微笑道，"但没一样是好的。虽然并不容易，但是我可以理解你。"

"海恩·冯·齐奈是斯特察家族和昆兹·奥洛克的敌人。敌人的敌人，自然是我的盟友。借助他的力量，我才有机会为我哥哥报仇。别叹气，参孙。别和我争论什么复仇毫无意义，这儿可不是个争论的好地方。杀了我哥哥的凶手不仅逍遥法外，而且一直在追杀我，他们也不会放过我心爱的人。不，参孙，我不会逃去匈牙利，让他们在这儿像胜利者一般耀武扬威、横行霸道。一个机会摆在我面前，我发现了敌人的敌人，我找到了盟友。齐奈说过他会活剥了斯特察人和奥洛克。也许会是一场徒劳，也许一切毫无意义，但是我还是想帮他办成这事，我要亲眼见证他们被活活剥皮。"

参孙什么都没说。他呆滞的眼睛和圆胖的白痴脸上流露着深沉的思虑与睿智的关怀，还有不言而喻的责备。

"沙雷……"雷恩万一边系紧肚带，一边结结巴巴道，"沙雷的确帮过我，为我做了很多。你都亲眼见过……不止一次。但是不论多少次我提到向斯特察家族复仇，他总是拒绝，总是取笑，还把我当作一个蠢到不可救药的累赘。他甚至，你也听到过，诋毁阿黛尔，拿她说笑，一直阻止我前往津比采！"

马儿不安地喷着鼻息跺蹄，显然是被激动的雷恩万惊吓到了。他深吸一口气，冷静下来。

"参孙，告诉他不要怨恨我。该死，我不是个忘恩负义的人，我明白他为我做了多少。但我觉得，报答他的最好方式就是离开。他自己说过：我就是最大的威胁。如果没有我，他会更轻松。对你们两个……"

他欲言又止。

"我希望你和我一起走，但仅是希望，并非要求，因为这出自我卑鄙又阴暗的私心。我要做的事情很危险，和沙雷待在一起你会更安全。"

参孙沉默了很久。

"我不会劝你放弃计划。"终于，他开口道，"我也不会和你争吵，你也说过那不过是浪费时间而已。我甚至不再打算和你分享自己对此事的感受。我不想让事情变得更糟，让你一直感到良心有愧。但你要知道，雷恩玛尔，你的离开会毁了我回到自己世界的希望。"

雷恩万沉默了很长时间。

"参孙，"终于，他开口道，"如果可以，请诚实地告诉我，你真的……是你说的那样……你到底是谁？"

"我即是我。"参孙平静地说道,"离别之际的坦诚相告我看就免了吧,毫无意义,没有任何用处,也改变不了任何事情。"

"沙雷见多识广,有很多人脉。"雷恩万马上说道,"你放心,到了匈牙利他一定会联系到能够……"

"是时候离开了。启程吧,雷恩玛尔。"

整个山谷覆盖着一层浓雾。好在,它只是低低地贴在地面,所以暂时还没有迷路的风险。这条小路通往哪里也不难辨认,因为路旁有一排高过白雾的歪斜柳树、野生梨树与山楂灌丛。远处的黑暗之中,一团微小、模糊、摇曳的光亮指引着雷恩万前进的方向。

夜间很冷。雷恩万走过雅科夫河上的大桥,进入浓雾之中时,感觉仿佛是潜入了冰水之中。"也对,"他心想,"毕竟已经九月份了。"

借着雾海反射的月光,路的两旁倒还清晰,然而意想不到的是,在茂密树丛与灌丛遮掩下,小路反而最为黑暗。雷恩万在一片漆黑中前行,几乎连自己马的耳朵都看不清。不止一次,灌丛影子随风而动,吓得年轻人魂飞胆战,不由自主地拉紧缰绳,使得胆怯的马儿更加害怕。每次走过之后,他又会暗暗自嘲自己的胆小。"怎么会有人害怕灌丛?"

突然间,两团"灌丛"拦住了前路,第三团抓住了他的缰绳,第四团用一样东西抵住了他的胸膛。那东西的触感绝非他物,而是一杆长矛的矛锋。

周围传来密集的马蹄声,马身上的味道与人的汗味越来越浓烈。随着火石的"咔嚓"声,无数火星一闪而逝,继而亮起数团提灯的光亮。雷恩万眯起眼睛,身子不得不往后倚靠到马鞍,因为那杆长矛几乎就要抵到脸上。

"作为探子来说太过英俊。"海恩·冯·齐奈出声道,"作为杀手来说又太过年轻。但是人不可貌相。"

"我是……"

他的声音戛然而止,一动不动,因为又有一样坚硬之物抵上了他的后背。

"现在,只有我才能决定你是什么,以及你不是什么。"齐奈的声音充满寒意,"打个比方,你现在不是一具万箭穿心、倒在水沟里的尸体,对此你该心怀谢意。现在,闭上你的嘴,我在思考。"

"有什么好想的?"维泰洛佐·盖塔尼问道。他一口流利的德语,但是抑扬顿挫的腔调将其意大利人的身份表露无遗。"一刀割了他喉咙就结了。我们继续走,天有些冷,我想填饱肚子。"

后方传来铁蹄声与马的鼻息声。

"他是一个人。"身后传来弗瑞奇·冯·诺提斯年轻悦耳的嗓音,"没人跟在他后面。"

"不可轻信表象。"齐奈说道。

齐奈战马的鼻孔中喷出白色雾气。他驱马走近雷恩万,近到两人马镫相碰,一抬胳膊就能碰触的距离。雷恩万恍然大悟,惊出一身冷汗。这是挑衅,齐奈是在试探他。

"我还是坚持一刀抹了他的脖子。"意大利人在黑暗中说道。

"抹脖子,抹脖子,你们这些人脑子里就只有抹脖子。"齐奈不耐烦道,"这样杀了他,我的告解神父又要整天缠着我不放,告诫我毫无缘由地杀人是莫大的罪恶,说什么杀人必须要有重要的理由。每次忏悔,他都絮叨个没完,理由,理由,一定要有理由。早晚有一天,我会用狼牙棒敲烂他的脑袋,因为不耐烦也是理由,对不对？但是这次，暂且还是按他说的办吧。"

"小子，告诉我们你是谁。"他对雷恩万说道，"我们来瞧瞧有没有杀你的理由，或者，我们需不需要想出一个理由。"

"我的名字是别拉瓦的雷恩玛尔。"雷恩万开口道。因为无人出声打断，于是他继续说了下去，"我的兄弟别拉瓦的彼得林被人蓄意杀害。这场谋杀的主谋是斯特察家族，执行者是听令于他们的昆兹·奥洛克一伙。所以我与他们有不共戴天之仇。在克洛莫林时，我听到您也和他们有过节，所以我跟在后面是想告诉您，斯特察兄弟到过克洛莫林，听到您到了的消息时就马上跑了。他们渡过浅滩，往南逃了。我这么做都是出于对斯特察家族的仇恨。我没办法自己报血海深仇，只能寄希望于您的力量。我没有任何别的要求。如果这是个误会……请原谅我，让我继续上路。"

他深深吸了口气，刚才一番急切的说辞令他有些疲惫。强盗骑士们的战马喷出粗重的鼻息，挽具"当啷"作响。黑暗中，灌丛幽灵般的影子在提灯微弱的灯光下摇曳。

"别拉瓦家族……"弗瑞奇·冯·诺提斯出声道，"见鬼，我们两个好像是远亲。"

维泰洛佐·盖塔尼用意大利语咒骂一声。

"我们上路。"海恩·冯·齐奈突然下令道，"你，别拉瓦家的少爷，跟在我身边。"

"他都没让人搜我身。"雷恩万一边骑马跟着齐奈，一边暗自揣测，"他没确认我身上有没有藏着武器就让我跟在身边。这不仅是新的试探，也是个圈套。"

路旁的柳树上悬着一盏摇晃的提灯，这狡猾的手段是为了迷惑追击者，让他们误认为队伍在前方远处。齐奈取下提灯，把它凑到雷恩万面前。

"这是张诚实的脸。"他说道,"原来外表没有骗人,他说的是实话。你是斯特察家族的仇敌?"

"没错,齐奈先生。"

"别拉瓦的雷恩玛尔?"

"正是。"

"那就没问题了。来人,把他抓住。把他武器卸了绑起来。给他脖子上来根套索。快!"

"齐奈先生……"雷恩万结巴道。几只强壮的手臂令他动弹不得。"为什么……为什么……"

"年轻人,主教对你发了通缉令,活捉你会有笔赏金。"海恩·冯·齐奈毫不在意地说道,"瞧,宗教审判所在抓你。巫师还是异端,对我来说其实都一样。不过你得被绑着去多明我会修道院了。"

"放我走……"手腕上勒到肉里的绳子令他不由痛苦呻吟,"求您,齐奈先生……您可是个骑士……我必须……我赶着……去心爱的人那里!"

"谁不是呢。"

"您不是厌恶我的仇敌吗!斯特察家族和奥洛克一伙!"

"这倒不假。"强盗骑士承认道,"我是恨那些狗日的。但是,年轻人,我不是未开化的野蛮人。我是个欧洲人。我可不允许个人的喜好与憎恶影响我做决定。"

"但是……齐奈先生……"

"上马,先生们。"

"齐奈先生……我……"

"诺提斯先生!"强盗骑士厉声道,"你不是说他是你远亲吗,那赶紧让他闭嘴!"

雷恩万的耳朵处吃了一记重拳,只觉得眼冒金星,脑袋差点撞到马鬃上。

之后他不敢再出一声。

东方的天空开始发白,预示着黎明即将到来。天气更冷了一些。寒冷与恐惧令绑着的雷恩万不停颤抖。

"我们要怎么处置他?"维泰洛佐·盖塔尼忽然问道,"难道我们要一直拽着他翻山越岭?还是说派一支队伍把他送去西维德尼察,好减轻我们的负担?"

"还不知道。"海恩·冯·齐奈语气中透着不耐烦,"我正在想。"

"那笔赏金值得我们这么做吗?"意大利人还不罢休,"带具尸体回去,赏金会少很多?"

"我在意的不是赏金,而是和宗教审判所的良好关系。"齐奈低吼道,"够了!我说了我正在想。"

通过马蹄声音与频率的变化,雷恩万可以辨认出他们现在正沿着一条大路行进。他猜测这条路通往附近最大的城镇弗兰肯施泰因。但他迷失了方向,猜不出队伍在往城镇方向前进,还是远离。他决定暂且把悔意搁到一旁,不再咒骂自己的愚蠢,开始拼命思考脱身的计策。

"吁!"前方有人大声吁停战马,"吁!"

黑暗中,提灯摇曳的灯光勾勒出数辆运货马车与数名骑手的轮廓。

"他到了。"齐奈平静说道,"准时到了约定地点。我喜欢这样的人。但是,不可轻信表象。准备好武器。盖塔尼先生,待在后方保持警戒。诺提斯先生,看好你的亲戚。其他人跟上我。嘿!你们好!"

前方,一盏提灯随着一匹马的步伐不停摇晃。三名骑手正往这边靠近。一人身形臃肿,身着一件厚重宽松的苏巴大衣①,长长的衣摆盖住了整个马屁股。陪在他身旁的是两名弩手,装备与齐奈的弩手一模一样,身着锁甲,头戴帽盔。

"海恩·冯·齐奈先生?"

"哈努希·罗斯特先生?"

"我喜欢准时又守信的人。"身着苏巴大衣的人说道,"看来,我们共同的朋友们在给出自己的看法与建议时并没有言过其实。很高兴见到你,也很乐意与你合作。我们可以出发了?"

"我的合作价值一百古尔登金币。"齐奈回应道,"我们共同的朋友们肯定不会忘记提到这个。"

"当然,但并非提前支付。"身着大衣的人说道,"先生,你不会没考虑到这点吧。我是个做生意的商人,而做生意的规矩是享受到服务再付钱。你们所提供的服务是护送我经银山山道安全抵达布劳莫夫。你们做到了,自然会拿到那一百金币。"

"最好如此。"海恩·冯·齐奈加重了语气,"哈努希·罗斯特先生,介意我问一下马车里装的是什么吗?"

"货物。"罗斯特平静说道,"至于是什么货,那是我和付钱客人的事情。"

"那是自然。"齐奈点头道,"但我还是想确定你做的生意是不是和法比安·普费弗科恩、尼古拉·纽马克特那些人相同。"

---

①Szuba,一种内衬毛皮的长衣摆外套,衣摆长度超过腰部,或到膝盖,或到脚踝。

"我想你不需要了解过多。我们谈了太久，是时候上路了。为什么要在路口杵着，不怕引来恶魔？"

"说得对。"齐奈掉转马头，"是时候出发了。下达指令让马车前进吧。至于恶魔，没必要担心。那只徘徊在西里西亚的恶魔通常在中午袭击。神父们说它是圣咏中提到的'午间突袭的恶魔'。但看看我们周围，一片漆黑。"

商人驱马与齐奈并行前进。

"如果我是恶魔，"过了一会儿，他说道，"我会改变我的习惯，一成不变就容易预测。那首圣咏也提到了黑暗。你不记得了？'恐惧刺透黑暗……'"

"如果我早知道你怕到这种程度，我就把佣金提到至少一百五十个金币了。"齐奈严肃的声音中带有一丝调侃。

"齐奈先生，"罗斯特声音很轻，雷恩万很难听清全部，"安全抵达目的地后，我会支付一百五十金币。因为你说得不错，我心里的确非常害怕。拉齐布日城的一位炼金术士用鸡肠子为我占卜过……他预言我有灭顶之灾……"

"你相信占卜和预言？"

"以前不信。"

"现在呢？"

"现在，我要离开西里西亚。"商人坚定地说道，"聪明人无须多言就能明白形势，我不想落得和普费弗科恩、纽马克特一样的下场。我要去波希米亚，那儿没有恶魔能对我动手。"

"确实。"海恩·冯·齐奈点头道，"就算是恶魔也怕胡斯党。"

"我要去波希米亚。"罗斯特又强调了一遍，"你们的任务是把我安全送到。"

齐奈没有回应。马车"咔哒咔哒"地行进,轮轴与轮毂发出"吱吱悠悠"的声响。他们所行之处,留下一道道车辙。

他们离开了树林,来到一片开阔地带。那里气温更冷,雾气也更浓。雷恩万听到了河水流过石头的"哗哗"声。

"小蛇河。"齐奈指着一条小河道,"这儿离银山山道不足一英里。驾!走快点!走快点!"

鹅卵石在马蹄与车轮下发出"咔哒咔哒"的声响,很快,马蹄周围水花飞溅,激起团团白沫。这条小河虽然很浅,却十分湍急。

海恩·冯·齐奈突然在浅河中心勒马停下,坐在马鞍上一动不动。维泰洛佐·盖塔尼掉转马头。

"怎么了?"

"安静。不要出声。"

还未听到异响,他们已经注意到了前方的异动。河床中,数匹战马正向他们疾驰而来,马蹄下飞溅的水花激起一团团白色的泡沫。紧接着,他们看清了数名骑士的身影,他们背后随风舞动的披风犹如妖灵的飞翼。

"准备战斗!"齐奈拔出长剑,大吼道,"准备战斗!放箭!"

一股猛烈、迅疾的狂风席卷而来,众人脸上像被刀割般刺痛。紧接着,他们听到了震耳欲聋的疯狂嘶吼。

"吾等齐聚于此!吾等齐聚于此!"

弦音接连不断,无数弩箭离弦破空。有人发出了一声惨叫。一瞬之间,骑士们已像飓风一般杀至身前,他们手中的长剑无情挥砍,不断有人掉落下马,丧命于铁蹄之下。湍急的河流像沸腾了一般,嘶吼、咆哮、金属的碰撞声与战马的嘶鸣响彻天际。弗瑞奇·冯·诺提斯与他的战马一同跌入河流,随即,一名被剑砍死的随从落到他身旁，溅起无数水花。一名弩手愤怒地嘶吼，很快，他的怒吼变为垂死的喘息。

"吾等齐聚于此！"

哈努希·罗斯特见势欲逃，他掉转马头，接着发出一声瘆人的尖叫。他的身后竟是一张咧着嘴的马脸，马脸之后，是个面容隐藏在兜帽中的黑衣骑士。这是他生前最后一眼。一柄细剑自他眉心刺入头骨，商人身子挺直，两手抽搐，栽倒到一块石头上。

"吾等齐聚于此！"黑衣骑士发出胜利的吼声，"以主之名！"

黑衣骑士们纵马狂奔，冲入黑暗。海恩·冯·齐奈策马疾驰，追上一名骑士。他从马鞍上一跃而起，将骑士扑入水中。两人很快跃起，拔剑相向。他们站在及膝的河水中以命相搏，碰撞的剑刃上迸射出无数火花。

黑衣骑士脚底一滑，身形晃动。齐奈这只老狐狸绝不会放过这瞬间的破绽。他身形扭转，手中重剑向骑士头颅砍去，直接将对方头盔砍飞出去。眼前一幕齐奈也许一辈子都不会忘记。那是一张满脸是血的面孔，肤色像死人一般惨白，脸上表情狰狞可怖，令人毛骨悚然。受此一击，常人早已倒下，然而，受伤的骑士仍然屹立不倒。他咆哮一声，朝着齐奈冲去。齐奈怒骂一声，双手握剑，腰臀使力，一个华丽的扭身，径直砍向骑士脖颈。这一剑避无可避！黑衣人的头颅耷拉到肩膀上，仅剩一层皮肤连着身体，黑色的血液从脖颈的断口喷涌而出。无头骑士挥舞着长剑继续奔跑，黑色的淤血喷洒得到处都是。

见到此情此景，一个弩手吓破了胆，发出刺耳的尖叫，还有两个弩手连滚带爬，疯狂逃跑。海恩·冯·齐奈没有退缩。他怒吼一声，重心压低，奋力挥出一记斜斩。这次，骑士的头颅全然脱离身体，一条臂膀也几乎全被斩掉。黑衣骑士跌入离岸边不远的浅水中，全身不停扭动抽搐，手臂乱挥，两脚乱踢。过了很长一段时间，他才停止抽动。

齐奈喘着粗气，推开膝盖旁被水流冲来的一具弩手尸体。

"那是什么？"终于，他开口问道，"那究竟是什么？"

"愿主保佑……"站在齐奈身旁的诺提斯喃喃道，"愿主保佑……"

小蛇河的河水流过石头，发出悦耳动听的潺潺声。

与此同时，雷恩万正在拼命逃亡。他骑马逃跑的技巧炉火纯青，就像这辈子除了捆着双手骑马冲刺外就没干过别的事。他被绳子捆绑的手腕稳稳钩住鞍桥，头埋在马鬃里，两膝用尽全力夹住马腹，由着马儿向前疾驰。他感到大地在不停震动，风在耳旁呼啸。亲爱的马儿像是明白当前的情形，昂首阔步，全力冲刺，证明其五六年来的燕麦饲料没有白吃。马蹄踏击着坚硬的土地，高高的野草与茂密的灌丛被一分为二，低矮的树枝猛烈地抽打着他的身体。

"真可惜维星的杰诗卡看不到。"雷恩万想到。尽管他很清楚自己此刻的骑术仅是不掉落马鞍的水平而已，但他还是觉得杰诗卡夫人看不到这精彩的一幕实属遗憾。

也许此时想这些为时过早，因为正在此时，奔跑的马儿决定跃过一棵倒在地上的大树。这一跃十分优美，然而谁也料想不到树干后会有一个大坑。剧烈的撞击令他力气一松，整个人向一丛牛蒡飞去。好在牛蒡长得繁盛茂密，一定程度上缓冲了他下落的势头。即便如此，撞在地上的冲击力也令他一时呼吸困难，不由得身体蜷缩，痛苦呻吟。

他还没有缓过劲来，追来的维泰洛佐·盖塔尼已然翻身下马。

"想从我手里逃跑？你这臭虫！"他气喘吁吁道。

就在他抬脚要踹的一瞬，沙雷不知道从哪里跳了出来，将他推了个趔趄，接着使出再熟悉不过的下踢。然而意大利人没有跌倒，仅仅踉跄几步，旋即拔出长剑，用力劈来。沙雷灵活地闪过剑刃，随即拔出自己的武器——一柄弯曲的马刀。他在空中舞出一个歪斜的"十"字，马刀在他手中犹如一道闪电，像毒蛇一样发出"嘶嘶"的声响。

盖塔尼没有被沙雷的剑技唬住，他挥舞长剑，怒吼一声，跃向沙雷。两把武器连连碰撞三次。第四次时，意大利人没能挡住更为迅疾的马刀。刀刃划过他的脸颊，鲜血很快溅落到铠甲上。那伤口并不是很大，盖塔尼战意未消，但沙雷没有给他机会。他一个箭步冲到意大利人面前，反转马刀，用刀柄圆头重重打在他的眉心处。盖塔尼跌入牛蒡丛中，倒地之时不忘咒骂。

"狗娘养的！"

"别嫌弃自己的出身，你又不能选你娘是谁。"沙雷将刀刃往一片牛蒡叶上一擦，说道。

"我不想坏了你们的兴致，但我们能不能快点离开？"参孙从雾中走了出来。他的手里牵着三匹马，其中就有雷恩万那匹气喘吁吁的棕马。

乳白色的雾海慢慢散去，升腾的雾气消散在穿透云彩的耀眼阳光中。一直沉浸在冷色调中的世界忽然明亮了起来。阳光明媚，绚丽多彩，如诗如画。

不远处，弗兰肯施泰因城尖塔的红瓦闪闪发亮。

"现在，我们去津比采城。"参孙欣赏了一番美景后，说道。

"津比采！"雷恩万搓着手道，"我们马上出发。朋友们……我该怎么报答你们？"

"我们会好好想想。"沙雷说道，"但现在……你给我下马。"

雷恩万按他说的做了。他知道接下来会发生什么。果不其然。

"别拉瓦的雷恩玛尔，"他用威严而庄重的声音说道，"跟我读：我是白痴！"

"我是白痴……"

"大点声！"

"我是白痴！"

田鼠、蟾蜍、啄木鸟、捕蝇草、交喙鸟、蜥蜴……所有栖息在此处、刚刚才睡醒的小生灵们都听到了雷恩万发自内心的呐喊。

"我是白痴、傻瓜、笨蛋、蠢材，是个应该关进愚人之塔里的小丑！所有我想出来的主意都达到了愚蠢的极限，所有我做的事情超越了愚蠢的极限。我郑重发誓，自己会吸取教训。"

"我很幸运。"他在清晨湿漉漉的草地上打了个滚，"虽然这份幸运我完全不值得拥有，但是，我拥有不会见死不救的朋友，拥有可以一直依赖的朋友。因为友情……"

太阳升得更高了些，金色的光芒普照着大地。

"友情是伟大又美好的东西！"

Chapter 19
第十九章

在本章中，我们的主人公们在津比采城遇上了一场极为欧式的骑士比武大会。然而，对雷恩万来说，这场冒险之旅最后的结果令人遗憾，甚至可以说是惨不忍睹。

他们已离津比采城不远，放眼望去，一座林木茂盛的小山丘后就是雄伟的城墙与高塔。山丘附近有许多茅草小屋，农民在田间与草地辛勤劳作，杂草燃烧冒出的黑色烟云从地面上缓缓爬升。牧场上的羊群在悠闲吃草，池塘边的草地被鹅群染成了白色。路上，挎着篮子的村民们步履从容，装满干草和蔬菜的牛车吱悠作响。简言之，到处是富足繁荣的景象。

"真是一片乐土。"参孙赞叹道，"人们勤劳又富足。"

"同样是片严刑重典的土地。"沙雷指着许多被悬挂的尸体压弯的绞刑架说道。绞刑架的旁边则是乌鸦的乐园,十几个离地三米多高的轮子①上面,有的尸体正在腐败,有的只剩一副骷髅,在阳光下闪着森森白光。"显然,在这儿法律就是法律,公正就是公正,一点儿也容不得冒犯。"

"你从哪儿看到的公正?"

"那边。"沙雷指着陈列的尸体道。

"啊,确实。"

"但你评价得没错,参孙,这的确是块富饶之地。"沙雷继续说道,"说实在的,这样的城市值得我们怀揣更有意义的目的过来。比方说,挑一户家境殷实的市民骗点钱,肯定不会太难,因为富足的生活会养出一堆傻子、笨蛋、白痴。但我们却为了……算了……浪费口水。"

雷恩万一句话都没有说。他懒得斗嘴,类似的话已经不知道听了多久。

他们上了小山。

"天呐,怎么那么多人?那边发生什么事了?"雷恩万吃惊道。

沙雷勒住马,踩着马镫站直身子。

"先生们,那边在举行马背长矛比武大会。今天是几号?有人记得吗?"

"九月八号。"参孙掰着手指头道。

"哈!另一个世界的日历和我们的一样?"沙雷斜眼看向参孙。

---

① Kół,指中世纪的酷刑之一的轮刑,受刑者被四肢张开绑在轮子上折磨致死,之后往轮子中央的轴孔插一根杆子,将尸体晾在杆顶,直到被自然耗尽或被猛禽啄食干净。

"可以这么说。"参孙没有理会奚落,"你问今天的日期,我就告诉你了。还想了解更多吗?今天还是圣母玛利亚的诞生日。"

"怪不得会举行比武大会。上路吧,先生们。"沙雷说道。

城外不远处的草地上人山人海。为有身份的观众搭建的临时看台上盖着彩布,布面上绘有花环、丝带、皮亚斯特王族的雄鹰纹章与众多骑士家族的纹章。看台旁到处是手艺人与生意人的棚屋与货摊,卖的无外乎是些手工品、纪念品和食物。看台与货摊顶上,五颜六色的旌旗、方形旗、三角旗与小号旗帜迎风飘扬。喧闹的人群中时不时会爆发出嘹亮的小号声。

这事可没什么好奇怪的。扬公爵与西里西亚的其他几位公爵与大贵族同属鲁登班德骑士团,团内成员须每年至少举办一次骑士比武大会。然而,与大多数因耗资巨大而不愿履行义务的公爵不同,扬公爵经常举办比武大会。然而,他的公爵领地极小,富足也只是表象,论及收入,他有可能是西里西亚最穷的公爵。纵使如此,扬公爵还是雷打不动地履行义务。为此,他债台高筑,向犹太人借了很多钱,变卖掉了所有能卖的东西,能够出租的产业也统统租了出去。与伊丽莎白·麦斯汀斯卡的婚姻挽救了他,她是位非常富有的寡妇,出身自克拉科夫的斯贝泰克省。伊丽莎白夫人还活着时,扬公爵大手大脚的花钱习惯有所收敛,但是当她死后,他开始变本加厉地挥霍。骑士比武大会、奢华的宴会与声势浩大的狩猎再次成为津比采城的标志。

号角齐鸣,人群欢呼。他们可以从小山丘上看到传统造型的竞技场。它长二百五十来步,宽一百来步,由双层木栅栏围着,外层承重的木桩尤为结实牢固。此刻,场中两名骑士正手持长矛,沿着中间的障碍物冲向对方。人群不断爆发出呐喊声、口哨声与喝彩声。

"这场比武大会能让我们的任务变得简单许多。"沙雷说道,"全城的人都挤在这儿。看那边,树上都有人。雷恩玛尔,我打赌你的心上人现在没人看着。为了不引人注目,我们先下马,绕过这吵闹的大会,跟着农民们混进城里。"

"在此之前,"参孙摇着头道,"我们应该先确定雷恩玛尔的心上人在不在观众之中。如果全城的人都来了,也许她也会在?"

"阿黛尔怎么会在这里?"雷恩万翻身下马,"别忘了,他们把她囚禁在这儿,怎么可能出现在比武大会上。"

"虽然如此,确认一下又无妨。"

雷恩万耸耸肩。

"那我们上前看看。"

为了不踩到屎,他们每一步都走得小心翼翼。每次比武大会,周围的树林都会变成天然公厕。津比采城有五千居民,比武大会也会吸引约五千五百名观光客。看林中的样子,仿佛每一位居民与游客都在灌丛里方便过至少两次。处处弥漫着浓烈的臊臭味。显然,这并不是大会首日。

号角齐鸣,人群再次爆发出震耳欲聋的欢呼声。这次,他们已经近到可以听见长矛断裂的"噼啪"声与比武骑士铠甲碰撞的"砰砰"声。

"真是场豪华又奢侈的大会。"参孙·食蜜者评价道。

"扬公爵一向如此。"

他们身旁走过一个强壮的农夫。一个身材丰腴、面露红晕、眼神似火的美人紧紧跟在他后面,一同向灌丛走去。雷恩万羡慕地看着两人,打心眼里希望他们能够找到一块隐蔽又干净的地方。一男一女在灌丛中翻云覆雨的画面在他脑海里挥之不去，他感受到胯下涌起一股愉悦的冲动。"忍住，忍住，"他暗想，"只消片刻，我和阿黛尔就不再分离。"

"走这边。"沙雷凭直觉领着两人在铁匠与制甲师们的货摊之间穿行，"把你们的马拴到这儿的栅栏上。我们走这边，人少些。"

"我们试着离看台近些。"雷恩万说道，"如果阿黛尔在这儿，她会……"

他的话声被嘹亮的号声湮没。

"尊敬的骑士与骑士学徒们！有请新的对战者登场！①"号角声停下后，传来典礼官洪亮的声音。

时尚与欧洲是扬公爵的信条。与其他西里西亚的皮亚斯特人不同的是，他总为领地居民的土气感到烦躁郁闷，也总为津比采城地处文明与文化的边缘地带而深感遗憾。为此，他不惜一切地向欧洲靠拢，将法语定为骑士比武大会的官方语言。

铁蹄隆隆，两名骑士手持长矛冲向对方。其中一名骑士马衣上的纹章图案是红白棋盘正中立有一座山峰，他是霍博格家族的成员。另外一名骑士无疑是波兰人，他的马衣上饰有"杰利塔"纹章，从下至上依次为红色盾牌、银色头盔与白色山羊。

扬公爵的欧式比武大会吸引了来自西里西亚内外的众多客人。竞技场栅栏之间的空间与一块专门围起来的空地上挤满了骑士与骑士学徒，其中不乏西里西亚最有权势的家族。

在参孙的帮助下，雷恩万与沙雷爬到了一堆煤炭上，接着又爬到一个铁匠棚屋的屋顶。那儿离看台已经很近，雷恩万在观众之中仔细寻觅。他先从身份低一些的人看起。事实证明，这是个错误。

---

① Aux honneurs, seigneurs chevaliers et escuiers，原文为法语。

"上帝保佑！阿黛尔在那儿！在看台上！"他兴奋不已。

"哪个是她？"

"她穿着绿色裙子……坐在华盖底下……身边的人是……"

"正是扬公爵。"沙雷说道，"确实是个美人。怎么了，雷恩玛尔，我这是在夸赞你的品位。但至于你对女人灵魂的了解，我可实在夸不出口。很遗憾，这充分证实了我的想法是对的，我们在津比采的奥德赛之旅就是个笑话。"

"不是那样的……"雷恩万安慰自己，"肯定不是那样的……她……她是个囚犯……"

"那她是谁的犯人呢？我来瞅瞅。"沙雷抬起一只手平挡在眉毛上。"公爵身旁坐着的是斯托茨城堡领主扬·冯·比伯施泰因，再远点坐着的女士我不认识……"

"她是公爵的姐姐爱菲米娅。"雷恩万说道，"她旁边的人……好像是波尔科·沃罗谢克？"

"奥波莱公爵之子，格沃古韦克城的领主。"一如往常，沙雷展示出令人称奇的博闻强识，"沃罗谢克旁边是克沃兹科总督——恰斯托洛维采的布塔及其夫人安娜。再远点是吉莲·霍格维茨与其夫人露佳达，旁边的老人是赫尔曼·塞特里奇，再远点坐着的是大公城堡的领主杨科·霍提米茨。刚刚站起来鼓掌的人是格赖芬施泰因的高彻，坐在他夫人身旁的是奥特穆胡夫总督塞德里奇。总督旁边是昆泽·希维卡，再远点衣服上有三条鱼纹章的人，要么属于塞德利茨家族，要么属于库奇巴赫家族。往下的话，我看到了奥顿·冯·博尔施尼茨，还有个比绍夫海姆家族的人。再远点是洛塔尔·盖斯多夫和哈图·克拉克斯，他们俩都是卢萨蒂亚人。如果我没看错的话，看台最下面一排坐的有波鲁塔·维采米日、塞吉尔·雷恩巴赫……雷恩玛尔，我可没看到任何看管囚犯的守卫。"

"那边坐着特里斯坦·冯·拉舍瑙，他是斯特察家族的亲戚。"雷恩万咕哝道，"野牛纹章的巴鲁特家族也是斯特察家族的亲戚。还有那边……啊！见鬼！怎么可能！"

若不是沙雷紧紧抓住了他的胳膊，雷恩万或许已从屋顶摔落下去。

"是谁让你这么吃惊？"他冷冷道，"我看到你瞪大的双眼正紧紧盯着一个绑着辫子的金发姑娘。年轻的多纳领主和一个波兰拉维奇家族的年轻人眼睛也放在她身上移不开。你认识她？她是谁？"

"尼柯莱特。"雷恩万轻轻说道，"金发的尼柯莱特。"

雷恩万简单又大胆的计划在老狐狸沙雷眼中愚蠢又莽撞，可是无论如何劝诫，他仍一意孤行。

竞技场看台旁边有许多用木架与帆布搭建的临时帐篷，供有钱的老爷夫人们在大会间隙休憩娱乐。除了交际、调情、炫耀华服美裳外，这里也是享用美食、品尝美酒的场所。仆人们接连不断地朝帐篷方向走去，他们有人滚着酒桶，有人提着木桶，有人拿着篮子。先溜进厨房，随便抓一个盛圆面包的篮子，装成仆人混进帐篷，这就是雷恩万自认为天衣无缝的计划。

人算不如天算，仆人们只能把食物酒水送至帐前，之后由侍从接手。雷恩万仍不死心，他放下篮子，趁没人注意脱离返回厨房的仆人队伍，偷偷溜到了一顶帐篷后。他掏出匕首，打算在帆布上割出一个可供窥视的小洞。就在此时，他被抓了。

几双有力的大手将他紧紧抓住，一只铁手掐着他的喉咙，另有一只铁手掰开他的手指，夺过匕首。很快，他被押入了一个挤满骑士的帐篷。

他被重重一推，摔倒在一双鞋尖长到难以置信的波兰那尖头[①]鞋子跟前。虽然名字非常欧式，但这种鞋子的起源地却并非欧洲，而是波兰，克拉科夫的鞋匠们也为此闻名于世。从地上被拽起时他瞥了一眼，拽他的人他认识，是特里斯坦·冯·拉舍瑙——斯特察家族的亲戚。他身旁几人穿着绘有黑色野牛纹章的紧身上衣，无疑，他们是巴鲁特家族的人，也是斯特察家族的亲戚。情况对雷恩万来说糟到了极致。

"公爵大人，我们逮到了别拉瓦的雷恩玛尔，他意图行刺。"拉舍瑙说道。

公爵周围的骑士们露出凶恶的神情。

四十岁的扬公爵长相英俊，身材也保持得不错。他穿着一件紧身的黑色究斯特科尔[②]上衣，外面披一件时髦、宽松、紫色貂皮饰边的胡普兰衫[③]袍子。他的脖子上戴着一条又长又重的金链，头上裹着时髦的夏普仑[④]帽，由佛兰芒细布制作的帽上长尾垂过肩膀。公爵的鞋子是一双时髦的红色波兰那尖头鞋，正是雷恩万摔倒在地时看到的那双。

看到挽着公爵胳膊坐在一旁的阿黛尔时，雷恩万如坠冰窟。她身上的礼裙是最为时髦的翡翠绿色，裙摆与开衩的长袖垂至地面。

---

①Poulaines，法语，14—15世纪在欧洲非常流行一种鞋头又尖又长的鞋子，英语里也被称为Crakow，因为被认为起源于波兰的克拉科夫市。这种鞋男女皆可穿，据说鞋尖的长度与其阶层成正比。

②Justaucorps，法语，中世纪的一种男式及膝长外套，起源于法国。

③Houppelande，法语，中文译名为胡普兰袍或胡普兰衫，是一种长且宽松的高领长袍。

④Chaperon，即夏普仑帽，法语，中世纪男性头饰，最先流行于法国，是一种裹头头巾的样式，头巾上会垂下一根长长的装饰性尾巴，被称为liripipe。

秀丽的长发用金色发网束起，白皙秀颀的脖子上，一串珍珠熠熠生辉。她紧紧盯着雷恩万，眼神冷如毒蛇。

扬公爵从拉舍瑙手里拿过雷恩万的匕首，打量了一番，然后抬起眼睛。

"此前有人指控你是杀害商人们的凶手时，我还不太相信。但现在，你手里拿着刀子，试图从背后偷袭我时被抓了现行，你要怎么解释？你恨我恨到了这种程度？还是有人出钱买我的命？还是说根本没其他原因，你单纯就是个疯子？嗯？"

"公爵大人……我……我不是刺客。我的确是溜进来的，但是……我是想……"

"喔！"扬公爵用修长的手做出一个极为欧式的手势，"我懂了。你拿着匕首偷偷溜进来是因为有事要向我呈报？"

"正是！不，不是……尊敬的公爵大人！我没有犯过任何罪！恰恰相反，我有天大的冤屈！我是阴谋的受害者……"

"喔，阴谋，我就知道你会这么说。"扬公爵瘪嘴道。

"是的！是阴谋！"雷恩万大喊道，"斯特察家族杀了我的哥哥！他们谋杀了他！"

"你在说谎，无赖。"拉舍瑙怒道，"我警告你，不要血口喷人！"

"斯特察人杀了彼得林！"雷恩万用力挣扎，"就算不是他们亲自动的手，也一定是听命于他们的昆兹·奥洛克一伙干的！他们还要对我赶尽杀绝！尊敬的扬公爵！彼得林是您的属臣！我要讨个公道！"

"一派胡言！"拉舍瑙吼道，"讨要公道的人是我！这狗娘养的在奥莱希尼察杀了尼古拉·冯·斯特察！"

"公道！"巴鲁特家族中的一人喊道。他一定是叫亨利克，因为巴鲁特家族在给孩子起圣人名字时很少用其他名字。"扬公爵！让这杀人犯以命偿命！"

"谎言！诬蔑！"雷恩万喊道，"斯特察人才是杀人凶手！他们往我身上泼脏水是为了洗白自己！他们是在报复！为了我和阿黛尔的爱情而报复！"

扬公爵的脸色沉了下来，雷恩万马上意识到自己犯了一个天大的错误。他看了看自己情妇脸上冷漠的表情，开始慢慢明白。

"阿黛尔，他在说什么？"扬公爵冷冷说道。

"他在说谎，亲爱的扬。"勃艮第女人露出了笑容，"我和他没有关系，也从来没有发生过什么。没错，他曾试图把自己的感情强加于我，但被我断然拒绝后就悻悻离开了。即使想用黑魔法逼我就范，他也没有得逞。"

"全都是假的！"雷恩万如鲠在喉，"全都是假话！谎言！骗子！阿黛尔！你告诉他……你和我……"

阿黛尔甩了甩头。那姿势他很熟悉，当她坐在他身上，用她最喜欢的姿势做爱时就会那样甩头。她的眼睛闪过亮光，那一瞬的眼神同样是他所熟悉的。

"在欧洲绝不容许这种事情发生，绝对不会任由丑陋的暗示诬蔑贞洁女士的清誉。"她环顾周围，大声说道，"何况，那贞洁的女士在昨天，在骑士比武大会所有骑士们的面前，才被称赞为'爱与美的女王'。若是类似的事情发生在欧洲，这样的诽谤者早已受到惩罚。"

拉舍瑙马上心领神会，重拳捶向雷恩万的后颈。与此同时，亨利克的拳头从正面袭来。见扬公爵对此毫无反应，而是面无表情看向别处，其他人也一拥而上，其中也包括纹章是三条鱼的骑士。雷恩万的眼窝挨了一拳，眼前的世界瞬间消失。他蹲到地上，重拳像冰雹般砸落下来。一根结实的棍子打到他肩膀上，他急忙抬手护头，手指很快传来钻心的疼痛。他的小腹被狠狠踢了几脚，终于支撑不住，倒在地上。面对骤雨般的拳打脚踢，他蜷成一团，拼命护住脑袋和肚子。

"住手！够了！立刻住手！"

拳脚的骤雨停了下来，雷恩万睁开了一只眼睛。

出言相救的是谁也料想不到的人物。那是位瘦削的老妇人，身穿黑色礼裙，白色温帕尔头巾上戴着硬挺的平顶小圆帽。她的喝止与命令声中带有一种不可抗拒的威严，围殴者们马上停下了手。雷恩万知道她是谁。老妇人正是扬公爵的姐姐爱菲米娅——厄廷根伯爵弗里德里克的遗孀，丈夫去世后她便回到了娘家津比采城。

"就我所知，在欧洲，没人会对躺在地上的人拳打脚踢。"伯爵夫人爱菲米娅说道，"亲爱的弟弟，任何一位我所认识的欧洲公爵都不会容许这种事情发生。"

"他罪有应得，因为……"扬公爵开口道。

"我知道他做了什么，我都听到了。"伯爵夫人毫不客气地打断道，"我要将他置于我的庇护之下。女士应心怀怜悯之心。此外，我对欧式骑士比武大会习俗的了解并不逊于这位斯特察家族的有夫之妇。"

伯爵夫人最后几个字说得铿锵有力、分外严厉，扬公爵脸红到了脖子根上，低下头去，不再吭声。阿黛尔并没有低头，从她的脸上看不出一丝羞愧，但她的双眼中却散发着无穷的怨恨。但这并非是针对伯爵夫人。据说，爱菲米娅曾在士瓦本城干净利落地处置了弗里德里克伯爵的几名情妇。她不怕别人，别人都怕她。

"法庭执行官博尔施尼茨先生，"她威严地点了点头，"请将别拉瓦的雷恩玛尔监禁起来。若他出了闪失，掉头的是你。"

"遵命，夫人。"

"等等，亲爱的姐姐，等等。"扬公爵开口说道，"我知道女性应怀怜悯之心，但兹事体大，他被指控的罪名极为严重，谋杀、黑魔法……"

"他会被监禁到塔里，由博尔施尼茨先生看守。"伯爵夫人打断道，"如果有人指控，他会出现在法庭上。当然，我说的是那些极为严重的指控。"

"哗！"公爵摆了摆手，将垂到肩膀的头巾尾巴甩到背后，"去他的吧！我还有更重要的事情。我不会搞砸自己的比武大会。快，先生们，近战搏斗马上就要开始了，我可不想错过。来，阿黛尔。格斗开始前，骑士们一定得在看台上看到'爱与美的女王'。"

阿黛尔一手搭上公爵递来的胳膊，一手提起裙摆。被绑住的雷恩万紧紧盯着她，满心希望她会回头，给他一个眼神或者手势，告诉他这不过是玩笑、是计谋、是戏法，其实一切仍如往日，他们之间什么都没有改变。他一直等到最后一刻。

她没有回头。

最后离开帐篷的，是那些带着厌恶甚至是愤怒的情绪目睹了整个事件经过的人：灰白头发的赫尔曼·塞特里奇、恰斯托洛维采的布塔总督、高彻·斯塔夫、紧缩眉头的洛塔尔·盖斯多夫，以及奥波莱公爵之子、格沃古韦克的领主——波尔科·沃罗谢克。特别是最后一位，离开帐篷前，他一直眯着眼睛认真追踪事件的一切动态。

号角齐鸣，人群爆发出雷鸣般的欢呼，典礼官"让勇士们为了荣誉而战"的喊声传来。近战搏斗开始了。

"小子，走吧。老实点，别试图反抗。"从法庭执行官博尔施尼茨那儿接到押送命令的骑士学徒催促道。

"我不会反抗。你们这儿的塔是什么样子的？"

"第一次？啊哈，看来确实是第一次。作为塔牢来说的话，挺像样的。"

"走吧。"

他尽量不去东张西望，以免因过度激动暴露沙雷和参孙。他深信两人就藏在人群之中紧紧盯着他。然而，沙雷这只狡猾的老狐狸也不会轻易让别人注意到自己。

但另一个人引起了他的注意。

她换了发型。在布热格附近初遇时，她绑着一条浓密的马尾，而现在，她金色秀发一分为二，编作两条辫子，盘绕在耳朵边上。她额头上戴一条金色发带，身穿无袖的蓝色连衣裙，里面配一件细薄的白色宽松衬裙。

"尊贵的小姐……不能……我会惹上麻烦的……"骑士学徒清了清喉咙，挠了挠帽子下面的脑袋。

"我只是想和他说几句话。"她俏皮地咬着嘴唇，像小孩子似的跺了跺脚，"就几句话而已。不告诉其他人的话你就不会有麻烦的。现在回过头去，不要偷听。"

"这次又是怎么回事，奥卡辛？"她微微眯起湛蓝色的眼睛，问道，"为什么被绑起来了？小心哦！如果你再说是因为爱情，我会非常生气。"

"但总的来说，的确如此。"他叹气道。

"那具体些呢?"

"因为爱情和愚蠢。"

"哦吼!可信多了。那请解释一下吧。"

"如果不是因为我的愚蠢,我此刻已经到了匈牙利。"

"我会去了解所有事情。"她看着他的眼睛,"每一个细节都不会放过。但是我可不想在绞刑台上看到你。"

"我很高兴你当时没被他们追上。"

"他们还差得远呢。"

"小姐……"骑士学徒转过身,一手握拳抵在嘴边,假咳一声,"饶了……"

"再见,奥卡辛。"

"再见,尼柯莱特。"

Chapter 20
第二十章

本章再次验证了一句颠扑不破的老话：走投无路时，你永远可以信赖学生时代的好朋友。

"雷恩万，你知道吗？"亨利克·哈克伯恩说道，"大家一致认为，你现在所有的不幸，根源在于那法国女人阿黛尔·斯特察。"

雷恩万对他的话没有做出任何反应。他的后背很痒，但现在两手的手腕被绳子绑在一起，手肘也被一条皮带紧紧捆住，根本没法抓挠。队伍正沿着一条崎岖不平的道路行进。马鞍上的弩手们睡眼惺忪，摇摇晃晃。

他已在津比采城堡的塔牢中关了三天，但还远远谈不上崩溃。诚然，他身陷囹圄，失去了自由，但没人对他严刑拷打，而且每日还会送饭。虽然单调的牢饭难以下咽,但最近一段时间过的都是吃了上顿没下顿的生活,能够重拾按时吃饭的习惯已令他心满意足。

他睡得很不安稳,身下的稻草是跳蚤的天堂。它们个头奇大,好似有着无限的精力,让人一刻不得安宁。但原因不只如此,每当他闭上双眼,马上就会浮现彼得林那张惨白的、像干酪一样的脸,又或是在用不同的体位做爱的阿黛尔与扬·津比采。他自己也不知道,哪个更让人无法入眠。

透过厚墙上的铁窗,可以看到一片小小的天空。雷恩万总是紧抓着铁栅栏守在窗边,满心希望下一刻会听到沙雷叼着锉刀像蜘蛛一样爬上高墙的声音。有时他也会目不转睛地盯着牢门,幻想下一刻力大无穷的参孙会用强壮的臂膀将它撞开。对朋友们无所不能的信念是他精神力量的源泉。

不言而喻,他没有等来任何营救。第四天的一大早,他被人拽出牢房,捆绑双手放到了马上。他经帕奇克斯卡门离开了津比采城。押送队伍由六个人组成,四个骑马的弩手、一名骑士学徒与一名骑士。骑士身着全套铠甲,盾牌上的纹章是哈克伯恩家族的八角星图案。

"大家都说她是你的灾星,和她上床导致了你的毁灭。"亨利克·哈克伯恩继续说道。

雷恩万还是没有说话,只是若有所思地点了点头。

城镇高塔从视线消失的那刻开始,表面上阴沉严肃、古板讨厌的哈克伯恩像换了个人似的,变得兴高采烈、开朗健谈。和半数德意志人一样,他被取名为亨利克,是普热武兹城强大的哈克伯恩家族的亲戚。准确地说是曾经强大,他们哈克伯恩家族的地位在当地越来越低,变得越来越穷,所以两年前他背井离乡,来到了西里西亚。在这儿,哈克伯恩的家族姓氏还算有些名头,于是他选择为扬·津比采效力,希望有朝一日能够上阵杀敌、成家立业。与胡斯党间随时可能爆发的十字军战争为前者奠定了基础,后者则要指望一桩不错的亲事。亨利克·哈克伯恩向雷恩万坦白他爱上了朱塔·德·阿波尔达。那位美丽优雅的小姐是舍瑙领主——侍酒官贝托尔德的女儿。不幸的是,朱塔对他的感情非但没有回应,还冒昧地嘲笑他没有自知之明。不过没关系,最重要的是毅力,水滴石穿。

虽然雷恩万对哈克伯恩的爱情故事没有任何兴趣,但他还是佯装倾听,礼貌点头。毕竟,没道理去惹押送自己的人生气。一段时间过后,骑士终于穷尽了所有困扰他的话题,陷入了沉默。雷恩万打算小睡一会儿,可是依旧无法安然入眠。一闭眼睛,躺在棺材里的彼得林或是小腿搭在扬·津比采肩膀上的阿黛尔总会浮现在眼前。

一场晨雨过后,队伍所在的斯武热约夫森林绚烂多彩,处处散发着清新的香气。终于,亨利克骑士打破了沉默,主动向雷恩万透露了他们的目的地——斯托茨城堡。城堡的主人扬·比伯施泰因领主势力非同小可。雷恩万既感好奇,又惴惴不安。他打算问一下话痨骑士,可还没来得及开口,骑士已经顺畅地改变了话题,开始谈论阿黛尔·冯·斯特察以及她为雷恩万带来的厄运。

"大家都认为,和她上床导致了你的毁灭。"他又说了一遍。

雷恩万没有争辩。

"但并非如此,甚至恰恰相反。"哈克伯恩摆出一副熟知内情的表情,继续说道,"有些人认为上了那法国女人反而救了你的命。"

"你说什么?"

"扬公爵本可以眼都不眨一下地把你交到斯特察家族手上。"骑士解释道,"拉舍瑙和巴鲁特家族的人也一直强烈要求这么做。但那意味着什么?意味着阿黛尔·斯特察否认你和她上床的那番话是在撒谎。明白了吗?出于同一个原因,公爵也没有把你交出去接受调查,要知道,你被指控实施的谋杀案可不止一桩。因为他心里清楚,酷刑折磨下你一定会喋喋不休地念叨阿黛尔。明白了?"

"明白了一点。"

"一点!"哈克伯恩哈哈大笑,"朋友,这'一点'可救了你的小命。你现在要去的地方是斯托茨城堡,而不是绞刑台或酷刑室。因为到了那儿你只能对着墙壁讲述阿黛尔在床上的本事,而那儿的墙厚得离谱。虽然你得在那儿蹲上一阵,但这样能保住你自己和其他人的小命。到了斯托茨,没人能碰你,就算是主教和宗教审判所也不行。比伯施泰因家族是势力强大的大贵族,他们不惧怕任何人,也没人敢去冒犯他们。没错,雷恩万,就是这样。扬公爵不想承认,在他之前,你就搞过了他的新情妇,这恰恰救了你。明白了?情妇芬芳馥郁的小花园若之前只被丈夫打理过,几乎可以算得上是处女,但若还有其他情人涉足,那就是不折不扣的荡妇。如果别拉瓦的雷恩玛尔可以和她上床,那其他人自然也可以。"

"你人很好,谢谢。"

"别谢我。我说了是爱神丘比特救了你。谢他去吧。"

"不,不,事情还没完。"雷恩万心想,"绝不会这么简单。"

"我知道你在想什么。"骑士让他吃了一惊,"你在想,难道死人的嘴巴不是更严实?到了斯托茨城堡,难道他们就不会下毒或者偷偷拧断你的脖子?如果你在担心这些,大可不必。想不想知道为什么?"

"想。"

"是扬·冯·比伯施泰因本人向公爵提议将你秘密关押进斯托茨,公爵很快就同意了。最精彩的部分来了:你知道比伯施泰因为什么会这么快提议吗?"

"不知道。"

"但我知道。传言是公爵的姐姐爱菲米娅伯爵夫人要求他提议的,而公爵对她极为敬重。据说他们的关系从小就是这样,正因如此,虽然什么身份都不是,伯爵夫人仍是津比采城举足轻重的人物。我的意思是,她算哪门子伯爵夫人?只是空有个名号罢了。她为士瓦本的弗里德里克生了十一个孩子,伯爵死后,那些孩子就把她赶出了厄廷根,这又不是什么了不得的秘密。但是,在津比采城,她绝对是位说一不二的贵族夫人,这点不能否认。"

雷恩万压根没想否认。

"在扬·比伯施泰因领主面前为你求情的不止她一人。"过了一会儿,哈克伯恩继续说道,"你想不想知道还有谁?"

"想。"

"比伯施泰因的女儿——卡特琳娜。她一定是对你有意思。"

"是不是个金色头发的高挑姑娘?"

"别装蒜了。你认识她。传闻她曾经救过你的命,帮你甩掉了一帮追兵。哦,这一切多么奇妙地纠缠在了一起。你扪心自问,这难道不是造化弄人?难道不是名副其实的愚人之塔?"

"没错,名副其实的愚人之塔……"雷恩万心想,"而我……沙雷说得没错……是所有愚人中最为愚蠢的那个,是傻瓜的王,笨蛋的领头羊,白痴中的佼佼者。"

"如果你脑子机灵点,就不会在斯托茨城堡关太久。"哈克伯恩兴奋地说道,"我有可靠消息,很快会有一场声势浩大的十字军东征。立下誓言加入十字军，他们就会释放你，让你参加战斗。如果在和异端的战斗中表现不错，你所有的罪行就能得到宽恕。"

"只有一个问题。"

"哦？"

"我不想打仗。"

骑士调转马头，盯着他看了许久。

"那这又是为什么呢？"他的嘴角露出一抹冷笑。

雷恩万还未来得及回答，忽然传来一声尖锐的鸣响，紧接着是响亮的爆裂声。哈克伯恩发出窒息的声音，抬手想抓一支贯穿颈甲的弩箭。下个瞬间，他狂吐鲜血，身子缓缓向后歪斜，从马上栽倒下去。雷恩万看到，骑士的眼睛大张着，眼神中充满了错愕。

之后的一切发生得很快。

"有埋伏！"骑士学徒拔剑大喊，"准备战斗！"

灌丛中火光一闪，传出一声恐怖的炸响，随后，翻腾的黑烟缓缓升起。押送队伍的一匹马应声倒地，像巨石一般将骑手压在身下。其余马匹受到炸响的惊吓，纷纷暴跳嘶鸣。被绑着的雷恩万失去平衡，从马背上跌了下去，屁股重重摔到地上。

一伙人马从灌丛杀出。即使蜷缩在沙土上，雷恩万还是立刻认出了他们。

"杀！杀！"昆兹·奥洛克挥舞着长剑大吼道。

津比采弩手们一轮齐射，不幸的是，三人全部失手。他们试图逃跑，结果被数剑砍落马下。英勇的骑士学徒与奥洛克以命相搏，胯下战马嘶鸣起舞，剑刃不断碰撞出火花。斯托克一剑刺入骑士学徒后背，为这场决斗画上了句号。骑士学徒身形一滞，奥洛克一剑刺喉，彻底了结了他。

森林深处，灌丛之中，一只受惊的喜鹊尖声啼鸣。空气中弥漫着浓重的黑火药味。

"瞧瞧，瞧瞧，别拉瓦先生，我们又见面了，开不开心啊？"奥洛克伸出一只脚，用鞋尖轻推躺在地上的雷恩万。

雷恩万面如死灰。

"我们风餐露宿，忍着寒冷和饥饿，一直在这儿等你。"奥洛克抱怨道，"瞧，功夫不负有心人，别拉瓦，我们逮到你了。还是被绑着送到了我们面前。只能说，今天活该你倒霉。"

"昆兹，让我踢掉他几颗牙。"一人嚷嚷道，"在布热格附近的旅馆里他差点戳掉我一只眼睛，我得踢掉他几颗牙，让他尝尝厉害。"

"住手，希贝克，给我冷静点。"奥洛克吼道，"有这功夫还不如赶紧去检查一下骑士的鞍囊和钱袋里有什么。别拉瓦，为什么这样盯着我？"

"你杀了我哥哥，奥洛克。"

"呃？"

"你在巴比诺夫村杀了我哥哥。你早晚会被绞死。"

"胡扯。"奥洛克冷冷道，"从马上掉下来时，你一定是脑袋着地的。"

"你杀了我哥哥！"

"无论说多少遍，胡扯就是胡扯。"

"你说谎！"

奥洛克踩在他身上，面露迟疑，似乎在为踹不踹而纠结。他没有动手，而是一脸轻蔑地转过身，走出几步，踩在那匹被枪打死的马身上。

"吓我一跳。"他点着头道,"斯托克,你的火枪的确是危险又致命的武器。瞧瞧它在马身上开的这洞,都能塞下一整个拳头!名副其实的未来兵器!时代在进步!"

"去他娘的未来兵器。"斯托克没好气地说道,"当时我他妈瞄准的是骑手,不是马。还不是这匹马的骑手,而是那边那个。"

"没事。甭管你瞄准的哪儿,好歹你打到了一个目标。嘿,沃尔特,你在那边干吗?"

"处理掉还有气的人!"沃尔特喊道,"我们不需要目击者,对不对?"

"动作快点!斯托克,希贝克,快点把别拉瓦弄到骑士的马上。把他捆结实点,他可不老实,都还记得吧?"

斯托克和希贝克记得相当清楚,把雷恩万固定到马鞍上时,他们一刻不停地推搡与辱骂。他们把他捆绑的双手绑到鞍桥上,两条小腿绑到马镫皮带上。沃尔特解决掉伤者后,把他们的尸体拖入灌丛,马匹驱离战场。奥洛克一声令下,几人带着雷恩万骑马奔离。他们不停扬鞭策马。显然,他们想要尽快远离袭击现场,也唯恐后面会跟来追兵。雷恩万在马鞍上颠来颠去,每呼吸一次,肋骨都会感到剧烈的疼痛。"不能再这样下去了,"他脑海中的想法荒诞可笑,"我不能一直这样被打。"

奥洛克大声吼叫,催促同伙抓紧时间赶路。他们一直在大路上飞驰,显然,相比隐蔽性,他们现在更看重速度。在茂密的森林里连小跑都有困难,更不用说驰骋了。

他们快马加鞭,冲向前方的岔路口,掉进了早已设好的陷阱。

提前埋伏在灌丛中的人马从四面八方冲向他们。伏击队伍有二十余人,竟有一半身着全套的白色铠甲。奥洛克一伙根本没有任何激烈反抗的机会。奥洛克脑袋被一柄战斧劈成两半,第一个坠落马下。沃尔特被盾上绘有奥贡克奇①纹章的骑士一剑贯穿身体,倒在马蹄之下。斯托克的脑袋被狼牙棒狠狠砸中。希贝克被砍得血肉模糊,不成人形,鲜血溅到了蜷成一团的雷恩万身上。

"你自由了,朋友。"

雷恩万眨了眨眼。一切发生得太过迅速,他的脑子里还是一团浆糊。

"谢谢,波尔科……抱歉……尊敬的波尔科领主……"

"没事,没事。"奥波莱公爵的继承人、格沃古韦克领主——波尔科·沃罗谢克打断道。他用短剑割掉了雷恩万身上的绳子。"别这么生分。在布拉格时,你只是雷恩万,我只是波尔科。我们一起喝酒,一起打架,为了省钱还在老城的妓院里上过同一个妓女。你都忘啦?"

"我没忘。"

"我也没忘。你瞧,我可没有对同窗好友见死不救。让扬·津比采亲我的屁股去吧!虽然这么说,我还是很高兴自己杀的不是津比采的兵。我们幸运地避免了一场外交争端。我得承认,在斯托茨大路上埋伏的时候,我一直以为来的会是津比采的押送队伍。真是个不小的惊喜。雷恩万,这位是我的副总督——克里赫·冯·科希切雷茨先生。好了,克里赫先生?认出他们是谁没?还有活着的吗?"

"他们是昆兹·奥洛克一伙。"雷恩万刚要开口,骑士已然出声。他身形高大,盾上绘有奥贡克奇纹章。"仅有高戈维采的斯托克一人还在喘气。"

---

①Ogończyk,波兰骑士纹章,由数个骑士家族使用,图案由下至上依次为红色盾牌、银色头盔、举起的少女双手。

"哦吼！是斯托克。还活着？带我去看看。"波尔科领主皱皱眉头，瘪嘴道。

波尔科骑马徐行，居高临下打量着三具尸体。

"科贝格洛瓦的希贝克，"他说道，"他侥幸从刽子手手中逃过数次，但是，和人们说的一样，落得这个下场不过是时间问题。昆兹·奥洛克，见鬼，他的出身可是个相当体面的家族。沃尔特·德·巴贝，以剑为生者，终将为剑死。看看这是谁？斯托克先生？"

"大人……求您……饶了……"高戈维采的斯托克满脸是血，表情极为痛苦。

"不行，斯托克先生。"波尔科冷冷道，"我不久就会继承奥波莱。强奸奥波莱妇女在我眼里是不可饶恕的罪行。给你个痛快的都算便宜了你。可惜的是我们时间不多。"

波尔科踩着马镫直起身子，四处张望。

"把这混蛋绑起来淹死。"他命令道。

"哪里能淹死他？附近没有河啊。"奥贡克奇纹章的骑士吃惊地问道。

"那边有条沟，沟里有个水坑。"波尔科指着一个方向说道，"虽然不大，但放他的脑袋足够了。"

被捆住的斯托克不停尖叫挣扎，格沃古韦克与奥波莱骑士们把他拖到水沟，提着他的双脚，将整个人倒转过来，脑袋扎进水坑。尖叫变为激烈的"咯咯"声。雷恩万转过头去。

这个过程持续了很久，很久。

克里赫与另外一名涅楚亚[1]纹章的波兰骑士回来了。

---

[1] Nieczuja，波兰骑士纹章，由数个骑士家族使用，图案由下至上依次为红色盾牌、银色头盔、展开的黑色双翼与黄色十字架。

"那无赖把水坑的水都咽进了肚里。"克里赫兴冲冲地说道,"但是被泥巴噎死了。"

"大人,我们是时候离开了。"涅楚亚纹章的骑士出声道。

"你说的没错,希拉斯基先生。"波尔科同意道,"雷恩万,听我说。你不能和我一起走,我不能把你藏在格沃古韦克,奥波莱或涅莫德林也不行。我父亲和叔叔都不想与津比采起争执。如果扬向他们要你,你一定会被交出去。而且,他一定不会善罢甘休。"

"我知道。"

"我知道你知道。"年轻的皮亚斯特人眯起眼睛。"但我不清楚,你是不是真的理解。那我就直说了。无论你选择哪个方向,避开津比采,这是老朋友给你的建议。离津比采城和公爵领地越远越好。相信我,那里没什么值得你留恋的。也许以前是有,但现在已经没了。说得够明白了吗?"

雷恩万点了点头。他心里十分明白,只是无论如何也不想亲口承认。

"每个人都有自己的路,保重。"波尔科拉了拉缰绳,调转马头。

"再次感谢。波尔科,我欠你的。"

"别放在心上。"波尔科挥了挥手,"我说过了,我是来救同窗好友的。呐,在布拉格的那段时光多么美好……别了,雷恩玛尔。"

"保重,波尔科。"

奥波莱队伍的马蹄声消失后不久,雷恩万骑马朝森林深处走去。这匹黑马不久之前还属于来自图林根的骑士亨利克·哈克伯恩,而它的主人如今已经客死他乡。岔路口安静了下来,喜鹊与松鸡的声音已然沉寂,黄鹂鸟开始清脆啼鸣。

第一只狐狸凑到昆兹·奥洛克脸前啃咬时，时间还没过去一个小时。

起码在几天的时间里，斯托茨大路事件引发了一场轩然大波，成为人们茶余饭后必备的谈资。多嘴多舌的侍从们私下议论，几日来，扬公爵紧缩眉头，对伯爵夫人爱菲米娅不假辞色。还有流言称，阿黛尔夫人的女仆在她没心情笑的时候叽叽喳喳、咯咯傻笑，为此重重挨了几个耳光。

普热武兹的哈克伯恩家族宣称，就算掘地三尺，也会找出杀害年轻的亨利克的凶手。然而，坊间传闻，美丽优雅的朱塔·阿波尔达对仰慕者的死亡毫不在意。

年轻的骑士们自发组织起来追捕罪犯。他们骑着骏马，大张旗鼓，从一个城堡奔到另一个城堡。然而，这场追捕更像是一场野餐会，带来的结果也和野餐会如出一辙，比如意外怀孕与派人说媒——当然这都是后话了。

宗教审判所的人造访了津比采城，然而，即使是消息最灵通的人也没有打听到他们此行的真正目的。其他消息与谣言则传播得飞快。

弗罗茨瓦夫城施洗约翰修道院内，咏礼司铎奥托·白斯在圣坛前虔诚地祷告，他埋下头去，将前额抵在紧握的双手上。

在卢布林城附近的科辛基尼采村，沃尔特·德·巴贝年迈的老母亲正在为即将到来的冬天发愁。现在的她无依无靠，严寒与饥饿一定会在早春来临前将她杀死。

在德意志，一家名为"铃铛"的旅店内有段时间极为喧嚣。沃尔佛、莫洛德、维迪奇三兄弟与哈特、罗迪奇、"雕鸮"詹奇一伙在里面骂骂咧咧、大呼小叫、恫疑虚喝，一杯接着一杯，一壶接着一壶，狂饮不止。心惊胆战的伙计们上酒时听到，在不久的将来，这群凶神恶煞的酒客们会抓住一个叫雷恩玛尔的人，扬言要对他施以世间最残忍的酷刑。拂晓时分，莫洛德一番出人意料的清醒话语让众人心情大好。"凡事有好有坏，"莫洛德说道，"既然昆兹·奥洛克已经见鬼去了，那塔默·斯特察的一千莱茵金币就会留在他的口袋里。换句话说，会留在斯特恩多夫。"

四天后，消息传到了斯特恩多夫。

巴鲁特家族的小奥卡非常不开心，她对家里的女管家十分不满。其实，奥卡从来没有对管家满意过，因为妈妈经常吩咐管家强迫她做不喜欢做的事情，尤其是吃卡莎饭和洗澡。但今天，奥卡直接被管家惹恼了——玩游戏时，女管家居然强行把她拽走了。奥卡的游戏就是冲着新鲜牛粪丢石子。简单的趣味性让这种消遣在奥卡的同龄人中很受欢迎，他们大多是城堡守卫们的后代。

被拽走的小女孩嘀嘀咕咕，耍起了小性子，想尽办法妨碍管家完成任务。她故意每一步都迈得极小，使得管家几乎不得不拖着她走。她对管家的提醒和所说的一切都嗤之以鼻，因为她根本不在乎。她已经受够了当塔默外公的翻译，因为他的房间和身上总有一股难闻的味道。管家一直和她说，她的阿佩奇科叔叔到了斯特恩多夫，有一些极为重要的消息要和外公说，和以前一样，阿佩奇科叔叔说完后，塔默外公会说一大堆话，除了她，没人能听懂外公在说什么。

天赋异禀的奥卡小姐才不在乎这些。她只有一个愿望——回到城堡墙壁下，丢石子砸牛粪。

刚到楼梯时,她就听到了塔默外公房间里传出的声音。阿佩奇科叔叔带来的消息一定非常糟糕,因为她从没听过塔默外公嚷得这么大声。真的从来没有。就算是他发现马厩里最好的一匹马被毒死后,声音也没这样大。

"呜啊呜啊——呜啊哈——布哈呜啊乎——呜呜呜啊啊哈!"声音从房间传出,"呃呃呃呜——呃呃……呜啊——啊啊!呜——呜——呜呜呜……"

紧接着声音变为:

"布呜呜呜呜……鲁呃呃呃呃……"

然后一切归于寂静。

很快,阿佩奇科叔叔从房间里走了出来。他盯着奥卡看了很长时间,接着盯着女管家看了更长时间。

"去厨房准备些吃的。"终于,他开口道,"打开房间的窗户透透气。再叫一位神父过来。就按这个顺序来。我吃完后,会下达接下来的安排。"

"这里将发生翻天覆地的变化。"看到女管家疑惑不解的表情,他补充道。

Chapter 21
第二十一章

在本章中,雷恩万又一次对姑娘穷追不舍,由此再遇红衣游吟诗人与黑色四轮马车。马车上足足装有五百格里夫纳。

中午,雷恩万眼前的路被一大片被风吹倒的树木拦住。连根拔起的树木倒成一排,延伸至森林深处。断裂的树干,残败的树枝,乱麻似的根系痛苦地扭成一团,这一片狼藉的景象恰如雷恩万此时的心境。充满寓意的景色不仅让他止步不前,还使得他思绪万千。

与波尔科·沃罗谢克分别之后,雷恩万如行尸走肉般,一直往乌云密布的南方走去。他并不知道,为什么选择的是南方。或许是因为波尔科临行前指的是这个方向?又或许为了远离那些令他恐惧憎恶的地方与纷争,他下意识地选择了这条路?诚然,他想远离一切，远离斯特察人、斯切戈姆城和狼山领主、海恩·冯·齐奈、西维德尼察的宗教审判所、斯托茨城堡、津比采城、扬公爵……

以及，阿黛尔。

风把乌云压得很低很低，看上去几乎要被树梢钩住。雷恩万叹息一声。

唉，波尔科冷冰冰的话语多么令他心痛！津比采城没什么值得他留恋的！痛彻心扉的话语！或许是因为它们近乎残忍的直白与真实，竟要比阿黛尔的冰冷与漠视、比她让骑士们动手时那残酷的声音、比因为她而遭受的拳打脚踢、甚至比阴冷的监狱更让人痛不欲生。津比采城没什么值得他留恋的！他千辛万苦、甘冒生命危险都要奔赴的津比采城，承载着希望与爱情的津比采城，已经没什么值得留恋的了！

"世界这么大，可哪还有值得留恋的地方！"他盯着乱糟糟的树根与断枝，心乱如麻。"与其灰溜溜地逃跑，不如重返津比采，想方设法和不忠的爱人当面对质？对她无情地质问、羞辱、蔑视，亲眼看着她脸色变得苍白，双手紧握，眼眸低垂，嘴唇哆嗦。对，没错，无论会发生什么，放马来吧！只要能亲眼看着她为自己的背叛而羞愧，只要能让她痛苦，让她良心不安，让她被悔恨折磨……"

"痴人说梦！"理智在他脑海中说道，"耻辱？良心？愚蠢至极！她一定会爆发出无情的嘲笑，命人将你打得半死，扔入阴暗潮湿的塔牢。接着，她会挽着扬公爵走入她的闺房，尽情享受性爱的快活。她不会有一丝一毫的懊悔与惋惜，只会对你肆意嘲笑。因为嘲弄天真的傻子雷恩玛尔，会让他们欢爱的欲火烧得更旺。"

雷恩万毫不惊讶地注意到，理智用的是沙雷的声音。

亨利克·哈克伯恩的黑马嘶鸣一声，甩了甩头。雷恩万轻拍着它的脖子，想道："沙雷和参孙还留在津比采。不，也许我被抓后，他们会为了甩掉包袱而高兴，立刻启程去了匈牙利吧……沙雷不久前还赞扬友情的美好与伟大，但相比之下，他曾说过的关于安宁与快乐的那番话听上去更加发自肺腑。'如果其他东西不能让我得到安宁与快乐，那就滚一边去'。总而言之，他这么说过……"

"总而言之，我对他越来越不感到惊讶了。"

哈克伯恩的马再次嘶鸣一声。有什么回应了它一声嘶鸣。

雷恩万抬头的瞬间，正好看到森林边缘的骑手。

一名女骑手。

"尼柯莱特！"他心中惊喜万分。"金发的尼柯莱特。灰马，金辫，灰色斗篷。是她，一定是她！"

几乎在同一瞬间，尼柯莱特也看到了他。但与期望不同，她既没有朝他招手，也没有兴高采烈地呼喊。她调转马头，飞快逃离。雷恩万没有考虑多长时间，准确地说，他一秒也没考虑。

他脚踢马肚，沿着一排倒地的树追了上去。在坑坑洼洼的地面上驰骋可能会令马腿断折，骑手脖子扭断，但一如往常，雷恩万没考虑这些。他的马也是。

追着女骑手进入林中后，雷恩万才反应过来，他认错了人。首先，骑手的灰马不是他见过的那匹速度奇快的纯血骏马，而是一匹瘦骨嶙峋的老马。它奔跑的身形艰难又笨拙，马上的姑娘绝不可能是金发的尼柯莱特。大胆又坚毅的尼柯莱特——不，是卡特琳娜·比伯施泰因，他在心中纠正——骑的不会是女士马鞍。其次，她也不会慌张地回望或是惊恐地尖叫。

他终于领悟过来，自己正像个白痴和变态一样在森林里追逐一个完全陌生的姑娘，可惜为时已晚。女骑手厉声尖叫，向一片林中空地冲去，雷恩万紧随其后。他用力拉拽缰绳，但骑士的马桀骜难驯，无论如何也停不下来。

空地上有不少人马。雷恩万注意到，里面有几名朝圣者，几名身穿灰色修道袍的方济各会修士，几名弩手，一名肥胖的军士，还有一辆由两匹马拉着的运货马车，车身用黑色苫布盖着。还有一名骑着黑马的长者，他头上戴着一顶海狸皮的尖顶毡帽，身上穿一件海狸皮衣领的斗篷。长者注意到了雷恩万，伸手指给军士和士兵们。

"宗教审判官。"雷恩万心中一凛，但看着眼熟的马车，他瞬间意识到自己想错了。他以前见过那辆马车和骑黑马的长者，维星的杰诗卡在她贩马的那家旅店曾向他透露过长者的身份。他是收税官。

盯着盖有黑色苫布的马车，他忽然意识到好像自己曾在别的地方见过它。终于回想起来时，他恨不得马上掉头逃跑。但是骑士的马不停甩头跺蹄，没等他控制住，士兵们已经冲上来将他团团围住，切断了他逃往森林的路线。面对蓄势待发的弩箭，雷恩万放下缰绳，举起双手。

"我是不小心闯进来的！并无任何恶意！"他喊道。

"谁都可以这么说。"收税官骑马向他走来。他面色沉郁，仔细打量着雷恩万，目光极为冷酷锐利，充满了怀疑与猜忌。雷恩万被盯得发毛，唯恐被他认出，心中满是绝望，似乎最坏的情况已不可避免。

"嘿！嘿！放过他。我认识那年轻人。"

雷恩万吞了口口水。这绝对是故友重逢的一天。因为出声解围的正是他在克洛莫林强盗骑士据点遇见的那个游吟诗人。他曾在酒馆宣读胡斯派宣言，之后和雷恩万一同藏身在干酪房里。游吟诗人年纪不小，身着锯齿状衣边的紧身上衣，红色兜帽下露出披散的灰白卷发。

"我与这年轻人是旧识。"他骑马赶来，"他来自贵族家庭。名字是……雷恩玛尔·冯·阿格诺。"

"那位著名诗人的后代？"收税官问道。他的脸色温和了许多。

"不是。"

"为什么他在追我们？他在跟踪我们？嗯？"

"跟踪我们？"游吟诗人不屑道，"你瞎了吗？他在往森林外面跑！如果他在跟踪我们，那他应该循着我们的轨迹沿路追来。"

"嗯……好像是这么回事。你刚才说你们俩认识？"

"千真万确。"游吟诗人兴冲冲地肯定道，"毕竟，我知道他的名字，他也知道我的名字。他知道我叫泰伯德·拉贝。说说，雷恩玛尔先生，我叫什么名字？"

"泰伯德·拉贝。"

"听到没？"

面对无可辩驳的铁证，收税官清清嗓子，正了正头上的毡帽，下令让士兵们退下。

"抱歉……我有些过于谨慎……但我一定得保持警惕！其余就不多说了。好了，阿格诺先生，你可以……"

"和我们同行。"游吟诗人朝雷恩万偷偷眨了眨眼，主动抢话道，"我们正前往巴尔多城。一起走的话旅程会更愉快……也更安全。"

队伍走得很慢，崎岖不平的林中小路限制了马车的速度，步行的人们费不了多大劲就可以跟上。他们共有八人，四名朝圣者与四名方济各会修士。所有的朝圣者看起来一个模样，手拄拐棍，鼻子紫红，那是他们嗜酒如命以及年轻时所犯过错的证明。方济各会修士们年纪都不大，拉着一辆小板车。

"朝圣者和修士们也是去巴尔多城的。"游吟诗人解释道，"去朝拜山上的圣像，你知道的，圣母玛利亚……"

"我知道。"雷恩万一边出声打断，一边确认有没有人在听他们讲话，尤其是走在黑色马车旁的收税官。"我知道……泰伯德·拉贝先生。但是，还有些事情是我不知道的，你能不能……"

"还没到时候。"游吟诗人打断道，"雷恩玛尔先生，别问不该问的问题。要用阿格诺这个姓氏，别用别拉瓦，这样更安全些。"

"你去过津比采。"雷恩万猜道。

"没错。而且我听说了不少……看到你出现在戈莱尼诺夫森林，着实让人吃惊。传闻你已经被关进了塔牢。没想到他们给你定的罪名这么轻……坊间传闻……如果我不了解你的话……"

"但你了解。"

"没错。我相信你。所以我才会让你和我们一起去巴尔多……我的天！别那么盯着她看！你在林子里追着她跑还不够？"

骑马走在队首的少女第一次回头看时，雷恩万愣住了。他惊异于自己竟把那丑姑娘认成了尼柯莱特。

诚然，两人头发的颜色几乎一样，都如稻草般金黄，这种发色在西里西亚并不稀奇。但相同之处仅此而已。尼柯莱特的肌肤如雪花石膏般晶莹细腻，那姑娘的前额和下巴却长满了疙瘩。尼柯莱特的眼睛如矢车菊般湛蓝，而那姑娘眼睛浑浊暗淡，像青蛙一样凸出，眼神中充满了惊恐。她的鼻子又小又塌，嘴唇很薄，没什么血色。似乎她听说过最近的时尚，眉毛特意拔过，但效果极差，不仅没有让她看上去时髦一点，反而更像个傻子了。她的打扮更加深了这种印象——头上是一顶不起眼的兔皮小帽，斗篷下穿着一条难看的灰裙，布料劣质，设计简单，做工粗糙。卡特琳娜家的女仆可能穿得都比她好。

"可怜的丑姑娘。"雷恩万心想，"脸上唯一缺的就是麻子。但恐怕也快了。"

无法忽视的是，走在姑娘身边的骑士已经得过天花，他灰色的短胡藏不住那些瘢痕。他骑的是一匹棕马，马蹄磨损得非常严重，身上的锁子甲更是陈旧过时的老款。"和很多人一样，这也是位贫穷的骑士，一位穷困潦倒的属地封臣。"雷恩万心想，"他是要送女儿去修女院吧。不然还能去哪儿呢？谁会想要那么丑的姑娘？只有贫穷修女会和西多会。"

"别再盯着她看了，这不合礼节。"游吟诗人低声道。

的确如此。雷恩万叹了口气，移开了视线，开始全神贯注盯着长在路旁的橡树与椴树。可惜为时已晚。

看到穿着老款锁甲的骑士勒马停下，等待两人跟上，游吟诗人禁不住轻声咒骂。骑士的表情极为严峻，头骄傲地扬起，左手握拳抵在胯上，右手握着剑柄，而剑柄的样式也同他的锁甲一般老旧。

"这位是哈特维格·冯·斯帝恩克隆先生。"泰伯德·拉贝清了清喉咙，介绍道，"这位是雷恩玛尔·冯·阿格诺先生。"

骑士哈特维格打量了雷恩万一会儿，但意外的是，他压根没问著名诗人后代的事。

"先生，你追着我女儿不放，把她吓到了。"他神色倨傲地说道。

"请您原谅。"雷恩万鞠躬致歉，自己脸颊像烧着了似的发烫。"我跟着她是因为我……认错人了。请求您的原谅。若您允许，我愿向您女儿下跪道歉……"

"不用跪。"骑士打断道，"离她远点。她很紧张。虽然很害羞，但她是个好孩子。我要带她去巴尔多城……"

"修女院？"

"为什么这么想？"骑士皱眉道。

"因为你们看上去非常虔诚。"游吟诗人连忙插嘴，避免雷恩万陷入更大的麻烦。

哈特维格弯下身子，咳了一声，啐出一口浓痰。动作毫无虔诚可言，更不符合骑士美德。

"阿格诺先生，离我女儿远远的，永远不要靠近她。听明白了吗？"

"明白。"

"很好。"

约一小时后，盖着黑色苫布的马车陷入了泥坑，要把它拉出来，必须得众人合力，方济各会修士们也不例外。当然，雷恩万和骑士哈特维格属于贵族，拉贝属于文化艺术领域的人物，他们都不用干这种体力活。收税官看上去极为紧张不安，他跑来跑去，骂骂咧咧地下达指令，十分警惕地观察周围的森林。他明显察觉到了雷恩万在看他，就在马车脱离泥坑、队伍重新上路后，他觉得有必要解释一下。

"你要知道我们运送的可不是一般货物。"他骑马来到雷恩万与游吟诗人两人中间，开口道。

雷恩万默不作声。毕竟，他心里很清楚马车上装的是什么。

"我可不会告诉其他人。"收税官压低声音，有些胆小地看了看周围的林子，"但你是贵族，来自诚实的家庭，我在你的眼睛里也看到了诚实的目光。所以我就告诉你吧，我们运的是收来的税金。"

他又停顿了一会，期待看到一副好奇的表情，但他没有等到。

"这是一项特殊的税金，由法兰克福的领主们赞成征收，只需缴纳一次，所收税款将用于消灭胡斯异端。"他继续道，"所有人都要按照财产状况缴税。骑士五枚金币，男爵十枚，有年俸的高级神父每一百金币要缴出五枚。听懂了吗？"

"懂了。"

"而我是收税官，马车上装的正是收来的税金。现在箱子已经很满了，因为在津比采时，缴税的不仅有一般的小贵族，还有福格家族。不要奇怪我为什么这么谨慎，就在不到一个礼拜前，我刚遇到了袭击。就在离杰尔若纽夫城不远的鲁托米亚村附近。"

雷恩万没有接话也没有提问，仅仅点了点头。

"那是伙胆大妄为的强盗骑士！有人认出了帕西科·雷巴巴。说真的，还好塞德利茨领主及时赶到，把那群恶棍赶走，不然我们都得丧命。他本人在战斗中还受了伤，为此大发雷霆。他发誓一定要强盗骑士们付出代价。塞德利茨家族有仇必报，我相信他一定不会食言。"

雷恩万舔舔嘴唇，仍然不自觉地点了点头。

"塞德利茨领主勃然大怒，发誓要让他们生不如死。他要用最残忍的酷刑，一定要比切申的诺萨克公爵折磨杀了他儿子的强盗赫朗所用的手段还要残忍。当时诺萨克公爵命人把强盗放到烧红的铜马上，用炽热的铁钳和铁钩把他的皮肉一层层撕掉……还记得这事吗？哈，从你的脸色来看，你肯定记得。"

"嗯……"

"幸运的是，我可以告诉塞德利茨领主那伙强盗都有谁。雷巴巴、维特拉姆和维拉赫三人如影随形，抓到一个，另外两个也跑不了。但当时在袭击现场的还有别人，我也向塞德利茨领主描述了他们的样子。其中一个人体形巨大，但是呆头呆脑的，一定是个脑子不好使的白痴。另一个人体格小些，鹰钩鼻，给人第一眼的感觉就是个恶棍。还有一个轻浮的家伙，年纪和你差不多，体格也和你差不多，甚至长得也有点像……怎么会呢，我在说什么呢，你是个长相英俊的年轻人，脸上洋溢着高贵的气质，就像是画里的圣巴斯弟盎，而那人看上去丑得像畜牲。

"我正讲着他们时，塞德利茨领主突然愤怒地大吼！他也知道那几个恶棍，因为刚瑟林·冯·狼山领主是他的亲戚，最近也在抓那鹰钩鼻和年轻人。他们曾在斯切林城抢劫闹事！瞧，命运的巧合……吃不吃惊？不过，我马上说点你没听过的好消息。我刚要启程离开津比采时，随从告诉我有人在马车附近徘徊。于是我就躲起来等着，猜猜我看到了什么？竟然是那鹰钩鼻和大个傻子！你敢相信吗？真是狗胆包天！"

收税官气得一瞬间说不出话来。雷恩万点点头，咽了口口水。

"于是我拼了命似的跑到市政厅揭发了他们。"收税官缓了缓，继续道，"他们肯定被抓了，想必这会正在地牢接受严刑拷打。你看清其中的门道没有？那两人，再加上那轻浮的年轻人，一定是强盗骑士们派来监视我们的。恐怕他们早已在大路上设好埋伏，等着我自投罗网。但你也看到了，我的护卫队就这么几个人！该死的津比采骑士们更贪恋骑士比武、宴会、歌舞！呸，去他们的！所以我才一路上胆战心惊，我可不想丢掉性命。而且，如果装着超过五百格里夫纳的箱子落入强盗手中，将是莫大的耻辱。这笔钱可要用于神圣的事业！"

"当然会是耻辱。"游吟诗人插嘴道，"征收这笔税既是为了神圣的事业，又是为了世人的福祉，呵呵，这两个目的可很少同时出现。所以我才建议您避开大路改走林中小路，我们很快会悄无声息地抵达巴尔多城。"

"愿上帝保佑我们。"收税官抬头看向天空，"愿收税官的保护神——圣阿达克图斯与圣马太保佑我们。愿巴尔多城以神迹闻名的圣母玛利亚保佑我们。"

"阿门，阿门。愿圣母玛利亚保佑我们。"走在马车一侧的朝圣者们出声道。

"阿门！"走在马车另一侧的方济各会修士们齐声道。

"阿门。"骑士哈特维格说道。与此同时，他身旁的丑姑娘画了个十字。

"阿门。"收税官说道，"阿格诺先生，巴尔多城是我们的圣母最钟爱的圣地。你听说过她又一次在巴尔多山显灵的事吗？和1400年那次一样，她又在哭泣。有人说那是恶兆，不幸很快就要降临巴尔多和整个西里西亚。还有人说，圣母哭泣的原因是因为信仰在崩塌，异端在蔓延。胡斯党们……"

"又来了，什么事都要扯到胡斯党。"游吟诗人打断道，"圣母玛利亚就不能为了别的原因哭泣？也许她泪如雨下是因为看到了神父们和罗马教廷的所作所为？是因为看到了他们买卖圣职、荒淫无度、巧取豪夺的行径？这些违背《福音书》的行为不是叛教和异端，那又是什么呢？也许她哭泣是因为有罪的神父们已把圣礼变为魔术戏法和赚钱工具？教皇富可敌国，建造圣彼得大教堂时却不动自己一分一毫，所花钱财全部来自贫穷的信徒，也许看到这一切的她和世人一样感到愤怒与悲伤？"

"你最好别再说了……"

"也许她哭泣是因为看到神父们不再虔诚祈祷，而是热衷于战争、政治与权力？"游吟诗人没有理会，继续说道，"他们又是怎样滥用权力的呢？先知以赛亚的话就是他们统治的写照：祸哉！那些设立不义之律例的和记录奸诈之判语的，为要屈枉穷乏人，夺去我民中困苦人的理，以寡妇当作掳物，以孤儿当作掠物！"

"拉贝先生，这些话太过刺耳。"收税官讪笑道，"你同样也背负着原罪，所以它们也能放在你身上。与其像个政治家似的针砭时弊，不如去做适合自己的事情——写写曲，唱唱歌，摆弄你的鲁特琴去。"

"你刚才说谱曲唱歌？"拉贝从鞍桥上解下鲁特琴，"如你所愿！"

神圣罗马的教皇

都是基督的敌人；

他们的权力不是来自基督，

而是来自帝国敕命中的

基督之敌！

"见鬼。"收税官四处张望，小声嘟囔道，"还不如让你说呢。"

基督，通过你的伤口，

> 让我们的神父们
>
> 讲述真理,
>
> 埋葬基督敌,
>
> 引领我们到你身边!
>
> 波兰人,德国人,
>
> 无论你说什么语言,
>
> 若你怀疑自己的言论
>
> 与文章,
>
> 威克里夫会告诉你真理!

"会告诉你真理……"听入迷的雷恩万脑海中不断回响着这些歌词,"我是不是以前在哪里听到过?"

"拉贝先生,你早晚会因为这些曲子惹上大麻烦。"收税官面露不悦,"弟兄们,你们听到这种曲子竟然如此冷静,这也着实让我吃惊。"

"真理往往隐藏在歌曲中。"一名方济各会修士微笑道,"真理就是真理,不容曲解,即使逆耳,也必须忍受。威克里夫只是误入歧途而已。"

"愿主宽恕威克里夫,他并非先驱。"另一名修士说道,"我们伟大的会祖圣方济各也因世间疾苦而心痛。没人能够对糟透的现实视而不见。神官们离上帝越来越远,整日汲汲于凡事俗物。不但没有过朴素的生活,反而比王公侯爵还要富有……"

"正如耶稣教诲:钱袋中不要装金与银。"第三名修士低声说。

"耶稣的话可不能篡改,即使是教皇也不行。"胖军士清了清嗓子,插话道,"如果他改了,那他就不是教皇,而是像歌里唱的:

真正的基督之敌。"

"说得好！就是这样！"年纪最大的朝圣者抹了抹酒糟鼻，大喊道。

"哦，上帝呐！"收税官赶忙画了个十字，"你们都闭嘴！都是些什么人啊！这样的言论是罪恶的！"

"你的罪会被宽恕。"游吟诗人调整琴弦，瘪嘴道，"毕竟，你正在为了神圣的事业收缴税金。收税官的保护神们会为你求情。"

"雷恩玛尔先生，你有没有注意到他的语气有多轻蔑？"收税官恼火地问道，"收税是有正当理由的，这都是为了让我们的社会变得更好。每个人都有义务缴税！所有人都心知肚明，但他们又是怎么做的呢？没人喜欢收税官。人们看到我就跑掉，躲到树林里。他们还放狗咬我，用脏话骂我。就算是那些缴税的人，看我的眼神也跟看瘟疫似的。"

"听上去真不容易。"游吟诗人朝雷恩万眨了眨眼，而后点头道，"机会有的是，你就从来没有想过换种生活？"

事实证明，泰伯德·拉贝是个既聪明又敏锐的人。

"不要在马鞍上坐立不安。"他驭马走到雷恩万身边，小声说道，"别再想津比采了。你该躲得远远的。"

"我的朋友们……"

"我也听到了收税官的话。"游吟诗人打断道，"去救朋友是件高尚的事，但恕我直言，你的朋友们看上去是那种能自己处理好的人。就算是以行动迅速、聪明勇敢而闻名的津比采守卫们也抓捕不到他们。你就别想着回去了。他们在津比采不会有任何事情，但对你来说，那座城意味着毁灭。雷恩玛尔先生，跟我们一起去巴尔多城吧,之后我会亲自把你送到波希米亚。眼睛睁那么大干吗?你哥哥是我的好友。"

"是那种关系亲密的朋友?"

"当然。我们的事会让你感到惊讶。"

"现在任何事都不会让我惊讶。"

"这话为时尚早。"

"如果你和彼得林真的是挚友,有个消息会让你感到高兴。"过了一会儿,雷恩万说道,"杀害他的凶手已经受到了惩罚,昆兹·奥洛克一伙都死了。"

"以剑为生者,终将为剑死。"泰伯德·拉贝沉吟道,"雷恩玛尔先生,他们是你亲手杀的?"

"是谁杀的不重要。"雷恩万察觉到游吟诗人语气中的揶揄之意,脸微微涨红,"重要的是他们都死了,彼得林的仇已经报了。"

拉贝凝视着飞过树梢的一只乌鸦,沉默了很长时间。

"我绝非是在为昆兹·奥洛克一伙哀悼。"终于,他开口道,"让他们在地狱中受尽折磨吧,他们活该如此。但是,他们并不是杀害彼得林的凶手。"

"那会……"雷恩万太过激动,呛到了自己,"那会是谁?"

"很多人都想知道。"

"斯特察家族?还是他们的爪牙?到底是谁?说啊!"

"小点声,小点声,一定要谨慎。小心隔墙有耳。我也只能告诉你我听到的事……"

"你听到什么了?"

"我听到……黑暗力量牵扯其中。"

雷恩万沉默了一段时间。

"黑暗力量。"他冷笑道,"没错,我也听说过。对手们说彼得林的生意之所以好,是因为他出卖灵魂以获取恶魔的帮助。那恶魔总有一天会把他带去地狱。的确,邪恶又黑暗的力量。泰伯德·拉贝先生,枉我觉得你是个严肃又理智的人。"

"那我还是不说了。"游吟诗人耸了耸肩,头扭向别处,"我不会再说一个字,说下去恐怕会令你更加失望。"

队伍在一棵参天古树下驻足休息。那是棵古橡树,看上去少说得有几百岁,陌生人的到来并没有惊扰到树上的小松鼠,它们依然在繁茂的枝叶间嬉戏玩闹。给拉车的马匹解下套具后,众人便坐到树荫下歇息。不出雷恩万所料,众人很快便开始对时局大发议论。议题无外乎是胡斯党的威胁与不日就要爆发的战争。虽然议题没什么新意,但这场讨论却与之前截然不同。

"战争是邪恶的。"一名方济各会修士揉着光秃秃的头顶突然说道。他刚被淘气的小松鼠丢下的橡子砸到。"耶稣教诲:不可杀人。"

"如果是出于自卫呢?"收税官问道,"为了保护财产呢?"

"为了保护信仰呢?"

"为了保护荣誉呢?"哈特维格高傲地扬起头,"都是废话!荣誉当然要保护,侮辱必须用鲜血洗清!"

"耶稣在客西马尼园时没有自卫,还令彼得不要拔剑。难道这也不光彩吗?"一名修士轻声道。

"教会圣师奥古斯丁在《上帝之城》一书中写的什么来着?"一名朝圣者嚷道。他的博学令人十分惊讶,因为从他鼻子的颜色可看不出这人还会有阅读的爱好。"我们讨论的是一场正义的战争。还有比消灭异端和胡斯党的战争更为正义的吗？这样的战争难道不会让上帝喜悦吗？敌人被杀掉，他不会开心吗？"

"扬·赫雷佐斯托姆、伊兹多·波罗斯基又写了什么？"另一位学识渊博的朝圣者嚷道，"还有伯尔纳铎呢？他说异端和异教徒都应该杀掉！他在书里称他们为污秽的猪。他说，杀掉这些人不但不是罪，反倒是荣耀！"

"求上帝宽恕，我怎么能驳斥圣人和圣师的话呢？"方济各会修士双手互握，作祈祷状，"我无意争论。只是单纯复述耶稣在橄榄山的教诲。他令我们爱自己的邻居，宽恕那些冒犯我们的人。要爱我们的敌人，为他们虔诚祈祷。"

"使徒保罗让厄弗所人要以爱和信仰对抗撒旦，而非长矛。"另一个修士轻声道。

"上帝也会以爱和信仰击溃他的敌人，为基督信众带来和谐与安宁。"第三个修士手画十字。"谁会从我们的分歧中获益？回教徒！我们今天和捷克人为了圣餐礼和圣经吵闹不休，明天也许会发生什么？教堂里到处是回教徒和星月旗！"

年纪最大的朝圣者对这番话嗤之以鼻："那你去指望捷克人突然醒悟，放弃异端行径吧！或许饥饿能帮他们一把！整个欧洲都对他们施行禁运政策，一切与胡斯党的商业贸易都已禁止。他们急需武器、火药、盐和食物！如果得不到，那他们就会没有武器，饿着肚子。等着瞧吧，等他们肚子开始咕咕叫的时候，一定会马上投降。"

"战争是邪恶的。"第一位方济各会修士加重了语气，"这毋庸置疑。难道你认为贸易封锁是遵从耶稣的教诲？在橄榄山上时，难道耶稣教诲过人们要让邻居挨饿？虽然存有分歧，但归根结底，捷克人也是基督徒。贸易禁运是不正确的。"

"说的没错,弟兄。"躺卧在古橡树下的拉贝插嘴道,"我还得多说一句,这样的禁运有时会是双刃剑。希望西里西亚人付出的代价不要像鲱鱼之战中的上卢萨蒂亚人那般惨痛。"

"鲱鱼之战?"

"人们是这样称呼那场战争的。"游吟诗人平静地解释道,"因为它既与禁运有关,也和鲱鱼有关。想听的话,我就给你们详细讲讲。"

"快说!快说!"

游吟诗人直起腰板,显然对人们感兴趣的样子颇为满意。"那场战争是这样的:昆士坦的黑奈克·波切克领主是个波希米亚贵族,胡斯党,也是个鲱鱼美食家,生平一大爱好就是就着啤酒或烈酒享用波罗的海的肥美鲱鱼,尤其是在斋戒的时候。上卢萨蒂亚骑士亨利克·冯·多纳是格兰芬施泰因的领主,他深知波切克的口味。议会发布贸易禁令后,他就决定付诸行动,给那胡斯党点颜色瞧瞧。他下令严禁运送鲱鱼。波切克领主勃然大怒,抗议道:宗教是宗教,为什么要牵扯到我最爱的鲱鱼!我们是为教义和礼仪而战,为什么不让我吃到最爱的鲱鱼!多纳领主回他道:我不允许异端吃到鲱鱼,波切克,就算是斋戒期,你也得吃你的熏肉去。是可忍孰不可忍!盛怒之下的波切克领主马上集结了一支军队进攻卢萨蒂亚地区。位于边境地带的卡尔弗里德城堡首先被攻陷,因为那儿作为贸易中转站却禁运鲱鱼。单单如此并不足以打消波切克领主的怒火。他将哈塔乌城周边的村庄、教堂与农庄付之一炬,战火甚至蔓延到了齐陶城下。波切克烧杀抢掠了整整三天三夜!最可怜的还是战争中的卢萨蒂亚平民!我可不希望西里西亚发生类似的事情。"

"一切听凭上帝的旨意。"一名修士说道。

所有人陷入了久久的沉默。

天色开始变化，森林簌簌作响，乌云在大风裹挟下黑压压地袭来。很快，豆大的雨滴开始打落到兜帽、斗篷、马尾和马车的黑色苫布上。雷恩万骑马走到拉贝身边。

"鲱鱼之战真是个精彩的故事。"他小声说道，"那首关于威克里夫的短歌也很不错。我很惊讶你居然没有像在克洛莫林时那样，直接诵读那篇'布拉格宣言'。还有一件事让我十分好奇，收税官知道你的想法吗？"

"时候到了，他会知道的。"游吟诗人小声道，"如《传道书》中所说：静默有时，发生有时；寻找有时，失落有时；保守有时，舍弃有时；喜爱有时，恨恶有时；争战有时，和平有时。凡事有定期，天下万务皆有定时。"

"这次我完完全全同意你所说的。"

岔路口的一片白桦林中竖立着一个石制的悔罪十字架。西里西亚这样的十字架数不胜数，它记载着过去的罪行，以及迟到太久的忏悔。

前方是一条沙土大路，还有许多通往不同方向的森林小径。冷风拉扯着树冠，将干枯的树叶扬洒得遍地都是。雨势渐小，打落在脸上的雨滴也轻柔了很多。

"如《传道书》所言，凡事有定时。"雷恩万对拉贝说道，"现在是时候道别了。我要回津比采城。不用劝我。"

收税官目不转睛地看着他们。修道士们、朝圣者们、士兵们以及骑士和他的女儿也同样如此。

"我不能抛弃可能身处危险的朋友们。"雷恩万说道,"那是不对的。友情是伟大又美好的东西。"

"我没说过它不是。"游吟诗人说道。

"我一定要去。"

"那就去吧。"游吟诗人点头道,"但是,如果你突然改了主意,更愿意选择从巴尔多城去波希米亚的话……你很容易就能追上我们。我们会走得很慢,还会在希齐博空地附近休整很长时间。"希齐博空地,记住了吗?"

"记住了。"

道别短暂而敷衍,只有些礼节性的祝福。雷恩万调转马头。骑士女儿目送他离开时的样子在他脑海中挥之不去。丑姑娘拔过的眉毛下,一双水汪汪的眼睛流露出渴望与不舍的目光。

"真是个丑姑娘。但至少她懂得欣赏英俊的男人。"他迎着风雨疾驰时想到。

当他终于意识到自己有多蠢时,马已经跑出了大约一公里路。

当冲向古橡树附近的两人时,他甚至都不怎么感到惊讶。

"喂!喂!"沙雷勒住马,大喊道,"我不敢相信我的眼睛!这不是我们的雷恩万吗!"

三人翻身下马。下一秒,参孙热情过头的拥抱让他疼得忍不住哼哼。

"真让人难以置信。"沙雷声音微微变化,"他不仅躲过了津比采城的刽子手,还从比伯施泰因领主的斯托茨城堡逃了出来。我认可你了!参孙,瞧瞧他多有天赋。只和我待了两个礼拜,居然学到了这种程度!好小子,真聪明!"

"他正要赶去津比采。"参孙说道。虽然他的面色突然沉了下来,但是声音中还是能够听出激动。"这可完全不是聪明与理智的表现。雷恩玛尔,为什么?"

"津比采城的事情已经了结。"雷恩万咬着牙道,"我已经和津比采……毫无牵扯。我和过去已经一刀两断。但我担心你们在那儿被抓了。"

"抓住我们?门儿都没有!"

"我真的很高兴能再见到你。"

"我们也是。"

雨越下越大,森林在风中摇摆。

"沙雷,我觉得我们已经没有必要继续追踪痕迹了……我们的计划失去了目标和意义。雷恩玛尔自由了,没有任何牵挂,所以我们应该快马加鞭,赶往匈牙利边境的奥帕瓦城。我建议离开西里西亚,离这里的一切越远越好,包括我们那些危险的计划。"

"什么计划?"雷恩万好奇地问道。

"不重要了。沙雷,你怎么想?我建议放弃我们的计划,不再履行约定。"

"我不明白你们在说什么。"

"雷恩玛尔,以后会告诉你的。沙雷?"

沙雷大声地清了清嗓子。

"不再履行约定?"

"对。"

沙雷看上去十分纠结。

"天马上要黑了。"终于,他开口道,"夜晚会带来答案。而且,我要多说一句,我们会在一个干燥、温暖、安全的地方过夜。上马，朋友们，跟上我。"

"什么地方？"雷恩万问道。

"到了就知道了。"

一些篱笆与建筑浮现在他们视野中时，天已经差不多全黑了。他们靠近时，远远传来狗吠声。

"这是什么地方？"参孙不安地问道，"好像是……"

"邓波维茨农场。"沙雷打断道，"卡缅涅茨城西多会修道院的产业。我在劣迹神父之家坐牢时，他们有时候会让我来这干活。你们猜得没错，这是苦役的一部分。所以我才知道这里是个温暖干燥的地方，用来过夜再合适不过了。早上我们还能搞到些吃的。"

"这么说西多会的人认识你，我们可以直接登门拜访……"参孙说道。

"事情没那么简单。"沙雷再次打断道，"拴好马。我们就把它们留在森林里。你们俩跟上我，别漏脚步。"

西多会的狗安静了下来，沙雷迅速打破谷仓墙壁的一块木板时，它们也只是敷衍地低吼两声。片刻后，他们进入了漆黑、干燥、温暖的谷仓，里面弥漫着好闻的稻草与干草气味。很快，他们顺着梯子爬到谷仓阁楼，钻入干草堆中。

"睡觉吧。"沙雷小声嘟囔时，干草在他身下发出沙沙的声响。"可惜饿着肚子，但我的建议是坚持到早上。到时我们一定能偷到些吃的，虽然尽是些苹果。如果有人撑不到早上的话，我可以马上去。雷恩玛尔，我主要是担心你，因为你总是控制不住那些原始的欲望……雷恩玛尔？"

雷恩万已然进入梦乡。

Chapter 22
第二十二章

在本章中,事实证明,主人公们的运气实在糟糕透顶,在过夜地点的选择上做了十分错误的决定。与此同时,虽然事情的细节要到很久以后才会透露,但本章内容验证了一条著名的真理:在历史性的时刻,哪怕是最微不足道的意外,也可能造成足以改变历史的重大影响。

虽然身心俱疲,但雷恩万仍睡得极不安稳。睡在干草堆中的他浑身又痛又痒,在沙雷和参孙之间翻来覆去,很快惹来几下推搡和几声责骂。之后,他在噩梦的折磨下痛苦呻吟。他梦到彼得林的身体被数剑贯穿,汩汩鲜血从嘴角流出。他梦到赤身裸体的阿黛尔骑在扬公爵身上,后者的双手在她跃动的双乳上抚摸揉捏。紧接着,令他恐惧与绝望的一幕出现了，阿黛尔居然变成了金发的尼柯莱特，她骑在不知疲倦的皮亚斯特人身上，热情、活力甚至是高潮时的满足感都丝毫不亚于阿黛尔。

后来，梦境开始遽然变化，他梦到火光照亮的天空中，自己的身后是无数骑着扫帚飞行的半裸女巫，一群飞翔的乌鸦围绕在众人身边；他梦到一只在墙上爬行的旋壁雀，它的鸟喙无声地开开合合；他梦到一队戴着兜帽的骑士在田野间驰骋，他们呐喊的内容令人难以理解；他梦到一座被闪电击中的高塔轰然倒塌，一个人从塔上坠落深渊；他梦到另外一个浑身着火的人在雪中狂奔，熊熊的烈焰很快将他吞噬。接着，他梦到一场战争，大炮轰鸣、火枪齐射、战马嘶鸣、刀剑碰撞、铁蹄铮铮、吼声震天……

他被铮铮铁蹄、战马嘶鸣、刀剑碰撞和震天吼声惊醒的一瞬，参孙一手捂住了他的嘴巴。

农场的院子里挤满了步兵与骑手。

"这下麻烦大了。"沙雷嘟囔道。他正透过木板间的缝隙观察着阅兵场似的院子。

"他们是津比采城来抓我的搜捕队？"

"还要更糟。这儿要开场见鬼的会议。我看到了一群人，里面有些大贵族和骑士。狗日的，这么巧？非要选这么个鸟不拉屎的地儿？"

"我们找个机会溜了吧。"

"可惜，已经来不及了。"参孙的头别向羊圈方向，"这里已被层层包围。似乎是为了不让其他人进入，更别谈放陌生人出去。我们醒得太晚了。他们一大早就开始烤肉，我们居然没被香味勾醒……"

的确，院子里飘来的烤肉香味越来越浓。

"那些士兵穿的是主教的军服。可能是宗教审判所的人。"雷恩万自己找了个可以窥视的小洞。

"绝了，真绝了。"沙雷抱怨道，"我们唯一的希望就剩没人会看这儿。"

"可惜，你的希望要落空了。他们正在往这边走。快钻到干草里。如果被发现了，我们就装成白痴。"

"你以为人人都像你？"

埋在干草堆中的雷恩万向下挖到谷仓阁楼的地板，找到一条缝隙，眼睛贴了上去。于是，他看到士兵们走入谷仓，仔细地搜索着每个角落，甚至还用长矛戳刺干草架上成捆的稻草。他的心跳越来越快。一个士兵爬上了梯子，但他没有进入阁楼，仅是匆匆瞥了一眼，随后满意地爬了下去。

"我要赞美和感谢老兵身上永恒不变的油滑。"沙雷小声说道。

可惜，他们的麻烦远没结束。士兵走后，仆人和僧侣鱼贯而入，开始打扫肮脏杂乱的地面。他们到处铺放好闻的冷杉树枝，拖入数条长凳。接着，他们立起数个松木支架，上面搁上木板，最后铺上苫布。还没等他们拿来酒桶和酒杯，雷恩万已经知道了接下来要发生什么。

过了一段时间，大贵族们走入了谷仓。他们衣着华贵，铠甲熠熠生辉，宝石、金项链以及皮带扣无一不是绚烂璀璨，与简陋肮脏的谷仓格格不入。

"见鬼……"沙雷轻声道。他的一只眼睛也贴在了一条裂缝上。"他们打算就在这个谷仓里举行秘密会议。这可都是些大人物……弗罗茨瓦夫的康拉德主教，他旁边的人是布热格与莱格尼察的路德维克公爵……"

"嘘……"

雷恩万也认出了那两名皮亚斯特人。康拉德已做了八年的弗罗茨瓦夫主教,令人惊讶的是,虽有暴饮暴食、荒淫纵欲的嗜好,他竟面色红润,体格也如骑士般威武。这一定是得益于他强健的体魄与健康的皮亚斯特血脉。其他的达官显贵,即使酗酒、荒淫程度远不及康拉德,到了他这个年纪也早已大腹便便,眼下必定耷拉着眼袋,脸上必有紫红色的酒糟鼻。四十岁的路德维克·布热格使人联想起骑士画像中的亚瑟王——一头长长的波浪形卷发,面容如诗人般多愁善感,却也不乏男子气概。

"诸位尊敬的客人,请入座。"康拉德主教出声道。他的声音竟如年轻人般洪亮,令人不禁再次感到惊讶。"虽说我们身处谷仓,而非宫殿,但请诸位不要质疑我们的热情好客,为表歉意,请诸位享用些简单的乡村美食与甜酒。这甜酒产自匈牙利,比之西吉斯蒙德陛下在布达王宫中的藏酒也毫不逊色。对此,尊敬的皇家大臣石里克先生会为我们证明。"

一个看上去十分富有的男人鞠了一躬。他年纪不大,但神色极为严肃。他衣服上的纹章底色为红色,图案是一个银色的楔子与三个与纹章颜色截然相反的圆环。

"卡斯帕·石里克。既是西吉斯蒙德的个人秘书,也是他的亲信与谋臣。年纪轻轻就如此位高权重……"沙雷低声道。

雷恩万从鼻孔中拿出一根稻草,以惊人的毅力忍住了喷嚏。参孙小心地提醒他不要出声。

"我要在此诚挚欢迎至高无上的马丁教皇派来的使者——尊贵的枢机院成员乔达诺·奥尔西尼红衣主教。"康拉德主教继续道。

"我也要欢迎条顿骑士团国的代表——利帕行政区的长官戈特弗里德·罗登伯格先生。同时,我也对来自波兰、摩拉维亚与波希米亚的诸位尊敬的客人表示热烈欢迎。"

"他们居然还拉来了可恶的条顿骑士。"沙雷嘟囔道,他正忙着用匕首把木板上的裂隙挖大一些。"利帕行政区?这地在哪儿?想必是在普鲁士。还有些什么人?我看到了恰斯托洛维采的布塔领主……那个体格魁梧、金盾黑狮纹章的人是西维德尼察总督——阿尔布雷希特·冯·科迪兹……佩着'奥德罗瓦兹'纹章的人一定是来自克拉瓦热的某位领主。"

"小点声。"参孙警告道,"别再削木头了,万一木屑掉到杯子里,他们马上就会发现我们……"

阁楼下,众人举杯齐饮,手持酒罐的仆人们匆忙倒酒。石里克大臣对甜酒赞不绝口,但谁也不清楚这是不是客套话。桌上的人似乎都互相认识,但也有个别例外。

"奥尔西尼主教,您身边这位年轻人是谁?"康拉德主教问道。

"他叫库赞的米科瓦伊,是我的秘书。"一个身材矮小、头发花白的老人带着和善的笑容回答道,"为了让他为教会效力,我向他许诺了光明的前程。实际上,我能完成此行使命,库赞功不可没。他推翻异端学说的能力无人可比,尤其是那些罗拉德派和胡斯派的理论。尊敬的克拉科夫主教可以证明。"

"克拉科夫主教……"沙雷倒吸一口凉气,"见鬼……那是……"

"兹比格涅夫·奥莱希尼察。"参孙小声道,"他竟然在西里西亚和康拉德密谋。该死,我们麻烦大了。千万别出声。被他们发现的话,我们就死定了。"

"若真如此，那就请库赞神父开始吧。"阁楼下的康拉德主教说道，"我们聚在此地的目的正是彻底结束这场胡斯瘟疫。在享用美食甜酒的同时，就让这位年轻的神父来揭露胡斯理论的荒谬，我们洗耳恭听。请吧，库赞神父。"

仆人们用木板将一只烤好的公牛抬到桌上。众人开始用明晃晃的小刀和匕首切割牛肉。与此同时，年轻的库赞站起身，开始演讲。尽管年轻的神父看到烤肉时两眼发光，但他的声音没有一丝颤抖。

"火星微不足道，"他扬声道，"但如果碰到干燥的东西，它便足以毁灭城墙、城市、广袤的森林。死去的苍蝇微不足道，却会糟蹋一整罐香膏。一个人大发谬论，开始也许仅有二三听众，但若放任不管，谬论的瘟疫便会蔓延成灾，如老话所言：一颗老鼠屎坏了一锅汤。我们必须在火星刚刚冒出时就将其浇灭，剜去身体上的腐肉，把长满虱子的羊从羊群中驱离，这样我们的家园、身体和羊群才不会消亡……"

"剜去腐肉，说得好，说得非常好，年轻的库赞神父。"康拉德主教用牙齿撕下一大片牛肉，"但那是外科医生的活！刀刃，锋利的刀刃才是治疗胡斯瘟疫最有效的良药。一定要将他们碎尸万段！斩尽杀绝！"

在场众人挥舞着正在吸吮的骨头，一边嚼着满嘴的肉，一边含糊不清地表达着他们的赞同。桌上的烤牛慢慢变成了一副骨架，库赞神父滔滔不绝地驳斥胡斯派的异端邪说，逐一揭露威克里夫学说的荒谬之处：否定圣餐变体论、批判炼狱的存在、拒绝崇拜圣人与圣像以及抛弃亲听忏悔。他终于说到了胡斯派的圣餐仪式，同样对其严厉批驳。

"信徒们的圣餐仪式应该仅有饼一种形式。马太有言：求你今天赏给我们日用的食粮。路加有言：他拿起饼，施以祝福，掰开之后递给他们。哪里有提到过葡萄酒？毋庸置疑，教会认可与支持的圣餐仪式仅有一种，那就是普通人只能接受吃饼。这对所有信徒来说已经足够！"

"阿门。"路德维克舔着手指出声道。

"在我看来，可恶的胡斯党根本不会接受！"康拉德主教将一根骨头扔到角落，像雄狮般咆哮道，"那群婊子养的想要抢劫我！他们强烈要求教会财产要彻底世俗化，神职人员要过清贫生活！他们这是要剥夺我们的财产，自己拿去瓜分！岂有此理！除非从我的尸体上跨过去！我要让他们尸横遍野！"

"现在他们还活着。"克沃兹科总督布塔领主恶狠狠地说道。不到五天前，雷恩万和沙雷在骑士比武大会上刚见过他。"而且还活得好好的，并没有像之前所预料的那样在杰士卡死后发生内乱。"

"威胁没有减轻，反倒越来越严重。"阿尔布雷希特·冯·科迪兹大声道，"我的密探带来消息，圣杯派和以高里布特为首的杰士卡接班人合作日益密切。现在联合出征的呼声很大。布塔先生说的没错。那些指望杰士卡死后会发生奇迹的人大错特错。"

"不要指望发生奇迹。"卡斯帕·石里克微笑着插话道，"更不要指望祭司王约翰①会带着数千战马与大象来为我们摆平波希米亚分裂派的问题。我们必须自己解决此事。正因如此，西吉斯蒙德陛下才派我前来。我们得弄清楚在西里西亚、摩拉维亚、奥帕瓦公国谁才是真正的盟友。最好还要弄清楚，波兰会提供何种帮助。对此，我希望尊敬的克拉科夫主教向我们解释一下波兰的情况。毕

---

①Prezbiter Jan，12至17世纪盛行于欧洲的传说人物。

竟,他对波兰威克里夫支持者们的强硬立场人所共知。他的到场也表明其对神圣罗马帝国政策的支持。"

"我们早已在罗马听说过兹比格涅夫主教在与异端斗争中做出的努力与牺牲。"奥尔西尼插话道,"我们罗马教廷一定会予以嘉奖。"

"那么,我是否可以认为波兰王国将积极支持西吉斯蒙德陛下的政策与倡议?"石里克微笑道。

"我非常期待听到这个问题的答案。"条顿骑士罗登伯格说道,"也非常希望了解什么时候波兰军队会积极地加入十字军东征。您继续,奥尔西尼主教。我们洗耳恭听!"

"没错,我们洗耳恭听。您的使命在雅盖沃国王那儿完成得如何?"石里克微笑道。他的眼睛一直盯着兹比格涅夫主教。

"我和雅盖沃国王聊了很久。"奥尔西尼声音中带有些许难过,"但是,唉……收效甚微。在教皇大人授意下,我代表教廷送给波兰国王一件极为珍贵的圣遗物——将我们的救世主钉在十字架上的钉子之一。唉,如果此等圣遗物还不能激励一位基督教的君主参加反胡斯的十字军,那……"

"他就不是基督教的君主。"康拉德主教接话道。

"各位才发现?"条顿骑士神色轻蔑,"总好过永远被蒙在鼓里!"

"所以说真正的信仰根本指望不上波兰人的支持。"路德维克道。

"雅盖沃国王支持真正的信仰与罗马教廷。"这是兹比格涅夫主教首次发言,"他认为,波兰王国最好的支持方式是'彼得便士'①。恐怕在座各位没人会做如此保证。"

"算了吧。"路德维克摆手道,"随你怎么说,雅盖沃根本不是基督徒。就是个骨子里还藏着魔鬼的皈依者!"

"对整个德意志民族的强烈憎恨就是他异教信仰最显著的证明。"罗登伯格愤愤道,"我们的民族是教会的中流砥柱。我们德意志圣玛丽医院骑士团②被誉为'基督教壁垒',是因为我们从两百多年前就用生命与异教徒血战,保护天主教的信仰,他却对我们恨之入骨!雅盖沃是戴着皈依者面具的偶像崇拜者,为了压迫我们骑士团,他不仅会与胡斯党结盟,甚至会与撒旦沆瀣一气!哼,我们今天不该讨论如何说服雅盖沃和波兰加入十字军远征,而应该回到两年前主显节时我们在普雷斯堡讨论的议题——如何派一支十字军进攻波兰,把可恶的'霍罗德沃联盟'③撕成碎片!"

"你的这些话如同出自法尔肯伯格④本人之口。"兹比格涅夫主教冷冷说道,"这也并不奇怪,因为法尔肯伯格那些臭名昭著的学说就是在马尔堡⑤写的。我警告你,你的这番言论是对教廷的诋毁,法尔肯伯格更加恶劣的异端邪说也一定会把他送上绞刑架。我倒好奇,为什么自诩为'基督教壁垒'的人口中竟然能说出这种话!"

"主教,请不要动怒。"布塔调解道,"现实是,您的国王明里暗里都在支持胡斯党。我们理解,这样他能够让条顿骑士团得到制

①Świętopietrze,即 Peter's Pence,是指直接向天主教教廷进行捐赠或付款。
②条顿骑士团全称为"耶路撒冷的德意志圣玛丽医院骑士团"。
③Unia Horodelska,又称霍罗德沃条约,是1413年波兰国王雅盖沃与立陶宛大公维陶塔斯签署的一系列法案,标志着立陶宛文化波兰化的开始,对于波兰-立陶宛联邦的成立具有重要意义。
④John von Falkenberg,德国神学家、作家,支持条顿骑士团,被认为是第一个提出种族灭绝正当理由的作家。
⑤条顿骑士团驻地。

约，说实话，他这样做我也并不奇怪。但那种政策可能会对整个基督教欧洲造成灾难性的后果。您自己对此一清二楚。"

"不幸的是，我们已经看到了后果。"路德维克说道，"异端的瘟疫到处蔓延，波兰人在哪？波兰的纹章在哪？哪里能听到一声波兰人的战吼？瞧，这就是雅盖沃支持信仰的方式。他的法令、宣言和命令？不过就是做做样子而已。"

"与此同时，马匹、武器、食物还有各种各样的货物正源源不断地从波兰运往波希米亚。"阿尔布雷希特·冯·科迪兹面色阴沉地补充道，"您要作何解释，主教大人？一边把'彼得便士'从一条路上运到罗马，转头从另一条路上运去胡斯大炮所需的炮弹和火药？真像您那国王的作风，有句老话怎么说来着？对，与兔同奔，与犬同猎。"

"某些事同样令我十分担心。"过了一会儿，兹比格涅夫主教坦诚道，"上帝为证，我会尽全力让情况得到好转，然而在这里无休无止地重复同样的辩论是在浪费时间。长话短说，诸位请听清楚：我的在场就是波兰王国忠诚的证明。"

"我们很欣赏这份忠诚。"康拉德主教一手拍到桌子上，"但今天您的波兰王国在哪？尊敬的兹比格涅夫主教，谁在统治波兰？是您，是维陶塔斯，还是位高权重的大贵族们？我想肯定不是雅盖沃国王，那老头连自己的妻子都管不住。难道说，哈尔沙尼的索菲亚和她的情人们才是波兰王国真正的主人？他们叫什么来着？齐莱克、辛察、库热夫斯基、扎莱姆？还有谁没上过那女人？"

"唉，对他那样的君主来说真是莫大的耻辱……"奥尔西尼悲伤地点头道。

"这本该是场严肃的会议。"兹比格涅夫主教皱眉道，"你们却像妓院里的学生一样把时间浪费在流言蜚语上。"

"你可没法否认索菲亚在背着雅盖沃偷情,让他蒙羞。"康拉德主教说道。

"当然可以否认,因为那些不过是马尔堡捏造和散布的谣言。"

条顿骑士猛地站起,脸涨得通红,作势反驳,但被石里克极快的手势制止。

"冷静!"他打断道,"我们还有更重要的议题,没必要在这个话题上浪费时间。依我的理解,目前我们没法指望波兰会在十字军东征中提供军事援助。这让人深感遗憾。但是,兹比格涅夫主教,您必须督促落实'基泽马克条约'①的条款和雅盖沃在特雷波利雅与维也纳颁布的诸项法令。那些法令本该令边界关闭,以严刑厉法震慑所有与胡斯党做生意的人,但实际情况呢,如同西维德尼察总督所说的一样,货物和武器正不断从波兰流入波希米亚……"

"我保证过会竭尽全力。"兹比格涅夫不耐烦地打断道,"我的承诺绝非空话。在波兰,与胡斯异端往来密切的人定会得到严惩。在此,我要提醒西维德尼察总督以及弗罗茨瓦夫主教一句《圣经》中的箴言:'为什么看见你弟兄眼中有刺,却不想自己眼中有梁木呢?'大半个西里西亚都在和胡斯党做生意,为什么没人阻止呢!"

"尊敬的兹比格涅夫主教,您错了。"康拉德主教身体紧靠桌子,"我向您保证,有人已经采取了极为严酷的措施,虽不是以法令和公告的形式,但某些异端的支持者会知道和异端勾结的下场。我也可以向您保证,其余人也将惶惶不可终日。届时,世界终将清

---

①Kieżmarski Traktat,波兰国王雅盖沃与神圣罗马帝国皇帝西吉斯蒙德1423年于斯洛伐克的基泽马克山缔结的协议。根据协约,西吉斯蒙德放弃对条顿骑士团的支持,而波兰将为对抗胡斯军队的十字军提供军事援助。

楚说到做到和浮于表面的区别，真心为信仰而战和掩耳盗铃的差距！"

主教话音中赤裸裸的恶毒与憎恨令雷恩万感到背后寒毛直竖。他的心开始不安地跳动，越来越快，越来越重，令他不由害怕会被底下的人听到。但显然，他们忙于争辩，无暇注意。石里克又一次化解纷争，平复各方情绪，随即呼吁众人冷静讨论目前波希米亚的形势。吵得不可开交的康拉德、罗登伯格、路德维克、阿尔布雷希特闭嘴后，之前一直沉默的捷克人和摩拉维亚人开始讲话。那些人雷恩万、沙雷、参孙一个都不认识，不过此事不足为怪，因为那些捷克人都是皮尔森城附近的领主，而摩拉维亚人则是围绕在伊钦领主扬·克拉瓦热身边，宣誓效忠西吉斯蒙德的摩拉维亚贵族。他们很快就发现，其中一人正是著名的扬·克拉瓦热本人。

没错，那个对波希米亚当前形势发言最多的人正是扬·克拉瓦热。他身材魁梧，黑发黑胡，脸上的肤色表明，他坐在马鞍上的时间远比在桌前多。公牛骨架被撤走后，桌面铺上了一张波希米亚王国的地图。当克拉瓦热以平静甚至略带冷漠的语气说话时，没人打断他，所有人侧着身子，眼睛盯着桌上的地图。从上面看不到地图的细节，因此在克拉瓦热谈及战事时，雷恩万不得不全凭想象。他谈到，胡斯党对卡尔什泰因和热伯拉克的进攻没有取得成效，但不幸的是，他们对什维霍夫、奥博瑞斯彻与科维尼察三地的军事行动大获全胜；在东部，胡斯党正集结军队进攻效忠西吉斯蒙德皇帝的皮尔森、沃克奇、莫斯特三城的领主们；南部的进攻目前已被罗森伯格的乌尔里希领主率领的天主教联军化解……

"憋不住了，我想撒泡尿。"沙雷小声道。

"如果被他们发现，下次撒尿就是你被绞索吊起的时候。也许这念头能帮你憋住。"参孙小声答道。

阁楼下的人已开始谈论奥帕瓦公国。很快，他们陷入争执之中。

"我认为奥帕瓦公爵普热梅克并不是个可靠的盟友。"康拉德主教说道。

"为什么这么说？"石里克抬起头，"因为他的婚姻？因为他刚娶了拉齐布日的扬公爵的遗孀？因为她是雅盖隆家族的人，是迪米特·高里布特的女儿，波兰国王的侄女？是给我们带来诸多麻烦的西吉斯蒙德·高里布特的亲姐？诸位，我向大家保证，他们的家族联姻起不到任何作用。雅盖隆家族残忍无情，他们之间的争斗远远多于合作。正是他们现在是姻亲，普热梅克才不会与高里布特结盟。"

"普热梅克早已结盟。"主教反驳道，"别忘记三月在赫卢博奇基城和四月在奥洛穆茨城的事。奥帕瓦和摩拉维亚的领主们飞快地与异端们达成了协议。克拉瓦热先生，对此你作何解释？"

"不要对我的岳父和摩拉维亚的贵族出言不逊。"克拉瓦热厉声道，"要知道，正因为那些协议，才有现在摩拉维亚的安宁太平。"

"但白白送给了胡斯党通往波兰的贸易路线。"石里克高傲地笑道。"克拉瓦热先生，你可真是对政治一窍不通。"

"如果那时……"克拉瓦热饱经风霜的脸庞因愤怒涨得通红，"如果布哈瓦率军向我们进攻时……如果当时西吉斯蒙德出兵援助，我们根本没必要和谈。"

"无谓的假设。"石里克耸肩道，"重要的是，由于你们的妥协，现在胡斯党在奥帕瓦和摩拉维亚拥有了畅通无阻的商道。你提到的布哈瓦和彼得·波拉克占据了顺佩尔克、乌尼楚夫、奥德里与多拉尼四城,实际上封锁了奥洛穆茨。他们在那个地区横行无忌、大肆掠夺。是他们得到了安宁太平,不是你们。克拉瓦热先生,你的这笔买卖糟糕透顶。"

"烧杀劫掠并非只是胡斯党的专长。"康拉德主教露出了邪恶的笑容,"一四二一年,在布劳莫夫和特鲁特诺夫,我给那些异端们好好上了一课。那时,捷克人的尸体垒成了小山,天空被火刑的浓烟染成了黑色。而那些没有被我们杀掉和烧死的人,我们为他们刻下了西里西亚风格的烙印——如果你遇到没手、没脚或没鼻子的捷克人,不用怀疑,他肯定是我们那场光荣掠夺的幸存者。怎么样,诸位,让我们再现当时的盛景?一四二五年是神圣的一年……何不让我们以灭绝胡斯党的方式庆祝一番?我不喜欢废话,也不习惯跟他们谈判或是和平共处!阿尔布雷希特先生,布塔先生,两位意下如何?如果你们每人再给我两百长矛手和两百火枪兵,我们会让那些异端知道什么是规矩。从特鲁特诺夫到赫拉德茨-克拉洛韦的天空都会被火光照亮。我承诺……"

"别做承诺。"石里克打断道,"请把干劲儿留到合适的时候。也就是十字军东征时。东征的目的并非劫掠,也并非砍手砍脚,西吉斯蒙德陛下要一群没手没脚的人干什么。陛下并不是希望屠杀捷克人,而是想让他们重回教会的怀抱。东征的目的也并非是杀害平民,而是要重创塔博尔-奥雷庇特军,迫使他们同意谈判。所以,让我们言归正传。公布十字军东征的消息时,西里西亚会派多少军队?说详细些。"

"你比犹太人还要精明。"主教露出挖苦的笑容,"马上就当我侄女婿的人了,就是这样和亲戚相处的?罢了,既然你想知道,我就告诉你:我个人会派七十名长矛手外加一定数量的步兵和火枪手。你未来的岳父——我哥哥康拉德·坎特纳会派六十名骑兵。据我所知,在场的路德维克·布热格派的人数和这差不多。卢宾的鲁普莱希特和他弟弟路德维克会召集四十人。涅莫德林的伯纳德……"

雷恩万完全不知道自己是什么时候睡着的,被人推醒时,天已经黑了。

"我们该离开这儿了。"参孙小声道。

"我们都睡着了?"

"睡得很死。"

"会议结束了?"

"至少现在如此。小点声,谷仓外有守卫。"

"沙雷呢?"

"他溜出去找马了。现在我先走,等会你再走。数到一百,从院子出去。拿捆稻草,低下头走慢一些,装成要去喂马的马夫。路过最外面的小屋后向右拐入森林。记清楚了?"

"当然。"

如果路过最外面的小屋时雷恩万没有听到自己的姓氏,一切将会进展得十分顺利。

燃着篝火与火炬的院子里有几名士兵在巡逻,火光照出的阴影是天然的掩护,雷恩万放心大胆地爬上长凳,踮起脚尖,透过一层薄薄的窗纸窥视屋内。窗纸油腻肮脏,屋内的光线十分昏暗,但他还是可以辨认出里面有三人在交谈。其中一人的声音如年轻人般洪亮又清晰,无疑,正是弗罗茨瓦夫主教康拉德。

"先生,我要重申,非常感谢你的消息。单靠我们得到这些会很不容易。商人们的贪婪为他们带来了灭顶之灾。生意人可很难守住秘密，毕竟，生意场上有太多的中间人。和胡斯党暗中勾结、私下交易的人早晚会露出马脚。但那些贵族和市民平时对宗教审判所极为警惕，他们懂得守口如瓶，深知异端和胡斯党支持者会是什么下场。我要再次重申，如果没有布拉格方面的帮助，我们永远不会知道阿尔布雷希特·巴特和别拉瓦的彼得那种人的真面目。"

一人背朝窗户坐着，他说话的口音雷恩万绝不会搞错——他是个捷克人。

"别拉瓦的彼得藏得很深。"他对主教说道，"就算在我们布拉格也很少人知道他的底细。但也正应了一句老话：人总在面对敌人时谨小慎微，面对朋友时坦诚相见。主教，冒昧问一句，聚在此处的朋友们有没有听到关于我的只言片语？"

"这样的揣测就是瞧不起我。"康拉德高傲地回道，"我自有分寸。况且，会议也不是平白无故定在这荒郊野外的邓波维茨农场。这地方很少有人知道，来的人也都是信得过的朋友与盟友。即便如此，我也绝不会让他们任何一人注意到你。"

"请见谅。毕竟，小心驶得万年船。相信我，科迪兹领主和布塔领主身边都有胡斯党的耳目。对来此做客的摩拉维亚的领主们，我建议你们多加小心。无意冒犯，他们的立场飘忽不定，克拉瓦热的扬领主有不少胡斯党亲属……"

在场的第三个人说话了。他坐得离油灯最近，雷恩万看清了他的样貌。他一头黑色长发，酷似鸟类的脸孔让人不禁联想到巨大的旋壁雀。

"我们非常谨慎小心。"旋壁雀说道，"相信我，我们有能力让叛徒得到严惩。"

"我相信,我相信。"捷克人出声道,"看到别拉瓦的彼得、巴特领主还有普费弗科恩、纽马克特、罗斯特那些商人的下场后,我为什么不信?一只恶魔,抑或说复仇的天使在西里西亚肆虐,专挑白日正午夺人性命。货真价实的午间恶魔……恐惧笼罩在人们头上……"

"很好,他们就该尝尝恐惧的滋味。"主教平静地打断道。

"这些事的影响显而易见。"捷克人点头道,"克尔科诺谢山的山道越来越荒凉,极少有商人再走此路去往波希米亚。我们的探子想来西里西亚执行任务的意愿大不如前,不久前吵着要来的赫拉德茨-克拉洛韦与塔博尔城的使者也安静了不少。人们议论纷纷,流言像雪球一样越滚越大。他们说,别拉瓦的彼得被残忍刺死。神圣的场所也救不了普费弗科恩的命,因为他就死在教堂。哈努希·罗斯特夜间遇害,可见复仇的天使不仅在正午杀人,黑夜也不例外。主教,是我给了你他们的名字,对此我的良心深感不安。"

"如果你想向我忏悔,那就快点。不会收你任何费用。"

"谢谢。"捷克人一定听出了话中的揶揄,但他没有理睬。"但你也知道,我是圣杯派,并不认同亲听忏悔。"

"那是你的事,也是你的损失。"康拉德主教冷冷道。他的语气中还带有些许轻蔑。"我要给你的不是仪式,而是内心的安宁,而且这安宁并非取决于教义。拒绝是你的自由。到时良心不安的事由你自己解决。但我告诉你,那些死人,巴特、罗斯特、普费弗科恩、别拉瓦……他们死有余辜。他们都是罪人。如《罗马书》中所言:罪恶的代价是死亡。"

"说到罪人,"旋壁雀出声道,"《诗篇》中这样写道:愿他们的筵席在他们面前变为罗网、报应和陷阱。"

"阿门。"捷克人回应道,"唉,不管它是天使还是恶魔,可惜的是,它只盯着西里西亚。在我们波希米亚,罪人比比皆是……我们中有不少人在布拉格日夜祈祷,希望某些该死的罪人被天雷劈死……或被恶魔抓走。如果你想,我可以提供一份名单。"

"为什么要给我们名单?"旋壁雀平静地问道,"你在暗示什么?我们谈到的那些人都罪有应得,是上帝惩罚了他们。普费弗科恩是被其房客所杀,那人垂涎他的妻子,后来畏罪自缢。别拉瓦的彼得是被自己疯了的弟弟所杀,那人是个沉溺于巫术和偷情的精神病。巴特是被犹太人杀的,他们嫉妒他的财富。其中几个已经被抓了,严刑拷打下马上就会招认罪行。杀害商人罗斯特的是伙强盗,他喜欢在夜里乱逛,不幸撞到了他们。商人纽马克特……"

"够了,够了。"主教摆手道,"别再烦我们的客人了。我们有更重要的事要谈,何不赶快进入正题。说吧,哪些布拉格贵族准备合作与谈判。"

"原谅我的直白,但西里西亚最好派一位公爵为代表。"过了一会,捷克人说道,"我当然知道地位对等,但请理解,激进派和狂热派在布拉格造成了数不尽的苦恼和麻烦,我们的人对神职人员印象很不好……"

"竟将天主教的神职人员和异端们混为一谈,这叫知道地位对等?"

"很多人认为,虽然塔博尔派是狂热分子,但罗马教会的人并不比他们高等。因此……"捷克人镇定自若地回应道。

"我是西吉斯蒙德皇帝在西里西亚的总督。"康拉德主教厉声打断道,"我是流着王族血脉的皮亚斯特人。所有西里西亚的公爵都是我的亲属,所有西里西亚的贵族都承认我的领导地位,选举我为西里西亚总督。我从主历一四二二年圣马可日开始担此重任。这么长的时间，即使是在你们波希米亚，人们也早该知道了。"

"我们知道，我们当然知道。不过……"

"没有'不过'。"主教再次打断，"西里西亚我说了算。如果你想谈判，我就是代表。要么接受，要么离开。"

捷克人沉默了很长时间。

"喔，神父，没想到你如此渴望权力，热衷插足政治，任何事都要染指。"他终于说道，"无疑，如果某天有人终于把权力从你贪婪的爪下夺走，定会让你痛不欲生。你可怎么活下去？敢不敢想象一下？插手不了任何政治！一天到晚，只能祈祷、忏悔、布道、行善事。主教，听上去如何？"

"我不会失去权力。"皮亚斯特人高傲地宣称道，"某位充满智慧的红衣主教曾说过：杂狗的吠叫挡不住车队。世界将永远在罗马教会的统治之下。我想说这是上帝的意愿，但我不会妄称他的名讳。所以我会说，权力由最睿智的头脑来掌握理所应当。而谁又能比我们更睿智呢？嗯？难道是你们骑士？"

"早晚会出现一位强大的国王或皇帝。到时他将终结……"捷克人并未服软。

"终结？哼，用赔礼道歉来终结？"主教又一次打断道，"亨利四世要求包括教皇格里高利七世在内的所有神职人员远离政治，从早到晚祈祷忏悔。结果呢？要不要我来提醒你一下？那位强大的皇帝在卡诺萨城堡底下的冰天雪地里光着脚站了两天。与此同时，格里高利教皇在城堡内尽情享用美食珍馐，领略玛蒂尔达女爵的魅力。这个教训足以告诉所有人，不要试图反对教会。我们将永远统治，直至世界末日。"

"不，甚至会超越世界末日。"旋壁雀厉声道，"毕竟，在新耶路撒冷，碧玉城墙内的黄金城也必须有人执掌权力。"

"说的没错。"主教道，"那些整天只知道吠叫的杂狗，只配带着耻辱在冰天雪地里光脚忏悔！而我们会在温暖的房间里，品尝托斯卡纳葡萄酒，在柔软的羽被里和投怀送抱的女侯爵温存。"

"此时此刻的波希米亚，"捷克人轻声道，"孤儿军①和塔博尔军正磨刀霍霍，打造连枷，为战车的车轴上油。他们很快就会抵达这里，夺走属于你的一切。你会丢掉宫殿、美酒、女爵、权力，最后，还有你口中所谓的睿智脑袋。这就是你的未来。我想说这是上帝的意愿，但我不会妄称他的名讳。所以我会说：我们必须采取对策，阻止这一切发生。"

"我向你保证，马丁教皇……"

"够了！"捷克人突然爆发，"别再提教皇、西吉斯蒙德皇帝还有帝国的公爵们！那些欧洲人只会站一旁看戏！也别再提那些派出的收税官！他们只会前赴后继地贪污为十字军筹集的税金！我们每天都面临着死亡的威胁，你却让我们要等到各方达成一致！"

"先生，你不能指责我们无所事事。"旋壁雀说道，"你自己也清楚，我们在行动。我们一直在热切祈祷，而上帝也听到了我们的心声，罪人们接连不断地受到了惩罚。但是，罪人人数众多，新的罪人也在源源不断地增长。我们需要你给予更多的帮助。"

"你的意思是，想要更多的名字？"

主教和旋壁雀两人默不作声。显然，捷克人也没期待得到回应。

---

①Sierotki，扬·杰士卡去世后，大普洛科普继承了他的革命政治遗产和军事能力，并将扬·杰士卡的奥雷庇特派更名为了奥列布军，又称"孤儿军"。

"我们会竭尽所能。"他说道,"我们会罗列出与胡斯党做生意的商人和胡斯党的拥护者。我们会提供名单……好让你们的祈祷有明确的对象。"

"恶魔将一如既往地带走那些罪人,从未失手……"还是没人回应捷克人的话。"这样的行动在我们波希米亚也很有用处……"

"难度要大得多。"康拉德斩钉截铁道,"你自己最清楚,现在的波希米亚,就算是撒旦本人也搞不明白所有的派系。永远猜不到谁又和谁同盟,谁又和谁内讧,昨天的盟友到了今天是不是成为了敌人。马丁教皇和西吉斯蒙德皇帝想要和胡斯党谈判。当然,说的是和你这样理智的胡斯党。此前想要暗杀杰士卡的人不在少数,但我们并未同意。抹掉某些人物会带来极致的无序和混乱。教皇和皇帝都不希望波希米亚陷入那种局面。"

"陈词滥调留着和使者奥尔西尼讲去,跟我就不必说这些废话。"捷克人轻蔑地冷哼一声,"主教,动动你睿智的头脑,想想我们的共同利益。"

"无论是政治对手还是个人仇家,死的都是你的敌人。何来共同利益?"

"我刚说过,塔博尔军和孤儿军在对西里西亚虎视眈眈。"捷克人仍没有理睬主教的揶揄,"他们有人意图改变你们的信仰,有人单纯只为了烧杀劫掠。他们随时可能出兵,为西里西亚带来战火与杀戮。马丁教皇渴望基督教不再分裂,只会在遥远的梵蒂冈为你祈祷。西吉斯蒙德皇帝希望达成和约,只会在遥远的布达声讨谴责。奥地利的阿尔布雷希特公爵与奥洛穆茨主教只会松一口气,庆幸塔博尔军和孤儿军进攻的不是他们。但在西里西亚,你们会被砍掉脑袋,会被装进木桶活活烧死,会被钉到木桩……"

"好了，好了，别说了。"主教摆手道，"我在弗罗茨瓦夫每座教堂的画上都可以看到这些。如果我理解得没错，你是想让我相信，塔博尔派几个特定人物的突然死亡会让西里西亚免受入侵？"

"也许不能避免，但至少可以延缓。"

"我不会向你做出任何承诺。说吧，你指的是哪些人？要除掉哪些人？原谅我的口误，我的意思是，我们祈祷时应该把哪些人列为对象？"

"斯万贝克的博胡斯瓦夫、赫拉德茨的盖特曼①——维采米利茨的扬·维兹达、萨尼的扬·卡佩克。还有安布罗日·赫拉德茨基、大普洛科普、斯特拉尼察的彼得里赫……"

"说慢点。"旋壁雀抱怨道，"我来不及写。而且，请把人物限定在赫拉德茨-克拉洛韦附近。我们想要在纳霍德、特鲁特诺夫、维兹姆伯格这几个地区活跃的激进派名单。"

"哈！"捷克人大声道，"你们有计划了？"

"暂不方便透露。"

"我想带些好消息回布拉格。"

"还不是时候。"

对雷恩万来说，捷克人沉默的时机很不凑巧。为了看清他的长相，雷恩万正踮起脚尖，在长凳上挪来挪去。谁料"咔嚓"一声，一条腐朽的蹬腿忽然折断，雷恩万跌倒在地，撞倒了靠在墙上的草叉、耙子等农具。"哗哗啦啦"的声响怕是远在弗罗茨瓦夫都能听到。

他登时从地上弹起，撒腿就跑。守卫的喊叫声不仅从身后传

---

①15至18世纪波兰、乌克兰及立陶宛大公国（1569至1795年称为波兰立陶宛联邦）军队指挥官的头衔，地位仅次于君主。

来,他本打算逃跑的方向上也有。他急忙拐入两栋小屋之间的夹道,全然没有看到旋壁雀从小屋中冲了出来。

"有奸细!有奸细!抓住他!要活捉!活捉!"

一名仆人挡住了前路,很快被雷恩万撞翻在地。此时又窜出一名仆人抓住了他的胳膊,雷恩万挥出勾拳,重重打在他鼻子上。身后谩骂叫喊不绝于耳,雷恩万慌忙翻过栅栏,在一片长满向日葵、荨麻和牛蒡的园地中夺命狂奔。森林已近在眼前,然而,不仅身后追兵穷追不舍,身侧的一个草垛后也冒出几人向他冲来。其中一人作势要抓雷恩万时,沙雷不知道从哪里突然出现,用一口大陶锅砸中了他的脑袋。参孙手持从栅栏上扯下的一根板条,勇猛地冲向其他追兵。他将结实的板条横在身前,借由冲劲,一下撞倒三人。另有两人乘势扑来,参孙鼓足力气,板条挥出,一击之下,袭来的两人像木头一样直直倒地,如同被大海淹没般消失在牛蒡丛中。他舞动板条,发出雄狮般的怒吼,士兵们被其威势震慑,不敢向前。见农庄方向援兵尽出,参孙猛然把板条掷向士兵,与沙雷和雷恩万匆忙撤退。

三人跳上马鞍,脚踢马肚,策马疾驰。他们先从一片落叶纷纷的山毛榉林飞驰而过,接着冲入一片低矮的灌丛。三人掩面抵御无数乱枝的抽打,踏过路上的水坑,逃向长满高大树木的深林。

"别停下!"沙雷回首一瞥,大喊道,"千万别停!有人在追我们!"

身后树林的马蹄声和叫喊声越来越近。雷恩万回头一瞥,看到了一群骑兵的轮廓。为了不被乱枝扫落马鞍,他伏低身子,紧贴马鬃。好在,他们冲出茂密灌丛后,面前的林地植被稀疏了不少。三人快马加鞭,沙雷的骏马如飓风般飞驰,很快拉开了一段距离。雷恩万赶忙催促他的马再跑快些。这样做十分冒险，但是他可不想一个人被抛在后面。

他又一次回头望去。看清追兵身影的一刹那，他的大脑一片空白，心仿佛沉到了谷底。骑兵们背后随风舞动的披风宛如妖灵的飞翼。紧接着，他听到了熟悉的嘶吼。

"吾等齐聚于此！吾等齐聚于此！"

他们拼命狂奔。突然，骑士哈克伯恩的黑马喷出一声粗重的鼻息，雷恩万的心情更加沉重。他急忙伏低身子，紧贴马鬃。他感到，身下的黑马主动腾起，不知道是跃过了深坑还是水沟。

"吾等齐聚于此！"他的身后传来嘶吼，"吾等齐聚于此！"

"往山谷跑！"他身前的参孙大喊道，"沙雷，往山谷跑！"

虽在全力驰骋，但沙雷仍然注意到了山谷里的一条狭窄林道。他立刻驭马冲去。山坡上覆盖着一层厚厚的落叶，他的马险些滑倒，发出嘶鸣。参孙和雷恩万紧随其后，进入林道后也丝毫不敢放慢速度。林道中厚密的苔藓令他们的马蹄声低沉了不少。哈克伯恩的黑马喘息声越来越重。参孙的马同样如此，胸口还沾着些许白沫。但沙雷的栗马丝毫没有疲惫的迹象。

蜿蜒曲折的林道尽头是一片林中空地，空地后则是一片如原始森林般茂密的榛树林。他们不得不放缓了速度。密林过后又是一片可以策马疾驰的高大树林。他们不敢大意，继续奔逃，马匹的喘息声越来越重。

过了一段时间，参孙放慢了速度，被甩在了身后。雷恩万心里明白，他也必须这样做。沙雷回头看了看，勒马停了下来。

"我想……"两人跟上后，他气喘吁吁地说道，"我们已经甩掉了他们。雷恩玛尔,这次你又给我们惹了什么麻烦?"

"我?"

"该死!我看到了那些骑兵!你一见到他们就吓得缩起来了!那些是什么人?为什么要喊'我们齐聚于此'?"

"我不知道,我发誓……"

"你的誓言对我来说都是废话。哼,不管他们是什么人,我们已经成功……"

"还没有。"参孙的声音发生了变化,"还没度过危险。小心!小心!"

"小心什么?"

"有东西在向我们靠近。"

"我什么也没听到!"

"不,肯定有什么在靠近,而且是极为邪恶的东西。"

沙雷调转马头,踩着马鞍直起身子四处张望,同时竖起耳朵仔细聆听。雷恩万恰恰相反,他被参孙声音中的变化吓得够呛,蜷缩在马鞍上一动不动。哈克伯恩的黑马喘着粗气,不停踩跺马蹄。突然,参孙的一声大喊吓得雷恩万失声尖叫。

黑暗的天空中,鬼知道从哪里飞来了一群蝙蝠。它们如暴雨一般袭向他们。

那些不是普通的蝙蝠,个头足有普通蝙蝠的两倍大,脑袋和耳朵更是大到诡异。它们的眼睛如同发光的黑炭,嘴巴长满白森森的锋利尖牙。它们窄长的蝠翼形如弯刀,在夜空中猎猎作响。

雷恩万尖叫不止,疯狂地挥舞胳膊,抵挡蝙蝠的猛烈攻击。他既恐惧又恶心,不停撕扯粘在脖子和头发上的蝙蝠。这些蝙蝠有的被他打落在地,有的被他抓住掐死,但这只是少数,更多的蝙蝠在抓挠他的脸孔，啃咬他的双手，撕咬他的耳朵。身旁的沙雷手舞马刀，对着密密麻麻的蝠群疯狂乱砍，蝙蝠的血液溅得到处都是。雷恩万看到，趴在沙雷脑袋上的蝙蝠少说也有四只，一行行鲜血流过他的额头和脸颊。参孙在默默战斗，他顷刻间抓住几只在身上爬行的蝙蝠，一把将它们攥爆。三匹惊马一直疯了似的扬蹄嘶鸣。

沙雷的马刀从雷恩万的头顶呼啸而过，刀刃掠过他的发尖，一只硕大、肥胖、骇人的蝙蝠应声而落。

"快逃！"沙雷狂喊，"快离开这儿！"

雷恩万策马瞬间恍然大悟，这些并非普通的蝙蝠，而是用魔法召唤的怪物。也就是说，驱使它们的追击者会很快出现。三人立刻驭马奔逃，此时惊慌的马儿早已忘记疲惫，像被狼群追着一般扬蹄狂奔。即便如此，他们还是甩不掉那些蝙蝠。那些怪物接连不断地向他们俯冲。对雷恩万和参孙而言，全力冲刺的状态下，实在难以腾手护身。沙雷则不然，他在疾驰的骏马上挥舞马刀，左劈右砍，骑马砍杀的英姿无异于真正的鞑靼人。

一如往常，雷恩万永远是运气最差的倒霉蛋。蝙蝠三个人都袭击，但唯独他被一只蝙蝠扑上额头，挡住了眼睛。怪物三匹马都袭击，但唯独他的马耳朵中爬入了一只蝙蝠。黑马疯狂嘶鸣，剧烈甩动脑袋，扬起后蹄猛然一蹬，眼前一片黑的雷恩万像被投石车投出的石头般飞了出去。甩掉了骑手的黑马径直向森林奔逃，好在参孙及时抓住了缰绳，将它勒停。沙雷跳下马鞍，手舞弯刀向雷恩万滚落的杜松灌丛冲去。雷恩万在高高的野草丛翻来滚去，无数蝙蝠向他袭来。沙雷怒骂数声，挥刀砍去，一时间鲜血四溅，宛如一场血雨。旁边的参孙骑在马上，一手搏杀怪物，一手紧抓两马的缰绳。世上只有如他一般的大力士才能如此。

试图脱困的雷恩万跪在地上，鼻子几乎贴着草地。或许正因如此，他成了第一个发现有新的力量加入战场的人。突然之间，他眼前的野草齐齐伏地，像被飓风吹过一般。他抬起头，看到一个男人站在二十步左右的地方。那人乳白色的头发如狮子鬃毛一般，看上去似乎是个老者，但他巨大的体形与闪着精光的眼睛又不似上了年纪。老者手中的木杖十分诡异，杖身弯曲歪扭，布满木瘤，仿佛一条痛苦痉挛的毒蛇被瞬间冰封。

"蹲下！"老者声如惊雷，"别站起来！"

伏在地上的雷恩万感到头顶有一阵奇异的狂风呼啸而过。他听到沙雷发出一声低沉的咒骂。忽然，蝙蝠刺耳的尖叫瞬间消失，周围变得静谧无声。紧接着，雷恩万听到身旁有无数东西坠落，一声声闷响仿佛有无数熟透的苹果砸在地面。他感到自己的头发和后背上似有寂静的细雨飘落。他看了看周围。地上满是死去的蝙蝠，上方的树枝上，不断有密密麻麻的昆虫尸体如细雨般落下。

"狂风咒……"他震惊道，"这是狂风咒……"

"不错，你居然认得这咒语！"老者说道，"虽然年纪轻轻，却是见多识广。起来吧。没事了。"

此时再看，他根本不是个老人。当然，也称不上年轻。雷恩万敢打赌，他头发呈银白色并非是由于衰老，而是由一种法师中常见的白化病导致。而且，他巨大的体形也是魔法产生的幻象，拄着法杖的白发人是很高，但还远不及超常的程度。

沙雷面无表情地踩着满地的蝙蝠尸体走近他们。参孙也牵着马匹走了过来。白发人打量了他们一会儿，对参孙的观察尤为仔细。

"三个人。"他说道，"有趣。我们本来找的是两个。"

"为什么说'我们'？"雷恩万心中疑惑。还没来得及问出口，他已知道了答案。隆隆的马蹄声由远及近，很快，空地上挤满了马匹。

"你们好啊。"骑在马上的维拉赫说道，"我们又见面了。运气真棒。"

"运气真棒。"布克·罗基格将马头对准沙雷，用同样轻蔑的口吻说道，"想不到能在这儿碰到！这和我们约好的地方可大不一样！"

"沙雷先生，你不守信用。"塔西罗·冯·莱斯科夫掀起面甲，"你食言了。这行为会受到惩罚。"

"瞧，他已经受到了惩罚。"库诺·冯·维特拉姆冷哼道，"以圣人的名义起誓！看看他耳朵被咬成什么样了！"

眼前的这出让雷恩万完全摸不着头脑。

"我们应该离开这里。"白发人插话道，"有队骑兵在靠近。他们发现了我们的踪迹！"

"我不是说过吗？"布克·罗基格冷哼道，"我们要去救他们，顺便帮他们把烂摊子收拾了？来得正好，我们走。胡恩大师？那些追兵……"

"他们很不一般。"白发人捏着一只蝙蝠的翼尖，将它提起，仔细观察了一番，然后他的目光转向沙雷和参孙。"没错，他们很不一般……我的手指一碰便知……嗯嗯……你们很有意思，很有意思……有人曾说：只要告诉我谁在追你，我就会知道你是何人。换句话说：身后的追兵便是实力的证明。"

"去他的追兵。"雷巴巴调转马头，嚷嚷道，"我才不管这些！让他们放马过来，我们给他们些颜色瞧瞧！"

"我可不认为事情会这么简单。"白发人说道。

"我也是。"布克打量着蝙蝠尸体,说道,"胡恩大师,可否拜托?"

被称为胡恩的白发人没有回答,而是举起了扭曲的法杖。白色的浓雾开始从草丛升起。很快,整个森林完全被浓雾吞没。

"古老的巫师……真是让人不寒而栗……"维拉赫咕哝道。

"哈!"雷巴巴兴奋地说道,"我可一点儿没感觉。"

"对于追在我们身后的人来说,迷雾可能起不到什么作用。"雷恩万鼓起勇气说道,"魔法迷雾也是如此。"

白发人转过身,盯着雷恩万的眼睛。

"见多识广的年轻人,这点我知道。"他开口道,"所以这迷雾用来对付的是马,不是人。尽快离开这里吧。他们嗅到水汽的话就会发狂。"

"朋友们,上路吧!"布克·罗基格喊道。

Chapter 23
第二十三章

在本章中，雷恩万所行之事若是咏礼司铎奥托·白斯可以预见的话，早前一定会不假思索地把他头发剃成僧侣的模样，关到西多会修道院中。雷恩万也开始忍不住去想，是不是那样对他来说反而更安全。

一大清早，附近村落的烧炭工和炼油匠们赶往自己的工作场所，然而，那里远远传出的吵闹声令他们惶恐不安，高度警惕。胆小一些的人拔腿就跑。聪明一些的紧随其后。他们心里清楚，虽然今天什么活都没得干，既烧不了木炭，也提炼不了焦油，但至少可以保住小命。只有寥寥数人鼓足勇气摸到了近处，躲在大树后小心翼翼地窥视。他们看到，林中空地上差不多有十五匹马，骑马的人都带着武器，其中几人穿着全套板甲。骑士们在激烈地比画手势，不断大声谩骂叫嚷。烧炭工们马上意识到，趁还来得及，他们必须赶快逃命。骑士们争执不休，互不相让，有些看上去已出离愤怒，若可怜的农民被这些人撞到，只能祈求上帝保佑。为了缓冲情绪，骑士通常会把怒火发泄到可怜人身上。愤怒的骑士贵族对待农民的方式可能不仅仅是拳打脚踢、鞭抽后背，也常有人拿起长剑、狼牙棒和战斧。

烧炭工们飞快地逃回村里报信——愤怒的骑士同样有可能烧毁村子。

在烧炭工们的林中空地上，一场激烈的争吵正在进行。布克·罗基格的高声吵嚷让骑士学徒们牵着的马匹受到了惊吓。帕西科·雷巴巴在激烈地比画，沃尔丹·冯·奥辛骂骂咧咧，维特拉姆高呼不同的圣人之名。沙雷相对来说比较冷静。维拉赫与塔西罗试图调解各方的争执。

白发巫师坐在不远处的一个树桩上，面露轻蔑神色。

雷恩万已经知道为什么会爆发这场争执。整整一夜，他们在森林中疾驰，穿过一片片橡树林和山毛榉林，不时回首确认是否甩掉了黑暗中的追兵。黑色披风的骑士再没有出现，他们终于有机会交谈。于是，雷恩万从参孙口中获知了一切。当时的他目瞪口呆。

"我不明白……"冷静下来后，他说道，"我不明白你们怎么决定做那种事情！"

参孙转向他，说道："你的意思是说，如果我们之中有人遇险，你不会想任何办法营救？如果有可能搭上性命的话，你更不会考虑？你是想告诉我这些？"

"不，我不想。我只是不明白，怎么……"

"我正要跟你解释这到底怎么回事。"参孙沉着脸打断道，"但你一副义愤填膺的样子，一直在打断我。听着就好。我们得知他们要把你送去斯托茨城堡，过不久再找个机会把你杀了。沙雷早就认出了收税官的黑色马车，所以当我们意外碰到维拉赫和他朋友们时，一个计划自然而然就诞生了。"

"帮他们抢劫马车，以此换取他们出手救我？"

"正是如此。我们达成了约定。一定是有人嘴不严实，后来这事就被布克·罗基格知道了，所以不得不把他拉了进来。"

"现在，我们麻烦大了。"

"没错。"参孙冷静地同意道。

他们确实麻烦大了。林中空地上的争吵越来越激烈，看上去，对某些辩手来说，言语已然不够，其中最明显的当属布克·罗基格。那强盗骑士走向沙雷，两手紧抓他的上衣领口。

"再说一次计划取消，我绝对会让你后悔！"他怒气冲冲地嚷道。"混蛋，你知道你在说什么吗？混账东西，你是觉得我除了在森林里闲逛，就没别的事可做了？听着，别告诉我这是在浪费时间，我的手可痒着呢！"

"慢点，布克。"维拉赫摆出和事佬的姿态。"没必要马上动手。我们还可以再谈谈。而你，沙雷先生，容我说一句，你的行为实在不妥。我们先前约好了，你负责追踪从津比采出来的收税官，告诉我们他会走哪条路线，会在哪里停下。我们一直在等你。这本是对共赢的合作，但你人呢？"

沙雷整理了一下上衣，说道："在津比采，我是说过会用可靠的情报和协助抢劫来换取你的帮助，可你还记得自己当时怎么说的吗?你说可以帮助我们解救就站在这儿的雷恩玛尔·阿格诺,但是从收税官手里抢来的钱一个子儿也不会给我。这就是你所谓的'共赢的合作'?"

"你的目的是解救你的朋友……"

"可他凭自己的本事逃了出来。所以,显而易见,我不再需要你的帮助了。"

维拉赫双手抱胸。塔西罗破口大骂。沃尔丹、维特拉姆、雷巴巴开始一个接一个地叫嚷。布克·罗基格猛然摆手,让他们安静了下来。

"这事的关键是他对吧?"他紧咬牙关,手指雷恩万,恶狠狠地问道,"我们要把他救出斯托茨?他没事了你就不需要我们了?达成的约定不作数,说过的话跟放屁一样?你敢!沙雷先生,如果你朋友的命这么重要,你非要保他安然无恙,那你想清楚了,我可以马上把他杀了!所以,别再说什么约定取消,你朋友安全了。在这里,在这块空地上,在我能够得着的地方,你们俩离他妈的安全还远着呢!"

"冷静。"维拉赫抬起一只手臂,"布克,控制住你的脾气。而你,沙雷先生,说话客气点。你朋友侥幸逃出了生天?算你们走运。你说不再需要我们了?告诉你,我们更不需要你。想滚就滚吧,但首先,你得向我们表示感谢。但凡有点脑子的人就能看出来,昨晚如果不是我们出手相救,你们的下场肯定不止耳朵被咬这么简单。这事还没过一天就已经忘了吗?哈,真是贵人多忘事。所以,走之前,你只需要告诉我们收税官走的是哪条路,然后带上你的朋友,有多远滚多远。"

"感谢昨晚的帮助。"沙雷清清嗓子,微微鞠躬,但致谢的对象并非是布克与维拉赫,而是坐在树桩上漠然观察事态的白发巫师。"我也想提醒你们一下,不到一个礼拜前,在鲁托米亚村附近,如果不是我们出手相救,雷巴巴和维特拉姆先生也好不到哪里去。所以,我们扯平了。至于收税官走的哪条路,很遗憾,我不知道。前天下午我们就跟丢了。太阳落山前我们遇到了雷恩玛尔,也就对收税官不再感兴趣了。"

"拦住我!"布克·罗基格怒吼道,"拦住我!操,不然我要杀了他!我忍不住了!你们听到他说什么了吗?他跟丢了!对收税官不感兴趣了!他对一千格里夫纳不感兴趣了!那他妈是我们的一千格里夫纳!"

"一千?"雷恩万脱口而出,"车上载的格里夫纳不到一千。只有……五百……"

他马上意识到自己刚才犯了一个严重的错误。

剑光一闪,出鞘之声尚在空中回荡,罗基格的剑刃已抵住雷恩万的喉咙。沙雷还未迈出半步,维拉赫与塔西罗的剑刃已抵住胸口。其他人的剑刃齐齐指向参孙,令他不敢妄动。此刻,强盗骑士们粗犷的友善已完全消失,像被风吹散了一般。他们眯起的眼睛中流露出邪恶残忍的目光,让人不由确信,他们会毫不犹豫地动手杀人。

坐在树桩上的白发巫师叹了口气,摇了摇头,但仍是一脸漠然。

"休伯特,"布克对其中一名骑士学徒缓缓说道,"拿条皮带,系个扣,搭到那根树枝上。别动,阿格诺。"

"别动,沙雷。"塔西罗道。其他人的剑刃紧紧抵住参孙的胸口和喉咙。

布克靠近雷恩万,盯着他的眼睛,剑刃自始至终没有移开。"这么说来,收税官的马车上没有一千,只有五百格里夫纳。既然你知道这个,那你就知道马车走的哪条路。年轻人,摆在你面前的选择很简单:要么说,要么死。"

强盗骑士们赶路的心情极为迫切。他们一点也不爱惜自己的坐骑,只要地形允许,他们必会快马加鞭。

维拉赫和雷巴巴似乎对附近很熟悉,他们在领着众人赶抄近路。

尼萨-克沃兹卡河的西岸有条名为布佐夫卡河的支流,他们所行捷径正从这条河的河谷沼泽穿过。沼泽水草丛生,泥泞难行,他们不得不放慢了速度。得益于此,沙雷、参孙与雷恩万终于找到了短暂交流的机会。

"别做任何傻事。"沙雷小声警告道,"别打算逃跑。后面两个人盯死了我们,他们手上可都拿着弩。最好是跟着他们……"

"跟他们去抢劫?"雷恩万冷笑道,"沙雷,认识你我真是倒了大霉。现在,我变成了强盗。"

"我提醒你一句,"参孙说道,"我们做这些都是为了救你。"

"咏礼司铎奥托·白斯让我保护你……"沙雷补充道。

"他有叫你把我变成罪犯?"

"不是你,我们现在能赶往希齐博空地?"沙雷尖锐地回应道,"是你把收税官休整的地点透露给了罗基格。你招得倒是够快,他都用不着上死手。你该咬紧牙关,像个爷们儿一样怎么打都不开口,那样的话你现在就能做个问心无愧的吊死鬼。在我看来,吊死能让你的良心舒服些。"

"犯罪永远都……"

沙雷冷哼一声,扭过头去,策马前行。

起了雾气的沼泽在马蹄踩踏下发出"咔嚓咔嚓"的声响。水草丛中既有蛙鸣,也有蒲鸡与野鹅的叫声。受到惊吓的野鸭嘎嘎叫着,双翼拍水,飞上天空。树丛不断传出细碎的树枝断裂声,或许是有头驼鹿在闹腾。

"沙雷所做的一切都是为了你。"参孙说道,"你的行为伤害了他。"

"犯罪……"雷恩万清了清喉咙,"永远都是犯罪。没有任何理由能为犯罪行为开脱。"

"真的?"

"对。不能……"

"雷恩万,你知道吗?"参孙第一次露出了类似不耐烦的神色,"你该去下象棋。你会喜欢的,象棋的一切都符合你的品味——棋子非黑即白,所有的格子方方正正。"

"你们怎么知道他们会在斯托茨杀了我?谁向你们透露的?"

"你一定会感到惊讶。透露消息的人是个年轻姑娘,蒙着面纱,全身紧紧包裹在斗篷衣里。有天晚上,她在小酒馆里找到了我们,身旁还跟着几个带着武器的护卫。惊讶吗?"

"不惊讶。"

参孙没有追问。

远远就可以望见希齐博空地上空无一人。强盗骑士们立即放弃了原有的偷袭计划,直接策马冲了过去。石头垒出的环形篝火台旁，几只正在觅食的乌鸦受到铁蹄声与叫喊声的惊吓，纷纷飞上天空。

队伍四散开来，仔细搜索空地上的棚屋。布克·罗基格扭头瞪着雷恩万，面露凶光。

"放过他吧。"维拉赫出声道，"他没撒谎。有人一定在这里停歇过。"

"马车来过这里。"塔西罗骑马靠近，"那边有车辙。"

"草地上都是马蹄的痕迹。"雷巴巴报告道，"有不少马！"

"篝火的灰烬还有温度。"布克的骑士学徒休伯特说道。尽管身份低微，但他的年纪并不算小。"附近有不少羊骨头和萝卜块。"

"我们来晚了。"沃尔丹沮丧道，"收税官是在这儿停留过，但现在已经走了。我们来得太晚了。"

"如果年轻人没撒谎的话，没错，我们来迟了。"罗基格厉声道，"我可不喜欢那个阿格诺。喂！晚上追你的那些是什么人？谁召唤了那些蝙蝠攻击你？谁……"

"算了，布克。"维拉赫打断道，"别总是岔开话题。走吧，朋友们，我们散开，在附近找找痕迹。我们得知道下一步该干吗。"

强盗骑士们再次四散开来，有些人下马去棚屋里搜寻。让雷恩万感到惊讶的是，沙雷也加入了搜索的行列。与此同时，白发巫师对眼前的骚动无动于衷，他铺开一张羊皮坐到地上，从鞍囊中取出一块面包、一条熏肉和一个酒囊。

"胡恩大师，不考虑帮把手吗？"布克皱眉道。

巫师抿了口酒，咬了口面包。

"不考虑。"

维拉赫冷哼一声。布克低声咒骂。沃尔丹骑马走来。

"从那些痕迹里很难得出有用的信息。"没等提问,他先开口道,"只能看出有很多匹马。"

"早就知道了。"布克又一次恶狠狠地盯向雷恩万,开口道,"但我想知道更多细节。和收税官同行的有多少人?都是些什么人?阿格诺,问你呢!"

"一个军士和五名士兵。"雷恩万咕哝道,"除了他们……"

"呃?快说!问你问题时看着我的眼睛!"

"四个方济各会修士……"雷恩万已下定决心不提泰伯德·拉贝,经过瞬间的思考,他把哈特维格和他丑陋的女儿同样排除在外。"还有四个朝圣者。"

"托钵僧和朝圣者会骑钉着铁蹄的战马?呃?你觉得我好糊弄?"布克龇牙咧嘴道。

"他没撒谎。"维特拉姆骑马小步跑来,将一条打结的腰绳扔到几人马蹄下。

"这是白色的。是方济各会修士错不了!"他宣称道。

"见鬼。"维拉赫皱起眉头,"这里出什么事了?"

"爱出什么事出什么事。"布克一手拍击剑鞘,"我关心的是收税官去哪了!马车去哪了!钱去哪了!有没有人能告诉我!胡恩·冯·萨加尔大师!"

"我在吃饭。"

布克咒骂一声。

"空地外有三条小路,每条路上都有痕迹。"塔西罗说道,"根本不可能辨认出收税官走的哪条路。"

"如果他已经走了的话,那当然不可能。"沙雷从灌丛中钻出。"但我认为,他没有走。他还在这里。"

"怎么可能？他在哪？你为什么这么肯定？"

"因为我会动脑子。"

布克破口大骂。维拉赫用手势制止了他。

"沙雷，说吧。你发现了什么？"维拉赫道。

"先生们，你们不想让我们分一份战利品，那就别把我当成追踪者。"沙雷傲慢地扬起头，"至于我发现了什么，那是我的事。"

"我忍不下去了……"怒不可遏的布克恶狠狠道。维拉赫又一次制止了他。

"刚才你还对收税官的人和钱毫无兴趣。"他说道，"现在你却突然想要一份战利品。肯定有什么发生了改变。我很好奇，到底是什么？"

"此一时彼一时。现在，如果我们走运能得到一份战利品的话，那也不是靠袭击收税官抢来的，而是从强盗手里抢过来的。在我看来，抢劫强盗手里的赃物是正义之举，何乐而不为。"

"说明白些。"维拉赫说道。

"不用，已经再明白不过了。"塔西罗说道。

森林之中藏着一个被沼泽环绕的小湖，尽管看上去如油画一般，但总让人感觉莫名不安，不，甚至可以说是恐惧。它的湖面宛如焦油，同样的漆黑，同样的静止，同样的死寂，没有任何生命与运动的痕迹。虽然水中倒映的云杉树梢在风中轻轻摇晃，但微小的涟漪根本打破不了光滑如镜的湖面。湖中唯一的动静来自从湖底深处升起的气泡。它们从富含褐藻的湖水中冒出，缓缓胀大，最后在覆满浮萍的湖面上破裂。无数枯萎的树杈从水面伸出，像一双双骷髅的手骨。

雷恩万打了个寒颤。他已经猜到了沙雷的发现。"他们躺在湖底，"他想道，"他们躺在淤泥里，在这个黑暗深渊的最底下。收税官、泰伯德·拉贝、拔坏眉毛的斯帝恩克隆小姐……不是他们又会是谁呢？"

"看看这儿。"沙雷指着一处道。

他们踩过的地方都陷了下去，松软的苔藓如海绵般挤出了水。

"有人想故意隐藏痕迹，"沙雷说道，"但还是能非常清楚地看出，他们拖拽尸体的路径。看这儿，树叶上有血迹。这儿也有。到处都是血。"

"也就是说……"维拉赫摸了摸下巴，"有人……"

"有人袭击了收税官。"沙雷冷静地接话道，"有人杀了他和他的护卫队。尸体绑上石头沉到了湖里。石头是从篝火台取的，只要仔细观察……"

"够了，够了。"布克打断道，"钱呢？钱去哪了？难道……"

"你想的没错。"沙雷看着他，露出一丝愉悦的神色。

"钱被人抢了？"

"正是如此。"

布克沉默了很长时间，与此同时，他的脸涨得越来越红。

"该死！"终于，他怒吼道，"上帝！你目睹这种行为为何不对他们降以雷罚？什么世道！传统崩坏、道德沦丧、善良已死！他们抢劫并偷走了所有东西！所有！到处都是小偷！恶棍！无赖！流氓！"

"混账东西！以圣人之名起誓！"维特拉姆咬牙道，"主啊，为什么不对他们降以瘟疫！"

"那些婊子养的对圣人圣物毫无敬畏之心！"雷巴巴吼道，"收税官运送的钱可是要用于神圣的事业！"

"你说的没错。那笔钱是主教收来用于消灭胡斯党的……"

"如果是这样，"沃尔丹喃喃道，"难道是恶魔下的手？恶魔和胡斯党是一边的，异端们有可能召唤它们来帮助。也有可能是撒旦本人决定教训主教……天呐！听我说，恶魔在这里徘徊，邪恶的力量在这里肆虐。一定是撒旦杀了他们所有人。"

"那五百格里夫纳又去哪了？"布克皱眉道，"难道被带到了地狱？"

"没错。"沃尔丹说道，"也有可能被变成了屎。以前有过这样的事情。"

"的确有可能。"雷巴巴点着头道，"那些棚屋后面可有不少屎。"

"撒旦也有可能把钱沉到了湖里。"维特拉姆指着湖水道，"钱对他来说没用。"

"唔……"布克咕哝道，"你的意思是钱有可能在水里？那或许……"

"想都别想！"休伯特立即猜到了布克的想法。"大人，我死也不想下去！"

"不奇怪，我也不喜欢那湖。"塔西罗说道，"呃！别说五百，就算五十万格里夫纳沉在底下，我也绝不下水。"

湖中的某种活物一定是听到了他的话，如同回应一般，漆黑的湖水开始翻滚沸腾，上千个巨大的水泡在湖面上膨胀破裂。一股恐怖的腐臭味在空气中弥漫开来。

"我们还是离开这儿吧……"维拉赫道，"走吧……"

他们踩着泥泞的沼泽，匆忙离开。

"如果沙雷没猜错的话,"塔西罗说道,"从留下的痕迹判断,收税官是在昨晚或是今天清早遇到的袭击。如果我们稍微加把劲,有可能追上那帮强盗。"

"可我们知道他们走的哪条路?"沃尔丹嘟哝道,"有三条路和空地相连。第一条通往巴尔多大路。第二条向南,通往卡缅涅茨。第三条通往弗兰肯施泰因。追他们之前,我们得先弄清楚他们到底走的哪条路。"

"说的没错。"维拉赫故意清了清喉咙,看向布克,向他眼神示意坐在不远处观察参孙的白发巫师。"我们确实得先弄清楚。我并不是非要怎样,但打个比方,也许可以使用巫术解决问题?布克,你觉得怎样?"

巫师一定听到了这番话,但他头都没回。布克·罗基格咬牙切齿地咒骂一声。

"胡恩·冯·萨加尔大师!"

"什么事?"

"我们在寻找线索!能不能帮个忙?"

"不能。"巫师不屑道,"我无意帮忙。"

"无意帮忙?那你他妈的为什么要跟着我们?"

"呼吸一下新鲜空气。顺便找点乐子。空气已经够了,但没找到任何乐子,所以现在我更想回家。"

"我们眼皮子底下的钱被抢走了!"

"容我说一句,与我无关。"

"你可是靠我抢来的钱过活的!"

"你?真的吗?"

愤怒的布克脸涨得通红,但是一句话也没反驳。塔西罗轻轻咳了一声，身子微微侧向维拉赫。

"那巫师怎么回事？"他咕哝道，"他真的为罗基格效力？"

"没错，但他效力的人是罗基格夫人。"维拉赫小声回答道，"嘘，别说了。这话题很敏感……"

"他就是著名的胡恩·萨加尔？"雷恩万偷偷问雷巴巴。

雷巴巴点点头，张开了嘴巴，可惜的是，他们的悄悄话被维拉赫听到了。

"阿格诺先生的好奇心可真是旺盛。"维拉赫气势汹汹地走近，"你们古怪三人组最好什么也别打听。这一切麻烦都是因你而起。你却一点忙也帮不上。"

"很快就不一样了。"雷恩万站起身。

"呃？"

"你们不是想知道抢劫收税官的人走的是哪条路吗？我来告诉你们。"

若说强盗骑士们是满脸震惊的话，很难找到合适的词语形容沙雷和参孙的表情，"目瞪口呆"听上去都远远不够。甚至，胡恩·冯·萨加尔眼中也浮现出一丝兴趣。在此之前，除了参孙，这位巫师一直将其他人视若无物，这时也把注意力集中到了雷恩万身上。

"阿格诺，起初因为怕被吊死，你才告诉了我们来这空地的路。"布克疑惑道，"现在你却主动帮我们？为什么改了主意？"

"这是我自己的事。"

泰伯德·拉贝。斯帝恩克隆的丑女儿。他们喉咙被人割开，躺在湖底的淤泥里。他们的身上爬满龙虾、水蛭，还有不停蠕动的鳝鱼。上帝才知道还有什么别的东西。

"这是我自己的事。"他强调道。

他很快找到了所需的植物。他从沼泽边缘的草丛中采了一束灯芯草，接着在里面放了一根满是干壳的芥菜茎，最后用一根莎草梗在草束上捆了三圈。

一，二，三
莎草，灯芯草，野荠菜
种子盈盈……

"很好。"白发巫师微笑道，"做得很棒，年轻人。但这要花不少时间，而我想尽快回到家里。无意冒犯，容我提供一点小小的帮助，让你的咒语快些起效。"

他挥舞自己的法杖，在空中极快地画了一个圆。

"Yassar！"他用喉音吟唱，"Qadir al-rah！①"

空气在咒语的力量下颤动，与希齐博空地相连的其中一条路变得明亮了许多。魔法生效的时间比仅使用护符要快得多，几乎算是立时见效，而且道路浮现的光亮也强了不少。

"就是这条。"雷恩万看着张大了嘴巴的强盗骑士们，指着那条路说道。

"通往卡缅涅茨的路。"维拉赫是第一个回过神来的人。"我们运气不错，萨加尔大师。这条路和你迫切想回的家在一个方向。上马，朋友们。"

"是他们。"侦察归来的休伯特控制住紧张的战马，报告道，"布克大人，是他们。他们骑成一列，正沿着巴尔多大路行进，走

---

① 咒语，意为："亚萨尔！万能的神！"

得很慢。约有二十个人,有些穿着重甲。"

"二十……唔……"沃尔丹若有所思地沉吟道。

"你以为呢?"维拉赫看着他说道,"不算托钵僧和朝圣者,光收税官和他的护送队就有多少人?他们没这么多人能干脆利落地杀人沉尸?"

"钱呢?"布克问道。

"有辆四轮马车……"休伯特抓了抓耳朵,"上面有马车厢……"

"太棒了。他们一定把钱藏在里面。继续跟着他们。"

"是不是该先确定就是他们?"沙雷出声道。

"沙雷先生,如果你非得说话……"布克打量着他,"我更想听到你说,你和你的伙伴能帮上忙。怎么样?"

"那我们又会得到什么好处?"沙雷抬头看向松林树梢,"布克先生,怎么分这笔钱?"

"你们三人会得到一份。"

"成交。"沙雷没有讨价还价,但是看到参孙和雷恩万的表情后,他马上补充了一条。

"但我们不会参加战斗。"

布克摆了摆手,然后从马鞍上卸下一柄战斧。它的斧柄略微弯曲,宽大的斧刃极为锋利。雷恩万看到维拉赫在检查自己的流星锤。

"听我说,朋友们。"布克说道,"虽然那些人大部分都是懦夫,但他们有二十个人。所以我们得动动脑子。计划是这样的:我恰巧知道,离这二百米远的地方,有条峡谷,上面有座小桥,那是他们的必经之路……"

布克没有说错。路上确实有座小桥。桥下,一条溪流在狭窄而深邃的峡谷中流淌。溪流两岸赤杨丛生，湍急的流水冲过鹅卵石，哗哗作响。黄鹂鸟在欢快啼鸣，一只啄木鸟不知疲倦地在一棵树上打着鼓点。

"难以置信。"藏在杜松灌丛中的雷恩万说道，"难以置信。我现在成了强盗。我在埋伏……"

"嘘，他们来了。"沙雷小声道。

布克·罗基格往手上吐了口唾沫，紧紧握住战斧，放下了面甲。

"注意。"他说话的声音像是从煮锅的锅底传来，"休伯特？准备就绪？"

"准备就绪，大人。"

"所有人都知道该怎么做吧？阿格诺？"

"知道，知道。"

峡谷对面，岩枫树丛后的白桦树林里，可以望见斑驳的色彩与盔甲闪闪的亮光。耳边传来了歌声。"他们在唱《青春绽放》。"雷恩万认得这首歌曲，"歌词是布卢瓦的彼得所作。我们在布拉格也唱过……"

"那群混蛋正开心着呢。"塔西罗嘟哝道。

"抢劫别人时我也开心。"布克恶狠狠道，"休伯特！注意！架好十字弩！"

歌声戛然而止。桥边，一名戴着兜帽的随从骑马出现，他的手中握着一杆长矛。另外三名骑马随从跟在他身后，他们头戴帽盔，身穿锁甲，甲衣上装有铁制的上臂护甲，身后都背着十字弩。四人骑马缓缓走向小桥。紧随其后出现的是两名骑士，他们穿着全套板甲，携带的长矛固定在马镫的支架上。其中一人盾牌上的纹章图案为银色盾面上有一红色阶梯。

"考冯家族……这到底怎么回事?"塔西罗小声嘟囔道。

铁蹄在桥上哒哒作响,另外三名骑士也上了桥。他们后面跟着一辆马车,车身由两匹结实的矮脚马拉着,桶状的车厢上覆盖着酒红色的粗布。马车后还跟着些戴着帽盔的弩手。

"等等。"布克小声道,"还不是时候……等马车过桥……再等等……就是现在!"

"噌"的一声,一支弩箭破空而去。一名长矛手的战马暴跳而起,尖声嘶鸣,随即重重倒地。一名弩手反应不及,被撞下马去。

"上!"布克策马疾驰,高声大吼,"冲!攻击他们!"

雷恩万脚踢马肚,冲出灌丛。沙雷紧随其后。

战斗瞬间进入白热化,桥前乱作一团。雷巴巴和维特拉姆自右翼切入,维拉赫与沃尔丹从左翼突袭。森林中怒吼震天,战马嘶鸣,剑与剑的碰撞铿锵作响。

布克·罗基格抡起大斧,将一名手持长矛的随从连人带马一起砍翻,回身一斧又将一名正在拉弦的弩手爆头。鲜血和脑浆正巧飞溅到骑马冲过的雷恩万身上。布克踩着马鞍直起身子,抡起战斧重重劈下,一名考冯家族纹章的骑士肩甲被生生劈裂,整条胳膊也差点被劈断。一旁的塔西罗像闪电般骑马冲过,挥动大剑,将一名身穿锁甲的骑士学徒砍落马下。一名铠甲外罩着蓝白布袍的骑士将他拦住,两人大剑激撞,僵持不下。

雷恩万冲到了马车旁。马车夫已被弩箭射死,瞪大的双眼仍错愕地盯着没入小腹的箭矢。沙雷从另一侧跳上马车,用力将马车夫推落下去。

"跳上来!"他喊道,"你来驾车!"

"小心!"

电光石火之间，沙雷已闪躲到自己那匹马的马颈下。若他再晚一秒，便会被桥边冲锋而来的执矛骑士一矛刺穿。骑士全身重甲，盾上纹章为黑色与金色相间的棋盘。他撞到沙雷的马上，扔掉长矛，抓起悬挂在马鞍上的狼牙棒，但他终是没来得及砸爆沙雷的脑袋。维拉赫快马赶到，舞动流星锤，砸中了骑士的头盔。骑士摇晃不稳之际，维拉赫又一次旋转流星锤，砸向敌手胸甲的正中央。这一击势大力沉，铁球的尖刺深深嵌入了骑士的铠甲，生生卡在了上面。维拉赫放开握柄，拔出大剑。

"驾车快走！"他冲着刚爬上马车的雷恩万大吼道，"快！快！"

桥边传来凄厉的惨叫，一匹披着彩色马衣的战马撞碎了栏杆，与骑手一同跌落峡谷。雷恩万声嘶力竭地大吼一声，紧抓缰绳，鼓足力气抽打拉车的马匹。矮脚马猛冲向前，车身开始剧烈摇晃，上下颠簸。令雷恩万大吃一惊的是，密闭的车厢内竟传出一声刺耳的尖叫。此刻哪还顾得上吃惊，两匹马速度极快，他必须竭尽全力，才不会被时不时跳起的马车震落下去。战斗仍在激烈进行，到处是喊叫声和武器的碰撞声。

突然，一名身穿铠甲、未戴头盔的骑士从马车右侧冲出，伏低身子争抢雷恩万手中的缰绳。塔西罗骑马追上，一剑将骑士砍倒。矮脚马的侧身溅满了鲜血。

"驾！驾！"

参孙从马车左侧出现，手里只拿了一根榛树枝作为武器。事实证明，此时此刻，它的作用可远比其他武器大得多。

屁股吃了榛树枝几记猛抽的矮脚马全力冲刺，速度之快，令雷恩万一直紧贴在座位靠背上。不停传出尖叫的车厢剧烈地颠簸摇晃，就像是惊涛骇浪中的一艘帆船。说实话，雷恩万从没有去过海边,他只在画里见过帆船,但他无比确信,它们晃起来的样子一定如此。

"驾!驾!"

道路前方,胡恩·冯·萨加尔骑一匹黑马出现。他勒马急停,用法杖指向一条林中小径,而后自己先行冲去。参孙骑马紧跟巫师冲入小径,手里还拉着雷恩万的马。雷恩万紧抓缰绳,对着矮脚马大喊口令。

林中小径崎岖不平。马车上下跳动,左右摇晃,车厢内尖叫不止。战斗的声音消逝在背后。

"事情进行得相当顺利。"布克·罗基格说道,"只死了两个骑士学徒。这很正常。就目前来说,相当令人满意。"

维拉赫没有回应,他喘着粗气,不停按揉髋部一侧。不断有血从他的铠甲上滴落,一行纤细的血流自上而下滑过他的腿甲。他身旁气喘吁吁的塔西罗正在检查自己的左臂。他的臂甲已经消失,护肘甲片只剩一半耷拉在外面,但整条胳膊看上去完好无损。

"不得不说,阿格诺先生驾驭马车的技术十分高超。"看上去没受任何重伤的布克说道,"他干得很出色……欧,休伯特,你没受伤吧?哈,好歹你还活着。沃尔丹、雷巴巴和维特拉姆他们人呢?"

"他们正赶过来。"

维特拉姆摘下了头盔和头巾,露出一头湿漉漉的卷发。他的肩甲受损严重,保护腋窝的甲片已经完全变形。

"帮忙!"他大喊道,"沃尔丹受伤了……"

他们费力地把伤员从马鞍上拖下。在痛苦的呻吟声中,他们为他取下了凹陷变形十分严重的犬面式头盔。

"天呐……"沃尔丹呻吟道,"我挨了一下狠的……维特拉姆,我的两只眼睛还在不在?"

"还在,还在。"维特拉姆安慰道,"你看不见东西是因为被血蒙住了眼睛……"

雷恩万跪到地上,急忙包扎沃尔丹的伤口。有个人一直从旁协助。他抬起头,对上了萨加尔灰色的眼睛。

站在一旁的雷巴巴痛得龇牙咧嘴,不停摸索胸甲侧面的巨大凹痕。

"我一定断了根肋骨。"他咕哝道,"该死,快看,我嘴里在吐血。"

"谁他妈管你吐出来的是什么。"布克取下头盔,"他们有没有跟着我们?"

"没有……他们损失不小……"

"他们肯定会追上来。"布克确信道,"来吧,我们快把马车搬空。拿上钱赶紧离开这儿。"

他上车去拉盖着酒红粗布的藤条门。门被拉开了一条小缝,接着又关上了。显然,有人一直在里面拽着门。布克咒骂一声,用力再拉,车厢内传来一声刺耳的尖叫。

"什么东西?"龇牙咧嘴的雷巴巴惊讶道,"会尖叫的钱?难道收税官收了只大老鼠充当税金?"

布克示意他去帮忙。两人用力一拉,门被整个扯了下来,与此同时,拽着门的人也一道被拉了出来。

雷恩万目瞪口呆,愣在原地。

因为这次,他对那人的身份无比确定。

与此同时,布克和雷巴巴用短刀划破门帘,从毛皮内饰的车厢里拽出了另一个姑娘。她和第一个姑娘差不多，一头蓬乱的金发，穿着类似的绿色白袖长裙，只是她的年纪更小一些，身材也更矮更胖。想必一路尖叫的是那个胖一点的姑娘，她被布克推到草地上时，不光尖叫，还开始大哭起来。第一个姑娘沉默地坐在地上，手里仍然紧抓着车门，像是方形大盾般护在自己身前。

"以圣人的名义起誓……"维特拉姆惊讶道，"这到底怎么回事？"

"这不是我们想要的。"塔西罗确认道，"沙雷先生说的没错。我们应该先确定好再行动的。"

布克·罗基格从车厢中钻出，把一些从里面拿出的衣服和破布扔在地上。他的脸色已经说明了一切。就算有人还不确定搜索的结果，布克一连串的恶毒咒骂也给了他确切的答案。车厢中并没有他们心心念念的五百格里夫纳。

两个姑娘靠近对方，惊恐地抱在一起。注意到维拉赫正色眯眯地盯着她紧致的小腿，高一些的姑娘赶紧拉下裙摆盖住脚踝。矮一些的姑娘不停抽泣。

布克牙关紧咬，紧握刀柄的手指节都已发白。他愤怒的表情也难掩犹豫不决的心绪。胡恩·冯·萨加尔马上注意到了这点。

"是时候面对现实了。"他不屑道，"布克，你搞砸了。你们所有人都搞砸了。显然，今天运气不在你们这边。所以我建议，在下一个犯蠢的机会出现之前，赶快回家。"

布克放声大骂。这一次，维拉赫、雷巴巴、维特拉姆甚至是满头绷带的沃尔丹也骂了起来。

"这俩女的怎么办？"布克像是刚刚注意到她们，"宰了？"

"要不把她们上了？"维拉赫露出淫荡的笑容，"胡恩大师有一点说得没错,今天确实倒霉。那我们何不做点愉快的事情收尾?我们把姑娘们带上,找个软和的草垛,轮着上一遍。你们觉得怎么样?"

雷巴巴和维特拉姆轻轻笑了笑,显然还在犹豫。满头血红亚麻布的沃尔丹一直含糊不清地呻吟。胡恩·冯·萨加尔摇了摇头。

见布克向她们走来,两个姑娘蜷缩在一起,抱得更加紧密。年纪小点的姑娘放声大哭。

参孙已按捺不住,正准备上前阻挠,正在此时,雷恩万抓住了他的袖子。

"你最好不要。"他说道。

"嗯?"

"你最好不要碰她。如果不听,你们可能会迎来灭顶之灾。她是贵族,而且还不是一般的贵族。她是斯托茨领主扬·比伯施泰因的女儿——卡特琳娜·比伯施泰因。"

很长一段时间,所有人陷入了沉默。

"阿格诺,你确定?"布克·罗基格打破了沉寂,"没认错人?"

"他没认错。"塔西罗举起了一个从车厢里搜出的钱袋,上面装饰着纹章,图案是金色盾面与一只红色鹿角。

"确实是比伯施泰因家族的纹章。"布克承认道,"哪一个是?"

"大一点、高一点的那个。"

"哈!"布克两手叉腰,"看来今天也不全是坏事。她会弥补我们的损失。休伯特,把她绑了,放到你的马上。"

"我料想的没错,今天又给了你一个犯蠢的机会。"胡恩·冯·萨加尔摊开双手,"布克,我不是第一次好奇了,你的愚蠢到底是先天的还是后天的?"

布克没有理睬巫师的话,而是站到另一个身体蜷缩、不停抽泣的姑娘面前。"至于你,姑娘,擦干净鼻涕,给我听好了。你就坐在这里等着追我们的人。他们可能不会派人找你,但他们一定会找比伯施泰因小姐。告诉斯托茨领主,他女儿的赎金是……五百格里夫纳。正好是五百考帕①布拉格格罗申。这对比伯施泰因家族来说就是笔小钱。随后,扬领主会知道支付赎金的方式。听清楚了吗?跟你说话时你要看着我!听清楚了吗?"

姑娘身体蜷缩得更紧了,但她还是抬起蓝色的眼睛看向布克,点了点头。

"你真的认为这是个好主意?"塔西罗严肃地说道。

"没错。行了,别说了。该上路了。"

他转身面向沙雷、雷恩万和参孙。

"那你们……"

"我们想和你们同行,布克先生。"雷恩万打断道。

"什么?"

"为了安全起见,我们想和你们同行。"雷恩万一直注视着金发的尼柯莱特,既没有留意沙雷的嘶嘶声,也没有注意到参孙的表情。"如果你不反对的话……"

"谁说我不反对了?"布克说道。

"别反对。"维拉赫意有所指地说道,"为什么要反对?考虑到现在的情况,他们跟我们一块不是更好?不是比在我们背后好得多?而且,我记得他们想去匈牙利,正好顺路……"

"好,你们就和我们一起。"布克点头道,"上马,朋友们。休伯特,看好那姑娘……胡恩大师,你为什么一副似笑非笑的表情?"

"动动脑子,布克,动动你的脑子。"

---

①Kopa,波兰古代计量单位,1考帕为60,五百考帕即为三万。

Chapter 24
第二十四章

在本章中,雷恩万没有去匈牙利,而是去了金山山脉的波达克城堡。他还不知道,自己将会以"逆风飞行"的方式离开城堡。

他们走的是一条通往巴尔多城方向的道路,起初走得很快,不时回首观望,但很快就慢了下来。马匹已经十分疲倦,骑手们的状态更是糟糕。脸部严重受伤的沃尔丹并不是唯一一个弓在马背上不停呻吟的人。其他人受的伤虽然没那么恐怖,但也绝非毫无感觉。维拉赫发出痛苦的哼声。塔西罗用手肘抵着肚子,一直想找个舒服的姿势。维特拉姆跟喝了醋似的龇牙咧嘴,不停小声呼唤圣人的名号。骂骂咧咧的雷巴巴摸索着肋骨,往手上啐口浓痰,然后拿近观察。

所有的强盗骑士中，只有布克看上去安然无恙，要么是他受的伤没别人重，要么是他忍受痛苦的能力更强。终于，总是停下等待落在后面的同伴令他越来越不耐烦，布克决定放弃大路，改从森林穿行。在密林的遮掩下，他们可以缓缓前行，不必担心被搜捕的队伍追上。

卡特琳娜一路上一声不吭。虽然捆绑的双手和在马鞍上的姿势一定让她痛苦不堪，但她既不呻吟，也没有说一句抱怨的话。她木然地看着前方，仿佛已经听天由命。雷恩万数次想要与她偷偷交流，但是没起到任何作用——她一直逃避眼神接触，装作没有看到他的暗示。这种情况一直持续到渡河的时候。

黄昏时分，他们开始横渡尼萨河。事实证明，他们选择渡河的地方不太明智，虽然看似不深，但水流要比预想之中湍急许多。群马嘶鸣，水花四溅，在一片混乱与咒骂中，尼柯莱特从马鞍上滑落，若不是刻意跟在附近的雷恩万，她早已没入水中。

"勇敢些。"他将她扶起，揽到自己怀里，耳语道，"勇敢些，尼柯莱特。我会帮你逃离……"

他轻轻握住她小巧而修长的手，她紧贴着他的胸膛。她身上有薄荷与菖蒲的香气。

"嘿！"布克大吼，"阿格诺！离她远点！休伯特！"

参孙骑马来到雷恩万身边，将尼柯莱特从他的怀里抱起，放到自己身前。

"大人，我不想再带着她了！"休伯特道，"巨人能替我干这活。"

布克骂骂咧咧，但还是摆了摆手表示同意。雷恩万注视着他，眼中充满憎恶。据说在巴尔多城附近的尼萨河深处存在食人的水妖，他并不是十分相信这种传言，但此时此刻，如果有只水妖可以从浑浊的河水中冒出，把强盗骑士连人带马一起吞掉，付出多少代价他都在所不惜。

"至少，你有一件事让我不得不服，那就是和你同行绝对不会感到无聊。"沙雷在他身旁骑马踏水，低声说道。

"沙雷，我欠你……"

"你欠我的多着呢。"沙雷紧拽缰绳，打断道，"但如果你是想说你欠我一个解释，省省吧。我也认得她。津比采的比武大会上你就一直盯着她，眼睛瞪得跟小牛似的，后来也是她提醒我们有人会在斯托茨将你灭口。我敢打赌，你欠她的恩情可不止这点。之前有没有人预言过你早晚死在女人手上？难道我是第一个这么说的人？"

"沙雷……"

"别打岔。"沙雷再次打断道，"我明白。她于你有恩，你也被爱情冲昏了头脑，所以我们又不得不把脑袋别在裤腰带上，离匈牙利越来越远。没救了。我只要求你一件事：行动前一定多加考虑。能向我保证吗？"

"沙雷……我……"

"明白了。小心，别说话了。他们在盯着我们。快上马，不然水流会把你卷走！"

夜幕降临前，他们抵达了金山山脉的莱因赫施泰因山的山脚。这座山位于雷赫莱比地区与耶塞尼克地区交界线的西北端。贝斯特拉河自群山之中淌出，河畔坐落着一个山村。他们本打算在那里落脚休整，填饱肚子，但事实证明，村民们可一点也不热情好客——他们坚决不允许强盗骑士们进村抢劫。一波波箭雨从防御入口的路障后飞出，自由农们手持干草叉和斧头，满脸凶恶，强盗骑士们不得不打消了强迫村民开门迎客的念头。谁知道一般情况下会发生什么，但现在伤痛和疲乏令他们苦不堪言。塔西罗是第一个勒马调头的人，紧随其后的是暴脾气的雷巴巴。维拉赫调头撤退时连句脏话都没有说。

"该死的乡巴佬！"布克追上了他们，"就该像我父亲那样，每隔五年至少来一次，拆了他们的棚屋，把他们的一切烧成灰烬。不然，他们就会狂妄自大。过上点好日子就不知道自己是谁。"

天色阴沉。村落炊烟袅袅，狗在吠叫。

"前面是黑森林。"队首的布克提醒道，"跟紧！别掉队！看好自己的马！"

没人敢对他的警告置若罔闻。长满山毛榉、紫杉、赤杨、桤树的黑森林茂密而潮湿，看上去极为阴森可怖，令人不寒而栗。人可以马上感觉到在森林深处沉睡的邪恶力量。

群马喷着粗重的鼻息，不停甩头。

躺在路旁的一具白骨不会让人感到丝毫诧异。

参孙喃喃自语。

> 我说不清我是怎样走近了这座森林的，
> 因为我在离弃真理之路的时刻，
> 充满了强烈的睡意……

"看到它，我就不由自主地想到了但丁的这首诗。"注意到雷恩万的眼神，他解释道。

"这诗用来形容它再合适不过了。"沙雷打了个寒颤，"夜幕降临之后……独自前来……在漆黑的森林中悄无声息地……"

"我强烈建议，不要在晚上独自前来。"骑马经过的萨加尔说道。

他们爬上一座越来越陡的山坡，走出了黑森林。树木越来越稀疏，马蹄下，石灰岩和片麻岩嘎吱作响，玄武岩则发出"咔哒咔哒"的声音。一条条峡谷的两侧，无一不是怪石嶙峋。暮色降临，天色越来越暗，乌云像黑色的波浪般从北方涌来。

在布克强硬的命令下，休伯特从参孙手中带走了尼柯莱特。此外，先前骑马走在队首的布克让维拉赫和塔西罗接替了他的位置，一直待在骑士学徒和俘虏身边。

"该死的……"雷恩万对骑马走在身边的沙雷小声道，"我一定要救她，但他的疑心明显越来越重了。他一直守在她身边，防备着我们……这是为什么？"

"也许是因为，他看到了你的脸？"这声音很轻，雷恩万马上惊恐地意识到，他根本不是沙雷。"你的所思所想都写在了脸上。"

雷恩万暗骂一声。天已经十分昏暗，但让他认错人的原因绝不止是暮色。无疑，白发巫师使用了魔法。

"你要向他们揭穿我？"他开门见山地问道。

"不会。"过了一会儿，巫师回答道，"但如果你想做蠢事的话，我会阻止你。你知道我办得到。所以，别做蠢事。等到了地方，我们再看……"

"到什么地方？"

"现在轮到我了。"

"嗯？"

"轮到我提问了。怎么,你不知道游戏规则?在学校没玩过'你问我答'的游戏?你问了一个问题,现在该我了。那个叫参孙的巨人是什么人?"

"我的朋友和伙伴。说实在的,你为什么不自己问他呢?像这样,用魔法伪装好自己。"

"我试过了。"巫师坦然承认道,"但他非常狡猾,一眼就看穿了我的伪装。你们在哪儿遇到他的?"

"在一座本笃会修道院。如果这算答案的话,现在该我提问了。为什么大名鼎鼎的胡恩·冯·萨加尔现在和西里西亚强盗骑士布克·冯·罗基格走到了一起?"

"你听说过我?"

"有谁没听过胡恩·冯·萨加尔呢?还有那强大的狂风咒。一四一二年的夏天,那咒语挽救了威悉河畔蝗灾肆虐的农田。"

"当时的蝗灾没传闻中那么严重。"胡恩谦虚道,"至于你的问题……因为我可以得到食物和住处,还能体面地活着。当然,获得这些要付出不小的代价。"

"不止一次饱受良心的折磨?"

"别拉瓦的雷恩玛尔,"巫师的智慧令雷恩万大吃一惊,"问答游戏并非道德辩论。但我会回答你的问题:没错,不止一次。但良心这东西和身体一样,可以锻炼得越来越坚硬。世间万物有得必有失。这答案你满意吗?"

"非常满意,我没其他问题了。"

"那就是我赢了。"胡恩·冯·萨加尔脚踢马肚,"至于那位小姐……保持理智,别做蠢事。我说过,到了地方再看情况。而且我们马上就要到了。前面就是名为'深渊'的悬崖。先行一步,我还有事要做。"

他们不得不停了下来。蜿蜒曲折的陡坡小路一部分被山坡下沉造成的碎石掩埋,一部分被悬崖截断,就此消失。悬崖下弥漫的灰色浓雾让他们无法猜出它真实的高度。悬崖对面,亮光在黑暗中闪烁,勾勒出建筑模糊的轮廓。

"下马。"布克命令道,"胡恩大师,请。"

"牢牢牵住你们的马。"巫师说道。他站在悬崖边上,举起了弯曲的法杖。

他挥舞法杖,大声吟唱一段咒语。和在希齐博空地时一样,雷恩万听上去,那似乎是阿拉伯语,不过这咒语更长,语汇和语调也更为复杂。他们的马用力踩蹄,喷着鼻息往后退缩。

突然,一阵狂风裹挟着刺骨的寒意向他们袭来。凛冽的寒风让他们脸颊刺痛,鼻子生疼,泪眼婆娑。一张口,喉咙便像吞入了无数细小的冰针。温度骤然下降,他们仿佛是置身于一个领域的中心,整个世界的寒冷正源源不断地向这里汇集。

"牵住……马……"布克用袖子挡住了脸。沃尔丹捂着满是绷带的脑袋不停呻吟。雷恩万感到自己抓着缰绳的手指已然麻木。

巫师从世界吸收的所有寒冷,此前还仅是能够感知,突然之间变得清晰可见,化为一道白色的光芒在悬崖之上盘旋。它先是闪烁着雪花一样柔光,而后变为炫目的白光。漫长的碎裂声从光芒中传出,越来越大,最终,在一声如同浑厚钟声与玻璃碎裂声的和鸣过后,声音戛然而止。

"呃,我……"雷巴巴开口道。但他没有说完整的一句话。

众人眼前,一条像钻石一样闪闪发光的冰桥横跨在悬崖之上。

"走吧。"胡恩·冯·萨加尔紧紧拉着自己黑马的缰绳。"我们过桥吧。"

"它结实吗?"维拉赫问道,"不会塌掉?"

"过不久就会塌。"巫师耸肩道,"这东西存在的时间非常短暂,每拖延一刻,风险便会多增一些。"

维拉赫没有再问,急忙牵马跟在胡恩身后。维特拉姆在他之后踏上冰桥,接着是雷巴巴。马蹄踩过冰面,传来清脆回响。

见休伯特无法同时兼顾自己的马和卡特琳娜·比伯施泰因,雷恩万赶去帮忙,但参孙已先他一步把女孩抱起。布克·罗基格一直待在附近,手放在剑柄上,用警惕的目光注视着他的一举一动。"他已经有所察觉,"雷恩万暗想,"他在怀疑我们。"

散发着寒意的冰桥在马蹄的踩踏下叮当作响。尼柯莱特向下一瞥,发出一声轻微的呻吟。雷恩万也向下看了一眼,不由得吞了口口水。清晰透明的冰面下,峡谷深处的浓雾与突兀的云杉树梢赫然在目。

"抓紧时间!"胡恩·冯·萨加尔在队首催促道。他仿佛知道即将发生什么。

冰桥发出破裂的声音,在他们眼皮底下变得越来越白,不再透明。很多地方出现了蛛网一样的裂纹。

"快走,快走!该死的!"领着沃尔丹的塔西罗向雷恩万催促道。队尾被沙雷牵着的几匹马喷着鼻息。它们变得越来越不安,开始后退、跺蹄。每跺一次,桥面上就会出现更多的裂纹与缝隙。整座冰桥都在哀鸣。不断有碎冰脱落,坠入悬崖。

雷恩万终于鼓起勇气看向自己的脚下。巨大的冰块下,岩石与碎石清晰可见,他感到难以言喻的轻松。他已过了悬崖。所有人都已过了悬崖。

冰桥开始断裂、崩塌，发出尖锐的哀鸣，很快，随着一声轰鸣，它化为数百万闪闪发光的碎片，无声无息地坠入崖底的浓雾之中。雷恩万和其他人一样，吃惊得说不出话来。

"他总是这样。"站他身旁的休伯特低声说，"我是说胡恩大师。他就是说说而已。没什么好担心的，那桥结实着呢，不管有多少人，它总是等最后一个人过了才会塌掉。胡恩大师就是喜欢吓唬人。"

对于胡恩和他独特的幽默感，沙雷忍不住甩出一句简短的脏话。雷恩万转过身，一堵锯齿状的高大城墙出现在眼前。城墙的大门上方矗立着方形的瞭望塔。此外，还有一座高塔巍然耸立，凌驾于一切之上。

"那是波达克城堡。"休伯特解释道，"我们到家了。"

"你们回家的路稍微有些复杂。"沙雷说道，"魔法失灵的时候你们怎么办？露宿野外？"

"怎么会呢。还有另外一条路，要经过克沃兹科。但那条路要远得多，我们得走到大半夜……"

沙雷和骑士学徒交谈时，雷恩万趁机和尼柯莱特眼神交流。她看上去十分害怕，好像直到此时，看到城堡之后，她才意识到自己的处境有多危险。雷恩万第一次觉得自己的眼神为她带去了安慰。他的眼神在说："别害怕，振作起来。我发誓，我会带你离开这儿。"

伴着刺耳的声音，大门很快开启，门后是个不大的院子。布克·罗基格对几个仆人骂骂咧咧，叱责他们好吃懒做，催促他们赶紧干活。他命令仆人们照料马匹、养护铠甲武器、准备好浴室、食物和酒水。他恨不得所有的东西马上备好。

"先生们,欢迎来到我父亲留给我的遗产——波达克城堡。"

弗摩莎·冯·罗基格曾经一定是个美人。与大多数标致的美人一样,韶华逝去后,她就变成了一个丑陋的老太婆。她的身材或许曾如小白桦般挺拔修长,然而现在只能让人联想到老旧的扫帚柄。她的皮肤或许曾如蜜桃般柔滑水润,然而现在干瘪粗糙,满是斑点,皮包骨头的样子像是兽皮裹在鞋匠的鞋楦上,这也令她本就突出的鼻子看上去几乎和可怕的女巫鼻没什么两样。在西里西亚,长着这种鼻子的老太婆被当成女巫投进河里淹死的事情屡见不鲜。虽然,与弗摩莎相比,她们的鼻子短得多,弯曲弧度也小得多。

与大多数曾经的美人一样,弗摩莎拒绝承认自己的年老色衰,不愿面对春光已逝、凛冬将至的现实。这点从她的穿衣打扮便不难看出。她所有的装束,从华丽的粉红尖头鞋到花哨的平顶小圆帽,从白色的温帕尔头巾、薄纱头饰再到浅靛蓝色的紧身长裙、镶嵌珍珠的腰带、绯红色的锦缎外衣,无一不是年轻女孩的专属。

不止如此,每当遇见男人,弗摩莎就会不由自主地搔首弄姿。那效果极为可怕。

"欢迎各位客人的到来。"弗摩莎对沙雷与维拉赫咧嘴微笑,露出一口黄如柑橘的牙齿,"欢迎你们来到我的城堡。胡恩,你终于回家了。我快想死你了。"

借由旅途中听到的只言片语,雷恩万大致了解了波达克城堡的情况。当然,没那么具体,也缺少很多细节。比如,他未曾听说,波达克城堡其实是班奈维茨的弗摩莎嫁给奥托·冯·罗基格时的嫁妆。虽然穷困潦倒,但奥托还保留着作为法兰克尼亚贵族后裔的骄傲,年轻的弗摩莎爱上了他,并为他生下了布克。雷恩万还不知道的是，布克将波达克城堡称为"父亲遗产"的说法也严重失实，虽然现在还为时尚早，但"母亲遗产"的说法才更确切。班奈维茨家族是西里西亚富甲一方的大家族，丈夫死后，借助其家族势力，弗摩莎不仅没有丢掉任何财产，还成为波达克城堡的真正主人。

通过旅途中听到的寥寥数语，雷恩万也大体猜到了弗摩莎与胡恩的关系。当然，听到的事还不足以让他了解背后的来龙去脉。为了躲避马格德堡大主教宗教审判所的追捕，巫师逃到了西里西亚投奔亲人。巧合之下，胡恩认识了弗摩莎。这位波达克城堡的终身主人对巫师产生了深深的迷恋。从那之后，他就住在了城堡里。

"我想死你了。"弗摩莎踮起粉红尖头鞋，吻向巫师的脸颊，"亲爱的，快换衣服。客人们，快请进，快请进……"

壁炉上方，罗基格家族纹章上的野猪俯视着主厅中央一张巨大的橡木桌。纹章盾牌旁还有一样东西，但它不仅被煤烟熏得漆黑无比，而且还布满了蛛网，已然无法辨认。墙壁上挂着兽皮和武器，似乎都仅作装饰。其中一面墙壁上挂着阿拉斯城出产的佛兰芒挂毯，上面的图案描绘出亚伯拉罕、以撒与困在灌丛中的公羊。

强盗骑士们穿着印有板甲凹痕的软铠衣坐到桌前。起初凝重的氛围随着酒桶上桌开始稍显活跃，但很快又被从厨房返回的弗摩莎破坏掉。

"我没听错吧？"她指着尼柯莱特厉声问道，"布克！你绑架了斯托茨领主的女儿？"

"我告诉过那婊子养的别多嘴……"布克向维拉赫抱怨道，"狗日的巫师，就不能闭上臭嘴消停一会儿……呃……我正打算告诉你呢，母亲大人。事情是这样的……"

"我知道发生了什么。"弗摩莎打断道。显然，巫师已经向她告知了一切。"你们这些蠢货!浪费了一礼拜,最后让人从你们眼皮子底下把钱偷走了……年轻人这么蠢也就算了,怎么一向成熟冷静的维拉赫先生也……"

她冲维拉赫露出笑容,后者急忙移开视线,心中暗骂。布克正打算出声咒骂,弗摩莎冲他摇摇手指。

"这还没完,你们居然绑架了扬·比伯施泰因的女儿!"她继续道,"布克!你疯了吗?"

"能不能先让我们吃饭,母亲大人。"强盗骑士生气道,"坐在桌前的客人们像刚睡醒一样又饿又渴,我们罗基格家族什么时候开始这样招待客人了?吃饱之后,我们会告诉你接下来的计划。"

"食物已经在准备了,很快就会和酒水一起端上来。用不着你来教我待客的规矩。请见谅,各位尊贵的骑士。还有这位先生,之前没见过……这位英俊的年轻人,我也不认识……"

"他说他叫沙雷。"布克想起了自己的责任,"这年轻人叫雷恩玛尔·冯·阿格诺。"

"欧,是那位著名诗人的后裔?"

"不是。"

胡恩·冯·萨加尔返回主厅,他已经换上了一件毛皮领口、宽松舒适的胡普兰衫。明眼人一眼就能看出,谁才是深受城堡主人恩宠与疼爱的人。胡恩一落座,弗摩莎马上亲自为他端上一只烤鸡、一盘饺子以及一杯葡萄酒。巫师轻蔑地无视掉同伙饥肠辘辘的目光,开始旁若无人地享受美食。好在,其他人也没等太长时间。他们先是闻到一阵扑鼻的香味,而后,一大盘提子炖猪肉被端上了桌。第二道菜是用藏红花调味过的一大盘羊肉,第三道是一大盘不同野味的乱炖,最后是数锅卡莎饭。几个酒罐也受到了同样热烈的欢迎,他们很快便品尝出里面盛着的是两年份的蜂蜜酒和匈牙利葡萄酒。

他们吃饭时一言不发，打破沉默的只有咀嚼声和偶尔的敬酒声。雷恩万谨慎地控制着自己的食量，一个月以来的经历已经让他记住了长期挨饿后的暴饮暴食会带来多么可怕的后果。他希望波达克城堡不会经常忽视掉仆人，这样参孙才不会一直饿着肚子。

晚餐持续了很长时间。终于，布克松开腰带，打了个饱嗝。

"或许是时候谈谈计划的事了。"弗摩莎出声道，"虽然在我看来，没什么好谈的。因为比伯施泰因的女儿没什么勒索的价值。"

"母亲大人，恕我直言，勒索的事我说了算。"葡萄酒下肚后的布克说话声音明显大了起来。"我才是干活的人，我才是养活城堡的人。我辛辛苦苦，为这里所有的人带来食物、酒水和衣服。我过的是刀口舔血的日子。如果有一天，我不走运把命丢了，到时候你就会看到自己的生活将变得多么拮据。所以，别再啰嗦个没完！"

弗摩莎两手叉腰，面向强盗骑士们说道："听听，我这不懂事的小儿子多么狂妄。全凭他养活？真让人笑掉大牙！真要能指望上他就好了。万幸的是，在波达克城堡的地下室里有几个箱子。听好了，不孝子，箱子里的财宝都是你父亲和哥哥们的遗产，愿他们的灵魂得到安息。他们知道怎么把财宝带回家，不会像你一样把事情搞砸。他们知道自己在干什么……绝不会蠢到绑架大贵族的女儿……"

"我也知道自己在干什么！斯托茨领主会支付一笔赎金……"

"想都别想！"弗摩莎打断道，"比伯施泰因？支付赎金？你个蠢货！他会不管女儿的安危，不顾一切地抓到你，报复你。卢萨蒂亚发生过这种事，只要你有耳朵，就肯定听说过。想想'恶狼'沃尔夫·施利特的下场，他对扎雷领主弗里德里克·比伯施泰因干了类似的蠢事。再想想扎雷领主又是怎么支付所谓的'赎金'的。"

"我也听说过。"胡恩一脸漠然地出声道,"毕竟那件事远近闻名。比伯施泰因的人抓到沃尔夫后,像对待野兽一样用几根长矛把他串起,阉割之后内脏也掏了个干净。后来卢萨蒂亚流传起这样一句话:横行霸道的恶狼根本不知道鹿角有多锋利……"

"胡恩大师,还是老样子,你总是无所不知,无所不晓。"布克不耐烦地打断道,"与此同时,沃尔丹在痛苦地呻吟,雷巴巴吐出来的是血,我们的骨头都疼得要命。相比在这儿追忆往事,也许你可以去准备些药剂?不然,你在塔上的实验室是用来干吗的?嗯?只是用来召唤恶魔?"

"注意你在跟谁说话!"弗摩莎厉声说道,但是巫师示意她安静。

"实际上,我也正打算为大家减轻痛苦。"他从桌前起身,"雷恩玛尔·冯·阿格诺先生是否愿意来帮忙?"

"当然,荣幸之至,萨加尔大师。"雷恩万也站了起来。

两人离开了城堡主厅。

"两个巫师,一个老,一个小,都是恶魔的产物……"看着他们的背影,布克咕哝道。

巫师的实验室位于最高最冷的高塔顶层,如果不是因为天黑的缘故,窗外一定可以看到克沃兹科山谷的绝大部分。从雷恩万专业的眼光来看,实验室配备了最先进的仪器。老派的巫师或炼金术士偏爱把实验室搞得像充满了各式垃圾的垃圾房,新派巫师则完全不同,他们一切从简,实验室里只会配备必要的器材。除了整齐美观之外,这样的布置还有一个好处,那就是便于逃跑。面对宗教审判所的搜捕,新派的炼金术士会本着"保命要紧"的原则,舍弃自己的家当,头都不回地逃之夭夭。老派的巫师则会顽抗到底,保护自己心爱的鳄鱼标本、风干鱼唇、何蒙库鲁兹①、牛黄、曼德拉草以及泡在酒精中的毒蛇,他们最后一定逃脱不了烧死在火刑柱上的厄运。

胡恩从一个箱子里拿出一个盖在稻草下的罐子,将里面的液体倒入两个高脚杯中。杯中液体的颜色如红宝石一般,闻上去有股蜂蜜与樱桃的香气,无疑,罐中盛的一定是樱桃酒。

"坐。"他指着一把椅子说道,"别拉瓦的雷恩玛尔,来喝一杯。我们什么都不用干。我储备了大量用于治疗瘀伤的樟脑药膏,你也可以猜到,波达克城堡经常会用到这东西。也许只有缓解宿醉的汤剂比药膏的用量还要大。我邀请你来是因为我想和你谈谈。"

雷恩万看了看周围。胡恩的炼金仪器让他羡慕不已,它们的干净与整齐令人赏心悦目。他喜欢胡恩时新的蒸馏器与炼金炉,也喜欢标签齐整、排列整齐、装着催情药与炼金药的长颈细口瓶。但最令他兴奋的当属胡恩的藏书。

阅读架上有本打开的大书,显然最近正被阅读,雷恩万马上认出这是阿卜杜·阿尔哈兹莱德的《死灵书》,他在奥莱希尼察也有一本。旁边的桌子上,堆满了其他巫师的魔法书——《大魔法书》《和诺里一世法则》《所罗门的钥匙》《尤格·索托斯之书》《所罗门的小钥匙》,还有沙雷不久前吹牛时提到过的《皮卡崔斯》。此外,书堆中还有他认识的一些医学与哲学书:盖伦的《人体各部位的作

---

①Homunkulus,虚构物体,意指中世纪欧洲的炼金术师所创造出的人工生命,也指这种创造人工生命的工作本身,即人造人。其制作方法是在烧瓶中放入人类的精液以及各种草药、马粪并且密封,通过马粪的发酵作用来进行保温。经过四十天后,烧瓶中就会出现透明且具有人类形状的物体。

用》、阿维森纳的《医典》、拉泽斯的《医书》、萨扑拉·本·萨赫拉的《艾克拉巴丁》、蒙迪诺·德·卢兹的《人体解剖学》、卡巴拉主义者的《光辉之书》、俄利根的《论首要原理》、圣奥古斯丁的《忏悔录》以及托马斯·阿奎那的《神学大全》。

当然，桌上还有不少炼金术典籍，比如拉蒙·柳利的《水银之光》、罗杰·培根的《炼金术之镜》、彼得·阿巴诺的《七日谈》、尼可·勒梅的《象形符号之书》、巴希尔·瓦伦丁的《阿佐特》、阿纳尔德斯·德·维拉诺瓦的《精华之书》。此外，雷恩万还注意到了几本极为稀有的魔典，比如《真正的魔典》《蠕虫的奥秘》《气动神学》《月之书》以及那本臭名昭著的《红龙》。

"大名鼎鼎的胡恩·萨加尔想要与我交谈，我感到十分荣幸。"他抿了口樱桃酒，说道，"我本希望我们会在别的地方相识交谈，而不是……"

"而不是在强盗骑士的城堡里。"胡恩接着他的话道，"只能说世事无常。但是，说实话，我对此毫无怨言。这里有我喜欢的东西——安静、祥和、人烟稀少。宗教审判所也许已经忘了我，马格德堡大主教施瓦茨堡的京特尔可能也忘了我。当初，他却对我深恶痛绝，坚决要用火刑来回报我消灭蝗灾、拯救国家的功绩。如你所见，我在这里拥有一个实验室，可以做做实验，写写文章……有时候，为了呼吸呼吸新鲜空气，顺便找点乐子，我会和布克一起出去抢劫。总之……"

巫师发出一声沉重的叹息。

"总之，这样的生活还过得去。除了……"

雷恩万礼貌地抑制住自己的好奇心，但胡恩显然想要继续倾诉。

"你也见过弗摩莎年老色衰的样子了。"他一脸苦相,"那女人已经五十五岁了,但她不仅没有体弱多病、油尽灯枯,反而有着无尽的欲火,无时无刻不要求我帮她浇灭。清晨,白天,夜晚,她永远不知道疲倦,要求的花样也越来越复杂。该死的春药正在不断破坏我的胃和肾脏。但我必须得满足那老太婆。如果不在床上拼命表现,我就会失去恩宠,到时布克一定会把我扫地出门。"

雷恩万仍然一言不发。巫师用锐利的眼神打量着他。

"暂时来说,布克·罗基格不会把我怎样,但低估他是十分不明智的做法。"他继续道,"他的确是个蠢货,但他有时表现出来的邪恶天性简直让人毛骨悚然。在比伯施泰因女儿的事情上,他一定会惹出大乱子,对此我深信不疑。所以,我决定帮你。"

"你要帮我?为什么?"

"为什么?因为我既不想扬·比伯施泰因带兵围攻这里,也不想宗教审判所重新想起我的名字。因为你兄弟别拉瓦的彼得名望很高,我从未听说过他有何劣迹。因为我不喜欢那些在西多会森林里受人控制攻击你们的蝙蝠。更是因为你我是同一类人,我不想失去一位奥术的伙伴。相信我,你随时可能丢掉性命。你和比伯施泰因的女儿之间肯定有什么,这点你藏不住,我不清楚的是你们是旧情人还是一见钟情,但我知道你是个为了爱情不顾一切的疯子。来这儿的路上,你差点就忍不住把她抱上马鞍,飞快逃走,如果你真的那样做了,你们俩到时都会死在黑森林里。现在事情变得越来越复杂,你仍然没有死心,准备搂紧她的腰跳墙逃跑,我猜得对不对?"

"差不多。"

"如我所言,你真是为爱不顾一切的疯子。"巫师笑道,"顺便一提,你知不知道今天是什么日子?"

"我有些记不太清楚日期了……"

"不用在意日期，日历有时也会出错。重要的是，今天是秋分。"

他站起身，从桌子底下抽出一条雕花的橡木长凳放在门旁。长凳稍微高过一肘，长度约为两肘。接着，他从五斗柜里拿出一个捆着小牛皮、贴着标签的陶罐。

"这里面保存着一种非常特别的药膏。"他指着罐子道，"它是一种根据传统配方制作的混合药剂。瞧，我在标签上写了配方：白英、龙葵、乌头、委陵菜、杨树叶、蝙蝠血、毒芹、虞美人、马齿苋、野芹……我唯一更换的原料是油脂。根据《真正的魔典》记载，所用油脂要从未受洗的婴儿身上提炼，我把它换成了更便宜、更好保存的葵花籽油。"

"这……"雷恩万咽了口口水。"这是我现在想到的那东西吗？"

"我从来不关实验室的门。"巫师仿佛没听到他的问题一般，继续说道，"窗户上也没有栏杆。我会把药膏放在桌上。你一定知道该怎么使用。我建议你省着点用，因为它会产生副作用。"

"那……它安全吗？"

"没有什么是绝对安全的。"胡恩耸肩道，"如我一位朋友说过的那样，一切都是理论。"

"但是我……"

"雷恩玛尔，好好想想。"巫师冷声打断道，"我的所作所为已经足够被怀疑成你的同谋，不要得寸进尺。行了，我们该走了。我们要拿上些樟脑药膏涂抹在强盗们的瘀青处。还要拿上些安眠药剂，它既能催人入眠，也有镇痛的效果，因为睡眠能够减轻疼痛、治愈伤口。有句老话说：睡着的人不会犯罪。同时，也不会妨碍……来帮我,雷恩玛尔。"

雷恩万起身时不小心碰到了一小摞书,他眼疾手快,扶住了摇摇欲坠的书堆。他伸手摆正最上面一本书,它的封面上有条极长的铭文:伯纳迪·西尔维斯特里的两本书,一本题为大宇宙,一本题为小宇宙……读到这里雷恩万就不想继续了,他的目光很快被另一本书的标题文字所吸引。那书是摇篮本,就压在第一本书的下面。他突然意识到自己曾见过这个书题。或者,应该说曾见过它的部分文字。

他急忙把最上面的那本书推到一旁。接着,整个人愣在了原地。

DOCTOR EVANGELICUS

SUPER OMNES EVANGELISTAS

JOANNES WICLEPH ANGLICUS

DE SYMONIA

DE POTESTATE PAPAE

DE COMPOSITIONE HOMINIS[①]

"是'Anglicus',而非'basilicus'。"他心中想道,"是'Symonia',而非'sanctimonia'。是'Papae',而非'papillae'。在波沃约维村那张烧焦的纸上,在彼得林令人烧掉的那张手稿上,是约翰·威克里夫的文章。"

"威克里夫,"不知不觉中,他大声说出了自己的想法,"威克里

---

① 拉丁语,大意为:福音派神学家、最重要的福音传道者约翰·威克里夫关于亵渎与背道、买卖圣职、教皇的权力及人的构成之论述。

夫就是编织谎言和传播真理之人。骸骨挖出，焚烧成灰……"

"你刚说什么？"胡恩拿着两个罐子转身问道，"谁的遗体被挖出来了？"

"还没有被挖，这是将来要发生的事。"雷恩万的思绪一直在别的地方。"这是一段关于福音派神学家约翰·威克里夫的预言。说他是'编织谎言之人'，因为他是异端，但根据游吟诗人所唱的歌曲，他也是'传播真理之人'。他埋葬在英格兰的拉特沃思。他的骸骨会被挖出焚烧，骨灰会被撒入塞文河，流到大海。这件事三年之内就会发生。"

"有意思。"胡恩严肃地说道，"还有没有其他预言？有没有关于欧洲、世界或是基督教命运的预言？"

"抱歉。只有关于威克里夫的。"

"真是遗憾。但总比什么都没有要好。按你所说，三年之内，威克里夫的骸骨会被人从坟墓里挖出来？我们来看看能不能利用这个消息……既然我们说到这了，为什么威克里夫……啊……抱歉。我不该问。如今没人会问这种问题。威克里夫、瓦尔德豪森、胡斯、哲罗姆、约阿希姆……危险的书籍，危险的思想，很多人因为他们而失去了生命……"

"很多人，"雷恩万想道，"没错，很多人。唉，彼得林，亲爱的彼得林。"

"拿上这些罐子。我们走吧。"

桌前众人已喝得醉眼迷离，只有布克和沙雷看上去还算清醒。宴会仍在继续，仆人们从厨房里端来了更多菜肴——啤酒炖野猪肉肠、熏香肠、威斯特伐利亚黑香肠还有很多面包。

胡恩将药膏抹在强盗骑士们的瘀青和扭伤处，雷恩万为沃尔丹重新包扎伤口。拆掉绷带之后，沃尔丹浮肿的脸引发一阵哄堂大笑。相比伤口，沃尔丹本人倒更在意他丢失在森林里的犬面式头盔，据说那头盔价值整整四个格里夫纳。有人劝他头盔已经变形损坏，他坚称还能够敲平复原。

沃尔丹是唯一一个喝下了罂粟药剂的人。布克尝了一口后，把煎药倒在铺着稻草的地面上，叱责胡恩给他的是"苦涩的狗屎"。其他人也是如此。于是，让强盗骑士们陷入沉睡的计划宣告破产。

弗摩莎也没少喝葡萄酒和蜂蜜酒，她的两颊通红，已有些语无伦次。雷恩万与胡恩回来后，她不再朝维拉赫和沙雷搔首弄姿，转而把注意力放到了尼柯莱特身上。从一开始到现在，尼柯莱特只吃了一点点东西，一直低头安静坐着。

"她一点也不像个比伯施泰因人。"她的目光不停在女孩身上打量，"她腰杆纤细，屁股小巧，但比伯施泰因家族和波戈热拉家族联姻后，他们的女儿一直都是大屁股。她们还遗传了波戈热拉家族的塌鼻子，你们看看她的鼻梁有多挺。她个子不矮，这点倒像是森德戈维采家族的女人，他们和比伯施泰因家族也是姻亲。但森德戈维采家族的女人都是黑眼睛，她却是蓝眼睛……"

尼柯莱特低着头，嘴唇不停颤抖。雷恩万紧攥着拳头，咬紧了牙关。

"见鬼去吧！她又不是马市上的母马，用得着这么看吗？"布克把一根啃过的骨头扔到桌上。

"闭嘴！我就是看看而已，如果发现了哪里有趣，我当然会说出来。打个比方，她不是个小姑娘了，年纪差不多有十八岁，所以我很好奇，她还没结婚？还是说，她已经订婚了？"

"我关心她订没订婚干吗？难道我要娶她？"

"这主意不错。"胡恩抬头道，"布克，娶了她吧。强奸的罪名要比绑架勒索轻得多。如果你带着刚过门的妻子跪在斯托茨领主面前，说不定他会原谅你。老丈人可狠不下心把女婿车裂。"

"儿子，你觉得呢？"弗摩莎笑得像个老巫婆。

布克先看了眼弗摩莎，然后看向巫师，他的眼神冰冷又邪恶。很长一段时间，他沉默不语，一直玩弄手里的酒杯。杯子独特的造型以及边缘雕刻的圣道博生平图案暴露了它的来历——这圣餐杯一定是那桩著名的五旬节劫案的赃物。

"胡恩，对于这件事情，"终于，强盗骑士出声道，"我想说的是，不如你自己娶了她吧。但可惜你办不到，因为你是个神父。除非，你所侍奉的魔鬼已帮你摆脱了独身。"

"我可以娶她。"醉醺醺的帕西科·雷巴巴突然开口道，"我看上她了。"

塔西罗和维特拉姆咧嘴大笑，沃尔丹也发出"咯咯"的笑声。维拉赫表面上看着认真，好像把雷巴巴的酒话当了回事，但他的语气显然与表情不一致。

"对，帕西科，快娶了她。"他用嘲弄的语气说道，"攀上比伯施泰因家族这门亲事，你就发了。"

"去你的。"雷巴巴打了个嗝。"攀亲？难道我比他们差？我是平头百姓？我可是雷巴巴！我可是帕克西瓦维兹的儿孙！我们在大波兰和西里西亚做贵族的时候，比伯施泰因人还在卢萨蒂亚和海狸一起蹲在泥巴坑里啃树皮，连人话都不会说。就这么定了，我要娶了她。我得找人去通知我父亲，没有父亲的祝福可没法办婚礼……"

"给你们主持婚礼的人也有了。"维拉赫继续嘲弄道，"大家都听到了，胡恩大师是神父。他可以马上为你主持婚礼，对不对？"

巫师没有抬眼看他，似乎只对面前的威斯特伐利亚黑香肠感兴趣。

"有必要先问一下当事人。"终于，他开口道，"婚礼需要经过双方同意。"

"当事人一句话没说。"维拉赫咧嘴笑道，"沉默就代表同意。为什么不再问问其他人呢？喂，塔西罗，你不想结婚吗？维特拉姆，你呢？沃尔丹？沙雷先生，为什么不吱声？在场的人里有谁还想马上结婚？"

"也许还有你自己？"弗摩莎歪头说道，"对不对，维拉赫先生？难道你不想娶她？你不喜欢她？"

"当然喜欢。"强盗骑士露出淫邪的笑容。"但是婚姻是爱情的坟墓，所以我的建议是直接轮奸了她。"

"为了不打扰各位男士开玩笑的兴致，我觉得女士们是时候离开了。"弗摩莎起身说道，"走吧，姑娘，这儿没你什么事了。"

尼柯莱特听话地站起，弯着腰，拖着沉重的步子走了出去。她的头埋得很低，眼睛泛着泪光，嘴唇在不停颤抖。

"一切都是假象。"雷恩万心中想到。他的拳头在桌子底下紧紧攥起。"她的勇敢、坚强与果决都是假象与谎言。她是多么可怜、脆弱和绝望啊！她多想有个男人为她挺身而出啊！"

"胡恩。"弗摩莎的话音从门后传来。"别让我等太久。"

"马上来。"巫师站起身。"白天森林里的蠢事让我太过疲惫，没办法继续再听白痴一样的对话了。祝各位晚安。"

布克往地上啐出一口唾沫。

巫师和女士们离开后，真正的狂欢拉开了序幕。强盗骑士们大吼着要更多的酒。端酒的女仆们被他们揩油调戏了一番,红起脸大哭着跑回厨房。

"放开了吃!"

"干杯!"

"祝健康!"

"干了!"

雷巴巴和维特拉姆勾肩搭背,开始放声歌唱。维拉赫和塔西罗也跟着唱了起来。

> 我想在小酒馆喝酒度日,
> 我失败时,希望我的邻居会为我端起酒杯;
> 他们会像天使一样合唱,
> 上帝啊,请怜悯这个一直在喝酒的人!

布克喝得很凶,但反常的是,一杯接一杯美酒下肚后,他变得越来越清醒,一次又一次的干杯让他神色慢慢变得冷酷而严峻,同样奇怪的是,他脸色没有变红,反而愈发苍白。他一脸阴沉地坐在桌前,紧握自己的圣餐杯,眯起的眼睛紧紧盯着沙雷。

维特拉姆用自己的酒杯在桌子上打起节拍。维拉赫用剑柄敲桌与他合奏。沃尔丹包成粽子似的脑袋摇摇晃晃,嘴里含糊不清地跟着哼唱。雷巴巴和塔西罗在大声吼唱。

> 女主人喝酒,男主人喝酒,
> 士兵喝酒,神父喝酒,
> 男人喝酒,女人喝酒,

> 男仆喝酒，女仆喝酒，
> 勤快人喝酒，懒人喝酒，
> 白人喝酒，黑人喝酒……

"干！干！"

"布克，我的兄弟！"晃晃悠悠的雷巴巴搂住布克的脖子，胡子上的酒水滴到了布克身上。"我来找你喝酒了！高兴起来！这可是我和比伯施泰因小姐的订婚仪式。她让我着迷！我保证，过不久我就请你参加我们的结婚典礼，到时候我们要狂欢一场！"

> 嘿，嘿，我可爱的小棍，
> 正好可以放入小洞……

"打起精神，"沙雷趁机偷偷向雷恩万说道，"我觉得是时候开溜了。"

"我知道。"雷恩万悄悄回应道，"如果情况不对，你马上和参孙一起逃走。不用等我……我一定要带那姑娘去高塔……"

布克推开了雷巴巴，但他很快又黏了上去。

"别担心，布克！弗摩莎夫人说的没错，你绑架了比伯施泰因的女儿，搞砸了一切。但是我会解决这个问题。现在她成了我的未婚妻，很快就会成为我的新娘。问题解决了！哈哈，布克，来喝酒！来狂欢！干！嘿，嘿，我可爱的小棍……"

布克又把他推到了一边。

"我认识你。"他对沙雷说道，"在克洛莫林时我就这么想，现在我终于记起了时间和地点。虽然你那时候穿着方济各会修士袍，但我记住了你的脸。一四一八年的七月，在那个令人难忘的礼拜一，我在弗罗茨瓦夫城镇广场见过你。"

沙雷没有回应，而是毫不畏惧地盯着强盗骑士眯起的眼睛。布克转动着手里的圣餐杯。

"至于你，"他恶毒的目光移向雷恩万，"阿格诺，随便你的真名叫什么，鬼知道你到底是什么人，说不准也是某个僧侣或神父的私生子，说不准你也曾因谋反和煽动被比伯施泰因领主关进了斯托茨塔牢。回来的路上我就怀疑你。我注意到你一直盯着那女孩，以为你是在找机会刺杀比伯施泰因的女儿，以此报复。为了我的五百格里夫纳，我一直盯着你的一举一动。在你拔出匕首之前，你的人头早已落地。"

"而现在，"强盗骑士继续说道，"看着你的脸，我在想我是不是想错了。也许你们俩之间有什么，你根本不是想杀她，而是想救她？你是想从我眼皮底下把她偷走？我越想越气，很好奇在你眼里，我布克·罗基格到底是什么样的白痴。我忍不住想抹了你的脖子，但我在克制。当然，只是暂时克制。"

"要不今天到此为止？"沙雷的声音十分冷静，"今天发生了太多让人疲惫的事情，大家都有深刻的体会，瞧，沃尔丹先生脸搁在盘子上就睡着了。我建议，我们明天再接着讨论。"

"没什么事会拖到明天。"布克厉声道，"合适的时候，我会宣布宴会结束。现在喝吧，僧侣的私生子，趁现在有酒。喝吧，阿格诺。你们怎么知道这不是人生最后一场酒？到匈牙利的路途遥远又危险，谁知道你们能不能抵达？常言道：天有不测风云。"

"尤其是在比伯施泰因领主已经派出重兵的情况下。"维拉赫恶毒地补充道，"他一定对女儿的绑架者恨得牙痒痒。"

"你们没听到我说什么吗?"雷巴巴打了个嗝,"我来摆平比伯施泰因。等我娶了他的女儿,等我……"

"安静点。"维拉赫打断道,"你喝多了。布克和我找到了对付比伯施泰因更好、更简单的方法。别继续念叨结婚的事了。"

"但她让我着迷……订婚……洞房……嘿,嘿,我亲爱的……"

"闭嘴。"

沙雷将视线从布克身上移开,看向塔西罗。

"塔西罗先生,你也同意他们的计划?你也认为那是个好主意?"他冷静问道。

"没错。"过了一会儿,塔西罗回答道,"不管心里有多过意不去,我还是选择同意。这就是人生。你们是解决难题的完美人选。"

"完美人选,说得好。"布克接话道,"简直是完美到不能再完美的人选。参与抢劫的人里,没戴面甲的人最容易辨认。那请问都有谁呢?有沙雷先生,有驾着抢来的马车横冲直撞的阿格诺先生。你们那体形巨大的仆人更是让人很难忘记。就算是尸体,你们的面貌也会被轻而易举地认出。顺便说一句,他们见到的只会是尸体。你们的尸体会让所有问题迎刃而解,谁抢劫了队伍,谁绑架了比伯施泰因的女儿……"

"还有谁谋杀了她?"沙雷冷静道。

"以及谁强奸了她。"维拉赫露出淫邪的笑容。"别忘了强奸这么重要的事儿。"

雷恩万从长凳上愤然站起,但很快被塔西罗强有力的胳膊摁了回去。同一瞬间,维特拉姆抱住了沙雷的双肩,布克拔出短剑抵在了他的喉咙上。

"真要这样吗?"雷巴巴嘟囔道。"他们之前救过我们……"

"我们必须这样。"维拉赫打断了他的话。"拔出你的剑。"

锋利的剑刃下，渗出的血滴汇成细流，顺着沙雷的脖子缓缓流下。即便如此，沙雷的声音仍然十分冷静。

"你们的计划不会成功。没人会相信你们。"

"不不不，他们会相信的。"维拉赫肯定道。

"你们这些伎俩瞒不过比伯施泰因，早晚还是会人头落地。"

"你连明天的太阳都见不到了，吓唬我还有什么用呢，僧侣的儿子？"布克探过身子，贴到沙雷面前。"你说比伯施泰因不会相信？或许如此。你说我会人头落地？那又如何。反正我马上就要割断你的喉咙。对于你，阿格诺，哪怕只是为了让萨加尔不爽，我也要把你杀了。谁让你和他是一类人，也是个巫师。而对于你，沙雷，我们姑且把这称之为清偿债务——历史的债务。一四一八年在弗罗茨瓦夫城镇广场上，刽子手砍掉了其他反叛头目的脑袋，而今晚，你这条漏网之鱼将在波达克城堡迎来终结，你这个私生子。"

"这已经是你第二次把我叫做私生子了，布克。"

"那又如何，我还要叫第三次。私生子！你又能拿我怎么样？"

沙雷还没来得及回答，只听一声巨响，房门大开，休伯特走了进来。确切地说，是参孙走了进来，他拿休伯特撞开了门。

紧接着，房间陷入一片死寂，只能听到一只绕塔盘旋的灰林鸮在夜空哀鸣。参孙抓着休伯特的衣领和裤子把他高高举起，朝布克脚下扔了过去。与地面相撞的瞬间，休伯特发出一声凄惨的哀嚎。

"这人在马厩里想用缰绳勒死我。"寂静之中，参孙出声道，"他声称这是你的命令。罗基格先生，想要解释一下吗？"

布克不想。

"杀了他！"他吼道，"杀了那个婊子养的！给我上！"

沙雷如水蛇般身形扭动，挣脱了维特拉姆的束缚，顺势挥肘击中塔西罗的喉咙。喘不上气的塔西罗放开了雷恩万。随即，雷恩万用力出拳，精准地打在了雷巴巴肋部的伤口上。雷巴巴一声哀嚎，弯下腰去。沙雷跃向布克，用力踢向他的小腿，布克吃痛，跪到了地上。接下来的战况雷恩万没有看到，因为他的后颈重重挨了塔西罗一拳，随即被扔到了橡木桌上。但是，传来的拳击声、鼻骨断裂声和狂怒的嘶吼声让他猜到了一切。

"罗基格，永远不要再叫我私生子。"他听到了沙雷清晰的话音。

塔西罗与沙雷缠斗之时，雷恩万意欲驰援，却被疼得龇牙咧嘴的雷巴巴从后紧紧抱住。维拉赫和维特拉姆扑向参孙，巨人抓起一条长凳，杵向维拉赫的胸膛，随即长凳一横，将维特拉姆推开。两人很快被巨人击倒在地。见雷恩万在雷巴巴的熊抱之中不停踢踹挣扎，参孙猛冲过去，大手一张，一掌拍在雷巴巴的脑袋一侧。雷巴巴侧着身子飞了出去，额头撞到了壁炉上。雷恩万从桌上抓起一个陶罐，砸到挣扎起身的维拉赫头上。

"雷恩万，去救那女孩！"沙雷喊道，"快跑！"

布克咆哮着从地上站起。他的鼻骨已经碎裂，鲜血不断从鼻子里淌出。狂怒的强盗骑士从墙上扯下一根猎熊矛，用力掷向沙雷。沙雷敏捷地闪身躲过，长矛仅仅擦伤了他的胳膊，却插在了刚刚睡醒、一脸困惑、正要从桌前站起的沃尔丹身上。沃尔丹向后飞去，后背撞到佛兰芒挂毯上，缓缓滑下，坐在地上，脑袋软绵绵地耷拉到没入胸口的矛杆上。

布克暴怒嘶吼，空手猛扑沙雷。他手指弯曲，状如食雀鹰的利爪。沙雷一手伸直，挡下他的攻击，一手握拳，挥向他断裂的鼻子。布克哀嚎一声，跪在地上。

塔西罗扑向沙雷，维特拉姆扑向塔西罗，参孙扑向维特拉姆，紧接着是维拉赫、鲜血淋漓的布克，最后是休伯特。所有人扭打在一起，场面犹如雕塑《拉奥孔和他的儿子们》。雷恩万没有看到这幕，彼时他正以最快的速度在高塔陡峭的楼梯上奔跑。

在一扇低矮的门前，他遇到了她。卡在铁夹上的火把摇曳着昏暗的火光，将她所在的位置照亮。她看上去一点也不惊讶，仿佛一直在等待着他。

"尼柯莱特……"

"奥卡辛。"

"我来……"

他还没有说出赶来的原因就被一拳击倒在地。他手肘撑着身子，想要起身，很快又挨了一拳，再次倒地。

"我好心好意待你。"雷巴巴跨在他身上，喘着粗气道，"我好心好意待你，你却打我断裂的肋骨？臭虫！"

"嘿，你！大家伙！"

雷巴巴转身，咧嘴露出喜悦的笑容。站在他面前的是令他着迷的卡特琳娜·比伯施泰因小姐。在他自己编织的梦境里，她已经成了他的未婚妻，甚至，他已经看到了与她在婚床上缠绵的美景。事实证明，那不过是个太过浮夸的白日梦。

他梦想中的未婚妻用指节戳中了他的一只眼睛。雷巴巴吃痛捂脸时，女孩拎起她的裙摆，鼓足力气，一脚踢中他的裆部。她一厢情愿的未婚夫身子蜷缩，重重吸了口气，接着发出狼嚎般凄厉的哀嚎。他双膝跪倒在地，两手紧紧捂着自己的宝贝。尼柯莱特将裙子提得更高，露出了修长紧致的小腿。她跃向前方，一脚踢中他的侧脸，接着身形回转，踹向他的胸膛。雷巴巴被踹倒到旋梯上，像皮球般滚了下去。

雷恩万膝盖撑地，缓缓站起。她站在他身旁，一脸平静，甚至呼吸都未曾慌乱，胸部几乎看不出起伏。只是，那双如猎豹般闪闪发亮的眼睛将她内心的兴奋暴露无遗。"她一直在演戏。"他心中想到，"她的害怕和软弱都是装出来的。她骗过了所有人，包括我。"

"现在怎么办，奥卡辛？"

"快点去塔顶，尼柯莱特。"

她跑得飞快，在楼梯上跃动的身姿宛如灵巧的山羊，令他几乎追赶不上。

帕西科·雷巴巴一路滚下楼梯，在惯性的驱使下滚进了主厅，几乎要滚到桌子底下。他在地上躺了一会儿，像渔网中的鲤鱼一般大口喘息，紧接着发出痛苦的呻吟，捂着自己的宝贝剧烈摇头。随后，他坐了起来。

除了休伯特和胸口插着猎熊矛的沃尔丹，房间里没有任何人。休伯特表情扭曲，满脸痛苦，一条胳膊托在肚子上，显然已经折断。他对上雷巴巴的目光后，脑袋冲着通往院子的一扇门歪了歪。但这实属多此一举，因为雷巴巴已经听到了院子方向嘈杂的叫喊声与频繁的打斗声。

一男一女两个惊恐的仆人往门内偷看，看到他们时马上慌张逃离。雷巴巴站起身，口中谩骂不止，从墙上取下一柄长柄战斧。战斧的刀刃锈迹斑斑，长杆上满是虫洞。他犹豫片刻，虽然怒不可遏的强盗骑士等不及向可恶的卡特琳娜施以最残忍的报复，但理智告诉他应该去帮助同伙。

"塔里没有出口,比伯施泰因的女儿绝对逃不掉。"他感到自己的宝贝已经开始肿胀。"暂且先不管那可恶的娘们,先让其他人血债血偿。"

"你们他妈的给我等着!"他咆哮一声,一瘸一拐地冲向院子。"你们死定了!"

塔门在巨大的撞击声中晃动不止。沙雷咒骂一声。

"快点!"他喊道,"参孙!"

参孙从马厩中拽出两匹配有马鞍的高头大马。一名仆人从干草棚上跳下阻拦,被参孙一声大喝吓得拔腿就跑。

"这扇门撑不了多久!"沙雷冲下石阶,从参孙手里抓过缰绳。"快去大门!"

参孙也看到了他们成功锁死的塔门上,又有一块木板爆裂成飞舞的碎屑。那是唯一将他们与布克一伙隔绝的东西。他们听到刀刃与石头和金属的碰撞声,无疑,狂怒的强盗骑士们正试图砍断铰链。情况已经万分危急。参孙环顾四周。城堡大门被一根门闩牢牢固定,另有一把沉重的挂锁将其锁死。巨人健步如飞,三步跃至柴堆,从树桩上拔出一柄巨大的斧头,又迈三步,跃至大门。他一声大喝,鼓足力气,抡起斧头劈向挂锁。

"再加把劲!"沙雷瞥见即将四分五裂的塔门,大喊道,"再加把劲!"

参孙再次劈向挂锁,这次力道更盛,整个城堡大门与上方的瞭望塔都为之震颤。结实的挂锁并未破开,但卡住门闩的铁钩却快要从墙里脱落出来。

"再来!使劲劈!"

第三次劈砍更为凶猛有力，结实的大锁终于被破开，铁钩从墙壁脱离，"砰"的一声，门栓砸落地面。

"抹到你的腋窝下。"雷恩万将衬衫往下一扯，露出肩膀，用手从陶罐里舀出些药膏，向尼柯莱特示范用法。"还有脖子后面，像这样。再多抹点……把它抹匀……快，尼柯莱特，我们时间不多了。"

女孩看了他一会儿，怀疑与钦佩在她的眼中激烈争斗。但她一句话也没说，伸手去取药膏。雷恩万把橡木长凳拖到房间中央，推开窗户，冷风不断涌入巫师的实验室，尼柯莱特忍不住打了个寒颤。

"不要去窗边。"他阻止了她。"最好……不要往下看。"

"奥卡辛。"她凝视着他。"我明白，我们是在做困兽之斗，但你真的知道自己在做什么吗？"

"快骑到长凳上。我们真的没时间可以浪费了。坐到我后面。"

"我更愿意坐你前面。抱住我的腰，抱紧些。再紧一些……"

她的身体很热，即使胡恩特制的混合药剂也无法掩盖她身上那薄荷与菖蒲的香气。

"准备好了？"

"嗯，准备好了。你会不会扔下我？会不会让我掉落下去？"

"除非我先死了。"

"不要死。"她轻叹一声，回过头，双唇往雷恩万的嘴上轻轻一吻。"不要死，一定要活下去。吟唱咒语吧。"

呼啸，呼啸

窗外的风

逆风飞行！

飞出窗外

不碰撞任何东西！

  他们骑着的长凳开始剧烈跳动，如同一匹桀骜不驯的烈马。尽管尼柯莱特坚毅果敢，但还是没能抑制住恐惧的尖叫。事实上，雷恩万也同样如此。长凳攀升至差不多两米的高度，开始像陀螺一样快速旋转，胡恩的实验室在他们眼中变得模糊不清。尼柯莱特的手指紧紧掐着雷恩万环抱着自己的手臂，不停尖叫，但他敢打赌，她的尖叫与其说是出于恐惧，不如说是出于渴望。

  与此同时，长凳径直飞向窗口，飞入了寒冷漆黑的夜空。但很快，它开始向下急速俯冲。

  "抓紧！"雷恩万大喊。强大的气流把他的话逼回了喉咙。"抓抓抓、紧紧紧！"

  "你抓紧我！天天天天、呐呐呐呐！"

  "啊啊啊啊啊啊啊！"

  门栓落地的瞬间，塔门洞开，强盗骑士们从高塔涌出，冲下石阶。他们怒不可遏，手里都拿着武器，对杀戮的渴望已经蒙蔽了他们的双眼，以致最先冲出塔门的布克在陡峭的石阶上一脚踏空，径直摔入一堆马粪。其余人冲向参孙和沙雷。参孙发出如野牛般的咆哮，狂舞大斧，挡开攻击。同样咆哮不止的沙雷手挥大门旁发现的长戟抵挡攻势。然而，无论是人数还是战斗技巧，优势都在强盗骑士一方。面对凶猛的刺击与刀剑的挥砍，参孙和沙雷连连后退。

直到他们的后背感受到了坚硬的墙壁。

就在此时,雷恩万从夜空俯冲下来。

看到院子在眼前变得越来越大,雷恩万与尼柯莱特失声尖叫。令人窒息的冷风不断涌入喉咙,他们的尖叫声变成了骇人的嚎叫,其效果远胜于他们自己的到来。除了碰巧抬头的维特拉姆,其余强盗骑士都没有注意到飞凳上的骑手。但令人毛骨悚然的嚎叫对他们的精神造成了毁灭性的打击。维拉赫跪在地上,两手撑地。雷巴巴咒骂大喊,整个人伏在地上。塔西罗倒在雷巴巴身边,已然不省人事。他是空袭唯一的受害者,长凳冲着院子俯冲时,撞到了他的后脑勺。维特拉姆手画十字,狼狈地爬到装着干草的板车车底。被尼柯莱特裙边扫过耳朵的布克蜷缩发抖。紧接着,伴着骑手更刺耳的尖叫,长凳陡然升空。目瞪口呆的维拉赫看着他们飞走时,幸运地用眼角余光瞥见了沙雷,在最后一刻躲过了长戟戳刺。他抓住戟杆,开始与沙雷搏杀。

参孙丢掉斧头,抓住一匹马的缰绳,正要去抓第二根的缰绳时,布克冲至身前,刺出匕首。参孙身形闪躲,但速度还是没能快到毫发无损,匕首划开了他的衣袖,划破了他的肩膀。布克还没来得及刺出第二下,嘴上便挨了重重一拳,滚落至城堡大门处。

参孙摸了摸肩膀,看了眼染血的手掌。

"现在,我是真的被惹恼了。"他一字一句大声道。

他走向还在为戟杆僵持不下的沙雷与维拉赫,挥出势大力沉的一拳,年长的强盗骑士直接在空中翻了个跟头。雷巴巴捡起长柄战斧作势偷袭,参孙转过身来,怒目而视,惊得雷巴巴连退两步。

当沙雷牵住两匹马时,参孙从大门旁的武器架上抓起了一面铁制小圆盾。

"杀了他们！"布克拿起维特拉姆丢的长剑，大吼道，"维拉赫！雷巴巴！维特拉姆！杀了他们！噢，见鬼……"

他看到了参孙在做什么。巨人像抓铁饼一样抓起小圆盾，身体宛如掷铁饼者一样飞快旋转。圆盾像弩炮一样从他手中飞出，从维拉赫耳边掠过，呼啸着飞穿整个院子，将墙壁上的梁托砸得粉碎。维拉赫吞了口口水。与此同时，参孙从架子上抓起第二面圆盾。

"见鬼……"看到巨人又开始旋转身体，布克倒吸一口凉气。"注意躲避！"

"以圣人的名义起誓！"维特拉姆大喊道，"快躲起来！"

强盗骑士们四散奔逃，雷巴巴钻进了马厩，维拉赫藏在一堆木柴后，维特拉姆再次爬到了干草板车的车底，刚刚恢复意识的塔西罗重新平伏在地上。布克从训练假人的身上扯下一面老式的长方形盾牌，顶在背后一路狂奔。

参孙以一个经典的姿势完成了单腿旋转，身姿可与米隆抑或菲狄亚斯的雕塑媲美。圆盾朝着目标呼啸而去，只听"砰"的一声巨响，它击中了布克背后的长盾。巨大的冲击力将强盗骑士推出了至少十米，若不是因为一堵墙，他还不会停下。一瞬间，布克像是整个人糊在了墙上。几秒过后，他沿着墙壁缓缓滑落，趴在了地上。

参孙环顾四周，眼前已经没有了任何可以投掷的目标。

"来我这儿！"大门处的沙雷骑在马上，大声呼喊，"参孙，来我这！上马！"

虽然是匹高头大马，但当参孙的重量陡然压上的一瞬，它的马身还是微微下沉了些。参孙轻拍马颈，将它安抚下来。

他们快马加鞭，疾驰而去。

Chapter 25
第二十五章

本章主题为爱情与死亡。爱情是美好的，而死亡不是。

雷恩万在布拉格的一位老师曾经试图证明，魔法飞行是由涂抹飞行药膏的男巫或女巫精神操控的。他们所骑乘的工具，无论是扫帚、拨火棍、铁锹还是随便什么别的东西，都不过是无生命的物体，接受巫师的精神操控并完全听命于他们的意念。

他的理论可能是对的，因为载着雷恩万与尼柯莱特的长凳在夜空中飞升至波达克城堡城垛的高度后，便一直绕着城堡盘旋，直到雷恩万看到两人骑马离开了城堡——其中一人有着令人印象深刻的巨大体格。长凳平稳地飞在他们后面，仿佛是想让他安心，让他确信沿克沃兹科大路骑马疾驰的两人都未受重伤，他们的身后也没有穷追不舍的骑士。而后，如同感受到他的安心一般，长凳再次围绕波达克城堡盘旋一周，随即飞向高空，飞到了月光照耀的云层之上。

胡恩·冯·萨加尔坚信，理论并未绝对，事实证明，他也是对的。布拉格博士关于精神操控的论点仅在一定程度上是正确的。而且，非常具有局限性。因为在雷恩万确认过沙雷和参孙的安全后，飞凳就彻底不再听从他的意念。比如，它飞到月亮似乎触手可及的高度就绝非是雷恩万的意愿。高处不胜寒，他和尼柯莱特的牙齿开始不停打颤。再比如，像秃鹰追寻猎物般在空中盘旋也绝不是雷恩万的意愿。他内心希望一直跟着参孙和沙雷，然而飞凳似乎并不理睬。

雷恩万也从未想过要以鸟瞰的视角来研究西里西亚的地形地貌，所以，鬼知道这家具是在谁的精神操控下降至莱因赫施泰因山坡的上空，朝着东北方向飞去。亚沃尔尼克山脉与蓝莓山脉连绵的群山飞快地从他们右侧闪过。很快，长凳掠过了一个两层城墙、高塔林立的城镇，无疑，那一定是帕奇库夫。接着，它载着他们飞过一条河流，无疑，那一定是尼萨河。不久之后，奥特穆胡夫高塔的屋顶从他们身下一闪而逝。这时，长凳改变了方向，绕了很大一圈，飞回了尼萨河的上空。但这次，它开始朝着河流上游飞翔。蜿蜒的河流表面洒满了月光，宛如一条银色的丝带。一瞬间，雷恩万的心跳开始加速，因为看起来长凳似乎打算飞回波达克城堡。然而并非如此，长凳突然改变了方向，从低地上空滑翔而过，朝北方飞去。很快，卡缅涅茨的修道院建筑群从他们身下闪过，雷恩万又一次感到心神不宁。他突然意识到，尼柯莱特也涂抹了飞行药膏，也能够使用自己的意念操控飞凳。根据飞行的轨迹，他们也许正径直飞往比伯施泰因家族的领地斯托茨。雷恩万心中打鼓，怀疑自己会不会受到欢迎。

然而长凳却微微向西偏离，飞过了一个城镇。雷恩万渐渐失去了方向感，被风吹得泪蒙蒙的眼睛再也认不出身下闪过的景色。

长凳飞行的高度已经不算太高，于是他们不再哆嗦，牙齿也停止了打颤。长凳飞得平稳而流畅，没有任何空中特技，尼柯莱特的指甲不再嵌入雷恩万的手背。他明显感到女孩放松了一些。而他自己，也终于可以更自如地呼吸，不再因气流或惊险而窒息。

他们在月光照耀的云层下飞行，下方是星罗棋布的森林与田野。

"奥卡辛……"她迎着风大喊，"你知道……我们要去哪吗……"

他将她抱得更紧，心中明白她在期待他这么做。

"不，尼柯莱特。我不知道。"

虽然不知道，但他有所怀疑。他的怀疑没错。当女孩轻轻的讶异声让他注意到同行之人时，他甚至都没有感到特别惊讶。

一名年轻的女巫戴着一顶已婚女士的帽子，像老派女巫一样骑着一把扫帚在他们左侧飞行。在风的吹拂下，她羊皮大衣的下摆舞动不止。她向他们靠近了一些，接着一手举起，向他们挥手问好。片刻犹豫后，他们也挥手致意。然后，她飞到了他们前方。

或许是因为太过专注于彼此，飞在右侧的两名女巫没有向他们打招呼。她们非常年轻，一前一后骑在一条雪橇板上，身后的马尾辫随风舞动。她们正在热情而贪婪地接吻，看上去，前面的女巫为了把舌头伸到后面女巫的嘴巴里，仿佛快要把自己的脖子扭断。与此同时，后面的女巫正一心一意地揉捏前面女巫衬衫外袒露的双乳。

尼柯莱特清清喉咙，不自然地咳嗽一声。她在长凳上忐忑不安地挪动身子，仿佛想要与雷恩万保持些距离。他知道她这么做的原因，因为他自己也感受到了一股冲动。这不该归咎于那干柴烈火的一幕，至少，它不是唯一的原因。对于飞行药膏的副作用，胡恩有过提醒，雷恩万自己也记得曾在布拉格听说过。所有的专家一致认为，搽到皮肤上的飞行药膏会产生和强力催情剂一样的效果。

不知何时，夜空飞来了一群女巫，她们排成长长的"一"字形队伍，队首隐没在洒满清辉的云层中。女巫们——事实上，飞行队伍中也有几个男巫——骑乘的工具五花八门，既有传统的扫帚，也有拨火棍、长凳、铁锹、草叉、锄头、车辕、篱笆木桩，甚至还有未曾剥皮打磨的木棍和长杆。他们的身前与身后，飞着无数的蝙蝠、夜鹰、猫头鹰、灰林鸮与乌鸦。

"嘿！弟兄！你好啊！"

他回过头。奇怪的是，他并不感到吃惊。

朝他大喊的女巫戴一顶黑色的女巫帽，帽下是火红的波浪卷发，身后暗绿色的羊毛围巾像裙摆一般随风飘动。在她身旁飞行的小女孩是曾做过预言的狐脸女巫。紧随其后的雅格娜在拨火棍上摇摇晃晃，仍是一副醉醺醺的样子。

尼柯莱特大声地清清喉咙，回头看他。他一脸无辜地耸了耸肩。红发女巫咯咯大笑。雅格娜打了个酒嗝。

今晚是秋分之夜，对于农民来说，它是承载着丰收喜悦的扬谷节之夜，过了今晚，他们便开始借用秋风分离谷壳。但对于巫师与一些古老的种族来说，它是马本节①，是一年中的八个安息日之一。

"嘿！"红发女巫忽然尖叫道，"姐妹们！弟兄们！我们要不要

---

① Mabon，在异教徒的传统中有八个广为庆祝的节日，这些节日以年轮符号描绘，"马本节"即为秋分。

玩个游戏？"

雷恩万哪有心情玩游戏，况且，他完全不知道她口中的游戏会是什么。但现在长凳明显加入了飞行队伍，根本不由他控制。

一片林中空地上燃着篝火，十几个人围坐在篝火旁。巫师们猛然朝火光俯冲下去，几乎贴着树梢飞行，大呼小叫地从人们头上一闪而过。雷恩万看到人们抬起头，模模糊糊听到他们激动的尖叫声。尼柯莱特的指甲又嵌入了他的手背。

红发女巫最为大胆，她故意压低高度飞行，发出母狼般的嗥叫，用扫帚从篝火里带出一堆火星。紧接着，在露营者们的尖叫声中，巫师们陡直飞向夜空。"如果他们手里有弩，"雷恩万打了个寒颤，"谁知道这游戏会是怎样的结局。"

巫师们向一座小山飞去。小山的山脚下是茂密的森林，山体本身也长满了郁郁葱葱的树木。此前，雷恩万暗暗猜测飞行的目的地会是斯莱扎山，但现在看来，那座山对斯莱扎山来说太过矮小。

"那是格鲁霍瓦山。"尼柯莱特的话令他感到惊讶，"离弗兰肯施泰因不远。"

山坡上燃着无数篝火，树脂黄颜色的火苗在树后跃动，红光照亮了笼罩在山谷中的魔法迷雾。篝火处不断传出喊叫声、歌唱声、长笛声、排箫声和铃鼓声。

尼柯莱特在他身边不停颤抖，这绝不仅仅是因为寒冷。她这个样子并没有让他感到奇怪。因为，他的脊背也在发抖，心脏快要跳到喉咙，几乎连口水都咽不下去。

一个火红眼睛、蓬头垢面、头发是胡萝卜颜色的怪物降落在他们身旁，从扫帚上跳了下来。它的爪子如同一根根细棍，上面长着足有六英寸长的弯曲尖甲。不远处，四个头戴橡子状帽子的地精在叽叽喳喳、喋喋不休地吵闹。它们似乎是乘坐同一根大船桨飞来的。另一边，一个身后拖着面包师铁锹的怪物在缓慢行走。它身上的东西让人不禁联想到羊毛大衣内面的毛发，但也可能那本就是它天然的毛皮。一个路过的女巫向他们投来敌意的目光。她穿着没系扣子的雪白衬衫，无所顾忌地袒露着双乳。

起先，还在飞行的时候，雷恩万的计划是马上逃跑，落地之后就想办法尽快下山。然而，计划总赶不上变化。他们降落在了如潮水一般裹挟他们前进的队伍中。迈向不同方向的每一步都十分扎眼，一定会引起怀疑。权衡之下，他认为最好还是不要轻举妄动。

"奥卡辛，"尼柯莱特紧靠在他的身边，明显感觉到了他在想什么，"你听没听过这样一句话：刚出狼群又入虎口？"

"别害怕。"他努力从发紧的喉咙里挤出安慰的话语，"别害怕，尼柯莱特。我不会让任何人伤到你。我会带你离开，绝对不会弃你而去。"

"我知道的。"她马上回应道。她的语气中充满了信任与温暖，让他瞬间恢复了勇气与自信。坦率地说，之前的他几乎彻底丧失了这些美好的品质。他勇敢地挺起胸膛，礼貌地向女孩伸出胳膊，然后带着无畏甚至是高傲的神色环顾四周。

一个散发着湿树皮气味的护树宁芙[①]从他们身后走到身前。一个龅牙矮人被他们从身前甩到了身后。矮人的小背心下露着如同西瓜一样光溜溜的肚皮。在翁沃尼采村的墓地，彼得林葬礼过后的夜晚，雷恩万曾见过一个样子差不多的矮人。

[①]Hamadriad，希腊神话和罗马神话中的护树女仙，属于树林女仙德律阿得斯中的一个分支。

越来越多的飞行者降落在悬崖下的缓坡上，随着来客不断增多，空间慢慢变得局促起来。好在组织者们维持了秩序，他们不停引领来客去往一块空地，在那里，飞来的客人们可以把扫帚和其他飞行工具暂存在一个特别布置的围场中。他们不得不在队伍里等待一会。当一个包在裹尸布里、味道也与尸体极为相像的瘦长怪物站到他们身后时，尼柯莱特更用力地抓紧了他的胳膊。与此同时，排在他们前面的是两个头发上挂满干谷穗的鲁萨尔卡[①]，她们的小脚紧张又烦躁地踩个不停。

一会过后，一只肥胖的寇伯[②]从雷恩万手中接过长凳，递给了他一份收据——一枚绘有魔法文字和罗马数字CLXXIII的蚌壳。

"收好它。"它习惯性地咆哮道，"别丢了。我可不会帮你满山找。"

尼柯莱特紧紧贴到他身旁，更用力地抓住他的胳膊。这一次的原因更具体，也更明显，雷恩万也注意到了。

他们忽然之间成为了关注的焦点。几个女巫在用邪恶的眼神盯着他们。站在她们身边，弗摩莎·罗基格都可以称得上是年轻的绝世美人。

"喂！喂！"她用嘶哑的声音嚷道。就算在这么一场怪物云集的集会中，她的丑陋也不遑多让。"传言是真的！你可以在西维德尼察随便一家药剂商店买到飞行药膏！不管是蜥蜴、臭鱼还是癞蛤蟆，现在谁都能飞了！瞧着吧，指不定什么时候贫穷修女会的修女们就会从斯切林城飞到这儿！我们就这样眼睁睁看着？他们俩到底

[①]Rusalka，在斯拉夫神话中，鲁萨尔卡是一种女性鬼魂、水怪、女妖，或栖息在水中像美人鱼样的妖怪。

[②]Kobold，寇伯，德国传说中的一种精灵，是最勤劳、最忠心的生活好帮手。

是什么人？"

"没错！"另一个老巫婆露出仅剩一排的牙齿，"你说的没错，亲爱的斯普林格罗娃夫人！他们必须坦白身份！还要交代是谁告诉他们安息日的！"

"没错，没错，亲爱的克拉莫罗娃夫人！"第三个老巫婆尖声道。她的背驼得十分厉害，脸上许多毛茸茸的疣子令人印象格外深刻。"他们必须交代！他们俩有可能是奸细！"

"闭嘴，你这头老母牛。"红发黑帽的女巫走近说道，"别装腔作势了。我认识他们两个。还有问题吗？"

斯普林格罗娃和克拉莫罗娃两位夫人想要反驳，但红发女巫亮出一只紧攥的拳头，气势汹汹地挥了挥，直截了当地中断了后续的争论。雅格娜打了一个轻蔑的酒嗝，它大声而持久，仿佛来自她胃底的最深处。最后，双方被一大队路过山坡的女巫分隔开来。

红发女巫的身边除了雅格娜外，还有那个曾在荒野预言的狐脸小女孩。

和当时一样，她的气色不是很好，闪闪发亮的眼睛下有重重的黑眼圈，金色头发上戴着马鞭草与三叶草编成的花环。她目不转睛地盯着雷恩万。

"其他人也在盯着你们。"红发女巫说道，"为了避免更多的麻烦，作为新人，你们必须去见多米娜。见过她之后不会有人敢再纠缠你们。跟我走，我们去山顶。"

"我可以理解为我们在那里不会遇到危险吗？"雷恩万清清喉咙，问道。

红发女巫转过身，绿色的眼睛紧紧盯着他。

"现在担心已经太晚。"她说道，"涂抹药膏、骑上凳子的时候你就应该小心谨慎。弟兄，我不是个好奇心很重的人，但我第一次见到你时，我就看出你是那种老惹不该惹的麻烦、总去不该去的地方的人。但这和我无关。至于在多米娜那儿你们会不会有危险，取决于你们的内心隐藏着什么。如果是愤怒与背叛……"

"绝对不是，我可以保证。"他马上否定道。

"那你就没什么好担心的了。"她微笑道，"走吧。"

他们路过许多篝火。一群群女巫和安息日其他的参加者们围在火堆旁，大声地讨论、问候、欢闹、争吵。苹果酒、梨子酒与其他果酒不断从坩埚与木桶中盛至酒杯和茶杯里，递到狂欢者们手中。空气中香气氤氲，沁人心脾的酒香中掺杂着烟雾的味道。雅格娜打算留在那里，但红发女巫的厉声呵斥让她打消了这个念头。

一堆巨大的篝火在格鲁霍瓦山山顶熊熊燃烧，亿万火星如着火的野蜂一般飞向黑色的夜空。山顶下方有一处凹地，凹地尽头是个露天平台。平台上，架着坩埚的三脚架下燃烧的篝火要小很多，篝火周围，几个闪烁着微光的人影若隐若现。还有几个人站在平台下的斜坡上，他们显然在等待接见。

走到近处时，透过坩埚里冒出的蒸汽面纱，他们看清了模糊的人影其实属于三个女人。她们手里拿着丝带装饰的新月形金色镰刀与扫帚。一个胡子浓密的男人在坩埚旁忙忙碌碌。他本就很高，头上带有一对分叉鹿角的毛皮帽令他显得更为高大。此外，还有一个纹丝不动的黑色身影隐匿在火焰与烟雾之后。

"多米娜很可能不会问你们任何问题，好奇并不是我们的传统。"加入等候的队列之后，红发女巫解释道，"但记住，你们要称呼她为'多米娜'。除了朋友之间，安息日不会使用真名。对其他人来说，你们是'雄鸟'与'雌鸟'。"

排在他们前面的是个年轻姑娘，浓密的亚麻色头发编成了一条垂过腰间的长辫。虽然相貌美丽，却有跛脚的残疾。雷恩万甚至可以通过她极为明显的步态诊断出那是先天性的髋骨错位。见过多米娜后，她抹着眼泪从他们身旁走过。

"在这里，盯着别人看的举动既不礼貌，也不受欢迎。"红发女巫对雷恩万斥责道，"走吧。多米娜在等你们。"

雷恩万知道，"多米娜"——抑或说"女长者"——的称号属于首席女巫，她是飞行的引领者、安息日的高等女祭司。所以，尽管他在内心深处暗暗祈祷，只求多米娜不要和斯普林格罗娃、克拉莫罗娃与她们身边的另一个老巫婆那样令人厌恶，但他从未期待过她们的年龄会有多大差别。简而言之，他以为见到的会是个老太婆。他从未设想过多米娜是一位如美狄亚、喀耳刻、希罗底般极具魅力的成熟女性。

她的身材高大而匀称，让人不由自主地感受到权威与力量。她的脖子上戴着一个金色的生命之符①，一个银色的新月形镰刀头饰在高高的前额上闪闪发光。她的唇形优美，线条分明，流露出内心的坚定与果敢，直挺的鼻梁让人不由联想起希腊花瓶上的赫拉与珀耳塞福涅。她波浪一般的卷发乌黑秀丽，仿佛瀑布一般倾泻而下，流过脖颈与肩头，与披在肩上的黑色斗篷融为一体。斗篷下的长裙在火光照耀下流光溢彩，闪烁着或深或浅的白色、铜色与绯红色。

多米娜的双眼之中蕴含着智慧、黑夜与死亡。

她马上认出了他们。

---

①Ankh，又称安卡、安可，是埃及象形文字（又称圣书体）的字母。部分古埃及的神祇手持生命之符的圈，或两手各执生命之符，交叉双手放于胸前。拉丁文称此符作 crux ansata，为"有柄的十字"之意。

"托莱多，"她的声音空灵，如同从群山之中吹拂的风，"托莱多和他贵族出身的'雌鸟'。这是你们第一次来到我们身边？欢迎。"

"向您致以问候。"雷恩万鞠躬说道。

"向您致以问候，多米娜。"尼柯莱特屈膝行礼。

"你们有什么请求？希望我做出仲裁？"

"他们只想表达对您的，以及对伟大的三相女神①的敬意。"站在他们身后的红发女巫说道。

"很好。退下吧。去庆祝马本节。去歌颂母神②之名。"

"伟大的母神！赞美她！"多米娜身旁的大胡子祭司大喊道。

"赞美她！"他身后的三个女巫举起手中的扫帚和金色镰刀，齐声喊道，"赞美母神之名！"

火焰向上蹿起，坩埚冒出蒸汽。

这一次，当他们下了斜坡走入山峰间的山谷时，雅格娜再也按捺不住，马上大步流星地跨向喧闹最盛处、酒香最浓处。很快，她闻着酒香凑到酒桶前，"咕咚咕咚"喝起了苹果酒。红发女巫没有拦着她，自己也愉快地从一只长耳朵的毛怪手里接过一个酒罐。那怪物和一个月前造访雷恩万和黑扎维沙露营地的汉斯·梅因·伊戈极为相似。雷恩万接过一个酒杯，心中暗叹时间的飞逝，命运的无常。杯中果酒很烈，他喝了一口，便从口鼻呛了出来。

红发女巫认识很多参加盛宴的人类与非人类朋友。鲁萨尔卡与护树宁芙热情洋溢地同她打招呼，脸色泛红的肥硕农妇们同她热情

---

① Wielka Potrójna，又称之为三位一体女神，是传说中一位母神同时所拥有的三个姿态的总称。

② 母神，亦称为大地之母或地母神，是指专司繁殖力及象征大地恩惠的女神。

拥抱、互吻脸颊。穿着金色刺绣长裙和华美斗篷的女士们互相致以高贵的屈膝礼，她们的部分面容掩映在黑色的绸缎面具下。狂欢者们纵情饮酒，你推我搡，于是雷恩万将尼柯莱特揽在了身边。"她该戴个面具。"他心想，"卡特琳娜，斯托茨领主扬·比伯施泰因的女儿，应该像其他贵族女性那样戴个面具。"

酒过三巡，醉醺醺的狂欢者们开始说长道短、搬弄是非。

"我看到她去山顶见多米娜了。"红发女巫用眼神示意不远处绑着亚麻色长辫的跛脚女孩。她不久前刚哭过，脸还有些浮肿。"她有什么事？"

"没什么大事，就为了她跛脚的事。"一个圆胖的磨坊女工耸了耸丰满的双肩，白色的面粉抖落得到处都是。"她去找多米娜，多米娜拒绝了她的请求，让她听凭时间和命运的安排。"

"明白了。我自己也曾经去请求过她。"

"后来呢？"

"听凭时间的安排。"红发女巫邪恶地咧嘴笑道。"但我去帮了命运一点忙。"

女巫们爆发出令雷恩万寒毛直竖的刺耳笑声。他意识到女巫们在看着他，不禁在心里暗骂自己不争气，只会呆若木鸡地站着，在这么多双美丽的眼睛面前表现得像个惊慌的原始人。他喝了口酒，壮了壮胆。

清了清喉咙后，他说道："来这里的古老种族真是异常地多……"

"异常？"

他转过身。难怪他没有听到任何脚步声，因为他身后站着的是一只瘦高的噩梦精灵①。它黑色皮肤,毛发雪白,两只尖耳高高竖起。噩梦精灵移动时无声无息,不可能听得到任何声音。

"你刚才说'异常'?"噩梦精灵说道,"哈,也许你很快会见识到什么是'寻常'。你口中的'古老的'会变成'新生的',或是'复兴的'。风云变幻的时代正在来临,很多东西都会改变。甚至,很多被认为是永恒不变的东西也会改变。"

"它们仍然心存幻想。"替自己接过噩梦精灵尖锐言辞的说话者是雷恩万绝对想不到会在这种场合碰到的人——那人竟是个剃度的神父。"它们仍然心存幻想,因为它们知道,有些东西永远也回不来了。人永远不会掉进同一条河里两次。噩梦精灵先生,你曾有属于你的时代、你的纪元甚至是你的万古②。那又如何?'万事万物皆有定时③',逝去的不会再回来。"

"世界的面貌和秩序将彻底改变。"噩梦精灵固执地说道,"一切都将发生变革。我建议你把目光投向南方的波希米亚。在那里,一个火星落下,一场大火就此点燃,'大自然'会在火焰中净化自己,驱离所有邪恶与病态的东西。变革将从南方的波希米亚席卷而来,终结现在的某些事物。神父,到了那个时候,你喜欢引述的那本书也就只配当作谚语和格言集。"

"不要对胡斯党期待过高。"神父摇了摇头,"在某些事情上,他们比教皇本人还要虔诚。在我看来,波希米亚的改革对我们没有好处。"

---

①Alp,德国民间传说中的怪物,与传统观念中的小精灵关系紧密。它们会在夜晚寻找人类女性猎物,控制其梦境,并使之演变成为恐怖的噩梦。

②Eno,释义有极长的时期、十亿年、宙等。

③Omnia tempus habent et suis spatiis transeunt universa sub caelo,拉丁语,引自圣经旧约《传道书》第三章。

"改革的本质，"一个戴着面具的贵族女人清楚地说道，"就是改变表面上不变与无法改变的东西。它会让一栋表面上牢不可破的建筑产生裂纹，让看上去坚不可摧的庞然大物产生裂隙。如果能让一样东西出现裂纹、裂隙或裂缝……那肯定也能将它化为齑粉。波希米亚的胡斯党会是冻在岩石中的一捧水。他们会把岩石撑裂。"

"之前也是这么说卡特里派的！"有人在后面大喊。

"他们不过是掷向城墙的卵石！"

场面开始失控。雷恩万有些被自己造成的骚动吓到了，往后退了一步。他感到有一只手搭在了自己的肩膀上。他回过头，不由吓得激灵了一下。眼前是一只瘦高的雌性生物，虽然很美，但眼睛却发出如同磷火的光亮，绿色的皮肤散发着椴梓的味道。

"别害怕。"那生物轻声说道，"我不过是个'古老的种族'、寻常的'异常'罢了。"

"变革不可阻挡。"它的声音大了许多，"明日相比'今日'，会发生天翻地覆的变化，人们将不再相信'昨日'。噩梦精灵先生说的没错，你们应该多看看南方的波希米亚。新的东西会从那边席卷而来。变革会从那边席卷而来。"

"恐怕，席卷而来的是战争与死亡。"神父讥讽道，"仇恨的时代将会降临。"

"还有复仇的时代。"亚麻色长辫的跛脚姑娘用恶毒的语气说道。

"我们的机会来了。"一名女巫搓手道。

"让我们听凭时间和命运的安排。"红发女巫意有所指地说道。

"可能的话，去帮命运一点忙，把它握在自己手里。"磨坊女工补充道。

"无论如何,"噩梦精灵直起瘦高的身子,"我坚信,这是终结的开始。现在的秩序将被摧毁。那个在罗马孵化出的宗教,那个贪婪、傲慢、狂妄、充满憎恨的宗教将被摧毁。我很奇怪,它毫无意义,又绝非原创,为什么能延续这么久。圣父、圣子和圣灵!这种'三位一体'的教义满大街都是!"

"关于圣灵,他们离真理已经很近了。"神父说道,"只不过他们搞错了性别。"

"他们没有搞错,而是在故意撒谎!"绿色皮肤、散发着椴梓味道的生物否定道,"或许现在,在这变革的时代,他们会幡然醒悟,明白这么多年在圣像上画的到底是谁,明白教堂里的圣母代表的到底是谁。"

"欤呀!①伟大的母神!"女巫们齐声大喊。她们的喊叫声夹杂着狂野的音乐声、鼓声以及来自附近篝火的歌声与尖叫声。尼柯莱特抓紧了雷恩万的胳膊。

"去空地!"红发女巫大喊道,"去举行仪式!"

"欤呀!去举行仪式!"

"聆听!"头上戴着鹿角帽的祭司举起双手,大喊道,"聆听!"

聚集在空地上的狂欢者们激动不已。

"聆听女神的教诲!"祭司大喊,"她的胳膊和大腿缠绕着宇宙!她在混沌之初将水与天空分离,在水上起舞!风从她的舞步中诞生!生命的气息从风中诞生!"

"欤呀!"

多米娜站在祭司身旁,站姿庄重挺拔,如同女王一般。

"起来,"她敞开披在身上的斗篷,"起来,来我身边!"

---

①Eia,拟声词,表欢呼、赞颂之意。

"欸呀！伟大的母神！"

"我是绿色大地美的化身。"她的声音空灵，如群山中吹拂的风。"我是众星环绕的白月。我是水之奥秘。来我身边，因为我是自然的灵魂。我受神灵与凡人的崇拜，万物始于我，也必将重归于我。"

"欸呀！"

"我是莉莉丝，是最初的最初，是阿斯塔蒂、库柏勒、赫卡忒，是丽嘉多娜、艾波娜、里安农。我是梦魇，是狂风的情人。黑暗是我的双翼，我的双脚比风轻盈，我的双手比朝露甜蜜。狮子不知道我踏在何处，田野与森林的鸟兽寻觅不到我的踪迹。因为我即是奥秘，是智慧与知识。"

篝火熊熊燃烧，吐出无数火舌。狂欢者们沸腾起来。

"在你们的内心深处崇拜我吧，在仪式的喜悦中崇拜我吧，为我献上爱与极乐的行为所产生的供品，这样的供品令我心满意足。因为我既是完好无损的处子，又是神灵与魔鬼欲火焚身的情人。我从最初就与你们同在，结束时你们亦将发现我。"

"聆听女神的教诲！"祭司大喊道，"她的胳膊和大腿缠绕着宇宙！她在混沌之初将水与天空分离，在水上起舞！起舞吧！"

"欸呀！伟大的母神！"

多米娜突然一个动作将斗篷脱掉，裸露出双肩。她走到空地中央，左右各有一名女巫相随。

她们三人手牵着手站在一起，胳膊向后伸展，脸朝外，背朝内，如同偶尔在画中看到的"美惠三女神"那般。

"伟大的母神！三三得九！欸呀！"

三个女巫与三个男巫走到她们身边，他们手牵在一起，围出了一个圆环。在他们的鼓动下，越来越多的狂欢者走上前去。他们用同样的姿势站着，脸朝外，背对中心九人，围出了一个新的圆环。很快，狂欢者们围出了一个又一个越来越大的圆环，每一个新的圆环都背对内环。如果说将多米娜九人围入其中的第二个圆环仅由不到三十人围成，那围出最后一个圆环的至少有三百人。雷恩万和尼柯莱特被狂热的人潮裹挟，置身于倒数第二个圆环。雷恩万一侧是一个戴着面具的贵族女人。尼柯莱特的另一只手被一只白色的奇异生物抓着。

"欸呀！"

"伟大的母神！"

拖长的喊叫声与不知道哪里传来的狂野音乐是舞蹈开始的信号，所有的圆环开始旋转。它们转得越来越快，每个圆环旋转的方向都与相邻圆环相反。光是眼前的景象就足以令人头晕目眩，更别提还有让人头昏脑涨的狂野音乐与狂热呐喊。在雷恩万的眼前，安息日融化在了光怪陆离的万花筒中，他的双脚仿佛已经触不到地面。他失去了意识。

"欸呀！欸呀！"

"莉莉丝，阿斯塔蒂，库柏勒！"

"赫卡忒！"

"欸呀！"

他不知道漩涡舞持续了多久。在地上醒来时，他看到周围有人躺在地上，有人在慢慢站起。尼柯莱特在他身旁，没有松开他的手。

音乐还未停止，但旋律发生了变化，漩涡舞那狂野、刺耳而又单调的伴奏消失了，取而代之的旋律欢快而活泼。从地上站起的女巫和男巫们开始随着旋律哼唱、轻摇和舞动。还有很多巫师并没有从草地上站起，他们待在地上，两两一对交合。准确地说，大多数是两两一对，也有三四人甚至更丰富的组合。雷恩万移不开自己的视线，他目不转睛地盯着，下意识地舔舔嘴唇。他看到尼柯莱特的脸颊泛着不仅是因为火光造成的红晕。她一言不发地把他拉走，当他恋恋不舍地回望时，她厉声制止了他。

"我知道，是药膏……"她依偎在他身边，"是飞行药膏让他们那么兴奋。但你不要看他们。如果你还看的话，我会生气的。"

"尼柯莱特……"他握紧她的手，"卡特琳娜……"

"我更愿意听你叫我尼柯莱特。"她马上打断道，"但是，我更愿意……叫你雷恩玛尔。刚认识你时，你是……我不否认……热恋中的奥卡辛。但你爱的不是我。求你什么都别说。一切无须解释。"

不远处一堆篝火的火焰向上蹿起，无数火星如暴风雪般飞向天空。围绕着篝火跳舞的人们不停发出欢呼声。

"他们正玩得高兴，"他小声说道，"我们趁机溜掉的话，他们不会注意到的。也许是时候……"

她扭过头去，不再看他，火光在她的脸颊舞动。

"你们急着去哪啊？"

没等从惊愕中回过神来，他听到了越来越近的脚步声。

"姐妹，弟兄。"

红发女巫站在他们面前，手里牵着年轻的狐脸女先知。

"我们有件事想和你谈谈。"

"什么事？"

"艾莉丝卡终于下定决心要成为女人。"红发女巫笑着说道，"我劝她说，和谁都一样，只要她想，这里有的是人愿意效劳。但是，托莱多，她倔得像头驴，一直坚持非你不可。"

女先知把头低低埋下，雷恩万吞了口口水。

"她很害羞，也很犹豫，自己问不出口。"她继续说道，"姐妹，她也有点怕你会把她的眼睛挖出来。既然夜很短暂，在草丛里晃来晃去也是浪费时间，那我就直接问了：你们俩是一对吗？你是他的'雌鸟'吗？他是你的'雄鸟'吗？他现在有没有伴？还是说他属于你？"

"他是我的。"尼柯莱特简短的回答不带一丝犹豫，令雷恩万震惊不已。

"明白了。"红发女巫点头道，"哦，艾莉丝卡，如果得不到你想要的，你应该……走吧，我们再给你找别人。再见。玩得开心！"

"都是药膏的错。你会原谅我吗？"尼柯莱特抓着他的胳膊，柔声说道。

"因为，或许你想要她？"她继续说道，"哈，什么或许，你一定是想要她，那药膏在你身上起的作用和在……我知道是什么感觉。我把你的好事搅黄了。纯粹出于嫉妒的原因，我不想让她占有你。我剥夺了你某样东西，却没有做出任何回报的承诺。"

"尼柯莱特……"

"我们去那边坐吧。"她打断了他的话，伸手指向山坡上的一个小山洞。"目前为止，我还没有抱怨过什么，但经历了这么多，我有些站不住了。"

他们坐了下来。

"天呐，我们遇到了多少惊险的事情……"她说道，"不管是伊丽莎白、安卡还是卡西卡，我给她们讲发生在斯托布瓦河畔的追击故事时，没一个人愿意相信我。现在呢？如果我告诉她们绑架、飞行、女巫们的安息日,她们会是什么反应?也许……"

她清了清喉咙。

"也许我什么都不会同她们讲。"

"这样做是对的。"他点点头,"除了事情本身的不可思议外,我在你的故事里完全不像个好人,对不对?从可笑的小丑变成了可怕的强盗……"

"但那既非你的本意,结果也不是你的行为造成的。"她马上打断了他,"谁能比我更清楚这些呢?是我在津比采追上你的伙伴,告诉了他们你会被关在斯托茨。我能想象得到后来发生的事,一切都是我的错。"

"没那么简单。"

他们安静地坐了一段时间,听着歌声,出神地看着篝火和围绕着篝火舞动的身影。

"雷恩玛尔?"

"我在。"

"'托莱多'是什么意思?为什么他们都这么叫你?"

"在卡斯蒂利亚王国①的托莱多城有所著名的魔法学院。"他解释道,"在某些圈子里,'托莱多'普遍用来称呼那些在大学里学过魔法奥秘的人,以此与那些天生就有魔法力量、魔法知识代代相传的人做出区分。"

"所以,你学过?"

"是的,在布拉格。但是只学了很短的时间,而且学得马马

---

① 卡斯蒂利亚王国是伊比利半岛历史上的一个王国。它是一个于9世纪时出现、具政治自主权的独立个体。它于封建时代建立,隶属于莱昂王国,与阿拉贡王国合并后,形成今日的西班牙。

虎虎。"

"足够了。"她微微有些勉强地碰了碰他的手，然后勇敢地握住了它，"你一定是个用功的好学生。我还没来得及感谢你。你用勇气和才能救了我。你将我从……不幸中拯救出来。以前我只是同情你，被你的故事所吸引，而现在，我很欣赏你。你勇敢又聪明，是我'橡木飞凳上的翱翔骑士'。我想要你成为我的骑士，成为我的托莱多。我想要你只属于我。正因如此，出于贪婪和自私的嫉妒，我不想让那女孩占有你，哪怕是一刻我也无法忍受。"

"你救过我的次数更多。"他难为情地说道，"我欠你很多，我还从来没有谢过你。至少，用的不是该有的方式。我曾发誓，如果再遇到你，我会跪在你的面前……"

"用你该有的方式感谢我吧。"她依偎在他身边，"跪在我的面前。我梦到过你跪在我面前的样子。"

"尼柯莱特……"

"不是这样。是另一种方式。"

她站了起来。篝火处传来笑声与狂野的歌声。

来，来，来，

别让我死去，别让我死去！

美丽的希尔卡！美丽的希尔卡！长长的辫子！

跃动吧！跃动吧！跃动吧！

她没有垂下在黑暗中闪闪发亮的眼睛，开始慢慢地、不慌不忙地脱去衣裳。她解开镶有银线的腰带，褪去身上的绿裙。脱下羊毛的紧身衬衣后，她的身上只剩一件单薄的白色内衣。她有些犹豫。

他读懂了她的心意，慢慢靠近，温柔地触碰她。那件宽松的白色内衣他一碰便知是由细亚麻布裁制而成。

你的脸庞，
你眼睛的光芒，
还有你的辫子，
多么美丽！
多么美丽！

他小心翼翼地帮助她，更加小心翼翼也更加温柔细腻地克服她本能的抵触，那无声的、不由自主的恐惧。

细亚麻内衣落到地上其他衣服上面的一刻，他说不出话来，但尼柯莱特没有给他大饱眼福的时间。她紧紧地贴在他身上，胳膊缠绕着他，用嘴唇找寻他的嘴唇。他迎了上去。他用颤抖的手指和掌心触摸她温暖的身体，内心的幸福无法言喻。

如同帕西瓦尔跪在圣杯之前，他跪了下来，跪在了她的面前，向她献上自己的忠诚。

比玫瑰更红，
比百合更白，
比所有人都可爱，
我将永远赞美你！

她也跪了下来，紧紧拥抱着他。

"原谅我没什么经验。"她轻声道。

跃动吧！跃动吧！跃动吧！

她的经验不足没有对他们造成一丝一毫的影响。

篝火处的歌声和笑声渐渐消失，周围安静了下来，他们的激情也已退去。他感到尼柯莱特的手臂在微微颤抖，缠绕在他身上的大腿也在颤动。他看到她紧闭的眼睑和她轻咬的下唇都在颤动。

当她终于做好准备时，他站了起来，欣赏着她。她鹅蛋形的脸庞线条优美，如同出自坎平的画作，脖颈白皙秀颀，犹如出自帕尔莱日精雕细琢的圣母像。再往下是她一丝不挂的裸体——小而圆的乳房、硬挺的乳尖、纤细的腰肢、小巧的臀部、平坦的小腹以及因为害羞而紧紧并拢的大腿。这一切美到了极致，值得用最华美的辞藻来赞美。他心醉神迷，脑袋里涌现出无数美好的赞美之词——毕竟，他不仅是个多情的麻烦制造者，同样也博学多才。他想告诉她，她比百合还要纯洁，比山川还要秀美。他想告诉她，她美到不可方物。他想告诉她，她的美凌驾于所有女神之上。他想告诉她脑海中的一切。但他一句也说不出来，那些华丽的赞词卡在了他发紧的喉咙里。

她注意到了他的神情，明白了他在想什么。她怎么会注意不到，想不明白呢？毕竟，只有在被幸福冲昏头脑的雷恩万眼里，她才是个少不更事的小姐，一个眼睛紧闭、轻咬下唇、抱着自己颤抖的处子。而在任何一个聪明的男人眼里，一切不言而喻：她可不是个害羞的、缺乏经验的年轻姑娘，而是一位骄傲地接受崇拜的女神。而对女神来说，什么都逃不过她们的眼睛。

女神也不会期待言语形式的崇拜。

她把他拉向自己。永恒的仪式开始了。

跃动吧！跃动吧！跃动吧！

在空地的时候，他并没有完全听进多米娜的话语。她空灵的声音迷失在了人群的低语中，湮没在了叫喊、歌声、音乐和火焰的咆哮里。此时，在爱的温柔与狂热中，在耳中热血的涌动声里，她的话语越来越清晰、越来越洪亮。但他真的明白了吗？

我是莉莉丝，是最初的最初，是阿斯塔蒂、库柏勒、赫卡忒，是丽嘉多娜、艾波娜、里安农。我是梦魇，是狂风的情人。
在你们的内心深处崇拜我吧，在仪式的喜悦中崇拜我吧，为我献上爱与极乐的行为所产生的供品，这样的供品令我心满意足。
因为我既是完好无损的处子，又是神灵与魔鬼欲火焚身的情人。我从最初就与你们同在，结束时你们亦将发现我。

他们在结束时发现了"她"。
火焰向上蹿起，无数火星冲向天空。

"对刚才的事情，我向你道歉。"他看着她的后背，说道，"我不应该……原谅我。"
"你说什么？"她转过头，面对着他，"你做了什么需要我原谅？"
"刚才的事。我不太理智……控制不住自己。我不应该……"
"我是不是可以理解为你后悔了？"她打断道，"这是你想说的意思吗？"
"对……不对！不，不是这样的……但我应该……应该控制住……我应该更理智些……"

"这么说你是真的后悔了。"她又一次打断了他,"你在内疚地自责,后悔事情已经发生。简而言之,你宁愿我们所做的一切不曾发生,宁愿我还是原来的我。"

"听我说……"

"而我……"她不想听,"我只想……我只想马上和你一起走。你去哪里我去哪里,哪怕是天涯海角。只要和你在一起就好。"

"比伯施泰因领主……"他垂下目光,喃喃道,"你的父亲……"

"明白了,我的父亲一定会派出追兵。"她打断道,"两拨追兵对你而言太过危险。"

"尼柯莱特……你误会我了。"

"是你搞错了,不是我。"

"尼柯莱特……"

"别说了。睡觉。"

她的手放到了他的嘴唇上,动作快到让他来不及反应。他打了个寒颤。直到此时,他才发现自己置身在山坡的阴面。

他以为自己只会睡一小会儿。然而,当他醒来时,她已不在身边。

"当然,"噩梦精灵说道,"我当然记得她。但很抱歉,我没见过她。"

和它在一起的护树宁芙踮起脚,凑到它耳边说了什么,然后躲到了它的背后。

"它有点胆小。"噩梦精灵轻抚着护树宁芙粗硬的毛发,"但它能帮上忙。和我们一起走吧。"

他们沿着山坡向山下走去。噩梦精灵小声哼唱歌曲。护树宁芙散发着松香与潮湿的白杨树皮的味道。马本之夜已快结束，浓雾笼罩的黎明正在到来。

在一些仍在格鲁霍瓦山聊天的安息日集会者中，他们找到了那只绿色皮肤、散发椴梓味道的雌性生物。

"是的，我见过那女孩。"它点头道，"她和一些女士一起，朝着弗兰肯施泰因的方向下山了。"

"等等。"噩梦精灵抓住雷恩万的肩膀，"别着急！别走那边。那边是布祖夫森林，你绝对会在里面迷路。我们会给你带路。因为有些事要处理，我们也要去那边。"

"我也一起。"散发椴梓味道的生物说道，"我会给你指出女孩走的哪条路。"

"非常感谢你们。"雷恩万说道，"我们甚至都不认识，但你们却如此热心地帮助我……"

"我们经常互相帮助。""椴梓"转过身，用磷火般的眼睛注视着他。"你们是美好的一对。我们的人已经所剩无几。如果再不互相帮助，我们会彻底消失。"

"谢谢。"

"别误会，我不是为了你自己。""椴梓"说道。

他们走入一条山沟，那原本是一条溪流的河床，溪水早已干涸，如今长满了柳树。一声咒骂从前方的浓雾传来。过了一会，他们看到了一个女人。她坐在一块长满青苔的石头上，正在抖出鞋里的小石子。雷恩万马上认出了她。她是那个圆胖的磨坊女工，也是昨晚辩论的参与者之一。

"那个金发的女孩？"她努力回想，"啊，托莱多，你说的是那个和你在一起的贵族小姐？我见过她。她往弗兰肯施泰因的方向去了。和她一起的还有一些女人，她们走了有一阵了。"

"那边？"

"没错。别急，等等，我和你们一起走。"

"你去那边有事情？"

"不，我住在那儿。"

和磨坊女工同行实在不是个好决定。她走得慢慢吞吞，嘴里要么打嗝，要么发牢骚，还一直拖着脚走。她经常烦人地停下来整理自己的行头。路上的小石子总会以令人难以理解的方式蹦到她的鞋子里，令她不得不坐下来把它们抖掉。而且，她抖石子的过程慢到让人心烦。到了第三次的时候，为了能快一点，雷恩万已经准备要把她背起来赶路。

"你能快一点吗，大婶？"噩梦精灵和蔼地问道。

"你才是大婶。"磨坊女工不满道，"很快就好。还要……一小会……"

她突然不再抖动手里鞋子，抬起头，竖起了耳朵。

"那是什么？""椴桲"问道，"那……"

"嘘。"噩梦精灵抬起一只手，"我在听。有什么东西正往这边过来……"

忽然之间，伴着隆隆的闷响，地面开始震动。一大群马从浓雾中冲出，它们的马蹄重重踏着地面，马鬃和马尾迎风飞舞，泛着白沫的马嘴露出牙齿，眼中充满了野性与桀骜。千钧一发之际，他们急忙躲到几块大石后。马群飞驰而过，消失也如出现那般突然，只有地面仍在颤动。

没等他们回过神来，又一匹马从浓雾冲出。然而，与之前不同的是，它的背上驮有一名骑士。那骑士头戴轻盔，身穿铠甲，背后随风舞动的黑色披风犹如妖灵的飞翼。

"吾等齐聚于此！吾等齐聚于此！"

骑士勒缰控马，胯下黑马扬蹄嘶鸣。骑士拔出长剑，向他们冲来。

"槲梓"尖叫一声，分裂为数百万只飞蛾，飞向空中消失不见。护树宁芙用树皮树叶遮住自己，无声无息地向地下生出根系，转眼间变得细长了许多。磨坊女工和噩梦精灵并没有与之相似的障眼法，只能单纯地逃跑。当然，雷恩万也跟在他们后面一起跑。他跑得飞快，很快便超过了他们。"他们竟然追到了这里。"他发狂地想。

"吾等齐聚于此！"

疾驰而过的瞬间，黑衣骑士一剑扫过化为小树的护树宁芙。小树发出一声骇人的尖叫，树液喷溅而出。磨坊女工闻声回头，迎来了自己的厄运。骑士驭马将她撞倒在地，在她挣扎站起时，骑士俯身劈下一剑，剑刃直接劈入了她的颅骨。女巫倒在干草丛中，浑身不停抽搐扭动。

噩梦精灵和雷恩万夺命狂奔，但无论如何也跑不过疾驰的快马，骑士很快追上了他们。噩梦精灵往右，雷恩万往左，一人一怪分头逃命。骑士朝噩梦精灵追去，没过一会儿，浓雾中传来一声尖叫。不言而喻，噩梦精灵等不到期待中的变革与胡斯党了。

雷恩万气喘吁吁，拼命逃跑，一步也不敢回头。浓雾掩盖了声音，但他仍能听到身后的马蹄声和嘶鸣声——或者说，他以为自己能听到。

忽然间，他听到身前传来一匹马的马蹄声与鼻息声。他赶忙停下脚步，不知所措地站在原地，但还没等他采取任何行动，浓雾之中冲出了一匹圆斑灰马。它背上的骑手是个矮胖的、身着男士紧身短衣的女人。看到他后，女人勒马停下，将一缕凌乱的亚麻色刘海从额头上扫开。

"杰诗卡夫人……"他大吃一惊，喃喃道，"维星的杰诗卡……"

"亲戚家的小子？"女马商看上去也十分诧异，"你怎么在这儿？别傻站着！给我手，跳到我后面！"

他抓住了她伸出的手，但为时已晚。

"吾等齐聚于此！"

杰诗卡翻身下马，很难想象她矮胖的体形竟能做出如此敏捷而优雅的动作。紧接着，她从背上取下一把十字弩，抛给雷恩万，转而又从马鞍上卸下另一把弩，整个过程同样是干净利落、一气呵成。

"射马！"她一边抛给他几支弩箭和一件名为"山羊脚"的搭弦器，一边大声下令，"瞄准那匹马！"

黑衣骑士手举长剑，如闪电一般向他们飞驰而来。他的披风在身后随风鼓动，马蹄之下草皮飞舞。雷恩万的双手抖个不停，怎么也没法把"山羊脚"的挂钩咬到弦上。他心生绝望，破口大骂，没想到竟起了效果，钩子挂住了弩弦，使力一拉，弩弦钩住了弦枕。他用颤抖的手搭上一支弩箭。

"射！"

"咻"的一声，弩箭破空而去，却偏离了目标。因为他没听杰诗卡的命令，瞄准的是骑士，而非战马。只见箭头从骑士肩甲擦过，迸射出点点火花。杰诗卡咒骂一声，吹开挡在眼前的乱发，瞄准后立刻释弦放箭。箭矢正中目标，深深射入马胸之中。战马尖声嘶鸣，前膝跪地，往前栽倒。黑衣骑士从马鞍上摔落下去，翻滚数周，头盔长剑尽皆丢失。接着，他开始从地上站起。

杰诗卡大惊失色，再次咒骂。此时两人的手都抖个不停，一直无法钩弦搭箭。黑衣骑士站起身来，从马鞍上取下一柄巨大的流星锤，跟跟跄跄地冲他们走来。看到他脸孔的一刻，雷恩万竭力抑制尖叫，嘴巴紧压到弩臂上。骑士的脸色不是单纯的苍白，而是如同麻风病人一般的银白。他的眼睛是青红色的，眼神极为癫狂，看不到一丝理智。他的牙齿在流着涎水、泛着白沫的嘴巴中闪闪发亮。

"吾等齐聚于此！"

"咻咻"两声，两支弩箭破空而去，射中了骑士。两箭分别击穿他的颈甲与胸甲，只留箭羽仍在甲外。令雷恩万惊骇不已的是，骑士一个趔趄，跟跄几大步，竟然生生站住，手舞流星锤，继续冲他们走来。他狂吼不止，鲜血从口中喷涌而出。杰诗卡一声咒骂，跳到一旁，试图再次拉弦搭箭。骑士来势凶猛，她心知已来不及，后跳一步，躲过锤击，不料脚下一滑，跌倒在地。眼见尖刺铁球就要向自己飞来，她急忙抬起胳膊，护住自己的脸和脑袋。

千钧一发之际，雷恩万的一声尖叫救了她的命。骑士闻声回头，仅隔几步远的雷恩万瞄准他的腹部，扣动了扳机。伴着铠甲的爆裂声，弩箭再次透甲而入，仅留羽簇仍在护腰甲片外。这一箭威力巨大，箭头一定已经射穿了他的肠子，然而，骑士不但没有倒地，趔趄几步后竟又生生站定，手舞流星锤，嘶吼着快步袭向雷恩万。雷恩万后退数步，急忙用山羊脚再次搭弦。弩弦挂钩之后，他心中一凛，才意识到自己早已将弩箭射空。退缩时，他的脚后跟被隆起的土块一绊，跌坐在地上，眼睁睁看着死神一步步走向自己。那死神的面孔如幽灵般苍白，口中吐着白沫和鲜血，眼中满是癫狂的杀戮欲望。他双手握弩，挡在自己身前。

"吾等齐聚于此！吾等齐……"

仍是半躺半坐的杰诗卡扣动了扳机。箭如飞星，径直射入了骑士的后脑勺。骑士丢掉流星锤，双手乱舞，如巨木般栽倒在地，令大地为之一抖。他倒在了雷恩万半步远处。令人毛骨悚然的是，纵使脑子里有一只钢铁箭头和数英寸的灰木箭身，黑衣骑士仍未死透。他口中发出"咯咯"的声响，身体抽动，两手抓挠草皮。过了好一会儿，终于，他不再动了。

杰诗卡双手撑地，跪了一段时间，随后开始剧烈呕吐。紧接着，她站起身，拉弦上箭，走到骑士喘着粗气的战马前，瞄准头部，扣动了扳机。"砰"的一声，马头软绵绵地撞在地上，它的后腿痉挛性地对着空气踢动。

"我是个爱马的人。"她看着雷恩万的眼睛说道，"但是为了活着，人有时候不得不牺牲自己的心爱之物。亲戚家的小子，记牢这句话。还有，下次要瞄准我告诉你的目标。"

他点了点头，站了起来。

"你救了我的命，同时也在某种程度上为你哥哥报了仇。"

"杀了……彼得林的人……是他们……这些骑士？"

"是他们。你还不知道？不过现在没工夫闲聊了，在他的同伙抵达之前，我们得快点离开这。"

"他们一路跟着我到了这……"

"不是你。"杰诗卡平静地否定道，"是我。他们在巴尔多城外的波特沃鲁夫村附近设下了埋伏，赶走了我的马群，杀死了我的护卫。现在，十四具尸体横在那边的路上。我差点成为第十五具尸体，若不是……没时间说了！"

她把手指伸入口中，吹出哨音。一会过后，马蹄声由远及近，一匹圆斑灰马从浓雾中小跑而出。杰诗卡跃上马鞍，动作之优雅敏捷再次令雷恩万为之一惊。

"还傻站着干吗？"

他抓着她的手跳到她身后。灰马喷出鼻息，扭过马头，从尸体旁走过。

"他究竟是什么人？"

"恶魔。"她将额头前凌乱的几缕头发撩到一旁，回答道，"行走在黑暗中的一种恶魔。我只想知道他妈的是谁告发了我……"

"哈希什。"

"什么？"

"哈希什。"他重复道，"这个人受到了一种名为'哈希什'的阿拉伯药草物质的影响。你没听过'山中老人'？没听过波斯大呼罗珊地区阿剌模忒堡的阿萨辛派？"

"去你的大呼罗珊。"她回头道，"去你的波斯。我们现在是在西里西亚的格鲁霍瓦山山脚下，离弗兰肯施泰因有一英里远。但我觉得，你的脑子还不清醒。鬼知道你是受了什么阿拉伯物质的影响，才会在秋分后的黎明从格鲁霍瓦山上下来。不管怎么说，你应该搞清楚，我们现在的处境非常危险。所以，闭上嘴，坐稳了，我要加速了！"

想必是被恐惧迷惑了双眼，维星的杰诗卡夸张了一些。大路中间和野草丛生的路边只横着八具尸体，其中五人是死战到最后一刻的武装护卫人员。十四人的队伍几乎一半活了下来，他们逃到了附近的树林里。幸存者之中仅有一人回到了袭击现场，那是个年纪大了没跑远的马夫。太阳升高之后,自弗兰肯施泰因出城的一队骑士在灌丛中发现了他。

算上骑士学徒和随从,骑士的队伍共有二十一人。骑士们如同去参加战争一般,全身穿着白色的铠甲,擎着的三角旗迎风招展。他们中的多数人经历过战斗,或多或少见识过一些残忍的场面。饶是如此,有见识的多数人看到沙地上血肉模糊、通体发黑、姿势扭曲的尸体时,仍是不由自主地咽了口口水。他们之中也没人取笑那些脸色瞬间变得煞白的年轻人。

太阳升高,雾气散去。阳光照耀下,红宝石般的血珠闪闪发光,像浆果一样,挂在路边生长的蓟草和艾蒿上。这一幕没有令任何骑士产生美学与诗意的联想。

"他们简直快被砍成了碎肉。"库纳德·冯·诺德克啐了口唾沫,说道,"这儿发生了一场名副其实的屠杀。"

"确实是场惨不忍睹的屠杀。"维勒海姆·冯·考冯同意道。

树林中走出了更多幸存的仆人和马童。虽然被吓得脸色煞白,眼神呆滞,但他们并没有忘记自己的职责,每人都牵着几匹袭击中跑散的马。

年纪最大的骑士拉姆福德·冯·奥佩恩骑在马上,居高临下地看着被骑手们围在中间瑟瑟发抖的马夫。

"谁袭击了你们?说!冷静下来。你活下来了,现在没有危险。"

"上帝保佑……"马夫的眼中仍然充满了恐惧,"圣母玛利亚……"

"你可以等会再祈祷。现在赶紧说,是谁袭击了你们?"

"我怎么知道?袭击的人……穿着铠甲……拿着武器……和你

们一样……"

"是骑士！"一个瘦高的年轻人愤愤道。他的纹章图案为红色盾面上有两根十字交叉的银柱。"在大路上袭击商人的骑士！见鬼，是时候该采取些严厉措施，杜绝这种强盗骑士的行径了！也许非得吊死几个，那些小城堡的领主们才会幡然醒悟！"

"所言极是，伦戈先生。"温彻尔·德·哈萨面不改色地点头道。

"但他们为什么要袭击你们？"奥佩恩追问道，"你们有什么贵重的货物？"

"怎么可能……不，如果马也算的话……"

"这些都是维星的杰诗卡夫人在小岩城畜养的好马……"哈萨沉思道，"愿主保佑她……"

他的话音戛然而止，眼睛一直盯着一具躺在地上的女尸。女人的面部残缺不全，姿势极为诡异，令人不寒而栗。

"那不是她。"马夫眨着失神的眼睛，"那不是杰诗卡夫人。那是领头马夫的女人……他就躺在那儿……她是在克沃兹科才加入我们的队伍的……"

"他们认错人了。"考冯道，"他们把领头马夫的女人当成了杰诗卡夫人。"

"一定是这样，"马夫漠然道，"因为……"

"因为什么？"

"她看上去更像贵妇。"

"考冯先生，你的意思是说，这不是抢劫？"奥佩恩直起腰板。"杰诗卡夫人是……"

"袭击的目标？没错，我很确定。"

看到其他骑士疑惑不解的目光，他继续道："尼古拉·纽马克特、法比安·普费弗科恩……她和他们一样。那些商人违反禁令，做生意的对象是……外国人。"

"强盗骑士才是罪魁祸首。"伦戈忿忿道，"人怎么会相信那些有关阴谋和午间恶魔的愚蠢传说与谣言。那些全都是普通的抢劫案。"

"那些案子也有可能是犹太人干的。"年轻的亨利克·巴鲁特说道。他的声音又尖又细。为了与家族众多的"亨利克"区分，他又被称为"小椋鸟"。"他们要收集基督徒的血液来做无酵饼。喏，看看躺这的这个可怜鬼，似乎一滴血也不剩了……"

"脑袋都没了，血怎么会不流干……"温彻尔·德·哈萨用惋惜的眼神瞥了眼年轻人。

"这起暴行的元凶有可能是那些昨晚骑着扫帚袭击我们的女巫！"刚特·冯·比绍夫海姆恶狠狠道，"谜题要解开了！我告诉过你们，别拉瓦的雷恩玛尔和那群女恶魔在一起，我认出来了！别拉瓦是个巫师，他在奥莱希尼察研究黑魔法，对女人施咒！那里的先生们可以证明！"

"我什么都不知道。""野牛"克劳普斯看着本诺·厄柏巴赫咕哝道。两人昨晚都认出了飞在女巫之中的雷恩万，但都不愿透露此事。

"嗯，对。"厄柏巴赫清清嗓子，"我们很少住在奥莱希尼察，也不怎么去听谣言……"

"那不是谣言，是事实！"伦戈看着他说道，"别拉瓦在研究魔法。他的亲兄弟因为揭露了他的邪恶行径，被他亲手杀了。"

"这件事毋庸置疑，斯切林总督也这么说。"厄斯塔希·冯·洛州点头道，"这消息可是弗罗茨瓦夫主教本人告诉他的。别拉瓦的雷恩玛尔因为巫术变成了疯子，被恶魔夺走了理智。在恶魔的指引下，他犯下了那些罪行，杀了自己的兄弟和那些商人，甚至还企图刺杀津比采公爵……"

"没错，他行刺过。""小椋鸟"证实道，"他被抓之后，被押去了塔牢，但路上却跑了。一定是借助了恶魔的力量。"

"如果这事和恶魔有关，我们还是赶紧离开吧……"库纳德·冯·诺德克不安地东张西望。"那邪恶的东西也会找上我们……"

"找上我们？"奥佩恩一手放到挂在马鞍的盾牌上，拍了拍上面的纹章。纹章图案包括一条彩带、一根银色矛杆以及一个红色十字架。"找上这个标志？我们有十字架！我们是要和康拉德主教一起东征波希米亚的十字军！我们是为了上帝和信仰而战的战士！恶魔不敢接近我们，因为我们可是'天使军'！"

"作为'天使军'，"厄斯塔希提醒道，"我们不仅有特权，也有义务。"

"你想说什么？"

"比绍夫海姆先生认出了女巫之中的雷恩玛尔。抵达克沃兹科十字军集结点后，我们必须向宗教审判所告发此事。"

"告发？厄斯塔希先生！我们可是骑士！"

"告发巫师和异端并不会玷污骑士的美德。"

"告发本身永远都会玷污骑士美德！"

"不会！"

"它会的。"奥佩恩说道，"这件事应该让宗教审判所知道，不过告发的人没必要非得是我们。好了，先生们，我们继续向克沃兹科前进吧。'天使军'可不能迟到。"

"我们要是赶不上大军开拔，那可就丢人了。""小椋鸟"道。

"那就上路吧。"考冯勒马掉头。"这儿没我们什么事了。依我看,有人很快会来处理这事。"

大路上,弗兰肯施泰因的骑兵队正疾驰而来。

"我们到了。"维星的杰诗卡勒住缰绳,喘着粗气,贴在她背上的雷恩万能感觉到她的喘息。"过了那座横跨布佐夫卡河的大桥就是弗兰肯施泰因城。这条路左边有圣墓骑士团的医院、圣乔治教堂和愚人之塔。路右边是些磨坊和染工的棚屋。过了桥便是克沃兹科门,进了城门再走不远就是公爵城堡、市政厅塔和圣安妮教堂。下马。"

"在这儿?"

"没错。我不想在城镇附近的任何地方露面。你也应该好好考虑考虑,亲戚家的小子。"

"我必须去。"

"果然。下马吧。"

"那你呢?"

"我不是非去不可。"

"我是想问你要去哪。"

她吹走挡在眼前的乱发,看着他。他明白了她的眼神,没有再继续追问。

"保重,亲戚家的小子。我们会再见面的。"

"一路保重,后会有期。"

Chapter 26
第二十六章

在本章中,不少老熟人在弗兰肯施泰因城重逢。当然,他们并非都是朋友。

几乎是在城镇广场的中央位置,在颈手枷与一口水井之间,有一个很大的水坑。坑中的泥水弥漫着粪便的臭味,水面漂浮着无数马尿的泡沫。许多麻雀在坑中戏水,一群衣衫褴褛、蓬头垢面的孩子围坐在水坑边上的泥巴里嬉笑打闹。他们有的在互相泼溅臭烘烘的泥水,有的在往水中释放树皮做的小船。

"嘿,雷恩玛尔,"沙雷吃完了浓汤,用勺子刮擦着碗底,"不得不承认,你的夜空飞行让我大感震惊。你飞得就像一只雄鹰,一只真正的鸟中之王。还记得吗,在森林女巫们那儿,你展示了浮空的本事后，我就预言过你会变成雄鹰？瞧，你真变了。虽然在我看来，如果没有胡恩·萨加尔的协助，你还办不到，但那又有什么关系，结果就摆在这里。小子，我拿我的宝贝发誓，在我身边你进步飞快。再给点时间，你就会成为下一位梅林，在西里西亚为我们造出让英格兰的原版都自愧不如的巨石阵。"

参孙笑出了声。

"比伯施泰因小姐怎么样了？"过了一会儿，沙雷继续道，"把她安全送到了她父亲的城堡门口了？"

"差不多。"雷恩万咬紧牙关。他已经找了尼柯莱特整整一个早上，但却一无所获。他寻遍了整个弗兰肯施泰因城，往大大小小的酒馆里窥视，观察圣安妮教堂弥撒仪式结束后的人群，在津比采门与通往斯托茨的道路上找人打听，在城镇广场的纺织会馆搜寻她的身影。也正是在纺织会馆，他遇到了沙雷和参孙，这让他如释重负，内心感到无比喜悦。

"现在她应该已经回到了家里。"他补充道。

至少，他在心里是这样希望的。斯托茨城堡离弗兰肯施泰因不足一英里远，津比采路和奥波莱路上商旅众多，卡特琳娜·比伯施泰因只要说出自己的身份，所有的商人、骑士和僧侣都会施以援手。所以，雷恩万几乎可以肯定女孩已经安全到家。饶是如此，并非亲眼所见还是令他心中不安。他所担心的事情不只如此。

"如果不是你，"参孙似乎读懂了他的想法，"那位小姐不会活着离开波达克城堡。你救了她。"

"或许，你也救了我们自己。"沙雷舔了舔勺子，"比伯施泰因领主肯定派出了搜捕队，如果你们还没注意到的话，我提醒一下，我们现在离抢劫地点相当近，比昨晚还要近得多。如果我们被抓了

"……唔……也许那位小姐,会念着救她的恩情,去求她亲爱的父亲放我们一马?"

"如果她真这么想,那她就能办到。"参孙冷静地说道。

雷恩万一声不吭。他吃完了浓汤。

"你们也让我大吃一惊。"他说道,"当时波达克城堡有五个拿着兵器的强盗骑士,你们竟摆平了他们……"

"他们喝醉了。"沙雷做了个鬼脸,"如果他们清醒的话……但是不得不说,参孙高强的武艺真是让我大开眼界。雷恩玛尔,你是没看到他是怎么把大门打烂的!哈,说实话,如果雅德维嘉女王有这样的勇士为她破开瓦维尔宫的大门,那现在坐在波兰王座上的将会是哈布斯堡家族……简而言之,我们能捡回一条命全靠他。"

"但是,沙雷……"

"不用谦虚,朋友,因为你,我们才活了下来。雷恩玛尔,要知道,也正是因为他,我们才能重聚。当我们在岔路口必须做出抉择时,我更想去巴尔多,但参孙说自己有种预感,坚持要来弗兰肯施泰因。我对预感这类东西向来不屑一顾,但这次,面对一个超自然的存在,另一个世界的来客……"

"你听从了我的建议。"参孙没有理会他的调侃,打断道,"事实证明,这是个明智的决定。"

"那倒不假。哈,雷恩玛尔,在弗兰肯施泰因城镇广场看到你的一刻可让我高兴坏了。我有没有说过,看到你多么……"

"你说过。"

"让人欣喜。"沙雷并不理会他的打岔,"我想告诉你的是,这同样令我大受鼓舞,决定对我原本的计划进行一番小小的改动。你最近的种种壮举,尤其是和海恩·冯·齐奈一同冒险、在津比采比武大会上大放异彩、在布克面前管不住嘴这几件事,让我在心里暗暗发誓,等我们到了匈牙利,等你脱离险境,到了布达后我就马上把你带到多瑙河的大桥上,使劲一脚,把你踹飞到河里。而现在,喜出望外又深受感动的我决定改变自己的计划。至少暂时如此。喂,老板!上啤酒!快点!"

酒馆老板没有表现出特别的热情,他们不得不等了一小会儿。一开始,沙雷的表情和自信的声音让老板产生了错觉,但他很快想起了点汤时两位客人掏空口袋疯狂合计盘缠的样子。位于市政厅对面拱廊的露天酒馆客人虽然不多,然而老板自视甚高,绝不会对囊中羞涩的游民表现出过度的热情。

雷恩万抿了口啤酒,盯着在颈手枷与水井之间的黄色水坑旁嬉闹的孩子们。

"孩子是国家的未来,我们的未来。"沙雷捕捉到了他的目光,"这样的未来看上去没什么希望。首先,它很瘦弱。其次,它臭烘烘、脏兮兮,令人作呕。"

"确实如此。"参孙承认道,"但这样的未来可以改变。相比牢骚满腹,更应该做出实际行动,去照顾孩子们。为他们洗澡,给他们食物,让他们接受教育。这样才会有光明的未来。"

"但你觉得谁应该去照顾我们的未来呢?"

"不是我。"巨人耸耸肩。"我无能为力。毕竟,在这个世界里,我没有未来。"

"没错,我差点忘了。"沙雷用一块面包抹了抹碗中剩下的最后一点汤汁,然后把它丢给了一只在附近打转的狗。那条狗骨瘦如柴,弓着身子,连嚼都没嚼,把整块面包囫囵吞了下去。

"我很好奇,"雷恩万若有所思,"这条狗长到现在有没有见过一块骨头?"

"它那条腿断了的时候,一定见过了自己的骨头。"沙雷耸耸肩,"无论如何,正如参孙所说,我无能为力。我在这里也没有未来,就算是有,我的未来也会比那群顽童和这条狗还要悲惨。此时此刻,匈牙利人的土地越来越遥不可及。宁静的弗兰肯施泰因小城、啤酒、豆子汤、面包,这些短暂的田园牧歌可骗不了我。不出片刻,我们的雷恩万就会邂逅一位小姐,后面的事情一如既往。我们又得疯狂逃命,最后,要么在深山老林中风餐露宿,要么与一群穷凶极恶的歹徒斗智斗勇。"

"为什么这么说,沙雷。"参孙也向那条狗丢了些面包,"我们离奥帕瓦城只有二十英里多一点,而从奥帕瓦到匈牙利最多也就八十英里。不算太远。"

"怎么,你在另一个世界研究过欧洲东部边界的地理?"

"我研究过很多东西,但这不是重点。重点是要乐观。"

"我一向乐观。"沙雷喝了一小口啤酒,"很少有事情能动摇我的乐观主义,除非是非常严重的大事。比如,在接下来的漫长旅程中我们身无分文。比如,我们三个人只有两匹马,其中一匹还跛了脚。再比如,我们其中一人还受了伤。参孙,你的胳膊怎么样了?"

巨人忙着喝酒没有答话,只是动了动他打着绷带的一条胳膊,表示自己没有问题。

"很好。"沙雷抬头看向天空,"一个问题解决了。但是剩下的问题毫无头绪。"

"会解决的。至少,能解决一部分。"

"亲爱的雷恩玛尔,这话什么意思?"

"这一次,"雷恩万骄傲地抬起头,"你束手无策了,但我的关系能帮上我们。我在弗兰肯施泰因有个熟人。"

"容我问一句,"沙雷面无表情地问道,"你嘴里的熟人是什么人?是某个有夫之妇,某个寡妇,某个家财万贯、适合婚配的千金小姐,某个修女,还是随便什么别的女人?"

"这些笑话一点也不好笑。大可放心,我在这的朋友是光荣十字圣架教堂的助祭,是一名多明我会修士。"

"哈!"沙雷将杯子重重放到长凳上,"如果是这样,我倒情愿你再去找个有夫之妇。亲爱的雷恩玛尔,你是不是一直感到头痛欲裂?是不是头晕目眩、恶心干呕、看东西重影?"

"我知道你想说什么。"雷恩万摆手道,"多明我会是'天主的犬①',都是些听宗教审判所使唤的疯狗。那不过是陈词滥调。况且,你要知道,我口中的熟人欠我一个很大的人情。我的哥哥彼得林以前拉了他一把,帮他摆脱了严重的财务问题。"

"所以你就认为他会感恩戴德。那助祭叫什么名字?"

"怎么,你谁都认识?"

"我认识很多人。他叫什么?"

"安杰伊·坎托。"

"那个家族的财务问题似乎可以遗传。"沉思片刻后,沙雷说道,"我听说过保罗·坎托,因为债台高筑和坑蒙拐骗,半个西里西亚都在抓他。还有在加尔默罗山修道院和我一起坐牢的马特乌什·坎托,他曾是德武戈文卡的堂区神父,在赌桌上输掉了一个圣体盘和一个香炉。我可不敢想象你的那位助祭输掉了什么。"

---

①多明我会又称道明会,源于圣道明,而"道明"一名的拉丁文Dominicus,意思是"属于天主的",也可作Dominicanus,意思是"天主的犬",因为他的母亲怀孕时梦见一只口里衔着火把的狗。

"那事过去很久了。"

"你搞错了。我不敢想的是他最近输掉了什么。"

"我不明白你这话的意思。"

"嗷,雷恩玛尔,雷恩玛尔。如果我猜得没错,你已经见过那位坎托了?"

"没错,我见过了。但我没有……"

"他知道多少?你告诉了他多少?"

"基本上什么也没说。"

"不幸中的万幸。熟人也好,多明我会的帮助也好,统统别再想了。我们能用别的办法筹到路费。"

"我很好奇,你有什么办法?"

"比方说卖了这个精美的水壶。"

"这是银器。你从哪搞到的?"

"我在纺织会馆浏览琳琅满目的商品时,走着走着,突然就在口袋里发现了它。真是不可思议。"

雷恩万倒吸一口凉气。参孙盯着自己的杯子,不舍地看着残留的酒沫。然而沙雷的注意力却放在了附近拱廊下的一名骑士身上。骑士头戴绯红色的夏普仑帽,华贵的紧身上衣上绘有磨盘图案的纹章。此时,他正厉声叱骂一个低头弯腰的犹太人。

"离开这样的西里西亚,我基本上没什么遗憾。"沙雷说道,"之所以说'基本上',是因为我的的确确有个遗憾,那就是没把收税官运送的五百格里夫纳弄到手。如果没出意外,那笔钱可能是我们的。只要一想到那钱有可能意外便宜了像布克·罗基格那样的蠢货,我就气不打一处来。谁知道那钱是谁抢的呢,也许是那个正辱骂犹太人是猪的雷恩巴赫人?也许是皮匠铺旁那群人里的其中一人？"

"与平常相比，今天城里的士兵和骑士可真多。"

"到处都是。看，又来了一些……"

沙雷话音戛然而止，大声地吸了口气。此时，通往地牢门的银山街上，强盗骑士海恩·冯·齐奈正骑马进入城镇广场。

沙雷、参孙与雷恩万立马从长凳跳起，打算偷偷溜走。可惜为时已晚。不仅海恩本人看到了他们，与他并辔而行的弗瑞奇·诺提斯和意大利人维泰洛佐·盖塔尼同样发现了他们。后者脸上新添的一道伤疤十分醒目。看到沙雷，他浮肿未消的脸瞬间气得煞白。下一秒，弗兰肯施泰因的城镇广场爆发出喊叫声和马蹄声。片刻后，海恩战斧劈入木头，把一腔怒火发泄到了酒馆的长凳上。

"追！"他向随从吼道，"追上他们！"

"那边！"盖塔尼大喊，"他们往那边跑了！"

雷恩万拼了命才勉强追上参孙。跑在前面的沙雷领着两人拐入一条狭窄的小巷，接着穿过数个花园。沙雷的策略似乎奏效了，马蹄声和追兵的叫喊声忽然消失。他们冲入下水道中满是肥皂泡的下澡堂街，随即拐向津比采门。

一行人马正从津比采门迎面走来。马鞍上骑手们在聊天闲谈，懒洋洋地晃着身子。当前三人正是斯特察兄弟，诺贝多夫、哈特、罗迪奇三人紧随其后。

雷恩万整个人愣在了原地。

"别拉瓦！"沃尔佛·冯·斯特察咆哮道，"狗日的，看你往哪跑！"

雷恩万、沙雷和参孙拔腿就跑。他们气喘吁吁，穿过小巷，翻过栅栏，钻过花园灌丛，扑倒在麻绳上晾晒的床单上。左边传来海恩随从的呐喊，身后传出斯特察兄弟的吼声，情急之下，他们往北逃去。恰在此时,位于城北的多明我会光荣十字圣架教堂钟声开始鸣响。

"雷恩玛尔少爷!这里!来这边!"

墙上一扇小门突然开启,门内站着多明我会的助祭安杰伊·坎托。他欠了别拉瓦兄弟极大的恩情。

"这边!这边!快!没时间了!"

的确没时间了。他们冲入了一条狭窄的走廊。坎托关上门后,走廊完全没入黑暗之中,到处弥漫着馊了的抹布气味。"咣啷"一声巨响,雷恩万踢倒了几个铁锅。"砰"的一声,参孙绊了一跤,摔倒在地。沙雷咒骂一声,想必是也撞上了某样东西。

"这边!"安杰伊·坎托在前面光线昏暗的某处喊道,"这边!快!快!"

跌跌撞撞地走下狭窄又陡峭的楼梯后,雷恩万终于见到了阳光。他进入了一个小院,院子四面围墙,墙上爬满了野藤。一只猫被从他身后冲出的沙雷踩到,发出一声凄厉的尖叫。尖叫声还未消失,十几个身着黑色束身上衣、头戴圆毡帽的大汉分别从两条回廊涌出,冲向他们。

一人将麻布袋套在雷恩万头上,另一人将他踹倒在地。他们把他压在身下,双手反捆。他感到身旁有人在搏斗,耳旁传来急促的喘息声、打斗声和疼痛的哀嚎声。一切表明,沙雷和参孙在激烈反抗。

"宗教审判所有没有……"安杰伊·坎托哆哆嗦嗦的声音传来,"宗教审判所有没有……赏金……奖励抓到这个异端的人?一点也没有吗?主教的'令状'里没有提到,但是……我有些麻烦……我急需用钱……所以才……"

"'令状'是命令，不是商业契约。"一个邪恶又刺耳的声音在训诫助祭。"对每一位虔诚的天主教徒来说，拥有协助宗教审判所的机会本身就是无上的奖励。还是说，你不承认自己的虔诚？"

"坎托……"雷恩万嘴里满是麻袋里的灰尘和棉绒。"坎托！你个婊子养的！宗教审判所的走狗！忘恩负义的混……"

还没说完，他的脑袋重重挨了一下，顿时眼冒金星。第二下带来的剧痛令他手指发麻，身体不听使唤。打他的人仍不肯罢休，一次又一次地痛下毒手。疼痛让他忍不住哀嚎，血液在他耳中翻涌。终于，他失去了意识。

他在几乎是一片漆黑的环境中醒来，嗓子和喉咙快要干到冒烟，太阳穴、眼睛甚至是牙齿都能感受到剧烈的疼痛。他深深吸了口气，差点因为周围的恶臭窒息而死。只要一动，身下压实的稻草便会发出沙沙的声响。

附近，有人在痛苦呜咽，有人在咳嗽，有人在喃喃自语。他听到身旁有水流的声响。雷恩万舔了舔黏糊糊的嘴唇，慢慢站起，结果脑袋不知道又撞到了什么，痛得呻吟一声。他更加小心翼翼、更加缓慢地站了起来。只消一眼，他便意识到自己是在一个巨大的地牢中，在一个幽深石井的井底。而且，他不是一个人。

"你醒了。"沙雷出声道。他站在几步远的地方，正哗啦啦地往一个木桶里撒尿。

雷恩万张开嘴巴，但是一个字都说不出来。

"太棒了，你终于醒了。"沙雷系紧裤子，"正好我迫不及待地想告诉你，我还是打算把你从多瑙河大桥上踹下去。"

"这是什么地方……"雷恩万艰难地咽了口唾沫，用嘶哑的声音说道,"沙雷……我们……在什么地方?"

"在圣丁芙娜的圣殿里。"

"什么地方?"

"在一家医治精神错乱的医院里。"

"这到底是什么地方?!"

"我说了啊。我们在一家疯人院里。我们在愚人之塔里。"

Chapter 27
第二十七章

在本章中,相当长的一段时间里,雷恩万和沙雷享有安宁、医疗、精神慰藉与一日三餐。他们还可以与一些不循常理的人随意谈论有趣的话题。简而言之,他们享有通常在疯人院里会享有的东西。

"赞美耶稣。赞美圣丁芙娜。"
听到声音,愚人之塔的居住者们回以语无伦次、含糊不清的喃喃自语,他们身下的稻草发出沙沙的响动。圣墓骑士团的僧侣把玩着手里的木棒,用它敲了敲左手的掌心。
"你们俩刚刚加入我们神的羊群。"他对雷恩万和沙雷说道,"我们要给新人起新的名字。既然今天我们敬拜的是神圣的殉道者哥尼流和居普良,那你们就一个叫哥尼流,一个叫居普良。"

哥尼流与居普良都没有答话。

"我是这所医院的院长,是这座塔的守护者。"僧侣继续道,"我的名字叫特兰克韦鲁斯弟兄。没人惹恼我时,我是个和善的人。"

"但你们应该牢牢记住,什么样的行为会惹恼我:随意喧哗、胡言乱语、煽动骚乱、把自己和周围弄得肮脏不堪、说脏话、亵渎上帝和其他圣人、不祈祷以及阻碍他人祈祷。总的来说,所有的罪行都会惹恼我。橡木棒、冷水桶、铁笼子、铁链子,我们有的是办法对付这里的罪人。听清楚了吗?"

"清楚了。"哥尼流与居普良异口同声道。

"那你们就开始治疗吧。"特兰克韦鲁斯弟兄打了个哈欠,打量着手里破旧而光滑的橡木棒。"如果你们成功祈祷到圣丁芙娜的垂怜与仲裁,你们的精神错乱就会痊愈,就能重新回到健康社会的怀抱。在圣人之中,丁芙娜以善良著称,所以你们很有希望。但是,不要停止祈祷。听清楚了吗?"

"清楚了。"

"很好,愿上帝与你们同在。"

圣墓骑士团的僧侣爬上嘎吱作响的楼梯离开了。狭窄的楼梯绕着墙壁螺旋上升,尽头是高处的一扇门。从打开和关闭的回声不难判断,那扇门一定非常牢固。几乎是在隆隆回声消失的一瞬,沙雷站了起来。

"嗨,饱受折磨的弟兄们,"他开心地说道,"不管你们是什么人,你们好啊。看上去我们要共度一段时光了。虽然是坐牢,但我们好歹也算狱友。所以,大家要不要互相认识一下?"

和一个小时前差不多,回应他的只有咣当声、稻草的沙沙声、喷嚏声、一句小声的诅咒和几句下流不堪的脏话。但是沙雷没有气馁。他坚定地走到一张草床前。这种用稻草铺成的简陋小床在塔底有十多张，有的在墙边，有的在分隔底层空间的柱子和拱廊边上。所有的柱子和拱廊都残破不堪，犹如废墟。从塔顶数扇小窗户透入的光线仅能微微照亮黑暗。但沙雷的眼睛已然适应，或多或少能够看到一些东西。

"你好！我是沙雷！"

"哼，滚开。"躺在草床上的人没好气地说道，"别来烦我，你个疯子。我神志清醒着呢！我是个正常人！"

雷恩万嘴巴张大又很快合上，接着又再次张大。因为他看到，那个坚称自己神志清醒的人正在剧烈地摆弄自己的生殖器。沙雷清清喉咙，耸耸肩膀，继续走向下一张草床。如果不算脸部轻微的抽搐与怪异的收缩，躺在上面的人可以说是一动不动。

"你好！我是沙雷……"

"卜卜……卜不不卜……卜白卜歪歪……卜歪歪……"

"这也在意料之中。走吧，雷恩玛尔。你好，我是……"

"别动！神经病，你瞎了吗？你踩到我画的图了！"

他们脚下的稻草被特地清扫过，露出了如石头般坚硬的地面，上面有一些用粉笔潦草画出的几何图形、符号和数字。一个灰白头发的老人聚精会神地盯着它们，他的头顶秃得如同鸡蛋一般光滑。老人草床上方的墙壁上也画满了图形、符号和数字。

"噢，抱歉。"沙雷退后一步，"我懂。'不要踩坏我的圆圈'，我怎么会忘记阿基米德的名言呢？"

老人抬起头，咧嘴一笑，露出满口黑牙。

"你们俩是学者？"

"可以这么说。"

"这样的话,你们去那根刻着'欧米伽'的柱子底下找好自己的床位。"

他们按照老人的指示,用稻草在刻着希腊字母的柱子底下铺了两张草床。他们刚停下手里的活,特兰克韦鲁斯弟兄就出现了,这次他的身后还跟着另外几个袍衣上绘有宗主教十字[①]的僧侣。圣墓的守护者们带来了一口热气腾腾的大锅,在他们咏唱完《主祷文》《圣母经》《使徒信经》《忏悔经》与《垂怜经》之后,才允许愚人之塔的病人们拿着饭碗靠近。这场仪式的漫长超出了雷恩万的想象。

"在弗兰肯施泰因城有座愚人之塔?"他神色茫然地看着粘在碗底的小米,出声问道。

"没错。"正在拿稻草剔牙的沙雷肯定道,"这座塔就在克沃兹科门旁边的城墙根上,紧挨着圣乔治医院,由来自尼萨的圣墓骑士团僧侣们管理。"

"我昨天才从那边经过。是昨天吧……我们怎么被关塔里了?为什么他们认为我们精神不正常?"

"显然是有人研究了我们最近的行为。"沙雷笑出了声,"哈,亲爱的居普良,别当真,开个玩笑罢了,我们可没那么走运。因为多明我会在本地的监狱正在扩建,所以这里不仅是愚人之塔,还……暂时充当……宗教审判所的监狱。弗兰肯施泰因有两座城镇监狱,一座在市政厅里,一座在'斜塔'底下,不过它们总是人满为患。所以宗教审判所抓的人才会被关到这里。"

"但那个特兰克韦鲁斯好像真把我们当成了疯子。"雷恩万继

[①]宗主教十字是基督宗教符号十字架的一种变体。与拉丁十字基本相似,但上方多了一个小横杠代表着耶稣十字架上的罪状牌。

续道。

"那是他职业性的偏见。"

"参孙怎么样了?"

"他能怎么样?"沙雷瘪嘴道,"那些人看了看他的脸,二话没说就把他给放了。可不可笑?他们把他当成白痴,放他走了,却把我们和一群疯子关在一起。事先说好,我没什么怨气,怪就怪我自己。他们要抓的人就你一个,居普良。'令状'上只提到了你。我被关进来是因为我小小反抗了一下,打断了几个人的鼻子,哈,踢出的几脚也踢到了该踢的地方……如果我和参孙一样保持冷静的话……"

他一脸凝重地沉默了一会儿,继续说道:"我把我们所有的希望都寄托在了他的身上,相信他能想办法救我们出去。而且要越快越好,否则……否则我们会有大麻烦。"

"你是说宗教审判所?但他们会控告我们什么呢?"

"关键不在于他们控告我们什么,而在于我们会供认什么。"沙雷的声音极为沮丧。

雷恩万不需要任何解释,他很清楚沙雷话里的意思。他们在西多会农场无意中听到的东西意味着死亡,而且死前免不了要受到酷刑的折磨。那些秘密不能让任何人知道。沙雷眼睛瞥向塔里其他人,那意味深长的眼神也不需要任何解释。雷恩万同样知道,宗教审判所有在关押的犯人中安插眼线的习惯。虽然沙雷保证自己会很快揪出所有的眼线,但他还是建议要对其他人保持谨慎、守口如瓶。他格外强调,即使是那些表面看上去精神失常的人也不值得信任,千万不要让他们知道任何事情。

"在拉肢刑具上的人会不停说话。"他解释道,"他们会把自己知道的事情全都说出来，因为只有说话的时候才不会受到酷刑的折磨。"

看到雷恩万神色黯然，沙雷决定拍拍他的背，给他点鼓励。

"振作起来，居普良。"他安慰道，"他们还没找上我们呢。"

雷恩万变得更沮丧了，于是沙雷只好作罢。他不知道，雷恩万完全不担心会在酷刑之下供出农场偷听到的密谋。而背叛卡特琳娜·比伯施泰因，才是真正令他害怕百倍的事情。

稍作休息后，"欧米伽宿舍"的两位房客又结识了更多人。他们的情况各不相同。有些愚人之塔的居民不想交谈，有些则是不能交谈，他们的症状正是布拉格大学的教授们所描述的"痴呆"抑或"残疾"。其他人倒是很健谈，然而，即便是"疯子"，他们也不急于透露自己的个人信息，于是雷恩万在心里为他们起了合适的绰号。

离他们最近的邻居是托马斯·阿尔法，一是因为他就住在刻着"阿尔法"的柱子底下，二是由于他被关进愚人之塔的日子是五月七日——圣托马斯·阿奎那日。他既没有透露被关进来的原因，也没有透露自己被关了多久，而且，他给雷恩万的印象也并非是个精神错乱的病人。他称自己是个发明家，但根据他说话的特殊习惯，沙雷认为他是个逃亡的僧侣。沙雷说，在修道院的墙上发现一个洞可配不上发明家的称号。

托马斯·阿尔法不远处住着卡马尔多利，他的草床在一堵刻着希腊字母"T"与拉丁铭文"POENITEMINI[①]"的墙壁下。他没法隐藏自己神甫的身份，因为削掉的头发还没有重新长好。对他的了解仅限于此，因为他就像个真正的嘉玛道理会[②]修士一样沉默寡言。

[①]意为"忏悔"。

[②]Kameduła，嘉玛道理会，由意大利修士圣罗慕铎创建于大约1012年，会名源自于意大利中部托斯卡纳大区阿雷佐省市镇波皮山上的卡马尔多利区。

而且，他也如同真正的嘉玛道理会修士一样，对愚人之塔极为频繁的禁食没有一句怨言。

卡尔马多利对面的墙上刻着铭文"LIBERA NOS DEUS NOSTER①"，底下住了两个人，讽刺的是，他们在外面也是邻居。两人都否认自己是疯子，坚称自己是阴谋诡计的受害者。其中一人是城镇抄写员，关进来的第一天被圣墓骑士团的僧侣们取名为"文德"。他将自己入狱的原因归咎于正在家中和情人寻欢作乐的妻子。很快，文德向雷恩万和沙雷展开了一番关于女人的长篇大论，痛斥她们骨子里的卑鄙、淫荡、下流、邪恶与不忠。他的话不禁让雷恩万回忆起了黑暗的往事，陷入深深的忧郁之中，久久不能自拔。

雷恩万在心里给文德的邻居起名为"店主"，因为他一直没完没了地大声抒发对自己店铺的担忧。他在城镇广场上有个十分赚钱的小铺子。他坚信，自己之所以失去自由是因为自己的孩子们唯利是图，为了把铺子占为己有而告发了他。和文德一样，店主也坦白了自己对科学的兴趣，两人都对占星术和炼金术有所涉猎。听到"宗教审判所"一词，两人都奇怪地陷入了沉默。

那对邻居不远处，在刻着"屁股"一词的墙壁下，住着另一位来自弗兰肯施泰因的居民。他没有隐藏自己的身份，坦言自己名叫尼古拉·哥白尼，是当地的一名泥瓦匠，也是一名业余的天文学家。遗憾的是，因为他的性格属于沉默寡言、不善交际的类型，所以能了解到的就这么多。

距离科学家们的飞地稍远的一堵墙下，坐着两人已经见过的"我的圆圈"——简称"圆圈"。他坐在稻草上的样子如同一只坐在鸟巢中的鹈鹕，秃头和脖子严重的甲状腺肿更是加深了这种印象。

---

①拉丁语，意为"神啊，拯救我们"。

他的身上散发着一股恶臭，光秃秃的头顶闪闪发亮。他一直拿粉笔在墙上或地上写写画画，制造令人心烦的刮擦声。不言而喻，他并非如阿基米德一样是个数学家，那些图形、符号和数字另有他用。"圆圈"也正是因为它们才被关入疯人院中。

"以赛亚"是个性格冷漠的年轻人，雷恩万之所以为他起这个绰号，是因为他动不动就要引用《旧约》。"以赛亚"的草床旁立着一个令人生畏、用作惩戒室的铁笼。笼子里空空如也，连关押最久的托马斯·阿尔法都没见过有谁被关进去过。阿尔法说，特兰克韦鲁斯弟兄的确是个既和善又宽容的僧侣。当然，是在没人惹恼他的情况下。

一直当所有人不存在的"正常人"很快就惹恼了特兰克韦鲁斯弟兄。晨祷时，"正常人"依旧沉浸在自己最爱的活动——玩弄自己的私处中。这当然没有逃过圣墓骑士团僧侣的法眼，"正常人"挨了一顿结结实实的毒打。事实证明，特兰克韦鲁斯弟兄的橡木棒并不是徒有其表的摆设。

几天过去了。白天枯燥乏味，而夜晚简直是一种折磨，刺骨的寒冷和愚人之塔的居民们此起彼伏的鼾声犹如噩梦。相比之下，还是白天要好过得多，至少还可以聊天。

"我的朋友们一无是处，他们的愤怒和嫉妒是我被关进来的原因。""圆圈"动了动脖子上的大颈泡，眨了眨溃烂的双眼。"他们憎恨我，因为我取得了他们没能取得的成就。"

"什么成就？"沙雷感兴趣地问道。

"我为什么要跟你们这些门外汉解释？""圆圈"把手指上的粉笔灰抹到自己的罩衫上，"你们又听不懂。"

"说不准呢。"

"行吧，既然你们想听……""圆圈"清了清喉咙，挖了挖鼻孔，用一只脚的脚后跟去摩擦另一只脚的脚后跟。"听着，我的成就非同小可。我精确地计算出了世界末日在哪一天。"

"莫非是一四二〇年二月，圣思嘉节过后的礼拜一？"礼貌性地沉默片刻后，沙雷问道，"恕我冒昧，这可不是什么新鲜事了。"

"你这是瞧不起我。""圆圈"嘴巴里喷出一股恶臭。"我可不是偏激的千禧年信徒，也不是无知的神秘主义者，我才不会跟在千禧年狂热者的屁股后面鹦鹉学舌。我的研究基于大量的学术资料和数学计算，不受任何个人情绪左右。你读过《启示录》那本书吗？"

"大体上算读过。"

"羔羊揭开了七个封印，约翰见到了七个天使，这你记得吧？"

"当然。"

"第六印封印者的人数是十四万四千，记得吧？长老有二十四位，记得吧？两位见证人被赐予预言神力的天数是一千二百六十天，记得吧？你把所有的数字相加，然后把得出的总数乘以'Apollyon①'这个词的字母数，你就会得到……喔，给你们解释这么多干吗，你们又听不明白。直接告诉你们结果吧，世界末日会在七月降临。再准确点，七月六日，礼拜五的中午。"

"哪一年呢？"

"神圣的今年：一四二五年。"

"哇，真是令人吃惊。"沙雷摸了摸下巴，"只不过，有个小小的意外……"

---

①Apollyon（亚波伦），在基督教的圣经《启示录》里，亚波伦是一位来自无底坑的使者，也就是来自地狱的魔鬼。

"什么意外？"

"现在是九月。"

"空口白话，没有证据。"

"而且，现在是下午。"

"圆圈"耸耸肩膀，扭过头去，把自己埋到稻草之中。

"我就知道，和傻子没什么好讲的。"他不耐烦地说道，"再见。"

弗兰肯施泰因的泥瓦匠尼古拉·哥白尼是个寡言少语的人。但是，他爱答不理的态度并没有让渴望交谈的沙雷感到气馁。

"这么说，你是个天文学家。"沙雷再一次尝试打开话题，"而且是个被关进牢里的天文学家。事实证明，太过仔细地观察天空既没有好处，也不适合虔诚的天主教徒。不过，我有不同的见解。天文学和牢房联系在一起，只意味着一件事情：你质疑了托勒密的理论。我说的对不对？"

"对什么对？"哥白尼不耐烦道，"关在牢里的天文学家？你说得对。其他的事，你说的也对。你说什么都是对的。在我看来，你就是那种自以为是的人，永远以为自己是对的。这种人我见得多了。"

"我可不是那种人。"沙雷微笑道，"不过这不重要。重要的是，你同不同意托勒密的理论？你认为宇宙的中心是地球还是太阳？"

哥白尼沉默了很长时间。

"谁爱做中心谁做。"终于，他苦涩地说道，"我怎么知道？我算哪门子天文学家？我会撤回一切，承认一切。他们让我说什么，我就说什么。"

"啊哈。"沙雷喜笑颜开，"我猜对了！天文学和神学的冲突把你吓到了？"

"什么意思？"雷恩万吃惊地问道，"天文学是一门科学，神学和它有什么关系？二加二永远等于四……"

"我也这么认为。"哥白尼一脸凝重地打断道，"但现实是不同的。"

"我不明白。"

"雷恩玛尔，雷恩玛尔，你单纯得像个孩子。"沙雷微笑道，"计算二加二和《圣经》并不矛盾，但是《圣经》可解释不了天体的运行。你不能去证明地球在绕着静止不动的太阳旋转，因为《圣经》里可写着是在耶和华的命令下，太阳才不动的。听好，是太阳，不是地球，所以……"

"所以，"泥瓦匠的脸色变得更为凝重，"人要遵循自我保护的本能。星盘和望远镜可能出错，但《圣经》永远是对的。天空……"

"上帝坐在地球大圈之上。"没精打采的"以赛亚"听到"圣经"这个词，一下子打起了精神，插嘴道，"他铺张穹苍如幔子，展开诸天如可住的帐篷。"

"喏，瞧，就算是个疯子也知道。"哥白尼点头道。

"实际上……"

"实际上什么？"哥白尼抬高了声调，"就你们聪明？我会撤回一切。只要他们肯放了我，我会承认所有他们想要我承认的事。我会承认地球是平的，耶路撒冷就在它的正中心处。我会承认太阳绕着教皇旋转，他才是宇宙的中心。我会承认一切。也许他们是对的呢？狗日的，他们的制度已经存在了将近一千五百年。正因如此，他们不可能是错的。"

"从什么时候开始，时间可以治愈愚蠢了？"沙雷眯着眼道。

"见鬼去吧！"泥瓦匠生气道，"要受酷刑和火刑，你自己去！我要撤回一切！我要承认：它一动不动！"

"毕竟，我知道些什么呢？"沉默一会后，他苦涩地说道，"我算哪门子天文学家？我只是个普通人罢了。"

"沙雷先生，别相信他的鬼话。"刚刚小睡醒来的文德出声道，"他现在这么说是因为害怕被烧死。所有弗兰肯施泰因人都知道他是什么样的天文学家，因为他每天晚上都坐在房顶上，拿着星盘数星星。他们家族都是如此，哥白尼家的人都是观星者，就算是年纪最小的小尼古拉也不例外。有这样一个笑话，小尼古拉学会的第一个词语是'妈妈'，第二个是'好吃'，第三个就是'日心说'。"

黄昏来临，塔内变得冷了许多，越来越多的囚犯们加入了谈论与争辩。他们说了很多很多，有时是在与人交谈，有时是在自言自语。

"他们会糟蹋我的铺子，把一切都挥霍掉。他们会毁了我的心血。现在的年轻人！"

"所有的女人都是荡妇。要么行为淫荡，要么想法下贱。"

"世界末日马上要降临，一切都将归于虚无。我和你们这些门外汉有什么讲的？"

"听我说，宗教审判所很快就会来找我们。他们会用酷刑折磨我们，然后把我们烧死。对于我们这些冒犯了上帝的罪人来说，这样的死法再合适不过。"

"火苗怎样吞灭碎秸，干草怎样落在火焰之中，照样，他们的根必像朽物，他们的花，必像灰尘飞腾。因为他们厌弃万军之耶和华的训诲……"

"听到没？就算是个疯子也知道。"

"没错。"

"问题在于，我们思考得太多了。"哥白尼沉思道。

"对，对，所以我们无法逃脱惩罚。"托马斯·阿尔法说道。

"……他们必被聚集，像囚犯被聚在牢狱中，并要囚在监牢里，多日之后便被讨罪。"

"听到没？就算是个疯子也知道。"

远处的墙下，那些受"痴呆"或"残疾"症状困扰的病人们在语无伦次地喃喃自语。旁边的草床上，正在手淫的"正常人"不停发出呻吟声。

十月的天气越来越冷。为了记录日期，沙雷从"圆圈"那偷了一支粉笔，在墙上画了份日历。于是，十月十六日这天，一张熟悉的面孔出现在了愚人之塔。

将雷恩万的熟人拽进塔里的不是圣墓骑士团的僧侣们，而是身穿锁甲与卡夫坦大衣①的士兵。他的反抗很是激烈，后颈挨了几下后被扔下了楼梯。在愚人之塔所有居民的注视下，他从楼梯一路滚下，趴在了地上，特兰克韦鲁斯弟兄拿着棒子朝他走去。

"今天是圣加尔日。"照例，他先以主保精神病人的圣丁芙娜之名问候，而后说道，"但这儿已经有太多的'加尔'了，还是不要再多一个……今天同样是圣穆默林日，所以，弟兄，你就叫'穆默林'，听清楚了吗？"

趴在地上的男人用手肘撑着慢慢起身，眼睛死死盯着特兰克韦鲁斯，似乎马上要用最粗鄙的言语予以回应。特兰克韦鲁斯也仿佛早有预料，他举起棒子，退后一步，找了个方便使劲的姿势。然

---

①Kaftan，卡夫坦是一种长袍大衣，不同样式的卡夫坦在世界许多不同文化的地区中存在了几千年。它主要用来当作外套来使用，衣长到脚踝处，长袖。

而，男人只是咬了咬牙，把所有的话都吞回了肚子里。

"很好，我明白你的意思了。"圣墓骑士团的僧侣点头道，"兄弟，愿上帝与你同在。"

男人坐到了地上。雷恩万马上认出了他。他的灰色斗篷、帽上长尾、银色搭扣与夏普仑帽都不见了。紧身的瓦姆斯上衣沾满了灰尘和泥土，肩上的垫肩都已被扯坏。

"你好。"

厄本·豪恩抬起头。他的头发乱糟糟的，一只眼被打成了青紫色，裂开的嘴唇已然肿起。

"你好，雷恩玛尔。"他回应道，"要知道，在愚人之塔里见到你，我一点也不觉得奇怪。"

"你还好吗？感觉怎么样？"

"棒极了。屁股火辣辣的，帮我检查一下，我自己很难看到。"

他站起身，摸了摸两肋，而后开始揉腰。

"他们杀了我的狗。"他冷冷说道，"我的'魔王'被他们用棒子活活打死了。你还记得它吧？"

"我感到很难过。"雷恩万清楚地记得那条獒犬的尖牙利齿在他脸前的样子，但他的确是发自内心地为它感到难过。

"我不会饶过他们。"豪恩咬牙切齿道，"逃出这里后，我会找他们算账。"

"问题是怎么从这里逃出去。"

"我知道。"

在雷恩万介绍两人给对方认识时，豪恩和沙雷眯着眼睛，咬着嘴唇，互相打量了很长时间。显然，这两只老狐狸棋逢对手，都没有向对方问任何事情。

"既来之则安之。"豪恩环顾四周,"现在,我们都被困在了弗兰肯施泰因圣墓骑士团的医院,困在了一座愚人之塔里。"

"不只如此。"沙雷眯着眼说道,"这位尊敬的先生一定知道它还是什么。"

"尊敬的先生当然知道,"豪恩承认道,"因为他被关进来的原因不是精神出了问题,而是宗教审判所和主教的'令状'。不管宗教审判所如何,至少他们的监狱通常都宽敞而整洁。这里也不例外,闻上去,他们会时不时清理尿桶,塔里的居民也看上去相当体面……显然,圣墓骑士团的僧侣们很会照顾人。吃的怎么样?"

"发馊,但会按时送来。"

"不错了。我见识过的上一家疯人院是比萨斜塔,就在佛罗伦萨的圣玛利亚医院旁边。你们想象不到那里的病人是什么样子!他们蓬头垢面,肮脏不堪,满身虱子,整天挨饿……但这里呢?我觉得他们都可以去王宫了……唔,也许帝国皇宫不行,瓦维尔宫也不行……但是像维尔诺宫那样的地方,我保证,你们就这样过去,绝不会感到任何不自在。不过……我有可能太过乐观了……或许会有一些不正常的变态也关在这里……上帝保佑,他们之中没有杀人魔和鸡奸者吧?"

"没有。"沙雷打消了他的疑虑,"圣丁芙娜保佑着我们,这里只有那些躺在床上语无伦次的傻子和玩弄自己私处的疯子。没什么特别的。"

"棒极了。我们要一起在这里待上一阵了,也许时间不会太短。"

"或许会比你想象的短很多。"沙雷笑道,"我们从圣居普良日就在这里了,宗教审判所随时会找上我们。谁知道会是什么时候,说不准就是今天。"

"不是今天,也不是明天。"厄本·豪恩冷静地说道,"宗教审判所有别的事要忙。"

虽然两人一直催促,但豪恩吃过午饭后才开始解释。顺便一提,他吃得很香,连雷恩万没有吃完的饭菜也一扫而空。雷恩万最近的状态越来越糟,吃什么都没有胃口。

"弗罗茨瓦夫的康拉德主教率军进攻了胡斯党。"豪恩用一根手指刮出最后一点粘在碗底的燕麦。"他和恰斯托洛维采的布塔进攻了纳霍德和特鲁特诺夫地区。"

"十字军东征?"

"不,是烧杀劫掠。"

"两者没有任何区别。"沙雷微笑道。

"呕吼,我本打算问一下你的立场,现在没那个必要了。"豪恩道。

"很高兴你这么说。说说那场劫掠的情况吧。"

"据他们声称,胡斯党似乎是在九月十三日抢劫了一名收税官,据称有一千五百多格里夫纳被洗劫一空。他们以此为借口,对胡斯党发动了战争……"

"多少?"

"我说了'声称'、'似乎'、'据称',没人会相信他们。但这个借口正合了主教的心意,他进攻的时机相当巧妙。当时胡斯党在赫拉德茨-克拉洛韦的野战军不在城内,在盖特曼扬·卡佩克率领下,他们驻扎在卢萨蒂亚边境附近。这样看来,主教养了一群不错的间谍。"

"毋庸置疑。"沙雷道,"继续往下说。豪恩先生?接着讲,先别管那些疯子,日后你有的是时间看他们。"

豪恩将视线收回,不再看沉浸在手淫之中的"正常人"以及一个正用自己的粪便堆砌小型金字塔的疯子。

"嗯……我说到哪了……啊哈,想起来了。主教和布塔领主经由莱温与霍莫莱攻入波希米亚。他们在纳霍德、特鲁特诺夫、维兹姆伯格附近烧杀掳掠。他们所到之处,所有的村庄被付之一炬,青年和婴儿一视同仁,都被杀死。只有为数不多可以掳走的孩子能够幸免于难。"

"后来呢?"

"后来……"

柴堆已然熄灭,火焰不再熊熊燃烧、噼啪作响,只剩零星的火苗仍在闪烁。这些木头并没有完全燃烧,一是因为赶上了雨天,二是因为,为了让异端们焚烧得不要太快,为了让背道者们在惨叫中事先品尝地狱酷刑,他们本来用的就是受潮的木头。但他们不懂得过犹不及的道理,太过潮湿的木头导致异端们在被烧死之前,很快就因浓烟窒息而死,甚至都没怎么惨叫。绑在火刑柱上的尸体燃烧得也不彻底,或多或少地保留了人形。他们并未完全烧焦的皮肉血淋淋地粘在骨架上,皮肤像麻花辫一样耷拉着,裸露在外的骨头颜色多是血红,而非焦黑。相比之下,他们的头颅烤得更为均匀,烧焦的皮肤已然从头骨脱落。他们的嘴巴无声地大张着,裸露着白森森的牙齿,使得尸体的样子更加可怖。

本来,他们因折磨太过短暂且不那么痛苦而备感失望。不过,这失望很快得到了弥补,骇人的尸骸对人的心理冲击效果更为显著。火堆上如果都是一堆不成人形的黑炭，附近村庄抓来的捷克人可能不会受到多大震动。然而，眼睁睁看着最近还活着的神父们被烧成了血肉模糊、咧嘴露齿的焦尸，捷克人完全崩溃了。女人们呜咽哭嚎，孩子们疯狂尖叫，男人们捂着眼睛颤抖不止。

坐在马鞍上的弗罗茨瓦夫主教康拉德骄傲地挺直身子，他的动作如此有力，使得身上的铠甲铮铮作响。他原本打算在罪人们面前布道，让这群愚民明白异端的邪恶，警告他们离经叛道者会受何种酷刑。然而，他改了主意，只是瘪嘴看着他们。有什么必要多费口舌？斯拉夫的愚民们又听不懂多少德语。火刑柱上，异端的尸体在经受高温的炙烤；满是麦茬的田地中央，被砍得面目全非、四分五裂的尸体堆积如山；村庄里，大火在茅草屋顶熊熊燃烧；梅图耶河畔，沿河的村落升起一道道烟柱；马厩中，被士兵们凌辱的年轻女人在厉声尖叫。这一切都要比言语更直白、更有力。

人群之中，麦格林神父对着捷克人横拖竖拉、大声咆哮。在士兵的协助与几名多明我会僧侣的陪同下，他正忙着抓捕胡斯党和他们的支持者。比尔卡特·葛伦诺特提供的名单为抓捕提供了帮助，然而神父并不认可葛伦诺特这份名单的权威性。他坚信，只要看眼睛、耳朵、表情就可以辨认出谁是胡斯党，于是，目前为止，他抓到的人数已是名单上的五倍。他们有些被当场杀掉，有些被戴上了铁镣。

"主教大人，这些人怎么处理？"主教的法庭执行官瓦日涅茨·冯·罗劳骑马走近，问道。

"和之前那些人一样。"康拉德神色冷峻地看着他。

见到弩手和火枪手将手中的武器对准了他们，戴着镣铐的捷克人群爆发出可怕的尖叫。十多个男人从人群中冲出，拼命逃生，很快被追上的骑兵们砍倒在地。其他人紧紧地挤在一起，有人跪着，有人趴着。男人们用身体护住自己的妻子，母亲们用身体护住自己的孩子。

弩手扣动了扳机。

"虽然人群里一定有人是无辜的，"康拉德心想，"甚至还可能会有些虔诚的天主教徒，但那又如何，上帝自会分辨。

"'祂'会如在朗格多克—鲁西永、贝济耶、卡尔卡松、图卢兹、蒙塞居尔时那样辨清善恶。

"而我，将会作为真正信仰的守护者、异端的征服者、西里西亚的西蒙·德孟福尔，载入史册，名垂千古。后世将会满怀崇敬地颂扬我的功绩，如同颂扬西蒙、施文克菲尔德、伯尔纳德·圭一般。但那是将来的事。先想想当下，罗马教廷到底会怎样感谢我？或许弗罗茨瓦夫会从此跻身总教区之列，而我将成为西里西亚大主教、神圣罗马帝国的选帝侯？或许弗罗茨瓦夫教区从属于波兰格涅兹诺总教区的闹剧会就此终结？哼，要我承认波兰佬是我的上级，还不如让我去死，这是何等的屈辱！而且，格涅兹诺大主教还放肆地要求我接受他的牧灵探访！要我在弗罗茨瓦夫接受波兰佬的牧灵探访！门儿都没有！"

枪声大作，弦音不绝，试图冲出包围的人们都死在了刀剑之下。绝望的惨叫声震天动地。

"罗马教廷绝不会对我的功绩视而不见。"康拉德控制住自己受惊的战马，心想，"在地处欧洲与基督文明边界地带的西里西亚，是我，奥莱希尼察的康拉德·皮亚斯特在高举十字架。我是真正的基督战士，是天主教名副其实的守护者与裁决者。在异端与离经叛道者眼里，我就是上帝的惩戒与鞭子。"

忽然，人们的惨叫声中掺入了小山后的大路上传出的喊叫声。

一会儿过后,伴着隆隆的马蹄声,一队骑兵从山后冲出,向东朝莱温方向疾驰而去。骑兵后跟着一队马车,马车夫们都站在车夫座上,一边大喊一边卖力地鞭打马匹,催促它们加快速度。车队后是一群奔跑的牛羊,再后面是驱赶着牛羊的步兵。他们同样在大声呼喊,疯狂奔跑。混乱之中,主教听不清他们在喊些什么,但其他人听清楚了。射击捷克人的火枪手转身就跑。道路很快挤满了逃兵。

"你们跑什么跑!"主教大吼,"站住!发生什么事了?"

"胡斯军!"奥顿·冯·博尔施尼茨在他们身边勒马停住,大喊道,"主教,是胡斯军!他们来了!胡斯军的战车正向我们逼近!"

"胡说!赫拉德茨不可能会有胡斯野战军!他们在耶什捷德山麓!"

"不是全部!不是全部!他们来了!他们来找我们了!快逃!保命要紧!"

"站住!"康拉德脸涨得通红,大声咆哮道,"站住!你们这些懦夫!准备战斗!狗娘养的,都给我去战斗!"

"保命要紧!"奥特穆胡夫总督米科瓦伊·塞德里奇从主教身旁疾驰而过时大喊道,"胡斯军!胡斯军来袭击我们了!"

"布塔领主和科迪兹领主已经跑了!能逃的赶紧逃吧!"

"站住……"主教试图让自己的声音盖过骚乱,然而无济于事。"高贵的骑士们!你们怎么……"

他的战马受到了惊吓,扬蹄嘶鸣。瓦日涅茨·冯·罗劳抓住缰绳,让它安稳了下来。

又有一群骑兵、弩手和身穿铠甲的骑士从山后冲出,向东疾驰。主教认出了桑德尔·波尔茨、赫尔曼·艾切尔伯恩、哈努什·切内比斯、身穿医院骑士团斗篷的扬·霍格维茨以及一名斯塔夫家族的骑士。在他们的身后，施托尔贝格的马克瓦特、刚特·冯·比绍夫海姆、拉姆福德·冯·奥佩恩、伦戈的尼齐科满脸惊恐，亡命奔逃。这些高傲的骑士们昨天还在竞相吹嘘，扬言不仅打算拿下赫拉德茨-克拉洛韦城，还要直捣黄龙，攻占塔博尔山。现在，他们却在狼狈逃窜。

"快跑啊，保命要紧！"特里斯坦·冯·拉舍瑙大喊道，"安布罗日来了！安布罗日来了！"

"主啊，保佑我们！"麦格林神父跑在主教的战马旁，喃喃祈祷，"主啊，救救我们！"

一辆满载掠夺品的马车坏了一个车辘轳，堵在了路的正中央。逃兵们将它推倒在地，木箱、旅行箱、酒桶、绒被、地毯、皮大衣、鞋子、猪油还有从烧毁的村子里掠夺来的其他东西都散落在了泥地上。一辆又一辆马车堵在了后面，车夫们跳下马车，亡命奔逃。路上到处都是步兵丢弃的掠夺品。片刻后，在成堆的掠夺品中，主教看到了丢弃的大盾、长戟、战斧、十字弩，甚至还有火枪。丢掉火枪的士兵们逃得飞快，都快追上了骑兵和骑士。落在后面的逃兵惊惶万状，哭嚎叫喊。奔逃的牛羊惊叫不止。

"快，快，大人……"瓦日涅茨用颤抖的声音催促道，"保命要紧……保命……我们快去霍莫莱……去边境……"

路中央躺着一面旗帜。它的一部分被踩入了泥地之中，另一部分布满了百吉饼的碎渣与陶罐的碎片，还有坨硕大的牛粪。旗面上绘有一个巨大的红色十字架，那是十字军的标志。

弗罗茨瓦夫主教康拉德咬住嘴唇，强忍悲愤，向东疾驰而去。
"保命要紧，能跑多快跑多快，因为……"

"安布罗日来了！安布罗日来了！"

"安布罗日曾是赫拉德茨圣灵教堂的教区神父。"沙雷点头道,"我听说过他。杰士卡死前,安布罗日一直跟在他左右。他是个危险的激进分子,也是个真正的领袖,在平民之中威望极高。温和的圣杯派惧他如烈火,在安布罗日眼中,温和就是对胡斯理想与圣杯的背叛。他在塔博尔军中一呼百应。"

"没错。"豪恩肯定道,"安布罗日本就对主教上次在一四二一年发动掠夺战争怀恨在心。我想你们一定记得,那场战争最终以海尼克·克鲁希纳、瓦滕贝格的切涅克与康拉德主教签订休战协议而告终。好战的神父把议和的两人称为叛徒、懦夫,在他的煽动下,暴民们挥舞连枷向他们冲去。两人差点被当场打死。从那之后,安布罗日就一直把复仇挂在嘴边……雷恩玛尔?你怎么了?"

"没什么。"

"你看上去有些心不在焉。"沙雷说道,"你没生病吧?算了,不管他,亲爱的穆默林先生,我们还是继续说说主教抢劫的事,那跟我们有什么关系?"

"主教抓捕了很多胡斯党。"豪恩解释道,"据说他手里有份抓人的名单。我有没有说过,他养了一群不错的间谍。"

"你说过了。"沙雷点点头,"所以,宗教审判所现在正忙着从那些俘虏嘴里撬出证词。你觉得,他们暂时没有工夫对付我们?"

"我不是觉得,是知道。"

一场不可避免的对话在当晚发生。

"豪恩?"

"小子,说吧,我听着呢。"

"现在,无论你多难过,你已经没狗了。"

"这倒是无可辩驳的事实。"厄本·豪恩眯起了眼睛。

雷恩万大声清了清嗓子,想要引起沙雷的注意。后者正在不远处和托马斯·阿尔法用黏土和面包制作的棋子下国际象棋。

"在这里,你无处可躲。"他继续道,"你别无选择,必须正面回答我的问题。在巴比诺夫村我哥哥家的马厩中,你还记得我当时问了什么吗?"

"我的记性一向不错。"

"好极了。是时候把欠我的答案说出来了。我洗耳恭听,快说。"

豪恩双手交叉,抱在脖子后面,伸了个懒腰,而后紧紧盯着雷恩万的眼睛。

"听听,听听,'快说',多么咄咄逼人。"他说道,"我不说又能怎样?我不回答你又能如何?我可不记得我欠你任何东西。我很好奇,你到底能拿我怎么办?"

"我会揍你一顿。"雷恩万眼神瞥向沙雷,看他是否在听。

豪恩沉默了一阵,既没有改变姿势,也没有把抱在脖后的手放下来。

"我说过,在这里见到你,我一点也不惊讶。"终于,他开口说道,"你对咏礼司铎白斯的警告与建议置若罔闻,也不听我的劝告,现在还活着就是个奇迹。小子,你现在是在牢里。如果还搞不清状况,赶紧醒醒,你现在被关进了愚人之塔里。而你,却想要我回答问题,解释一切,得到真相。容我问一句,知道了真相你又能做什么?你在期待什么?难道他们会为了庆祝圣斯马加杜斯遗迹发现一周年而放你自由?难道会有人大发慈悲将你释放?别拉瓦的雷恩玛尔,这是异想天开。摆在你面前的只有宗教审判官和刑讯逼供。你知道吊刑什么样子吗?脚踝绑上四十磅的重物,双臂被反绑着吊起来，腋窝下放上燃烧的火把炙烤，你觉得自己能撑多久？嗯？把心底的秘密和盘托出前，你觉得，你能坚持多久？告诉你，你一刻也撑不下去。"

"彼得林为何而死？是谁杀了他？"

"小子，你简直是头倔驴。没听懂我的话吗？我什么也不会告诉你。严刑拷问下，你什么秘密都藏不住。这场至关重要的赌局有着极高的赌注，输掉的代价太过高昂，容不得半点马虎。"

"我才不关心你的什么赌局赌注！"雷恩万吼道，"你的秘密早已不是秘密，你为谁做事我也心知肚明。怎么，你觉得我猜不到？但我告诉你，我对这些毫无兴趣。我才不关心什么阴谋诡计和信仰冲突。听到了吗，豪恩？我不是在要求你供出同伙，也不是在逼你透露更多威克里夫尸骨的埋藏处。但是，我一定要知道我哥哥惨死的真相。你不说，我就打到你说！"

"哦吼！瞧瞧这只发怒的小公鸡！"

"起来！你会见识到我的厉害！"

豪恩起身的动作迅速灵敏、干净利落，犹如一只猞猁。

"放轻松，放轻松，别拉瓦家的小少爷。"他说道，"没必要发这么大火。愤怒有损容颜，它会毁掉你英俊的小脸，这样以后你可怎么勾搭西里西亚的有夫之妇。"

雷恩万身体斜倾，模仿沙雷，向豪恩膝窝狠狠踢出一脚。豪恩大吃一惊，双膝跪地。然而，一击得手之后，沙雷的招式就起不到作用了。冲着鼻子的一拳被豪恩的闪身轻巧躲过，雷恩万的拳头只擦到了他的耳朵。豪恩前臂横挡，接下雷恩万胡乱挥出的左勾拳，而后敏捷起身，跃至一旁。

"啧啧，真是令人意想不到。"他咧嘴笑道，"既然你这么想打，小子……那我就如你所愿。"

"豪恩，"沙雷没有回头，用他的面包王后吃掉托马斯·阿尔法的面包骑士。"我知道牢里的规矩，不会插手。但我保证，不管你待会要对他做什么，我会加倍奉还，尤其是脱臼和骨折。"

一切发生得极为迅速。豪恩跃向雷恩万，动作宛如猞猁般灵巧迅捷、干净利落。雷恩万躲过一击，反出一拳，竟打在了豪恩身上，可惜仅此一次，他的余下几拳被一一挡开。豪恩只出了两拳，动作快如闪电又极为精准。雷恩万向后趔趄几步，重重跌坐在地上。

"幼稚。"托马斯·阿尔法移动自己的国王，出声道，"跟孩子一样幼稚。"

"车吃兵。"沙雷道，"将军。"

厄本·豪恩揉着脸颊和耳朵，站到雷恩万面前。

"我不想再谈那件事。"他冷冷说道，"但为了不让我们这场架打得毫无意义，我会稍微满足你的好奇心，告诉你一点事情。你想知道是谁杀了彼得？虽然我不知道杀他的人是谁，但我知道他是为了什么而死。彼得被杀绝不是因为你和阿黛尔·斯特察的情事。那只是个借口，一个完美到几乎掩盖了真相的借口。既然你这么会猜，别告诉我你从未有所察觉。"

雷恩万擦了擦鼻血。他一言不发，舔了舔红肿的嘴唇。

"雷恩玛尔，"豪恩说道，"你看上去很糟糕。真的没在发烧？"

雷恩万闷闷不乐了很长时间。他在生豪恩的气，原因可想而知。他在生沙雷的气，因为他既没有插手，也没有去揍豪恩。他在生哥白尼的气，因为他鼾声震天。他在生文德的气，因为他臭不可闻。他在生"圆圈"、特兰克韦鲁斯弟兄、愚人之塔甚至是全世界的气。他在生阿黛尔的气，因为她对他做的事卑鄙可耻。他在生自己的气，因为他对卡特琳娜做的事不可原谅。

雪上加霜的是，他感到自己生病了。他浑身哆嗦，鼻涕直流，睡得很不安稳，时常在一身冷汗中惊醒。

他在梦中饱受折磨，总是会闻到阿黛尔的香味。她的粉底、胭脂、口红和散沫花染剂的香气与卡特琳娜芬芳的少女体香与头发上薄荷与菖蒲的香气在梦境中不停交替。他的手指和掌心记得梦境中的触感，不断地对其比较。

他在满身冷汗中惊醒。醒来后，他又忆起梦境，禁不住再次比较。

沙雷和豪恩让他的坏心情变得更为糟糕。那场架打完之后，他们两人成为了十分合得来的朋友。两只老狐狸经常坐在刻着"欧米伽"标记的柱子底下促膝长谈，反复讨论同一个话题。即使话头完全不同，他们也总能回到逃离监狱这个话题上。

"谁知道呢，豪恩……"沙雷若有所思地咬着拇指的指甲，小声说道，"说不准我们运气不错……我们还有盼头……外面某个人……"

"方便透露的话，能否让我知道是谁？"豪恩热切地看着他。

"知道了你又能做什么？你知道吊刑什么样子吗？你觉得你能撑多久？脚踝绑上四十磅的重物……"

"好了，好了，别说了。我只是好奇你们是不是把希望寄托在了雷恩玛尔心爱的阿黛尔·斯特察身上。听说，那女人现在在西里西亚的皮亚斯特人里很吃得开。"

"不。"沙雷明显被雷恩万愤怒的表情逗得十分开心。"我们没把希望放在她身上。我们亲爱的雷恩玛尔在女性之中的确很受欢迎，但这点除了会让肉体感受到稍纵即逝的快感，再没有任何好处。"

"没错，没错。"豪恩像是陷入了沉思。"光受欢迎不够，你还得足够幸运，能遇到一个值得信赖的女人。这样你才不会只承受爱情的苦恼和痛苦，碰到我们这样的处境时，还能得到些帮助。打个比方，痴情的女孩放走了身陷囹圄的瓦尔盖兹·乌达维，萨拉森女人解救了她心爱的波尔多的荣恩，立陶宛王子维陶塔斯在他挚爱的妻子——安娜公主的帮助下从特拉凯城堡的监狱中逃出生天……见鬼，雷恩玛尔，你看上去真的很糟糕。"

"……'你所喜爱的，是内里诚实，你在我隐秘处，必使我得智慧；求你用牛膝草洁净我……'嘿！我可不想过去揍你们！'求你洗涤我……'嘿！别打哈欠！别瞅了，哥白尼，说的就是你！还有你，文德，在祈祷呢，你像猪一样在墙上蹭什么蹭？给我放尊重些！到底是谁的脚这么臭？'我就比雪更白。求你使我得听欢喜快乐的声音……'圣丁芙娜啊……他又怎么了？"

"他生病了。"

雷恩万躺在地上，感到后背刺痛难忍。他很惊讶，不知道自己怎么就躺下去了，片刻之前他明明还在跪地祈祷。地面冰冷刺骨，寒意透过稻草传至后背，他感到自己如同躺在冰块上。他冻得浑身哆嗦，牙齿剧烈的打颤使得下巴的肌肉都散发着疼痛。

"大伙儿！他的身体烫得像火炉！"

他想要反驳。难道他们看不到自己在冷得发抖？他想要让他们为自己盖上点东西，但他连一个清晰而完整的词语都说不出口。

"躺着别动。"

有人在他身旁剧烈咳嗽。"是'圆圈',应该是他在咳嗽。"想到此时,他忽然惊恐地意识到,即便咳嗽的人离他仅有两步之遥,但他眼前所有人都只是模糊的虚影。他眨了眨眼,但无济于事。他感到有人在擦拭他的脸和额头。

"躺着别动。"一个虚影用沙雷的声音说道,"躺着别动。"

他身上盖上了东西,但他全然不记得是谁盖的。他停止了哆嗦,牙齿也不再打颤。

"你生病了。"

他想说自己更清楚自己的身体状况。毕竟,他是个曾在布拉格学习过的医生,能够分辨出这是疾病,还是暂时性的着凉与虚弱。令他诧异的是,从他嘴中吐出的并非是脑海中清晰的言语,而是一声可怕的咳嗽。剧烈的咳嗽令他的喉咙刺痛无比。他用尽力气,换来的却是另一声咳嗽。更糟的是,他用力过度,失去了意识。

他意识模糊,开始不停做关于阿黛尔和卡特琳娜的梦。梦境中满是粉底、胭脂、口红、薄荷、散沫花染剂与菖蒲的香气。他的手指和掌心记得那些柔软、坚硬、湿滑的触感。每当他闭上眼睛,就会看到一丝不挂的身体——小而圆的乳房、因为欲望变硬的乳尖、纤细的腰肢、小巧的臀部、平坦的小腹以及因为害羞而紧紧并拢的大腿……

如今,他已经分不清谁是谁。

他与病魔抗争了两个礼拜,万圣节时,他终于痊愈。后来他得知,十月二十八日他曾一度病危,是特兰克韦鲁斯弟兄提供了救命的草药和煎药。喂他服药的人是沙雷和豪恩,在昏迷不醒的这段时间里,他们一直在他身边轮流照顾。

Chapter 28
第二十八章

在本章中，我们的主人公们仍被关在愚人之塔。之后，雷恩万不可避免地经历了审问。若不是因为大学时的好友，谁也不知道结果会如何。

雷恩万生病的两周时间里，没发生什么很大的变化。天气越来越冷，当然，在诸灵节之后，这已经不配被称为一种现象。菜单开始以鲱鱼为主，让塔内众人不得不意识到基督降临节即将到来。原则上，教会法只要求圣诞节前的四个礼拜为斋戒期，但极为虔诚的信徒会更早开始禁食，圣墓骑士团的僧侣们便属此类。

圣乌苏拉日过后不久，尼古拉·哥白尼得了严重且顽固的痈疽，不得不在医院接受手术。痈疽切除后，天文学家在医院病房中待了几天。他绘声绘色地讲述了一番那里的病房有多舒适，食物有多丰盛。愚人之塔其他的居民们听过之后，下定决心也要染上痈疽。为此，哥白尼草床上的破布和稻草被瓜分一空。不久之后，店主和文德生了脓疮和丘疹，但严重程度远不及哥白尼的痈疽，圣墓骑士团的僧侣们并不认为它们值得动刀切除和住院治疗。

　　与此同时，沙雷以残羹剩饭作为诱饵，成功驯养了一只大老鼠。为了致敬当今的教皇，他为它取名马丁。有些愚人之塔的居民们被这个玩笑逗得哈哈大笑，有些则勃然大怒。他们愤怒的对象不只是沙雷，还有豪恩。因为他不仅为那只老鼠施洗，还嘲弄地喊道：'我们有了教皇。'然而，这一事件却引出了晚间谈话的新话题——在这个方面，塔内也几乎没有变化。他们每晚都坐着讨论，通常是在雷恩万的草床附近。雷恩万还很虚弱，无法起床，圣墓骑士团的僧侣们特别为他提供了鸡汤。于是这晚，豪恩在喂雷恩万，沙雷在喂名叫马丁的老鼠。文德在抓挠自己的脓疮，哥白尼、店主、卡马尔多利和以赛亚在侧耳倾听。托马斯·阿尔法在夸夸其谈。受老鼠的启发，谈论的话题包括教皇、教皇权以及阿马总教区总主教圣马拉奇著名的教皇预言[1]。

　　"不得不承认，教皇预言的准确性毋庸置疑。"托马斯·阿尔法说道，"马拉奇一定得到了启示，他一定和上帝本人对话过。所以，他才能够得知基督教的命运，得知那些教皇的名字。他从同一时代的策肋定二世一直预言到'罗马人彼得'。据说，罗马灭亡时，'罗

---

[1] Proroctwo Świętego Malachiasza，教皇预言，又名"圣马拉奇预言"，出自据说有预知能力的12世纪爱尔兰的阿马总教区总主教圣马拉奇。据传他在1139年到罗马访问期间，经历了关于未来的异象，看到最后的审判之前112位教皇的影像，他随后列出了一长串的人物清单。预言里没有留下这些教皇的名字，而是留下足供辨认的人物特征，或是有关国家、臂章、勋章等线索的暗喻。

马人彼得'的教皇权以及基督教信仰也将随之崩塌。迄今为止，马拉奇的预言都一字不差地应验了。"

"不过是硬往上套罢了。"沙雷一边把面包屑放到马丁长着胡须的尖嘴下，一边冷冷道，"同样的道理，一双夹脚的鞋子使劲挤挤也能穿上。但是，你可没法穿着这鞋走路。"

"这话暴露了你的无知。马拉奇的预言准确无误地描述了所有的教皇。就说说最近的那个分裂派。预言中'美丽的月亮'说的正是不久前去世的本笃十三世，那可恶的阿维尼翁伪教皇原名鲁纳的佩德罗，曾是希腊圣母堂的红衣主教①。在他之后，马拉奇的预言是'方块的混合'，这不正是牧徽上有棋盘的波尼法爵九世伯多禄·托马切利？"

"还有'更好的星星'。"文德一边抓挠小腿上的脓疮，一边插嘴道，"毫无疑问，说的正是英诺森七世葛斯默·米廖拉蒂，他的牧徽上有颗彗星。对不对？"

"没错！下一位教皇'黑桥的舵手'，无疑是威尼斯人格里高利十二世安杰洛·科雷尔。还有'太阳的鞭子'，除了克里特人亚历山大五世彼得·菲拉基还能是谁？他是比萨大公会议选出的教皇，牧徽上还有太阳的图案。还有马拉奇预言中'塞壬的牡鹿'……"

"那时瘸子必跳跃像鹿，哑巴的舌头必能歌唱……"

"闭嘴，以赛亚！预言中的牡鹿指的难道不是……"

"到底是谁？"沙雷嗤之以鼻，"我知道，我知道，你要像挤夹

---

① "美丽的月亮"原文为"Księżyc kosmedyński"，英语即为"Cosmedine Moon"。Pedro de Luna，其中"Luna"一词有月亮之意。希腊圣母堂是一座位于意大利罗马的天主教次级圣殿，意大利语名为 Basilica di Santa Maria in Cosmedin，由于教堂优美的设计，它得到了一个形容词"cosmedin"（希腊语 kosmidion，意思为美丽的）。

脚的小鞋一样,硬说它是若望二十三世巴尔达萨雷·科萨。但他并非教皇,而是完全不应列入名单的敌对教皇。此外,他和牡鹿、塞壬一点关联也没有。换言之,马拉奇的这条预言是在胡说八道,这著名的教皇预言还有许多地方也是如此。"

"沙雷先生,你这是在鸡蛋里挑骨头!"托马斯·阿尔法恼怒道,"教皇预言不该受到如此对待!你的眼中应该看到毋庸置疑的那些预言,并将其视作所有预言都准确无误的证明!你不应把自己认为错误的东西说成是谎言,而应谦恭地承认自己只不过是个微不足道的凡人,无法理解上帝的话语,因为它本身就是不可理解的。但是,时间会证实真理!"

"不管过多长时间,哗众取宠的废话绝不会变成真理。"

"沙雷,你这话说得不对。"厄本·豪恩面带微笑插话道,"你严重低估了时间的力量。"

"你们这些人都是无知的亵渎者。"坐在自己草床上的"圆圈"出声道,"在我看来,你们现在不过是在傻人说傻话。"

托马斯·阿尔法头向"圆圈"的方向歪了歪,接着用一根手指抵住自己的额头,示意"圆圈"脑袋有问题。豪恩冷笑一声。沙雷不屑一顾地摆了摆手。

老鼠用充满智慧的黑眼睛紧盯着争论众人。雷恩万紧盯着老鼠。哥白尼紧盯着雷恩万。

"托马斯先生,你怎么看将来教皇权的归属?"哥白尼突然发问道,"在马拉奇的预言中,谁会是马丁圣父之后的下一任教皇?"

"想必是'塞壬的牡鹿'。"沙雷嘲弄道。

"那时瘸子必跳跃像鹿……"

"我说了闭嘴,你这个疯子!尼古拉先生,我的答案是:下一任教皇会是加泰罗尼亚人。当今的马丁圣父对应的预言为'金色面纱之柱',在他之后,马拉奇提到了巴塞罗那。"

"准确地说,是'巴塞罗那的分裂派'。"文德一边安慰哭泣的以赛亚,一边出声纠正道,"不过它指的是自称克雷芒八世的吉尔·桑切斯·穆尼奥斯·卡本,鲁纳之后的下一任伪教皇。所以,这一条绝对不是在预言马丁五世的继任者。"

"喔,真的吗?"沙雷摆出一副夸张的表情,"绝对不是?真叫人安心。"

"如果只考虑罗马教皇的话,"托马斯·阿尔法继续道,"那马拉奇预言中的下一任教皇是'天堂的母狼'。"

"我就知道早晚要说到这一条。"豪恩冷哼道,"一直以来,罗马教廷以其狼一般残忍的法律和习俗闻名于世。一头'母狼'成为教皇?愿主怜悯我们。"

"又是一位女教皇?"沙雷冷笑道,"难道一个乔安娜[①]还不够?传闻,在她之后,所有的教皇候选人都要接受教会的仔细检查,看看他们是不是都有蛋蛋。"

"早就不查了。"豪恩朝他眨了眨眼睛。"因为被淘汰的人太多了。"

"这玩笑一点也不好笑,倒像是异端会说出来的话。"托马斯·阿尔法皱眉道。

"你们这是在亵渎上帝。"店主一脸严肃地补充道,"那只老鼠的事情也是……"

[①] Joanna,是相传在位于公元853至855年的天主教女教皇。故事最早出现在13世纪的编年史,随后传遍欧洲,但现代历史学家和宗教学者认为这是虚构的。大多数的传说中,乔安娜是一个才华出众的女人,在情人指示下打扮成男人,在教会内逐层晋升,最终被选为教皇。

"够了，够了。"哥白尼打断了他，"我们还是继续说说马拉奇的预言。到底谁会是下一任教皇？"

"我在脑子里过了一遍，现在已经对这个问题的答案一清二楚。"托马斯·阿尔法骄傲地环视四周。"下一任教皇一定是锡耶纳前任主教加俾额尔·孔杜尔梅尔。别忘了，锡耶纳的城徽上可有只母狼。好好记住我和马拉奇的预言，马丁圣父之后，孔杜尔梅尔一定会被教皇选举团选为新任教皇。"

"我可不这么认为。"豪恩摇头道，"还有一些名气更大，威望更高的候选人明显更有可能成为下任教皇。比如同为枢机院成员的乔达诺·奥尔西尼和阿尔伯特·布兰达·卡斯蒂廖内。再比如圣伯多禄锁链堂的红衣主教约翰·塞万德斯、米兰教区总主教巴托洛米奥·卡佩拉……"

"教廷总司库约翰·帕罗玛尔、掌管康布雷教区的吉尔斯·查理尔、红衣主教胡安·托尔克马达。"沙雷补充道，"最后，还有拉古萨的约翰·斯托伊科维奇。恕我直言，在我看来，那个听都没听过的孔杜尔梅尔当选的机会微乎其微。"

"马拉奇的预言绝不可能出错。"托马斯·阿尔法坚定地说道。

"但预言的阐释者们总是会出错的。"沙雷反驳道。

老鼠凑到沙雷的碗边嗅来嗅去。雷恩万费力起身，倚墙而坐。

"唉，先生们，先生们，你们现在是在暗无天日的高塔中坐牢。"他抹去额头冒出的汗珠，强忍住咳嗽，努力说道。"谁也不知道明天会如何。说不准什么时候我们就会被带出去拷打至死，而你们却在为了一个六年之后才会上任的教皇争得面红耳赤……"

"你怎么知道是六年之后？"托马斯·阿尔法惊愕道。

"我不知道。随便说的。"

在十一月十日的圣马丁日前夜，雷恩万完全恢复了健康，而以赛亚和"正常人"被确诊为已经痊愈，重新回到了自由世界。释放前，他们被带出去做了好几遍检查。不知道究竟是谁做的这些检查，但无论是谁，在他的观念里，没完没了的手淫和离了《旧约》无法沟通肯定不属于精神不正常的表现。毕竟，当今教皇也酷爱引用《以赛亚书》，而手淫也不过是一种自然的人类行为。尼古拉·哥白尼却对他们的释放持有不同的看法。

"他们是在为宗教审判所腾地儿。"他黯然道，"把疯子和傻子都清出去后，宗教审判所就不用在他们身上浪费时间，省下来的精力会全部拿来对付我们。"

"我也这么想。"厄本·豪恩点头道。

听到这番话的"圆圈"很快开始动身搬家。他抱起稻草，像只老鹈鹕一样缓缓走到对面的墙边，在远离众人的地方做了张新的草床。没过多久，墙上和地上便画满了象形文字和形意符号。除了为数众多的黄道十二宫、五芒星、六芒星的图案外，还有反复出现的三个母字母 Alef、Mem、Szin①、一些螺旋符号和圣十结构。此外，还有一个形似卡巴拉生命之树的图案与许多奇形怪状的图形和符号。

"先生们，你们怎么看那个怪胎？"托马斯·阿尔法脑袋向"圆圈"方向歪了歪，问道。

"记住我的话，宗教审判官会先把他带走。"文德断言道。

"恰恰相反，我认为他很快会被释放。"沙雷说道，"如果他们真的是在释放傻子，那没人比他更符合条件了。"

"他远没你想得那么简单。"哥白尼道。

---

① 指希伯来语中的三个母字母，代表四元素中的风、水、火。

雷恩万同样这么认为。

斋戒期的菜单里,鲱鱼成了唯一的菜品。很快,连老鼠马丁在吃鱼时都明显有些不情不愿。与此同时,雷恩万下定了决心。

他走近时,忙着在墙上画"所罗门封印"的"圆圈"头也没回,甚至都没注意到他。雷恩万连清两次嗓子,一次比一次大声,"圆圈"还是没有回头。

"别挡光!"

雷恩万蹲了下去。"圆圈"画了一个大圆将"封印"包含其中,接着在大圆内潦草而对称地写下五个词语:AMASARAC, ASARADEL, AGLON, VACHEON, STIMULAMATON[①]。

"你找我什么事?"

"我认识这些字母和咒语。我听说过它们。"

"真的?""圆圈"这时才看向雷恩万。沉默一阵后,他终于开口道:"我也听说过眼线。滚开,阴险的小人。"

他背对雷恩万,继续潦草作画。雷恩万清了清嗓子,深深吸了口气。

"《所罗门的钥匙》……"

一瞬间,"圆圈"整个人像被定住了一般。接着,他慢慢回过头来,脖子上的大颈泡随之晃动。

"《人类救赎之镜》。"他回应道,语气中仍有怀疑,"托莱多?"

"我们的母校。"

[①]咒语出自中世纪魔法书《所罗门的钥匙》一书,音译为"阿玛萨拉克、阿萨拉戴尔、阿格隆、威凯昂、斯提穆拉马托",皆为书中记载的恶魔名。

"主的真理？"

"永远存在。"

"阿门。"直到此时，"圆圈"终于咧嘴微笑，露出残存的黑色牙齿。他东张西望，确定没人在偷听他们的谈话。"阿门，小兄弟，你大学在哪上的？克拉科夫？"

"布拉格。"

"而我则是在博洛尼亚。""圆圈"的嘴角的弧度更大了些。"后来去了帕多瓦和蒙彼利埃。我也去过布拉格……我认识很多医生、大师、学者……他们被捕时也没有忘记提到我。宗教审判所想要了解更多细节……小兄弟，你是怎么回事？'天主教信仰的守护者'想要从你嘴里撬出什么？你在布拉格有什么认识的人？我来猜猜：扬·普日布拉姆，扬·卡迪纳乌，彼得·裴奈，还是斯提拜的小雅各布？"

"我谁也不认识。"雷恩万记得沙雷的提醒。"我是无辜的。我被关在这里纯属意外，他们搞错了……"

"当然，当然。""圆圈"摆手道，"如果你对自己的无辜深信不疑，上帝会保佑你活着离开。不像我，你还有生机。"

"你怎么……"

"我知道我在说什么。""圆圈"打断道，"我是个异端惯犯，明白吗？酷刑拷打下，我一定扛不住，供认一切……他们一定会把我烧死。所以……"

他抬手冲着满墙的符号摆了摆。

"如你所见，我正在尽我所能。"

一天后，"圆圈"透露了自己的计划。而在此之前，沙雷强烈反对雷恩万结交这位新朋友。

"我不明白你为什么要把时间浪费在疯子身上。"他皱眉道。

"别管他了。"豪恩令人意外地站在了雷恩万的一边。"他爱和谁聊天,就让他去聊。也许他需要多和人交流?"

沙雷不屑地摆了摆手。

"嘿!"他朝已经走开的雷恩万喊道,"别忘了四十八这个数!"

"什么?"

"'Apollyon'的字母数乘以'kretyn'①的字母数!"

"我在暗中筹划逃离这儿。""圆圈"警惕地环顾四周,压低声音说道。

"你准备借助魔法的力量,对不对?"雷恩万同样在东张西望。

"别无他法。"老人平静地说道,"一开始,我试过贿赂他们,挨了一顿毒打。后来,我试着威胁他们,又挨了一顿毒打。之后,我假装是个弱智,他们完全不上套。如果宗教审判官仍然是弗罗茨瓦夫的老多贝尼克,假装恶魔上身或许会管用,但新来的宗教审判官是个年轻人,这法子可骗不过他。我还漏了什么没说吗?"

"你漏掉了最关键的问题。你要使用什么魔法?"

"传送,或者说空间转移。"

次日,"圆圈"警惕地东张西望一番,确定没人偷听后,他向雷恩万介绍了自己的越狱计划以及支撑计划的巫术与盖提亚②理论。

---

① Kretyn,波兰语,意为傻子、白痴。

② Goecja,指所罗门七十二柱魔神,是神秘学书籍《所罗门的钥匙》一书第一部分记载的七十二位恶魔,据说可以被人召唤而获得能力、协助或者知识。

"圆圈"告诉雷恩万,空间转移完全可行,甚至可以说不难实现,当然,前提是必须找到合适的恶魔予以协助。掌握传送魔法的恶魔并不少,但不同的魔典所记载的恶魔种类也不同。《大魔法书》中记载的传送恶魔为萨尔加塔纳斯,但它在施法时需要低等恶魔佐瑞、瓦勒法与法埃的协助。召唤多个恶魔不仅难如登天,而且极度危险。因此,《所罗门的小钥匙》一书建议召唤大名鼎鼎的恶魔巴钦和希尔。最后,"圆圈"告诉雷恩万,经过多年的研究,他更倾向采用《真正的魔典》一书中记载的方法。而《真正的魔典》这本书建议召唤的恶魔名为梅希尔德。

"但你既没有工具,也没有秘器①,要怎么召唤它呢?"雷恩万鼓起勇气问道,"创造秘器必须满足大量的条件,在这肮脏的地牢里……"

"死脑筋!""圆圈"生气地打断道,"教条主义!思想僵化!目光短浅!如果有护符,还要什么秘器。我说的对不对,形式主义先生?哼,我说的当然对。诺,这就是护符,拿去瞧瞧。"

"圆圈"口中的护符是一枚椭圆形的孔雀石圆盘,大小和格罗申币差不多。它的表面刻有诸多黄金浇注的字形与符号,其中,最为显眼的图案是一个三角形,里面雕刻着一条蛇、一条鱼和一个太阳。

"这是梅希尔德护符。""圆圈"自豪地说道,"我把它偷偷带了进来。拿去瞧瞧。"

雷恩万伸出一只手,但又很快缩了回去。护符表面那些已然风干、清晰可见的痕迹暴露了它的藏匿之处。

"我打算今晚行动。"老人没有理会他的反应。"祝我好运吧,

---

①Occultum,拉丁语,Occult本意为"隐秘的,神秘的",Occultum原指上帝创造的一种神秘的神器,能够将使用者传送到伊甸园。

年轻的托莱多。说不准以后……"

"我还有……最后……一件事。"雷恩万清了清喉咙,"不,是一个请求。我想知道……该如何理解……某个……不可思议的……事故……"

"说吧。"

他快速而详尽地讲述了整件事情。"圆圈"一直侧耳倾听,并未出声打断。随后,他开始抛出问题。

"具体是哪一天?越详细越好。"

"八月的最后一天。礼拜五。离晚祷开始还有一个小时。"

"嗯……室女宫的太阳,也就是金星……两位杰出的掌控者,迦勒底的沙玛什①,希伯来的海麻尼尔②。根据我的计算,当晚是满月……不太好……太阳时刻……唔……不是最好,但也不是最糟……等一下。"

他用手扫开稻草,清出一片空地,接着又用手擦了擦地面,开始画一些图形和符号。他不断将一些数字相加、相乘、相除,口中念念有词,不停嘟囔着什么星位、下降、角度、本轮、均轮与五点梅花阵之类的术语。终于,他抬起了头,大颈泡随之滑稽地晃动。

"你提到还用了些咒语。哪些咒语?"

雷恩万开始努力回想那些咒语。他念了没多长时间便被"圆圈"打断。

"虽然你记得十分混乱,但我听出来了,那是《阿巴太尔》③中

---

① Samas,苏美尔神话中的太阳神。
② Hamaliel,室女宫守护天使。
③ Arbatel,全称为《阿巴太尔:古代的魔法》(*The Arbatel de magia veterum*),中世纪魔法书籍。

的咒语。这段咒语念成这样居然能奏效，真是个奇迹……居然没人因此而死……你有没有出现幻觉？看没看到一只长了很多脑袋的狮子？或是一名白马骑士？乌鸦呢？火蛇呢？都没有？有意思。你说，那个参孙醒来的时候……换了个人？"

"他是这么说的。还有一些……极具说服力的理由。所以我才想弄清楚，这种事真的有可能发生吗？"

"圆圈"沉默了一阵，两脚的脚后跟不停蹭来蹭去。随后，他擤了擤鼻涕。

"宇宙是一个完美有序的整体和层级分明的结构。它维系着新生与腐朽、起源与消逝、创造与毁灭之间的平衡。宇宙是存在的阶梯，无论这存在是可视的还是不可视的，物质的还是非物质的。宇宙同样如同一本大书。正如圣维克托的休格所言，理解一本书，只看漂亮的文字远远不够。我们的眼睛经常无法看透……"

"我是在问有没有可能。"

"存在并不仅仅是实体，它同样也是偶然，是那些意外发生的事……有时是因为魔法……而人类的魔法倾向于和宇宙中的魔法融为一体……灵体和魂灵世界是存在的……只是我们看不到。圣盎博罗削的《创世的六日》、索利努斯的《要事集》、拉比努斯·莫鲁斯的《宇宙》都有关于灵界的记载……"

"到底有没有可能？"雷恩万不耐烦地打断道。

"或许有这种可能。"老人点头道，"你要知道，在这个方面我可以算得上是专家。虽然我从没有驱过魔，但出于其他原因，我对此有过深入的研究。我已经靠假装被恶魔附身骗过了两次宗教审判所。要想演得逼真，就得下功夫钻研。所以，我研究了米海尔·普塞洛斯《恶魔论》、教皇圣良三世的《驱魔论》以及'智慧之王'

阿方索十世从阿拉伯语翻译的……"

"《皮卡崔斯》。我知道那本书。但如果再具体一些,就参孙这件事而言,到底有没有可能?"

"肯定有可能。""圆圈"噘起青紫的嘴唇,"对于你说的这个事例,一定要记住,每一个咒语,无论它表面上有多微不足道,都是在与恶魔订立契约。"

"所以,那是恶魔?"

"也可能是恶灵。""圆圈"耸了耸单薄的肩膀,"也可能是我们通常用这个称呼来象征的东西。究竟是什么?我说不上来。黑暗中行走的东西有很多……"

"这么说,之后修道院的白痴进入了黑暗,而原本在黑暗中行走的魂灵进入了他的肉身,他们互换了,对不对?"雷恩万问道。

"这就是平衡。""圆圈"点点头,"阴和阳。或者说卡巴拉思想中的生命之树与神的显现。如果存在山峰,一定也会存在深渊。"

"那能不能再重复一次互换?这样他才能回到……"

"我不知道。"

他们沉默地坐了一会儿。周围传来哥白尼的鼾声、文德的打嗝声、疯子们的胡言乱语声、"欧米伽"柱子下的窃窃私语声和卡马尔多利轻轻的吟唱颂歌声。

"他……"终于,雷恩万开口道,"我是说参孙……称自己为'流浪者'。"

"这称呼十分恰当。"

他们沉默了一阵。

"这样的魂灵……一定拥有某些……超自然的力量。"终于,雷恩万说道。

"你是不是想知道，能不能指望他来救你们？""圆圈"看透了他的心思。"你是不是心里打鼓，他会不会抛弃牢里的伙伴？我猜得对不对？"

"对。"

"圆圈"沉默了一会儿。

"如果是我的话，一定不会有所期待。"终于，他直白地说道，"在这种事情上，凭什么恶魔和人类会有所不同？"

那是他们最后一次对话。"圆圈"有没有成功催动塞在肛门里的护符，有没有顺利召唤出恶魔梅希尔德，都永远成为了秘密。然而，毫无疑问的是，传送没有成功。"圆圈"没有空间移动，他还在塔里。他仰面躺在草床上，身体已经僵硬，两只手紧紧地抓着胸口。

"圣母玛利亚保佑……"店主咕哝道，"快把他的脸盖上……"

他的脸上满是恐惧和痛苦的神色，扭曲的嘴巴上布满已经干了的白沫斑痕。他的牙齿露在外面，空洞的双眼睁得很大。沙雷拿一块破布盖在了那张令人毛骨悚然的脸上。

"快去叫特兰克韦鲁斯弟兄。"

"天呐……"哥白尼惊呼，"快看……"

草床不远处，老鼠马丁肚皮朝上躺在地上，黄色的鼠牙裸露在空气之中。

"恶魔拧断了他的脖子，把他的灵魂抓去了地狱。"文德断言道。他脸上的表情仿佛知悉一切。

"没错。"店主点头道，"他整天在墙上画那些邪恶的符号，这就是报应。六芒星、五芒星、星象图、卡巴拉、质点还有那些恶魔符号和犹太文字，傻子都能看出来他在做什么。那老巫师是被自己召唤的恶魔杀死了。"

"呸，呸，邪祟的力量……我们该把那些东西都擦干净，还要泼上圣水。在恶魔把魔爪伸向我们之前，我们必须得举行一场弥撒仪式。快去叫那些僧侣……沙雷，有什么好笑的？"

"猜猜。"

"你们说的蠢话和激动的样子真的很好笑。"厄本·豪恩打了个哈欠，"有什么好激动的？老'圆圈'死了，他咽了气，蹬了腿，离开了这个世界。愿他安息，愿他沐浴永恒之光。一切到此为止，哀悼结束。你们说有恶魔？呵，让恶魔见鬼去吧。"

"噢，穆默林先生，别拿恶魔开玩笑。"托马斯·阿尔法摇了摇头，"它的所作所为大家都看到了。说不准它仍然隐藏在此处的黑暗之中。地狱的气息笼罩着这片死亡之地。你们没闻到吗？这股臭味不是硫黄又是什么？嗯？什么东西能这么熏人？"

"你们的裤子。"

"如果不是恶魔，那你认为是什么杀了他？"文德恼怒道。

"他的心脏。"雷恩万略带迟疑地说道，"我学到过这样的病症，他的心脏破裂了。因多血症而形成的血块阻塞了他的血管，进而引发了痉挛和肺动脉破裂。"

"听到没？科学发话了。一切已经水落石出。"沙雷说道。

"哦？"哥白尼突然出声道，"那老鼠呢？它怎么死的？"

"吃了腐烂的鲱鱼。"

"砰"的一声，他们上方的门被人使劲推开。接着，传来了楼梯的嘎吱声与木桶在台阶上缓慢滚动的声音。

"赞美我主！饭来了，弟兄们！快，该祈祷了！结束后拿着你们的碗来盛鱼！"

特兰克韦鲁斯弟兄直截了当地拒绝了他们索要圣水、举行弥撒与驱魔仪式的请求。饭后，他们开始热烈地议论这件事情，接连提出一个又一个大胆的假设与推测。最为大胆的假设莫过于特兰克韦鲁斯弟兄本身就是个异端和恶魔的崇拜者，不然他怎么会拒绝向虔诚的天主信徒提供圣水。托马斯·阿尔法、文德和店主毫不理会快笑出眼泪的沙雷和豪恩，开始更深入地探讨这个议题。谁知，忽然之间，最令人意想不到的卡马尔多利也加入了这场讨论。他开口的一刻，所有人都错愕不已。

"如果这里真的有恶魔，圣水也无济于事。"年轻的神甫首次在狱友面前讲话，"圣水对付不了恶魔。我很了解，因为我亲眼见过，这也是我被关进来的原因。"

当骚动平息，周围陷入一片死寂之后，卡马尔多利解释了事情的来龙去脉。

"我是涅莫德林圣母升天教堂的助祭，也是神学院彼得·尼基赫院长的助理。我要讲的事情发生在今年的八月份。那是个中午，院长的远亲——富商法比安·普费弗科恩先生突然冲入了教堂。他当时非常激动，要求尼基赫院长立刻听他忏悔。很快，他们在忏悔室吵得不可开交，那些话说得相当难听。最后，院长没有宽恕普费弗科恩先生。而普费弗科恩先生离开时，不仅对院长谩骂诅咒，还出言不逊，亵渎信仰和罗马教会。我当时就站在前厅，他从我身边走过时，大嚷着说：'该死的神父！愿恶魔把你们都抓去地狱！'结果，恶魔真的出现了。"

"在教堂里？"

"就在门厅的入口处。它从高处降落,不,应该说是飞落,因为它当时是一只鸟。我说的都是真的!但是很快,它化为了人形。它手持一把明晃晃的长剑,一剑刺入了普费弗科恩先生的脑袋。鲜血溅得到处都是……"

"普费弗科恩先生像木偶一样垂下了胳膊。"助祭大声地咽了口口水,"一定是我的守护神圣米迦勒给了我勇气,我冲到圣水池,用手捧起圣水泼向恶魔。你们猜怎么样?什么都没发生!圣水就像是泼在了鹅身上。恶魔眼睛眨了眨,吐出泼进嘴里的圣水,然后一直盯着我。我……说来惭愧,我当时吓晕了。弟兄们把我弄醒时,一切已经结束。恶魔不知所终,普费弗科恩先生的尸体躺在地上。他的灵魂一定是被恶魔抓去了地狱。"

"但那恶魔也没有放过我。没人相信我的话。他们都说我是个神志不清的疯子。我说到圣水的事情时,他们让我闭嘴,否则就把那些用在异端和亵渎者身上的酷刑用在我身上。这件事闹得沸沸扬扬,很快交由弗罗茨瓦夫主教亲自定夺。结果,弗罗茨瓦夫那边命令他们不要让我发声,把我当成疯子关起来。但是我对多明我会的手段一清二楚。难道要任由他们把我活埋?我想都没想,马上逃离了涅莫德林。但他们在亨利克夫附近抓到了我,把我关到了这里。"

"你有没有看清楚那恶魔的样子?"豪恩打破了死寂,"能不能描述一下它的长相?"

"它又高又瘦……"卡马尔多利又吞了口口水,"黑色及肩的长发。鼻子像是鸟喙,眼睛也像鸟的眼睛……极为锐利。它的笑容非常邪恶。"

"没长角?"文德一脸失望。"没长蹄子?连尾巴也没有?"

"没有。"

"嘁！胡说八道！"

关于恶魔的不同程度的讨论一直持续到十一月二十四日。准确地说，是直到祈祷后的晚饭时间。在此期间，愚人之塔的守护者特兰克韦鲁斯弟兄特地宣布了一些消息。

"亲爱的弟兄们，愉快的一天已经结束！我们的教区很荣幸迎来了期待已久的宗座特派审判官到访。不要以为我不知道，在场有些人所患的疾病与我们通常在塔里治疗的疾病有所不同。如今，宗教审判官大人会亲自关心他们的健康与幸福。尊敬的宗教审判官大人已经从市政厅调来了几位身强体壮的医生和一整套医疗器材。他一定会让他们痊愈！亲爱的弟兄们，做好心理准备，治疗马上开始。"

那天的鲱鱼味道比以往都要糟糕。此外，当晚的愚人之塔一片死寂，无人交谈。

第二天是基督降临节前的最后一个礼拜日。这一天，愚人之塔内部的气氛极为紧张。囚犯们如同惊弓之鸟，在令人不安与压抑的寂静之中，侧耳倾听门口方向传出的每一声响动。终于，他们敏感的神经再也承受不住，头顶的每一声响动都令他们大惊失色、濒临崩溃。尼古拉·哥白尼躲在角落。店长像个婴儿一般蜷缩在自己的草床上哭泣。文德一动不动地坐着，茫然地看着前方。埋在稻草里的托马斯·阿尔法在瑟瑟发抖。卡马尔多利在面壁祈祷。

"看到没？"终于，厄本·豪恩怒道，"看看他们现在的样子，你就知道那些人想干吗了！"

"你感到意外？"沙雷眯着眼问道，"豪恩，老实说，你对他们的反应感到意外?"

"在我眼里,他们这样毫无意义。这里发生的一切都是精心设计好的。审问还没开始,宗教审判所已经让他们的精神濒临崩溃,把他们变成了在鞭子面前畏畏缩缩的畜牲。"

"我再问一遍,你感到意外?"

"没错。因为所有人都该奋起反抗,永不屈服!"

沙雷露出一抹邪笑。

"我希望,到时候你能为我们做个表率。"

厄本·豪恩沉默良久。

"我不是个英雄。"终于,他开口道,"当他们把我拖出去,拧紧拇指夹,从火中取出烧红的烙铁时,我也不知道自己会怎么做。但我只知道一件事:哭哭啼啼、摇尾乞怜根本无济于事。面对宗教审判官一定不能屈服。"

"哦?"

"没错,不能屈服。他们已经习惯了人们在自己面前吓得瑟瑟发抖、屁滚尿流的样子。那些掌控生死的老爷们贪恋权力,沉醉于他们散播的恐惧。但他们的真实面目又如何?不过是一群多明我会狗窝的杂狗、不学无术的神棍、变态、懦夫。沙雷,别摇头,我知道这是独裁者、暴君、刽子手们的通病,但他们也是一群懦夫。当懦弱者拥有了凌驾一切的权力,他们内心的兽性便被激发,受害者的软弱和屈服只会让他们更加陶醉。宗教审判官也是如此。在那些可怕的袍衣之下藏着的不过是一群普普通通的懦夫。千万不要拜倒在他们面前乞怜求饶,那只会让他们兽性大发,变得更加残忍。我们要骄傲地直视他们的眼睛!虽然,这不会让我们得救,但至少可以让他们感到恐惧,让他们虚假的自信有所动摇,让他们想起马尔堡的康拉德！"

"谁？"雷恩万问道。

"马尔堡的康拉德，莱茵兰、图林根与黑森地区的宗教审判官。"沙雷解释道，"他的虚伪、狂妄、残忍触怒了黑森贵族，遭到了他们的伏击。他和他的护卫队都被剁成了肉泥。"

"我敢保证，那个名字和那件事情都永远刻在了所有宗教审判官的脑子里。"豪恩边说边向尿壶走去。"所以，好好记住我的建议！"

"你怎么想？"雷恩万小声问道。

"我的建议和他不同。"沙雷小声答道，"他们对你动真格的时候，去坦白、去认罪、去告密、去合作。写回忆录的时候，再把自己变成英雄。"

尼古拉·哥白尼是第一个被带出去审问的人。此前，这位天文学家努力摆出一副勇敢的面孔，但见到宗教审判官人高马大的仆从们向他走来的一刻，他完全丧失了理智。他先是撒腿就跑，然而毫无意义，毕竟愚人之塔无处可逃。被抓住时，可怜的天文学家尖叫不止、号啕大哭、拼命挣扎，像条鳗鱼一样剧烈地扭动身体。他的反抗无济于事，所收获的只有一顿结结实实的毒打。他们打碎了他的鼻骨，被拖出去时，他那瓮瓮的鼻音听上去十分滑稽好笑。

然而，谁也笑不出来。

哥白尼没有回来。第二天，彪形大汉们走向店主时，他保持了冷静，没做任何过激的举动。彻底向命运低头的店主只是在痛哭流涕。然而，他们把他架起来时，店主尿湿了裤子。他们认为这也是一种反抗，于是在拖走之前，彪形大汉们招待了他一顿结实的毒打。

店主也没有回来。

同一天，第二个被带出去的人是文德。这位被吓破了胆的城镇抄写员完全失去了理智，开始向大汉们大声呵斥，抛出自己的人脉威胁他们。大汉们自然不会理会他的威胁，也毫不关心他是不是曾和市长、教区神父、铸币厂厂长和酿酒协会会长打过皮克牌。他们把文德打得半死不活，拖了出去。

他没有回来。

托马斯·阿尔法一整晚都在哭泣和祈祷。他预感第四个在宗教审判官名单上的人一定是自己。然而，令他意外的是，大汉们再次出现时，径直冲着卡马尔多利走了过去。卡马尔多利没做任何反抗，他们甚至都不需要碰他。这位涅莫德林的助祭先是轻声向狱友们道别，而后手画十字，走向楼梯。他谦恭地低着头，然而那坚毅与镇定的步伐，比之迈入尼禄与戴克里先斗兽场的殉道者都毫不逊色。

卡马尔多利没有回来。

"我会是下一个。"厄本·豪恩一脸凝重道。

然而并非如此。

"砰"的一声，上方塔门被人推开。洒满倾斜日光的楼梯在人高马大的仆从脚下发出咚咚声和嘎吱声。这次，特兰克韦鲁斯弟兄也一道出现。直至此刻，雷恩万方才确定自己的命运。

他站起身，紧紧握住沙雷的手。沙雷同样紧紧握住他的手，这是雷恩万第一次见到他的脸上露出极为关心的神色。厄本·豪恩的表情不言而喻。

"保重，弟兄。"他紧握着雷恩万的手小声道，"记住我的建议。"

"也别忘了我的。"沙雷插话道。

雷恩万都记得，但他的心情依旧沉重无比。

或许是因为他的神情，又或许是因为某个粗心的举动，大汉们突然向他冲来。其中一人抓住了他的衣领。但是很快，那人放开了他，弓下腰去，口中骂骂咧咧，不停揉搓自己的手肘。

"不要用强迫的手段。"特兰克韦鲁斯弟兄放下手中的棍子，警告道，"不要使用暴力。不管表面上看起来如何，这总归是家医院。明白了吗？"

仆从们点头称是。愚人之塔的守护者用棍子指向楼梯，示意雷恩万出发。

清新而冷冽的空气几乎让他失去意识。第一口冷气涌入肺中时，他踉踉跄跄，头晕目眩，如同空着肚子喝了一大口烈酒。如果不是经验丰富的大汉们死死架住了他的胳膊，他早已跌倒在地。然而，这也宣告了他孤注一掷的反抗计划就此终结。如今，他能做的只有尽量拖着脚走。

这是他第一次见到这所医院的全貌。他离开的高塔与两墙相连，位于它们相交的犄角处。对面的大门旁，数栋建筑依墙而建，医院主楼和病房楼应该就在其中。通过饭菜的味道也不难判断，厨房也在那里。墙边的草棚下，挤满了在尿坑中踩蹄的马匹。到处都有士兵走来走去。"看来，那位宗教审判官带了不少卫兵过来。"雷恩万心想。

前方的病房楼传出绝望的惨叫声。雷恩万认为自己听到了文德的声音。特兰克韦鲁斯捕捉到了他的眼神,一只手指放到嘴边,示意他不要说话。

精神恍惚的雷恩万被带到了病房楼内部一间明亮的房间里。他们用力将他扔在一张桌前,令他跪倒在地。膝盖上的疼痛让他清醒了过来。桌后坐有三个身穿袍衣的僧侣,一个是特兰克韦鲁斯兄弟,另外两个是多明我会修士。他眨了眨眼,摇了摇头。坐在中间的多明我会修士最先开口。他身材瘦削,头发剃得只留窄窄的一圈,光秃秃的头顶布满了褐黄斑。他的声音含糊不清,十分难听。

"别拉瓦的雷恩玛尔,吟咏《主祷文》与《圣母经》。"

他清晰的吟咏声中带有一丝颤抖。与此同时,那多明我会修士在挖鼻孔。似乎,他只关心手指从鼻孔中挖出来的东西。

"别拉瓦的雷恩玛尔,世俗世界对你有严重的指控,所以我们会把你转交给世俗机构审讯判决。但在此之前,你的信仰问题必须调查清楚。你被指控涉足巫术和异端,认可与宣扬的东西和罗马教会认可与教导的东西背道而驰。你是否认罪?"

"我不……"雷恩万咽了口口水,"我不认罪。我是无辜的。我是虔诚的基督信徒。"

"你当然觉得自己是虔诚的基督徒,因为在你心里,我们才是邪恶和错误的一方。"多明我会修士轻蔑地瘪嘴道,"我问你,你是否认为,或是否曾经认为,罗马教会要求我们信奉和宣扬的信仰并非是真正的信仰?说实话!"

"我说的是实话。我信仰罗马宣扬的东西。"

"因为你信仰的异端教派肯定在罗马有分支。"

"我不是异端。我发誓!"

"拿什么发誓?拿我们虔诚天主教徒的十字架和信仰?别耍花

招！从实招来！什么时候加入的胡斯党？谁拉你加入的？谁把胡斯和威克里夫的文章介绍给你的？你是何时何地领受胡斯党圣餐仪式的？"

"我从没有……"

"闭嘴！你的谎言是对上帝的冒犯！你不是在布拉格学习过？难道你没有任何捷克朋友？"

"我有，但是……"

"你承认了？"

"我承认我有捷克朋友，但我不……"

"闭嘴！记一下：他供认了自己是异端。"

"我没有供认任何事情！"

"他推翻了自己的证词。"多明我会修士的嘴角露出残忍而愉悦的笑容。"他在谎言和欺骗中迷失了自己！对我来说，这些就足够了。我的结论是必须动用刑具，否则我们永远听不到真话。"

"格里高利神父命我们避免……"圣墓骑士团的僧侣犹豫地咳了一声，"他想亲自审问这个人……"

"浪费时间！"瘦修士不屑道，"尝到刑具滋味的人会更乐意开口。"

"恐怕，现在没有空闲的拷问室……"另一名多明我会修士说道，"两名拷问官都在忙……"

"隔壁房间有副腿夹没人在用，拧紧几个螺栓算不上什么技术活。来个助手就能搞定。如有必要，我会亲自动手。来人！把他带过去！"

几乎要吓晕过去的雷恩万再次被人高马大的仆从们从地上架起。他们把他拽了出去，推到了隔壁的一个房间。还没等反应过来自己的处境有多严峻和危险，他已经坐上了一把橡木椅子，脖子和双手都被铁扣死死扣住。一个剃度过的拷问者穿着皮制围裙，正往他左腿上安装某种可怕的装置。那装置形似铁盒，既大又沉，除了铁和铁锈的味道外，还和屠夫用旧了的砧板一般，散发着血腥味与腐肉的恶臭。

"我是无辜的！！！"他竭力嘶吼，"我是无辜的！！！"

"继续。"瘦修士冲拷问者点头示意，"做你该做的事。"

拷问者弯下腰，随即，那可怕的装置开始传出机械性的"咔哒"声和刺耳的摩擦声。雷恩万痛苦嘶吼，他感到自己的左脚仿佛快要被那些坚硬的铁板挤扁！他忽然想起了店主，此刻，他才真正理解了那可怜人当时的反应。他也已经濒临失禁！

"什么时候加入的胡斯党？威克里夫的文章是谁给你的？你是在哪领受的异端圣餐仪式？主持圣餐仪式的人是谁？"

装置"咔哒"作响，拷问者咄咄逼人，雷恩万惨叫不止。

"谁是你的同伙？和你串通的捷克人是谁？你们在哪见面？你们把异端书刊都藏在什么地方？武器又藏在哪里？"

"我是无辜的！！！"他咆哮道。

"再拧。"

"弟兄，适可而止。他毕竟是个贵族……"圣墓骑士团的僧侣出声道。

"不要忘了你的身份。"瘦修士瞪了他一眼。"我警告你，闭上嘴，不要插手。继续拧！"

雷恩万几乎要因惨叫而窒息。

如同童话故事一般，有人听到了他的惨叫，并赶来救援。

"我说过不要这么做。"站在门口说话的救星是个身材挺拔的多明我会修士，年龄大概在三十岁左右。"阿努尔弟兄，你犯了过分狂热以及更为恶劣的不听管教之罪。"

"我……敬爱的……原谅我……"

"滚去小教堂。去那儿谦卑地祷告，好好反省自己的罪过。你们几个，给他解开，麻利点。行了，都给我出去。我说的是所有人！"

"敬爱的神父……"

"我说了所有人！"

宗教审判官坐在桌旁阿努尔弟兄空出的位置上，把遮挡视线的十字苦像稍稍移到一边。

他一言不发地指了指长凳。雷恩万起身，口中发出痛苦的呻吟，蹒跚地走到长凳前坐下。多明我会修士把双手抄进白色袍衣的衣袖，用"一"字浓眉下的锐利双眼打量了他很长时间。

"别拉瓦的雷恩玛尔，你很幸运。"终于，他开口道。

雷恩万点点头，表示自己清楚。毕竟，这是无法辩驳的事实。

"你很幸运，"宗教审判官又说了一遍，"我刚好从这经过。那螺栓再拧两圈或者三圈……你知道会发生什么吗？"

"我想象得到……"

"不，我敢保证，你想象不到。唉，雷恩万啊雷恩万，我们怎么会……在拷问室重逢！不过，说实话，你会走到这一步，在大学时就已初见端倪。为人玩世不恭，恋酒贪花，整日寻欢作乐……见鬼，每次去布拉格采莱特纳街的'巨龙'妓院时，我都能见到你，当时我就预感到了你的下场。你的堕落会把你彻底毁掉。"

雷恩万一言不发。当年，面前的格里高利·海茵彻还是查理大学神学院的学生，即便后来很快成为了讲师，也不妨碍他经常光顾布拉格老城采莱特纳街的"巨龙"妓院、军械街的"芭芭拉"妓院还有那些学者钟爱的坐落于小巷中的妓院。当时,雷恩万无论如何也想象不到,整日寻花问柳的海茵彻有朝一日会穿上神父的法衣。然而事实就摆在这里。"我真的很幸运。"他揉着左脚和小腿,心中暗想。如果不是他及时赶到,后果一定不堪设想。

即使奇迹般的拯救令他稍稍松了口气,但内心的极度恐惧仍让他寒毛直竖、弯腰弓背。他知道一切还未结束。虽然容貌未变,但他心里清楚,面前身材挺拔、眼神锐利、眉毛浓密、下巴棱角分明的多明我会修士已不再是当年那个与他在布拉格的酒馆妓院中插科打诨的朋友。从僧侣和拷问者们毕恭毕敬的神态不难看出,他才是那位散播恐怖的宗教审判所监察官、基督信仰的守护者、弗罗茨瓦夫教区的宗座特派审判官。雷恩万必须时刻提醒自己,他才是那个掌控一切的人。散发着铁锈与血腥味的腿夹就在两步远处,拷问者随时可能被唤回,再给自己安回去。雷恩万不敢抱有任何幻想。

"但凡事有好有坏,你碰上了我。"海茵彻打断了短暂的沉默,"朋友,我并不打算对你动刑。你可以毫发无损地回到塔里。但你不要引起怀疑,要一瘸一拐地走回去,做出被可怕的宗教审判所酷刑折磨了一番的样子。我再提醒一次,你最好不要引起怀疑。"

雷恩万沉默不语。一开始,整段话中他唯一听进心里的就是他会回去,其余的话过了一会才明白过来。于是,短暂平复的恐惧再次被唤起。

"我要吃点东西。你饿不饿?吃不吃鲱鱼?"

"不了……我不想吃鲱鱼……谢谢……"

"我给不了你别的。今天是斋戒日,坐到我这个位置的人必须做出表率。"

海茵彻拍了拍手，吩咐了几声。无论如何，给他端来的鱼不仅比在愚人之塔里吃到的要肥很多，个头也有那些鱼的两倍大。宗教审判官低声吟诵了一段简短的谢饭祷告，而后马上开始就着大片的全麦面包吃鱼。

"说正事吧。"他边吃边讲，"朋友，你现在麻烦缠身，处境十分危险。对于你在奥莱希尼察拥有巫师实验室的指控，我已下令停止调查。我了解你，我也支持医学的发展与进步，但别忘了，任何东西的进步，包括医学在内，都离不开上帝的意志。不可否认，我对通奸极为厌恶，但也不打算继续追究。至于你被指控的其他世俗罪名，我选择不去相信。毕竟，我了解你。"

雷恩万长舒一口气。然而，此刻放松仍为时过早。

"但是，雷恩玛尔，你的信仰问题必须调查清楚。事关宗教事务与天主教信仰的问题容不得马虎。毕竟，我没办法确定你是不是和你死去的哥哥一样，在独一至圣论、教皇的至高无上性与永无谬误性、圣餐变体论、胡斯圣餐礼、《圣经》的传播、亲听忏悔、炼狱的存在等问题上持有同样的观点。"

雷恩万张口欲言，但被宗教审判官的手势阻止。

"我不知道，"他吐出一根鱼刺，"你是不是像你哥哥一样，整天读奥卡姆、瓦尔德豪森、威克里夫、胡斯、哲罗姆的文章，是不是像你哥哥一样，在西里西亚、纽马克、大波兰散布那些文章。我也不知道，你是不是以你哥哥为榜样，为胡斯党的密使与间谍提供庇护。简而言之，我不知道你是不是个异端。做过一些调查后，我愿意相信你并非异端，卷入漩涡不过是出于偶然。"

"格里高利……"雷恩万努力从收紧的喉咙里挤出话语，"请原谅，我的意思是说，尊敬的神父……我保证，我和异端并无任何瓜葛。我也可以为我遇害的哥哥担保……"

"说话要慎重。"海茵彻打断道,"你想象不到他身上背着多少罪名,而且所有的指控并非空穴来风。他本应在法庭上指认同伙。我相信,你并不是他们的一员。"

他丢掉鱼骨头,舔了舔手指。

"想想,是什么阻止了彼得·别拉瓦那些不可饶恕的行为?"他开始吃第二条鱼。"并非正义,并非司法,也并非是他自己迷途知返,而是谋杀。我希望那桩谋杀案的真凶付出代价,你也同样如此,不是吗?我知道你是的。听着,他们很快会付出代价。知道这些应该能帮你做出决定。"

"什么……"雷恩万吞了口口水,"什么决定?"

海茵彻沉默地掰了一块面包。一声惨叫打断了他的思绪。那绝望、凄厉、极度痛苦的惨叫来自这栋建筑的某个房间。

"听上去,阿努尔弟兄没祷告多长时间就去重新干活了。"宗教审判官的脑袋朝声音传来的方向歪了歪。"他狂热得实在有些过分。但这也提醒了我,自己还有正事要做。我们抓紧时间切入正题吧。"

雷恩万心生寒意。

"亲爱的雷恩万,你已经深陷泥潭,成了掩埋真相的工具。我对此深表同情。但既然你已经成为了工具,如果不加以利用,那简直就是罪过,更何况这是为了上帝的荣耀。你会重归自由。我会把你放出塔,保护你不受任何人的伤害。据我所知,想要杀你的人越来越多,斯特察家族、津比采的扬公爵、扬的情人阿黛尔·斯特察、强盗骑士布克·罗基格。还有,不知为何,扬·比伯施泰因领主也在追杀你。哈,惦记你小命的人可真不少。但是,如我刚才所说,我会保护你。当然,我不会平白无故地帮你,这是一笔交易。"

"我会安排好一切,让你在波希米亚不会引起任何怀疑。"宗教审判官的语速快了很多,仿佛是在背诵一篇学过的文章。"到了波希米亚,你要按我的吩咐,和特定的几个胡斯党取得联系。这点应该不难。毕竟,你是彼得·别拉瓦的弟弟,在胡斯党眼里,他是个虔诚的基督徒,为胡斯事业鞠躬尽瘁,还死在了可恶的天主教徒手上。"

"我要……"雷恩万心中一凛,"我要去做间谍?"

"为了上帝的荣耀,"海茵彻耸耸肩,"每个人都应尽其所能。"

"我当不了……不,不,格里高利,求你,我当不了间谍。我不同意。"

"摆在你面前的只有两条路,我想你知道另一条是什么样子。"宗教审判官盯着他说道。

那绝望、凄厉、极度痛苦的惨叫再度传出。无需提醒,雷恩万已经猜到了另一条路是什么样子。

"你根本想象不到被痛苦折磨的人会吐露出什么样的秘密。"海茵彻证实了他的猜测。"就算是床上的秘密,他们也会一股脑全倒出来。一般说来,在由像阿努尔弟兄那般狂热的人主持的审讯中,嫌疑人在招认了自己的事情后,就会开始揭露其他人……有时候,听到那种证词会让人十分尴尬……他会喋喋不休地透露自己和谁有染,什么时候私会,连过程和细节都不放过……那些人里常常会有神父、修女、有夫之妇和待嫁闺中的小姐。我认为,每个人都有这样的秘密。想象一下,在拷问者们的面前,在酷刑折磨下被迫向阿努尔弟兄那样的人吐露自己的那种秘密,内心会感到怎样的奇耻大辱。雷恩玛尔,你有没有那样的秘密?"

"格里高利,不要那样对我。"雷恩万咬紧牙关,"我清楚该怎么做了。"

"我真的很高兴你能这么说。"

被折磨的人惨叫连连。

"他们在拷问谁?"愤怒让雷恩万克服了恐惧。"是你下的命令?是我在塔里的其中一个狱友吗?"

"有意思,你居然在向我发问。"宗教审判官抬起眼睛,"既然你问了,说说也无妨。你认识那群犯人中的城镇抄写员吧?看来你认识。有人指控他是异端。不过,调查很快证实,指控是假的,是他老婆的情人出于私人恩怨编造了谎言。我下令放了抄写员,逮捕了情人,当然,这是为了确认一下他是不是只对有夫之妇感兴趣。见到刑具的一刻,那奸夫想都没想就招认了抄写员的老婆不是自己打着浪漫的旗号勾引的第一个妇女。他说的证词混乱不清,所以我让人动了些工具帮他理理头绪。随后,我听到了许多有夫之妇的名字,有的来自西维德尼察,有的来自弗罗茨瓦夫,有的来自瓦乌布日赫。他还将他们邪恶的情欲与别出心裁的情趣和盘托出。搜查时,在他的住所发现了一首诽谤圣父的讽刺文章,还有一张小画,画的是教皇从他的法衣下伸出魔爪。你一定曾见过类似的画。"

"的确。"

"在哪?"

"我忘……"

雷恩万的话音戛然而止,脸色变得煞白无比。海茵彻冷哼一声。

"知道有多简单了吗?我保证,吊刑会让你记起来。那奸夫刚开始也不记得是谁给了他讽刺文章和教皇画像,但他很快就想起来了。你也听得到,阿努尔弟兄正在检查他的记忆里是不是还藏着其他有趣的东西。"

"这种折磨人的快感让你备感享受。宗教审判官大人，你不是我认识的那个人。在布拉格时，狂热分子曾是你自己取笑的对象！如今呢？这个身份对你来说意味着什么？仍然不过是份职业，还是已经变成了你所热衷的事业？"不可思议的是，极度的恐惧和绝望反而给了雷恩万说出这些话的勇气。

海茵彻皱紧眉头，冷冷说道："在我看来，两者并无矛盾。"

"好一个并无矛盾。"尽管雷恩万浑身发抖，牙齿打颤，但他还是说了下去。"那你再来说说上帝的荣耀，说说你那崇高的理想和神圣的热诚。说说为了它们都干了什么好事！哪怕是最微小的怀疑，哪怕是以栽赃陷害为目的的告密，哪怕是捕风捉影的流言，哪怕是通过诱供逼供套取的证词，都会招致严刑拷打。那些屈打成招的人一个个被绑在火刑柱上烧死。胡斯党潜伏在每个角落！就在不久之前，我还听到一位位高权重的神父直言自己关心的只有财富和权力。如果不是因为这两样东西，就算胡斯党就着灌肠剂吃圣餐，他也毫不在乎。而你，如果彼得林没有被杀，你也一定会将他投入地牢，用酷刑把他折磨得生不如死，迫使他招认一切，最后再绑在柱子上烧死。这又是为了什么？就因为他读了些书？"

"够了，雷恩玛尔，够了。"宗教审判官紧锁眉头，"冷静冷静，别太过火。恐怕再过一会，你就要拿马尔堡的康拉德威胁我了。"

"你要去波希米亚，完成我交给你的使命。"过了一会，他坚决地说道，"只有为教会做事才能救你的命。而且，这也可以一定程度上为你哥哥赎罪。他有罪，而且绝非是因为读书而有罪。"

"不要谴责我狂热的行为。"他继续道，"即便是那些观点错误的异端书籍我也没放在心上。我认为没有一本书该被烧毁，书是用来读的，不是用来烧的。即使是错误的和具有误导性的观点也应受到尊重。懂得哲学思考的人也许会发现，没人能够垄断真理，很多曾经因被当成谬误而遭受口诛笔伐的观点如今成为了真理，反之，很多曾被认为永恒不变的真理如今成了谬误。然而，我所捍卫的信仰和宗教不止是思想和教条。我所捍卫的信仰和宗教是社会的秩序。秩序一旦崩坏，便会催生混乱与无序。只有恶徒才会渴望混乱与无序，所以，他们必须受到惩罚。

"换言之，别拉瓦的彼得和他的同党可以随便读威克里夫、胡斯、阿诺德·布雷西亚与约阿基姆·菲奥雷的书。毕竟，约阿基姆·菲奥雷又不是弗拉·多尔契诺，威克里夫又不是瓦特·泰勒①。但是，雷恩玛尔，这就是我忍耐的极限。我决不容许塔博尔派发展壮大。我要将瓦特与约翰·鲍尔之流的思想扼死在萌芽之中，我要阻止多尔契诺、克拉·迪佐、彼得·布吕、扬·杰士卡之流再度出现。"

沉默一会后，他继续说道："为了崇高的目标，再残酷的手段都是正义而光荣的。不是我的朋友便是我的敌人。正如《约翰福音》所言：'人若不常在我里面，就像枝子丢在外面枯干，人拾起来扔在火里烧了。'烧了！明白了吗？看来你是明白了。"

被拷打的人已经很长时间没有发出惨叫。想必，他正用颤抖的声音满足阿努尔弟兄的一切要求。

海茵彻站了起来。

"我给你一点时间，好好考虑一下这件事。我必须即刻前往弗

---

①Wat Tyler，1381年英格兰农民起义领袖，为了反抗国王理查二世征收人头税，他领导着叛军从坎特伯雷一直打到伦敦，但最终与国王在史密斯菲尔德谈判时被杀。

罗茨瓦夫。我可以向你透露一件事：起先，我以为自己在这儿审问的主要是些疯子，但想不到的是，竟让我挖到了宝石。和你关在一起的人里有个涅莫德林神学院的助祭，他亲眼目睹了一只恶魔，还能描述它的样子。《诗篇》中提到过的'午间肆虐的恶魔'，我想你能想起来是哪首。所以，这事刻不容缓，我要去对峙一番。我很快就会回来，最迟不会晚于圣露西日①，到时，我会为愚人之塔带来一位新居民。我曾跟他保证过我会这么做，而且我一向言出必行。至于你，雷恩玛尔，在此期间好好考虑，权衡一下利弊。回来后，我想知道你的决定，听到你的宣言。我希望，你会选择正确的道路，发誓自己会精诚合作、誓死效忠。如若不然，就算是同窗好友，对我来说也只是枯萎的树枝。我不会亲自动手，而是会把你交给阿努尔弟兄，让你们单独相处。"

"当然，"过了一会，他补充道，"在此之前，我会让你亲口告诉我，秋分的那天夜里你在格鲁霍瓦山做了什么，还有和你在一起的女人是什么人。此外，我也会从你嘴里知道，开灌肠剂的玩笑是哪一位神父。再见，雷恩万。"

"啊哈，还有一件事。"走到门口时，他回过身，"帮我向化名为厄本·豪恩的伯恩哈德·罗斯问好。转告他，现在……"

"……现在腾不出时间招待你。"雷恩万原封不动地转述道，"但他不想草草了事，更愿意等到时间充足时，和阿努尔弟兄一起，尽心尽力地让你得到应有的招待。他最迟不过圣露西日就能回来，回来后就会立刻着手此事。他建议你把藏着的秘密整理清楚，因为你很快就要与宗教审判所分享那些秘密。"

①Święta Łucja，殉道者，纪念日为12月13日。

"婊子养的。"厄本·豪恩往稻草上啐了口唾沫,"他这是在吓唬我,让我服软。他的用心十分歹毒。你有没有告诉他马尔堡的康拉德的事?"

"你自己亲口去说吧。"

愚人之塔的幸存者们或沉默地坐着,或躺在草床上。有人在打呼,有人在哭泣,有人在轻声祈祷。

"我该怎么办?"雷恩万打破了沉默。

"你担心个什么劲儿?"沙雷伸了个懒腰,"豪恩要面对严刑拷打。我很可能会永远烂在这儿。相比之下,你的麻烦,哈,真的好笑。宗教审判官,你的同窗好友,把自由包装成礼物,放在盘子里,端到了你眼皮底下……"

"礼物?"

"不是礼物是什么!快向他宣誓效忠,从这离开。"

"那我不就要当间谍了吗?"

"世上可没有不长刺的玫瑰。"

"但我不想。我很反感那种行径。我的良心过不去。我不想……"

"咬咬牙,逼逼你自己。"沙雷耸耸肩。

"豪恩?"

"叫我做什么?"豪恩突然转过身,"想听听我的建议?想要我说点支持你良心的话?那听好。反抗是人类与生俱来的本性。抵抗恶行、抗拒恶意、拒绝与邪恶同流合污,这些都是人类内在的品格。所以,只有完全丧失了人性的人才不会反抗。只有卑鄙之徒才会因为畏惧酷刑而屈服。"

"所以?"

"所以，"豪恩双手抱在胸前，眼睛眨都不眨，"去向他宣誓效忠，同意合作，听从他们的命令，奔赴波希米亚。到了那儿之后……奋起反抗。"

"我没听明白……"

"这你都听不明白？"沙雷哼了一声，"雷恩玛尔，我们的朋友刚用一番关于道德和人性的慷慨陈词为你提供了一个极不道德的选择。他建议你去做所谓的双面间谍，既为宗教审判所做事，也为胡斯党做事。毕竟，除了那些在草床上胡言乱语的白痴以外，所有人都已经知道了你是个胡斯党间谍。我说得对不对，厄本·豪恩？你的建议听上去相当聪明，但存在一个漏洞，也就是胡斯党。与所有曾处理过间谍活动的人一样，他们对双面间谍并不陌生。丰富的经验告诉他们，双面间谍也常常会是三面间谍。所以，他们绝不会信任主动浮出水面的间谍。恰恰相反，他们会大刑伺候，撬出证词后再把那些人吊死。厄本·豪恩，你的建议会让雷恩万暴尸街头。除非……你给他一个可靠的接头方式，比方说……胡斯党会相信的暗号。然而……"

"继续说。"

"你一定不会给。毕竟，你不清楚，他是不是已经向宗教审判所宣誓效忠。你也无法确定，他身为宗教审判官的同窗好友是不是已经教过了他如何做双面间谍。"

豪恩没有回答，他没有眯起冰冷的眼睛，只是提起嘴角，露出一抹狡猾的笑容。

"我必须逃出去。"雷恩万站在监狱的中央，悄声说道，"我必须离开这儿。否则，我会失去卡特琳娜·比伯施泰因。我必须逃跑。我有办法逃跑。"

听逃跑计划的时候，沙雷和豪恩出奇地冷静，他们从未出声打断，一直等雷恩万把话说完。他刚说完的一刻，豪恩笑出了声，摇了摇头，往远处走去。沙雷的神色则极为严肃。

"小子，我可以对你怕疯了这件事表示理解和同情，但别侮辱我的智商。"他严肃地说道。

"'秘器'还在墙上，'圆圈'画的图形和符号也还在。"雷恩万耐心解释道。"除此之外，瞧，我还拿着他的护符。没人注意时，我悄悄把它收了起来。'圆圈'告诉过我咒语和召唤的方法，而且我自己本身也知道一点召唤的知识，我曾经学过……当然，我承认，成功的机会很渺茫。但那也是机会！沙雷，我不明白你为什么不相信我。你怀疑魔法的存在？那胡恩·冯·萨加尔又怎么解释？参孙又怎么解释？参孙可是……"

"参孙是个骗子。"沙雷打断道，"即使他是个聪明又友好的伙伴，但也和大多数念咒施法的人一样，就是个装神弄鬼的骗子。现在说这些毫无意义。雷恩玛尔，我怀疑的不是魔法的存在。亲眼目睹的许多事情由不得我不去相信。我怀疑的是你。我见过你浮空、寻路，但若要说到飞凳那件事，没有萨加尔，你自己可飞不起来。更何况是要召唤一只听令于你的恶魔，小子，你还差得远。你一定得明白这点。还有，墙上那些由一个白痴画出来的五芒星、六芒星、文字符号毫无意义。你手上的护符就是块普普通通、粘着屎的垃圾。这些你都得明白。所以，我再说一遍，不要侮辱我的智商，也别侮辱你自己的智商。"

"我别无选择，"雷恩万咬紧牙关，"我必须要试一下。这是我唯一的机会。"

沙雷耸耸肩，翻了个白眼。

雷恩万不得不承认，"圆圈"的"秘器"看上去一塌糊涂。它肮脏不堪，而所有的魔法书中都写明了召唤场所要一尘不染。墙上的"盖提亚圆环"画得歪歪扭扭，而"盖提亚"理论特意强调了作图精准的重要性。此外，雷恩万也不是十分确定"盖提亚圆环"内的咒语是不是都写对了。

虽然书中记载，召唤仪式要在午夜举行，然而塔内午夜的黑暗容不得人进行任何活动，于是仪式不得不放在了黎明。想要得到仪式所需的黑色蜡烛也是痴心妄想，别说黑色，任何颜色的蜡烛都不可能在塔里出现。出于众所周知的原因，愚人之塔的疯子们绝不允许藏有蜡烛、油灯等任何可以点火的工具。

开始仪式时，他苦涩地想道："思来想去，我符合书中要求的只有一点：想要举行召唤仪式的巫师必须满足一个条件，即长时间内没有发生过性关系。虽然并非出于本意，但一个半月没有做爱的我绝对符合这个要求。"

沙雷和豪恩在远处看着他，两人都十分安静。托马斯·阿尔法也很安静，这主要是因为，有人已经威胁过他，如果胆敢出声扰乱这份安静，他免不了要挨一顿毒打。

雷恩万整理完"秘器"，绕着自己画了一个魔法环。他清了清喉咙，张开双手。

"厄米特！"他盯着"盖提亚圆环"内的文字，开始吟唱。"庞科！帕戈尔！安托尔！"

豪恩轻哼一声。沙雷叹了口气。

"阿格隆，威凯昂，斯提穆拉马托！艾兹法莱斯，奥亚拉姆，伊瑞昂！"

"梅希尔德！你的目光穿透深渊！我崇拜你，召唤你！"

无事发生。

"艾希提昂，艾瑞昂，奥奈拉！莫兹姆，索泰尔，海洛米！"

雷恩万舔了舔干裂的嘴唇。他将刻有蛇、鱼和太阳图案的护符放在了死去的"圆圈"写了三次"VENI MERSILDE"①的地方。

"奥斯特拉塔！"他开始吟唱催动护符的咒语。"特班杜！"

"埃尔马斯！"他弯下腰，依照《所罗门的小钥匙》中要求的方式调整语调。"佩里卡图尔！贝勒罗斯！"

他听到了沙雷的一声咒骂。令人难以置信的事情发生了，圆环内的文字开始闪烁如同磷火一般的光芒。

"梅希尔德！你的目光穿透深渊！降临吧！扎巴沃斯！艾斯沃基！阿斯特拉乔斯，阿萨赫，阿萨尔卡！"

圆环内的文字越来越亮，磷火般的光芒照亮了一整面墙。与此同时，愚人之塔的墙壁开始明显地震动。豪恩咒骂一声。托马斯·阿尔法尖叫一声。其中一个疯子开始大声哭喊。沙雷如离弦之箭般冲到他身前，精准有力的拳头打在了他太阳穴处。疯子跌倒在自己的草床上，晕了过去。

"波斯莫莱蒂克，杰斯米，艾斯。"雷恩万身体前倾，用自己的前额碰触五芒星的中心。随即，他站直身子，伸手去拿一个早已在石头上磨尖的钉子。他用力一划，将拇指指肚划破，然后把流血的拇指按在自己的额头上。他深深吸了口气，深知最危险的时刻即将来临。他用鲜血在圆环中心画了一个符号。

---

①拉丁语，意为"降临吧，梅希尔德"。

"降临吧,梅希尔德!"他高声大喊,感到脚下的地面开始颤动。

托马斯·阿尔法再次尖叫。沙雷朝他晃了晃拳头时,他马上闭上了嘴。此时,愚人之塔的震动变得更加明显。

"塔尔!"雷恩万按照魔法书中的记载,用嘶哑的声音吟唱咒语。"瓦尔夫!潘!"

"盖提亚圆环"爆发出更耀眼的光芒。慢慢地,圆环的光芒开始收束成一个人的轮廓。不,那并不是人类。人类绝不会有那么大的脑袋和那么长的手臂。更何况,人类的前额怎么会长出如牛角一般弯曲的巨角。

愚人之塔晃动不止。托马斯·阿尔法和疯子们一同惊声尖叫。豪恩一跃而起。

"够了!"他大吼道,"雷恩万!住手!狗日的,住手!我们会被你害死!"

"瓦尔夫!克莱米亚!"

余下的咒语卡在了他的喉咙里。墙上发光的轮廓越来越清晰,此刻,一双巨大的、如蛇一般的眼睛正紧紧盯着他。他看到那轮廓不光看着他,而且伸出了双手。雷恩万吓得尖叫一声,恐惧令他动弹不得。

"塞鲁……盖斯!"他结结巴巴,知道自己混淆了咒语,"阿瑞乌……"①

沙雷冲了过去,一手从身后掐住他的喉咙,一手捂住他的嘴巴,把两腿发软的他拽到了远处愚人们躲藏的角落。托马斯·阿尔

---

① 咒语原文出自中世纪魔法书《真正的魔典》与《所罗门的小钥匙》,皆为书中记载的恶魔名。

法高呼救命,奔向楼梯。绝望的豪恩抓起地上的尿桶,将里面的尿液泼向秘器、圆环、五芒星与正从墙上走出的怪物。

震耳欲聋的咆哮声令所有人捂住了耳朵,在肮脏的地面上蜷成一团。刹那间,一阵狂风席卷而来,稻草和尘土如暴风雪般扑打在众人脸上,令他们完全睁不开眼睛。墙上的火焰越来越微弱,在散发着恶臭的云雾笼罩下,发出嘶嘶的声响。终于,它彻底熄灭了。

然而一切还未结束。忽然,一声骇人的巨响传入众人耳中。但那巨响并非来自被恶臭烟雾所笼罩的"秘器",而是来自上方楼梯尽头的塔门。一时间,石膏与灰泥的白色烟云漫天飞扬,无数瓦砾如暴雨般倾泻而下,大块砖石如冰雹般砸落地面。沙雷拽着雷恩万向楼梯底下冲去。就在他们刚刚躲好的一瞬,厚重的门板从他们眼前陡直落下,不偏不倚地砸中了一个惊慌失措的愚人的脑袋。那可怜人的脑袋顿时如苹果般被砸得稀烂。

在碎石瓦砾的雪崩之中,一个男人从上空坠落,他的双手伸展,双腿并拢,宛如一个十字架。

"愚人之塔轰然倒塌。"一个念头在他脑海中闪过,"一座被闪电劈中的愚人之塔正在土崩瓦解。一个可怜可笑的愚人正从空中坠落。那个傻子、那个疯子、那个跌入深渊的可怜人本该是我。一切的破坏、混乱、毁灭都由我一手造成。我是个不折不扣的愚人和疯子,我打开了地狱之门,召唤了恶魔。我闻到了地狱硫黄的恶臭……"

"这是火药味……"挤在他身边的沙雷猜到了他的想法,"有人用火药炸开了塔门……雷恩玛尔……有人……"

"我们自由了!"豪恩从废墟中爬出,大喊道,"那是我们的捷克弟兄！和散那！①"

日光与冷冽清新的空气不断从炸开的门口涌入塔内。一人在上方大喊道："嘿，弟兄们！出来吧！你们自由了！"

"和散那！"豪恩大喊，"沙雷，雷恩玛尔！快出来吧！那是我们的捷克弟兄！我们自由了！快上楼梯！"

他自己先跑了过去，沙雷紧随其后。雷恩万先是瞥了一眼仍在冒烟的"秘器"，而后又瞥了一眼蜷缩在稻草上的愚人们。随后，他跨过托马斯·阿尔法的尸体，冲向楼梯。炸开塔门的爆炸给托马斯·阿尔法带来的不是自由，而是死亡。

"和散那！"厄本·豪恩已在向解救者们打招呼，"和散那，兄弟们！嘿，哈拉达！天呐，拉贝！泰伯德·拉贝！是你吗？"

"豪恩？"泰伯德·拉贝惊讶道，"你怎么在这儿？你还活着？"

"当然活着！怎么这么问？也就是说，你们不是为我而来……"

"不是为你。"被叫做哈拉达的捷克人插话道。他胸前缝有一个红色的大圣杯。"豪恩，见到你没事真的太好了，安布罗日神父一定也很高兴……但我们进攻弗兰肯施泰因不是为了你，而是为了他们。"

"他们？"

"他们。"一个身穿软铠的巨人从捷克士兵中走出，"沙雷，雷恩玛尔，别来无恙。"

"参孙……"雷恩万此刻的激动难以言喻，"参孙……我的朋友！你没有忘记我们……"

"我怎么可能忘记你们这样两个伙计呢？"参孙咧嘴大笑道。

---

①Hosana，是犹太教和基督教用语，原意为祈祷词："快来拯救我！"、"上主，求你拯救"、"请赐给我们救援"之意。现今则较经常被用来作赞颂之语助词。

Chapter 29
第二十九章

在本章中，从愚人之塔中被解救出来的主人公们并未完全获得自由。他们成为了历史事件的参与者。后来，参孙拯救了自己能够拯救的东西。再之后又发生了很多事。最后，主人公们启程离开。他们的前路——用某位诗人的诗歌来形容——通往"战栗不休的世界"。

屋顶的白雪晃到了他们的眼睛。雷恩万一个趔趄，若不是参孙及时拉住了他，他可能早已从楼梯上跌了下去。医院的方向传来呐喊与枪炮的轰鸣。医院教堂的钟声听上去十分苦楚，与此同时，弗兰肯施泰因城所有的教堂都在鸣响示警的钟声。

"快！"哈拉达大喊道，"去大门！注意躲避！他们在射击！"

哈拉达所言非虚。"咻"的一声,一支弩箭从他们头顶飞过,一块木板登时四分五裂。他们弓着腰跑向院子。雷恩万摔了一跤,跪在了满是鲜血的泥泞中。大门和医院的附近躺着许多尸体,既有身着袍衣的圣墓骑士团僧侣,也有被海茵彻留在此处的随从与宗教审判所士兵。

"快!"泰伯德·拉贝催促道,"快去骑马!"

"这儿!"一个身穿铠甲的捷克人勒马停在他们身边。他的皮肤如魔鬼般黝黑,手里拿着一支火把。"快,快!"

他鼓足力气,将火把掷向一栋棚屋的茅草屋顶。火把从潮湿的茅草滚落到泥泞的地面,很快熄灭。捷克人咒骂一声。

马厩的房顶上火焰蹿起,冒出滚滚浓烟。几个捷克人从里面牵出了几匹马。枪声、咆哮声、马蹄声、战斗声从医院教堂附近的战场传至耳中。教堂高塔与高坛的小窗户中不断有弩箭与枪弹射出。

病房楼已陷入火海。在它的入口处,一名圣墓骑士团的僧侣头靠墙壁,躺在地上。那是特兰克韦鲁斯弟兄。他身上湿漉漉的袍衣在缓缓燃烧,散发着白蒙蒙的蒸汽。他两手捂着肚子,鲜血正源源不断地从指缝中流出。他的眼睛死死盯着前方,但也许他已经什么都看不到了。

"送他上路。"哈拉达指着他道。

"不要!"雷恩万的一声尖叫让胡斯党们停下了动作。"不要!别动手!"

"他已经活不了了……"看到向他投来的愤怒与危险的目光,他的声音小了许多。"让他安静地死去吧。"

"时间不多了,没必要浪费在快咽气的人身上!"黝黑骑士大喊道,"快走,上马!"

仍然恍恍惚惚的雷恩万跳上了一匹捷克人牵来的马。骑在身旁的沙雷用膝盖碰了碰他。

他的身前是参孙宽阔的肩膀，身旁另一侧是厄本·豪恩。

"好好想想你在为谁说话。"豪恩小声对他说道，"这些人是赫拉德茨-克拉洛韦的孤儿军。他们可不开玩笑……"

"那是特兰克韦鲁斯弟兄。"

"我知道那是谁。"

他们骑马走出大门，进入烟雾之中。医院磨坊和外围的建筑正在熊熊燃烧。城内的钟声仍在急促地鸣响，城墙上人头攒动。

一队人马与他们会合在一起。打头的男人留着八字胡，身穿硬皮甲，头戴锁甲兜帽。

"那边，"八字胡指着教堂道，"门廊的门快被砍开了！里面有的是宝贝可抢！布拉兹达弟兄！再给我点时间，那些宝贝可都是我们的了！"

"恐怕不等你破开，"被叫做布拉兹达的黑脸男人指着城墙道，"那边的人就已经数清了我们的真实人数。到那时，他们会马上出城，立刻把我们消灭。韦莱克弟兄，该走了！"

他们疾驰而去，马蹄之下，泥水与正在融化的积雪高高溅起。雷恩万的精神终于恢复到了可以数清捷克人人数的程度。他数来数去，竟发现向弗兰肯施泰因发起进攻的这支队伍仅由二十人组成。他既不知道是不是该佩服他们的勇气，也不知道是不是该为他们的破坏力感到吃惊。除了医院和磨坊，布佐夫卡河沿岸的染工小屋、大桥边上的棚屋、克沃兹科门外的谷仓都在熊熊燃烧。

"再见！"穿着硬皮甲的八字胡转过身，冲着聚在城墙上的人们挥动拳头。"再见，教皇党们！我们还会回来的！"

城墙上的守军弩箭齐发,高声呐喊。那喊声勇猛而又无畏,显然,他们已经数清了胡斯党的人数。

他们马不停蹄地赶路,毫不爱惜自己的战马。尽管这看上去十分愚蠢,然而,结果证明,这也是计划的一部分。他们以闪电般的速度疾驰出两千多米后,冲入了白雪皑皑的猫头鹰山脉。翻过银山后,在一条林木茂盛的峡谷中,五个年轻的胡斯党正牵着五匹用来更换的健马等待着他们。愚人之塔的囚犯们也换上了新的衣服和装备,还借机找到了一点可以交谈的时间。

"参孙,你怎么找到我们的?"沙雷问道。

"说来话长,找到你们并不容易。"巨人绑紧马肚带。"你们被捕后就人间蒸发了。我想打听消息,可没人愿意和我说话。也不知道是为什么。好在,他们不想和我交谈,但他们却当着我的面互相交谈,就当我不存在一样。有人说,你们被关在西维德尼察,也有人说,你们被关在弗罗茨瓦夫。后来,我恰巧碰到了我们在克洛莫林认识的朋友——泰伯德·拉贝先生。为了让他听我说话,可费了我不少功夫。哈,他一开始把我当成了白痴。"

"参孙先生,能别再提了吗?"游吟诗人的语气中带有一丝责备。"我们已经讨论过这个问题了,何必再提?恕我直言,这也不怪我,主要是因为你的长相就像……"

"我们都知道参孙长什么样。"正在收紧马镫皮带的沙雷打断道,"继续说,后来怎么样了。"

"泰伯德·拉贝先生对我的长相颇有成见。"参孙呆笨的圆脸上露出微笑,"一方面,他轻蔑地拒绝和我交谈,而另一方面,他又严重地低估了我的智商。他大大咧咧地当着我的面和别人交谈,就当我是空气一样。很快，我就意识到了泰伯德·拉贝先生是什么人。接着，我就让他明白了我知道什么。还有，我知道多少。"

"正是如此。"游吟诗人窘得满脸通红，"我当时吓坏了……但事情很快……解释清楚了……"

"于是，我就知道了，泰伯德先生在赫拉德茨-克拉洛韦的胡斯党中有朋友。你们一定也猜到了，他在为他们做事。"

"真巧。"沙雷咧嘴一笑，"谁能想到会有这么多……"

"沙雷。"厄本·豪恩的声音从他的马身后传出，"别谈这个话题行吗？"

"好吧，好吧。参孙，接着说。你怎么知道去哪找我们的？"

"说来有趣。几天前，在布劳莫夫附近的旅店里，一个有些奇怪的年轻人找上了我。他明显知道我是什么人。不过，一开始，除了一句话之外，我什么也问不出来。我给你们学一下：'开瞎子的眼，领被囚的出牢狱，领坐黑暗的出监牢。'"

"以赛亚！"雷恩万惊讶道。

"没错。这句话出自《以赛亚书》第四十二章第七节。"

"我不是在说这个。以赛亚是他的名字……那是我们给他起的绰号……我们被关在愚人之塔的消息是他说的？"

"我当时也十分惊讶。"

过了一会儿，沙雷意有所指地说道："之后，赫拉德茨-克拉洛韦的胡斯党突入克沃兹科地区，长途奔袭至距边境足有六英里的弗兰肯施泰因，烧毁了城外半数村舍，攻陷了圣墓骑士团的医院和愚人之塔。而这所有的一切，如果我理解得没错，就只是为了营救我和雷恩万。说实在的，泰伯德·拉贝先生，真不知道该如何报答你。"

"原因你很快就会明白。"游吟诗人假咳一声，"耐心点，先生。"

"耐心可不是我擅长的事情。"

"那恐怕你要在这上面下点功夫了。"队伍的指挥布拉兹达出声道。他骑马走来,在他们身边停下。"不用着急,时机到了,你们自然会清楚我们的目的。"

与队伍中的大多数捷克人一样,布拉兹达的胸口处缝着一个用红布裁出的圣杯。但他却是唯一一个将胡斯标志直接缝在家族纹章上的人。他的纹章盾面呈金色,上面绘有十字交叉的黑色攻城木。

"我是克林施泰因的布拉兹达,来自罗诺维奇家族。"他证实了他们的猜测。"就说到这儿,该上路了。时间很紧,何况,我们还在敌人的地盘上!"

"这里的确危险,何况你胸口上还顶着个大圣杯。"沙雷嘲弄道。

"恰恰相反。"布拉兹达回应道,"这标志会让我们化险为夷。"

"真的?"

"会有机会让你亲自见识一下的。"

机会很快就来了。

队伍快速穿过银山山道。随后,在埃伯尔斯多夫的一个山村附近,他们碰上了一队由重骑兵和弩手组成的人马。那支队伍少说有三十人,擎着红色大旗,旗面上是霍格维茨家族的公羊头纹章。

布拉兹达所言非虚。霍格维茨家族的骑士和士兵远远望见圣杯标志后,瞬间定在了原地,接着,他们匆忙勒马掉头,飞快逃离。

"我说什么来着。"布拉兹达看向沙雷,"是不是非常有效?"

他的话无可辩驳。

他们继续马不停蹄地赶路。天空开始下雪,扑面而来的雪花被他们吞入口中。

雷恩万一心以为,他们要奔往波希米亚。他本以为在抵达希齐纳瓦河谷后，他们会逆流而上，沿着一条通往布劳莫夫的大路赶往边境。然而，当队伍穿过一片洼地，向西南方向连绵不绝的桌山山脉疾驰时，他感到十分惊讶。感到惊讶的人不止他一个。

"我们这是要去哪？"策马狂奔的豪恩在雪中大喊，"嘿！哈拉达！布拉兹达先生！"

"拉德库夫！"哈拉达的回应十分简洁。

"为什么？"

"安布罗日！"

雷恩万以前从未到过拉德库夫。那是一个三面环山、风景如画的小城。环状的城墙后可以望见红色的屋顶，红顶之上，一座细长的教堂尖塔直指云霄。若不是小城正冒着滚滚浓烟，这样的景色会令人陶醉。

拉德库夫正在遭受攻击。

在拉德库夫城外列阵的军队足有一千名战士。他们大多是步兵，手里拿着各式各样的长柄武器，既有简单的长矛，也有造型复杂一些的草铁。

至少有半数的士兵都装备了十字弩和火器。一块抬起的挡板①后面，藏着一门正对城门的大炮。此外，大盾之间的间隔中架着小隼炮与加农炮。

纵然看上去极为危险，但这支军队却定在原地一动不动。整个战场出奇地安静，令人不由联想到多彩的油画。盘旋在灰色天空的乌鸦黑点、小城内升起的滚滚浓烟、处处跃动的红色火舌是画上仅

---

①Taras，墙壁形状的厚木板，在15世纪被胡斯军用来保护大炮。

有的动态。

他们骑着马，在战车之间小步穿行。这是雷恩万第一次近距离见到大名鼎鼎的胡斯战车。他颇为好奇地观察着它们，心中暗暗赞叹其构造之巧妙。此时放下的防御护板由厚木板制成，在需要时就可以立起来，把车辆变为一座名副其实的堡垒。

有人认出了他们。

"布拉兹达先生。"一个身穿轻甲、头戴皮帽的捷克人出声道。他的胸前也缝有红色圣杯，似乎这样的圣杯样式是高级军官的标志。"高贵的骑士布拉兹达先生终于率领他高贵的精锐骑兵前来作战了。不过晚了点，仗都打完了。"

"我还以为他们能多撑一阵。"布拉兹达耸肩道，"都打完了？他们投降了？"

"那不然呢？他们拿什么和我们打？只需放几把小火，他们马上就提出要谈判。现在我们已经停火，安布罗日神父正在接见他们的谈判代表。所以，你们得等一会儿。"

"那我们就等会。下马，小伙子们。"

他们步行前往胡斯军的指挥部。陪在身旁的捷克人只有布拉兹达、哈拉达和韦莱克三人。当然，与之同行的还有厄本·豪恩与泰伯德·拉贝。

他们抵达时，谈判刚巧结束，拉德库夫的代表们正在撤离。那些脸色煞白、胆战心惊的市民紧攥着手中的帽子，一边走一边紧张地回头。从他们的表情不难判断，他们没能争取到多少让步。

"按照惯例，"戴着皮帽的捷克人小声道，"女人和孩子可以马上离开。男人想要离开必须支付两笔赎金，一笔为了自己，一笔为了城镇，否则它将被付之一炬。此外……"

"必须交出所有的天主教神父。"布拉兹达接话道。显然，他也同样见多了这种事情。"还有所有的捷克逃犯。哈，我根本不必着急。女人撤离、收取赎金会耽误一阵。我们一时片刻不会从这离开。"

"安布罗日在等你们。"

雷恩万想起了沙雷和豪恩那番关于这位赫拉德茨-克拉洛韦前任教区神父的对话。他记得，他们把他称为狂热分子、极端分子和激进分子，纵使在最为极端、最为激进的塔博尔派中，他的狂热和残忍也可谓数一数二。所以，他以为自己将要见到的是这样一幅画面：一个干瘦如柴、身材矮小的护民官，正挥舞着手臂，慷慨激昂地发表着煽动言论。他的眼神充满狂热，嘴边唾沫星子肆意飞溅。然而，安布罗日的形象却大大出乎他的意料。他是个身材魁梧的男人，举手投足间尽显稳重。他身上的黑色衣服款式与袍衣相像，但又比袍衣短小，露出了高筒长靴。他的络腮胡子宽如铁铲，几乎要垂到腰带。尽管腰带上悬着一柄长剑，但这位胡斯党神父却给人一种和蔼可亲、如沐春风的感觉。或许这是由于凸出的高额头、浓密的眉毛和漂亮的大胡子让安布罗日看上去有点像拜占庭圣像画中的圣父。

"布拉兹达先生。"他热情地向他们问候，"哈，来得晚总比不来好。看上去，你们的任务完成了？没有人员损失？干得不错。厄本·豪恩弟兄？看来你们在弗兰肯施泰因还有意外收获。"

"感谢您的营救，安布罗日弟兄。再晚一点，我就真没命了。"豪恩说道。

"我很高兴。"安布罗日点头道，"其他人也一定会为此高兴。我们听到那消息时，已在心里默默为你哀悼。逃出主教的魔爪可不是件易事，要比老鼠从猫口之下逃生还要困难。这次很幸运……但说实话，我派人进攻弗兰肯施泰因并不是为了救你。"

他把目光转向雷恩万。雷恩万感到了一股寒意。神父沉默了很长时间。

"别拉瓦的雷恩玛尔先生，别拉瓦的彼得的胞弟。"终于，他开口道。"你的兄长是一位正义的基督信徒，他为圣杯事业做出了巨大贡献，并为之献出了生命。"

雷恩万沉默地鞠了一躬。安布罗日把目光移开，盯着沙雷看了很长时间。对视一阵后，沙雷恭敬地低下头去，但很明显，他的低头仅仅是出于礼节。

"沙雷先生。"终于，神父说道，"他没有抛弃需要帮助的人。当别拉瓦的彼得死于残忍的教皇党之手时，沙雷先生不顾自身的安危，拯救了他的兄弟。在如今这个世道，他高尚的品格和对友情的忠诚极为难得。正如一句古老的捷克谚语所言：患难之交才是真正的朋友。"

"与此同时，"安布罗日继续说道，"我们听说年轻的雷恩玛尔先生表现出了真正的兄弟情谊。他循着兄长的足迹，像他一样心怀真正的信仰，勇敢地反对教皇党那些不端的行径。如同每一位正直而高尚的基督信徒，他站在圣杯的一方，像唾弃魔鬼一般唾弃腐朽的罗马教会。你们会得到回报。事实上，雷恩玛尔和沙雷先生，你们已经得到了回报。当泰伯德弟兄告诉我魔鬼的魔爪已将你们投入地牢时，我一刻也没有犹豫。"

"十分感谢……"

"不，要说感谢的是我们才对。因为，多亏你们，那异端恶徒弗罗茨瓦夫主教本想用来买我们性命的那笔钱将用于我们伟大的事业。你们会把它挖出来，交到我们虔诚的基督徒手上，不是吗？"

"那笔……钱？什么钱？"雷恩玛尔结巴道。

沙雷轻轻叹了口气。厄本·豪恩假咳一声。泰伯德·拉贝清了清喉咙。安布罗日的脸色沉了下来。

"你们在耍我？"

雷恩万和沙雷赶忙摇头，他们的眼中流露出孩子般的无辜，神父抑制住了自己的怒火。然而，仅是一点而已。

"我是不是该理解为，不是你们抢了……"他恶狠狠道，"为了我们伟大事业袭击收税官的不是你们？哼，看来真的不是你们，那有人必须对此做出解释。怎么回事！拉贝先生！"

"我并没有说……一定是他们抢了收税官。"游吟诗人小声道，"我说的是……有可能……"

安布罗日挺直身子。他的眼中燃着怒火，脸涨得通红。此刻，他看上去不再像和蔼的圣父，更像是手舞雷电的宙斯。所有人都在紧张不安地等待雷霆之怒的到来。但他很快恢复了冷静。

"你可不是这样说的。"终于，他开口道，"泰伯德弟兄，你骗了我。为了让我派人袭击弗兰肯施泰因，你故意误导了我。因为你很清楚，我听完之后一定会派人！"

"患难之交才是真正的朋友。"沙雷小声说道。

安布罗日上上下下打量了他一番，但什么也没说。接着，他转向雷恩万和游吟诗人。

"朋友们，我应该把你们都送上刑具。"他咆哮道，"收税官整件事都让我感到十分可疑。在我看来，你们都是骗子。说真的，你们有一个算一个，都应该上绞刑架。"

"但是，"他盯着雷恩万道，"念在别拉瓦的彼得的面子上，我不会这么做。虽然可惜，但主教的那笔钱我也不再强求，似乎那钱注定不是我的。我们两清了。滚吧，从我的眼前消失。"

"尊敬的神父，"沙雷清了清喉咙，"都是误会……我们希望……"

"希望什么？"安布罗日冷哼一声，"希望我允许你们加入我们？希望我为你们提供庇护，护送你们去赫拉德茨？不行，沙雷先生。你们曾被宗教审判所囚禁过，有可能已被他们洗脑。换句话说，你们可能是间谍。"

"你是在侮辱我们。"

"侮辱你们好过侮辱我自己的直觉。"

"安布罗日弟兄……"一位胡斯军指挥官的到来缓解了紧张的氛围。他身材圆胖，和蔼可亲，长得像是一名财务官或肉铺老板。

"什么事，赫鲁希茨卡弟兄？"

"市民们已经支付了赎金，正从城内出来。和约定好的一样，女人和小孩先走。"

"韦莱克·赫拉提茨基弟兄，"安布罗日摆了摆手，"带上一队骑兵去城镇周边巡逻，不要让任何一个人趁机溜走。其他所有人跟我走。我说了，是所有人。布拉兹达先生暂时负责看好我们的……客人。好了，走吧！"

拉德库夫的城门前，手持利刃的胡斯军士兵们分成两列，形成了一条夹道。一队平民正从城门走出，进入夹道。他们脸上挂着恐惧不安又无可奈何的神色。安布罗日和他的军官们走到近处，极为仔细地审视着出来的人们。雷恩万感到他脖子上的寒毛在一根根立起，似乎预示着即将发生什么可怕的事情。

"安布罗日神父，您要不要布道？"赫鲁希茨卡问道。

"布给谁听？"神父耸耸肩，"给那些德意志愚民？他们又听不懂我们的话,我也不乐意讲他们的话,因为……嘿!那边!那边!"

他的眼睛变得如同鹰眼一般锐利,脸色变得冷峻无比。

"那边!"他边吼边用手指向人群,"就那个人!抓住他!"

他所指的人是个抱着孩子、全身裹在斗篷中的女人。小孩一边号啕大哭,一边竭力挣扎。士兵们用长戟拦住人群,把女人拽出,扯下了她的斗篷。

"这不是个女人!是个穿着斗篷的男人!他是个神父!是个教皇党!教皇党!"

"把他带过来!"

神父被拽了过去,扔在地上。他跪了起来,浑身瑟瑟发抖,怎么也不肯把头抬起。士兵们掰着他的头,逼着他直视安布罗日的脸。他却死死闭上了双眼,嘴唇动来动去,似在做无声的祈祷。

"啧,啧,这是一群多么忠诚的教众。"安布罗日两手叉在腰间,"为了救他们的神父,不仅给了他一件女士斗篷,还给了他一个小婴儿。多么具有牺牲精神。教皇党的渣滓,你是什么人?"

神父把眼睛闭得更紧了。

"他是米科瓦伊·麦格霖,当地的教区神父。"与胡斯军官们站在一起的一个农民谄媚地说道。他们的身边围绕着十几个这样的农民告密者,他只是其中之一。

胡斯党们小声交谈。安布罗日脸色变得通红,深深吸了口气。

"麦格霖神父,这可真是巧啊。"他拖长了调子,一字一句慢慢说道,"自从主教上次洗劫了特鲁特诺夫之后,我们就一直梦想会有这么一场会面。你不知道我们有多渴望。"

"弟兄们!"他挺直腰板,"好好看看!这里有一只教皇的杂狗!弗罗茨瓦夫主教手里的杀人工具!他迫害真正的信仰,把虔诚的基督徒们折磨得生不如死！他的双手沾满了维兹姆伯格无辜信众的鲜血！上帝把他交到了我们手里！我们会让邪恶与恶行付出代价！"

"听到了吗，教皇党的渣滓？杀人如麻的恶魔？面对事实，就只会闭上眼睛，堵住耳朵？哈，异端猪，你根本不懂《圣经》，根本没读过《圣经》，因为你把沉迷酒色的主教、腐朽不堪的教会、反基督的教皇所说的话当成了唯一的神谕！还有那些亵渎神明的镀金画像！异端猪，让我来教教你真正的神谕！《启示录》第十四章第九段：'若有人拜兽和兽像，在额上，或在手上，受了印记，这人也必喝神大怒的酒！在火与硫黄之中受痛苦！'火与硫黄，教皇党！嘿，你们几个！像我们对待贝龙和普拉哈季采的僧侣那样把他捆起来！"

神父被几个胡斯党死死抓住。当看到另外几人带来的东西时，他开始拼命尖叫。脸上挨了一下斧柄的重击后，他安静了下来，瘫倒在架着他的大手之中。

参孙往前冲出，但沙雷和豪恩马上拽住了他。眼见两人似乎拦不住他，哈拉达也冲去帮忙。

"冷静，"沙雷小声道，"参孙，冷静……"

参孙回过头，紧紧盯着他的眼睛。

他们用四捆稻草围起麦格霖神父，稍作思考后，又多加了两捆，神父的脑袋完全埋到了稻草之中。接着，他们用一条铁链将所有稻草牢牢捆在一起，从不同的地方点燃。雷恩万心中不适，转过身去。

他听到了惨绝人寰的痛苦哀嚎，但他没有看到，在覆盖着浅浅一层积雪的大地上，浑身是火的麦格霖神父奔跑在胡斯士兵的夹道中。他跌跌撞撞，被长戟和长矛戳来戳去。终于，他倒在了雪地上，在浓烟与烈焰中翻来滚去。

燃烧的稻草并未产生足以把人杀死的热量。但那热量足以把人变成似人非人的某种东西。那东西不停抽搐打滚，尽管没有嘴巴，却一直发出骇人的惨叫。终于，士兵们用棍棒与斧头让它安静了下来。

人群中的女人们发出悲哀的呼号，孩子们在撕心裂肺地哭泣。紧接着，人群又是一阵骚动。过了一会，另一名神父被拽出，跪倒在安布罗日面前。那瘦骨嶙峋的老人没有任何伪装，如同风中的树叶一般瑟瑟发抖。安布罗日俯身看他。

"又一个？这又是谁？"

"施特劳布神父。"农民告密者赶忙殷勤解释道，"他是麦格霖之前的教区神父……"

"啊哈。名誉上的教皇党渣滓。喂，老头，看得出，你在人世已经待不久了，是不是该考虑考虑升天之后的事了？是不是该与满是谬误与原罪的教皇党撇清关系了？如果仍然执迷不悟，那你可得不到宽恕。刚才的一切你也看到了。只要接受圣杯和'布拉格四条'，你就可以重获自由。"

"大人！"跪在地上的老人双手合十，哆哆嗦嗦地说道，"善良的大人！行行好！我怎么能抛弃自己的信仰……我办不到……上帝，救救我……我办不到！"

"我理解你。"安布罗日点头道，"虽说这回答我并不满意，但我表示理解。上帝在上面看着我们，那我们就仁慈一些。赫鲁希茨卡弟兄！"

"在！"

"仁慈一些，别让他忍受折磨。"

"遵命！"

赫鲁希茨卡走到一个士兵跟前，从他手中拿过连枷。这是雷恩万第一次见到大名鼎鼎的胡斯党连枷如何使用。赫鲁希茨卡舞动连枷，让上截铁棍快速旋转，接着鼓足力气，冲着施特劳布神父的脑袋抡了过去。老人的头骨如泥罐般崩裂开来，鲜血和脑浆溅了一地。

雷恩万感到自己两腿发软。他看到了参孙煞白的脸色，看到了沙雷和豪恩再一次死死抓住巨人的肩膀。

布拉兹达一直盯着麦格霖神父仍在缓缓燃烧、冒着黑烟的尸体。

"这麦格霖不是那个麦格林。"他摸着下巴，突然说道。

"什么？"

"陪着康拉德主教一起抢劫特鲁特诺夫的那个教皇党渣滓名字叫麦格林。但这人叫麦格霖。"

"什么意思？"

"就是说这人是无辜的。"

"没关系。"突然间，参孙黯然说道，"上帝一定知道。'祂'自会判断。"

安布罗日猛地转身，盯着参孙打量了很长时间。接着，他看向雷恩万和沙雷。

"天使有时会借由愚人的嘴巴说话。"他说道，"但最好把他看好。以后，你们难保不会碰到这样一个人，他既认为这白痴知道自己在说些什么，也不像我一样通情达理。到时，无论是他还是他的主人，下场都会万分悲惨。"

"但总的说来，"他继续道，"这白痴说的没错。上帝自会判断，从谷粒中把谷壳筛出，从义人中把恶人驱逐。但是，没有一个教皇党是无辜的。他们都理应受罚。虔诚基督徒的手……"

他的声音越来越洪亮,有如雷鸣一般,掠过士兵们的头顶,穿过滚滚浓烟,扶摇直上,回荡在小城的上空。城门处,交完赎金的逃亡者们接连不断地走出,排成了一条长长的队伍。

"虔诚基督徒的手惩罚罪人时不应颤抖!因为田地就是世界,好种就是天国之子,稗子就是那恶者之子。要将稗子薅出来用火焚烧,直至世界的终结也要如此。人子要差遣使者,把一切叫人跌倒的和作恶的,从他国里挑出来,丢在火炉里,让其在那里哀哭切齿!"

胡斯军高声大吼。他们高举手中的闪闪发亮的长戟,不停挥动长斧、草叉与连枷。

"他受痛苦的烟往上冒,直到永永远远!"安布罗日指向拉德库夫城,发出雷鸣般的声音。"那些拜兽和兽像受他名之印记的,昼夜不得安宁!"

他转过身,看上去已经冷静了一点。

"至于你们,"他向雷恩万和沙雷说道,"现在还有机会向我坦白你们的真实目的。你们已经看到教皇党的神父是什么下场。我保证,主教间谍的下场会比他们凄惨百倍。我们对那种人决不姑息,就算是彼得·别拉瓦的弟弟也一样。怎么样?你们仍然乞求帮助,希望加入我的队伍?"

"我们不是间谍!"雷恩万激动道,"你的怀疑是在侮辱我们!我们并非是在乞求你的帮助!恰恰相反,需要我们帮助的人是你!这都是看在我哥哥的面子上!空口无凭,如果你想,我会向你证明,相比弗罗茨瓦夫的主教,我更愿意站在你们这边。难道你不想知道一场正在背后酝酿的阴谋?一场会威胁到你和其他人性命的……"

安布罗日眯起了眼睛。

"威胁到我和其他人性命的阴谋?其他人又有谁?"

雷恩万假装没有看到沙雷绝望的手势和表情,继续说道:"我知道一场针对塔博尔领导者们的阴谋。刺杀名单上的人有斯万贝克的博胡斯瓦夫、维采米利茨的扬·维兹达……"

安布罗日的军官们突然开始小声交谈。安布罗日一直盯着雷恩万。

"这消息很有趣。"终于,他说道,"别拉瓦先生,带你去赫拉德茨是值得的。"

当胡斯军士兵们忙着洗劫拉德库夫时,布拉兹达、韦莱克和哈拉拉向雷恩万和沙雷解释了一切。

"维采米利茨的扬·维兹达,塔博尔军的盖特曼,在十月的最后一天已经离世。"布拉兹达说道,"而他的继任者,斯万贝克的博胡斯瓦夫先生不到一周前也已去世。"

"不要告诉我,两人都是被刺杀的。"沙雷皱眉道。

"不,两人的死因都是由于战场负伤。葛维斯达在姆拉达沃日采附近作战时,脸上中了一箭,之后不久就咽气了。博胡斯瓦夫先生则是在攻打奥地利雷茨城的战斗中负的伤。"

"这么说来,他们并非被人刺杀。这死法对胡斯党来说,可以称得上是自然死亡!"沙雷嘲弄道。

"事情没这么简单。两人都是负伤之后过了一段时间才死。也许在此期间有人下过毒?不得不说,这巧合也太过奇怪。两位伟大的塔博尔领袖,两位杰士卡的继任者,在不到一个月的时间里接连死去……"

"这对塔博尔派来说是极大的损失,"韦莱克插话道,"却正合了我们敌人的心意。之前就有人怀疑这是阴谋……现在，别拉瓦先生的话更加深了我们的怀疑，这件事一定要查个水落石出。"

"不言而喻，"沙雷点头道，"为了把事情查个水落石出，必要时，免不了要动用酷刑对付别拉瓦先生。众所周知，要想解开谜团，没什么能比烧红的烙铁更有效率。"

"怎么会，怎么会。"布拉兹达笑着说道。然而他的笑容看上去没什么说服力。"我们从没想过那种玩意！"

"雷恩玛尔先生可是彼得先生的兄弟！"哈拉达说道。他的脸上同样挂着没什么说服力的笑容。"别拉瓦的彼得先生是我们自己人。何况你们也是……"

"这么说，他们是自由的？"厄本·豪恩嘲弄道，"他们可以想去哪就去哪？现在就可以离开？是吗，布拉兹达先生？"

"呃……"赫拉德茨骑兵部队的盖特曼结结巴巴道，"这……不，不行。我有使命在身。你们也知道……"

"到处都很危险。"哈拉达清了清喉咙，"我们一定要……紧紧跟在你们身边……保护你们……"

"明白。"

当前的处境一目了然。安布罗日对他们失去了兴趣，但他们一直处在胡斯军的监视与控制之下。表面上他们是自由的，没人强迫他们做什么，恰恰相反，他们像是被视作了战友。他们收到了武器和装备，还差点被召至布拉兹达的麾下。与主力部队会合后，布拉兹达骑兵部队的兵力已达百人之多。即便如此，他们处于控制之中仍是不争的事实。起初沙雷咬紧了牙关，心中暗骂，后来也不再放在心上。

然而，无论是沙雷还是雷恩万，都不打算让收税官的事情就此翻篇。

尽管泰伯德·拉贝一直小心翼翼地逃避他们，但还是被他们找到了机会。他被两人顶了一辆马车上。

"我能怎么办？"当两人终于允许他讲话时，他愤怒道，"参孙先生逼得我必须想出个主意！你们真以为，如果不是那笔钱，安布罗日会派兵救人？想都别想！我们都得玩儿完！所以你们应该感谢我的救命之恩，而不是冲我大吵大嚷！没我的主意，你们现在还在塔里关着！"

"如果安布罗日再贪婪一些，你的主意会要了我们的命。"

"如果！如果！说如果有什么用！"游吟诗人正了正被沙雷弄歪的兜帽。"首先，我知道他对彼得先生心怀敬意，所以我确信他不会伤害雷恩玛尔先生。其次……"

"其次怎样？"

"我当时真的以为……"泰伯德·拉贝清了好几次喉咙，"实话实说……我真的以为在希齐博空地抢劫收税官的人是你们。"

"那究竟是谁干的？"

"真不是你们？"

"我看你的屁股是想找踢。那告诉我们，你怎么活下来的？"

"怎么活下来的？"游吟诗人神色黯然。"跑！拼命地跑！就算有人在后面大喊'救命'，我也没敢回头。"

"好好学学，雷恩玛尔。"

"我每天都在学。泰伯德，其他人呢？收税官、托钵僧们、斯帝恩克隆先生还有他的女儿到底遭遇了什么？"

"我说了，我没有回头。别再问了。"

雷恩万没有追问。

黄昏已然降临，令雷恩万吃惊的是，部队竟没有安营扎寨。他们在夜间行军，抵达了拉特诺附近的一个村子。很快，村子的火光照亮了夜空。拉特诺城堡的卫戍部队对安布罗日的最后通牒不予理会，还用弩箭射杀谈判特使，于是，在漫天火光中，进攻的号角再次吹响。拉特诺城堡顽强抵抗，但还是在黎明之前被胡斯军攻陷。作为反抗的代价，所有守军被屠戮殆尽。

黎明之际，胡斯军继续行进。雷恩万已经意识到了安布罗日对克沃兹科地区的这次袭击是报复性的远征。他是在复仇，既为了秋季时纳霍德与特鲁特诺夫地区遭受的洗劫而复仇，也为了康拉德主教和布塔领主的军队在维兹姆伯格与梅图耶河畔村落中屠戮的村民复仇。继拉德库夫与拉特诺之后，希齐纳瓦也付出了代价。希齐纳瓦属于扬·霍格维茨的领地，而扬·霍格维茨参加了主教的"十字军东征"。为此，希齐纳瓦被付之一炬，夷为平地。圣芭芭拉教堂冒着滚滚浓烟，连烧了两天两夜。当地的教区神父侥幸逃脱，在连枷之下保住了脑袋。

礼拜日，背对熊熊燃烧的教堂，安布罗日举行了一场弥撒仪式。那是一场典型的胡斯派弥撒——场所在室外，讲坛是一张普普通通的桌子。主持仪式时，安布罗日也没有卸下长剑。

捷克士兵们高声祷告。参孙·食蜜者纹丝不动地站着，犹如一尊古代的雕塑。他凝视着陷入火海的养蜂场，凝视着蜂箱箱顶的稻草被大火吞噬。

仪式结束后，胡斯军将冒着浓烟的废墟置之身后，继续向东行进。穿过戈利尼采山与考贝茨山之间的鞍部后，他们在夜间抵达了沃伊博日村。那村子属于泽绍家族的领地，从胡斯军对它的所作所为不难猜出，跟随主教洗劫维兹姆伯格的队伍中一定有泽绍家族的成员。所有的村舍、谷仓与棚屋都被烧了个干干净净。

"我们距边境有四英里，距克沃兹科只有一英里。"厄本·豪恩大声道，"这些浓烟远远就能看到，他们很快就会得到消息。我们这是把脑袋放到了狮子的巨口中。"

没人理会他的警告。当洗劫结束，胡斯军从沃伊博日撤出时，一队一百多人的骑兵部队在东方出现。那队骑兵中有大量医院骑士团的骑士，从旗帜上纹章不难看出，其中也不乏霍格维茨、穆申、泽绍家族的骑士。然而，远远望见胡斯军后，整支骑兵队立刻落荒而逃。

"豪恩弟兄，狮子在哪呢？"安布罗日冷笑道，"狮子的巨口又在哪呢？前进，基督徒们！前进，上帝的战士们！前进！！！"

毫无疑问，胡斯军的目标是巴尔多。雷恩万心中曾对此有过怀疑——毕竟，巴尔多是个大型城邦，即便是安布罗日这样的人也很难一口吃下——但很快这些怀疑便烟消云散。夜间，部队驻扎在了尼萨河附近的森林中。斧头伐木的声音一直持续到深夜。他们是在砍伐攻城木，也就是那些长有侧枝的粗壮树木。作为攀登城墙的工具来说，它简单、方便、便宜，同时又极为实用。

"你们要进攻巴尔多？"沙雷直截了当地问道。

此时，他们正和安布罗日骑兵部队的盖特曼们围坐在一口冒着热气的大锅旁，吹着勺子，吃着碗里的豌豆汤。参孙也陪在他们身边，但自从经历了拉德库夫的惨剧后，他变得越来越沉默寡言。安布罗日对他不感兴趣，所以与雷恩万和沙雷不同，他是完全自由的。然而，令人奇怪的是，他不但哪也没去，反而一头埋进了战地厨房，去帮那些来自赫拉德茨-克拉洛韦的妇女和姑娘做饭。她们的长相极为普通，大都面色阴沉、寡言少语、难以亲近。

当盖特曼们用咀嚼声和吹气声回答了他的问题后，沙雷继续问道："你们要进攻巴尔多，难道你们在那儿也有账要算？"

"你猜的没错，弟兄。"韦莱克擦了擦胡子，"九月时，康拉德主教率军在纳霍德地区烧杀抢掠，连女人和孩子都不放过。而巴尔多的西多会修道院曾为那群恶徒鸣响钟声，举行弥撒。所以，我们要杀一儆百，要让所有人知道，这种事情我们决不容忍。"

"此外，西里西亚对我们施行了贸易禁运。"哈拉达舔了舔勺子，"我们必须要向所有人证明，我们可以打破禁令。我们也要给那些冒着生命危险和我们做生意的商人们一些信心。我们必须以牙还牙，以眼还眼，以此抚慰那些遇害者的亲属。杀人者必须偿命，我说的对不对，别拉瓦先生。"

"杀人者必须偿命。"雷恩万出神地重复着这句话，"奥尔德里赫先生，对此，我站在你们这边。"

"如果你想站在我们这边，你应该称我为'弟兄'，而不是'先生'。而且明天你就可以证明自己到底站在哪边。一场恶战即将爆发，多一个人就多一份力量。"哈拉达道。

"的确如此。"此前一直沉默不语的布拉兹达冲着巴尔多城的方向歪了歪头，"他们知道我们此行的真正目的，一定会顽强抵抗。"

"巴尔多城内有两座西多会教堂，朝圣所得令它们都十分富有。"厄本·豪恩用讥讽的口吻说道。

"所有的事到了你嘴里就变俗了。"韦莱克冷哼道。

"我就是这样的人。"

营地中，伐木的声音已经停止，取而代之的是尖锐、规律、令人不寒而栗的摩擦声。安布罗日的士兵们正在磨刀。

"站到我面前。"只剩两人时，沙雷命令道，"爱出风头是不是？你怎么不直接把圣杯缝到胸口上呢？'我站在你们这边'？说的什么鬼话，雷恩玛尔？你是不是入戏太深了？"

"什么意思？"

"你知道什么意思。在安布罗日面前把邓波维茨农庄密谋捅了出去这件事我不怪你。谁知道呢，暂时处在胡斯党的庇护下说不准对我们有好处。但别忘了，赫拉德茨-克拉洛韦绝不是我们的目的地，它不过是我们去往匈牙利路上的一站。他们胡斯党的事业和我们没有任何关系。"

"不，他们的事业对我来说很重要。"雷恩万冷冷地反驳道，"彼得林与他们有同样的信仰。于我而言，这就够了，我了解我的哥哥，我了解他的为人。如果彼得林致力于完成他们的事业，那它就不可能是邪恶的。别说了，别说了，我知道你要说什么。我也看到了他们对拉德库夫的神父们所做的一切。但那些不会让我动摇，彼得林不可能支持邪恶的事业。直到今天，我才明白彼得林早已明白的一个道理：在每一个人们虔诚信仰并为之而战的宗教中，每一位亚西西的方济各身后都是一整个阿努尔弟兄军团。"

"我只能猜到'阿努尔弟兄'是谁。"沙雷耸了耸肩，"不过这比喻我完全听懂了。如果说还有什么是我不明白的……小子，这么看来，你已经接受了胡斯信仰？现在你这是要像所有新信徒一样，打算劝人皈依？如果真是如此，我劝你别在我身上白费力气。"

"我当然不会白费力气，根本没必要劝你皈依。"雷恩万冷笑道,"因为你早已改变了信仰。"

沙雷的眼睛微微眯起。

"你想说什么?"

"一四一八年七月十八日。弗罗茨瓦夫,新城。血色礼拜一。"沉默片刻后,雷恩万说道,"咏礼司铎奥托·白斯给我的接头暗号透露了你的身份,布克·罗基格在波达克城堡直接拆穿了你。你参加过一四一八年七月的弗罗茨瓦夫暴动。如果不是为了胡斯与哲罗姆之死,又是什么驱使你们拿起武器?如果不是为了饱受迫害的贝居安派和威克里夫派,你们又是为了谁而战斗?如果不是为了领杯饮酒的圣餐仪式,你们那时又是在捍卫什么权利?难道你们提出'公平正义'的口号,反对的不是骄奢淫逸的神职人员?难道你们在街头大声疾呼,不是为了彻头彻尾的改革?沙雷?难道我说的不对?"

"那是七年前的事,现在早已时过境迁。"沉默片刻后,沙雷回答道,"听我这么说你一定非常惊讶,但是有些人会从过往的错误中得到教训。"

"我们刚认识几个月,但我觉得好像过了一个世纪那么久。还记得刚见面不久,你对我说过这样一句话:虽然我们都是上帝照着自己的样子造出来的,但好在造物主还兼顾了个性的差异。沙雷,我不会忘记过去,我也不打算让一切时过境迁。我会回到西里西亚,把过去的账好好算清楚,我要让他们连本带利地付出代价。相比布达,赫拉德茨-克拉洛韦要离西里西亚近得多……"

"而且安布罗日算账的方式也深得你心。"沙雷打断了他,"他果然成了新教徒,我说的对不对,参孙?"

"不完全对。"不知何时,参孙已来到了两人身边。雷恩万既没有注意到他的到来,也没有听到任何动静。"沙雷,你说的不完全对,还有另外一个原因,也就是卡特琳娜·比伯施泰因小姐。恐怕,我们的雷恩玛尔再次陷入了爱情。"

寒冷的黎明还未到来,道别的时刻已经来临。

"再见,雷恩玛尔。"厄本·豪恩握了握雷恩万的手,"我要离开了。这里有太多人看到了我的样子,对于我从事的行当来说,这太过危险。而且我还没打算改行。"

"现在弗罗茨瓦夫主教已经知道了你的身份。"雷恩万提醒道,"那些狂喊'吾等齐聚于此'的黑衣骑士一定也知道了。"

"是时候藏身到友好的民众之中,耐心等待一阵了。所以,我会先前往格沃古韦克,之后再去波兰。"

"波兰并不安全。"雷恩万说道,"我和你说过我们在邓波维茨农场偷听到的消息。兹比格涅夫·奥莱希尼斯基主教……"

"波兰又不是只有奥莱希尼斯基。"豪恩打断道,"波兰……是不一样的。小伙子,记住我的话,欧洲很快就会因为波兰而发生改变。再见,小伙子。"

"我们一定会再见的。我了解你,你一定会回西里西亚。我也是。我在那里还有一些事情要解决。"

"谁知道呢,或许我们到时会一起解决那些事。但是,别拉瓦的雷恩玛尔,为了让我们日后的合作成为可能,好好记住我诚恳的建议:别再召唤任何恶魔。"

"我不会的。"

"还有第二条建议:如果你真的在认真考虑我们日后的合作,好好学学怎么使用长剑、匕首和十字弓。"

"我会的。再见,豪恩。"

"再见,先生。"泰伯德·拉贝走到雷恩万身边。"我也该走了。我得去为了我们的事业而奋斗了。"

"多加小心。"

"我会的。"

尽管雷恩万的的确确已经做好了准备,要拿起武器与胡斯军并肩作战,但却没有得到机会。安布罗日早已下令他和沙雷必须与他的卫队同行。于是,当胡斯军在飘雪之中渡过尼萨河,在城下排兵布阵时,被卫队密切监视的雷恩万和沙雷只能待在安布罗日身边。北方的天空已经升起滚滚浓烟——作为报复行动的一部分,布拉兹达与韦莱克的骑兵部队烧毁了城镇外围的磨坊和小屋。

巴尔多城做好了防御的准备,城墙上挤满了挥旗呐喊的士兵。两座教堂都在鸣响洪亮的钟声。

城墙外立有九根焦黑的火刑柱。柱上留有烧焦的残骸,柱下是成堆的灰烬。迎面吹来的寒风中带着尸体焚烧的酸臭味。

"他们是些胡斯派、捷克人、贝居安会修士,还有一个犹太人。"一个农民告密者向安布罗日解释道,"这是个警告。大人,听说您要来时,他们把地牢里的人统统抓了出来,绑在柱子上活活烧死,以此表达对异端的蔑视……不,我的意思是,请原谅……对您的警告和蔑视……"

安布罗日点了点头。他一言不发,脸上没有任何表情。

胡斯军很快摆好了阵形。步兵们立起大盾与挡板,护住了正在准备的大炮。城墙上不断传来呐喊声与咒骂声,时而也会有枪炮轰鸣声与弩箭齐射声。

天空中，受惊的乌鸦呀呀而鸣，慌不择路地四散飞离。

安布罗日登上了一辆战车。

"正义的基督徒们！"他大喊道，"虔诚的捷克人们！"

整支军队安静了下来。安布罗日等到军队完全安静。

"我看见在祭坛底下，有为神的道、并作见证被杀之人的灵魂。"他手指焦黑的火刑柱与仍在缓缓燃烧的尸骸，咆哮道，"他们在高声呐喊：圣洁真实的主啊，你不审判住在地上的人，给我们伸流血的冤，要等到几时呢？"

"我看见一位天使站在日头中，向天空所飞的鸟大声喊着说：'你们聚集来赴神的大筵席！来吃君王与将军的肉，壮士与马和骑马者的肉！我看见了那野兽！"

城墙处传出一阵骚动，守城士兵破口大骂。安布罗日抬起了一只手。

"看啊，天空中神圣的鸟儿在为我们指引方向！"他咆哮道，"看啊，在我们前方是那野兽！看啊，那是喝醉了圣徒之血的大巴比伦！看啊，那是罪与恶的温床，是基督之敌仆人们的巢穴！"

"杀了他们！"士兵中有人大吼。

"看啊，这一天已经来临！"安布罗日咆哮道，"这一天会像火炉一样燃烧，所有的狂妄者和作恶者都将成为稻草！这一天，他们的根，他们的茎，都将被焚烧殆尽！"

"烧死他们！消灭他们！杀死他们！"

安布罗日抬起双手，士兵们立刻安静了下来。

"我们肩负着上帝的使命！"他大吼道，"祈祷之后，我们要怀有一颗纯洁的心，去完成这项神圣的使命！虔诚的基督徒们，跪下！让我们开始祈祷！"

在大盾与挡板组成的铜墙铁壁后面，铿铿锵锵的声音响起，士兵们跪倒在地。

"我们在天上的父，"安布罗日声如雷鸣，"愿人都尊你的命为圣……"

"愿你的国降临！"跪倒的士兵们齐声道，"愿你的旨意行在地上！如同行在天上！"

安布罗日既没有双手互握，也没有低下头去。他注视着巴尔多的城墙，眼中燃烧着憎恨的烈火。他像恶狼一样龇着牙齿，嘴唇上沾着唾沫。

"赦免我们的罪！"他大喊道，"如同我们赦免他人……"

跪在前排的一名士兵非但没有赦免他人的罪，反而举起火枪，冲着城墙方向放了一枪。城墙的守军也给予了回应。城垛上升起阵阵黑烟，弹丸与弩箭破空而来，如冰雹般打到了大盾上。

"不要叫我们遇见试探！"胡斯军的齐声呐喊淹没了枪声。

"救我们脱离凶恶！"

"阿门！"安布罗日大吼道，"阿门！前进，虔诚的捷克人们！前进，上帝的战士们！消灭基督之敌的仆人！消灭教皇党！"

"消灭他们！"

枪炮齐发，箭如雨下，城墙守军被一片片扫落。第二轮的炮击更为猛烈，巨大的火球宛如火鸟一般飞入城内。立起的挡板后，一门大炮发出一声震耳欲聋的轰鸣，整个前门顿时被恶臭的浓烟笼罩。巴尔多的城门承受不住五十磅重的石球，被轰成了碎片。无数杀气腾腾的士兵冲向毁掉的城门，又有无数士兵像蚂蚁一样攀着攻城木爬上了城墙。短短几分钟，巴尔多城已被判处了死刑，只不过行刑的时间稍微推迟了一点而已。

"消灭他们！杀啊！"

城内响起疯狂的嘶吼声、凄厉的哀嚎声、令人毛骨悚然的惨叫声。

巴尔多城已经奄奄一息。仅在片刻之前，它的钟声还如警报般洪亮急促，还如号角般斗志昂扬，现在却满是绝望，仿佛求救的呐喊。很快，那钟声变成了垂死之人混乱、颤抖、断断续续的呻吟。巴尔多城在痉挛，在窒息，在走向死亡。终于，钟声戛然而止，几乎在同一瞬间，两座钟塔升起了滚滚浓烟。那冲天而起的烈焰仿佛巴尔多城死去的灵魂。

是的，巴尔多城早已死去。那熊熊燃烧的烈火只不过是葬礼的火堆，而人们死前的惨叫不过是它的墓志铭。

不久之后，逃亡者的长队开始从城中走出。队伍中都是些女人、孩子和胡斯党准许离开的男人。农民告密者们仔仔细细地审视着走过的每个人。每隔不久，就会有人被辨认出来，拽出队伍就地处决。

就在雷恩万的眼前，一个披着斗篷的农家女向胡斯党指了指一个年轻的男人。士兵们将男人拽出队伍，摘下兜帽。时髦的发型暴露了他骑士的身份。农家女向安布罗日和赫鲁希茨卡说了些什么。接着，赫鲁希茨卡下了一条简短的命令。士兵们挥舞连枷，重重砸落。骑士倒地之后，士兵们又用干草叉和长戟刺穿了他的身体。

农家女摘下了她的兜帽，露出了一条亚麻色的长辫，接着一瘸一拐地走远了。她的步态极为明显，雷恩万可以一眼看出那是先天性的髋骨错位。离开时，她向他投来一个意味深长的眼神。她也认出了他。

一支满载各种财物的队伍从烈火和浓烟的地狱中走了出来。有人负责将战利品装到马车上,有人则赶着牛和马。

在队伍的尽头,参孙·食蜜者从火光冲天的巴尔多城走出。他被浓烟熏得黝黑,身上到处是烧焦的痕迹,眉毛和睫毛也快被烧光。他的怀里抱着一只小猫,那小生灵黑白色的毛发直直竖立,野性的大眼睛中写满了惊恐。小猫用爪子死死抓着参孙的衣袖,时不时无声地张开嘴巴。

安布罗日面无表情。雷恩万和沙雷沉默不语。参孙走到了他们身边。

"昨天晚上我想拯救世界。"他极为温柔地说道,"今天早上我想拯救人类。然而,人应当量力而为,拯救可以拯救的东西。"

将巴尔多城洗劫一空后,安布罗日的军队向西折返,朝布劳莫夫方向行进。洁白的雪地上留下了一条又黑又宽的痕迹。

骑兵部队兵分两路。一路人马在布拉兹达指挥下,骑行至大部队前方,组成所谓的部队前卫。另一路共计三十人,在哈拉达的指挥下组成部队后卫。雷恩万、沙雷、参孙就在后卫队伍之中。

沙雷吹着口哨,参孙沉默不语。雷恩万与哈拉达并辔而行。一路上,哈拉达喋喋不休地为他讲课。说到不良习惯时,哈拉达神情严肃地教导说,不应该称他们为"胡斯党",只有敌人、教皇党和不怀好意的人才会那么叫。应该叫他们"怀有真正信仰的人"、"虔诚的捷克人"或是"上帝的战士"。赫拉德茨-克拉洛韦的野战军是孤儿军的武装力量。而之所以称为孤儿军,则是因为他们失去了伟大的父亲——扬·杰士卡。当然,杰士卡还在世时,孤儿军还不叫孤儿军,而是叫新塔博尔军或小塔博尔军,以此和旧塔博尔军,也就是那些塔博尔派区分开来。杰士卡在奥雷庇特派的基础上创立了新塔博尔军。之所以叫奥雷庇特派，是因为他们的大本营是在离特热比霍维采不远的奥雷庇山，而塔博尔派名称的由来则是因为他们的大本营在乌日尼察河畔的塔博尔山。那位孤儿军的盖特曼一脸严肃地继续教导道，不要混淆奥雷庇特派与塔博尔派，而将两派与布拉格的圣杯派混为一谈更是不可饶恕。如果说在布拉格新城还能碰到怀有真正信仰的人，那老城简直是温和派的老窝。温和派指的是那些圣杯派，他们可称不上是"虔诚的捷克人"。但也不要把那些布拉格人称为"胡斯党"，只有敌人才会这么叫。

雷恩万听得昏昏欲睡，时而点头，时而谎称自己明白了。再次下起的雪很快变成了一场暴风雪。

在被烧成灰烬的沃伊博日附近，森林外的岔路口上竖着一个悔罪十字架。西里西亚这样的十字架数不胜数，它记载着过去的罪行，以及迟到太久的忏悔。一天前，当沃伊博日火光冲天时，雷恩万没有注意到它。那时是夜晚，而且天又下着大雪，很多东西都注意不到。

十字架的两臂末端是三叶草的形状。它的旁边停着两辆车，并非是战车，而是用来拉货的普通货车。一车向一侧严重倾斜，整车的重量压在了轮圈损坏的车轮的轮毂上。四个人正试图把车抬起，好让另外两人可以卸掉坏了的车轮，换上备轮。然而，他们的努力都是徒劳。

"弟兄们！帮帮我们！"一人喊道。

"把车清空！"哈拉达大喊，"那样会轻点！"

"不只是轮子，车梁也坏了，这车没法动了！"一个车夫大喊道,"得有人去前面叫辆货车!我们把东西搬到……"

"还管什么货!看不到雪有多大?!想被困在这儿?"

"我不想白白丢了这些东西!"

"那你想白白丢掉小命?说不准我们后面就跟着……"

哈拉达的声音戛然而止。他这句话说得实在不是时候。

一排全身铠甲的骑士从森林中骑马走出。他们约有三十人,大多是医院骑士。

他们纪律严明,骑得又慢又稳。没有任何一匹马打乱队形。

道路的另一头,另一支兵强马壮的队伍从路旁的树林骑马走出。他们成群结队,切断了孤儿军的后路。他们擎着霍格维茨家族的公羊头旗帜。

"我们突围吧!"一个年轻的骑兵大喊道,"奥尔德里赫弟兄!我们突围吧!"

"怎么突围?"哈拉达大吼道,"那些长矛是摆设吗?我们会被捅成刺猬!下马!躲到两辆车中间!我们不能白白送死!"

情势危在旦夕。包围着他们的敌人已在策马小跑。医院骑士们拉下了头盔的面甲,压低了长矛。胡斯军翻身下马,躲到了车后,有些甚至藏到了车底。那些没地方躲的人单膝跪地,手握十字弓,做好了战斗的准备。幸运的是,除了抢来的圣礼器皿,车上还有不少长手武器。捷克人立刻将长戟、阔头枪、战斧分发完毕。有人把一柄长枪塞到了雷恩万手中。那兵器的枪头又细又长,宛如锥子一般。

"准备作战!"哈拉达咆哮道,"他们来了!"

"一个麻烦接着一个麻烦。"沙雷拉紧弩弦,装上弩箭。"我天天都盼着去匈牙利。见鬼,我真想尝尝匈牙利炖牛肉。"

"为了上帝！为了圣乔治！"

医院骑士和霍格维茨骑兵队策马疾驰，咆哮着冲向两车。

"放箭！"哈拉达大吼道，"放箭！消灭他们！"

弦音大作，一轮弩箭破空而去，如冰雹般砸到了盾牌和铠甲上。几匹马嘶鸣倒地，几名骑士跌落马下，其余的人都已冲至车前。长矛刺中了目标，矛柄爆裂声与被刺之人的惨叫声冲天而起。雷恩万被鲜血溅了一身，他看到，就在身旁一侧，一个车夫的身体已被长矛贯穿，倒在地上扭动抽搐。另一侧，一名孤儿军战士双手紧抓没入胸口的矛锋，一名高大的骑士用力提起长矛，将血流不止的战士甩到了雪地上。在他眼前，沙雷近距离射出的弩箭刺穿了一名骑士的咽喉，哈拉达用战斧击碎了另一名骑士的头盔和脑袋，还有一名骑士被两柄草铁刺中，滚落到两车中间，旋即被乱刃刺死。突然，一个高大的马头挡在了他的眼前。它龇着牙齿，口套上沾着白沫。见到剑光，他本能地举枪去刺。他感到菱形的枪头刺穿并卡在了什么东西上。枪身传来的重量让他差点摔倒，他定睛一看，被他刺中的医院骑士正在马鞍上摇晃。他握紧枪柄，向前猛推，医院骑士弓起身子，尖声呼唤着圣人的名字。然而，在高高的后鞍桥支撑下，他并未跌落马下。此时，一名孤儿军战士伸出了援手。他手举长戟，刺中了医院骑士。鞍桥的支撑已无济于事，骑士终于从马上跌落。几乎在同一瞬间，袭来的狼牙棒砸中了捷克人的脑袋，生生把他的帽盔嵌入了喉咙，鲜血登时喷涌而出。雷恩万狂吼一声，举枪怒刺，袭击者应声落马。在他身旁，又有一人被沙雷射落马下。不远处，另一名骑士被一柄双手大剑砍中，额头撞到马鬃上，汩汩鲜血顺着马鬃流淌。两车周围的空间突然不再紧凑。骑士们竭力控制惊慌的战马，正在往后撤离。

"干得漂亮！"哈拉达大吼道，"弟兄们，干得漂亮！他们知道我们的厉害了！保持下去！"

遍地都是血泊和尸体。雷恩万惊恐地发现，活着的人最多还剩十五个，其中还站着的只有十个。多数站着的人身上那些大大小小的伤口也在不停流血。他心里明白，他们之所以还活着，仅仅是因为骑士们在这里互相妨碍，施展不开，只有一部分人能在车旁战斗。不过，那部分人受到了特殊待遇，付出了极为沉重的代价。两车被一圈尸体与奄奄一息的战马围在了中央。

"不要松懈！"哈拉达大吼，"他们马上会再次进攻……"

"沙雷？"

"我还活着。"

"参孙？"

巨人清了清喉咙，抹了抹额头伤口渗出的鲜血。他一手持一柄布满尖刺的狼牙棒，另一手举着一面大盾。盾面上的图案显然是出自某位自学成才的艺术家之手，上面绘有一只羔羊、一块光芒四射的圣饼以及一行铭文：耶和华我们的神。

"做好准备！他们快来了！"

"我们死定了。"沙雷咬牙说道。

"的确没希望了。"参孙冷静地同意道，"好在我没有把那只小猫带在身边。"

有人递给了雷恩万一把火绳枪——短暂的喘息机会让孤儿军准备好了几把火器。他把枪管搁到车上，将一端的弯钩固定，点燃了火绳。

"为了圣乔治！"

"上帝与我们同在！"

马蹄隆隆，第二波冲锋从四面八方袭来。火绳枪与手铳发出轰鸣，十字弓的箭雨刺破天空。片刻后，长矛逼身，鲜血四溅，中矛之人的悲鸣响彻云霄。参孙用大盾挡住一击，救下了雷恩万。没过一会，那面大盾又救了沙雷一命。巨大的盾牌在巨人手中犹如一面小圆盾，来势汹汹的长矛仿佛蒲公英般被他一一挡开。

医院骑士与霍格维茨骑士杀入两车之间，踩着马镫站起，挥舞长剑、战斧、狼牙棒左劈右砍。他们吼声震天，身上的铠甲铿锵作响。孤儿军垂死挣扎，对着近在咫尺的敌人扣动扳机。他们或举长戟猛戳，或抡狼牙棒猛砸，或出长枪猛刺，但还是一个接一个地倒了下去。受伤的战士爬到车底，挥刀削砍马腿。惊马的嘶鸣与冲撞令本就混乱不堪的战场愈发混乱。

哈拉达跳上一辆车，挥动长柄战斧，将一名医院骑士扫落马下。紧接着，只见他身子弓起，已被利刃穿肠。雷恩万匆忙将他拽下车。几乎同一瞬间，两名重甲骑士在他们头顶举起了长剑。千钧一发之际，参孙和他的大盾再次挽救了他的性命。只听一声尖厉的嘶鸣，其中一名骑士和他双腿齐断的战马一同跌倒在地。沙雷抡起哈拉达丢掉的战斧，砍到了另一名骑士的脑袋上，生生将他的头盔一分为二。骑士弯下腰去，头顶马颈，喷涌的鲜血染红了战马的颈甲。与此同时，一人一马冲向沙雷，将他撞倒在地。雷恩万举枪猛刺，枪身透甲而入，骑士当场毙命，不料枪头却卡在了他的铠甲上，无法拔出。雷恩万松开枪柄，转身蹲了下去。周围到处都是骑士，举目尽是可怖的犬面式头盔、扬蹄嘶鸣的战马、狂风骤雨般的刀光剑影与盾牌上令人眼花缭乱的纹章和十字架。"愚人之塔，"他疯狂地想，"外面仍是愚人之塔。处处是疯狂、混乱、癫狂。"

他在血泊中滑了一跤，跌倒在沙雷身上。沙雷手持十字弓，看了眼雷恩万，向他俏皮地眨了眨眼，随即扣动了扳机。弩箭向上射出，径直射入了悬在他们头顶上方的马肚。战马尖叫不止，踢到了雷恩万的脑袋一侧。"结束了。"他想到。

痛苦和疲惫令他无法动弹，他的耳朵像被塞了一团棉花。忽然，他听到一个沉闷的声音传入耳中："上帝保佑！援军来了！援军来了！"

"雷恩玛尔，援军来了！"声音越来越清晰。那是沙雷的喊声。他正在猛推自己。"救兵来了！我们有救了！"

雷恩万两手撑地，跪在地上。眼前的世界仍在天旋地转。但是，他们还活着，这是不争的事实。他眨了眨眼。

呐喊声与兵刃碰撞声从新的战场传来。医院骑士和霍格维茨骑士已经与全身铠甲的援军发生了战斗。这场战斗并没有持续多久，因为西边的大路上已经响起了布拉兹达骑兵部队的马蹄声。他们驭马飞奔，竭力嘶吼，后面跟着挥舞连枷、喊声震天的胡斯军步兵。看到他们，医院骑士和霍格维茨骑士立刻落荒而逃。他们溃不成军，或独身一人，或三五成群，拼了命地向周围树林逃窜。紧随其后的援军将他们无情砍杀，凄厉的惨叫声回荡在群山之中。

雷恩万坐在地上，不停按揉自己的腰和头。他浑身是血，但都不是他自己的。不远处，仍然拿着大盾的参孙倚车而坐。他的额头还在流血，浓稠的血液从他的耳朵滴落在肩膀上。几名胡斯军从地上爬了起来。一人在哭泣。一人在呕吐。一人用牙齿撕扯布条，正试图止住断臂伤口喷涌而出的鲜血。

"我们活下来了。"沙雷大喊，"我们活下来了！嘿，哈拉达，听到……"

他的声音戛然而止。哈拉达没有听到。他已经无法听到。

布拉兹达与援军一同向两车走来。尽管刚才的战斗令他们热血沸腾、狂吼不止，但当马蹄踏入血泥时，他们陷入了沉默。布拉兹达看了看满地的尸体，瞥了眼哈拉达空洞的眼睛，什么也没有说。

援军的指挥官眯着眼睛，仔细打量着雷恩万。显然，他正努力回想是不是曾在哪里见过他。雷恩万却马上认出了他，不仅仅是因为他纹章上的玫瑰图案，更因为他正是在克洛莫林保护泰伯德·拉贝的强盗骑士——波兰人波拉热伊·波拉·雅各布夫斯基。

方才哭泣的捷克人垂着脑袋，下巴抵着胸膛，已然悄悄死去。

"真奇怪。"终于，雅各布夫斯基说道，"看看这三个人。居然没怎么受伤。你们真他妈走运！要不就是有恶魔在守护着你们！"

他没有认出他们。其实，这也没什么好奇怪的。

虽然自己也几乎直不起腰，但雷恩万还是马上开始救治伤员。与此同时，胡斯军的步兵们正忙着干掉一息尚存的医院骑士和霍格维茨骑士，从他们身上剥下盔甲。很快，他们开始为昂贵的武器和盔甲争吵不休，大打出手。

一名躺在车下的骑士看上去和其他人一样，已经死去。忽然，他动了一下，头盔中传出了痛苦的呻吟。雷恩万走了过去，跪在地上，掀起了他的犬面头盔。他们互相对视了很久。

"动手吧……"骑士发出嘶哑的声音，"异端恶徒，把我杀了吧。你已经杀了我弟弟，现在轮到我了。你早晚要下地狱……"

"沃尔佛·冯·斯特察。"

"去死吧，别拉瓦的雷恩玛尔。"

两名步兵向他们走来，手中都拿着血淋淋的小刀。参孙从地上站起，挡住了他们的路。他眼中的某样东西让两人很快退却。

"给我个痛快的,恶魔之子!你在等什么?"

"我没有杀尼古拉,你自己心里清楚。"雷恩万说道,"我还是不确定你在彼得林遇害这件事上扮演了什么角色。但是听清楚,斯特察,我会回来。我会和那些欠下了血债的人好好算账。记在心里,也转告其他人。别拉瓦的雷恩玛尔一定会回到西里西亚,把所有的旧账算个清楚。"

沃尔佛狰狞的脸色缓和了下来。他一直在装作强硬,但直到此时,他才意识到自己有机会活下来。他一句话没说,把头扭到了一边。

布拉兹达的骑兵部队完成了追击和侦察的任务,正在返回。在指挥官们的催促下,步兵们放弃了未剥完的盔甲,组成了行军队形。沙雷牵着三匹马走了过来。

"我们该走了。"他简洁地说道,"参孙,你还能骑马吗?"

"能。"

他们又过了一个小时才出发。一个悔罪十字架静静竖立在他们的身后。西里西亚这样的十字架数不胜数,它记载着过去的罪行,以及迟到太久的忏悔。如今,十字架的旁边,一个坟堆也成为了岔路口的路标。哈拉达·奥尔德里赫与二十四名胡斯军战士——来自赫拉德茨-克拉洛韦的孤儿军——被永远地葬在了这里。参孙把他的大盾插在了坟堆上。盾上绘有一个圣杯、一只羔羊、一块光芒四射的圣饼。

以及一行铭文:耶和华我们的神。

安布罗日的部队在向西边的布劳莫夫行军。泥土被车轮和靴子带起,一条宽阔的黑色泥带留在了他们的身后。雷恩万转过身,向后望去。

"我会回到这里。"他说道。

沙雷叹了口气,"雷恩玛尔,我怕的就是你这句话。参孙?"

"嗯?"

"你在小声念着什么,听得出那是意大利语,所以,我猜一定又是但丁·阿利吉耶里的诗歌。"

"你猜的没错。"

"又是适合描述我们处境与前路的诗节?"

"的确如此。"

"嗯……Fuor de la queta……介不介意翻译一下?"

"不介意。"

从宁静的世界走入战栗不休的世界
一个不曾踏足、永恒黑暗的领域

戈利涅茨山的西面山坡上,在一个能将山谷与谷中行进的军队尽收眼底的地方,一只巨大的旋壁雀飞落在一棵云杉的枝头。针叶摇颤,白雪簌簌落下。旋壁雀转过头,那一动不动的眼睛似乎是在寻找谷中行进的某个人。

想必旋壁雀已经寻到了它想看到的人,只见它张开尖喙,发出一声刺耳的啸鸣。那啸声中充满了挑衅,以及赤裸裸的威胁。

冬日阴沉,群山朦胧。

雪又下起,掩埋了所有痕迹。